ଇତର କାହାଣୀ

ଦେବଦାସ ଛୋଟରାୟ
ପ୍ରସନ୍ନ କୁମାର ହୋତା

VIDYA
PUBLISHING INC.

ବିଦ୍ୟା ପବ୍ଲିଶିଙ୍ଗ

ଟରୋଣ୍ଟୋ, କାନାଡ଼ା ॥ ଭୁବନେଶ୍ୱର, ଓଡ଼ିଶା

ଇତର କାହାଣୀ
(ନିର୍ବାଚିତ ଉତ୍କୃଷ୍ଟ ବିଶ୍ୱ ଏବଂ ଓଡ଼ିଆ ଗଳ୍ପ)
ଦେବଦାସ ଛୋଟରାୟ ଓ ପ୍ରସନ୍ନ କୁମାର ହୋତା

ପ୍ରଥମ ସଂସ୍କରଣ: କୁମାର ପୂର୍ଣ୍ଣିମା, ଅକ୍ଟୋବର ୨୦୨୧
ପ୍ରକାଶକ: ବିଦ୍ୟା ପବ୍ଲିଶିଙ୍ଗ୍ ଇଙ୍କ୍, ଟରୋଣ୍ଟୋ, କାନାଡ଼ା

ISBN : 978-1-990494-09-3

Itara Kahani
(Selected classic stories from World & Odia Literature)
Devdas Chhotray & Prasanna Kumar Hota

First Edition : Kumar Purnami, October 2021

Published by
Vidya Publishing Inc., Toronto, Ontario, Canada M2H3J9
www.vidyapublishing.com
Email: vidyapublishinginc@gmail.com

India Contact
Print Ad B-49, Saheed Nagar, Bhubaneswar, Odisha, India 751007

ସୂଚୀପତ୍ର

ଇତର କାହାଣୀର ଧୃଷ୍ଟତା

ଭୂମିକା

ପ୍ରସନ୍ନ କୁମାର ହୋତା

ମୁଁ ଜଣେ ପାଠକ ମାତ୍ର। ମୋର ସାହିତ୍ୟିକ, ଆଲୋଚକ, ପ୍ରାବନ୍ଧିକ ହେବାର ଆଦୌ ଯୋଗ୍ୟତା ନାହିଁ। ତେବେ ଅନେକ ବର୍ଷ ଧରି ଅନେକ ବିଶିଷ୍ଟ, ଶିଷ୍ଟ, ଅଶିଷ୍ଟ ସାହିତ୍ୟିକ ଓ ସାହିତ୍ୟିକାମାନଙ୍କ ସଙ୍ଗେ ଆଳାପ ତଥା ପ୍ରଳାପ କରି ଦେଖିଛି –ବିଶ୍ୱ ସାହିତ୍ୟ ପଢ଼ା ଅସ୍ୱସ୍ଥ ଓ ଅସମ୍ପୂର୍ଣ୍ଣ। କବିତାରେ ଓଡ଼ିଆ ସାହିତ୍ୟିକମାନେ ଯଶସ୍ୱୀ। କଥା ସାହିତ୍ୟ ସାଗରରେ କିଛି ଜୁଆର, ବେଶୀ ଭଟ୍ଟା। ଭଲ ଶିକ୍ଷା ଲାଭ କରିଥିବା ଓଡ଼ିଆ ପିଲେ ଏବେ ଓଡ଼ିଆ ଅକ୍ଷର ପଢ଼ି ପାରୁନାହାନ୍ତି। ତେଣୁ ସାହିତ୍ୟ ବଜାର ମାନ୍ଦା। କିନ୍ତୁ ଅତ୍ୟନ୍ତ ସୁଖର କଥା ଯେ ଗଳ୍ପ ଲେଖା ରହିଛି। ଗଳ୍ପ ପାଇଁ ସମର୍ପିତ ସାହିତ୍ୟ ପତ୍ରିକାର ପ୍ରକାଶନ ଅବ୍ୟାହତ ଅଛି। ସର୍ବଶ୍ରୀ ଗୌରହରି ଦାସ, ହରିହର ଶୁକ୍ଲ, ମନୋଜ କୁମାର ମହାପାତ୍ର, ଅକ୍ଷୟ ବେହେରା, ଭୀମ ପୃଷ୍ଟି, ପରେଶ ପଟ୍ଟନାୟକ, ଶ୍ରୀମତୀ ଇତି ସାମନ୍ତ ଗଳ୍ପର ମାନ ବଜାୟ ରଖିବାକୁ ପତ୍ରିକା ମାଧ୍ୟମରେ ସର୍ବଦା ଚେଷ୍ଟିତ। ମୁଁ ଶୁଣି ଆହୁରି ଖୁସି ଯେ କେତେ ଉତ୍ସାହୀ ସୁଧୀବୃନ୍ଦ କ୍ଷୁଦ୍ର ଗଳ୍ପ ଥିବା ପତ୍ରିକା ପ୍ରକାଶ କରୁଛନ୍ତି। ସବୁ ପାଇ ପାରିନାହିଁ, ତେଣୁ ମୋ ପଢ଼ା ଅସମ୍ପୂର୍ଣ୍ଣ ବୋଲି ଅନେକ ବେଳେ ଭାବେ।

ଏବେ ବାର୍ତ୍ତାଲାପ ବେଳେ ମୁଁ ବିଶିଷ୍ଟ ସାହିତ୍ୟିକ, ବନ୍ଧୁବତ୍ସଳ ଓ ବହୁମୁଖୀ ପ୍ରତିଭାଯୁକ୍ତ ଶ୍ରୀଯୁକ୍ତ ଦେବଦାସ ଛୋଟରାୟଙ୍କୁ ମନଭରି ଗାଳିଦେବା ଆରମ୍ଭ କଲି। ଓଡ଼ିଆରେ ଭଲ ଗପ ପଢ଼ିବାକୁ ନ ପାଉଥିବାରୁ ତାଙ୍କ ଉପରେ ମୋ ପାଠକୀୟ

ମନର କ୍ଷୋଭ ଜାହିର କଲି। କଥାରୁ କଥା ବଢ଼ିଲା ଏବଂ ଶେଷରେ ସେ କିଛି ସ୍ନେହ ଓ କିଛି ବିରକ୍ତିର ସହିତ କହିଲେ, ଚାଲ ଦୁହେଁ ମିଶି ଚହଳ ସୃଷ୍ଟି କରିବାକୁ ଚେଷ୍ଟା କରିବା।

ଏକ ବିଚିତ୍ର ଘଟଣା ତାଙ୍କୁ ବର୍ଣ୍ଣନା କଲି। ୧୯୯୨–୯୩ ବା ୧୯୯୪ ରେ ମୁଁ 'ଫଟୋଗ୍ରାଫ' ନାମରେ ଏକ ଓଡ଼ିଆ ଗପ ପଢ଼ିଥିଲି – ତତ୍କାଳୀନ ମାସିକ ପତ୍ରିକା ମାନଙ୍କରେ। ତାହା ମତେ ପ୍ରଥମ ଓଡ଼ିଆ ଆଧୁନିକ ବୌଦ୍ଧିକ ଗପ ପରି ପ୍ରତୀୟମାନ ହୋଇଥିଲା। କିଶୋରୀ ଚରଣ, ମନୋଜ ସାର, ଅଖିଳ, ଶାନ୍ତନୁଙ୍କ ପରେ ଏକ ସଂପୂର୍ଣ୍ଣ ଚମକ୍ରାର ସ୍ୱର। ଲେଖକ ଜେ.ଏନ.ୟୁ.ର ଛାତ୍ର, ନାମ ଅମରେନ୍ଦ୍ର ମିଶ୍ର। ମୁଁ ମୂର୍ଖ ସେ ଗପଟିକୁ ତୁରନ୍ତ ସାଉଁଟି ରଖିବା କଥା; ଦୂରଦର୍ଶିତା ଅଭାବରୁ ରଖିଲି ନାହିଁ। ତା'ପରେ ଯେତେ ଖୋଜିଲି, ଆଉ ପାଇଲି ନାହିଁ। ବହୁ ଚେଷ୍ଟା ପରେ ଅନେକ ବର୍ଷ ପରେ ଲେଖକଙ୍କୁ ଠାବ କଲି। ତାଙ୍କ ଘର ଢେଙ୍କାନାଳ ସହର। ସେ ସ୍କୁଲ ଅଫ ଇଣ୍ଟରନ୍ୟାସନାଲ ଷ୍ଟଡିଜରେ ତାଙ୍କ ସମୟର ସବୁଠାରୁ ଭଲ ଛାତ୍ର। କିନ୍ତୁ କିଛି ଓଡ଼ିଆଙ୍କ କ୍ଷେତ୍ରରେ ଏ ଦୁର୍ଦ୍ଦଶା ଘଟିଥାଏ। ମୌଖିକ ପାରଦର୍ଶିତା, ଶୁଦ୍ଧ ଇଂରେଜୀ ଉଚ୍ଚାରଣ ଆଦିରେ ଆମର ବୁଦ୍ଧିମାନ୍ ଛାତ୍ରମାନେ ଓଡ଼ିଆ ମାଧ୍ୟମରେ ପଢ଼ି ଲିଖିତ ପରୀକ୍ଷାରେ ଅସାଧାରଣ କୃତି ହାସଲ କରିପାରିଲେ ମଧ୍ୟ ପ୍ରତିଯୋଗୀତାରେ ପଛରେ ରହିଯାନ୍ତି। ଅମରେନ୍ଦ୍ର ମିଶ୍ର 'ଟପର' ହୋଇ ମଧ୍ୟ ବିଶ୍ୱବିଦ୍ୟାଳୟରେ ଚାକିରୀ ପାଇଲେ ନାହିଁ। ପ୍ରଚଣ୍ଡ କ୍ରୋଧ, ଗ୍ଲାନି ଓ ନିଷ୍ଫଳତାରେ ଜର୍ଜରିତ ସେ ବ୍ୟକ୍ତିତ୍ୱଙ୍କୁ ଖୋଜି ଖୋଜି ଶେଷରେ ପାଇଲି; ସେ ତାଲଚେର କଲେଜରେ ଅଧ୍ୟାପନା କରୁଛନ୍ତି। ଅତି ଆଗ୍ରହର ସହ ତାଙ୍କୁ ତାଙ୍କ ଗଛର କପି କଥା ପଚାରିଲି; ସେ ଖୁସୀ ହେଲେ; କହିଲେ ସେ ଗପଫପ କଥା ପୁରା ଭୁଲିଗଲେଣି। ସେ ବର୍ତ୍ତମାନ ତାଲଚେର କଲେଜରେ ଜଣେ ଅଧ୍ୟାପକ ଓ ଭାରତୀୟ security strategy ଉପରେ ନିବନ୍ଧ ଲେଖୁଛନ୍ତି। କିନ୍ତୁ କ୍ଷୋଭ ଓ ଅଭିମାନରେ ସେ ଗପଲେଖା ଛାଡ଼ି ଦେଇଛନ୍ତି। ମୁଁ ଦେବଦାସଙ୍କୁ ଏକଥା କହୁ କହୁ କହିପକାଇଲି ଯେ ଏହା ଓଡ଼ିଆ ସାହିତ୍ୟରେ ଏକ ଦୁଃଖଦାୟକ ତଥା ଇତର ଘଟଣା। ତା'ପରେ ଶ୍ରୀଯୁକ୍ତ ଛୋଟରାୟଙ୍କ ଓ ମୋ ମଧ୍ୟରେ 'ଇତର' ଶବ୍ଦ ଏକ ଉଦ୍‍-ବେଳନ ସୃଷ୍ଟି କଲା। ମୁଁ ତାଙ୍କୁ ଆଇଜାକ୍ ବାବେଲଙ୍କ 'Guy De Maupassant' ପଢ଼ିବାକୁ ପ୍ରବର୍ତ୍ତାଇଲି। ଆଇଜୋକ୍ ସିଙ୍ଗରଙ୍କ 'ଦ ସିକ୍ରେଟ୍' ଗପର ପିଡିଏଫ୍ ତିଆରି କରି ତାଙ୍କୁ ପଠାଇଲି।

କେଉଁ କଥାରୁ କେଉଁ କଥା ବି ବାହାରିପାରେ । 'ଇତର' ଶବ୍ଦର ପ୍ରୟୋଗ କରି ଆମେମାନେ ଜୀବନକୁ ନିରୀକ୍ଷଣ କରିବାକୁ ଚେଷ୍ଟା କଲୁ । ଉଭୟଙ୍କୁ ଲାଗିଲା ଯେ ଜୀବନର ବହୁ ଅକୁହା କଥାରେ ଅଭୁତ କାବ୍ୟିକ ମୂଲ୍ୟ ଥାଇପାରେ । ସଂକୀର୍ଣ୍ଣତାରୁ ଅତିକ୍ରମ କରି 'ଇତର' କାହାଣୀମାଳା ସୃଷ୍ଟି କରିବା –ଏ ଓଡ଼ିଆ ପାଠକ ସାମନାରେ କିଛି ନୂଆ କଥା ରଖିବାର ଏକ ପ୍ରଚେଷ୍ଟା କରିବା ।

ଅନେକ ଦିନ ହେଲା ମୁଁ ଓଡ଼ିଶା ବାହାରେ । ଓଡ଼ିଆର ସବୁ ଭଲ ଲେଖା ପଢ଼ିବାକୁ ସୁବିଧା ପାଇ ନାହିଁ । ଏବେ ଅନେକ ସହୃଦୟ ବନ୍ଧୁଙ୍କ ସହଯୋଗରେ କିଛି ଭଲ ପତ୍ରିକା – ସୃଜନୀ, ନନ୍ଦିକା, କଥା କଥା କବିତା କବିତା ଏବଂ କିଛି ଭଲ ଗଳ୍ପ ସଂକଳନ ପଢ଼ିଲି । କିଛି ନାମୀ ସାହିତ୍ୟିକା ଓ ସାହିତ୍ୟିକଙ୍କୁ ଅନୁରୋଧ କରିବାରୁ ସେମାନେ ତାଙ୍କର କିଛି ଭଲ ଲେଖା ପଠାଇଲେ, ଅବା ମୋ ନିର୍ବାଚିତ ସଂକଳନରେ ତାଙ୍କ ରଚିତ ଗଳ୍ପକୁ ବ୍ୟବହାର କରିବାକୁ ଅନୁମତି ଦେଲେ ।

ଭଲ ଗପ କ'ଣ, ମୁଁ ଜଣେ ସାଧାରଣ ପାଠକ ହିସାବରେ କ'ଣ କହିବି ! ତେଣୁ ଆଇଜାକ ସିଙ୍ଗରଙ୍କ କ୍ଷୁଦ୍ରଗଳ୍ପ ଉପରେ କିଛି ମତ ଉଦ୍ଧାର କରୁଛି । ମୁଁ ସିଙ୍ଗରଙ୍କୁ ୧୯୭୦ ପରଠାରୁ ପଢ଼ିବା ଆରମ୍ଭ କଲି । ତାଙ୍କର ସେତେବେଳେ ପଢ଼ିଥିବା ସବୁ ଗପ ଅଭୁତଭାବେ ଆଶାବାଦୀ ଓ ଜିଉ ସଂସ୍କୃତିର ମହତ୍ତ୍ୱ ବର୍ଣ୍ଣନାରେ ପରିପୂର୍ଣ୍ଣ । ସେତେବେଳେ ସେ କହି ପକାଇଥିଲେ ଯେ, "The survival at the Jewish race depends on the purity of the Jewish woman." ଏହା ଉପରେ କିଛି ବାଦାନୁବାଦ ହୋଇଥିଲା କି ନାହିଁ, ମତେ ଜଣାନାହିଁ ।

ଏବେ ମୋ ଜୀବନର ୭୪ ବର୍ଷ କିଛି ସୁଖ ଓ ବେଶୀ ଦୁଃଖରେ ଅତିବାହିତ ହେବାପରେ, ମୁଁ ସିଙ୍ଗରଙ୍କ ଗଳ୍ପ ସଂକଳନ ସବୁ ପୁଣି ଖୋଜି ସେଥିରୁ ବଳିଥିବା ମୋ ଉଦ୍ଦେଶ୍ୟହୀନ ଜୀବନକୁ ଅନ୍ତତଃ କିଛି ଭଲ ଲେଖା ପଢ଼ି ସୌନ୍ଦର୍ଯ୍ୟବୋଧର ଆଶ୍ରୟ ଖୋଜିବାକୁ ଇଚ୍ଛାକଲି । କିନ୍ତୁ, ଏବେର ସିଙ୍ଗର ମୁଁ ପ୍ରଥମେ ପଢ଼ିଥିବା ସିଙ୍ଗର ନୁହନ୍ତି । ସେ ଇହୁଦୀ ସଂସ୍କୃତିର ଏବେ ମଧ୍ୟ ସବୁଠାରୁ ସ୍ୱତନ୍ତ୍ର ଓ ବିଶ୍ୱସ୍ତ ସ୍ୱର – କିନ୍ତୁ ତାଙ୍କ ପରିଣତ ବୟସର ଦୃଷ୍ଟିକୋଣ ଅନେକ ବିସ୍ତାରିତ, ଏବଂ ବିଚଳନ ସୃଷ୍ଟି କରିଥାଏ । ତେବେ ମୁଁ ଶୀଘ୍ର ଆଉଥରେ କହିପକାଏ, ମୁଁ ଏକ ଅକିଞ୍ଚନ ପାଠକମାତ୍ର; ମୋର ଆଲୋଚକ ବା ସମାଲୋଚକ ହେବାର ଯୋଗ୍ୟତା ନାହିଁ; ନିଜ ଦୃଷ୍ଟିକୋଣକୁ କିଛି ଗପଛଲରେ ପରେ ପ୍ରସ୍ତୁତ କରିବି । ଏବେ ମୁଁ ଆପଣଙ୍କୁ ଯଶସ୍ୱୀ ସିଙ୍ଗର କ୍ଷୁଦ୍ର ଗଳ୍ପ ଉପରେ ନିଜେ କ'ଣ କହିଛନ୍ତି, ଉପସ୍ଥାପନା କରୁଛି ।

୧୯୭୮ ରେ ନୋବେଲ ପୁରସ୍କାର ପ୍ରାପ୍ତ ସିଙ୍ଗର 'Collected Stories: One Night in Brazil to The Death of Methuselah' ପୃଷ୍ଠା ୨୯୧-୯୨ ରେ କୁହନ୍ତି, ମୁଁ ଅନେକ ବର୍ଷ ହେଲା ଲେଖୁଛି ଏବଂ ଅନେକ ସମୟରେ ମୁଁ ମୋର କଥା, କଳ୍ପନା ଓ ଭାଷା ବିଷୟରେ ନୈରାଶ୍ୟପୂର୍ଣ୍ଣ ମନ୍ତବ୍ୟ ସବୁ ଶୁଣିଛି । ମତେ କୁହାଯାଇଛି ଯେ ଇହୁଦୀ ସଂସ୍କୃତି ଏକ ଅବକ୍ଷୟ ଓ ବିଲୁପ୍ତପ୍ରାୟ ସ୍ମୃତି; କ୍ଷୁଦ୍ର ଗଳ୍ପ ଆଉ ଏକ ଉଚ୍ଚକୋଟିର ସାହିତ୍ୟକଳା ରୂପେ ସ୍ୱୀକୃତ ହେଉନାହିଁ ଏବଂ ଅଚିରେ କ୍ଷୁଦ୍ରଗଳ୍ପ କଳା ସାହିତ୍ୟ ଜଗତରୁ ଲୁପ୍ତ ହେବ । କେତେକ ସମାଲୋଚକ ମତ ଦିଅନ୍ତି ଯେ ଅଧୁନା ଲେଖା ହେଉଥିବା କ୍ଷୁଦ୍ରଗଳ୍ପ ଯେଉଁଥିରେ ଆରିଷ୍ଟୋଟଲ କହିଥିବା ପରି ଏକ କାହାଣୀର ପ୍ରାରମ୍ଭ ଅଛି, ତାପରେ ମଧ୍ୟଭାଗ ଓ ଶେଷରେ ଉପସଂହାର – ଏପରି ଗଳ୍ପ ଲେଖିବା ଏକ ପୁରୁଣାକାଳିଆ କଥାଶୈଳୀ – ବର୍ତ୍ତମାନର ସମୟରେ ଏପରି ଲେଖାର କୌଣସି ମୂଲ୍ୟ ନାହିଁ । ମୁଁ ସାହିତ୍ୟରେ ଲୋକକଥାର ସ୍ଥାନ ଉପରେ ମଧ୍ୟ ଅରୁଚିପୂର୍ଣ୍ଣ ଆକ୍ଷେପ ଶୁଣିଛି । ମୁଁ ନୂତନତ୍ୱ ଓ ଯୁବପିଢ଼ିକୁ ଅତ୍ୟଧିକ ଶ୍ରେୟ ଦେବା ଓ ପୁରୁଣା କଥାସବୁକୁ ତୁଚ୍ଛ ମଣୁଥିବା ସମାଜରେ ଚଳୁଥିଲି । ତଥାପି ମୁଁ ଏସବୁ ଅସମ୍ମାନକୁ କେବେ ଖାତିର କରିନାହିଁ । ମୁଁ ପୁରୁଣା ଦଳର ଲୋକ– ମୋର ବିଶ୍ୱାସ ଯେ ସାହିତ୍ୟ ସଂସ୍କୃତି, ସୀମାହୀନ ଆଶା ଓ ସ୍ୱପ୍ନ ରାଇଜର ଉପାଦାନରେ ଗଢ଼ା । ଲେଖକ କେବେହେଲେ ନିଜର ମାତୃଭାଷା ଓ ତାହାର ଶାଶ୍ୱତ ଶବ୍ଦକୋଷକୁ ଛାଡ଼ିବା ଠିକ୍ ନୁହେଁ । ସାହିତ୍ୟ ପୁରାତନର ଚର୍ଚ୍ଚା କରିବ, କେବଳ ଭବିଷ୍ୟତର ଖସଡ଼ା ତିଆରି କରିବ ନାହିଁ । ଗଳ୍ପ ଘଟଣାର ବିଶଦ ବିବରଣୀ ଉପସ୍ଥାପନା କରିବ, କୌଣସି ଦର୍ଶନର ଅଧିକ ବ୍ୟାଖ୍ୟା ଦରକାର ନୁହେଁ । ମଣିଷକୁ ଖୋଜିବା ଗପର ମୁଖ୍ୟ କାମ, ଜନସ୍ରୋତରେ ଭାସିଗଲେ ହେବ ନାହିଁ । କାହାଣୀ ଏକ କଳାକୃତି –ବୈଜ୍ଞାନିକ ଉପସ୍ଥାପନା ନୁହେଁ । ... ଗପର ମଣିଷ ନିଜ ରାସ୍ତା ବାଛୁଛି: କିନ୍ତୁ ଏକ ଅଦୃଶ୍ୟ ଶକ୍ତି ମଧ୍ୟ ତାକୁ ଇତସ୍ତତଃ ଟାଣି ଦେଉଛି । ସାହିତ୍ୟ-ପ୍ରେମ ଓ ଭାଗ୍ୟର କଥା ସାଗର-ମଣିଷର ଅସରନ୍ତି କାମନା ଓ ତଦ୍‍ ଜନିତ ବିଡ଼ମ୍ବନାର ଅସରନ୍ତି ବର୍ଣ୍ଣନା । ଗଳ୍ପ ଅଦମ୍ୟ କୌତୂହଲ ଓ ଉଦ୍‍-ବେଳନ ସୃଷ୍ଟି କରିବା କାମ୍ୟ ଏବଂ ସୀମିତ ବକ୍ତବ୍ୟ ତାର ମୂଳ ଆଧାର ।"

"ମୁଁ ଖୁସି ଯେ କ୍ଷୁଦ୍ରଗଳ୍ପ ସାହିତ୍ୟ ରଚନାର ଅଙ୍ଗ ଭାବେ ବଞ୍ଚି ରହିଛି । ଜଣେ ଲେଖକ ପକ୍ଷରେ ଏକ ସୁନ୍ଦର ଗପ ଲେଖିବା ଏକ ବିଶେଷ ଅନୁଭୂତି ଅସୀମ କଳ୍ପନା ଓ ସସୀମ ଶବ୍ଦାବଳିଙ୍କ ସମନ୍ୱୟରେ କାହାଣୀ ରଚନା ଏକ ଅପୂର୍ବ କୃତିତ୍ୱ ।.."

ସିଙ୍ଗର ପରିଣତ ବୟସରେ କୁହନ୍ତି ଯେ –“ମଧ୍ୟ ବୟସ୍କ ତଥା ପ୍ରୌଢ଼ ମଣିଷର ପ୍ରେମ ଅନ୍ୱେଷଣ ମୋର ଗଳ୍ପମାନଙ୍କରେ ବିଶେଷ ସ୍ଥାନ ଅଧିକାର କରୁଛନ୍ତି । ସାହିତ୍ୟ ବୟସ୍କ ଲୋକମାନଙ୍କ ପ୍ରେମ ପ୍ରବଣତାକୁ ଅଣଦେଖା କରିବା ଭୁଲ । ଉପନ୍ୟାସ ରଚୟିତାମାନେ ପ୍ରାୟ ତରୁଣମାନଙ୍କ ପ୍ରେମ ଓ ବିରହରେ ମଗ୍ନ –କିନ୍ତୁ ସତ୍ୟ ହେଲା ଯେ ତରୁଣ ଗୋଷ୍ଠୀ ପ୍ରେମଭାବନାର ପ୍ରଥମ ସୋପାନରେ ମାତ୍ର; ଭଲପାଇବାର କଳା ବୟସ ଓ ଅନୁଭୂତି ସଙ୍ଗେ ଗଭୀର ଓ ବିସ୍ତାରିତ ହୋଇପାରେ । ଅଧିକନ୍ତୁ ତରୁଣ ଗୋଷ୍ଠୀ ଅନେକ ସମୟରେ ବୈପ୍ଲବିକ ପରିବର୍ତ୍ତନ ପାଇଁ ସ୍ୱପ୍ନ ଦେଖନ୍ତି ଓ ରକ୍ତପାତ ଏବଂ ଘୃଣାରେ ଘାରି ହୁଅନ୍ତି । ବୟସ୍କମାନେ ଘୃଣା ଓ ନିର୍ଦ୍ଦୟତା କେବଳ ନିଜର ହିଁ ଅଭିବୃଦ୍ଧି କରେ ବୋଲି ଅନୁଭୂତିରୁ ସ୍ୱୀକାର କରନ୍ତି । ମାନବ ସଭ୍ୟତାର ମୂଳ ଉସ୍ସ ହେଲା ପ୍ରେମ ଓ ପ୍ରେମର ବହୁବିଧ ଅନ୍ତଃ ଓ ବହିର୍ପ୍ରକାଶ ସର୍ବୋପରି ଜୀବନ ପ୍ରତି ପ୍ରେମ – ଏହି ଭାବନା ବୟସର ଅନୁଭୂତି ସଙ୍ଗେ ପରିପକ୍ୱ ହୁଏ ।

ଅନ୍ୟତ୍ର ସିଙ୍ଗର କହିଛନ୍ତି –“Literature can very well describe the absurd, but it should never become absurd itself.” ଉଭଟ ଘଟଣା କାହାଣୀ ରସ ବର୍ଣ୍ଣନାକୁ ଜୀବନ୍ତ କରିବାକୁ ବ୍ୟବହାର କରାଯାଇପାରେ; କିନ୍ତୁ କାହାଣୀ ନିଜେ ସମ୍ପୂର୍ଣ୍ଣ କ୍ଲିଷ୍ଟ ବା ଉଭଟ ହେବା ଅନାବଶ୍ୟକ । ସିଙ୍ଗର ପୁଣି କୁହନ୍ତି ... “Genuine literature informs while it entertains. It manages to be both clear and profound. It has the magical power of merging causality with purpose, doubts with faith, the passions of the flesh with the yearnings of the soul. It is unique and general, national and universal, realistic and mystical. While it tolerates commentary by others, it should never try to explain itself.” ମୁଁ ତାଙ୍କ ମୂଳ ଲେଖାର ଇଂରେଜୀର ଅନୁବାଦିତ ମନ୍ତବ୍ୟକୁ ଆଉ ଥରେ ଅନୁବାଦ କରିବା ଆବଶ୍ୟକତା ଅନୁଭବ କରୁନାହିଁ । ସୁଧୀ ପାଠକବୃନ୍ଦ ନିଜ ନିଜ ଅନୁସାରେ ସିଙ୍ଗରଙ୍କ ବକ୍ତବ୍ୟ ସମୂହକୁ ଅନୁଭବ କରିବାକୁ ଅନୁରୋଧ । ବାରାନ୍ତରେ ସିଙ୍ଗର କହିଛନ୍ତି, “The human intellect controverted existence, and existence stubbornly refused to be systematised.” ...

ପୁନଶ୍ଚ ସିଙ୍ଗର କୁହନ୍ତି – “The principle of male and female exists not only in the lower words but also in the higher -....”

মাননীয আইজাক বায়েভিস সিঙ্গর (Isaac Bashevis Singer) କୁହନ୍ତି : Each passion, no matter how low, can become a ladder to ascend. ଇତର ଗଳ୍ପମାଳା ସାହିତ୍ୟର ସୋପାନକୁ ଆରୋହଣ କରିବାକୁ କିଛି ଜିଜ୍ଞାସା ସୃଷ୍ଟି କରିପାରେ ବୋଲି ଆଶା।

ସଂକଳନର ନାମକରଣ 'ଇତର ଗଳ୍ପ' ରୁ ପରିବର୍ତ୍ତନ କରି 'ଭିନ୍ନ ସ୍ୱାଦର ଗଳ୍ପ' ରଖିବା କଥା ଉଠିଲା। ମୋର ବା କି ଧୃଷ୍ଟତା; ସାହିତ୍ୟ ପଢୁଛି, ବିଶେଷ କରି ବିଶ୍ୱ ଗଳ୍ପ ସାହିତ୍ୟକୁ ପ୍ରାଣ ଦେଇ ଅନୁଭବ କରିଛି। ତେବେ ମୁଁ ପାଠକ ମାତ୍ର, ସାହିତ୍ୟିକ ନୁହେଁ। ସଂକଳନର ନାମ ହୋଇପାରେ – କିଛି ଭଲ ଗଳ୍ପ – (ନିର୍ବାଚକ – 'ଜଣେ ଇତର ପାଠକ')। ପ୍ରକାଶକ ନାମ ନିର୍ବାଚନ କରିବେ। ତେବେ 'ଇତର' ଶବ୍ଦ ଚୟନ ଏତେ ବିଚଳନ, ଏପରିକି କ୍ରୋଧ କାହିଁକି ସୃଷ୍ଟି କରୁଛି ? ମୋର ମୁଖ୍ୟ ଉଦ୍ଦେଶ୍ୟ ହେଲା ଓଡ଼ିଆ ପାଠକମାନଙ୍କୁ ଗତାନୁଗତିକ ଗପ ବାହାରେ ଯେଉଁ ଭଲ ଗପ ରହିଛି ସେଥି ପ୍ରତି ତାଙ୍କ ବୌଦ୍ଧିକ ଦୃଷ୍ଟି ଆକର୍ଷଣ କରିବା। ଇତର ଶବ୍ଦର 'ତୁଚ୍ଛ' ବ୍ୟତିରେକ ଅନ୍ୟ ଭାବାର୍ଥ ଅଛି। ସଂସ୍କୃତରେ 'ଇତର' ଶବ୍ଦର ଅର୍ଥ – 'ଅନ୍ୟ' ବା 'ଅଜଣା'। 'ଇତର' ଶବ୍ଦର ଅର୍ଥ ସାଧାରଣ ମାନସିକତାରୁ ମୁକ୍ତ ହୋଇ ଅନୁଭବ କରିବାକୁ ଅନୁରୋଧ। ଇତର ହୁଏତ subterranean !
ଗପ ସଂକଳନରେ ସ୍ଥାନ ପାଇଥିବା ଗପ ସେହି ଦୃଷ୍ଟିକୋଣ ନେଇ ବଛା ହୋଇଛନ୍ତି।

ସଂକଳନ ଆରମ୍ଭରେ ସିଙ୍ଗରଙ୍କ ଗପର ଅନୁବାଦ। ଏବଂ ଶେଷରେ ଆଇଜାକ ବାବେଲଙ୍କ ଅଭୁତ ଗଳ୍ପ – 'Guy De Maupassant'। ସ୍କୁଲ ଦିନରୁ ମୋ ପାଇଁ ଗଳ୍ପ କହିଲେ ମୋପାସାଁ ଙ୍କ ଗଳ୍ପସବୁ ସର୍ବାଗ୍ରେ। ତାଙ୍କର ପ୍ରାୟ ସବୁ ଗଳ୍ପ ପଢ଼ିଛି। ମୋର ଧାରଣା ଥିଲା, ମୋପାସାଁ ଜୀବନର ସମଗ୍ର ଇନ୍ଦ୍ରଧନୁକୁ ଏତେ ନିପୁଣ ଭାବେ ଆଙ୍କିଛନ୍ତି – ତାଙ୍କ ନିଜ ଜୀବନ ନିଶ୍ଚୟ ରଙ୍ଗମୟ ଓ ରସପୂର୍ଣ୍ଣ ହୋଇଥବ !

୨୦୧୩ ରେ ବାବେଲଙ୍କ ଗପ ପଢ଼ିଲି। ଏଇ ମାସେ ତଳେ ମାତ୍ର ଜାଣିଲି Guy De Maupassant ଙ୍କ ନାମର ସଠିକ୍ ଉଚ୍ଚାରଣ ହେଲା ଗି ଦ ମୋପାସାଁ। ବାକି କଥା ପାଠକଙ୍କ ଗଳ୍ପାଗ୍ରହ ପାଇଁ ଛାଡ଼ିଲି। ସଂକଳନରେ ମୋପାସାଁ ବିଷୟରେ ଗଳ୍ପ ରଖିବା ପ୍ରତ୍ୟେକ ଗଳ୍ପାଗ୍ରହୀ ପାଠକଙ୍କ ତରଫରୁ ଗଳ୍ପକଳାର ଅନ୍ୟତମ ଆଦିସୁରୀ ମୋପାସାଁ ପ୍ରତି ସଶ୍ରଦ୍ଧ ନିବେଦନ ବୋଲି ସ୍ୱୀକାର କରିବାକୁ ଅନୁରୋଧ।

ଓଡ଼ିଆ ଭାଷାରେ ଅନେକ ସୁନ୍ଦର ଗପ ଅଛି । ଏ ସଂକଲନ ସିଙ୍ଗରଙ୍କ ଭାବାର୍ଥ ଅନୁସାରେ ଗଢ଼ା ହୋଇଛି । ପ୍ରାୟ ପ୍ରତ୍ୟେକ ଗଳ୍ପ ବୟସ୍କମାନଙ୍କ ନିଷିଦ୍ଧ ପ୍ରେମ ଅନୁଭୂତି ଉପରେ ପର୍ଯ୍ୟବେସିତ । ଓଡ଼ିଆ ଗାଳ୍ପିକ ମାନେ ଦାରିଦ୍ର୍ୟ, ଭାବପ୍ରବଣତା, ଗ୍ରାମ, ଅବହେଳିତ ବୟସ୍କ ବାପା ମା, ଅବକ୍ଷୟ ହେଉଥିବା ଉକ୍କଳୀୟ ସଂସ୍କୃତି ଇତ୍ୟାଦି ଛଡ଼ା ଜୀବନର ବିଚିତ୍ର ଅବର୍ଣ୍ଣନୀୟ ଅନୁଭୂତିକୁ କାବ୍ୟିକ ସମ୍ମାନ ଦେଇ ଗଳ୍ପ ରଚି ପାରନ୍ତି ବୋଲି ଓଡ଼ିଆ ତଥା ବିଶ୍ୱ ସାହିତ୍ୟ ପାଠକ ମାନଙ୍କ ପାଖେ ଓଡ଼ିଆ ବୌଦ୍ଧିକତା ଯେ ସଂକୀର୍ଣ୍ଣ ନୁହେଁ, ଏହା ପ୍ରତିପାଦିତ କରିବାକୁ ଏ ସଂକଲନ ଏକ ଚେଷ୍ଟା । 'ଜୀବନ କାହାକୁ ନ୍ୟାୟ ଦେଇପାରେନି' – ଏବେ ଯଶସ୍ୱୀ ଓଡ଼ିଆ ଗାଳ୍ପିକମାନେ ଏହି ବିସ୍ତାରିତ ଅନୁଭୂତିକୁ ଚିତ୍ରକଣ୍ଠରେ ରୂପ ଦେଉଛନ୍ତି ।

ସରୋଜିନୀ ସାହୁ ଯଶସ୍ୱୀ ଓ ବଳିଷ୍ଠ ମତବିଶିଷ୍ଟ ବିଦିତ ଲେଖିକା । ତାଙ୍କ 'ଜୀବନ ପାତ୍ର ମମ' ଅପୂର୍ବ । ଏ ଗଳ୍ପର ପ୍ଲଟ୍ ଓ ଟ୍ରିଟମେଣ୍ଟ ମଧ ସିଙ୍ଗରଙ୍କୁ ଟକ୍କର ଦେବା ପରି ଗଳ୍ପ ।

ଆଶିଷ ଗଡ଼ନାୟକଙ୍କ 'ଭାତ' ପ୍ରଥମ ଯୌବନର ଆକୁଳ ଯୌନତା କିପରି ପରିଶେଷରେ ବାତ୍ସଲ୍ୟକୁ ଭେଟି ଚକିତ ହୋଇଛି ତାହାର ଏକ ଅପୂର୍ବ ଶୃଙ୍ଖଳ୍ୟ ।

ଚିରଶ୍ରୀ ଇନ୍ଦ୍ରସିଂଙ୍କ 'କଳାହରଣ' ନାରୀପୁରୁଷ ପ୍ରେମରୁ ଅଲଗା । ଏକ ବିରାଟ ବିରଳ ସଂସ୍କୃତିର ଅବଲୋକନ ଏବଂ ନିଷିଦ୍ଧ ହେବା ଅନୁଭୂତିରେ ସାର୍ବଜନୀନତା ଥିବାରୁ ମୁଁ ମାନନୀୟା ଲେଖିକାଙ୍କ ଅନୁମତି ନେଇ ସଂକଲନରେ ରଖିଛି ।

'ପରିଚୟ' – ଇଞ୍ଜିନିୟର ପ୍ରଦୋଷ ମିଶ୍ରଙ୍କ ଏକ ସମର୍ଥ କୃତି । ଫଙ୍ଗ ଆଭିଜାତ୍ୟ ଉପରେ ଅନେକ ଓଡ଼ିଆ ଗପ ଅଛି; କିନ୍ତୁ ଏ ଗପର ବର୍ଣ୍ଣନା ଋତୁରୀ ସ୍ୱତନ୍ତ୍ର ।

ସୁପ୍ରିୟା ମଲ୍ଲିକ ମଧ ଏକ ସ୍ୱନାମଧନ୍ୟ ପ୍ରତିଭା ଯେ ଦୁର୍ବଳ ନିଷ୍ପେଷିତ ସପକ୍ଷରେ ସଦାବେଳେ ତାଙ୍କ ସମର୍ଥ ଲେଖନୀ ବ୍ୟବହାର କରନ୍ତି । ପ୍ରେମ ପାଇଁ ଗ୍ରାମ୍ୟ ନିମ୍ନ ମଧବିତ୍ତ ପରିବାର ମାନଙ୍କରେ ମଧ୍ୟ ଶୃଙ୍ଖଳ୍ୟକାରୀ ଅନ୍ଵେଷଣ ଘଟି ପାରିବ ଓ ସମର୍ଥନ ସମଭାଗିନୀ ଦୁଃଖିନୀଠାରୁ ମିଳି ପାରିବ – 'ଧୂଆଁ ମିଶା ଜହ୍ନ ଆଲୁଅ' ଗପ ତାହାର ଏକ ମନୋଜ୍ଞ ଦୃଷ୍ଟାନ୍ତ ।

ଭୀମ ପୃଷ୍ଟିଙ୍କ 'ଛଦ୍ମବେଶ' ମୋତେ American Beauty ଚଳଚିତ୍ର ପରି ଲାଗିଲା । ସେ Oscar ବିଜୟୀ ଚଳଚିତ୍ର ପ୍ରାୟ ଦୁଇଘଣ୍ଟା ଲମ୍ବ । କିନ୍ତୁ ଯିଏ ପ୍ରକୃତ

ଭାବୁକ ଓ ରସଗ୍ରାହୀ ସେ ଆମେରିକାନ ବିୟୁଟିକୁ ପାଞ୍ଚ ମିନିଟ ଲମ୍ବା ଏକ ଭାଗବତ ଅନୁଭୂତି ବୋଲି ଜାଣି ପାରିବ। ସଂସାରର ସମସ୍ତ ସୌନ୍ଦର୍ଯ୍ୟ ଚେରି ମିନିଟରେ ବର୍ଣ୍ଣିତ – ଖଣ୍ଡି ଝଡ଼ ପବନରେ ଉଠୁଥିବା ପଡୁଥିବା ଅସଂଲଗ୍ନ ପ୍ଲାଷ୍ଟିକ ବ୍ୟାଗ, ବୁଢ଼ୀମାର ପତଲା ସ୍ନିଗ୍ଧ ହାତ ପାପୁଲି, ନିଜ ଛୋଟ ଝିଅର ଅଫୁରନ୍ତ ସ୍ନେହ ରଂଜିତ ମୁହଁ – ଏବଂ ଗୁଲିଖାଇ ମରୁଥିବା 'ଇତର' ନାୟକର ବିଶ୍ୱଜୟୀ ଉକ୍ତି 'ସଂସାରରେ ଏତେ ସୌନ୍ଦର୍ଯ୍ୟ ଭରା ଥାଉ ଥାଉ ଆମେ କାହାକୁ କିପରି ଘୃଣା କରି ପାରିବା ? ?' ସେପରି 'ଛଦ୍ମବେଶ'ର ବର୍ଣ୍ଣନା ଉତ୍କଣ୍ଠାପୂର୍ଣ୍ଣ – କିନ୍ତୁ ଗପର ପରିସମାପ୍ତି ଅତି ଉଚ୍ଚକୋଟିର। ଦୁଇ ତିନୋଟି ବାକ୍ୟରେ ଗଳ୍ପକୁ ହିମାଳୟ ଶିଖରରେ ପହଞ୍ଚାଇ ଦିଆ ଯାଇଛି।

ଦେବଦାସ ଛୋଟରାୟଙ୍କ ଅନୂଦିତ 'ପ୍ରଥମ ପ୍ରେମ' ହେନେରୀ ମିଲରଙ୍କ ଏକ ସାର୍ବଜନୀନ ଓ ସର୍ବକାଳୀନ ଗପ। ମିଲରଙ୍କ ଭାବପ୍ରବଣ ଲେଖା ବହୁତ କମ; ସେ ସଦା ଭାଗ୍ୟ ବିରୁଦ୍ଧରେ ତଥା ଭଗବାନଙ୍କ ସଙ୍ଗେ ସିଧା ସଲଖ ସଂଘର୍ଷ କରିବାକୁ ପ୍ରସ୍ତୁତ। ତେବେ ପ୍ରେମ ତ ପ୍ରେମ; ତାହା ହେନେରୀ ମିଲରଙ୍କୁ ମଧ ଘାରିଛି। ପ୍ରେମ ସବୁ କାଳରେ ସମସ୍ତଙ୍କ ପାଇଁ ଏକ ଅପୂର୍ବ ଅଥଚ ଅଭୁତ ଯନ୍ତ୍ରଣା।

ସେହିପରି ପରେଶ ପଟନାୟକ। ତାଙ୍କ 'ଅଶ୍ରୁମୁଖୀ' ରେ ଯୌବନର ସ୍ୱପ୍ନ ପ୍ରସ୍ଫୁଟିତ ନ ହୋଇପାରି ଜୀବନ ସମୁଦ୍ରର ଅବାରିତ ଢେଉ ମଧରେ କେଉଁ ଫଲ୍ଗୁ ଧାରାରେ ଲୁକ୍କାୟିତ, ଅବ୍ୟକ୍ତ କିନ୍ତୁ ତଥାପି ପୂର୍ଣ୍ଣମୀ ରାତିରେ ବିଚ୍ଛୁରିତ ହେବାର ମନୋଜ୍ଞ ବର୍ଣ୍ଣନା। ପରେଶ ପଟନାୟକ ଯଥାର୍ଥରେ ଗାଳ୍ପିକ, ପାଠକର ଆବେଗକୁ ବେଖାତିର କରନ୍ତି ନାହିଁ। ମୁଁ ତାଙ୍କୁ ତାଙ୍କ ଜେ.ପି. ଦାସଙ୍କୁ ନାୟକ କରି ଲେଖିଥିବା ଏକ ଚମତ୍କାର ଗପ ମାଗିବାରୁ ସେ ସସ୍ନେହ କହିଲେଯେ ଗପଟିକୁ ସେ କେଉଁଠ ରଖି ଭୁଲି ଯାଇଛନ୍ତି। ମୁଁ ପଚରିଲି ଆପଣ ଜୀବିକା ପାଇଁ କେଉଁ ଚକିରୀ ଆଦି କରୁଥିଲେ – ସେ ହସି କହିଲେ, ସେ ବ୍ୟାଙ୍କରେ କାମ କରୁଥିଲେ ଏବଂ ସବୁଦିନ ଜରୁରୀ ଫାଇଲ ହଜାଇ ଦେଉଥିଲେ। ମୁଁ ସୁଯୋଗ ଦେଖି ଅରିଜିନାଲ 'ଅଶ୍ରୁମୁଖୀ' ରେ ଏ ବିଚଳନକୁ ପୁରୁଷ ଚରିତ୍ରର ଅପୂରଣୀୟ ମାନସିକ କ୍ଷତି – ଭଲ ଜିନିଷ ପାଇ ହଜାଇଦେଇ ସାରା ଜୀବନ ଖୋଜିବାର ଶାପଗ୍ରସ୍ତ ହେବାର ସୂକ୍ଷ୍ମ ଦୁଃଖାନୁଭୂତି କଥା କହିବାରୁ ସେ ମୂଲ ଗପକୁ ସାମାନ୍ୟ ପରିବର୍ତ୍ତନ କରି ଗପକୁ ଆହୁରି ସନ୍ତୁଳିତ କଲେ। ଏ ସୂକ୍ଷ୍ମ ଅନୁଭୂତି 'ପ୍ରଥମ ପ୍ରେମ'ରେ ବି ଅନ୍ତର୍ନିହିତ।

ଗଳ୍ପ ଚେରୁକଳା ପରି; ଗାଳ୍ପିକର ଋତୁଚର୍ଯ୍ୟ ପାଠକଙ୍କୁ ଅଭିଭୂତ କରିପାରିବ। କବିତା ମହାନ୍ତି ମଧ ବ୍ୟାଙ୍କରେ କର୍ମରତା। ତାଙ୍କ 'ପାଳଭୂତ' ବଦଲୁଥିବା ସଂସ୍କୃତି

ଏବଂ ନିରୀହତା ମଧ୍ୟରେ ବିଚଳନର ଇଙ୍ଗିତ ପାଠକୀୟ ଅନୁରାଗ ଓ ଉତ୍କଣ୍ଠା ସୃଷ୍ଟି କରେ ।

ସେହିପରି ଶିଖର ଦେଶର ଗଳ୍ପ ହେଲା ଶ୍ରୀଯୁକ୍ତ ନୃସିଂହ ତ୍ରିପାଠୀଙ୍କ ବ୍ରହ୍ମୋତ୍ରୀ ମହାନ୍ତିଙ୍କ ପ୍ରେମିକ! କି କାବ୍ୟିକ କଳ୍ପନା ରଚ୍ଚୁରୀ, କି ଉତ୍କଳୀୟ ସଂସ୍କୃତିର ପରମ୍ପରାକୁ ଅକ୍ଷୁର୍ଣ୍ଣ ରଖି ଶାଳୀନତା ଭିତରେ ଜଣେ ବିଦିତା ନାରୀ କବିଙ୍କ ନାମ ବ୍ୟବହାର କରି କାଳଜୟୀ ପ୍ରେମର ଆଧ୍ୟାତ୍ମିକ ଉର୍ଦ୍ଧ୍ୱରେତ ବର୍ଣ୍ଣନା!!

ବିୟତପ୍ରଜ୍ଞା ଜୀଙ୍କ 'କଡ଼ାପାନ ଓ କ୍ଳିଓପାଟ୍ରା' ଆଧୁନିକ ଓଡ଼ିଆ ଜୀବନର 'ଇତର' ଘଟଣାପୂର୍ଣ୍ଣ ଇଙ୍ଗିତଧର୍ମୀ, ମର୍ମସ୍ପର୍ଶୀ କାହାଣୀ । Urban loneliness and unfulfilled ଜୀବନ ପାଡ଼ାର ଏକ ସଂଗୀତମୟ କାହାଣୀ । Dosteovsky ଙ୍କ କୌଣସି ନିରୀହ କିନ୍ତୁ ନିପୀଡ଼ିତ ଆତ୍ମାକୁ ଭୁବନେଶ୍ୱରରେ ଏକ 'ମୁକ୍ତବନ୍ଦୀ' ନାରୀ ମଧ୍ୟରେ ସୁକ୍ଷ୍ମତାରେ ରୋପିତ କଳାପରି କଳାକୃତି ।

ମୋର ଲିଖିତ 'ଚଉଠି ପାଟ' ଶ୍ରୀଯୁକ୍ତ ଅନନ୍ତ ମହାପାତ୍ର, ଶ୍ରୀଯୁକ୍ତ ଦେବଦାସ ଛୋଟରାୟ ତଥା ପ୍ରକାଶକ ଦମ୍ପତି ଉତ୍ସାହିତ କରିବାରୁ ସଂକଳନରେ 'କୁସୁମ ପରଶେ ପଟ ନିସ୍ତରେ' ଆଶାରେ ରଖିଛି ।

ପାରମିତାଜୀଙ୍କୁ ଅଶେଷ ଧନ୍ୟବାଦ । ଗୋଟିଏ ଫୋନରେ, ପଦେ କଥାରେ ତାଙ୍କ ଅଭୁତ 'ଶିଶୁ ଦିବସ' ଗପଟିକୁ ବ୍ୟବହାର କରିବାକୁ ଅନୁମତି ଦେଲେ । ସଂକଳନର ନାମ 'ଇତର ଗଳ୍ପ ମାଳା' ଶୁଣି କିଛି ବାର୍ତ୍ତାଳାପ ପରେ ସମର୍ଥନ କଲେ । ଏହି ସଂକଳନରେ ଲେଖିକାଙ୍କ ସ୍ଥାନ ଅନନ୍ୟ । ଓଡ଼ିଆ ଗଳ୍ପ ଲେଖାରେ ଏକଦା ଲେଖିକାଙ୍କ ସଂଖ୍ୟା ଆଙ୍ଗୁଠି ଗଣତି ଥିଲା । ମାନନୀୟା ବୀଣାପାଣି ମହାନ୍ତି ଏକମାତ୍ର ନିର୍ଭୀକ ସ୍ୱର ଥିଲେ । ଏବେ ଓଡ଼ିଆ ଲେଖିକାମାନେ ଲେଖକଙ୍କ ସଙ୍ଗେ ସମତାଲରେ ଗଳ୍ପ ରଚନା କରି ଚଳିଛନ୍ତି । ପାରମିତାଜୀଙ୍କ ଗପରେ ନିଃସଙ୍କୋଚ ତଥା ପ୍ରାଞ୍ଜଲ ଲେଖା ଦର୍ଶାଇ ପାରିଛି ଯେ କଳ୍ପନା ରଚ୍ଚୁରୀ ଥିଲେ ଲେଖକ ନାରୀ କଥା ଲେଖିବା ପରି, ଲେଖିକା ମଧ୍ୟ ପୁରୁଷ ଜଗତର 'ତୀବ୍ର' ଇତର ଘଟଣାକୁ କାବ୍ୟିକ ସ୍ତରରେ ନିଖୁଣ ବର୍ଣ୍ଣନା କରିପାରିବେ । କରୁଣା ମଧ୍ୟ ଉଦ୍ରେକ କରାଇପାରିବେ ।

ଦେବଦାସ ଛୋଟରାୟ ଶରତ୍‌ଚନ୍ଦ୍ରଙ୍କ ବିଦିତ ଅସଫଳ ଅଭିମାନୀ ନାୟକର ନାମ ମାତ୍ର ବହନ କରିଛନ୍ତି । ତାଙ୍କ ପ୍ରଶଂସକ ଓ ନିନ୍ଦୁକ କୁହନ୍ତି ଏ ନାମ ଦ୍ୱାରା ସେ ବହୁତ ଆକର୍ଷଣର କେନ୍ଦ୍ରବିନ୍ଦୁ । ସେ ସଫଳ ପ୍ରେମିକ । ସେ ପ୍ରକୃତ

ବିରହ କ'ଣ ଭୋଗି ନାହାନ୍ତି। କିନ୍ତୁ ତାଙ୍କ ନାମରେ କବିତା ଲେଖା ହୋଇଥିଲା 'ଦେବଦାସ, ତୁମେ ଆଉ ପ୍ରେମ କରନା'... ଇତ୍ୟାଦି। ସେ ନିଶ୍ଚୟ ଷୋହଳ ସହସ୍ର ନହେଲେ ମଧ ଅତି କମରେ ଶହେ ଷାଠିଏରୁ ଊର୍ଦ୍ଧ୍ୱ ନାରୀଗଣଙ୍କୁ ବିରହ ବେଦନାରେ ଅନୁରୂଣିତ କରିଛନ୍ତି। 'ଲିଲେଟ୍ ଦାସର ଏସ୍‌ଏମ୍‌ଏସ୍‌' ଓଡ଼ିଆ ଭାଷାରେ ଏକ ଅଭୁତ ଗପ। ପ୍ରାଦେଶିକ ସଂକୀର୍ଣ୍ଣତାରୁ ସମ୍ପୂର୍ଣ୍ଣ ମୁକ୍ତ। ଗପର sweep ବା କ୍ୟାନଭାସ କଥା ଭାବି ଦେଖନ୍ତୁ। ଏହି କାହାଣୀ ହିଁ ଇତର ଗପର ପ୍ରକୃତ ଧୃଷ୍ଟତା। ଦେଶ, କାଳ, ପାତ୍ର ଛାଡ଼ି ଗାନ୍ଧିକର କାରୁକାର୍ଯ୍ୟ ନାରୀକୁ ତଥା ପ୍ରେମ ନାମକ ଜନ୍ତୁକୁ ଉନ୍ମୁକ୍ତ କରିଦେଇଛି। ଇତର ପ୍ରେମରୁ ମୁକ୍ତ କରି ଛାୟା ପଥରେ 7G Data ରେ ଭଗବାନଙ୍କୁ message ଦେଇ ତାଙ୍କ ନିଜ ବଗିଚିରେ ଧୂମ୍ରମୁକ୍ତ ଜୀବନକୁ ଖୋଜିବାକୁ ଉଡ଼ାଇ ନେଇଛି। ଆଦ୍ୟ କିଶୋର ବୟସରେ ଈଷ୍ର୍ଷାତୁର ଅଶ୍ଲୀଳତାରେ ଜର୍ଜ୍ଜରିତ ଆମେ, ଦେବଦାସ କେଉଁ କାମ୍ୟା କନ୍ୟାକୁ ବଶ କରୁଥିଲେ, (ବା ଆମେ ଦୁଃଖୀ ଦଳ ସେପରି ଭାବୁଥିଲେ) 'ଉଡ଼ାଇ ନେଲାରେ' ବୋଲି ଅସ୍ଫୁଟ ଆର୍ତ୍ତନାଦ କରୁଥିଲୁ। ଏ ଗପରେ ସେ ଓଡ଼ିଆ ଗପକୁ ଛାୟାପଥକୁ ସ୍ନେହରୟୁରୀରେ ଉଡ଼ାଇ ନେଇଗଲେ। ଆମେ ଅକର୍ମା ମାନେ ଆଖପାଖରେ ସେ ଲିଲେଟଙ୍କୁ ଖୋଜିଲେ ପାଇବା ନାହିଁ। ମନର ଅଭ୍ୟନ୍ତରର ନିଭୃତ 7G ଟାୱାରରେ message ଦେଇ ଖୋଜିବାକୁ ପଡ଼ିବ।

ଅଧିକାଂଶ ଓଡ଼ିଆ ଗପ ଭାବପ୍ରବଣତାରେ ଆରମ୍ଭ ଓ ସମାପ୍ତ। ଦାରିଦ୍ର୍ୟ, ଦୁର୍ଭିକ୍ଷ, ପ୍ରାକୃତିକ ବିପର୍ଯ୍ୟୟ ପ୍ରପୀଡ଼ିତ ଜାତିର ଅସ୍ମିତା ଜଗନ୍ନାଥ ଓ ଗ୍ରାମ୍ୟ ଦେବତୀ। ଗପମାନଙ୍କ ସମାପ୍ତି ଚିରନ୍ତନ ନୈରାଶ୍ୟ ଅବା ଚିରନ୍ତନ ମିଳନ। ପିଲାଦିନେ ପଢ଼ିଥିଲି ଅଜସ୍ର ପରିକାହାଣୀ ଓ ରାଜକୁମାର କୁମାରୀଙ୍କ ଗପ। ଗପ ମାନଙ୍କ ସମାପ୍ତି ଥିଲା – 'They lived happily ever after' ! ପ୍ରେମ ଚିରନ୍ତନ ନୁହେଁ – ଏ ସାହସ ବହୁତ କମ ଓଡ଼ିଆ ଗପରେ ଦେଖିବାକୁ ମିଳେ। ପ୍ରେମ ଏକ ଅପୂର୍ବ ଅନୁଭୂତି – ଗ୍ରାସ କଲେ ଗଭୀରତାରେ ଦେହ, ମନ, ହୃଦୟ, ଆମ୍ମା ସବୁକିଛି ଅଧିକାର କରିଯାଏ। ଏପରିକି ସମୟକୁ ମଧ କବଳିତ କରି ଚିରନ୍ତନତାର ସ୍ୱାଦ ଆଣେ। କିନ୍ତୁ ସମୟ ଅସୀମ ବଳଶାଳୀ। ପ୍ରେମ ସରିଯାଏ। ସେଥିପାଇଁ ଯୋଗୀ ରଷି ମାନେ ଅସତ୍ୟ ଚିରନ୍ତନ ପ୍ରେମ ଖୋଜି ଭଗବତ ପ୍ରେମରେ ଲୀନ ହେବାକୁ ଲୋଡ଼ନ୍ତି। ଲିଲେଟ୍ ଦାସ ଶେଷରେ ପ୍ରେମର ମିଛ ଅନ୍ୱେଷଣରେ ମଣିଷ ତିଆରି ସବୁଠାରୁ ଉକୃଷ୍ଟ ମିଥ୍ୟା ଭଗବାନଙ୍କ ବଗିଚିକୁ ଖୋଜନ୍ତି।

ତେବେ ମୁଁ ଇତର ଆତ୍ମକଥନ ରୂପେ କହୁଛି - ମୁଁ ସଂସାରର ଅସାରତା ଅନୁଭବ ସତ୍ତ୍ୱେ ଏବେ ମଧ୍ୟ ଆଶାବାଦୀ। ଗଠନ ମୂଳକ କର୍ମ ଓ ସ୍ନେହର ମୁଁ ସ୍ଥାବକ।

– ପ୍ରେମ ଏକ ଲୁକ୍କାୟିତ ଛୁରୀ – ଏକ ଅହଂକାର।

– ସମୟ ଓ ବିବାହ ଏହାର ପ୍ରତିକାର।

– ଉକ୍ରୁଷ୍ଟ କ୍ଷୁଦ୍ରଗଳ୍ପ ମୋ ପାଇଁ ଆମ୍ଭ ପରିସ୍ଥିତି ଓ ନବ ଆଶାର ଅଙ୍କୁର।

– ଯଦିଚ ସବୁ ଛାଡ଼ିଛୁଡ଼ି ବାନପ୍ରସ୍ଥରେ ଯିବାପାଇଁ ଅଛି ଯଥେଷ୍ଟ କାରଣ,

– ତଥାପି ମୁଁ ଏପର୍ଯ୍ୟନ୍ତ ଅଧିକାଂଶରେ ଭଲ କ୍ଷୁଦ୍ରଗଳ୍ପ ସାଥୀ ଖୋଜି ମାରି ନାହିଁ ମନ।

–ଏହି ସଂକଳନ ଉକ୍ରୁଷ୍ଟ କ୍ଷୁଦ୍ରଗଳ୍ପ ପ୍ରତି ମୋର କୃତଜ୍ଞତା ଜ୍ଞାପନ।

ଏ ସଂକଳନ ନାରୀ ପୁରୁଷ ପ୍ରେମରୁ ଆରମ୍ଭ ହେଇଥାଇପାରେ; କିନ୍ତୁ ସମାପ୍ତ ହୁଏ ରତିକ୍ଲାନ୍ତ ଲିଲେଟ୍ ମୋପାସାଙ୍କୁ ଖୋଜି ଭଗବାନଙ୍କ ବ୍ୟକ୍ତିଗତ ବଗିଚାରେ ସବୁ ଅସତ୍ୟର ଧୂଆଁକୁ ଆଡ଼େଇ ବସି ତାଙ୍କ ସହ ଏ ବର୍ଣ୍ଣମୟ କିନ୍ତୁ କ୍ଷଣଭଙ୍ଗୁର ସୃଷ୍ଟି ବିଷୟରେ ଗପସପ କରିବାର କାମନାରେ ପ୍ରଜ୍ୱଳିତ। ସେ ହିସାବରେ ପାଠକ ମାନେ ଗଳ୍ପାଗ୍ରହରେ ତନ୍ମୟ ହୋଇ ଲିଲେଟ୍ ଓ ମୋପାସାଁ ତଥା ଶ୍ରୀଯୁକ୍ତ ଛୋଟରାୟ ଓ ବାବେଲଙ୍କ ବୌଦ୍ଧିକ ଉନ୍ନତତାକୁ ସମକାଳୀନ ନହେଲେ ମଧ୍ୟ ସମକକ୍ଷ ଶବ୍ଦ ଚିତ୍ରକଳା ରୂପେ ଗ୍ରହଣ କରିବାକୁ ଅନୁରୋଧ।

ଏଠାରେ ମାନନୀୟ ଅନନ୍ତ ମହାପାତ୍ରଙ୍କ ଅନନ୍ୟତା ସ୍ୱୀକୃତ ହେବା ଦରକାର। କିଛି ବର୍ଷ ହେଲା ଟିଭି, ଆଇ-ପ୍ୟାଡ଼, Whatsapp ଆଦି ଦ୍ୱାରା କବଳିତ ନିରୁଦ୍ଦିଷ୍ଟ ସାଧାରଣ ପାଠକୁ ଗଳ୍ପାଗ୍ରହର ଅପରୂପ ଜଗତକୁ ଫେରାଇ ଆଣିବାକୁ ଶ୍ରୀଯୁକ୍ତ ମହାପାତ୍ର ଭଲ ଗଳ୍ପମାନଙ୍କ ମନୋଜ୍ଞ audiovisual ଉପସ୍ଥାପନା କରି ଆସୁଛନ୍ତି। ଲିପି ପଢ଼ିବାରେ ଓଡ଼ିଆ ପରିବାରର ଇଂରାଜୀ ମିଡିୟମରେ ପଢ଼ୁଥିବା ଭଲ ଛାତ୍ରଛାତ୍ରୀ ମାନେ ଝୁଣ୍ଟୁଛନ୍ତି। ଶ୍ରୁତିରୁ ଲିପି ଏବଂ ବର୍ତ୍ତମାନ ଲିପିରୁ ଶ୍ରୁତି ଓ ଭାଷା-ସ୍ମୃତି। ଓଡ଼ିଆ ଗଳ୍ପର ଆମ୍ଭକୁ ସାବଲୀଳ ଓ ସଜୀବ ରଖିବାକୁ ଏହିପରି ସବୁ ଚେଷ୍ଟା ପ୍ରଶଂସନୀୟ।

ଭଲ ଗପ, ଭଲ ଲେଖକ, ଭଲ ପାଠକ ପରସ୍ପର ସହ ଜନ୍ମଜନ୍ମାନ୍ତର ନିବିଡ଼ ସମ୍ପର୍କ! ଭଲ ସମ୍ପାଦକ ଓ ପ୍ରକାଶକଙ୍କ ମାଧ୍ୟମ ଅପରିହାର୍ଯ୍ୟ। ପ୍ରକାଶକ ଦମ୍ପତି ବହୁତ ସ୍ନେହ ଦେଇ ଏବଂ କଷ୍ଟ ସହି ସଂକଳନ ପାଇଁ ସୁଯୋଗ ଦେଇଥିବାରୁ ଅଶେଷ କୃତଜ୍ଞତା ଜ୍ଞାପନ କରୁଛି।

ଶ୍ରୀ ସୁଖେନ୍ଦୁ ପଟ୍ଟନାୟକ, ଶ୍ରୀ ଜଗଦେବ ଗପମାନଙ୍କ ଭଲ ଅଡିଓ ତିଆରି କରି ଇଲେକ୍ଟ୍ରୋନିକ୍ ମିଡିଆ ମାଧ୍ୟମରେ ଶ୍ରୋତାଙ୍କ ପାଖେ ଉପସ୍ଥାପନ କରୁଛନ୍ତି । 'ପ୍ରତିଲିପି', ଟେକ୍ନୋଲୋଜି ଦ୍ୱାରା ଓଡ଼ିଆ ଲେଖା ଓ ପାଠକଙ୍କୁ ଏକାଠି କରିବାର ଏକ ବିରାଟ ପ୍ରୟାସ । କିନ୍ତୁ ମୋ ସାମାନ୍ୟ ମତରେ ଓଡ଼ିଆ ସଂସ୍କୃତିକୁ ଆଲୋକିତ କରି ରଖିବାକୁ ପୁସ୍ତକ ପ୍ରକାଶନ ପ୍ରଥା ଜାରି ରହିବା ଏକାନ୍ତ ଆବଶ୍ୟକ । ଭଲ ଗଳ୍ପ ପ୍ରଥମେ ଲେଖକର ହୃଦୟରୁ ପ୍ରବାହିତ ହେବ, ପାଠକ ପାଖକୁ ସେ ଫଲ୍ଗୁ ଧାରା ପହଞ୍ଚିବ ସମ୍ପାଦକ/ପ୍ରକାଶକଙ୍କ ପ୍ରଚେଷ୍ଟାରେ । ଟେକ୍ନୋଲୋଜି ଅବା ଆର୍ଟିଫିସିଆଲ ଇଣ୍ଟେଲିଜେନ୍ସ ଆପେ ଆପେ ଉତ୍କର୍ଷର ମୂଲ୍ୟାଙ୍କନ କରିପାରିବ ନାହିଁ । ଲେଖା, ଆଲେଖ୍ୟ, କାହାଣୀ, ଗପ ଓ ଉତ୍କୃଷ୍ଟ ଗଳ୍ପ ପ୍ରତ୍ୟେକ ସ୍ୱତନ୍ତ୍ର । ଉତ୍କୃଷ୍ଟ ଗଳ୍ପର କାରୁକାର୍ଯ୍ୟ ଉଚ୍ଚକୋଟିର କବିତା ପରି । ସେଥିପାଇଁ କୁହାଯାଏ ଯେ 'A short story is closer to a poem than a novel'! ଗଳ୍ପର କାରୁକାର୍ଯ୍ୟ ସୁରେନ୍ଦ୍ର ମହାନ୍ତିଙ୍କ ଭାଷା ପରି କିଞ୍ଚିତା ଆଲଙ୍କାରିକ ହୋଇପାରେ କିମ୍ୱା ହୋଇପାରେ ଗୋପୀନାଥ ମହାନ୍ତିଙ୍କ ପରି three dimensional ସ୍ଥାନ-କାଳ-ପାତ୍ର ବର୍ଣ୍ଣନା ସମ୍ପନ୍ନ । ଅଖିଳମୋହନଙ୍କ ପରି ସ୍ୱପ୍ନାଚ୍ଛନ୍ନ ହୋଇପାରେ, କି ଶାନ୍ତନୁଙ୍କ ପରି ଜ୍ଞାନବିଜ୍ଞାନ ପରିପୂର୍ଣ୍ଣ, କିଶୋରୀ ଚରଣଙ୍କ ପରି ଆତ୍ମସନ୍ଧାନୀ, ଜଗଦୀଶଙ୍କ ପରି ଜୀବନ-ସନ୍ଧାନୀ ବା ବୀଣାପାଣି ଓ ସରୋଜିନୀଙ୍କ ପରି ନାରୀତ୍ୱ-ଉପାସନୀ ହୋଇପାରେ । ଅବା ଆଦିସୁରୀ ଫକୀର ମୋହନଙ୍କ ଆପାତତଃ ସାଧାରଣ ମଣିଷର ସରଳ ରସାଳ ଭାଷାର ପରିପାଟୀ ନେଇ ଉଭା ହୋଇପାରେ । ଏସବୁ ଅଥଚ ଏଥିରୁ ଊର୍ଦ୍ଧ୍ୱରେ ମାନବିକତା ଏବଂ ସୃଷ୍ଟିର ଅଭୁତତାକୁ କରୁଣା ସହ ପରିବେଷଣ କରି ମଣିଷର ଆତ୍ମା ଓ ବୌଦ୍ଧିକତାକୁ ଊର୍ଦ୍ଧ୍ୱଗାମୀ କରାଇ ପାରିବା - ସଂକ୍ଷେପରେ ଏହା ହିଁ କ୍ଷୁଦ୍ରଗଳ୍ପର ଚାତୁର୍ଯ୍ୟ । ଏବେ ଗଦାଗଦା ଲେଖକ, ସେଥିରୁ ଉତ୍କୃଷ୍ଟ ଗଳ୍ପ ଚୟନ ଏବଂ ଉତ୍କର୍ଷର ପ୍ରସାର ନିମିତ୍ତ ଭଲ ପୁସ୍ତକ ପ୍ରକାଶନ ଅନିବାର୍ଯ୍ୟ । ସୁଦୂର ଟରୋଣ୍ଟୋରେ ସୁନନ୍ଦା ଓ ତନ୍ମୟ ପଣ୍ଡା ଦମ୍ପତିଙ୍କ 'ବିଦ୍ୟା ପବ୍ଲିଶିଙ୍ଗ' ଏବଂ ତାଙ୍କର CANSA Centre ଅନୁଷ୍ଠାନ ଓଡ଼ିଆ ସଂସ୍କୃତିକୁ ଉଜ୍ଜୀବିତ ଓ ପ୍ରଜ୍ୱଳିତ କରି ରଖିବା ପାଇଁ ଏକ ଧାର୍ମିକ ସଙ୍କଳ୍ପ - ବ୍ୟବସାୟ ନୁହେଁ । କିନ୍ତୁ ଚାଣକ୍ୟ କହିଛନ୍ତି, 'ଧର୍ମ ଆଚରଣ ପାଇଁ ଅର୍ଥ ଅତ୍ୟାବଶ୍ୟକ' । ମୋର ଓଡ଼ିଆ ପରିବାରର ସମର୍ଥ ନାରୀ ତଥା ପୁରୁଷ ବ୍ୟକ୍ତିତ୍ୱକୁ ବିନୀତ ପ୍ରାର୍ଥନା ନିୟମିତ ଭାବେ ଭଲ ଓଡ଼ିଆ ବହି କିଣି, ପଢ଼ି ଘରେ ସଜାଇ ରଖି ଘରର ଶୋଭା ବଢ଼ାନ୍ତୁ । ଆଧୁନିକ ଆତ୍ମକୈନ୍ଦ୍ରିକ

ବସ୍ତୁବାଦ ପ୍ରତି ସମ୍ମାନ ରଖନ୍ତୁ, କିନ୍ତୁ ଘରେ ଆମ୍ଭବିସ୍ତୃତ ସୂକ୍ଷ୍ମ ଭାବର କିଛି ପରିବେଶ ସୃଷ୍ଟି କରି ବସ୍ତୁବାଦ ପ୍ରତି ସତର୍କ ରୁହନ୍ତୁ । ଉକ୍ରୁଷ୍ଟ ଓଡ଼ିଆ ବହି ଆପଣଙ୍କ ଘରର ପ୍ରକୃତ 'ବାସ୍ତୁକଳା' ; ସେଥିପାଇଁ ଯତ୍ସାମାନ୍ୟ ଖର୍ଚ୍ଚ ପାଇଁ କୁଣ୍ଠାବୋଧ କରନ୍ତୁ ନାହିଁ । ଗ୍ରାହକ-ପାଠକ ସଂସ୍କୃତି ହିଁ ଉକ୍ରର୍ଷର ପ୍ରକୃତ ଅଭିଭାବକ । 'ବିଦ୍ୟା ପବ୍ଲିଶିଙ୍ଗ' ତଥା ଏହିପରି ଉଦ୍ୟମର ସଫଳତା ଆମ ନିଜର ସଫଳତା ବୋଲି ଭାବିବାକୁ ହୃଦୟ ବିସ୍ତାର କରି ଆଗେଇ ଆସନ୍ତୁ ।"

ଏକାନ୍ତ ଗୋପନୀୟ

ମୂଳଲେଖା: ଆଇ ବି ସିଙ୍ଗର (The Secret)

ଭାଷାନ୍ତର: ପ୍ରସନ୍ନ କୁମାର ହୋତା

ପରିଶେଷରେ ସେ ଆସିଲେ। ସେ ଅନେକ ଅନୁରୋଧ କରିଥିବାରୁ ମୁଁ ତାଙ୍କୁ ଭେଟିବାକୁ ସମୟ ଦେଇଥିଲି। ସେ ଜଣେ ବୟସ୍କା ମହିଳା, ମୁହଁରେ ବୟସର କୁଞ୍ଚିତ ଛାପ। ତେବେ ବାଳ ରଙ୍ଗ କରିଛନ୍ତି। ମତେ ଦେଖ୍ ନାରୀସୁଲଭ ଆଡ଼ନୟନରେ ଦେଖିବା ପରି ଅନାଇଲେ। ଈଷତ୍ ହସିଲେ, ତାଙ୍କ ପାଟିର ନକଲି ଦାନ୍ତସବୁ ଦେଖାଗଲା। ସେ ଯେଉଁ ସ୍ୱରରେ କଥାବାର୍ତ୍ତା କଲେ, ସେଥିରୁ ମୁଁ ଜାଣି ପାରିଲି ଯେ, ସେ ଆମ ପୋଲାଣ୍ଡ ଅଞ୍ଚଳର ବାସିନ୍ଦା। ସେ ଆଗ୍ରହରେ କହିଲେ, ମୁଁ ଆପଣଙ୍କ ସବୁ ଲେଖା ପଢ଼େ, ରେଡ଼ିଓରେ ଆପଣଙ୍କ କଥା ମଧ୍ୟ ଗୋଟି ଗୋଟି ଶୁଣେ। ଆପଣଙ୍କୁ ଟେଲିଫୋନରେ ପାଇବା କଷ୍ଟ – ଆପଣ କେଜାଣି କେଉଁ ଜଞ୍ଜାଳରେ ବ୍ୟସ୍ତ! ମତେ କ୍ଷମା କରି ଦେବେ; ମୁଁ ଆପଣଙ୍କ ଚିହ୍ନାଜଣା ଲୋକପରି କଥା କହୁଛି। ମନେ ମନେ ମୁଁ ଆପଣଙ୍କୁ ମୋର ଭାଇ ବୋଲି ଭାବେ।

ମୁଁ ତାଙ୍କୁ ସାହାଯ୍ୟ କରି ଗୋଟିଏ ଚୌକୀରେ ବସାଇଲି। ତାଙ୍କ ହାତବାଡ଼ି ଗୋଟେ ପଟକୁ ରଖିଦେଲି। ମହିଳା କହିଲେ, ଆପଣଙ୍କ ସାମ୍ନାରେ ଜଣେ ବୟସ୍କା ସ୍ତ୍ରୀ ବସିଛି। କିନ୍ତୁ, ଏବେ ଏବେ ସେ ଯୁବତୀ ଥିଲା। ଆପଣଙ୍କ ଗୋଟିଏ ଲେଖାରେ

ଆପଣ ଜଣେ କବିଙ୍କଠାରୁ ପଦେ ସତ କଥା ଆଣି ନିଜ ରଚନାରେ କହିଛନ୍ତି –
‘ବୟସ୍କମାନେ ଯୁବା ଅବସ୍ଥାରେ ମରିଯାନ୍ତି ।’ ସତରେ ମନର ବା ଆମ୍ଭର ବୟସ
ବଢ଼େ ନାହିଁ । ଆପଣଙ୍କ ସାମ୍ନାରେ ବସିଥିବା ଏ ନାରୀ ନିଜ ବୟସ ଜାଣେ ନାହିଁ ।
ମୁଁ ମଧ ତରୁଣୀ ମନ ନେଇ ମରିବି । ମୁଁ ଏବେର କଥା ଭୁଲି ଯାଉଛି; କିନ୍ତୁ ମୋ
ଯୁବତୀ ବୟସର ସବୁ କଥା ମୋ ସ୍ମୃତିରେ ସ୍ୱଷ୍ଟ ରହିଛି । ମୁଁ ଆପଣଙ୍କୁ ଗୋଟିଏ
ବିଚିତ୍ର କାହାଣୀ କହିବି – ହଜାରେ ବର୍ଷରେ ଏପରି କଥା ଥରେ ଅଧେ ଘଟିପାରେ ।

“ଆପଣ ମତେ ଗପ କହିବାକୁ ଋହାନ୍ତି, ନା କୌଣସି ପରାମର୍ଶ ଲୋଡ଼ା ?”
ମୁଁ ପରୁଲିଲି । “ମତେ ଆପଣଙ୍କ ଠାରୁ ସବୁ ଦରକାର । ଟିକେ ଧୈର୍ଯ୍ୟ ଧରିବେ ।”
ସେ କହିଲେ ।

– ହେଲେ ସଂକ୍ଷେପରେ କୁହନ୍ତୁ । ମୁଁ କହିଲି ।

“ଅଳ୍ପରେ କହିବି ? ତେବେ ପଚିଶ ବର୍ଷର କଥାକୁ କେତେ କମ୍ କରି
ବଖାଣିବି ! ଏମିତି ଭାବିଲେ, ମୁଁ କିଛି ସାଧାରଣ ନାରୀ ନୁହେଁ । ମୋ ବାପା ଜଣେ
ପ୍ରସିଦ୍ଧ ଲେଖାକାର ଥିଲେ । ସେ ପୁରାଣ ପୋଥି ଆଦି ନିପୁଣ ଭାବରେ ଲେଖି
ପାରୁଥିଲେ । ଆମେ ଋରି ଭଉଣୀ ଓ ଜଣେ ଭାଇ ତାଙ୍କ ଲେଖା ଋତୁରୀକୁ
ଅନୁସରଣ କରି ପାର୍ଚମେଣ୍ଟରେ ନ ଲେଖି କାଗଜରେ ନକଲ କରୁଥିଲୁ । ମୁଁ
ତାଙ୍କର ପରକଲମ ସବୁ ମୁନ କରି, ପାର୍ଚମେଣ୍ଟ ସଜାଡ଼ି ରଖୁଥିଲି । ମୋ ମା ମଧ
ଭଲ ଲେଖିପଢ଼ି ଜାଣିଥିଲେ । ସେ ଆମକୁ ଆମ ଧର୍ମଗ୍ରନ୍ତୁ ପଢ଼ି ଶୁଣାଉଥିଲେ ।
ଏତେଗୁଡ଼େ କଥା – ସାତଦିନ ସାତରାତି ବର୍ଣ୍ଣନା କଲେ ବି ସରିବ ନାହିଁ । ତେବେ
ଆଜିକାଲି ସବୁକାମ ତରତର । ମୁଁ ଯୁବତୀ ଅବସ୍ଥାରେ ଚଞ୍ଚଲିଆ ଥିଲି । ଏବେ
ତୁରତୁରିଆ ହୋଇ କି ଲାଭ ! ମଶାଣି ଯିବାକୁ ତ ବିଲମ୍ୱ କରାଇ ହେବ ନାହିଁ ।
ଆମର ବାପାଙ୍କ ନାମ ଶ୍ରୀଯୁକ୍ତ ମୋଶେ, ଲେଖାକାର । ସେ ଧାର୍ମିକ
ବ୍ୟକ୍ତିବିଶେଷରେ ଗଣା ହେଉଥିଲେ । ତାଙ୍କ ବାପା ଶ୍ରୀଯୁକ୍ତ ଯେରୁଲ୍‌କ୍ ଏତେ
ନୈଷ୍ଠିକ ଥିଲେ ଯେ କୌଣସି ପୁରାଣ ଆଦି ଯଦି ଲେଖା ଆରମ୍ଭ କରିବା ପୂର୍ବରୁ
ସ୍ନାନ ତର୍ପଣ କଲାପରେ ଯାଇ କାମ ଆରମ୍ଭ କରୁଥିଲେ । ଦରକାର ଭାବିଲେ ପ୍ରତି
ନୂଆ ଅଧ୍ୟାୟ ଲେଖିବା ପୂର୍ବରୁ ପୁଣି ସ୍ନାନ କରୁଥିଲେ । ଥରେ ଗୋଟିଏ ‘ତୋରା’
ପୁରାଣ ନକଲ କରିବାକୁ ତାଙ୍କୁ ପୁରା କୋଡ଼ିଏ ବର୍ଷ ଲାଗି ଯାଇଥିଲା । ସେ ଓ

ତାଙ୍କ ପରିବାର ଭୋକରେ ମରି ଯାଇଥାନ୍ତେ; କିନ୍ତୁ ମୋ ଜେଜେମା ଛୋଟ ଦୋକାନଟିଏ ଚଲାଇ ପରିବାରର ଭରଣପୋଷଣ କରୁଥିଲେ। ସେ ସତରଟା ପିଲାଙ୍କ ମା ହୋଇଥିଲେ।"

"ମୋର ମନେ ଅଛି, ଥରେ ଏକା ସମୟରେ ସେ ଓ ମୋର ମା ଉଭୟେ ଗର୍ଭବତୀ ହୋଇ ବଡ଼ପେଟ କରି ବୁଲୁଥିଲେ। ଜେଜେମାଙ୍କ ସତରଟା ପିଲାରୁ ଏଗାରଜଣ ଅକାଳରେ ମରିଯାଇଥିଲେ। ତାଙ୍କ ପରି ଘରଣୀ ଆଜିକାଲି ବିରଳ! ସେ ଦୋକାନ ଚଲାଉଥିଲେ; ରନ୍ଧାବଢ଼ା କରୁଥିଲେ; ଲୁଗାସଫା ଆଦି ଯାବତୀୟ କାମ – ଏପରିକି ଦରକାର ହେଲେ କାଠକାଟି ଜାଳେଣୀ ଯୋଗାଡ଼ୁ ଥିଲେ। ମୁଁ ଅନେକ ବେଳେ ଭାବେ ସେ ଯୁଗର ମା'ମାନେ ଏତେ ଦମ୍ଭ କେଉଁଠାରୁ ହାସଲ କରୁଥିଲେ!"

"ପରିବାରରେ ବଡ଼ ହିସାବରେ ବାକି ପିଲାଙ୍କ ଦେଖାଶୁଣା କରିବା ମଧ୍ୟ ମୋର କିଛି ଦାୟିତ୍ୱ ଥିଲା। ସାଙ୍ଗ ଗୋଟାଇବାକୁ ସମୟ ନ ଥିଲା। ତେବେ ମୁଁ ସାନବେଳୁ ସାହିତ୍ୟ ଅନୁରାଗୀ ଥିଲି। ମୋର ଭାଇଆଦିଶ୍ କାଗଜ ମଗାଉଥିଲା, ମୁଁ ତାହା ପଢ଼ୁଥିଲି। ଏଠି ଆମେରିକାରେ ମୁଁ ଆପଣଙ୍କ ସବୁ ଲେଖା ପଢ଼େ। ମତେ ଲାଗେ ଆପଣ ମଣିଷର ଆତ୍ମାକୁ ଚିହ୍ନି ପାରନ୍ତି। ଆପଣଙ୍କୁ କିଛି କହିବାକୁ ରହୁଁଛି, ଏ କଥା ଆଉ କାହାକୁ କହି ନାହିଁ।"

"ମୁଁ କିଶୋରୀ ଅବସ୍ଥାରୁ ଅତ୍ୟଧିକ ଭାବପ୍ରବଣ ଥିଲି। କିନ୍ତୁ ମୋ ଭାବକୁ ମୁଁ ଗୋପନ ରଖୁଥିଲି। ମୁଁ ପ୍ରେମ ବିଷୟରେ ସ୍ୱପ୍ନ ଦେଖିବା ଆରମ୍ଭ କରି ସାରିଥିଲି। ମୁଁ ଅନେକ କଥା ଜାଣି ପାରୁଥିଲି; କିନ୍ତୁ ମୋ ବାପାମାଙ୍କୁ ଅଯଥାରେ ବିବ୍ରତ କରାଇବାକୁ ରୁହୁଁ ନ ଥିଲି। ଆମେ ଭଉଣୀମାନେ ଉପନ୍ୟାସ ଆଦି ପଢ଼ୁଥିଲୁ। ଆମ ସହରରେ ଘର ଘର ପାଣି ଯୋଗାଉଥିବା ସାଧାରଣ ପରିବାରର ଗୋଟିଏ ଝିଅ ଜଣେ କୋଜାକ୍ (ରୁଷୀୟ ସୈନ୍ୟ) ହାବୁଡ଼ରେ ପଡ଼ି ଗର୍ଭବତୀ ହେଇ ଯାଇଥିଲା। ଏ ସୈନ୍ୟମାନେ କବରଖାନା ପଛରେ ଥିବା ବେଶ୍ୟାପଡ଼ାକୁ ବେଲେବେଲେ ଯାଉଥିଲେ। ଟୋକାମାନେ ମଧ୍ୟ ରାତିର ଅନ୍ଧାରରେ କେବେ କେବେ ଯାଉଥିବା ଜଣାଥିଲା। ମୁଁ କେତେ ଗଭୀର ରାତିରେ ଏସବୁ ଭାବି ଝାଲନାଲ ହୋଇ ଯାଉଥିଲି।"

"ଆମ ପୁରୁଣା ଜାଗାର ଜୀବନ କିପରି ଯେ ଥିଲା – ସେ କଥା ଆମେରିକାରେ ଅନେକେ ଭୁଲି ଗଲେଣି। ଆମେରିକାରେ ଆମ ଯୁବାପିଢ଼ୀ କେତେ ଭଲରେ ଅଛନ୍ତି ତାହା ଜାଣି ପାରୁ ନାହାନ୍ତି। ପ୍ରତିବର୍ଷ ଟାବରନାକେଲସ୍ ପର୍ବ ପାଳନ ହେଉଥିଲା; ଏବଂ ପ୍ରାୟ ତା ପରେ ପରେ ମହାମାରୀ ଆରମ୍ଭ ହୋଇ ଯାଉଥିଲା। ଆମ ଜାଗାରେ ଜଣେ କବର ଖୋଲାଳୀ ଥିଲା – ତାକୁ ସମସ୍ତେ ନର୍କର ଜଗୁଆଳ ବୋଲି ଡାକୁଥିଲେ। ଯେତେବେଳେ ମହାମାରୀରେ ଛୋଟ ଛୋଟ ପିଲାମାନେ ମରିବା ଆରମ୍ଭ ହେଉଥିଲା, ସେ ଘରମାନଙ୍କୁ ଯାଇ ପିଲାମାନଙ୍କ ଶବକୁ ପୁରୁଣା ଲୁଗାରେ ଗୁଡ଼ାଇ ନିଜେ ବୋହି ନେଇ ପୋତି ଦେଉଥିଲା। କିନ୍ତୁ କବରଖାନା ସଂସ୍ଥାର ଅନ୍ୟମାନଙ୍କ ପରି ସେ ମଦୁଆ ଥିଲା। ପିଲାଙ୍କ ଶବ ବୋହି ଯାଉ ଯାଉ ମଦ ଦୋକାନରେ ଅଟକି ପିଇବା ଆରମ୍ଭ କରି ଦେଉଥିଲା। ଥରେ କେତେ ପିଲାଙ୍କ ଶବ ଗୋଟେ ଅଖାରେ ଭରି ବେଞ୍ଚ ଉପରେ ରଖି ଭୁଲିଗଲା, ମଦ ପିଇବାରେ ଲାଗିଗଲା। ଏ ନେଇ ବଡ଼ ଗଣ୍ଡଗୋଳ ହେଲା; ତା' ରୁକିରୀ ଚାଲିଗଲା।"

"ମୋ ବାପାମା ଡକାଡକି ହେବାପରି ଗୋଟିଏ ବର୍ଷରେ ଅକାଳରେ ଚାଲିଗଲେ। ସେମାନଙ୍କ ମରଣ ପରେ ଆମେ ପିଲାମାନେ ଏଠି ସେଠି ବାଣ୍ଟି ହୋଇଗଲୁ। ଜଣେ ଭଉଣୀ ଗୋଟିଏ ଧନୀ ଘରେ ଚାକରାଣୀ ବନିଗଲା। ଜଣେ ଭଉଣୀ ଲିଟ୍‌ଭାକ୍ ର ଜଣେ ଇହୁଦୀକୁ ବାହା ହୋଇ ରୁଷିଆ ଚାଲିଗଲା। ମୋ ଭାଇ ସମେଲ୍ ଟେମ୍ ଶେଷରେ ଆମେରିକାରେ ପହଞ୍ଚିଗଲା। ଏବେ ସମସ୍ତେ ମୃତ। ମୁଁ କେବଳ ଏକ ଭଙ୍ଗା ଖେଳନା ପରି ପଡ଼ି ରହିଛି। ଦିନ ଥିଲା – ମୁଁ ସୁନ୍ଦରୀ ରୂପେ ଗଣା ହେଉଥିଲି। ଆମ ସମୟରେ ଯୌତୁକ ପ୍ରଥା ପ୍ରବଳ ଥିଲା। ମୋ ମାଉସୀ ମତେ ରଖିଥିଲେ। ମୋ ବୋଝ ହଟାଇବାକୁ ମତେ ମୋ ଠାରୁ ଚାଲିଶ ବର୍ଷ ବଡ଼ ଜଣେ ଦର୍ଜୀଙ୍କ ସହ ବାହା କରିଦେଲେ। ସେ ଦର୍ଜୀ ବାପା ବୟସର, ସେତେବେଳକୁ ସେ ଜେଜେ ମଧ ହୋଇ ସାରିଥିଲେ। ବାହା ଚାନ୍ଦୁଆ ତଳେ ଆମେ ଏକାଠି ଛିଡ଼ା ହେବାବେଳେ ତାଙ୍କ ଧଳା ଦାଢ଼ି ହିଁ ବେଶୀ ନଜରକୁ ଆସୁଥିଲା। ତଥାପି ବେସାହାରା ହୋଇ ରହିବା ଅପେକ୍ଷା ଜଣେ ରୋଜଗାରିଆ ପୁରୁଷ ଭଲ ବୋଲି ମୁଁ ଧରିନେଲି। ମୁଁ ତାଙ୍କ ସହର ବା ତାଙ୍କ ନାମ କହିବି ନାହିଁ। ପରେ ଜାଣିବେ କାହିଁକି କହିବାକୁ ଚାହୁଁନି।"

“ଆମ ବାହାଘର ହୋଇଗଲା। ସେ ଜଣେ ଧାର୍ମିକ ଇହୁଦୀ ମାତ୍ର। ମୋର ଆଶା ଥିଲା ଯେ ଆମର ପିଲାପିଲି ହେବେ। କିନ୍ତୁ କେତେ ବର୍ଷ ବିତିଗଲା, ମୁଁ ମା' ହୋଇ ପାରିଲି ନାହିଁ। ଇହୁଦୀ ସମାଜରେ ବନ୍ଧ୍ୟାର ଆଦର ନାହିଁ। ବୋଧହୁଏ ମୋ ସ୍ୱାମୀଙ୍କର ବେଶୀ ବୟସ ହୋଇ ଯାଇଥିବାରୁ ସେ ମତେ ମା' ସୁଖ ଦେଇ ପାରିଲେ ନାହିଁ।”

“ଅଧିକ ବୟସ ହେଲେ ପୁରୁଷମାନେ ବେଳେ ବେଳେ ନପୁଂସକ ହେଇଯାଇ ପାରନ୍ତି। କିନ୍ତୁ ବାପା ହେବା କ୍ଷମତା ସହଜରେ ସରେ ନାହିଁ।” ମୁଁ କହିଲି।

“ହୁଏ ତ ସେ ନପୁଂସକ ନ ଥିଲେ। କିନ୍ତୁ ପୁରୁଷ ରୂପେ ମୁଁ ତାଙ୍କୁ ଭାବି ପାରୁ ନ ଥିଲି। ମୋର ମାସିକଧର୍ମ ପରେ ମୁଁ ଶୁଦ୍ଧପୂତ ହୋଇ ସ୍ନାନ କରି ଆସିଲେ, ସେ ମୋ ବିଛଣାକୁ ଆସୁଥିଲେ। ପୁରୁଷମାନଙ୍କ ପୋଷାକ ତିଆରି କରିବାରେ ସେ କୁଶଳୀ କାରିଗର। ସେଠାର ଦର୍ଜୀସଂଘର ସେ ସଭାପତି; ଆମ ସ୍ଥାନୀୟ ପ୍ରାର୍ଥନାସଭାର ମଧ ସେ ମୁଖିଆ ଥିଲେ। ତେବେ ତାଙ୍କର ବେଶୀ ଚିନ୍ତା କାଲେ ମୋ ଓଢ଼ଣୀ ଖସି ପଡ଼ିବ; ମୋ ଘନ କଳା କେଶ ଦେଖି ଅନ୍ୟ ପୁରୁଷମାନେ ପାପ ଚିନ୍ତାରେ ଘାରିହେବେ। ତାଙ୍କ ପାଖରେ ଗୋଟିଏ ବୁଢ଼ା ଦର୍ଜୀ କାମ କରୁଥିଲା। ମୁଁ ଉଭୟଙ୍କ ପାଇଁ ରନ୍ଧାବଢ଼ା କରୁଥିଲି। ମୋ ଜୀବନ ସରିଗଲା ପରି ମତେ ଲାଗୁଥିଲା। ତେବେ ସେ ଚଳଣି ସହ ମୁଁ ସାଲିସ୍ କରି ଝେଲୁଥିଲି। ମୋ ସ୍ୱାମୀ ସବୁବେଳେ ପଇସା ସଞ୍ଚିବା କଥା କହୁଥିଲେ। ମୁଁ ମଧ ଭବିଷ୍ୟତ କଥା ଭାବି ସହଯୋଗ କରୁଥିଲି। ତେବେ ବହି କିଣିବା ମୋର ଗୋଟେ ବଡ଼ ଖର୍ଚ୍ଚ। ଆମ ସହରକୁ ବହି ବିକାଳୀ ଆସିଲେ ମୋର ହାତ ଖୋଲା ହୋଇ ଯାଉଥିଲା। ସବୁ ପ୍ରକାରର ଇହୁଦୀ ଲେଖକଙ୍କ ଲେଖାରେ ମୋର ଆଗ୍ରହ ଥିଲା। ଆମ ସହରର ପାଠାଗାରରୁ ମୁଁ ବହି ଆଣି ପଢୁଥିଲି। ମୋ ସ୍ୱାମୀଙ୍କୁ ଗଳ୍ପ ଉପନ୍ୟାସ ଆଦି ଅଧାର୍ମିକ ପରି ଲାଗୁଥିଲା। କିନ୍ତୁ ପଢ଼ିବା ହିଁ ମୋର ଏକମାତ୍ର ବିଲାସ। ମୋ ଭାଇ ଆମେରିକାରୁ କେତେକ ପ୍ରସିଦ୍ଧ ଲେଖକଙ୍କ ବହି ପଠାଇଲା। ଏ ବହିସବୁ ମୋ ଜୀବନରେ କେତେ ରଙ୍ଗରସ ଭରି ଦେଇଥିଲେ – କିପରି ବୁଝାଇବି ଆପଣଙ୍କୁ ଯେ ମୁଁ ବହିରେ ହିଁ ବଞ୍ଚି ରହିଥିଲି!”

“ଏବେ ମୂଳକଥାକୁ ଆସେ । ଓ ଥରେ ମୋ ସ୍ୱାମୀ ଦର୍ଜ୍ଜୀକାମ ଶିଖିବାକୁ ରହୁଁଥିବା ଜଣେ ଶିକ୍ଷାନବିସକୁ ଆଣି କାମରେ ଲଗାଇଲେ । ତା’ ନାଁ ମୋଟ୍କେ । ସେ ତେରବର୍ଷର ଟୋକା । ପାଖ ଗାଁରେ ତା’ ଘର । ଅନ୍ୟ ଦର୍ଜ୍ଜୀମାନେ ରୁଟମାନଙ୍କୁ ରୁକର ପରି ବ୍ୟବହାର କରୁଥିଲେ । ରୁଟମାନେ ମାଲିକମାନଙ୍କ ଘରର ଯାବତୀୟ କାମ କରୁଥିଲେ । ବଦଳରେ ତାଙ୍କୁ ଗଣ୍ଡେ ଖାଇବାକୁ ଓ ଚୁଲିକଣରେ ଶୋଇବାକୁ ଜାଗା ମିଳୁ ଥିଲା । ରୁଟମାନଙ୍କୁ ତାଙ୍କ ଦର୍ଜ୍ଜୀ ମାଲିକମାନେ ବର୍ଷ ବର୍ଷ ଧରି ଘରକାମ କରାଉଥିଲେ ଓ ଦର୍ଜ୍ଜୀକାମ ଶିଖାଉ ନ ଥିଲେ । ମୋଟ୍କେ ଛେଉଣ୍ଡ ପିଲା । ମୋ ସ୍ୱାମୀ କିନ୍ତୁ ତା’ ପ୍ରତି ସଦୟ ଥିଲେ । ତାକୁ ଗୁଡ଼େ ଖଟାଇବାକୁ ମତେ ମନା କରିଥିଲେ । ମୋର କି ଦରକାର ! ମୁଁ ଭଲ ଭଲ ଖାଇବା ତିଆରି କରି ସମସ୍ତଙ୍କୁ ଖୁଆଉଥିଲି । ମୋଟ୍କେ କୁଶଳୀ, ରୁଲାକ ଓ ଚତୁର । ସବୁକାମ ପଟାପଟ୍ ଶିଖିଗଲା । ମୋ ସ୍ୱାମୀ ତା’ ପ୍ରଶଂସାରେ ପଞ୍ଚମୁଖ ହୋଇଗଲେ । ମୋଟ୍କେର ରଙ୍ଗ ଏତେ ତୋଫା! ଗୋରା ନୁହେଁ । ଆଖି ଦୁଇଟା ବି କଳା କଳା । ତାମସା ଯେପରି ତା’ ରକ୍ତରେ ଭରା । ସେ ପଢ଼ି ଜାଣିଥିଲା; ଏବଂ ମୋ ବହିସବୁ ପଢ଼ିବା ଆରମ୍ଭ କରିଦେଲା । ଅନ୍ୟ ଦର୍ଜ୍ଜୀମାନେ ମୋ ସ୍ୱାମୀଙ୍କୁ ଚିଡ଼ି କରି କହୁଥିଲେ ଯେ ଜଣେ ରୁଟକୁ ଏତେ ଶୀଘ୍ର ଏତେ ମୁହଁବଢ଼ା କରିବା ଠିକ୍ ନୁହେଁ ।”

“କିନ୍ତୁ ସମୟ ବଦଳୁଥିଲା । ରୁଷିଆରେ ଶ୍ରମିକ ଅଶାନ୍ତି ଆରମ୍ଭ ହୋଇ ଯାଇଥିଲା । ଜାରଙ୍କୁ ମାତ୍ର କେଇ ବର୍ଷ ତଳେ ହତ୍ୟା କରାଯାଇଥିଲା । ଆମ ସହର ଛୋଟ ଓ ଗୋଟେ କଣରେ; କିନ୍ତୁ ସେଠି ମଧ ଯୁବକଗଣ ସମସ୍ତଙ୍କ ପାଇଁ ସମାନ ଅଧିକାର ଉପରେ ଭାଷଣ ଦେବା ଆରମ୍ଭ କରି ଦେଇଥିଲେ । ସେମାନେ ପ୍ରାର୍ଥନା ଦିବସର ଜାଗରଣ ପରେ ପାଖ ବଣରେ ଏକାଠି ହେଉଥିଲେ ଏବଂ ଗୋଟିଏ ଆଲୋଚନା ଚକ୍ର ଆରମ୍ଭ କରିଥିଲେ । କେତେକ ଦର୍ଜ୍ଜୀଙ୍କ ରୁଟ ସେଠରେ ଭାଗ ନେଉଥିଲେ । ମୋଟ୍କେ ଏସବୁରେ ତାର ଆଗ୍ରହ ନାହିଁ ବୋଲି କହି ଦେଇଥିଲା । ଆମେ ଅବଶ୍ୟ ମୋଟ୍କେର ଭଲ ଦେଖାଶୁଣା କରୁଥିଲୁ । ମୋଟ୍କେ ସେମାନଙ୍କ ଭାଷଣ ଓ ଅଭିଯୋଗ ଦରଖାସ୍ତ ସବୁକୁ ହସରେ ଉଡ଼ାଇ ଦେଉଥିଲା । ସେ ମନଦେଇ କାମ ଶିଖିବ ବୋଲି କହୁଥିଲା; ଏବଂ ବଡ଼ ହେଲେ ନିଜେ ମାଲିକ ବନି ଅନ୍ୟମାନଙ୍କୁ କାମ ଯୋଗାଇବ ବୋଲି କହୁଥିଲା । ତେବେ ତାକୁ ଝିଅମାନଙ୍କ ପୋଷାକ,

ଗାଉନ୍ ଓ ଜ୍ୟାକେଟ୍ ଆଦି ତିଆରି କରିବାକୁ ଇଚ୍ଛା ଥିଲା । ପକ୍କା କୁହାଲିଆଟେ !”

“ଆପଣ ତାକୁ ଭଲପାଇ ବସିଲେ ନା କ’ଣ ?” ମୁଁ ସମ୍ଭାଳି ନ ପାରି ପଚାରି ଦେଲି । ମୋର ହଠାତ୍ ଏପରି କଥାରେ ସେ ନାରୀ କିଛି ସମୟ ଚୁପ୍‌ଚାପ୍ ହୋଇ ବସି ରହିଲେ । କିଛି କ୍ଷଣରେ କହିଲେ, “ଆପଣଙ୍କ ସାଙ୍ଗେ ଏକା ଥାଲିରେ ଖାଇଲେ ବିପଦ ଅଛି ।”

“ଏ କି ଆଶଙ୍କା ?” ମୁଁ କହିଲି ।

“ଆଶଙ୍କା ଅମୂଳକ ନୁହେଁ; ଆପଣ ମଞ୍ଚ କଥା ସାଙ୍ଗେ ସାଙ୍ଗେ ଜାଣି ଯାଉଛନ୍ତି । ଆପଣ ଠିକ୍ ! ମତେ ଲାଗିବା ଆରମ୍ଭ ହେଲା ଯେ ସେ ମତେ ନିରେଖ୍ ଦେଖୁଥିଲା । ଥିବ ଥିବ, ମତେ ଗେଲ କରିବା ଆରମ୍ଭ କରିଦେବ । ମୁଁ ଏପରି ନ କରିବାକୁ ତାକୁ ବୁଝାଇଲି; ସେ କିନ୍ତୁ ମୋ କଥା ଏ କାନରେ ଭରି ଆର କାନରେ ବାହାର କରି ଦେଉଥାଏ । ସେ ମତେ ତା’ର ପ୍ରେମିକା ପରି ଭାବିବା ଆରମ୍ଭ କରିଦେଲା । ତା’ର ଏପରି ବ୍ୟବହାର ବିଷୟରେ ସ୍ୱାମୀଙ୍କୁ କହିବି ବୋଲି ମୁଁ ଥରେ ଅଧେ ଭାବିଲି । ସେ ନିଶ୍ଚୟ ତାକୁ ତଡ଼ି ଦେଇଥାନ୍ତେ । କିନ୍ତୁ ମୁଁ ମଧ ମୋଟ୍‌କେ ପ୍ରତି ଆକୃଷ୍ଟ ହୋଇ ସାରିଥିଲି । ଆପଣ ସତକଥା ଜାଣି ସାରିଲେଣି ! ଆଉ କଥା ଲୁଚାଇ କି ଲାଭ ! ସେ ମୋର ପ୍ରେମିକ ବନିଗଲା ।”

“ଏ କଥା କେବେ କେମିତି ହେଲା ?”

“ଗ୍ରୀଷ୍ମ ରତୁର ଗୋଟିଏ ପ୍ରାର୍ଥନା ଦିବସ ସଂଧାରେ । ସପ୍ତାହର ଅନ୍ୟ ଦିନମାନଙ୍କରେ ମୋ ସ୍ୱାମୀ ଘରେ ଅନବରତ କାମରେ ଲାଗିଥାନ୍ତି । କିନ୍ତୁ ପ୍ରାର୍ଥନା ଦିବସରେ ସେ ବେଶୀ ରାତିଯାଏ ବାହାରେ ରୁହନ୍ତି । ପ୍ରାର୍ଥନା ସଭା ପରେ ସବୁ ଦର୍ଜୀ ଏକାଠି ହୋଇ ସଂଘର କଥା ପକାନ୍ତି । ତାପରେ ମୋ ସ୍ୱାମୀ ସେମାନଙ୍କୁ ଆମ ମହାନ୍ ପିତୃଗଣଙ୍କ ଉପରେ ଧର୍ମଗ୍ରନ୍ଥ ପଢ଼ି ଶୁଣାନ୍ତି । ତାପରେ ସେମାନଙ୍କର ଭୋଜି ହୁଏ । ସେ ଦିନ ଏପରି ଅଧାଦିନ ଏବଂ ଅଧାରାତି ତାଙ୍କର ଘର ବାହାରେ କଟେ । ମୁଁ ଶୀଘ୍ର ଖାଇସାରି ସଂଧାବେଳକୁ ବିଛଣାରେ ଘୁମାଇ ପଡ଼ିଥିଲି । ହଠାତ୍ ମୋ ନିଦ ଭାଙ୍ଗିଗଲା; ଦେଖିଲା ବେଳକୁ ମୋଟ୍‌କେ ମୋ ଦେହକୁ ଲାଗି ଶୋଇଛି । ମୁଁ ଆଶ୍ଚର୍ଯ୍ୟରେ ଚିତ୍କାର କରିବି ବୋଲି ଭାବିଲା ବେଳକୁ ସେ ଦୁଷ୍ଟ, ଏକ ଅଭିଜ୍ଞ

ପ୍ରେମିକ ପରି ହାତଦେଇ ମୋ ପାଟି ବନ୍ଦ କରିଦେଲା । କୌଣସି ଘଟ ଏ କଥା କରି ପାରିବ ନାହିଁ; ରୀତିମତ ଶଇତାନି ବ୍ୟାପାର ।"

"ଆପଣଙ୍କ ପୁରା କାହାଣୀ କ'ଣ ଏତିକା ?"

"ନା ! ଏହା ଆରମ୍ଭ ମାତ୍ର ।"

ଆମେ ଅନେକ ସମୟ ଚୁପ୍‌ଚାପ୍ ବସି ରହିଲୁ । ସେ ବୟସ୍କା ନାରୀଙ୍କ ମୁହଁର ରେଖାସବୁ କମିଗଲା ପରି ଲାଗିଲା । ସେ ପାଖାପାଖି ତରୁଣୀଟିଏ ପରି ଲାଗିଲେ । ମତେ ତାଙ୍କ ୩୦ କଣରେ ହସଛିଟା ଲାଗିଥିବା ପରି ଦେଖାଗଲା; କିନ୍ତୁ ତାଙ୍କ ମଥାର କେଶ ବୟସ୍କାଙ୍କ ପରି ଦେଖା ଯାଉଥିଲା । ସେ କହିଲେ, ଯାହା ଘଟିବାର ଥିଲା ଘଟିଗଲା । ପଶ୍ଚାତାପରୁ କି ଲାଭ ! ମୁଁ ମା ପରି ବ୍ୟବହାର କରୁଥିଲି; କିନ୍ତୁ ସେ ମତେ ନିଜ ସ୍ତ୍ରୀରୂପେ ଭାବିବାରେ ଲାଗିଲା ।"

"ବେଳେବେଳେ ଏସବୁ ମତେ ଅତି ବିଭତ୍ସ ଓ କଷ୍ଟଦାୟକ ଲାଗୁଥିଲା । ମୋର ଏବଂ ତା'ର ସ୍ୱର୍ଗବାସୀ ପିତାମାତାଙ୍କ ଆତ୍ମା ବି କଷ୍ଟ ପାଇଥିବେ । ମୁଁ ସବୁ ଶକ୍ତି ଖଟାଇ ତାକୁ ଅଲଗା କରିବାକୁ ଚେଷ୍ଟା କରୁଥିଲି; କିନ୍ତୁ ସେ କି ମାନିବା ଜନ୍ତୁ । ପ୍ରାର୍ଥନା ଦିବସରେ କେହିବି ଆମ ଘରକୁ ଆସୁ ନ ଥିଲେ; କିନ୍ତୁ ଭାବିଲେ ଦେଖ – ଯଦି କେହି ହଠାତ୍ ରେ ଆସି ଆମ ଦୁହିଁଙ୍କୁ ସେ ଅବସ୍ଥାରେ ଦେଖିଥାନ୍ତି ତେବେ ମୁଁ ସେହିକ୍ଷଣି ମରି ଯାଇଥାନ୍ତି । ହୁଏତ ସେପରି ହୋଇଥିଲେ ଭଲ ହୋଇଥାନ୍ତା । କାରଣ ତାପରେ ଯାହା ହେଲା, ତାହା ଆହୁରି ଜଘନ୍ୟ !"

"ଆପଣ ବୋଧହୁଏ ଅନ୍ତଃସତ୍ତ୍ୱା ହୋଇଗଲେ !"

ସେ ସ୍ତ୍ରୀଲୋକଙ୍କ ମୁହଁ ହଠାତ୍ କଠୋର ଓ ଉଦାସ ହୋଇଗଲା । ସେ କହିଲେ, "ଆପଣ ଅଭୁତ ! କଥା ସରିବା ପୂର୍ବରୁ ମୋ ମୁହଁରୁ ଆପଣ ସବୁ ଜାଣି ପାରୁଛନ୍ତି । ହଁ ! ସେଇଆ ହେଲା; ତେବେ ସାଙ୍ଗେ ସାଙ୍ଗେ ନୁହେଁ । ମୋଟ୍‌କେ ଆମ ସାଙ୍ଗରେ ଦୁଇବର୍ଷ ରହିଲା । ସେ ମୋର ଅସ୍ତିମଜ୍ଜାଗତ ହୋଇଗଲା, ତା' ସାନ୍ନିଧ୍ୟ ବିନା ଜୀବନ ମତେ ଅସାର ଲାଗିଲା । ସାରା ସପ୍ତାହ ମୁଁ ପ୍ରାର୍ଥନା ଦିବସକୁ ଅପେକ୍ଷା କରି ରହିଲି । ଏତେ ପବିତ୍ର ଦିନ, ଏବଂ ସେହି ଦିନ ମୁଁ କୁସ୍ତିତ କାର୍ଯ୍ୟରେ ଲିପ୍ତ ରହିଲି । ସେହି ସମୟ ଭିତରେ ସେ କିଶୋରରୁ ଏକ ଦୃପ୍ତ ଯୁବକରେ ପରିଣତ

ହୋଇଗଲା। ଏବଂ ଦକ୍ଷକୁଶଳୀ ଦର୍ଜୀ ବି ବନିଗଲା। ସେ ମୋ ସ୍ୱାମୀଙ୍କୁ ସିଲାଇର ପ୍ରତ୍ୟେକ କାମରେ ନିପୁଣତାର ସହ ସାହାଯ୍ୟ କଲା। ଦାମୀ କପଡ଼ା ତା' ହାତରେ ମାଷ୍ଟର ଦର୍ଜୀର ଋତୁରୀରେ ବ୍ୟବହୃତ ହେଲା। ମୋଟ୍‍କେ ଓ୍ୱାରଶ (Warsaw) ଯିବାକୁ ବାହାରିଲା। ମତେ ବହୁତ ଦୁଃଖ ଲାଗିଲା – ସେ ମୋ ହାତମୁଠାରୁ ଋଲିଗଲା। ମୋ ସ୍ୱାମୀ ତାକୁ ରହିଯିବାକୁ ବୁଝାଇଲେ। ମୋଟ୍‍କେ ମନମୋଟିଆ; ଥରେ ମନରେ ସ୍ଥିର କରିଦେଲା ତ ବାହାରିଗଲା। ସପ୍ତାହ ଦିନ ସବୁ ଗଡ଼ି ଯାଉଥିଲା; କିନ୍ତୁ ପ୍ରାର୍ଥନା ଦିବସଦିନ ମୁଁ ଛଟପଟ ହେଉଥିଲି। ସେ ଗଲାବେଳେ ଯାଇ କାର୍ଡ ପଠାଇବ ବୋଲି କହିଥିଲା। କାର୍ଡ ନା ଫାର୍ଡ। ସବୁ ପୁରୁଷ ଆମ୍ଭଗର୍ବରେ ଭରା। ସମଗ୍ର ପୁରୁଷଜାତି ବିଷୟରେ ଏପରି କହୁଥିବାରୁ କ୍ଷମା କରିଦେବେ। ଏଟା ଦୋଷ ନୁହେଁ; ପୁରୁଷ ପ୍ରକୃତି। ସପ୍ତାହ ସବୁ ବିତିଗଲେ, ମାସ ମାନେ ମଧ। ହଠାତ୍ ମୋର ଚୈତନ୍ୟୋଦୟ ହେଲା ଯେ କେତେ ମାସ ହେଲା ମୋର ରତୁସ୍ରାବ ହୋଇନାହିଁ। ମୁଁ ଜାଣି ପାରିଲି ଯେ ମୁଁ ମା ହେବାକୁ ଯାଉଛି; ଏବଂ ଏ ଛୁଆର ବାପ କିଏ।"

ମା ହେବା ଖୁସିର କଥା। କିନ୍ତୁ ମୋ ଛୁଆ ବିବାହିତ ସ୍ୱାମୀଙ୍କର ନୁହେଁ, ଏବଂ ବୟସରେ ସାନ ଏକ ଟୋକାର – ଏ କଥା ମୋ ମନରେ ଦୁଃଖ ଭରିଦେଲା। ଥରେ ଅଧେ ମୁଁ ଆମ୍ଭହତ୍ୟା କରିବାକୁ ମଧ ଭାବିଥିଲି। ତେବେ ମୋର ବେଶୀ ବୁଢ଼ା ହୋଇ ଯାଇଥିବା ସ୍ୱାମୀ ଓ ଆଗତ ସନ୍ତାନ କଥା ଭାବି ଭାବି ସେଥିରୁ ବିରତ ହେଲି। ସ୍ୱାମୀଙ୍କୁ ମୁଁ ମା ହେବାକୁ ଯାଉଛି ବୋଲି ଜଣାଇଲି। ସେ ଧର୍ମଭୀରୁ ଇହୁଦୀ ଥିଲେ। ଛୁଆଙ୍କୁ ଭଗବାନଙ୍କ ଦାନ ଭାବି ସ୍ୱୀକାର କରିନେଲେ। ମୋ ଭାଗ୍ୟ ଭଲ; କେହି ଅନ୍ୟ କିଛି କଳ୍ପନା ଜଳ୍ପନା କଲେ ନାହିଁ। ଛୁଆ କଥା ମତେ ଏତେ ଆଗ୍ରହ ଦେଉ ନ ଥିଲା; ଛୁଆ ନଷ୍ଟ କରିବା କଥା ବି ମୁଁ ଭାବିଥିଲି। କିନ୍ତୁ ଯାହା ହେବାକୁ ଥିଲା, ତାହା ହିଁ ହେଲା। ମୁଁ ଗୋଟିଏ ଝିଅର ମା ହେଲି। ମତେ ଟିକେ ଆଶ୍ୱସ୍ତ ଲାଗିଲା ଯେ ଝିଅ ବଡ଼ ହୋଇ ବାହା ହେବାପରେ ତା ସ୍ୱାମୀର ସାଙ୍ଗିଆରେ ପରିଚିତ ହେବ। ଜାରଜ ପୁଅ ହୋଇଥିଲେ ବାପାର ନାମ ନେଇ ଆହୁରି ଅସହ୍ୟ ପରିସ୍ଥିତି! ମୋ ସ୍ୱାମୀ ଝିଅ ଜନ୍ମ ହେବାର ଋରିବର୍ଷ ପରେ ମରିଗଲେ। କିନ୍ତୁ ସେ ଜୀବିତ ଥିଲାବେଳେ ମୋ ଝିଅକୁ ତାଙ୍କର ଅନ୍ୟ ସନ୍ତାନମାନଙ୍କ ଅପେକ୍ଷା ବେଶୀ ସ୍ନେହ କରୁଥିଲେ। ମୁଁ ମୂଳରୁ ଜାଣିଥିଲି ଯେ ମୋ

ଝିଅ ମୋଟ୍କେର ଔରସରୁ; କିଛିଦିନ ପରେ ତାକୁ ଦେଖି ସେ ମୋଟ୍କେର ନାକ, ଆଖି ଆଣିଛି ବୋଲି ମୁଁ ଦେଖି ପାରିଲି। ଅବଶ୍ୟ ଏ କଥା ଆଉ କାହା ମନରେ ଉଠିନାହିଁ। ତେବେ ମୋ ପାପ ମୋ ମନକୁ ପୋଡ଼ି ପକାଉଥାଏ।”

“ଆପଣଙ୍କ ଝିଅଙ୍କ ବୟସ ଏବେ କେତେ ବର୍ଷ ?” ମୁଁ ପଚରିଲି।

ସେ ମହିଲା ଟିକେ ଚମକି ପଡ଼ିବା ପରି ଲାଗିଲେ। କହିଲେ, “ବର୍ତ୍ତମାନ ତାକୁ ପଇଁଚାଳିଶ ବର୍ଷ ବୟସ। କିନ୍ତୁ ଯିଏ ବି ଦେଖିବ ସେ କହିବ ନାହିଁ ଯେ ମୋର ଝିଅର ବୟସ ତିରିଶ ବର୍ଷରୁ ଅଧିକ। ସେ ସୁନ୍ଦରୀ ଓ ଶିକ୍ଷିତା। ହାଇସ୍କୁଲରେ ଉଚ୍ଚ ଗଣିତ ପଢ଼ାଏ। କଲେଜରେ ଅଧ୍ୟାପିକା ହେବାକୁ ମଧ୍ୟ ତାକୁ ସୁଯୋଗ ମିଳିଥିଲା।”

“ଆପଣ ଆମେରିକା କେବେ ଆସିଲେ ?”

“ଆସିବାର ସଇଁତିରିଶ ବର୍ଷ ହୋଇଗଲାଣି। ହିଟଲରର ନରସଂହାର ଲୀଳାର କିଛି ବର୍ଷ ପୂର୍ବରୁ। ମୋ ଭାଇ ଶମେଲ୍ – ଏଠି ତାକୁ ସାମ୍ ବୋଲି ଡାକୁଥିଲେ – ମତେ ରକ୍ଷା କରିଦେଲା। ସେ ଆମେରିକା ଆସି ଧନୀ ହୋଇ ଯାଇଥିଲା। ବାପାଠାରୁ ବଳି ମୋର ଦେଖାଶୁଣା କଲା।”

“ଆପଣଙ୍କ ଝିଅ ବିବାହିତା କି ?”

“ହଁ, ସେ ଦୁଇଥର ବାହା ହୋଇଥିଲା। କିନ୍ତୁ ସବୁ ବିବାହ ବିଚ୍ଛେଦରେ ହିଁ ଶେଷ ହେଲେ।”

“ଆପଣ ଆଉ ବାହା ହୋଇଥିଲେ କି ?”

“ହଁ, ମୁଁ ମଧ୍ୟ ଆଉ ଦୁଇଥର ବାହା ହୋଇଥିଲି। ତେବେ ଉଭୟ ସ୍ୱାମୀ ମରି ଯାଇଥିଲେ। ପ୍ରଥମ ସ୍ୱାମୀଙ୍କ ସଙ୍ଗେ ଦୁଇ ବର୍ଷ, ଦ୍ୱିତୀୟଙ୍କ ସଙ୍ଗେ ତେର ବର୍ଷ। ଶେଷ ସ୍ୱାମୀ ମୋ ପାଇଁ ଅନେକ ସଂପତ୍ତି ଛାଡ଼ି ଯାଇଛନ୍ତି। ମୋର କି କାମରେ ସେସବୁ ଲାଗିବ ? ମୋ ଝିଅ ସେସବୁ ଭୋଗ କରିବ।”

“ଆପଣ କ’ଣ ଏଟିକି କହିବାକୁ ରହୁଁଥିଲେ ?” ମୁଁ ପଚରି ଉଠିଲି।

“ନା, ନା ! ଏବେ ତ ମୂଳକଥା ଆରମ୍ଭ ! ମୋ ଉପରେ ଯାହା ବର୍ତ୍ତମାନ ବିତୁଛି ହୁଏତ ହଜାରେ ବର୍ଷରେ କାହାର ଦୁର୍ଭାଗ୍ୟ ଥିଲେ ସେପରି ହୋଇପାରେ ।”

“କଣ ଯେ ଏପରି ହେଲା ?”

ବୁଢ଼ୀଜଣକ କିଛି କହିବେ କହିବେ ବୋଲି ହୋଇ ଗଳାରୁଦ୍ଧ ହୋଇ ବସି ରହିଲେ । କିଛି ସମୟରେ ପ୍ରାୟ ଚିତ୍କାର କରିବା ଭଳି କହିଲେ, “ମୋ ଝିଅ ବର୍ତ୍ତମାନ ତା’ ବାପା ସାଙ୍ଗେ ରହୁଛି । ମୋଟ୍କେ ବର୍ତ୍ତମାନ ମୋ ଝିଅର ପ୍ରେମିକ । ସେମାନେ ପରସ୍ପରକୁ ବାହାହେବା ଯୋଗାଡ଼ରେ ଅଛନ୍ତି ।” ସେ ସ୍ତ୍ରୀଲୋକ ସ୍ୱାଭାବିକ ସ୍ୱରରେ ପୁନର୍ବାର କଥାବାର୍ତ୍ତା କରିବାକୁ ସମୟ ଲାଗିଗଲା । ସେ ମତେ ରୋଷପୂର୍ଣ୍ଣ ଆଖିରେ ଚୁହିଁ ରହିଲେ ଯେପରିକି ତାଙ୍କ ପରିସ୍ଥିତି ପାଇଁ ମୁଁ ଦାୟୀ ।

“ଆଉ ଆପଣଙ୍କ ଝିଅ ... ?” ମୁଁ ପଚାରିଲି ।

ମହିଳା କହିଲେ, “ସେ ପ୍ରଥମରୁ କିଛି ଜାଣି ନ ଥିଲା । ତେବେ ମୁଁ ତାକୁ ଥରେ କହିଥିଲି ଯେ ଆମ ପାଖରେ କାମ ଶିଖିବା ପାଇଁ ମୋଟ୍କେ ବୋଲି ଜଣେ କିଶୋର କେବେ ରହିଥିଲା । ମୋ ଝିଅ ଆମେରିକା ଆସିଲାବେଲେ ପଦେ ହେଲେ ଇଂରେଜୀ ଜାଣି ନ ଥିଲା । କିନ୍ତୁ ମନଦେଇ ପଢ଼ି ସେ ଶୀଘ୍ର ସବୁ ଶିଖିଗଲା, ଏବଂ ଶ୍ରେଣୀର ଭଲ ଛାତ୍ରୀରୂପେ ଗଣା ହେଲା । ସେ ମୋର ପ୍ରଥମ ସ୍ୱାମୀଙ୍କୁ ହିଁ ନିଜ ବାପା ବୋଲି ଭାବୁଥିଲା; ଏବଂ ସମୟ ପାଇଲେ ତାଙ୍କ ବିଷୟରେ ଟିକିନିଖି କରି ସବୁ କଥା ପଚରି ଶୁଣି ଖୁସି ହେଉଥିଲା । ଏତେ ଛୋଟ ବୟସରୁ ପିତା ପ୍ରତି ତାର ଏତେ ପ୍ରଗାଢ଼ ସ୍ନେହ ମତେ ବି ସୁଖ ଲାଗୁଥିଲା । ଦୁଃଖ ମଧ୍ୟ । ତା ବାପାଙ୍କର ଏକ ତୈଳଚିତ୍ର ତିଆରି କରାଇ ସେ ତା’ ଶୋଇବା ଘରେ ଟାଙ୍ଗିଥିଲା । ମୋ ଭାଇ ମୋ ଝିଅର ପୁରୁଣା ନାମ, ‘ସାରା ଲେନ୍’ କୁ ଆମେ ଆମେରିକା ଆସିବା ପରେ ବଦଲାଇ ‘ସିଲଭିଆ’ ବୋଲି ରଖିଲା । ମୁଁ ପୁଣି ବାହା ହେବାରୁ, ମୋ ଝିଅ ମୋ ଉପରେ ବିରକ୍ତ ହୋଇଥିଲା । ଏବେ ମୁଁ କରେ କଣ ! ପୁରୁଣା ଦେଶରେ ମୁଁ ମୃତପ୍ରାୟ ଥିଲି । ଆମେରିକା ଆସିବା ପରେ ଭଲରେ ବଞ୍ଚିବା ପାଇଁ ମୋ ମନରେ ଆଉ ଥରେ ଇଚ୍ଛା ଜାଗରିତ ହେଲା । ମୁଁ ନୈଶ ବିଦ୍ୟାଳୟରେ ନାମ ଲେଖାଇ ଇଂରେଜୀ ଭାଷା ଶିଖିଗଲି । ସମୟ ପାଇଲେ ଉଭୟ ଇଂରେଜୀ ଓ ୟିଡିଶ୍ ଭାଷାରେ ନାଟକ ସବୁ ଦେଖୁଥିଲି । ତେବେ ମୋର

ଓ ମୋ ଝିଅର ଅପଦଗ୍ ଲାଗି ରହିଲା । ଭଗବାନ କେଉଁ ବାଟରେ ହେଲେ ମୋ କୃତକର୍ମ ପାଇଁ ଦଣ୍ଡ ଦେଉଥିଲେ; ଏପରି ଭାବି ମୁଁ ସମ୍ଭାଳି ଯାଉଥିଲି । ମୁଁ ଏକ ନାମୀ ଡିପାର୍ଟମେଣ୍ଟାଲ ଷ୍ଟୋରରେ ଭଲକାମ କରି ସୁନାମ ଅର୍ଜି ଥିଲି । ତୃତୀୟ ବାହାଘର ପରେ ଅବଶ୍ୟ ସେ ଚକିରୀ ଛାଡ଼ି ଦେଲି ।"

"ବର୍ତ୍ତମାନ ମୁଁ ମୋ ଝିଅ କଥାକୁ ଆସେ । ସେ ସୁନ୍ଦରୀ, ନିପୁଣା ଓ ବୁଦ୍ଧିମତୀ । ଅବିକଳ ତା ସତ ବାପାର ଚେହେରା; ଦେଖିଲେ ଆଖି ଲାଖିଯାଏ । ତାର ଦୁଇ ବାହାଘର ଛାଡ଼ପତ୍ରରେ ସରିଲା । ଉଭୟ ସ୍ୱାମୀ ସ୍ୱାର୍ଥୀ; ସେମାନଙ୍କ ପିଲାଛୁଆ ଜଞ୍ଜାଳ ଦରକାର ନ ଥିଲା । ମତେ ଅନେକ ସମୟରେ ଲାଗୁଥିଲା ଯେ ମୋ ଝିଅର ଶରୀର ମୋଟ୍କେର ଔରସରୁ ଗଢ଼ା; କିନ୍ତୁ ତାର ଆମ୍ଭା ମୋ ପ୍ରଥମ ସ୍ୱାମୀଙ୍କର । ଆପଣ ଅନେକ ଥର ଲେଖିଛନ୍ତି ଯେ ଅତୃପ୍ତ ଆମ୍ଭାମାନେ ଅନ୍ୟକୁ ଗ୍ରାସ କରି ପାରନ୍ତି । ମୋ ପ୍ରଥମ ସ୍ୱାମୀଙ୍କ ଆମ୍ଭା ତାଙ୍କ ମୃତ୍ୟୁ ପରେ ମୋ ଝିଅ ଜୀବନରେ ପ୍ରବେଶ କରିବା ସମ୍ଭବ କି ?"

"ଏ ବିଚିତ୍ର ସଂସାରରେ ସବୁ ସମ୍ଭବ !" ମୁଁ କହିଲି ।

"ଠିକ୍, ଠିକ୍ ! ଏ ଦୁନିଆଁ ସାରା ଗୋପନୀୟ କଥାରେ ଭରା । ମୋର ଦେହ ଖରାପ ହେଲା; ମୁଁ ହସପିଟାଲରେ ଭର୍ତ୍ତି ହେଲି । ମୋ ଝିଅ ମୋର ପ୍ରିୟ ୟିଦିଶ୍ ଖବରକାଗଜ ଫରୱାର୍ଡ୍ ପ୍ରତିଦିନ ଆଣି ମତେ ଦେଉଥିଲା । ସେ ମଧ ୟିଦିଶ୍ କାଗଜ ମାନଙ୍କରେ କେବେ କେବେ ରଚନା ଲେଖେ । ଆପଣଙ୍କ ରେଡ଼ିଓ ପ୍ରୋଗ୍ରାମ ସବୁ ଆଗ୍ରହରେ ଶୁଣେ ।"

"ଆପଣ କେବେ ଓ କିପରି ମୋଟ୍କେଙ୍କୁ ପୁଣି ଭେଟିଲେ ?"

"ଦୁର୍ଭାଗ୍ୟ ସବୁ ହଠାତ୍ ରେ ଆସେ । ଆମେ ମା'ଝିଅ ଦିନେ ବଜାରରେ କିଣାକିଣି କରିବାକୁ ଯାଇଥିଲୁ । ବୁଲ୍‌ବୁଲ୍ ସେକେଣ୍ଡ ଆଭିନ୍ୟୁର ଏକ ଭଲ ରେଷ୍ଟୋରାଁରେ ବସି ଖାଇଲୁ । କିଛି ସମୟ ବିତିଗଲା । ହଠାତ୍ ଜଣେ ସମ୍ଭ୍ରାନ୍ତ ଚେହେରାର ଲୋକ ଆମ ଟେବୁଲ ପାଖେ ଆସି ଠିଆ ହେଲେ, କହିଲେ, 'କ୍ଷମା କରନ୍ତୁ ! ମତେ ଲାଗୁଛି ଆପଣ – – – ସହରର ବାସିନ୍ଦା ଥିଲେ ।' ମୁଁ ଆମ ପୁରୁଣା ସହର ଓ ସେଠାର ୟହୁଦୀ ଗୋଷ୍ଠିଙ୍କ ସହ ଜାଣିଶୁଣି ମିଶୁ ନ ଥିଲି ।

ନାଜିମାନଙ୍କ ହାତରେ ଆମର ଅନେକ ତରୁଣ ମରି ସାରିଥିଲେ। ମୋର ଅନ୍ୟ ଦୁଇ ସ୍ୱାମୀ ଲିଟ୍ ଭାକ୍ ଇହୁଦୀ ଥିଲେ। ମୁଁ 'ନା' କହିବି ବୋଲି ଭାବିଲି; କିନ୍ତୁ ମୋ ପାଟିରୁ ସତ ହିଁ ବାହାରିଲା। ମୋ ଝିଅ କାନ୍ଦେରି ଆମ କଥା ଶୁଣିବାରେ ଲାଗିଲା। ପୂର୍ବରୁ ମୁଁ ଆମ ଗୋଷ୍ଠୀ ସହ ନ ମିଶୁଥିବା ହେତୁ ସେ ମୋ ଉପରେ ବିରକ୍ତ ହୋଇଥିଲା। ତାକୁ ଲାଗୁଥିଲା ଯେ ମୁଁ ମୋ ପ୍ରଥମ ସ୍ୱାମୀଙ୍କୁ ଭୁଲିଯିବାକୁ ଅପଚେଷ୍ଟା କରୁଛି। ସେ ବ୍ୟକ୍ତି କହିଲେ ଯେ ସେ ଅନେକବର୍ଷ ତଲେ ଆମ ସହରରୁ ଆମେରିକାକୁ ଆସି ପୋଷାକ ଆଦି ତିଆରି କରିବାରେ ଅନେକ ସଫଳତା ହାସଲ କଲେ; ଏବେ ଧନୀ ହୋଇଗଲେ। ତେବେ ଦୁର୍ଭାଗ୍ୟବଶତଃ ତାଙ୍କ ସ୍ତ୍ରୀ କ୍ୟାନସର ରୋଗରେ ଝୁଲିଗଲେ। ମୁଁ ଲୋକଙ୍କୁ ଲୁଚାଇ କରି ନିରୋଧ୍ ଦେଖ୍ଲି – ମୁଁ ଜାଣିଲି ଯେ ମୁଁ ନର୍କଗାତରେ ପଡ଼ିଗଲି; ସେଥିରୁ ଆଉ ବାହାରି ହେବ ନାହିଁ।"

"ଆପଣ ସିଲଭିଆଙ୍କୁ କାହିଁକି କହିଦେଲେ ନାହିଁ ଯେ ଏ ବ୍ୟକ୍ତି ତା'ର ପ୍ରକୃତ ବାପା?"

"ଏ ଅଖାଡୁଆ ସତ୍ୟ କହିବା ମୋ ପକ୍ଷରେ ସମ୍ଭବ ନ ଥିଲା। ସିଲଭିଆ ମୋର ପ୍ରଥମ ସ୍ୱାମୀଙ୍କ ସହ ଏପରି ସାଂଘାତିକ ବିଶ୍ୱାସଘାତକତାକୁ କେବେହେଲେ କ୍ଷମା କରି ନ ଥାନ୍ତା। ଏ କଥା ଜାଣିଥିଲେ ହୁଏତ ସେ ପ୍ରାଣ ହାରି ଦେଇଥାନ୍ତା। ମୁଁ ଭଗବାନଙ୍କୁ ନିଶ୍ଚୟ ଡରେ; କିନ୍ତୁ ମୋ ଝିଅର ଜୀବନ ମୋ ପାଇଁ ଅମୂଲ୍ୟ।"

"ମୋଟ୍କେ କିପରି ଏକଥା ଜାଣିପାରୁ ନ ଥିଲା? ଝିଅ ପରା ତା' ପରି ଦେଖା ଯାଉଥିଲା?" ମୁଁ ପଚ଼ରିଲି।

ବୁଢ଼ୀ ନିରୁତ୍ତର ରହିଲେ। ତାଙ୍କ ମୁଣ୍ଡ ତଳକୁ ଝୁଙ୍କିଗଲା; ଏବଂ ସେ ଚୁପ୍ ହୋଇ ବସି ରହିଲେ। ତାପରେ ସେ କହିଲେ, "ସେ ଏ କଥା ଜାଣି ପାରିଲା କି ନାହିଁ ମୁଁ କହିପାରିବି ନାହିଁ। ମୋ ଝିଅ ଯେବେ ଟେବୁଲ ଛାଡ଼ି କିଛି ସମୟ ପାଇଁ ବାଥରୁମ ଯାଇଥିଲା, ମୁଁ ମୋଟ୍କେକୁ ଶପଥ କରାଇଥିଲି ଯେ ଆମ ଦୁହିଁଙ୍କ ମଧ୍ୟରେ ଯେଉଁ ଅଘଟଣ ଘଟିଥିଲା, ତାର ବିନ୍ଦୁବିସର୍ଗ ବି ମୋ ଝିଅକୁ ସେ କେବେହେଲେ କହିବ ନାହିଁ। ମୋଟ୍କେ କିନ୍ତୁ ସାରା ଘଟଣାକୁ ବଡ଼ ସହଜଭାବେ

ନେଲା; ସେ ମତେ ସଫା କହିଦେଲା ଯେ ତାର କୌଣସି ଈଶ୍ୱର ବିଶ୍ୱାସ ନାହିଁ। ସେ ଆମ ସଙ୍ଗେ ତିନି ଘଣ୍ଟା କାଳ ଗପିଲା। ତା' ବ୍ୟବସାୟରେ ତାର ସଫଳତା ଏବଂ ତାର ଅନେକ ନାରୀ ମିତ୍ରଙ୍କ ବିଷୟରେ ସେ ଗପିଲା। ତାର ଲଙ୍ଗ ଆଇଲ୍ୟାଣ୍ଡ ଓ ମାନ୍‌ହାଟାନ୍‌ରେ ଘର। ରେଷ୍ଟୋରାଁରେ ସେ ଜଣେ ବିଶିଷ୍ଟ ଗ୍ରାହକ ପରି ଜଣା ପଡ଼ିଲା। ଆମକୁ ଆମ ଖାଇବାର ବିଲ୍ ସେ ଦିଆଇଦେଲାନି; ଆମ ପଇସା ଦେଲା ଓ ତା ସଙ୍ଗେ ବଡ଼ 'ଟିପ୍‌ସ' ମଧ। ସେହିକ୍ଷଣି ମୋ ଝିଅକୁ ଆଉ ଦିନେ ସେମାନେ ଭେଟିବେ ବୋଲି ମଧ ରାଜି କରାଇ ଦେଲା। ଆମେ ମା ଝିଅ ରେଷ୍ଟୋରାଁରେ ପ୍ରଥମେ ପଶିବାବେଳେ ମୋ ଝିଅ ଶୁଖ୍‌ଲା ଓ ନିସ୍ତେଜ ଦେଖା ଯାଉଥିଲା। ଆମେ ମୋଟ୍‌କେ ସଙ୍ଗେ ବାହାରିଲା ବେଳକୁ ମୋ ଝିଅ ସତେଜ ଓ ସୁନ୍ଦରୀ ଦେଖାଗଲା। ସେ ଆମ ଦୁଇଜଣଙ୍କୁ ତା କ୍ୟାଡିଲ୍ୟାକ୍ ଗାଡ଼ିରେ ବସାଇ ଆମ ବ୍ରୁକଲିନ୍ ଘରେ ଛାଡ଼ିଲା। ମା ଆଖି ସବୁ ଚଟ୍‌ଳ୍‌ଟ୍ ଧରିପାରେ। ଝିଅ ମୋଟ୍‌କେ ପାଖେ ସାମ୍ନା ସିଟ୍‌ରେ ବସିଲା। ମୁଁ ପଛରେ ବସି ଜାଣିପାରିଲି ଯେ ମୋଟ୍‌କେ ଗୋଟିଏ ହାତରେ ଗାଡ଼ି ଚଲାଉଥିଲା; ତାର ଅନ୍ୟ ହାତ ସିଲଭିଆ କୋଳରେ। ଝିଅ ପଛକୁ ମୁଣ୍ଡ ବୁଲାଇ କହିଲା, 'ମା। ମୁଁ ଏତେଦିନରେ ବାପାଙ୍କୁ ପାଇଗଲି।' ଏସବୁ ଶଢ ସେ କହିଥିଲା। କିନ୍ତୁ ସତ କଣ ସେ ଜାଣି ନ ଥିଲା। ମୋର ହୃତ୍‌ପିଣ୍ଡ ବନ୍ଦ ହୋଇଯିବା ପରି ଲାଗିଲା; ମତେ ମୋର ଶେଷ ସମୟ ଆସିଗଲା ପରି ଲାଗିଲା। କିନ୍ତୁ ଏ ସୃଷ୍ଟି ବିଚିତ୍ର; ଯେ ବଞ୍ଚିବାକୁ ରୁହେଁ, ସେ ମରିଯାଏ; ଏବଂ ଯେ ମରିବାକୁ ଖୋଜେ ସେ ବେଳେବେଳେ ଶହେବର୍ଷ ବଞ୍ଚେ।"

"ଦେଖନ୍ତୁ ଆଜ୍ଞା! ଏ ପରିସ୍ଥିତିରେ ସାହାଯ୍ୟ ପାଇଁ କୌଣସି ଧର୍ମଗୁରୁ ବା ମାନସିକ ଚିକିତ୍ସକ ପାଖକୁ ଯିବା କଥା। ଜଣେ ଲେଖକ ଏଥିରେ କଣ ବା କରି ପାରିବ?" ମୁଁ କହିଲି, "ଆପଣ ବୋଧହୁଏ ନିଜେ ଜାଣନ୍ତି ଯେ ଏ ସମସ୍ୟାର ସମାଧାନ ଅନ୍ତତଃ ମୋ ପାଖେ ନାହିଁ।"

"ହଁ, ମୁଁ ସେକଥା ଜାଣେ। ତେବେ କିଏ ମତେ ସାହାଯ୍ୟ କରିପାରିବ? ଏତିକିମାତ୍ର ମତେ ଶାନ୍ତି ଲାଗିଥିଲା ଯେ ବୋଧହୁଏ ମୋ ଝିଅର ପିଲା ଜନ୍ମ କରିବା ବୟସ ଗଡ଼ିଗଲାଣି। ଅନ୍ତତଃ ତା ଗର୍ଭରୁ ଗୋଟେ ଅଭୁତ ଜାରଜ ସନ୍ତାନ ଜାତ ହେବ ନାହିଁ। କିନ୍ତୁ ଦେଖନ୍ତୁ ମୋ ଭାଗ୍ୟ; ଏବେ ସେ ଦୁହେଁ କହିଲେଣି ଯେ

ସେମାନେ ନିଜର ପିଲାଟିଏ ଜନ୍ମ କରାଇବାକୁ ସବୁ ପ୍ରକାର ଚେଷ୍ଟା କରିବେ। ମୋର ଏକମାତ୍ର ଇଚ୍ଛା – ସେପରି ଦିନ ଦେଖିବା ପୂର୍ବରୁ ମୋର ମରଣ ହୋଇଯାଉ।"

"ପୃଥିବୀରେ ଅନେକ ପ୍ରକାରର ଜାରଜ ସନ୍ତାନ ଅଛନ୍ତି।" ମୁଁ ତାଙ୍କୁ ସାନ୍ତ୍ୱନା ଦେବାକୁ କହିଲି।

"ନା, ନା! ନିଜ ବାପାର ଔରସରୁ ପିଲାଜନ୍ମ କରିବା କେତେ ଜଘନ୍ୟ। ମହାପ୍ରଳୟ ସମୟରେ ମଧ୍ୟ ଏପରି ଅପକର୍ମ ଘଟି ନ ଥିଲା।" ସେ କହିଲେ। ସେ ଉଠି ଚାଲିଯିବା ପରି ବାହାରିଲେ। ମୁଁ ତାଙ୍କ ବାଡ଼ିଟି ଆଣି ଦେଲି।

"ଆସନ୍ତୁ, ମୁଁ ଆପଣଙ୍କୁ ବାଟେଇ ଦେଇ ଆସେ।" ମୁଁ ତାଙ୍କ ହାତ ଧରି କହିଲି।

"ଟିକେ ଅପେକ୍ଷା କରିବାକୁ ହେବ। ବେଶୀ ସମୟ ବସିଗଲେ, ମୋ ଗୋଡ଼ରେ ରକ୍ତ ସଞ୍ଚାଳନ ପାଇଁ ଟିକେ ସମୟ ଲାଗେ। ମୁଁ ଆପଣଙ୍କ ସବୁ ଲେଖା ମନଦେଇ ପଢ଼େ। ଆପଣ ତା'କୁ ଏ ପ୍ରକାରର ଅଭିସାରର ଅସାରତା ବିଷୟରେ ବୁଝାଇ ପାରିବେ; ମୋଟ୍‌କେ ଠାରୁ ତାକୁ ଅଲଗା କରି ପାରିବେ।"

"ମୁଁ ଏପରି କରିବାକୁ ଅକ୍ଷମ; କାହିଁକି ବା ଚେଷ୍ଟା କରିବି? ଈଶ୍ୱର ଯଦି ଏକ ସମ୍ପୂର୍ଣ୍ଣ ତ୍ରୁଟିଶୂନ୍ୟ ପୃଥିବୀ ଚାହାଁନ୍ତି, ତେବେ ସେ ନିଜେ ତାର ସର୍ଜନା କରିବେ। ମୁଁ କହିଲି।"

"ହଁ! ସ୍ୱୟଂ ଭଗବାନ ମଧ୍ୟ ଏ କଥାର ସମାଧାନ କରି ପାରିବେ ନାହିଁ।" ସେ ମହିଳା କହିଲେ।

ସେ ନିଜ କଥାରେ କିଛି ହସି ପକାଇବା ପରି ଜଣା ପଡ଼ିଲା। କ୍ଷଣେକ ପାଇଁ ତାଙ୍କ ମୁହଁରୁ ବୟସର ଛାପ କମିଗଲା ପରି ଲାଗିଲା।

ଜୀବନ ପାତ୍ର ମମ

– ସରୋଜିନୀ ସାହୁ

ସେ ମୋ ଗଲି ଛାଡ଼ି ପରବର୍ତ୍ତୀ ଗଲିରେ ଛିଡ଼ା ହୋଇଥିଲେ। କାନରେ ଚୁପି ଧରିଥିଲେ ମୋବାଇଲ ଫୋନ୍। ପ୍ରକୃତରେ ସେ ମୋ ସାଙ୍ଗରେ ହିଁ କଥା ହେଉଥିଲେ।

ମ୍ୟାଡାମ୍, ଆପଣ ବତେଇଥିବା ସେଇ ପାର୍କ ପାଖରେ ମୁଁ ଛିଡ଼ା ହେଇଛି। ମାତ୍ର ଆପଣଙ୍କ ଘର ନମ୍ବର ସହ କୌଣସି ଘର ନମ୍ବର ମ୍ୟାଚ କରୁନି।

ମୁଁ ବାଲକୋନୀରୁ ତାଙ୍କୁ ଦେଖୁଥିଲି। ସେ 'ଓଲା' କାରକୁ ଲାଗି ଛିଡ଼ା ହେଇଥିଲେ। ମୁଁ ଆଗରୁ ତାଙ୍କୁ ଦେଖିନି। ଚିହ୍ନିନି ବି। ସକାଲେ ସେ ଫୋନ୍ କରିଥିଲେ। ଅଜଣା ନମ୍ବର ଦେଖ ଫୋନ୍ ଉଠେଇବି କି ନାହିଁ, ଭାବୁ – ଭାବୁ ହିଁ କଥା ହେଉଥିଲି ତାଙ୍କ ସଙ୍ଗେ। ତାଙ୍କର ମୋ ପାଖରେ କିଛି କାମ ଥିଲା କହୁଥିଲେ। ତାଙ୍କ ମନରେ କିଛି ପ୍ରଶ୍ନ ଅଛି, ଯାର ଉତ୍ତର ସେ ଖୋଜି ପାଉ ନାହାନ୍ତି। ମୋର ସାହାଯ୍ୟ ଲୋଡୁଛନ୍ତି ବୋଲି ତାଙ୍କ କଥାରୁ ମୁଁ ବୁଝି ପାରିଥିଲି। ଜଣେ ଅପରିଚିତାଙ୍କର ଏଭଳି କଥା ଶୁଣି ମୁଁ ଆଦୌ ଆଶ୍ଚର୍ଯ୍ୟ ହେଇନଥିଲି। ଏମିତି ଦେଶ ବିଦେଶରୁ ଝିଅ, ସ୍ତ୍ରୀଲୋକ ମାନେ ମୋତେ ପ୍ରଶ୍ନ କରନ୍ତି, ପରାମର୍ଶ ଲୋଡ଼ନ୍ତି। ମୁଁ କେବେ – କେବେ ଫୋନରେ ଉତ୍ତର ଦିଏ କେବେ ମେଲ୍ କରେ।

ଅପରାହ୍ନ ମୋ ପାଇଁ ସୁବିଧା ବେଲ ବୋଲି ମୁଁ ତାଙ୍କୁ କହିଥିଲି। ସେ ଠିକ୍ ମୁଁ ଦେଇଥିବା ସମୟରେ ହିଁ ପହଞ୍ଚିଥିଲେ ଆମ ଉଭୟଙ୍କ ମଝିରେ ପାର୍କଟେ ରହିଥିଲା।

ମୁଁ ତାଙ୍କୁ ଓଲା ଛାଡିଦେବା ପାଇଁ ଫୋନରେ ଜଣେଇଥିଲି। ସେ ଛିଡ଼ା ହେଇଥିବା ପାର୍କ ଗେଟ୍‌ରେ ପଶି ସାମ୍ନାରେ ଦିଶୁଥିବା ଅନ୍ୟ ଗେଟ୍‌ରେ ବାହାରି ଆସିବାକୁ ନିର୍ଦ୍ଦେଶ ଦେଇଥିଲି।

ସେ ଠିକ୍ ସେଇଭଳି ହିଁ କରିଥିଲେ। ସେ ପାର୍କର ଲନ୍ ପାରି ହୋଇ ଆସୁଥିଲେ। ତାଙ୍କ ରୁଲି ବେଶ୍ ଦୃପ୍ତ, ବେଶ୍ କନ୍‌ଫିଡେନ୍ସରେ ଭରା ମନେ ହେଉଥିଲା। ସେ ମୋ ଗଲିର ଗେଟ୍ ପାର ହେବାପରେ, ମୁଁ ବାଲକୋନୀରୁ ହାତ ହଲେଇ ତାଙ୍କ ଦୃଷ୍ଟି ଆକର୍ଷିତ କରିଥିଲି। ସେ ସିଡ଼ି ଚଢ଼ି ସିଧା ମୋ ଦୁଆର ପାଖେ ହାଜର ହେଇଥିଲେ। ପ୍ରଥମରୁ ମୁଁ ତାଙ୍କୁ ଜଣେ ଯୁବତୀ ହେଇଥିବେ ବୋଲି ଭାବୁଥିଲି। କିନ୍ତୁ ପ୍ରକୃତରେ ସେ ଜଣେ ବୟସ୍କା ମହିଲା ଥିଲେ। ମୁଁ କବାଟ ଖୋଲିବା ମାତ୍ରେ ସେ ଭିତରକୁ ପଶି ଆସି ସୋଫାରେ ବସିଥିଲେ। ବଖରାରେ ଯଥେଷ୍ଟ ଆଲୁଅ ଥିଲା। ମାତ୍ର ତାଙ୍କ ଉପରେ ଦୃଷ୍ଟି ପଡ଼ିବା ମାତ୍ରେ, କାହିଁକି କେଜାଣି ଅନ୍ଧାରରେ ମାଡ଼ି ଆସିଥିଲା ମୋ ଛାତି ଭିତରକୁ। ସେ ମୋତେ ନୀରବରେ ତଉଲୁ ଥିଲେ ଆଉ ମୁଁ ତାଙ୍କୁ। ସେ ମୋ ନାଁ ଓ କୃତି ସହ ପୂର୍ବରୁ ପରିଚିତ ଥିଲେ ମାତ୍ର ମୋ ପାଇଁ ସେ ସଂପୂର୍ଣ୍ଣ ଅଜଣା।

ମୋତେ ପ୍ରଥମେ ତାଙ୍କ ମୁହଁଟା ରୁକ୍ଷ ପଥର ଚଟାଣ ଭଳି ମନେ ହେଇଥିଲା। ମାତ୍ର ତାଙ୍କ ଅବ ଫିଟିଥିବା ଧାରେଧାରେ ଆଖରୁ ଛିଟିକି ପଡ଼ୁଥିଲା ଅଜବ ବିମର୍ଷତା ଏକଦା ଗୋରୀ ଓ ସୁନ୍ଦରୀ ଥିବେ ବୋଲି ମନେ ହେଉଥିଲେ ସେ। ମାତ୍ର ସେ ସୁନ୍ଦର ମୁହଁଟିକୁ ଗାଢ଼ କଳା ବାଦଲ ଘୋଡ଼େଇଲା ପରି, କଳାକଳା ଦାଗ ସବୁ ଢାଙ୍କି ରଖିଥିଲା। ସେଇ କଳା ଦାଗସବୁ ଦେଖିଲେ ମନେ ହେଉଥିଲା ସେ ଯେମିତି ପ୍ରଚଣ୍ଡ ଆଘାତ ପାଇଛନ୍ତି ଜୀବନରେ।

ସହଜ ହେବା ପାଇଁ ମୁଁ ତାଙ୍କୁ ପାଣି ଯାଚିଥିଲା। ସେ ଢକଢକ କରି ପାଣି ପିଇଗଲେ। ତା'ପରେ କହିଥିଲେ, "ମୁଁ ଦକ୍ଷିଣ ଓଡ଼ିଶାର ଗୋଟେ କଲେଜରେ ପ୍ରିନିସିପାଲ ଅଛି। ମୁଁ ମୋ ଛାତ୍ରୀ ଜୀବନରୁ ଆପଣଙ୍କୁ ପଢ଼ି ଆସିଛି। ଆମର ଆଗରୁ ସାକ୍ଷାତ୍ ହେଇ ନ ଥିଲେ ବି କାହିଁକି କେଜାଣି ଆପଣ ଅପରିଚିତ ମନେ ହୁଅନ୍ତି ନାହିଁ। ମୁଁ ତାଙ୍କ କଥା ଶୁଣି ଯେତିକି ଆଶ୍ଚର୍ଯ୍ୟ ଚକିତ ହେଇ ନ ଥିଲି ତା'ଠୁ ଅଧିକ ଉଚ୍କଷିତ ହେଇ ପଡ଼ିଥିଲି ତାଙ୍କ ଆସିବା କାରଣ ଜାଣିବା ପାଇଁ।

ସେ ଆଡ଼ମ୍ୱର ନ କରି କହିଥିଲେ, 'ଆପଣଙ୍କର ଅନେକ ଆଲେଖ୍ୟ ମୁଁ ଖବର କାଗଜରୁ ପଢ଼ିଛି।'

ହଁ, ମୁଁ ଆଉ ଏବେ ଲେଖୁନି। ନା ଖବର କାଗଜ, ନା ପତ୍ରପତ୍ରିକାରେ। ମୁଣ୍ଡଟା ପୂରା ଫାଙ୍କା ହୋଇଗଲା ପରି ଲାଗୁଛି।

ସେ ହସିଲେ, 'ଆପଣଙ୍କ ମୁଣ୍ଡ ପୁଣି ଫାଙ୍କା ? ଆମେ ସମସ୍ତେ ଜୀବନରେ ଗୋଟେ ଗୋଟେ ବିରତି ନେଉ। ସେ ରହି ରହି ଖଣ୍ଡେ ଅଧେ କଥା କହିଲା ପରି ପଡ଼ୁଥିଲେ ... ସ୍ତ୍ରୀ ଲୋକଟିଏର ପ୍ଲେଜର ପାଇବାର ଅଧିକାର...।'

ତାଙ୍କ ଅସଂପୂର୍ଣ୍ଣ କଥାକୁ ସଂପୂର୍ଣ୍ଣ କରିଥିଲି। 'ଅଛି ସବୁଥରେ ଅଛି। ମାଟି, ପାଣି, ପବନ, ରାଜନୀତି, ଅର୍ଥନୀତି, କୂଟନୀତି, ଯୋଗ ବ୍ୟାୟାମ, ପ୍ରାଣାୟାମ, ଉଡ଼ିବା, ବୁଡ଼ିବା, ପ୍ରଶ୍ନର ଉତ୍ତର ହେବା, ପ୍ରଶ୍ନ ପଡ଼ିବାର ଅଧିକାର ଅଛି।'

"ଆଉ ଗ୍ଲାସେ ପାଣିଦେବେ କି ?"

"ହଁ, ହଁ ନିଶ୍ଚୟ" ମୁଁ ଭିତରକୁ ଯାଇ ପାଣି ଗ୍ଲାସଟେ ନେଇ ଆସିଥିଲି।

ସେ ପାଣି ପିଇସାରି କହିଥିଲେ, "ଜୀବନ ବଡ଼ ବିଚିତ୍ର। ମୁଁ ସିଙ୍ଗଲ୍। ସିଙ୍ଗଲ୍ ମଦର। ମୋ ଝିଅ ମାଦ୍ରାସ ଆଇଆଇଟିରୁ ବିଟେକ୍ ସାରି ଏମ୍‌ଟେକ୍ କରୁଛି। ନା, ପ୍ରକୃତରେ ଏମ୍‌ଟେକ୍‌ରେ ପାଇଯାଇଛି। ଯାଇନି ଯିବ।'

ଏତିକି କହିବା ପାଇଁ ସେ ପାଞ୍ଚ ମିନିଟରୁ ଅଧିକ ସମୟ ନେଇଥିଲେ। ତାଙ୍କ ଦୃପ୍ତ ରୂଲି ସହିତ ତାଙ୍କ କଥାର ଯେମିତି କିଛି ମେଲ ନ ଥିଲା। ତଥାପି ଗୋଟେ ଦୃଢ଼ ପଣ ଥିଲା ତ ତାଙ୍କ ଚେହେରାରେ। ମୁଁ ତାଙ୍କୁ ଆହୁରି ସହଜ ସାବଲୀଲ କରିବା ପାଇଁ କହିଥିଲି – "ଆସନ୍ତୁ ରୋଷେଇ ଘରକୁ ଯିବା। ରଂ' କରିବା।"

ସେ ମୋ ପଛେ ପଛେ ରୋଷେଇ ଘରକୁ ଆସିଲେ। କହିଲେ, "ବେଶ୍ ସଫା ସୁତୁରା ଅଛି ଆପଣଙ୍କ ଘର।"

ମୁଁ ମଜାରେ କହିଥିଲି, ଘର ସାରା କଫ୍ ବୋର୍ଡ କରି ଦେଇଛି ତ। ତାରି ଭିତରେ ଅଳିଆ ଆବର୍ଜନା, ହିଂସା, ଦ୍ୱେଷ, ବ୍ୟର୍ଥତା, ଅସୁଖ ପୂରେଇ ଦେଇ, ବାହାରକୁ ଛାୟ ଚିକ୍‌ଣ ରଖିଦେଲେ ହେଲା। ଠିକ୍ ମଣିଷ ଦେହ ଭଲି ନୁହଁ।

ଆପଣଙ୍କ ସେନ୍ସ ଅଫ୍ ହ୍ୟୁମରର ତୁଳନା ନାହିଁ କହି ସେ ହସିଥିଲେ ।

ମୋର ଇଚ୍ଛା ହେଉଥିଲା ପଚାରିବା ପାଇଁ କାହାର ଅନାଗ୍ରହ ବା ଅତ୍ୟାଚାରର ବୋଝରେ ଆପଣ ଏମିତି ମାଟିରେ ମିଶି ଯାଇଛନ୍ତି ଯେ, ମୁହଁରୁ ପଦୁଟିଏ କଥା ବି ବାହାରି ପାରୁନାହିଁ । କିନ୍ତୁ ଜଣେ ଅପରିଚିତାଙ୍କୁ କ'ଣ ସିଧା ସଲଖ ଏମିତି ପ୍ରଶ୍ନ ପଚାରି ହୁଏ ?

ମୁଁ ପ୍ଲେଟ୍‌ରେ ସ୍ନାକ୍ସ କାଢିଲା ବେଳକୁ ସେ ଉତୁରି ଆସୁଥିବା ରଂ' ଛାଣି ଥିଲେ । ଆମେ ରଂ' କପ୍ ଓ ସ୍ନାକ୍ସ ନେଇ ଫେରି ଆସିଥିଲୁ ଡ୍ରଇଂରୁମ୍‌କୁ ।

ସେ ଆରମ୍ଭ କରିଥିଲେ, "ମୋତେ ବହୁତ ସଂଘର୍ଷ କରିବାକୁ ପଡିଛି ଜୀବନରେ । ମୁଁ ମା'ଙ୍କୁ ଭଲ ପାଏନା, ମୋ ବାପାଙ୍କ ପ୍ରତି ମୋର କୌଣସି ଭଲ ପାଇବା ନାହିଁ ।" ଜଣେ ପାଖାପାଖି ପଇଁରଳିଶ କି ପଚାଶ ବର୍ଷିଆ ମହିଳାଙ୍କ ମୁହଁରୁ ଏ ଭଲି କଥା ବେଖାପ୍ ଲାଗିଥିଲା ମୋତେ । ସାଧାରଣତଃ କୈଶୋର କି ଯୁବାବସ୍ଥାରେ, ବାପା ମା'ଙ୍କ ପ୍ରତି ମନ ବିଦ୍ରୋହ କରିଉଠେ । ବାପା ମା'ଙ୍କ ପ୍ରତିଟି ଭଲ ବିଚାର ବି ଅବିଚାର ପରି ମନେହୁଏ । ମାତ୍ର ଏଇ ବୟସରେ ଯେତେବେଳେ ମନ ଓ ହୃଦୟ ପରିପକ୍ୱ ସେତେବେଳେ ଏମିତି କଥା କାହିଁକି ?

"ସେମାନେ ମୋତେ ଦବେଇ କି ରଖିଥିଲେ ସବୁବେଳେ, ସେ କଥାର ଖିଅ ଯୋଡିଥିଲେ । ମୋ ବାପା ଡବଲ୍ ଏମ୍.ଏ ; ଜଣେ ଅଧ୍ୟାପକ ଥିଲେ । ଶିକ୍ଷିତ ଲୋକ ହେଇବି ପରିବାର, ଇଜ୍ଜତ, ପରଂପରାର ଦାହି ଦେଇ ମୋର ସବୁ ଇଚ୍ଛାକୁ ମାରି ଦେଇଥିଲେ । ଆପଣଙ୍କ ସେ ଅମୁକ ଗପର ବଡ଼ଭଉଣୀଟି ଜାଣ ମୁଁ ହିଁ ।"

"ଓ୍ୟ, ପଢ଼ିଛନ୍ତି ତେବେ ।"

ସେ ରଂ' ଢୋକୁ – ଢୋକୁ ଚୁପ୍ ରହିଥିଲେ କିଛିକ୍ଷଣ ପାଇଁ । ତା' ପରେ ଆରମ୍ଭ କଲେ – ମୁଁ ଏମ୍.ଏ. ପାସ୍ କଲି କିନ୍ତୁ ମୋତେ ଚକିରି କରିବାକୁ ଦେଲେନି । ସିଧାସିଧା ମନା କରିଦେଲେ । ମୋ ପାଇଁ ବାହାଘର ଖୋଜାଗଲା । ସେଇ ପାଖ ତିରିଶ୍ ଚଳିଶ କିଲୋମିଟର ଦୂର ମୋ ଶାଶୁଘର । ମୋ ସ୍ୱାମୀ ଜଣେ ମେକାନିକାଲ ଇଂଜିନିୟର – ସେଇ ପାଖରେ ଗୋଟେ ବଡ଼ କଂପାନୀରେ । ମୋ

ସ୍ୱାମୀ ମୋତେ ଚାକିରି କରିବାକୁ ଅନୁମତି ଦେଲେ, ମାତ୍ର ତାଙ୍କର ଖୁବ୍ ସନ୍ଦେହ। ମୋ ଘରଠୁ ମାତ୍ର ଅଧ କିଲୋମିଟର ମୋ କଲେଜ। କିନ୍ତୁ ମୋତେ ଚାଲି କରି ଯିବାକୁ ଦେଲେନି। ମୁଁ ସବୁବେଳେ ରିକ୍ସାରେ ଯିବା ଆସିବା କରୁଥିଲି। ତା' ସଙ୍ଗେ ବି ତାଙ୍କର ସନ୍ଦେହ ହେଉଥିଲା।"

"ସେ ଭାବନ୍ତି ଦେହଟା ଗୋଟେ ମେସିନ୍। ତାଙ୍କ କାରଖାନାରେ ବି ସବୁ ଯନ୍ତ୍ର ଅଲଗା ଅଲଗା ନାଁ ରଖାଯାଇଛି। ଯେମିତି ଜଗନ୍ନାଥ ବ୍ରେକ୍ ଡାଉନ୍ ହେଇଛି। ମହାଦେବ କାମ କରୁନି। ଚତୁର୍ଭୁଜକୁ ନାଇଟ୍ ସିଫ୍ଟରେ କିଏ ହ୍ୟାଣ୍ଡଲ୍ କରିଥିଲା ? ଆଜି ପୁରୁଷୋତ୍ତମର ସର୍ଭିସିଂ ଅଛି। ସେ ମୋ ଓଠକୁ କହିବେ କଇଁଚ। ଆଖିକୁ ବର୍ତ୍ତା ଆଉ କାନକୁ ପିଉଲ ଘଣ୍ଟି। ମୁଁ ତାଙ୍କୁ ଭଲପାଇ ପାରୁ ନ ଥିଲି। ତାଙ୍କର କୌଣସି କଥା ମୋର ପସନ୍ଦ ନଥିଲା। ସେ ବି ମୋର କୌଣସି କଥାକୁ ପସନ୍ଦ କରୁନଥିଲେ। ମୋତେ ଭଲ ପାଉନଥିଲେ ବୋଧହୁଏ। ଆପଣଙ୍କ ସେଇ ହର୍ଷା ଚରିତ୍ର ପରି ମୋ ଅବସ୍ଥା।

ଥରକୁ ଥର ସେ ମୋ ଲେଖାର ଉଦାହରଣ ଦେଉଥିବାରୁ ମୋତେ ସଂକୋଚ ଲାଗିଥିଲା। ସେ କ୍ଲାନ୍ତ ଦିଶୁଥାନ୍ତି। ଚ' ପିଇଲା ପରେ ବି କୌଣସି ପ୍ରକାର ସ୍ଫୂର୍ତ୍ତ ନ ଥିଲା ତାଙ୍କ ଚେହେରାରେ। ମୋ ମୁହଁରୁ ଅକସ୍ମାତ୍ ବାହାରି ଆସିଥିଲା, "ଆପଣ ଦୁନିଆଟାକୁ ଏମିତି ନକାରାମ୍କ ଭାବରେ କାହିଁକି ଦେଖୁଛନ୍ତି ? ନାଇଁନାଇଁର ଦୁନିଆରେ ବି କେଉଁଠି ଗୋଟାଏ ଆଶାର କିରଣ ଲୁଚିଥାଏ ନା ?"

ମୋତେ ଆଗରୁ ଏକଥା ମୋର ଜଣେ ଦି' ଜଣ ବନ୍ଧୁ କହିଛନ୍ତି। ମୋ ଭିତରେ ନେଗେଟିଭିଟି ପୂରା ଭରି ରହିଛି ବୋଲି।

ତାଙ୍କ ସ୍ୱୀକାରୋକ୍ତି ମୋତେ ଯେତେ ପ୍ରଭାବିତ କରିନଥିଲା, ତାଙ୍କ ଚେହେରା ଓ କଥାବାର୍ତ୍ତାରେ ଥିବା ଉଦାସ ଭାବ ମୋତେ ସେତିକି ଚହଲେଇ ଦେଇଥିଲା । ସେ ଆସିବା ବେଳୁ ଥରଟିଏ ପାଇଁ କି ହସି ନ ଥିଲେ। 'ହସ' କେମିତି ଚିଜ ଯେମିତି ତାଙ୍କୁ ଜଣା ନାହିଁ।

ସେ ପୁଣି ଆରମ୍ଭ କଲେ, "ମୋ ସ୍ୱାମୀଙ୍କ ସନ୍ଦେହ ସତରେ ମୋତେ କଷ୍ଟ ଦେଉଥିଲା। ମୋତେ ଲାଗୁଥିଲା ମୋ ଷ୍ଟୁଡେଣ୍ଟମାନଙ୍କ ଭିତରୁ କାହାକୁ ଗୋଟେ ମୋ ଉପରେ ନଜର ରଖିବାକୁ କହି ନାହାନ୍ତି ତ !"

ମୁଁ କହିଲି "କିଛି ସ୍ୱାମୀ ସେମିତି ଥାନ୍ତି । ସେମାନଙ୍କୁ ସନ୍ଦେହ ରୋଗ ଲାଗିଥାଏ । ସନ୍ଦେହ ରୋଗ ଖାଲି ସ୍ୱାମୀକୁ ନୁହଁ ସ୍ତ୍ରୀକୁ ବି ଲାଗିଥାଏ ।"

"ନା, ମୁଁ ତାଙ୍କୁ ସନ୍ଦେହ କରୁ ନ ଥିଲି ।" ସେ ଦୃଢ଼ ଭାବରେ କହିଥିଲେ ।

"ହେଇଥିବ !" ମୁଁ କହିଥିଲି, "ଅନେକ ସ୍ୱାମୀ ଅଛନ୍ତି ସ୍ତ୍ରୀକୁ ସୁନା ରୂପା ସମ୍ପତ୍ତି ପରି ଅନ୍ୟଲୋକର ନଜରଠୁଁ ଲୁଚେଇ ରଖିବାକୁ ପସନ୍ଦ କରନ୍ତି । ସେ ଗୋଟେ ଅଜବ ଭଲ ପାଇବା । କାଲେ ସୁନା ପରି ସେ ଚୋରି ହେଇଯିବ ପରା ଏଇ ଭୟ ଥାଏ ।"

'ସେଇ କଥା ତ ମୁଁ କହୁଛି' ସେ କହିଥିଲେ ।"ମୁଁ ତ ମଣିଷଟା । ସମ୍ବେଦନଶୀଳ ମଣିଷ ବସ୍ତୁ ନୁହେଁ । ମୋ ପାଖରେ ଆଉ ସମ୍ଭବ ହେଇନଥିଲା ତାଙ୍କ ସଙ୍ଗେ ରହିବା । ମୁଁ ଅଲଗା ହେଇଗଲି । ମୋ ଛୋଟ ଝିଅକୁ ସାଙ୍ଗରେ ନେଇ ।"

"ଡିଭୋର୍ସ ?"

"ନା, ଲିଗାଲି ନୁହଁ ।"

"ଓ଼ !"

"ମୋତେ ମୋ ବାପା ରଖିବାକୁ ରାଜି ହେଲେନି । କାରଣ ସେ ମୋ ନିଷ୍ପତ୍ତିକୁ ବିରୋଧ କରୁଥିଲେ । ମୋ ଶ୍ୱଶୁର ବି ରଖିବାକୁ ରାଜି ହେଲେନି । ସେ ତାଙ୍କ ପୁଅ ବିରୁଦ୍ଧରେ ଯିବାକୁ ଚାହୁଁ ନ ଥିଲେ । ସେମାନେ ହୁଏତ ଭାବୁଥିଲେ ଏମିତି କରିଲେ ପୁଣିଥରେ ମୋ ସ୍ୱାମୀଙ୍କ ପାଖକୁ ଫେରି ଯିବି ।"

"ତ ? ଆପଣ ବିଦ୍ରୋହ କଲେ ? ରିବେଲିଅନ୍ ?"

ସେ ଦୃଢ଼ ଭାବରେ ଉତ୍ତର ଦେଲେ – "ନଟ୍ ଏକଜାକ୍ଟଲି ଦାଟ୍ ଓ଼ାର୍ଡ ରିବେଲିଅନ୍' । ପ୍ରାଇଭେଟ୍ କଲେଜରେ ବହୁତ କମ୍ ଦରମା । ଘର ଭଡ଼ା ଦେଲା ପରେ ମାସକ ପାଇଁ ପଇସା ନିଅଣ୍ଟ । ଗୋଟେ ଗୋଟେ ମାସରେ ଦି'ଟଙ୍କା କି ଝରିଟଙ୍କା ପଡ଼ିଥାଏ । ମା' ଝିଅ ବସି ଭାବୁ ଦି'ଟଙ୍କାରେ କ'ଣ କିଣି ଖାଆଯାଇପାରେ ।"

ମୁଁ ଖୁବ୍ ଉଦାସ ହେଇ ପଡ଼ିଥିଲି ତାଙ୍କ କଥା ଶୁଣି । ତାଙ୍କ ସଂଘର୍ଷ, ତାଙ୍କ ଦୁଃଖ ମୋତେ ସଞ୍ଚରି ଯାଉଥିଲା । ମୁଁ ନୀରବରେ ବସି ରହିଲି ।

ସେ କଥା ଯୋଡ଼ିଲେ, "ମୁଁ ଗୁଡ଼ାଏ ଧାର ଉଧାର କରି ପକେଇଥିଲି। ବେଶୀ ଧାର ହେଲା ଝିଅ ବଡ଼ ହେବା ପରେ। ତା' ପାଠପଢ଼ା ତା' କୋଚିଂ ଆଦିରେ ବହୁତ ଟଙ୍କା ଦରକାର ପଡ଼ୁଥିଲା। ଅବଶ୍ୟ ମୋର ଝିକିରି ପରେ ସରକାରୀ ହେଇଗଲା। ମୁଁ ଧୀରେ ଧୀରେ ସମସ୍ତ ଉଧାର ଶୁଝି ଦେଲି। ନିଜ ପାଇଁ ଛୋଟ ଜାଗା ଖଣ୍ଡେ କିଣି ଘରଟିଏ କଲି। ଘର କରିବା ପାଇଁ ଅବଶ୍ୟ ଲୋନ୍ ନେବାକୁ ପଡ଼ିଥିଲା। ତା' ବି ମୁଁ ଏଇ ଭିତରେ ଶୁଝି ଦେବି।"

ବେଶ୍ ତ ! ତେବେ ଦୁଃଖ କ'ଣ ଯେ ଏଇ ଭଦ୍ର ମହିଲାଙ୍କର। କେଉଁ ଦୁଃଖ ତାଙ୍କ ମୁହଁକୁ ଏମିତି ଗାଢ଼ ଅନ୍ଧାର କରି ରଖିଛି ? ଯାହା ଚାହିଁଛନ୍ତି ତା କରିଛନ୍ତି ଜୀବନରେ। ଅଲଗା ହେଇ ରହିବାକୁ ଚାହିଁଲେ, ରହିଲେ ବି। ଝିଅକୁ ଶିକ୍ଷିତ କରିଲେ। ନାଇଁ ନାଇଁ ହେଇ ଘର ଖଣ୍ଡେ କରିଲେ, ତଥାପି କ'ଣ ବାକି ରହିଗଲା ଯେ।

ଆମେ ବସିଥିଲୁ। ମୁଁ ମିକ୍ଚରରୁ ଗୋଟିଏ ଗୋଟିଏ ସେଉ ଉଠେଇକି ଖାଉଥିଲି। ସେ ପର୍ସ ଖୋଲି ତାଙ୍କ ଫୋନରୁ ମେସେଜ୍ କିମ୍ବା ମିସକଲ୍ ଗୁଡ଼ିକ ଦେଖୁଥିଲେ। ମୋ ସଙ୍ଗେ ତାଙ୍କ ଆଖି ମିଶିଗଲା। ସେ କହିଲେ, "ମୋ ସ୍ୱାମୀ ଏବେ ଚାହୁଁଛନ୍ତି, ମୁଁ ତାଙ୍କ ସଙ୍ଗେ ରୁହେ।"

"ଏତେ ବର୍ଷ ପରେ ? ସେ ତ ଆଉ ବାହା ହେଇ ପାରିନଥିବେ। ଆପଣଙ୍କ ଆଇନ ସମ୍ମତ ଛାଡ଼ପତ୍ର ହେଇନି ନା।"

"ନା, ନା, ସେ ଅନ୍ୟ ଜଣକୁ ବାହା ହେଇଛନ୍ତି।"

"ପୁଣି ଆପଣଙ୍କୁ ?"

"ସେ ଦି ଜଣଙ୍କୁ ରଖିବାକୁ ଚାହୁଁଛନ୍ତି। ମୁଁ ରୋଜଗାର କରୁଛି ତ ?"

"ଆପଣ ଫେରିବାକୁ ଚାହୁଁନାହାନ୍ତି, ଏଯାତ ସମସ୍ୟା ?" କାହିଁକି କେଜାଣି ଖାମ ଖିଆଲ ଭାବରେ ମୁଁ କହି ଦେଇଥିଲି ଏତକ।

"ମୁଁ ତାଙ୍କ ପାଖକୁ ଫେରିଯିବାକୁ ଚାହେଁନା। ମୋ ଝିଅ ବି ଫେରିଯିବା କଥାରେ ରାଜି ନୁହଁ। ସେଇଟା ମୋ ପାଇଁ ସମସ୍ୟା ନୁହଁ।"

“ତେବେ ?”

ସେ ଧୀରେ ଧୀରେ ବିଷୟ ଆଡ଼କୁ ପ୍ରବେଶ କରିଥିଲେ। “ମୋ ଭିତରେ ଗୋଟେ ପରିବର୍ତ୍ତନ ଘଟିଛି। ମୁଁ ବୁଝିପାରୁଛି ମୋ ଭିତରେ ପୂର୍ବର ସେଇ ଜଡ଼ତା ନାଇଁ। ମୁଁ ଜୀବନକୁ ଭଲ ପାଇ ଶିଖୁଛି। ଆଇ ଏନ୍‌ଜୟ ବଡ଼ିଲି..” ତାଙ୍କ ଜିଭ ଅଟକି ଗଲା। ସେ ପୁଣି ଥରେ ମୋ ଲେଖାର ଉଦାହରଣ ଦେଇ କହିଥିଲେ, “ମୁଁ ଆପଣଙ୍କ ‘ପ୍ଲେଜର ଏଟ୍‌ ପାର’ ପ୍ରବନ୍ଧଟି ପଢ଼ିଛି।”

ହେ ଭଗବାନ୍‌ ! ମୁଁ ମନେ ମନେ ଭାବିଲି, ତଥାପି ଏତେ ବଡ଼ କଳାମେଘଟେ ତାଙ୍କ ମୁହଁକୁ ଢାଙ୍କି ରଖିଛି। ସରକାରୀ ଚକିରି, ଉଚ୍ଚଶିକ୍ଷିତା ଝିଅ, ନିଜସ୍ୱ ଘର ଆଉ ଶେଷରେ ସବୁ ଅଭାବବୋଧକୁ ପୂର୍ଣ୍ଣ କଲା ପରି ପ୍ରେମ ପାଇବା ପରେ କେଉଁଠି ରହିଗଲା ଇଞ୍ଜେ କି ଆଙ୍ଗୁଲେ ଦୁଃଖ ଯେ।

ସେ ମୋ ସଂଶୟ ଦୂର କରିବାକୁ ଯାଇ କହିଲେ, “ଏବେ ପୁଣି ମୋ ଜୀବନ ଅତିଷ୍ଠ ହେଇ ଉଠିଛି।”

“ମାନେ ?”

“ତାକୁ ଗୋଟେ ନିଦା ଚଟାଣ ପରି ମା’ ଲୋଡ଼ା। ଯିଏ କୌଣସି ପରିସ୍ଥିତିରେ ବି ତରକି ଯାଉ ନଥିବ। ମୋ ସଂଘର୍ଷ ତାକୁ ଭଲ ଲାଗେ। ମୋ ସ୍ୱାର୍ଥ ତ୍ୟାଗ ତାକୁ ଭଲ ଲାଗେ। ମୋ ସ୍ୱାଭିମାନକୁ ସେ ତାରିଫ୍‌ କରେ। ମୋ ଅସୌନ୍ଦର୍ଯ୍ୟ ପାଇଁ ତା’ର କୌଣସି କଂପ୍ଲେକ୍ସ ନାଇଁ। କେବଳ ଯାହା …।”

“କେବଳ ଯାହା ? ସେ କ’ଣ ଆପଣଙ୍କ ସଂପର୍କ କଥା ଜାଣେ ? ହେ ଭଗବାନ୍‌ !” ମୁଁ ଚଟାପଟ୍‌ ପଚରି ପକେଇଥିଲି।

“ନା ସିଧା ସଳଖ ଏ ବିଷୟରେ ଆମେ କେବେ କଥା ହେଇନୁ। ସେ ଅନୁମାନ କରେ ଯେଉଁ ଚଟାଣରେ କେବେ ଶିଉଳି ଚରି ନ ଥିଲା, ସେ’ଠି ଫୁଲ ଫୁଟିଲେ ତ ବୁଝା ପଡ଼ିବନା ? ମୁଁ ମୁଣ୍ଡ ହଲେଇ ଥିଲି। ସେ ପୁଣିଥରେ ପାଟି ଫିଟେଇ ଥିଲେ ମୋର କେଉଁଠୁ ଫୋନ୍‌ ଆସିଲେ ସେ ବିରକ୍ତ ହେଇପଡ଼େ। ଚିଡ଼ି ଯାଇ ଚିତ୍କାର କରେ ‘ହୁ ଦ ହେଲ୍‌’। କୌଣସି ପୁରୁଷ ସହ କଥା ହେଉଥିଲେ ତା’

କପାଳରେ କୁଞ୍ଚ ପଡ଼ିଯାଏ । ସେ ବରଦାସ୍ତ କରିପାରେ ନାହିଁ । ଆଉ ତା’ ଅସ୍ଥିରତା ମୁଁ ଆଦୌ ସହ୍ୟ କରିପାରେନା ।"

ସେ କ୍ଲାନ୍ତ ହେଇ ପଡ଼ିଥିଲା ପରି ବେକ ଭାଙ୍ଗି ବସିଥିଲେ । ଅନ୍ଧାର ଢଙ୍କା ତାଙ୍କ ମୁହଁକୁ ଦେଖି ମୁଁ କି ପ୍ରକାର ଆଶ୍ୱାସନା ଦେବି ବୁଝି ପାରିଲି ନାହିଁ । କାହା ପକ୍ଷ ନେବି ? ସେ କ’ଣ ଆଶା କରୁଛନ୍ତି ମୋଠୁଁ । କାହିଁକି ବା ସେ ଏ ବାବଦରେ ମୋ ପରାମର୍ଶ ଲୋଡୁଛନ୍ତି । ଲେଖକ ତ ନିଜ ମର୍ଜିରେ ଲେଖେ । ଋହିଁଲେ ମାରିବ, ଋହିଁଲେ ବଞ୍ଚେଇବ । କାହାରି ଜୀବନ କ’ଣ ମୋ ମର୍ଜିରେ, ମୋ ଚରିତ୍ର ମାନଙ୍କ ମାର୍ଗରେ ଋଲିପାରେ ?

ତାଙ୍କୁ ଦେଖିଲେ ବିଶାଳ ସ୍ଥିର ଜଳରାଶି ପରି ଗାଢ଼ ମନେ ହେଉଥିଲେ । ମୋ ନିଶ୍ୱାସ ପବନ ବି ତାଙ୍କୁ ଥରେଇ ନ ଦେଉ, ମୁଁ ସତର୍କ ହେଇ ବସି ରହିଥିଲି । ସେ ଧୀରେ ପଋରିଲେ "ମୁଁ କ’ଣ ପାପ କରୁଛି ?"

ମୁଁ ପ୍ରକୃତରେ ଆଶ୍ଚର୍ଯ୍ୟ ହେଇଥିଲି ତାଙ୍କ କଥା ଶୁଣି । ତାଙ୍କ ସମସ୍ୟାଟା ନିଅର ସନ୍ଦେହ ଅବା ନିଜ ବିବେକର ବାଧା ! ଜଣେ ବାପା, ଶ୍ୱଶୁର, ସ୍ୱାମୀ ସମସ୍ତଙ୍କୁ ବିରୋଧ କରି ନିଜସ୍ୱ ଜୀବନଟେ ଜିଇଁବାର ନିଷ୍ପତି ନେଇ ପାରେ । ତା’ ପାଖରେ ମୋ ମତ ଅମତର କିଛି ମାନେ ଥାଏ କି ? ମୁଁ କହିଥିଲି, "ଜୀବନ ଆପଣଙ୍କର । ନିଷ୍ପତି ନେବା ଅଧିକାର ଆପଣଙ୍କର । ଆପଣ ପୁଣି ଥରେ ରିଭୋଲ୍ଟ କରିବେ, ରିବେଲିୟସ ହେବେ । ଅବା ପରିସ୍ଥିତି ସଙ୍ଗେ ବୁଝାମଣା କରିନେବେ ତା ଆପଣଙ୍କ ଉପରେ ନିର୍ଭର କରେ । ମୁଁ କ’ଣ ବା କହିପାରିବି । ଆଉ ରହିଲା ପାପ ପୁଣ୍ୟ କଥା, ମଶାକୁ ମାରିଲେ ପାପ ବୋଧ ଘାରେନି । ମାତ୍ର ମଣିଷ ମାରିଲେ ଆମେ ବୋଧହୁଏ ପାପବୋଧରେ ବୁଡ଼ିଯିବୁ । କେଜାଣି । ଯେଉଁମାନେ ମଶା ଭଳି ମଣିଷ ମାରୁଥିବେ ତାଙ୍କୁ ପାପବୋଧ ଘାରୁଥିବ କି ନାହିଁ ।"

ସେ ବୋଧହୁଏ ସିଧାସଳଖ ଉତ୍ତରଟିଏ ମୋ ପାଖରୁ ଆଶା କରିଥିଲେ । ଯାହା ହୁଏତ ସେ ପାଇଲେ ନାହିଁ । ଯିବା ପାଇଁ ସେ ଉଠି ଛିଡ଼ା ହେଇଥିଲେ । ମୁଁ ଜାଣିଥିଲି ମୁଁ ତାଙ୍କୁ ଝୁଲେଇ କି ରଖିଦେଇଛି । କାହିଁକି କେଜାଣି ତାଙ୍କୁ ଦେଖି ମୋତେ କଷ୍ଟ ଲାଗିଥିଲା । ମୁଁ ବାଟେଇ ଦେବାପାଇଁ ଉଠିଲାବେଳେ ତାଙ୍କ ପିଠିରେ

ହାତ ରଖି କହିଥିଲି, "ମଣିଷ ଜୀବନଟା ଭାରି ଛୋଟିଆ। ଯାଆନ୍ତୁ ଜୀବନକୁ ମନଭରି ଉପଭୋଗ କରନ୍ତୁ। ଝିଅ ବଡ଼ ହେଲାଣି। ସେ କ'ଣ ଆଉ ଆପଣଙ୍କ ବସାରେ ରହିବ। ଉଡ଼ିଯାଇ ଅନ୍ୟ କେଉଁଠି ନିଜର ବସା ବାନ୍ଧିବନି ? ତା' ଭିତରେ ଆହୁରି କଠିନତା ଆସିବା ଆଗରୁ ତା' ମୋହ ଭାଙ୍ଗି ଦିଅନ୍ତୁ। ଜୀବନ ସଙ୍ଗୀତ ଶୁଣନ୍ତୁ। କେତେ ସୁମଧୁର।"

ଆବେଗରେ ସେ ମୋତେ କୁଣ୍ଢେଇ ପକେଇଲେ। ଯେମିତି ଏତିକି ଉତ୍ତର ସେ ମୋଠୁଁ ଆଶା କରିଥିଲେ। ସୁଅ ଭିତରେ ଭାସି ଯାଉଥିବା କୁଟା ଖଣ୍ଡେ ପାଇଛନ୍ତି ଯେମିତି। ତାଙ୍କ ଓଠରେ ହସଟେ ଖେଳିଗଲା। ସେ ପାହାଡ଼ି ଝରଣାଟେ ପରି ପାହାଚ ପରେ ପାହାଚ ଡେଇଁ ଝଲିଯାଉଥିଲେ।

ମୁଁ କିନ୍ତୁ ତାଙ୍କ ଝିଅଟି ପାଖେ ଅଟକି ଯାଇଥିଲି। ଝିଅଟି ବାପା ପରି ସନ୍ଦେହୀ ହେଇଛି ଅବା ମା' ପରି ଶୁଷ୍କ ଚଟାଣ ? ସେ ଯାହା ଭଳି ହେଉ ଏବେ ମୋତେ ଝିଅଟି ପାଇଁ ଦୁଃଖ ଲାଗିଥିଲା। ମୁଁ ବାଲକୋନୀକୁ ଯାଇ ଦେଖିଥିଲି ମୋତେ ଝୁଲନ୍ତ ଅବସ୍ଥାରେ ଛାଡ଼ି ଦେଇ ସେ କାନରେ ମୋବାଇଲ୍ ରୁପି ଗଲି ପାର୍ ହେଉଥିଲେ।

ଭାତ

– ଆଶିଷ ଗଡ଼ନାୟକ

କଲିକତାରେ ରୁକିରୀ କରିଥିବା ତାଙ୍କ ଘର ପାଖର ଜଣେ ଲେଖା ଯୋଖା 'ଅଙ୍କଲ୍'ଙ୍କ ଦ୍ୱାରା ଅଣାଯାଇଥିବା ଗୋଟେ ସ୍ୱିଂ ଛୁରୀ ପ୍ରବୀରଦା' ମୋତେ ଦେଇଥିଲା କଲେଜ୍ ଛାଡ଼ିବା ବେଳେ। ମୁଁ ରୁକିରୀ କରି ବାହା ସାହା ହେବା ପର୍ଯ୍ୟନ୍ତ ସେଇଟିକୁ ପାଖରେ ସାଇତି ରଖୁଥିଲି ଗୋଟେ ସ୍ମୃତି ରୂପେ। ବଡ଼ପୁଅ ଜନ୍ମ ହବାପରେ ଏବଂ ଟିକେ ବଡ଼ିଯିବା ପରେ ତା ଦୃଷ୍ଟିରେ ନ ପଡ଼ିବା ପାଇଁ ଛୁରୀଟାକୁ ମୁଁ ଲୁଚେଇ ଦେଇଥିଲି ପୁରୁଣା କଂସାବାସନ ଇତ୍ୟାଦି ରହୁଥିବା ଗୋଟେ ଲୁହା ଟ୍ରଙ୍କ ଭିତରେ; କିନ୍ତୁ ପରେ, ଦିନେ ଯେତେ ଖୋଜିଲେ ବି ପାଇଲିନି। ସେଦିନ ରାଗରେ ପୁଅକୁ ବହେ ବାଡ଼େଇ ପକେଇ ଥିଲି ଏବଂ ତାକୁ ଗୁଡ଼ାଏ ଗେହ୍ଲା କରି ଚଗଲା ବନେଇ ଦେଇଥିବା ଯୋଗୁଁ ମୋ ସ୍ୱାକୁ ବି ଆଚ୍ଛାକରି ପରସ୍ତେ ଗାଲି ଶୁଣେଇ ଦେଇଥିଲି। ଛୁରୀଟା କିନ୍ତୁ ଆଉ ମିଲିଲାନି। ପ୍ରବୀରଦା' କିନ୍ତୁ ମନେଅଛି ଆଜିଯାଏ।

ପ୍ରବୀରଦା' – ପ୍ରବୀର ରୁଟାର୍ଜୀ। ଯଦିଓ ତା' ପୂର୍ବପୁରୁଷ ରହୁଥିଲେ କେବେ କଲିକତାରେ; ସେମାନେ କେତେବେଳେ ବିହାରରେ; ଜାମସେଦପୁର ପାଖରେ କୋଉଠି। ବାପା ଜିଓଲୋଜିଷ୍ଟ। ବିହାରର ଆଇନ୍ ଶୃଙ୍ଖଳା ପରିସ୍ଥିତି ଯୋଗୁଁ ଗୁଡ଼ାଏ ପିଲା ପଢ଼ିବାକୁ ଓଡ଼ିଶା ପଳେଇ ଆସୁଥିଲେ ସେତେବେଳେ। ଖାଲି

ବିହାର ନୁହେଁ; ଆନ୍ଧ୍ର ଓ ବଙ୍ଗଳାର ସୀମା ଅଞ୍ଚଳରୁ ବି ଆସୁଥିଲେ। ସେମିତି ପ୍ରବୀରଦା'ର ଆଗମନ କଟକକୁ ଓ ମୋ' ସହିତ ଏକା ହଷ୍ଟେଲରେ ଅବସ୍ଥାନ। କାହିଁକି କେଜାଣି ସବୁ ଚିହ୍ନାଜଣା ତାକୁ ପ୍ରବୀରଦା' ଡାକୁଥିଲେ; ଆଉ ସହପାଠୀ ହୋଇଥିଲେବି ମୁଁ ବି।

ପ୍ରବୀରଦା'ର ମୋ' ସହିତ ଖୁବ୍ ଭଲ ଦୋସ୍ତି ଥିଲା। ଏକଦମ୍ ନିବିଡ଼। ମୋ' ପାଖକୁ ଘରୁ ବୋଉ ପଠଉଥିବା ଆରିସା ଆଉ ଆଚାର ଆମେ ଦି'ଜଣ ବାଣ୍ଟିକି ଖାଉଥିଲୁ। ତା' ବିସ୍କୁଟ୍ ଟିଣ ଭିତରେ ହାତ ପୂରେଇବାକୁ ବି ମୋର ପୂର୍ଣ୍ଣ ସ୍ୱାଧୀନତା ଥିଲା।

ଗୋଟେ ସ୍ମରଣୀୟ କଥା ଯେ ଆମେ ଦୁହେଁ ସାଥୀ ହୋଇ ସିଗାରେଟ୍ ଟାଣୁଥିଲୁ। ସେତେବେଳେ କଲେଜ ଛକର ରାଜୁଭାଇ ଦୋକାନରେ ଆମର ବାକି ଖାତା ଚଲୁଥିଲା। ଅବଶ୍ୟ ପହିଲେ ମୁଁ ସିଗାରେଟ୍ ଟାଣିବାକୁ ଡରୁଥିଲି। ଥରେ ଟାଣିଦେଲେ ମୁଣ୍ଡ ବୁଲେଇ ଝିଆଁ ଝିଆଁ ହେଇଯାଉଥିଲା। ପ୍ରବୀରଦା' ତା' ବିହାର କଥା କହୁଥିଲା; କଲିକତା କଥା ବି। ସେଠି କେମିତି ଛୋଟ ଛୁଆମାନେ ବି ମଦ ପିଅ ପକାନ୍ତି। ହଜମ୍ କରିଦିଅନ୍ତି! ତା'ର ତ ହାଇସ୍କୁଲ ବେଳୁ ସିଗାରେଟ୍ ଅଭ୍ୟାସ। ବିହାରୀ ଟୋକାମାନେ କେମିତି ଦୁଃସାହସୀ; କଲିକତୀମାନେ କେତେ ଝଲାଖ!

ଅବଶ୍ୟ ସେ କେବେ ମଦ ପିଇଥିବାର ମୋର ମନେନାଇଁ ଯଦିଓ ସେ ବିଷୟରେ ଅଣଓଡ଼ିଆ ପିଲାଙ୍କର ବହୁ ଦୁର୍ନାମ ଥିଲା।

ସବୁଦିନେ ରାତିରେ ରୁଟିନ୍ ଭଳି ମେସ୍‌ରୁ ମିଲ୍ ଖାଇ ଫେରିବାର କିଛି ସମୟ ପରେ ସାର୍ଟ ପ୍ୟାଣ୍ଟ ପିନ୍ଧି ରେଡିହୋଇ ପ୍ରବୀରଦା ଆସୁଥିଲା ମୋ' ରୁମ୍‌କୁ, କିମ୍ବା ମୁଁ ଯାଉଥିଲି ତା' ପାଖକୁ। ତା'ପରେ ପକେଟ୍‌ରେ କିଛି ଖୁଚୁରା ପଇସା ପୂରେଇ ଆମେ ଯାଉଥିଲୁ ରେଲୱେ ଷ୍ଟେସନ୍‌କୁ। ଷ୍ଟେସନଟା ଆମ ହଷ୍ଟେଲର ଖୁବ୍ ନିକଟରେ ଥିଲା; ଅଧ କିଲୋମିଟରୁ ଆହୁରି କମ୍। ଆଗରୁ ଅବଶ୍ୟ ରାତି ଏଗାର ମାନେ ଅନ୍ୟ ଓଡ଼ିଆ ପିଲାଙ୍କ ଭଳି ମୋର ବି ରାତି ଅଧ ହୋଇଯାଉଥିଲା, କିନ୍ତୁ ପ୍ରବୀରଦା' ପ୍ରଭାବରୁ ଏକଦମ୍ ରାତ୍ରିଚର ପାଲଟିଗଲି ତା'ପରେ। ଦିନରେ ଶୁଆ ଓ ସିଗାରେଟ୍ ଟାଣି ରାତିସାରା ଉଜାଗର ଏବଂ ଯାହାକିଛି ପଢ଼ାପଢ଼ି।

ଷ୍ଟେସନଟା ହଷ୍ଟେଲର ଖୁବ୍ ପାଖରେ ଥିଲା; ରାତିରେ ସେଠାକୁ ଯିବାବେଳେ କଲେଜ ଛକ ଡିଉଟିରେ ଥିବା ନେପାଳୀ ପୋଲିସ ଆମର କିଛି କରୁନଥିଲା। କଲେଜ ପିଲାଙ୍କର ସେତେବେଳେ ଟିକେ ଅଧିକ ଭାଉ ଥିଲାତ ! ପ୍ରଥମେ ପ୍ରଥମେ ଆମେ ଦି'ଜଣ ଷ୍ଟେସନ ଯାଇ ସେଠି ରାତି ସାରା ଖୋଲା ରହୁଥିବା ଦୋକାନରୁ ରୁ', ସିଗାରେଟ୍ ବା ପାନ ଇତ୍ୟାଦି ଖାଇ ଓ ସିମେଣ୍ଟ ବେଞ୍ଚରେ ବସି ଏଣୁତେଣୁ ଟିକେ ଗପି ଫେରି ଆସୁଥିଲୁ ହଷ୍ଟେଲ ଗେଟ୍ ବନ୍ଦ ହେବା ଆଗରୁ। ତା'ପରେ କିନ୍ତୁ କାର୍ଯ୍ୟକ୍ରମ ବଦଳିଲା। ଟିକେ ପୁରୁଣା ହବାରୁ ହଷ୍ଟେଲରେ ପ୍ରତିପତ୍ତି ବଢ଼ିଲା ଓ ହଷ୍ଟେଲ ଗେଟ୍ ଆମ ଇଚ୍ଛା ଅନୁସାରେ ଖୋଲିଲା। ରାତିରେ ଯେତେବେଳେ ଫେରିଲେ ବି ଚିନ୍ତା ନ ଥିଲା। ଗେଟ୍ ପାଖରେ ଶୋଉଥିବା ପିଅନକୁ କେବେ କେମିତି ଦି'ଟା ବିଡ଼ି ଧରେଇଦେଲେ କାମ ଶେଷ।

ଗୌହାଟୀ – ତ୍ରିଭେନ୍ଦ୍ରମ୍ ଅପ୍ କଟକରେ ପହଞ୍ଚୁଥିଲା ସାଢ଼େ ବାରରେ; ତିରୁପତି – ହାଓଡ଼ା ଗୋଟେ ପଇଁଚାଳିଶ୍। ଆଉ କିଏ କେବେ ! କେତେବେଳେ ! ଟ୍ରେନ୍ ପହଞ୍ଚିବା ମାତ୍ରେ ଷ୍ଟେସନଟା ଚେଙ୍ଗ ଉଠେ। କୋଲାହଲରେ ଭରିଯାଏ। ରୁ'ବାଲାମାନେ କେଟିଲ୍ ଧରି ଧାଇଁ ଧାଇଁ ଯାଆନ୍ତି – ରୁଏ – ରୁଏ ଚିକ୍ରାର କରି। ଶୋଇ ପଡ଼ିଥିବା ପାନ ଦୋକାନୀ ମାନେ ଉଠିପଡ଼ି 'ପାନ୍ ବିଡ଼ି ପାନ୍ ବିଡ଼ି' ବିଲିବିଲେଇ ଉଠନ୍ତି ନିଦୁଆ କଣ୍ଠରେ ।

ପ୍ରବୀରଦା' ସିମେଣ୍ଟ ବେଞ୍ଚରୁ ମୋ' ପାଖରୁ ଉଠିଯାଇ ଗୋଟେ ପରେ ଗୋଟେ ୫ର୍କ ପାଖରେ ନଇଁପଡ଼ି ଭିତରକୁ ଉଙ୍କିମାରେ। ସେଠୁ ଫେରି ଅଧିକାଂଶ ଦିନ ମୋତେ କୁହେ – ଭାଇ ! ଯେମିତି ମାଲ୍ଟେ ହେଇଥିଲା ନା... ଆଃ କ'ଣ କହୁଚୁ ! ଶାଳା ଗୋଟେ ବୁଢ଼ା – ତା' ବୋପା ହବକି କ'ଣ ତା' ପାଖରେ ଚେଙ୍କି ବସିଥିଲା; ନହେଲେ ଦେଖାଥା'ନ୍ତୁ ...ଔ ! ପ୍ରବୀରଦା' କିନ୍ତୁ କେବେ କିଛି କରିପାରିବାର ମୋର ମନେ ନାଇଁ। ସେମିତି ଖାଲି ଦେଖେ ଓ ଦେଖ୍ ଦେଖ୍ ସନ୍ତୁଷ୍ଟ ହବାକୁ ବାଧ୍ୟ ହୁଏ ଓ ମୋ' ପାଖରେ ଆସି ଗପେ।

ଗୌହାଟୀ – ତ୍ରିଭେନ୍ଦ୍ରମ ଅପେକ୍ଷା ପୁରୀ – ନୂଆଦିଲ୍ଲୀ ନୀଳାଚଳରେ ବେଶୀ ଓ ଭଲ ମାଲ୍ ଥାଆନ୍ତି। ପ୍ରବୀରଦା' କୁହେ; ମୁଁ ଦିନେ ବି ଦେଖିପାରିନି ବା ଦେଖିଲେ ବି ତା'ର କ୍ୱାଲିଟେଟିଭ୍ ଓ କ୍ୱାଣ୍ଟିଟେଟିଭ୍ ଡିଫରେନ୍ସଟାକୁ ଅନୁଭବ କରିପାରିନଥିବି ବୋଧେ।

ଏମିତି ସବୁଦିନେ ରାତିରେ ମିଲ୍ ଖାଇସାରି ଷ୍ଟେସନ୍‌କୁ ବୁଲିଯିବା ଭିତରେ ସେଠି ଆମର ଦି'ଜଣଙ୍କ ସହିତ ଭଲ ଚିହ୍ନା ପରିଚୟ ଓ ଭାବ ଦୋସ୍ତି ହୋଇ ପାରିଥିଲା । ଜଣେ ଥିଲା – ଷ୍ଟେସନରେ ରାତି ଡିଉଟି କରୁଥିବା କନେଷ୍ଟବଲ ମୁରାରୀ ସୋରେନ୍ । ଆଉ ଥିଲା ଠ' ଦୋକାନବାଲା ନବ । ନବଘନ ବେହେରା ।

ମୁରାରୀ ସୋରେନ୍ ନୂଆ ନୂଆ ବାହା ହୋଇଥାଏ । ସରକାରୀ କ୍ବାଟର୍ ମିଲିନଥିବାରୁ ରହୁଥିଲା ଯୋବ୍ରା ଦୁର୍ଗାଛକ ପାଖରେ କୋଉଠି ଗୋଟେ ଭଡ଼ାଘରେ । ତା' ନିଜ ଗାଁ କିନ୍ତୁ ମୟୂରଭଞ୍ଜରେ । କରଞ୍ଜିଆ ପାଖ ଠାକୁରମୁଣ୍ଡା ନିକଟରେ ମଫସଲ ଗାଁଟି । ମୋ' ବାପା କିଛି ବର୍ଷ ପାଇଁ ବାରିପଦାରେ ରହିଥିବାରୁ ରାଇରଙ୍ଗପୁର, ଉଦଲା, କପ୍ତିପଦା ଇତ୍ୟାଦି ନାଁ ଗୁଡ଼ିକୁ ଶୁଣିଥିଲି ବାରିପଦାରେ ତାଙ୍କ ପାଖରେ ରହିଥିବା ବେଳେ ଓ ଦିନେ ଏମିତି ଚିହ୍ନାପରିଚୟର ପ୍ରାଥମିକ କଥାବାର୍ତ୍ତା ବେଳେ ସୋରେନ୍‌ର ଘର ଠାକୁରମୁଣ୍ଡା ପାଖରେ ଶୁଣି ସେଗୁଡ଼ିକୁ ମନେ ପକେଇ କହିପାରିଥିଲି । କହିଥିଲି ବି କରଞ୍ଜିଆର ଦୋଳଯାତ୍ରା ଓ ଠାକୁରମୁଣ୍ଡାର ଉଡ଼ାଯାତ୍ରା କଥା । ସେଇ ସୂତ୍ରେ ତା' ସହ ଆମର ଗୋଟେ ଭଲ ସମ୍ପର୍କ ଗଢ଼ି ଉଠିଲା । କଟକ ଷ୍ଟେସନର ସିମେଣ୍ଟ ବେଞ୍ଚରେ ବସି ସୋରେନ୍ ପରମ ଉସ୍ଚାହର ସହ କହୁଥିଲା – ଠାକୁରମୁଣ୍ଡାର କୋଉ ମଫସଲ ଗାଁର ତା' କୁଡ଼ିଆଘର କଥା; ତା' ବାପା ମାଆ ଆଉ ପାହାଡ଼ କଡ଼ର ଧାନବିଲ; ମହୁଲ ଓ ଭାଲୁ; ସାପ, ହାତୀ, ବାଘ କଥା । ଜହ୍ନରାତିରେ କୁରେଇ ଫୁଲର ବାସ୍ନା । ମୂଲରୁ ସହରରେ ବଢ଼ି ଆସିଥିବା ପ୍ରବୀରଦା' ତା' କଥା ଆଁ କରି ପିଇଯାଉଥିଲା ।

ଆମେ ଷ୍ଟେସନରେ ଠ' ପିଇବୁତ ନବ ପାଖରୁ । ନବଘନ ବେହେରା । ଠ' ପିଉ ପିଉ କଥାବାର୍ତ୍ତା ଠୁଲେ । ନବ କୁହେ ସିଏ ବି ପଢ଼ିଚି ଚତୁର୍ଥ ଯାଏ । ଏ, ବି, ସି, ଶିଖିଥିଲା ଆଉ ପଢ଼ି ପାରିଲାନି ଯଦିଓ ଇଚ୍ଛା ଥିଲା ଗୁଡ଼ାଏ ପଢ଼ିବାକୁ । ବେବସାୟରେ ବା'କୁ ସାହାଯ୍ୟ କରିବାକୁ ସେ ପାଠ ଛାଡ଼ିବାକୁ ବାଧ ହେଲା; ପାଠ ବଦଳରେ ଆଞ୍ଚ ଭିତରେ କୋଇଲା ପୁରେଇଲା, ଠ' ଗ୍ଲାସ ଧୋଇଲା । ଏସବୁ ଗୁଡ଼ାଏ ଦିନ ତଳର କଥା । ଏବେ ସେ ଏକା ବେପାର ସମ୍ଭାଳିଚି । ବା'କୁ ଟି.ବି. ହେଇଚି ଯେ ସେ କାମକୁ ଆଉ ମୋଟେ ତ ପାରୁନି; ତା' ପିଛା ପାଣି ପରି ପଇସା ଖର୍ଚ୍ଚ ହଉଚି ବି ଔଷଧ ପଥ୍ୟରେ । ବା' ଛଡ଼ା ଘରେ ମାଆ ଆଉ

ଗୋଟେ ଭଉଣୀ, ଆଉ କେହି ନାହାଁନ୍ତି । ସାନ ଭାଇଟେ ଥାଆନ୍ତା ଯେ ଏବେ ଦଶ ଏଗାର ବର୍ଷର ହୋଇଥାଆନ୍ତା; ଜନ୍ମହବା ଆଗରୁ ସେ ମରିଯାଇଥିଲା ।

ନବ ଖୁବ୍ ମନ କଷ୍ଟ କରେ ଆମ ପାଖରେ ଯେ ସେ କିଛି ସଞ୍ଚିକି ରଖି ପାରୁନି । ତା'ର ଇଚ୍ଛା ଗୋଟେ ଛୋଟକାଟର ଜଳଖିଆ ଦୋକାନ କରିବାକୁ । କିନ୍ତୁ ପାରୁନି । ବା' ପଛରେ ତ ଅପର୍ଯ୍ୟାପ୍ତ ଟଙ୍କା ଯାଉଛି; ପୁଣି ମୁଣ୍ଡ ଉପରେ ଭଉଣୀର ବାହାଘର ଅଛି । ସେ କହେ ଓ ମୁଁ ବି ଆଶ୍ଚର୍ଯ୍ୟ ହୁଏ – ଏଇ ଛୋଟ ରଃ' ଦୋକାନରୁ ତା'ର ଯେତେ ଲାଭ ହଉଥିବ – ରୁରିଟା ମଣିଷଙ୍କୁ ଚଳେଇବାକୁ ତ ଏକଦମ୍ ମୁସ୍କିଲ୍ ହେଇଯାଉଥିବ । ସେ ପୁଣି କେତେ ବଳେଇକି ରଖିପାରିବ – ଭଉଣୀର ବାହାଘର ପାଇଁ; ନିଜ ଭବିଷ୍ୟତ ପାଇଁ ।

ଭୋର ହବା ଆଗରୁ ହିଁ ସୋରେନ୍ ଘରକୁ ପଳଉଥିଲା । ଡିଉଟି ସାରି । ନବର କିନ୍ତୁ ଟିକେ ଡେରି ହଉଥିଲା ସବୁଦିନ । ଗୋଟେ ସିମେଣ୍ଟ ବେଞ୍ଚରେ ଢୋଲେଇ ଢୋଲେଇ ସେ ବସି ରହୁଥିଲା ତା' ମାଆ ଘରୁ ଆସିବା ପର୍ଯ୍ୟନ୍ତ । ତା'ପରେ ଯାଇ ଘରକୁ ଯାଉଥିଲା । ତା' ମାଆ କେଟିଲ୍ ଆଉ ଗ୍ଲାସ୍ ଇତ୍ୟାଦିକୁ ଧୁଆଧୋଇ କରି ରଖୁଥିଲା । ଆମେ କେବେ ସକାଳୁ ସକାଳୁ ଷ୍ଟେସନକୁ ଗଲେ ତା' ସହ ଦେଖା ହଉଥିଲା । କଲେଜ୍ ପଢୁଆ ପିଲା ଓ ତା' ପୁଅର ପରିଚିତ ହିସାବରେ ସେ ଆମକୁ ଖୁବ୍ ଆଦର କରୁଥିଲା । ସ୍ନେହ କରୁଥିଲା । କେବେକେବେ ଆଉ ଥରେ ରଃ' କରି ପିଆଉଥିଲା ଆମକୁ । ଗପୁଥିଲା ତା' ଘର କଥା । ବସ୍ତିରେ କେମିତି ପାଇଖ ପାଖରେ ଲମ୍ବ ଧାଡ଼ି ଲାଗିଯାଇଚି ସକାଳୁ କି ତା' ଝିଅ ପାଇଁ କାଲି କୋଉଠୁ ଦେଖିବାକୁ ଆସିଥିବା ପିଲାଟା କେମିତିକା; କେତେ ଯୌତୁକ ଦାବୀ କରୁଥିଲା କିମ୍ବା ନବ କେମିତି ବାହା ହବାକୁ ଏବେ ମାଙ୍ଗୁନି ମୋଟେ ଯଦିଓ ଗୁଡ଼ାଏ ଭଲ ପ୍ରସ୍ତାବ ଆସୁଚି ଇତ୍ୟାଦି ଇତ୍ୟାଦି ।

ଭଲକି ଚିହ୍ନା ପରିଚୟ ହବା ପରେ ସେ ଆମକୁ ପୁଅ ବୋଲି କହୁଥିଲା । ଆମେ ବି ଧୀରେ ଧୀରେ ମାଉସୀ ଡାକିବା ଆରମ୍ଭ କରିଦେଇଥିଲୁ । ମାଉସୀ ମୋତେ କୁହେ ତା' ବଡ଼ବାପା ପୁଅ ଭାଇଙ୍କ ଘର ଆମ ଯାଜପୁର ରୋଡ୍ ପାଖ ଗୋଟେ କୋଉ ଗାଁରେ । ବଡ଼ ଝିଅର ବାହାଘର ବେଳେ ନିଜେ ଭାଇ ଏଇ କଟକକୁ ଜିନିଷପତ୍ର କିଣାକିଣି କରିବାକୁ ଆସି କହିଯାଇଥିଲେ ଯିବାକୁ । କିନ୍ତୁ ସେ

ଯାଇ ପାରିଲାନି – ନବର ବାପା ଦେହ ଖରାପ ଥିଲା ବୋଲି। ନବ ହାତରେ ଗୋଟେ ଶାଢ଼ୀ ପଠେଇ ଦେଇଥିଲା ଖାଲି ତାଙ୍କ ଘରକୁ ବେଭାର।

ନବ ବାପାର ରୋଗ ଆଉ ମୁଣ୍ଡ ଉପରେ ଥିବା ଝିଅ ବାହାଘରର ଚିନ୍ତା କଥା ବ୍ୟାନ୍ କରୁ କରୁ ମାଉସୀର ଆଖି ଛଳ ଛଳ ହେଇଯାଏ। ମୋଟାମୋଟି ଭାବରେ କହିବାକୁ ଗଲେ ମାଉସୀ ଖୁବ୍ ଭଲ ଲାଗୁଥିଲା ଆମକୁ। ଖୁବ୍ ସ୍ନେହୀ ଥିଲା ତ।

କନେଷ୍ଟବଲ ସୋରେନ୍ ବି ଆମକୁ ଶୁଣାଉଥିଲା ତା' ଝିକିରୀ ଜୀବନର ଅନେକ ରୋମାଞ୍ଚକର ଘଟଣା। କୋଉ ଦିନ ସେ କେମିତି ଗୋଟେ ପକ୍କା ପକେଟମାରୁକୁ ଧରିଥିଲା। କେମିତି ଥରେ କେହି ଜଣେ ଛାଡ଼ିଯାଇଥିବା ସୁଟକେଶ ଭିତରୁ ଗୋଟେ କଟାମୁଣ୍ଡ ଓ ରକ୍ତମଖା ଫାର୍ସୀ ବାହାରିଥିଲା କିନ୍ତୁ ଲୋକଟା ଧରା ପଡ଼ିନଥିଲା; ଷ୍ଟେସନରେ ଠିଆ ହୋଇଥିବା ମାଲଗାଡ଼ିରୁ କୋଇଲା ଚୋରି କରୁଥିବା ଲୋକଙ୍କୁ ଧରିବା ବେଳେ ସେ କେମିତି ଅଧିକାଂଶ ଥର ସଫଳ ହୋଇଛି ଓ ଥରେ ଗୋଟେ ଚୋର ତାକୁ ଲକ୍ଷ୍ୟ କରି ଗୋଟେ ବଡ଼ କୋଇଲା ମୁଣ୍ଡା ଫିଙ୍ଗିଥିଲା ଯେ ତା' ମୁଣ୍ଡରେ ରୁରି ଆଙ୍ଗୁଳି ଲମ୍ୱର ଗୋଟେ ଗାତ ହୋଇଯାଇଥିଲା। ମୁଣ୍ଡରୁ ଟୋପି କାଢ଼ି ବାଳ ଆଡ଼େଇ ସେ ଚିହ୍ନଟାକୁ ସୋରେନ୍ ଦେଖାଏ ଆମକୁ।

ଏମିତି ଦିନେ ରାତିରେ କଥାବାର୍ତ୍ତା ଚଳିଥିବା ବେଳେ ସୋରେନ୍ ଆମକୁ କହୁଥିଲା – ଥରେ କେମିତି ଗୋଟେ ବଙ୍ଗାଳୀ ଦଲାଲ୍ ହାଓଡ଼ା ଏକ୍ସପ୍ରେସରେ ଛଅଟା ଆଦିବାସୀ ଝିଅଙ୍କୁ କଲିକତା ନେଇଯାଉଥିବା ବେଳେ ଏଠି ଧରାପଡ଼ିଥିଲା। ମୁଁ ଟିକେ ସେ ବିଷୟରେ ଅନ୍ପଢ଼୍ ଥିଲିତ ତେଣୁ ପରୁରିଲି – ଝିଅଗୁଡ଼ାଙ୍କୁ କାଇଁ ନେଇଯାଉଥିଲା !

ସୋରେନ୍ ହସିଲା ପୋଲିସିଆ ଓଠ ରୁପା ହସ; ପ୍ରବୀରଦା' କିନ୍ତୁ ହସିଲା ହୋହୋ ହୋଇ ମୋ' ବୋକାମୀ ଦେଖି।

: ବିକ୍ରି କରିଦବାକୁ। ସୋରେନ୍ କହିଲା।

ବିକ୍ରି କରିଦବାକୁ !! ମୁଁ ଆଶ୍ଚର୍ଯ୍ୟ ହେଲି। ଝିଅଗୁଡ଼ାକ ଶାଗ ନା ମାଛ ଭଳି ହେଇଛନ୍ତି ଯେ ସେମାନଙ୍କୁ ବିକି ଦିଆଯିବ କଲିକତାରେ !

କ୍ରୀତଦାସ ! ହୋଇପାରେ । କିନ୍ତୁ ସେ ପ୍ରଥାତ ଉଠିଗଲାଣି କେବେଠାରୁ ତେବେ ....ହଁ ମାଂସ ପାଇଁ ନିଆ ଯାଉଥାଇ ପାରେ । ମୁଁ ଶୁଣିଥିଲି ପିଲାଦିନେ ଗୋଟେ କଥା; ସତ କି ମିଛ କେଜାଣି ଯଦିଓ ଜାଣିନଥିଲି ବିଶ୍ୱାସ କରିଥିଲି ନିଶ୍ଚୟ । ପିଲାଦିନର ସବୁ ଆଶ୍ଚର୍ଯ୍ୟ ରୋମାଞ୍ଚକର ଘଟଣା ଘଟେ କଲିକତାରେ ଓ ଏ ଘଟଣାର ପୃଷ୍ଠଭୂମିବି ସେଇ କଲିକତା । କଲିକତାର ଗୋଟାଏ ହୋଟେଲରେ ସବୁଦିନେ ପ୍ରବଳ ଭିଡ଼ ହୁଏ । ସକାଳୁ ରାତି ଅଧ୍ୟାଏ ଲମ୍ବା ଧାଡ଼ି ଲାଗିଥାଏ; କାରଣଟି ହେଲା ସେଠି ଖୁବ୍ ସୁସ୍ୱାଦୁ ମାଂସ ଚପ୍ ମିଳେ । ସେ ଚପ୍ ସାରା କଲିକତାରେ ଜଣାଶୁଣା ଏମିତିକି ବମ୍ବେ ଦିଲ୍ଲୀ ବି ଯାଏ ସେ ଚପ୍ ! ତେଣୁ ହୋଟେଲରେ ପ୍ରଚୁର ଲାଭ ହୁଏ ଓ ଅନ୍ୟ ହୋଟେଲମାନଙ୍କର ବ୍ୟବସାୟ ମାନ୍ଦା ପଡ଼ିଗଲା । କାରଣ ସେମାନେ ଯେତେ ଚେଷ୍ଟା କଲେବି ସେମିତି ସୁଆଦିଆ ଚପ୍ ତିଆରି କରିପାରୁନଥିଲେ । ସେମାନଙ୍କର ଅନେକ ଅନେକ ଅନୁରୋଧ ପରେବି ଉକ୍ତ ହୋଟେଲବାଲା ମୋଟେ ଜଣେଇଲାନି ତା' ଚପ୍ ତିଆରିର କୌଶଲ ବା ସେଥିରେ ପଡ଼ୁଥିବା ମାଂସ, ବେସନ ବା ସେମିତି ମସଲା ଇତ୍ୟାଦିର ଭାଗମାପ ସମ୍ପର୍କରେ । ଏମିତି ଗୁଡ଼ାଏ ଦିନ ବିତିଗଲା ।

ଥରେ ଜଣେ ସି. ଆଇ. ଡି. ଅଫିସର ସେ ଦୋକାନର ଚପ୍ ଖାଉ ଖାଉ ତା' ଭିତରୁ ଗୋଟାଏ ନଖ ବାହାରିଲା । ମଣିଷର ନଖ ! ତାଙ୍କ ମନରେ ସନ୍ଦେହ ହେଲା । ସେ ଅନୁସନ୍ଧାନ କରିବାକୁ ଠିକ୍ କଲେ । ପୂରା ଦି' ବର୍ଷକାଳ ରୋକର ରୂପେ ରହି ସେ ମାଲିକର ବିଶ୍ୱାସ ଭାଜନ ହୋଇପାରିଲେ ଓ ଦିନେ ହୋଟେଲ ତଳେ ଥିବା ଅନ୍ଧରଗ୍ରାଉଣ୍ଡର ସନ୍ଧାନ ପାଇଗଲେ, ଯୋଉଠି ସେ ଦେଖିଲେ ପାହାଡ଼ ପ୍ରମାଣର ମଣିଷ ହାଡ଼ ଖମ୍ପୁରୀ ପଡ଼ିଚି ଓ ଗୋଟିଏ ପାଖରେ ଗାଈ ଗୋରୁଙ୍କ ଭଲି ଶହ ଶହ କଙ୍କାଲସାର ପିଲା ବନ୍ଧାହୋଇ ଭୋକ ଉପାସରେ ପଡ଼ିଛନ୍ତି । ତା'ପରେ ସେ ହୋଟେଲକୁ ପୋଲିସ୍ ଘେରାଉ କରିବା ଓ ଗୁଲିଗୋଲା ଆଦାନ ପ୍ରଦାନ ହବା ଇତ୍ୟାଦି – ଇତ୍ୟାଦିରେ ସେ କାହାଣୀ ଶେଷ ହଉଥିଲା । କିଏ କହିଥିଲା ଏକଥା ! ଯିଏବା କହିଥିଲା ତାକୁ ଆଉ କିଏ କହିଥିଲା ! କିଛି ମନେ ନାହିଁ ସଠିକ୍ ଭାବେ । ସେ ଯାହାହେଉ ତା' ପରେ ପରେ ଲମ୍ବା ଦାଡ଼ିବାଲା ଲୋକ ଓ ବଡ଼ ବଡ଼ ଥଳୀ ଧରିଥିବା ଅଚିହ୍ନା ଲୋକଙ୍କ ପ୍ରତି ମୋର କେମିତି ଗୋଟେ ଭୟ ଆସିଯାଇଥିଲା । କିଏ ଜାଣେ ପିଲା ଚୋର ହୋଇଥାଇପାରେ !

ଯୁବତୀ ଝିଅମାନଙ୍କ ଦେହ ତ ଖୁବ୍ କୋମଳ ଓ ସୁନ୍ଦର ଅତଏବ ତାଙ୍କ ମାଂସ ବି ଅପେକ୍ଷାକୃତ ନରମ ଓ ସୁସ୍ୱାଦୁଯୁକ୍ତ ହୋଇଥିବ; ତେଣୁ ସେମାନଙ୍କୁ ସେଇ ମାଂସ ଉଦ୍ଦେଶ୍ୟରେ କଲିକତା ନିଆଯାଉନଥିଲା ତ !

: ଆରେ ବୋକା ! ସେମାନଙ୍କୁ କୋଠାରେ ବିକ୍ରିକରି ଦିଆଯାଉଥା'ନ୍ତା ସେମାନେ ଦେହ ବିକି ଯେଉ ପଇସା ରୋଜଗାର କରିବେ ତାକୁ କୋଠା ମାଲିକମାନେ ପାଇବେ । ବୁଝୁନୁ … ପ୍ରବୀରଦା' ବୁଝେଇଥିଲା ମୋତେ । ଦେହ ବ୍ୟବସାୟ ବା ବେଶ୍ୟା ଇତ୍ୟାଦି କଥା ମୁଁ ସେତେବେଳକୁ ଜାଣି ନ ଥିଲି ସେମିତି ନୁହଁ, ତଥାପି ଏଇ ଓଡ଼ିଶାରେ ସରଳ ସାଧାରଣ ଆଦିବାସୀ ଝିଅମାନେ ବି ବେଶ୍ୟା ପାଲଟି ଯାଇପାରନ୍ତି ଏମିତି ଉପାୟରେ, ସେ ଧାରଣା ମୋର ନ ଥିଲା ।

ଫିଲ୍ମରେ ଦେଖିଥିଲି ହୋଟେଲ ଡାଇନିଂ ରୁମରେ ଥିବା ଷ୍ଟେଜ୍ ଉପରେ ଖୋଲା ଛାତି ଆଉ ନାଭି ଦେଖେଇ ନାଚୁଥିବା ସୁନ୍ଦରୀ ଝିଅମାନଙ୍କୁ । ଧାରଣା ଥିଲା, ସେଇମାନେ ଯେଉ ଭୂମିକାରେ ଅଭିନୟ କରୁଛନ୍ତି ସେଇଟାହିଁ ବେଶ୍ୟା ଚରିତ୍ର । ବେଶ୍ୟାମାନେ ସୁନ୍ଦରୀ ଯୁବତୀ । ଚକ୍ ଚକ୍ ପୋଷାକ ପିନ୍ଧିଥା'ନ୍ତି । ଫାଇଭ୍ ଷ୍ଟାର ହୋଟେଲରେ ରହନ୍ତି, ବିଦେଶୀ ମଦ ପିଅନ୍ତି; ନୃତ୍ୟଗୀତ ପ୍ରଭୃତି ଗାନ୍ଧର୍ବ କଳାରେ ସେମାନେ ପାରଙ୍ଗମ....।

ପ୍ରବୀରଦା' କିନ୍ତୁ ପୁରୁଣା ଲୋକ, ମୌକା ଦେଖି ପଚାରିଦେଲା ସୋରେନ୍କୁ – ଆଛା ଏଠି ଏଇ ଷ୍ଟେସନ୍‌ରେ ବେଶ୍ୟା ଫେଶ୍ୟା ଅଛନ୍ତି କି ?

ସୋରେନ୍ ଚୁପ୍ ରହିଲା ।

ମୁଁ କିନ୍ତୁ ଚମକି ପଡ଼ିଥିଲି – ଏଇ ଷ୍ଟେସନ୍‌ରେ !

: ଆମ ଟାଟା ଷ୍ଟେସନରେ ତ ଭର୍ତି ଥାଆନ୍ତି ସେମାନେ । କଲିକତା କଥା ଛାଡ଼ – ପାଞ୍ଚ ଟଙ୍କା ପକେଇଲେ ଯାହାକୁ ଯେତେ ।

ପ୍ରବୀରଦା' କହିଥିଲା ଓ ସୋରେନ୍ ବୋଧେ ତା' ଭଳି ଗୋଟେ ଅଣଓଡ଼ିଆର ଫୁଟାଣି ସହି ପାରିଲାନି; ତେଣୁ ବିଡ଼୍ ବିଡ଼୍ ହୋଇ କହି ପକେଇଲା – ଏଠି ନାହାନ୍ତି କିଏ କହିଲା ! ତମ ଟାଟା କଲିକତାରେ ତ ସବୁ ଅଛି ! ଏଠି କିଛି ନାହିଁ ...!

: ଏଠି ଅଛନ୍ତି! କୋଉଠି? ମୁଁ ଆଶ୍ଚର୍ଯ୍ୟ ହୋଇ ପଚାରିଲି।

ପ୍ରବୀରଦା' କହେ – ଏଇ ଦେହ ବ୍ୟବସାୟ ସାଧାରଣତଃ ଷ୍ଟେସନର ଅନ୍ଧାରୁଆ ଜାଗାମାନଙ୍କରେ ହୁଏ; ନହେଲେ ଷ୍ଟେସନକୁ ଲଗାଲଗି ହୋଇ ଗଢ଼ିଉଠୁଥିବା ଝୁମ୍ପୁଡ଼ି ଘର ଭିତରେ। ବେଶ୍ୟାମାନେ ବାହାରକୁ ଆସନ୍ତିନି। ତାଙ୍କର ଦଲାଲମାନେ ଷ୍ଟେସନ୍ ଆଉ ତା' ଆଖ ପାଖ ଅଞ୍ଚଳରେ ବୁଲି ଗରାଖ ପଟାନ୍ତି ଓ ପଇସାପତ୍ର ଚୁକ୍ତି ହୋଇ ସାରିବା ପରେ ତାକୁ ନେଇଯାନ୍ତି ସେଇ ନିର୍ଦ୍ଦିଷ୍ଟ ସ୍ଥାନକୁ – ସେଇ ଅନ୍ଧାରୁଆ ଘରକୋଣ କିମ୍ବା ନୁଆଁଣିଆ ଝୁମ୍ପୁଡ଼ି ଭିତରକୁ ଯୋଉଠି ବେଶ୍ୟାମାନେ ଅପେକ୍ଷା କରିଥାନ୍ତି। ଦଲାଲମାନେ ସେ ବାବଦରେ ପରସେଣ୍ଟେଜ୍ ପାଇଥାନ୍ତି।

ବେଶ୍ୟା ଆଉ ଦଲାଲମାନଙ୍କର ପୋଲିସକୁ ପ୍ରାଣରେ ଭୟ। ବଡ଼ ବଡ଼ ହୋଟେଲରେ କାମ କରୁଥିବା ବେଶ୍ୟାମାନେ ଅବଶ୍ୟ ପୋଲିସକୁ ଲାଞ୍ଚ ଦେଇ ହାତ କରିଥାନ୍ତି। କିନ୍ତୁ ଷ୍ଟେସନର ଏ ବେଶ୍ୟାମାନେ ତା' କରିପାରନ୍ତିନି – ତେଣୁ କେବେ ଧରା ପଡ଼ିଲେ ଭିତରକୁ ଯାଆନ୍ତି। ଆଉ ଗୋଟେ 'ଜାଣିବା କଥା' ହେଲା – ଏ ଛୋଟକାଟର ବେଶ୍ୟାମାନଙ୍କର ଦଲାଲମାନେ ବଜାରରେ ମାଛ ବିକିଲା ଭଳି ବଡ଼ ପାଟିରେ ଗରାଖମାନଙ୍କୁ ଡାକନ୍ତିନି; ମୁହଁ ଖୋଲି କିଛିବି କହନ୍ତିନି। ଅଭିଜ୍ଞତା ଥିବା ଲୋକଇ ଚିହ୍ନିପାରିବ ତାଙ୍କୁ – ଚୁପଚୁପ୍ ଥିବେ; ଏକା ଏକା ବୁଲୁଥିବେ। କିଛି ଦରକାର ନଥାଇ ବାରମ୍ବାର ଯିବା ଆସିବା କରୁଥିବେ; ଚୋରଙ୍କ ଭଳି ଏଣେ ତେଣେ କନ୍ କନ୍ ହେଇକି ଅନଉଥିବେ.. ଏମିତି କେତେ କ'ଣ!

ପ୍ରବୀରଦା' ନିଜ ଅଭିଜ୍ଞତା ବି ଶୁଣାଏ – ଥରେ କଲିକତାରୁ ଟାଟା ଯିବା ବାଟରେ ସେ କେମିତି ଗୋଟେ ବେଶ୍ୟା ସହିତ ପାଖାପାଖି ହୋଇ ଏକା ସିଟରେ ବସିଥିଲା ଯିଏ ଟ୍ରେନ ଚାଲିଥିବା ସମୟରେ ଗୋଟେ ବୁଢ଼ା ସହ ଟୟଲେଟ୍‌ରେ ପଶିଥିଲା ଯେ ପ୍ରାୟ ଅଧଘଣ୍ଟା ପରେ ବାହାରିଥିଲା ସେଠୁ। ଆଉଥରେ ହାଓଡ଼ା ଷ୍ଟେସନରେ ରାତି ଅଧରେ ଓହ୍ଲେଇ ପରବର୍ତ୍ତୀ ଟ୍ରେନକୁ ଅପେକ୍ଷା କରିଥିବା ବେଳେ ତାକୁ କେମିତି ଗୋଟେ ଦଲାଲ ଆସି ଆମ ଘରକୁ ଯିବା – କହି ଗୋଟେ ଝୁମ୍ପୁଡ଼ି ଭିତରକୁ ଡାକି ନେଇଥିଲା ଓ ସେଠି ତାକୁ ଗୋଟେ ଚେୟାରରେ ବସେଇ ଏଇ ଆସୁଚି କହି ଯାଇଥିଲା ଯେ ଯାଇଥିଲା। କିଛି ସମୟ ପରେ ଗୋଟେ

ବେଶ୍ୟା ଆସି ପହଞ୍ଚିଥିଲା । ସେ ବେଶ୍ୟାଟା ତାକୁ କୋମଳ କଥା କହି ଫସେଇବାକୁ ଚେଷ୍ଟା କରିଥିଲା; ତା ଦେହରୁ ଏକଦମ ଲାଗିକି ବସିଥିଲା; ପୁରା ଲାଗିକି ! ଉପାୟ ପାଞ୍ଛି 'ବାହାରୁ ମୁଁ ଟିକେ ପରିସ୍ରା ଆସୁଚି' କହି ସେଠୁ ଖସିପାରିଥିଲା ପ୍ରବୀରଦା' । ଆହୁରି ଗୋଟେ ଦିଇଟା ଅଭିଜ୍ଞତା ଶୁଣାଏ ପ୍ରବୀରଦା'; କହିସାରି ସର୍ବଜାନ୍ତାର ମୃଦୁ ହସ ହସେ । ଛାତି ଫୁଲାଏ ।

ମୋ ସ୍ମୃତିରେ ସେମିତି ଚମତ୍କାର ଅଭିଜ୍ଞତାର ଶୂନ୍ୟତା ବିଷୟରେ କହି ମୁଁ ମନ ଦୁଃଖ କରେ ଓ ବେଶ୍ୟା ଦେଖିବାକୁ ମୋର ପ୍ରବଳ ଆକାଂକ୍ଷା ଥିବା କଥା ତାକୁ ଜଣାଏ । ପ୍ରବୀରଦା' କୁହେ – ହଉ ଚେଷ୍ଟା କରିବା । ଆମ ଚାଚା କଲିକତା ହୋଇଥିଲେ ତ ଯେତେବେଳେ ରହିଁବୁ ଦେଖେଇ ଦିଅନ୍ତି । ଏଠି ଟିକେ ଡେରି ହୋଇପାରେ ।

ପ୍ରବୀରଦା' ମତେ ପ୍ରତିଶ୍ରୁତି ଦେଲା ଓ ତାର ତଥାକଥିତ ପ୍ରଚୁର ପ୍ରତ୍ୟକ୍ଷ ଜ୍ଞାନର ଉପଯୋଗ କରି ଆମର ଅନୁସନ୍ଧାନ ଆରମ୍ଭ ହେଲା । ରାତିରେ ଏଣିକି ନିୟମିତ ଷ୍ଟେସନ୍ ବୁଲି ବାହାରିବାର ପ୍ରମୁଖ ଆକର୍ଷଣ ସେଇଟି ଥିଲା ।

ପ୍ରଥମେ କିଛିଦିନ ପ୍ରବୀରଦା' ପ୍ଲାନ୍ ଅନୁସାରେ ଦଲାଲ ମନେ ହେଉଥିବା ଲୋକମାନଙ୍କୁ ଅନୁସରଣ କରାଗଲା । ଦିନେ ଗୋଟେ ଅପେକ୍ଷାକୃତ କମ୍ କୋଳାହଳପୂର୍ଣ୍ଣ ଜାଗାରେ ଦି'ଟା ଲୋକ କ'ଣ ସବୁ ବିଷୟରେ ଯୁକ୍ତିତର୍କ କରୁଥାନ୍ତି ନିମ୍ନ ସ୍ୱରରେ । ଜଣେ ଲୁଙ୍ଗିବାଲା ଆଉ ଜଣେ ସୁଟ୍‌ବାଲା ।

ପ୍ରବୀରଦା' ଆଖି ମାରିଦେଲା । ଫିସ୍ ଫିସ୍ କରି ମୋ କାନରେ କହିଲା – ଏଇ ଦେଖ୍ ଲୁଙ୍ଗିବାଲା ଲୋକଟା ଦଲାଲ । ଗରାଖ ପଟଉଚି । ପଇସାପତ୍ର ବିଷୟରେ ଚୁକ୍ତି ହଉଚି ।

କିଛି ସମୟ ପରେ ସେ ଲୋକ ଦିଇଟା ଢଳିବାକୁ ଆରମ୍ଭ କଲେ; ଆମେ ବି ଚୁପ୍‌ଚାପ୍ ତାଙ୍କୁ ଅନୁସରଣ କଲୁ – ଯେମିତି ତାଙ୍କର ସନ୍ଦେହ କିଛି ନହୁଏ । ସେମାନେ ଷ୍ଟେସନ୍ ବାହାରକୁ ଆସିଲେ ।

ତାଙ୍କ ପଛେ ପଛେ ଆମେ ବି ।

କିନ୍ତୁ ଆଉ ବେଶୀ ବାଟ ଆମେ ଆଗେଇ ପାରିନଥିଲୁ କାରଣ ସେ ସୁଟ୍ ପିନ୍ଧା ଲୋକଟା ଗୋଟେ ରିକ୍ସାରେ ବସିପଡ଼ିଲା ଓ ଲୁଙ୍ଗିବାଲାଟା ରୁଲକ ସିଟ୍‌ରେ ବସି ଗୋଟେ ବିଡ଼ି ଧରେଇ ଦି'ଢୋକ ଟାଣି ରିକ୍ସା ଚଲେଇବାକୁ ଆରମ୍ଭ କଲା ।

ଆମ ପାଖରେ କିନ୍ତୁ ସାଇକେଲ ବା ସେମିତି କିଛି ଯାନ ନଥିବାରୁ ଆଉ ଅନୁସରଣ କରିପାରିଲୁନି । ସେ ରିକ୍ସାଟା ଶିଖରପୁର ଆଡ଼କୁ ପଡ଼ିଥିବା ରାସ୍ତାରେ କିଛି ବାଟ ଯାଇ ଅନ୍ଧାରରେ ମିଶିଗଲା । ନିରାଶ ହୋଇ ଆମେ ହଷ୍ଟେଲକୁ ଫେରିଲୁ ।

ବାଟରେ ପ୍ରବୀରଦା' କହୁଥିଲା – ଏମାନଙ୍କର ନିଶ୍ଚୟ ଗୋଟେ ବଡ଼ ଗ୍ୟାଙ୍ ଅଛି । ନହେଲେ ଗରାଖକୁ ରିକ୍ସାରେ ବସେଇକି ନବାର ବ୍ୟବସ୍ଥା ଥାଆନ୍ତା !

ସେ ଯାହାହେଉ – ଦଲାଲକୁ ଅନୁସରଣ କରି ବେଶ୍ୟା ପାଖରେ ପହଞ୍ଚିବାରେ ଆମେ ସଫଲ ହୋଇ ପାରିଲୁନି । ଯଦିଓ ଚେଷ୍ଟା କରାଯାଇଥିଲା ଖୁବ୍ । କିନ୍ତୁ କେବେ କାହାକୁ ଆମେ ଅନୁସରଣ କରିପାରିଲୁନି ତ କେବେ କରିପାରିଲେବି ଶେଷକୁ ଜାଣିଲୁ ଯେ ସେ ଦଲାଲ୍ ନୁହଁ ।

ପ୍ରବୀରଦା' ଖୁବ୍ ଭାବିଚିନ୍ତି ପ୍ରସ୍ତାବ ଦେଲା – ଏବେ ଆମେ ନିଜେ ଯାଇ ଅନୁସନ୍ଧାନ କରିବା ବେଶ୍ୟାବୃଦ୍ଧି ରହୁଥିବା ସମ୍ଭାବ୍ୟ ସ୍ଥାନ ମାନଙ୍କରେ ।

ପହିଲେ ସ୍ୱାଭାବିକ ଭାବେ ମୁଁ ଡରୁଥିଲି । କିନ୍ତୁ ମନରେ ପ୍ରବଲ କୌତୁହଲ ଥିଲା କିନା ସେ ଯାହା କହୁ ପଛେ ସବୁଥରେ ରାଜିହେଲ । ପ୍ରବୀରଦା' କହୁଥିଲା – ଆମ ଆଡ଼େ ଲୋକେ ଶୁଣିଲେ ହସିବେ ଯେ କଲେଜରେ ପଢ଼ି ବି ତୁ ବେଶ୍ୟା ଦେଖୁନୁ ଆଜିଯାଏ । କଟକ ଭଲି ଜାଗାରେ ରହି ଏତିକି ବିଷୟରେ ଜ୍ଞାନ ନଥିଲେ କି ଲାଭ ! ମୁଁ ବି ବୁଝୁଥିଲି ସେକଥା ।

ସୋରେନ୍ ସହିତ ଆମର ଭଲ ଭାବଦୋସ୍ତି ଥିଲା, ତେଣୁ ନିଜ ଇଚ୍ଛା ଅନୁସାରେ ଆମେ ବୁଲିପାରୁଥିଲୁ ଷ୍ଟେସନ୍ ଭିତରେ ।

ମୋ' ବଡ଼ଭାଇ କଲେଜରେ ପଢ଼ୁଥିବା ବେଲେ ଗୋଟେ ଚମକ୍ରାର ବିଦେଶୀ ପେନସିଲ ଟର୍ଚ କିଣିଥିଲେ ଓ ମୁଁ କଲେଜକୁ ଯିବାପରେ ଉତ୍ତରାଧିକାରୀ ସୂତ୍ରେ ସେଇଟାକୁ ପାଇଥିଲି; ପ୍ରବୀରଦା' ପାଖରେ ଥିଲା ଜାପାନୀ ଛୁରୀଟା, ଯୋଉଟାକୁ କଲେଜ ଛାଡ଼ିବାବେଲେ ସେ ମତେ ଦେଇଥିଲା ଉପହାର ସ୍ୱରୂପ ଓ ମୁଁ ଦେଇଥିଲି

ତାକୁ ଚଢ଼େଇଟା । ସେଇ ଦି’ଟା ଜିନିଷ ଧରି ଆମେ ବାହାରି ଯାଉଥିଲୁ ଅଭିଯାନରେ । ପ୍ରବୀରଦା’ ଆଗରେ ଚାଲୁଥିଲା, ତେଣୁ ଚଢ଼େଇଟା ତା’ ହାତରେ ରହୁଥିଲା । ଛୁରୀଟାକୁ ପକେଟ୍‌ରେ ରଖିବାକୁ ମତେ କହୁଥିଲା, କିନ୍ତୁ ମୁଁ ରଖୁନଥିଲି କାରଣ, ସେଇ ଅନୁସନ୍ଧାନ ସମୟରେ ମୋ’ ନିଜ ଅପେକ୍ଷା ପ୍ରବୀରଦା’ ଉପରେ ମୋର ଯଥେଷ୍ଟ ଆସ୍ଥା ଥିଲା ଓ ଦରକାର ବେଳେ ସେଇ ଛୋଟ ଅସ୍ତ୍ରଟିର ସଫଳ ଇସ୍ତେମାଲ ସେହି ବନ୍ଧୁଟି ସଫଳ ଭାବେ କରିପାରିବ ଏ ବିଶ୍ୱାସ ଥିଲା ।

ଷ୍ଟେସନରେ ରାତିରେ ଧାଡ଼ି ଧାଡ଼ି ମାଲଗାଡ଼ି ଠିଆ ହୋଇରହିଥାନ୍ତି ଅନ୍ଧାର ଭିତରେ । ଏଣେ ତେଣେ ଅନେକ ଭଙ୍ଗା ଓ ଫାଙ୍କା ବଗି ବି ପଡ଼ିଥାଏ । ପ୍ରବୀରଦା’ର କଥା ଅନୁସାରେ ଆମେ ପାଦ ଚିପିଚିପି ଯାଇ ମାଲଗାଡ଼ି ମାନଙ୍କର ଫାଙ୍କା ଡବା ଭିତରକୁ ଉଙ୍କିମାରୁ । ବନ୍ଦ ଥିବା ବଗିରେ କାନ ଲଗେଇ ଶବ୍ଦ କିଛି ଶୁଣିବାକୁ ଚେଷ୍ଟାକରୁ । କୋଇଲା ଗଦା ତଳକୁ ଚଢ଼ିମାରୁ । ସେଥିପାଇଁ ଅନ୍ଧାର ଭିତରେ କମ୍‌ କଷ୍ଟ ସହିବାକୁ ପଡ଼େନି । କେବେ କେବେ କୋଉ ଡବାତଳେ ଘୁସୁରି ଘୁସୁରି ଯିବାକୁ ପଡ଼ୁଥିଲା ତ କେବେ ଡେଇଁ । ସେଠୁ ଫେରିଲା ବେଳେ ସାଟ୍‌ ପ୍ୟାଣ୍ଡରେ କୋଇଲା ଗୁଣ୍ଡ ଭର୍ତ୍ତି ।

ତଥାପି ମୁଁ କେବେ ମୋ’ ଆକାଂକ୍ଷିତ ଦୃଶ୍ୟଟିଏ ଦେଖିପାରିଲିନି; ପ୍ରବୀରଦା’ ମତେ ଦେଖେଇ ପାରିଲାନି । ମୁଁ ନିରାଶ ହୋଇ ପଡ଼ୁଥିଲେ ବି ପ୍ରବୀରଦା’ ପଛେ ପଛେ ନିଶବ୍ଦରେ ଚାଲୁ ଚାଲୁ ଅନ୍ଧାର ଭିତରେ ମୋର ଶେଷ ପର୍ଯ୍ୟନ୍ତ ଆଶା ଥିଲା – ଏଣେତେଣେ ଘୂରି ଘୂରି ଆମ ଟର୍ଚ୍ଚର ଫୋକସ୍‌ ଦିନେ ପଡ଼ିଯିବ ଠିକ୍‌ ସେଇ ଜାଗାରେ – ଯୋଉଠି ମାତାଲ ଲୋକଟେ ନଇଁ ପଡ଼ିଥିବ ଗୋଟେ ଉଲଗ୍ନ ସୁନ୍ଦରୀ ଯୁବତୀ ଉପରେ – ‘ବେଶ୍ୟା’ !

କିନ୍ତୁ ଗୁଡ଼ାଏ ଦିନ, ଗୁଡ଼ାଏ ସମୟ ନଷ୍ଟ କରି ଅନ୍ଧାରୁଆ ଗୋଦାମ ଘର କୋଣ, ଟ୍ରେନ୍‌ ତଳ, ବଗି ଭିତର, କୋଇଲା ଗଦା; ଏମିତି ଟ୍ରେନଲାଇନ୍‌ ମଝିରେ କୋଉଠି କେମିତି ବଢ଼ିଯାଇଥିବା ଅନାବନା ଲତାବୁଦାକୁ ତଲାସ କରିବା ପରେ ବି ଆମେ ହତାଶ ହେଲୁ । ମୁଁ ଦେଖ୍ ପାରିଲିନି ମୋ’ ଆକାଂକ୍ଷିତ ଲୋକଟିକୁ ବା ଦୃଶ୍ୟଟିକୁ । ପ୍ରବୀରଦା’ ଦେଖେଇ ପାରିଲାନି ମତେ । କେବଳ ଥରେ ଗୋଟେ ମାଲଗାଡ଼ିର କୋଇଲା ବୋଝେଇ ବଗି ଉପରେ ଆମ ଟର୍ଚ୍ଚ ଆଲୁଅ ପଡ଼ିବା

ମାତ୍ରେଇ ସେତୁ କିଏ ଦୁଇଟା ଦୁଲଦାଲ୍ ହୋଇ ଡେଇଁ ଧାଇଁ ପଳେଇଲେ ଏତେ ଯୋରରେ ଯେ କେବଳ ଦିତା କଳା ଛାଇ ବ୍ୟତୀତ ଆଉ କିଛି ଦେଖିପାରିଲୁନି। ଖୁବ୍ ପାଖକୁ ଯିବାପରେ ଟର୍ଚ ଆଲୁଅରେ କୋଇଲା ଗଦା ଉପରେ ଗୋଟେ ମଳିଛିଆ ଗାମୁଛା ଓ ବାଉଁଶ ପାଛିଆଟେ ପଡ଼ିଥିବାର ଦେଖିଲୁ।

ଶଳା କୋଇଲା ଚୋର, ପ୍ରବୀରଦା' କହିଲା। ମୋ ଛାତି କିନ୍ତୁ ଧଡ଼ ଧଡ଼ କରୁଥାଏ ସେ ପର୍ଯ୍ୟନ୍ତ।

ଏବେ ପ୍ରବୀରଦା' ଯୋଜନା କଲା – ଷ୍ଟେସନ୍ ପାଖ ଝୁମ୍ପୁଡ଼ି ଭର୍ତିଥିବା ଅଞ୍ଚଳ ଭିତରକୁ ଆମର କର୍ମକ୍ଷେତ୍ର ସ୍ଥାନାନ୍ତରିତ କରିବାକୁ। ଟିକେ ରିୟ୍କା ଖାଲି ଯାହା ନବାକୁ ପଡ଼ିବ ସାହସ କରି; ସେଠି ନିଶ୍ଚେ ଆମେ ସଫଳ ହେବା – ତାର ଦୃଢ଼ ବିଶ୍ୱାସ ଥିଲା। ରାଜିହେବା ବ୍ୟତୀତ ମୋର କିଛି ଉପାୟ ନଥିଲା।

ପ୍ରଥମେ ଆମେ ଦିନେ ସନ୍ଧ୍ୟା ବେଳେ ତା' ଭିତରକୁ ଯାଇ ବସ୍ତିର ରାସ୍ତାଘାଟ ପରିଦର୍ଶନ କରି ଓ ମନେରଖି ଫେରିଲୁ। ତା'ପରେ ହଷ୍ଟେଲରେ ମିଲ୍ ଖାଇନେଇ ଷ୍ଟେସନରେ ଦି'ଟା ଲେଖା ସିଗାରେଟ୍ ଟାଣି ଓ କିଛି ପକେଟରେ ମହଜୁଦ ରଖି ରାତି ପ୍ରାୟ ସାଢ଼େ ଏଗାରଟା ବେଳେ ସେଇ ବସ୍ତି ଭିତରେ ପଶିଲୁ।

ପାଖରେ ଟର୍ଚ ଥାଏ। ଛୁରୀଟି ବି ଥାଏ। ଜରୁରୀ ପରିସ୍ଥିତି ପାଇଁ।

ପ୍ରଥମେ ଦି'ତିନିଟା ବୁଲାକୁକୁର ଭୁକି ଉଠିଲେ ଆମ ପାଦ ଶବ୍ଦରେ। ଭୁକି ଭୁକି ମାଡ଼ି ଆସିଲେ ବି। ଖୁବ୍ କଷ୍ଟରେ ସେମାନଙ୍କୁ ଶାନ୍ତ କରି କିଛି ବାଟ ଆଗେଇଲୁ କି ନାଇଁ – ସେପଟୁ ଗୋଟେ ଲୋକ ଆସୁଥିବାର ଦେଖିଲୁ। ଲୋକଟା କଳା ମଟମଟ ଆଉ ବଳିଷ୍ଠ ଶରୀରବାଲା; ପିନ୍ଧିଥିଲା ଖାଲି ଗୋଟେ ଲୁଙ୍ଗି; ଆମ ପାଖଦେଇ ଗଲାବେଳେ ବୁଲିବୁଲି ଅନଉଥାଏ ଆମ ମୁହଁକୁ।

କିଛି ସମୟ ପରେ ମୋର ମନେ ହେଲା ଆମ ପଛେ ପଛେ କିଏ ଜଣେ ଆସୁଚି; ପାଦ ଶବ୍ଦ ଶୁଭୁଛି ଯେ! ମୁଁ ପ୍ରବୀରଦା' ମୁହଁକୁ ଅନେଇଲି ଓ ତା' ମୁହଁରୁ ବୁଝିପାରିଲି ଯେ ସେ ବି ସେମିତି କିଛି ଅନୁମାନ କରୁଛି ଏବଂ କିଛି ସମୟ ପରେ ଆମେ ଦି'ଜଣଯାକ ଏକ ସମୟରେ ବୁଝିପାରିଲୁ ଯେ – ସେଇ କଳା ଭୁଷୁଣ୍ଡ ଲୋକଟାହିଁ ଆମକୁ ଅନୁସରଣ କରୁଛି।

ଆମେ ତେଣୁ ଆଉ କୌଣସି ସନ୍ଦେହଜନକ ହାବଭାବ ନ ଦେଖାଇ ଛକ ଭଲି ଗୋଟେ ଅପେକ୍ଷାକୃତ ପ୍ରଶସ୍ତ ଜାଗାରେ ଠିଆହେଲୁ। କିଛି ସମୟପରେ ସେ ଲୋକଟାବି ଝାପସା ଝାପସା ଅନ୍ଧାର ଭିତରୁ ଆମ ପଛେ ପଛେ ଆସି ସେଇଠି ପହଞ୍ଚିଲା ଆଉ ଧମକେଇବା ଭଲି ପଚାରିଲା – କୁଆଡ଼େ ଯାଉଚ ? ?

ଟିକେବି ନ ଡରି; ସାଧାରଣ ଭାବେ ପ୍ରବୀରଦା' ପଚାରିଲା – କଲେଜ ଛକକୁ ରାସ୍ତାଟା କହିପାରିବେକି ! ଏଠୁ କୋଉବାଟେ ଯିବାକୁ ହବ … ? ଯେମିତି ସେ ଏଇ ଏବେ ଏବେ ଟ୍ରେନରୁ ଓହ୍ଲେଇଥିବା ଜଣେ ନୂଆ ଲୋକ।

ଆମ ଚଲ୍ ବୁଝିପାରିଲା କି କ'ଣ ସେ ଲୋକଟା କଟମଟ କରି ରହିଁଲା କିନ୍ତୁ ପରେ ବତେଇ ଦେଲା ରାସ୍ତା – ସିଧା ଏଇ ରାସ୍ତାରେ ଯାଇ ବାଁକୁ ବଙ୍କିବ, ସେଠୁ କିଛି ବାଟ ଗଲାପରେ ଗୋଟେ ଛକ ପଡ଼ିବ; ତା'ର ଡାହାଣପଟ ରାସ୍ତାରେ ଗଲେ କଲେଜ ଛକ।

ରାସ୍ତା ବତେଇ ସାରିବା ପରେବି ଲୋକଟା ଗଲାନି; ଠିଆ ହେଇକି ରହିଲା ଆମେ ଯିବା ପର୍ଯ୍ୟନ୍ତ। ତା'ପରଠୁ ଆମେ ଆଉ ବସ୍ତି ଭିତରେ ପଶିବାର ଦୁଃସାହସ କରିପାରିଲୁନି। କଟକରେ ସେତେବେଳେ ସାହି ବସ୍ତିବାଲାଙ୍କ ଭିତରେ ଖୁବ୍ ଏକତା; କୋଉ ବାହାର ଲୋକ ଉପରେ ରାଗ ହେଲେ ଏମିତି ହାଲ୍ କରିଦେଉଥିଲେ ସମସ୍ତେ ମିଶି ଯେ – ପ୍ରାଣଧରି ପଳେଇ ଆସିବାଟା ମୁସ୍କିଲ ହୋଇଯାଉଥିଲା ସେଠୁ।

ପ୍ରବୀରଦା'ର ପ୍ଲାନ୍ ସବୁ ଗୋଟେ ପରେ ଗୋଟେ ଫେଲ୍ ମାରିଯାଉଥାଏ। ତା'ଦ୍ୱାରା ଯେ ମୋର ଅଭିଳାଷ ପୂର୍ଣ୍ଣ ହୋଇପାରିବ ମୋର ସେତକ ଆସ୍ଥା ତୁଟିଯିବା ଆରମ୍ଭ କରୁଥାଏ। ପ୍ରବୀରଦା' ବି ମନେ ମନେ ଅପମାନିତ ହୋଇଯାଉଥିବାର ମୁଁ ଜାଣିପାରୁଥାଏ। ସେ ତ ଆଗରୁ ମତେ ନିଜର ବିରାଟ ଅଭିଜ୍ଞତା ଥିବା କଥା ବର୍ଣ୍ଣନା କରିଥିଲା – ଏବେ ତା'ର ଯୋଜନାଗୁଡ଼ିକ କାର୍ଯ୍ୟକାରୀ ହୋଇନପାରୁଥିବାରୁ ନିଜ କଥାଗୁଡ଼ିକ ମିଛ ବୋଲି ପ୍ରମାଣିତ ହୋଇଯାଉଛି ବୋଲି ସେ ଅସ୍ୱସ୍ତିବୋଧ କରୁଥାଏ।

ଶେଷରେ ଦିନେ କନେଷ୍ଟବଲ ସୋରେନ୍ ସହିତ କଥାବାର୍ତ୍ତା ହଉଥିବାବେଳେ ପ୍ରବୀରଦା' ତାକୁ ନିଜ ସମସ୍ୟା ବିଷୟରେ କହିଲା; ସୁଯୋଗ ଦେଖ୍ ମୁଁ ବି ଜଣେଇ ଦେଲି ମୋର ପ୍ରବଳ ଆକାଂକ୍ଷା।

ଆମ କଥା ଶୁଣି ସୋରେନ୍ ଖୁବ୍ ହସିଲା ।

ତା'ପରେ ମତେ କହିଲା – ଆରେ ବେଶ୍ୟାଗୁଡ଼ିକ କ'ଣ ଦର୍ଶନୀୟ ଚିଜ ହେଇଛନ୍ତି ଯେ ଦେଖିବାକୁ ଯିବ ! କିଛି ବି ଫରକ ନାଇଁ ସାଧାରଣ ମଣିଷ ଆଉ ବେଶ୍ୟା ଭିତରେ । କ'ଣଟା ଦେଖିବାର ଅଛି ଯେ ଏମିତି ହଉଚ !

ମୋର କିନ୍ତୁ ଉତ୍କଣ୍ଠା ଥାଏ ଖୁବ୍ । ଅତଏବ, ମୁଁ ଜିଦ୍ ଧରି ବସିଲି । ପ୍ରବୀରଦା' ବି ମୋ' ତରଫରୁ ଅନୁରୋଧ କଲା ।

ସୋରେନ୍ କହିଲା – ତମେ ଦେଖିବ ବୋଲି ଏଠିକି କିଏ ଆସିବ ! ନା ତମକୁ ନେଇକି କାହା ପାଖକୁ ମୁଁ ଯାଇପାରିବି ଆଉ ତାକୁ କହିବି – ଆମର ଖାଲି ଟିକେ ଦେଖିବା ଦରକାର... ! ଟଙ୍କା ପାଞ୍ଚ ଦଶ୍ ତ ପଡ଼ିବ... ଖାଲି ଦେଖିବ କାଇଁକି...

ସୋରେନ୍ ହସିଲା ମୋ ମୁହଁକୁ ଚୁହିଁ । ଅର୍ଥପୂର୍ଣ୍ଣ ହସ । ମୁଁ ଚୁହିଁଲି ପ୍ରବୀରଦା' ମୁହଁକୁ । ସେ ଯାହା ଫଇସଲା କରିବା କଥା କରିବ ।

ପ୍ରବୀରଦା' ଟିକେ ଚିନ୍ତା କରି କହିଲା – ହଉ ଠିକ୍ ଅଛି ।

: ଠିକ୍ ଅଛି !! ମୁଁ ଚମକି ପଡ଼ିଲି ।

ମତେ ପାଖକୁ ଟାଣି ନେଇ ସେ ଫିସ୍ ଫିସ୍ କରି କହିଲା – ଡରୁଚୁ କାଇଁକିବେ ! ଶଳା ମର୍ଦ ପୁଅ ପରା ! ତୁ ତୋର ଯାହା ଇଚ୍ଛା କରିବୁ । ଇଚ୍ଛା ହବତ – ଖାଲି କଥାବାର୍ତ୍ତା କରିକି ପଳେଇ ଆସିବୁ । ପାଞ୍ଚ ଦଶର ମାମଲାତ ... ।

: ତା'ହେଲେ କ'ଣ କରିବା ? ପ୍ରବୀରଦା' ପଚରିଲା ସୋରେନ୍ କୁ ।

: ଏଇ ଋ'ବାଲା ନବଘନକୁ କହୁନ । ସେ ଠିକ୍ କରିଦବ ଖୁବ୍ ସହଜରେ । ଏଠିକା ଲୋକାଲ୍ ଲୋକକିନା !

ମୁଁ କିନ୍ତୁ ପ୍ରତିବାଦ କଲି – ନାଇଁ ନାଇଁ ନବ ଫବକୁ କହିବାନି କିଛି । କ'ଣ ଭାବିବ ସିଏ ଆମକୁ – ଶଳା କଲେଜରେ ପାଠଶାଠ ପଢ଼ି ଏୟା କରୁଛନ୍ତି ! ସିଏତ ବୁଝିପାରିବନି ଆମର ପ୍ରକୃତରେ ଦରକାର କ'ଣ, ଆମେ ଏମିତି କାଇଁକି କରୁଚୁ ! ତା'ପରେ ମାଉସୀ ବି ଅଛି; ସିଏ ଯଦି ଶୁଣିବ... ନାଇଁ ଆଉ କିଛି କରାଯାଉ..

ସୋରେନ୍ ହସିଲା ମୋ କଥା ଶୁଣି। ମତେ ଖୁବ୍ ଡରୁଆ ବୋଲି ଭାବୁଥିଲା ସିଏ ବୋଧେ। ଭାବୁଥିବ – କାରଣ ସିଏତ ମୋର ଭାଷଣ ଦଉଥିବା ଓ ତାଳି ମାଡରେ ଯୋତି ହେଇ ପଡୁଥିବା ଦୃଶ୍ୟ ଦେଖିନଥିଲା କି ଜାଣିନଥିଲା ମୁଁ ଯୋଉ ବଂଶର ବଂଶଧର ସେଇ ବଂଶର ପୂର୍ବ ପୁରୁଷମାନେ କ'ଣ କରିଯାଇଛନ୍ତି !

ଯାହାହେଉ ତା'ପରଦିନ ସୋରେନ୍ ଯୋଉ ସମୟରେ ଆସିବାକୁ କହିଥିଲା ଆମେ ଠିକ୍ ସେତିକିବେଳେ ଷ୍ଟେସନରେ ପହଞ୍ଚିଗଲୁ।

ଆମକୁ ଗୋଟେ ପାଖରେ ରହିବାକୁ କହି ସେ ଗୋଟେ ବୁଲା କଦଳୀବାଲାକୁ ପାଖକୁ ଡାକିଲା। ମଧ୍ୟବୟସ୍କ ଲୋକଟା। ମୁଁ ଆଗରୁ ତାକୁ କେତେଥର ଦେଖିଥିବି କିନ୍ତୁ ତା' ବିଷୟରେ କିଛି ଜାଣିବାର ଆଗ୍ରହ କେବେବି ମୋ' ମନକୁ ଆସିନଥିଲା।

ସୋରେନ୍ କଦଳୀବାଲାକୁ ଚୁପ୍‌ଚୁପ୍ କ'ଣ ସବୁ କହିଲା; ସେ ଆମ ଆଡ଼େ ରହିଁ ହସିଲା ଆଉ ମୁଣ୍ଡ ହଲେଇଲା ସବୁ ବୁଝିଗଲା ଭଳି। ତା'ପରେ ଆମ ପାଖକୁ ଆସି ପଚାରିଲା – କ'ଣ ଦି'ଜଣ ଯିବ ?

ପ୍ରବୀରଦା' ମତେ ଆଗକୁ ଟିକେ ଠେଲିଦେଲା – ନା କେବଳ ଇଏ ଯିବ।

: ହଉ ଆସ। ହଁ ମୋ' ଝୁଡ଼ି ରହିଲା; ଟିକେ ଆଖି ପକେଇଥିବ। କଦଳୀବାଲା ମତେ ଓ ସୋରେନ୍‌କୁ କହିଲା।

: ଏବେତ ଟ୍ରେନ୍ ଫ୍ରେନ୍ ନାଇଁ। କହିଲା ସୋରେନ୍ ତାକୁ ଓ ମୋ' ଆଡ଼କୁ ଅନେଇ ହସିକି କହିଲା – ଫେରି ଆସିବ ଜଲଦି। ଆଁ ..।

ମୁଁ ମୁଣ୍ଡ ହଲେଇଲି। ହଁ କଲିକି କ'ଣ।

ପ୍ରବୀରଦା' ମୋ ପାଖକୁ ଲାଗିଆସି ଫିସ୍ ଫିସ୍ କରି କହିଲା – ବେଷ୍ଟ ଅଫ୍ ଲକ୍। ୟାର! ଡରିବୁନି ମୋତେ; ଡରିବାର କ'ଣଟା ଅଛି ଏଠି !

ତା' ସ୍ୱରଟା ଥରିଉଠିଥିଲା କାହିଁକି !

କଦଳୀବାଲା ସହିତ ମୁଁ ଷ୍ଟେସନ୍ ବାହାରକୁ ଆସିଲି, ତା'ପରେ ମୁଖ୍ୟ ରାସ୍ତା ଉପରେ କିଛି ବାଟ ଗଲାପରେ ଆମେ ଆଉ ଗୋଟେ ସରୁ ଗଲିରେ ପଶିଲୁ। ସେ ପର୍ଯ୍ୟନ୍ତ ମୁଁ ଗୋଟେ ଅନ୍ଧାରୁଆ ନିଶାରେ ମସଗୁଲ ଥିଲି। ଦୀର୍ଘଦିନ ଧରି ଆମର

ଅସଂଖ୍ୟ ଉଦ୍ୟମର ଶୋଚନୀୟ ବିଫଳତା ପରେ ଗୋଟେ ଉଉେଜନା ଭିତରେ ଥିଲୁ ଆମେ ସବୁ । ଏବେ କିନ୍ତୁ ଛାତି ଧଡ୍ ଧଡ୍ କରି ଉଠିଲା ଅସଲ ସମୟ ହାତ ପାଆନ୍ତାକୁ ଆସିବା ବେଳକୁ ! କିଏ ଯଦି ଦେଖ୍ ପକେଇବ ମତେ ଏଇ ଅବସ୍ଥାରେ କ'ଣ ଭାବିବ ! ଯଦି କଲେଜ ପିଲା ବୋଲି ଜାଣିପାରେ ତେବେ ତ କଲେଜ ସାରା ପ୍ରଚର ହୋଇଯାଇପାରେ । ମୁଣ୍ଡ ଉଠେଇ ଚଲିପାରିବିନି ତ ମୁଁ ତା'ପରେ ! ଆମ୍ଭହତ୍ୟା କରିଦେବିନି !

ପୋଲିସ୍ ଯଦି ଦେଖ୍ପକାଏ; ଧରି ପକାଏ ତେବେ ତ ଆହୁରି ସାଂଘାତିକ । ଏଠି ସମସ୍ତେ ଜାଣିବେ; ପୁଣି ଖବରକାଗଜରେ ବାହାରିବ କାଲି – ଓଡ଼ିଶାର ସୁନାମଧନ୍ୟ କଲେଜର ଛାତ୍ର ବେଶ୍ୟାଳୟରୁ ଗିରଫ ! ସିଏ ଅମୁକଙ୍କ ମଧମ ପୁତ୍ର ଓ ସମୁକଙ୍କ ନାତି ବୋଲି ମଧ ଜଣାପଡ଼ିଛି । ଏମିତି ଗୁଡ଼ାଏ ଏଣୁତେଣୁ ଖରାପ ଚିନ୍ତା ମନକୁ ଆସୁଥାଏ । ମୁଁ ବି ଚେଷ୍ଟା କରୁଥାଏ ଖୁବ୍ ସେଗୁଡ଼ାକୁ ମନରୁ କାଢ଼ି ଦବାକୁ । କାରଣ ଆସିବା ଆଗରୁ ପ୍ରବୀରଦା' ମୋ କାନେ କାନେ କହିଥାଏ – ଯିବାବେଳେ ରାସ୍ତାଘାଟକୁ ମାର୍କ କରିବାକୁ । ମନେ ରଖିବାକୁ । ଫେରିବା ବେଳେ ରାସ୍ତା ଯେମିତି ନ ଭୁଲେ !

ଏଇନେତ ଏଠୁ ଆଉ ଫେରିଯାଇ ହବନି – ଏତେ ବାଟ ଆସିବାପରେ । ଆସିଲିଣି ମାନେ ଯାହାହବ ହଉ । ଦେଖାଯାଉ କ'ଣ ହଉଚି – ଗୋଟେ ଅଭିଜ୍ଞତା ତ ରହିଯିବ । ଏଇ ବୟସରେ ପିଲାମାନେ କେତେ କ'ଣ କରି ପକଉଛନ୍ତି – ମୁଁ ତ ଖାଲି ଟିକେ ଦେଖିବି; ବେଶ୍ୟାରେ ଟିକେ କଥାବାର୍ତା କରିକି ଫେରିଆସିବି ମାତ୍ର ଥରଟିଏ । ଅଧଘଣ୍ଟା ମାତ୍ରର ମାମଲା । ମୁଁ ମନକୁ ଦୃଢ଼ କଲି । ମନ ଦୃଢ଼ ହବା ଭଲି ଭାବନା ଗୁଡ଼ିଏ ଭାବିନେଲି ଓ ଆଶ୍ୱସ୍ତ ହବାକୁ ଚେଷ୍ଟାକଲି ।

ସେ ଗଲିରୁ ଆମେ ଏଥିମଧରେ ଆଉ ଗୋଟେ ଉପଗଲିରେ ପଶି ସାରିଥିଲୁ । ସେଠୁ ଆଉ ଗୋଟେ ଭିତରେ । ଦି'କଡର ନର୍ଦମା ଭିତରୁ ଦୁର୍ଗନ୍ଧ ଆସୁଥାଏ; ରାସ୍ତା ଉପରକୁ କେବେ କେବେ ପାଣି ମାଡ଼ି ଆସିଥାଏ । କୋଉଠି କୋଉଠି ଥୁଆ ହୋଇଥାଏ ଚର୍ଟ ଠେଲାଗାଡ଼ି; କୁଲ୍ଫି ଓ ଆଇସ୍କ୍ରିମର ଚକଲଗା ବାକ୍ସ । ଆମେ ଚଲୁଥାଉ ତା' ଭିତରେ ସତର୍କତାର ସହ କଦଳୀବାଲା ଧରିଥିବା ସୋରେନ୍ର

ରିସେଲିଆ ଟର୍ଚ୍ଚର ଆଲୁଅରେ; ମୋ ପକେଟ ଭିତରେ ସୁରକ୍ଷିତ ଥାଏ ମୋ'
ପେନ୍‌ସିଲ ଟର୍ଚ୍ଚ – ଫେରିବା ବେଳ ପାଇଁ ।

କଦଳୀବାଲା ଚାଲିଥାଏ ଖୁବ୍‌ ଅଭ୍ୟସ୍ତ ଭଳି । ମୁଁ ତାକୁ ଅନୁସରଣ କରୁଥାଏ ।
କିଛି କଥାବାର୍ତ୍ତା ନାଇଁ ।

ଆମେ ଯୋଉ ଅଞ୍ଚଲ ଦେଇ ଚାଲୁଥିଲୁ ସେଠି ରାସ୍ତା ଦି'କଡ଼ରେ ଖୁଦାଖୁଦି
ହୋଇ ଧାଡ଼ି ଧାଡ଼ି ଝୁପୁଡ଼ି । ବାହାରେ ଆଲୁଅ ନାହିଁ କୋଉଠି । ଗୋଟେ ଗୋଟେ
ଘର ଭିତରବି ଅନ୍ଧାର ଆଉ କୋଉଠି ଭିତରୁ କ୍ଷୀଣ ଆଲୁଅ ଛିଟିକି ଆସୁଥିଲା
ଭିତରୁ ବନ୍ଦଥିବା ଟିଣ କି କାଠ ପଟାର ଦରଜାର କଣା ଦେଇ ।

ହଠାତ୍‌ କଦଳୀବାଲା ଥମକି ଅଟକି ଗଲା । ତା' ପଛେ ପଛେ ମୁଁ । ମୁଁ ଚମକି
ପଡ଼ିଲି – ସାପ !!

ଦେଢ଼ ଫୁଟ୍‌ ଖଣ୍ଡେ ଲମ୍ବର ସେ ଜନ୍ତୁଟା ରାସ୍ତାପାର ହୋଇ ପାଖ ପାଣିନାଲ
ଭିତରର ଅନ୍ଧାରଭିତରେ ହଜିଯାଉଥିଲା ସେତେବେଲକୁ । ଟର୍ଚ୍ଚ ଆଲୁଅପଡ଼ି ଚକ୍‌
ଚକ୍‌ କରୁଥିଲା ତା' ଲାଞ୍ଜ ।

: ଡରନି ଦାଦା, ଏଟା ଧଣ୍ଡଟା । କିଛି କରିବନି । କଦଳୀବାଲା ଚାଲିବାକୁ
ଆରମ୍ଭ କଲା । ମୋ' ମନରେ କିନ୍ତୁ ଡର ପଶିଯାଇଥିଲା । ତେଣୁ ଚାଲିବାବେଲେ
ପାଦତଲର କାଗଜ, ଶୁଖିଲାପତ୍ର – ସବୁ ଯେମିତି ଗୋଟେ ଗୋଟେ ଜନ୍ତୁ ପାଲଟି
ଯାଇ ସଲ ସଲ କରୁଥାନ୍ତି ପାଦକୁ ।

ହଠାତ୍‌ ଦୂରରେ କୋଉଠି ଦଲେ କୁକୁର ଭୁକି ଉଠିଲେ ବଡ଼ ବିଚିତ୍ର ଭାବେ ।
ଲହରେଇ ଲହରେଇ କାନ୍ଦିବା ଭଳିଆ । କୁକୁର ପୁଣି ଏମିତି ଭୁକେ !

କଦଳୀବାଲା ଗୋଟେ ଘର ସାମନାରେ ଅଟକିଯାଇ ମତେ ସେଇଠି ଠିଆହବାକୁ
କହି ସେ ଅନ୍ଧାର ଘରର ଟିଣ କବାଟ ଉପରେ ଠକ୍‌ ଠକ୍‌ କଲା ଓ କିଛି ସମୟରେ
କେଁ କରି କବାଟଟା ଅଛ ଖୋଲିଗଲା । କଦଳୀବାଲା କିଛି କହିଲା ଓ କିଛି ଉତ୍ତର
ମିଲିଲା ସେଠୁ ଏବଂ କବାଟ ବନ୍ଦ ହୋଇଗଲା ଓ କଦଳୀବାଲା ଫେରିଲା ମୋ
ପାଖକୁ ।

ଆଉ ଗୋଟେ ଝୁଣ୍ଡିର କବାଟରେ ଠକ୍ ଠକ୍ କରିବା ପରେ ମଧ କବାଟ ଫିଟିଲାନି କିନ୍ତୁ ଭିତରୁ କେମିତି ଗୋଟେ ଅନୁନାସିକ କଣ୍ଠରେ କି ଉଉର ମିଳିଲା ଯେ – କଦଳୀବାଲା ସେଠୁ ବି ଫେରିଲା ।

ଆଉ କିଛି ରାସ୍ତା ଯିବା ପରେ କଦଳୀବାଲା ଆଉ ଗୋଟେ ଟିଣ କବାଟରେ ଶଢ କଲା ଓ କିଛି ସମୟପରେ କବାଟ ଖୋଲିଗଲା । ଖୋଲିବା ଲୋକ କିନ୍ତୁ ବାହାରକୁ ଆସିଲାନି ।

କିଛି ଆଲୋଚନା ଚଳିଲା । କିଛିଟା ଯୁକ୍ତିତର୍କ । ଦି'ମିନିଟ୍‌ପରେ କଦଳୀବାଲା ମୋ' ପାଖକୁ ଆସି କହିଲା – ନଅଟଙ୍କା ଦିଅ ।

ମୋ' ପାଖରେ ଖୁଚୁରାନଥିଲା ତେଣୁ ଦଶ ଟଙ୍କିଆ ନୋଟ୍‌ଟାକୁ ସାର୍ଟ ପକେଟ୍‌ରୁ ବାହାର କରି ତାକୁ ଦେଲି । ଆଉ ଦିଟା ଦଶ ଟଙ୍କିଆ ଥାଏ ମୋ' ପାଖରେ ଫୁଲ ସାର୍ଟରେ ଲମ୍ବା ହାତର ଭାଙ୍ଗ ଭିତରେ ଲୁଚ୍‌ହୋଇ । ସେମିତି କରିବାକୁ ପ୍ରବୀରଦା' ମତେ କହିଥିଲା । କହିଥିଲା ସେ – ବେଶ୍ୟାମାନେ ବେଶ୍ ଗେହ୍ଲେଇ ହୋଇ କଥାବାର୍ତା କରିବେ ଆଉ ତାରି ଭିତରେ ତମ ପକେଟ୍‌ରେ ଏମିତି ଭାବରେ କଲାକନା ବୁଲେଇ ଦେବେ ଯେ ଫେରିବାବେଲେ ବିଡ଼ି ଖଣ୍ଡେ ଟାଣିବାକୁ ବି ପକେଟ୍‌ରେ ପଇସା ନଥିବ ।

କଦଳୀବାଲା ଫେରି ଆସିଥାଏ ସେତେବେଲେ ମୋ' ପାଖକୁ । ସେ ମୋତେ କହିଲା – ହଉ ଏବେ ଯାଅ ... । ଆଉ ପଇସା ଦବନି ତାକୁ । ଏ ଟଙ୍କାଟା ରଖୁଚି ମୁଁ ପାନଖିଆ...

ପୂର୍ବୋକ୍ତ ସେ ଟିଣ ଦରଜାଟା ଖୋଲାଥାଏ; ଭିତରଟା ପୁରା ଅନ୍ଧାର ଥାଏ । କଦଳୀବାଲା ଟର୍ଚ୍‌ମାରି ମତେ ବାଟ ଦେଖେଇ ଦେଲା; ମୁଁ ଭିତରେ ପଶିଗଲାପରେ କବାଟ ଦେଇଦବାକୁ କହିଲା ଓ ମୁଁ ସେମିତି କଲି ।

କବାଟ ଆଉଜେଇ ଦବାପରେ ଭିତରଟା ଆହୁରି ଅନ୍ଧାର ହୋଇଗଲା । ମୁଁ ସେଇ ଅନ୍ଧାର ଭିତରେ ଚୁପ୍ ଚୁପ୍ ଠିଆ ହୋଇଥାଏ ।

ଏଠି ଯିଏ ଥିଲା କୁଆଡ଼େ ଗଲା !

ଏହି ସମୟରେ ଗୋଟାଏ ପାଖରୁ କିଏ ଜଣେ ଖୁଁ – ଖୁଁ କାଶିବାର ଶଢ ଶୁଭିଲା । କିଏ କାଶୁଛି ! ତା'ପରେ ଦିଆସିଲି ମାରିବାର ଶଢ ଓ ଗୋଟେ କାନ୍ତୁ ସେପାଖରେ କିଛି ଅସ୍ପଷ୍ଟ ଆଲୁଅର ଛଟା । ତା'ପରେ ସେ ଆଲୁଅ କିଛିଟା ସ୍ପଷ୍ଟ ହେଲା ।

ଡିବି କି କ୍ୟାଣ୍ଡେଲଟେ ଜଳାଗଲା ବୋଧେ । ମୁଁ ଦେଖିଲି ସେଇଥିରେ – ମୁଁ ଅଛି ଗୋଟେ ଛୋଟ କୋଠରୀ ଭିତରେ । ଏଇଟା ବରଂ ଗୋଟେ ଅପେକ୍ଷାକୃତ ବଡ଼ ଘରର ଅଂଶ; ଯାହା ମଝିରେ ଆଉ ଗୋଟେ କାନ୍ତୁ ଓ ଦିଟା ବାଉଁଶତାଟି ଦିଆଯାଇ ତିନିଟା କୋଠରୀ ସୃଷ୍ଟି କରାଯାଇଛି । ତିନିଟା କୋଠରୀ – କାଶିବାର ଶଢ ଆସୁଚି ଗୋଟେ କୋଠରୀରୁ ଓ ଆଲୁଅ ଜଳୁଚି ଗୋଟେରେ ଓ ମୁଁ ଠିଆ ହେଇଚି – ଅନ୍ୟଟିରେ ।

ତା'ପରେ ଆଉ ଗୋଟେ ଶଢ ଶୁଭିଲା । ମୁଁ ଅନୁମାନ କଲି ଟିଣବାକ୍ସ ଖୋଲାଯିବାର ଶଢ । ତା'ପରେ ବନ୍ଦ ହବାର ।

ମୁଁ ଚୁପ୍ ଚୁପ୍ ଠିଆ ହୋଇଥିଲି କାନ୍ତୁ ସେପଟୁ ଛିଟିକି ଆସୁଥିବା କ୍ଷୀଣ ଆଲୁଅ ଭିତରେ ।

ଏବେ ଟ୍ରେନ୍ ଆସିବାର ତ ନାହିଁ ।

ହାଇୱେ ଉପରେ ଟ୍ରକ୍ ବି ଯାଉନି !

କୁକୁରଟେ ଭୁକୁଚି କୋଉଠି; ସେପଟୁ ନିଶ୍ୱାସର ଶଢ ଆସୁଚି । କିଏ ଗୋଟେ ଶୋଇଚି ବୋଧେ । ଆଉ ସବୁ ଶୁନ୍ ଶାନ୍ ।

ଏବେ ମୁଁ ଡରିବା କଥା ନୁହେଁ – ମୁଁ କହୁଥାଏ ନିଜକୁ ବାରମ୍ବାର । କିନ୍ତୁ ଛାତିଟା ଥରିଉଠୁଥାଏ – ମୁଁ ଅନୁଭବ କରିପାରୁଥିଲି । ତଣ୍ଟି ଅଠା ଅଠା ହେଇଯାଉଥାଏ ।

ସେ ଘରୁ ଚୁଡ଼ିର ରୁଣୁଝୁଣୁ ଶଢ ଶୁଭିଲା ।

: ସେଠି କାଇଁକି ଠିଆ ହେଇଚ, ଆସୁନ ଏଠିକି ! ଅନ୍ଧାରରେ କ'ଣ କରୁଚ ! କିଏ ଜଣେ କହିଲା, ମୁଁ ଚମକି ପଡ଼ିଲି ଓ ସେଇ ଚମକି ପଡ଼ିବା ଓ ଶୁଣିବା ଭିତରେ କେବଳ ଏତିକି ଜାଣିପାରିଲି ଯେ – କେହି ଜଣେ ମତେ ଡାକୁଚି ଆରପାଖକୁ ।

ମୁଁ ନିଜ ଭିତରେ ନଥିଲି। ଯନ୍ତ୍ରଚାଳିତ ପରି ଆଗେଇଗଲି।

ଦି'କୋଠରୀ ମଝିରେ ଗୋଟେ କବାଟ ଶୂନ୍ୟ ରାସ୍ତା; ସେଇ ରାସ୍ତାଦେଇ ଆରପଟେ ପାଦ ଦେବା ମାତ୍ରେଇ ମୁଁ ଚମକି ପଡ଼ିଲି ଆଉଥରେ – ବେଶ୍ୟା!! ମୋ' ଭିତରେ ଗୋଟେ ଚମକ ଖେଳିଗଲା। ବିଦ୍ୟୁତ୍ କରେଣ୍ଟ ଭଳି।

ଗୋଟେ ସ୍ତ୍ରୀଲୋକ ଖଟ ଉପରେ ନଇଁପଡ଼ି ବିଛଣା ସଜଉଥିଲା।

ଗୋଟେ ଛୋଟ କୋଠରୀ, ଗୋଟେ ଖଟ, ଖଟ ଉପରେ ବିଛଣା; ତଳେ ଦି'ତିନିଟା ଭଙ୍ଗା ବାକ୍ସ ଓ ଆଉ ସବୁ କ'ଣ ଆବୁରୁ ଜାବୁରୁ ଜିନିଷ; ଘର କୋଣରେ ମାଟିଆ ଓ ଚେପଟା ସିଲ୍ଭର ଗ୍ଲାସ୍, ଆର କୋଣରେ ମିଞ୍ଜି ମିଞ୍ଜି ଜଳୁଥିବା ଡିବି ଏବଂ ସେଇ ମିଞ୍ଜି ମିଞ୍ଜି ଜଳୁଥିବା ଡିବିର କ୍ଷୀଣ ଆଲୁଅରେ ମତେ ଅସ୍ପଷ୍ଟ ଦିଶୁଥିବା ଖଟ ଉପରେ ବିଛଣା ସଜଉଥିବା ଜଣେ ସ୍ତ୍ରୀଲୋକ ଓ ଡିବିର ଥର ଥର ଶିଖା ସହିତ କାନ୍ଥରେ ନାଚୁଥିବା ତା' ଛାଇ – ମତେ ସବୁ କେମିତି ଭୌତିକ ଭୌତିକ ଲାଗୁଥାଏ। ମୁଁ ଚୁପ୍ ଚୁପ୍ ଠିଆ ହୋଇଥିଲି ଓ କିଛି ସମୟ ବେଶ୍ ବିତିଗଲା। ଦେଖିବି ଦେଖିବି ବୋଲି ଦେଖିପାରୁନଥିଲି ସେ ସ୍ତ୍ରୀଲୋକଟାକୁ। କାଇଁକି କେଜାଣି ମୋତେ ଚିହ୍ନିପାରୁନଥିଲି ତାକୁ। ଆଖିପତା ଉଠଇ ଉଠଇ ପୁଣି ତଳକୁ କରିନଉଥିଲି।

ଶେଷକୁ ପଶିବାବେଳେ ତାକୁ ଯେତିକି ଦେଖିଥିଲି ତାକୁ ମନେ ପକେଇ ପକେଇ ତା' ଆକାର ଆକୃତି ବିଷୟରେ ମୋଟାମୋଟି ଗୋଟେ ଧାରଣା କରିବାକୁ ଚେଷ୍ଟା କଲି। ଟିକେ ମୋଟୀ ହୋଇ ସ୍ତ୍ରୀଲୋକଟା। ଦେହର ବର୍ଣ୍ଣ ମୋତେ ତୋଫା ନୁହଁ। ଗୋଟେ ଶାଢ଼ୀ ପିନ୍ଧିଚି ସାଧାରଣ ଷ୍ଟାଇଲରେ। ଆଉ କିଛି ଜାଣି ହେଲାନି; ମନେ ପକେଇ ହେଲାନି ସେତିକି ଆଲୁଅରେ।

ଏଇ ତେବେ ବେଶ୍ୟା!

ଇଏ ବେଶ୍ୟା ନା ବେଶ୍ୟାମାନଙ୍କର ମାଲିକାଣୀ – କୋଠାର ମୁଖ୍ୟବାଇ ଫିଲ୍ମରେ ଯେମିତି ଥାଆନ୍ତି! ଯେତିକି ଜଣାପଡ଼ୁଚି – ଏ ଆକାର ଆକୃତିର ଲୋକଟା କଦାପି ବେଶ୍ୟା ହୋଇନଥିବ। ତେବେ ବେଶ୍ୟାମାନେ କୋଉଠି ଅଛନ୍ତି! ଆର କୋଠରୀରେ! ଶବ୍ଦ ଶୁଭୁଚି। ମୁଁ ଭାବିପାରୁ ନଥିଲି କେମିତି କଥା ଆରମ୍ଭ କରିବି, କ'ଣ ପଚାରିବି।

: ଠିଆ ହେଲ କାଇଁକି। ବସୁନ ଏଇ ଖଟରେ। ସିଏ କହିଲା ଓ ମୁଁ ସେ ସ୍ୱର ଶୁଣି ଭୀଷଣ ଭାବେ ଚମକି ପଡ଼ି ମୁହଁ ଉଠେଇ ରୁହିଁଲି ତାକୁ।

ସେ ବିଛଣା ସଜାଡ଼ି ସାରି ଠିଆ ହୋଇଥିଲା। ଡିବିରି ଆଲୁଅ ସିଧା ତା' ମୁହଁ ଉପରେ ପଡ଼ୁଥିଲା।

ମାଉସୀ! ନବଘନର ମାଆ!!

ମୁଁ ଆକାଶରୁ ଖସି ପଡ଼ିଲି। ଛାତି ଭିତରେ କୋଉଠି କ'ଣ ଗୋଟେ ଖସି ପଡ଼ିଲା କି କ'ଣ। କଲିଜାରେ ସକ୍ ଲାଗିବା ଭଳି – ଗୋଟେ ପ୍ରଚଣ୍ଡ ଝଟକା ମୋ ଦେହରେ ଖେଳିଗଲା। ଓଃ ଏମିତି ଆଶ୍ଚର୍ଯ୍ୟଜନକ ପରିସ୍ଥିତିର ସାମନା କରିବାକୁ ପଡ଼େ ମଣିଷକୁ! ସ୍ୱପ୍ନ ତ ଦେଖୁନଥିଲି ମୁଁ! ମୁଁ ଭଲକି ଦେଖିବାକୁ ଚେଷ୍ଟାକଲି। କାଳେ ଇଏ ସିଏ ହୋଇନଥିବ; ଖାଲି ତା ଭଳି ଦେଖାଯାଉଥିବ।

ନା, ଇଏ ଠିକ୍ ସେଇ ମାଉସୀ। ନବଘନର ମାଆ; ଯିଏ ପ୍ରବୀରଦା' ଆଉ ମତେ ରୁ' ପିଆଏ, ଘରକଥା ବଖାଣେ ଆମ ଆଗରେ। ପୁଅବୋଲି ଡାକେ; ଯାହାକୁ ଆମେ ମାଉସୀ ବୋଲି କହୁ। ଠିକ୍ ସେଇ ମାଉସୀ।

ମାଉସୀ ମତେ ଚିହ୍ନିପାରୁନି! ରୁଲିଶା ଦୋଷ ଅଛିକି ତା'ର; ବୟସତ ହୋଇଯିବଣି। ଭଲକଥା। ଭାଗ୍ୟ ଭଲ ମୁଁ ଏପର୍ଯ୍ୟନ୍ତ ବି ତା' ସହ କଥାବାର୍ତା କରିନି। ନହେଲେ ସ୍ୱର ବାରି ପାରିଥାନ୍ତା ନିଣ୍ଠେ।

ଓଃ ଏବେ ମତେ – ମୁଁ ବୋଲି ଜାଣିଥିଲେ କଥା ବାହାରି ନଥାନ୍ତା ତା'ର। ଆଖିଡୋଲା କପାଳକୁ ଉଠିଯାଇଥାନ୍ତା!

ମୋ' ମୁଣ୍ଡକୁ ଗୋଟେ ବୁଦ୍ଧି ଯୁଟିଗଲା – ସିଏ ମତେ ଚିହ୍ନିବା ଆଗରୁ ମୁଁ ପଳେଇବି କି ଏଠୁ! ସିଏ ଭାବିବ କିଏ ଗୋଟେ ପାଗଳ ଆସିଥିଲା। ପଳେଇଗଲା।

ଏହି ସମୟରେ କିଏ ଜଣେ ଠକ୍ ଠକ୍ କଲା କବାଟ ଉପରେ।

: ଆଉ ଘଣ୍ଟେ ଖଣ୍ଡେ ପରେ ଆସ...। ମାଉସୀ ଚିକ୍ଢାର କଲା ସେଠି ଥାଇ।

କେମିତି ଗୋଟେ ଅଲଗା ଅଲଗା ଲାଗିଲା ତା' ସ୍ୱର। ଅଲଗା ଲାଗୁଥିଲା ତା'ର ପ୍ରଥୁଲକାୟ ଶରୀର। ମେଦବହୁଲ ଓ ଭାଙ୍ଗ ପଡ଼ିଯାଇଥିବା ପେଟ; ଅଧାଅଧ

ଉପୁଡ଼ିଯାଇଥିବା ଓ ଧଳା ହୋଇ ଆସୁଥିବା କେଶ; ତା' ପାପୁଲି ଓ ହାତର ନଖ; ଶୁଖିଲା ଗାଲ; କଷିଯାଇଥିବା ଦାନ୍ତ ଓ ଓଠ! ସବୁ ଅଲଗା ଲାଗୁଥିଲା। ଏସବୁକୁ ମୁଁ ଆଗରୁ କେବେ ଲକ୍ଷ୍ୟ କରିନଥିଲି; ଲକ୍ଷ୍ୟ କରିପାରିନଥିଲି।

ମାଉସୀ ତ ମାଉସୀ ଥିଲା। କେବଳ ମାଉସୀ।

ଏବେ ଏଇ ଝାପସା ଝାପସା ଆଲୁଅରେ ବି ଦେଖି ହେଲା ଏସବୁ!!

ଆର ଘରେ ଥିବା ବେଶ୍ୟାଟି ତା' ସଜବାଜ ହେବା କାମ ସାରି ବା ମାଉସୀର ଡାକରାପାଇ ଆସିବା ଆଗରୁ ଦୌଡ଼ି ପଳେଇବାକୁ ମୁଁ ଯୋଜନା କରୁଥାଏ; ମନେ ମନେ ଠିକ୍ କରୁଥାଏ। ଏହି ସମୟରେ ମାଉସୀ କହିଲା –

: ଆର ପୁଅଟି କୁଆଡ଼େ ଗଲେ! ସାଙ୍ଗ ହେଇକି ଆସିନ କି!

ଦ୍ୱିତୀୟ ଥର ପାଇଁ ମୁଁ ସ୍ତବ୍ଧ ହେଇଗଲି ପ୍ରଚଣ୍ଡ ଭାବେ। ହତବାକ୍ ପାଲଟିଗଲି! ସେଇ କେତେ ମୁହୂର୍ତ୍ତ ପାଇଁ ଯେମିତି ମୋ' ଦେହରେ ରକ୍ତପ୍ରବାହ ବନ୍ଦ ହେଇଗଲା; ହୃତପିଣ୍ଡର ସ୍ପନ୍ଦନ ରୋକି ଗଲାକି!

ମୁଁ ଆଉ ଯେମିତି ସେ ମୁହଁ ନେଇ ଠିଆ ହେଇ ପାରିବିନି ତା' ସାମନାରେ। ମୋତେ ଲାଗିଲା – ପୃଥିବୀରେ କୋଉଠି ଏମିତି ଜାଗା ନଥିବ ଯୋଉଠି ମୁଁ ମୋ' ମୁହଁ ଲୁଚେଇ ପାରିବି। ଆହୁରି ଶହ ଶହ ଜନ୍ମ ବିତିଗଲେବି ଆଉ ମୁଣ୍ଡ ଟେକି ମାଉସୀ ଆଗକୁ ଆସିପାରିବିନି।

ମାଉସୀ ମତେ ଚିହ୍ନିପାରିଚି! ଚିହ୍ନିସାରିଛି କେତେ ଆଗରୁ ଅଥଚ କିଛି କହୁନି; କିଛି ପଚରୁନି! ଆଶ୍ଚର୍ଯ୍ୟ ହଉନି! ସେ କଣ ଭାବୁଛି ମୁଁ ଏମିତି ବୁଲିବାକୁ ଆସିଛି ତାଙ୍କ ଘରକୁ! ମୋର ଅନ୍ୟ କିଛି ଅଭିପ୍ରାୟ ନାହିଁ; ନଥିଲା!

ମୋର ମନେ ପଡ଼ିଲା ଦି'ବର୍ଷ ତଳେ କଲେଜ ପିକନିକରେ ଯାଉଥିବା ବେଳେ ଦୁର୍ଘଟଣା ଘଟି ମୃତ୍ୟୁମୁଖରୁ ଅଳ୍ପକେ ବର୍ତ୍ତିଯାଇଥିଲି; ଗୁଡ଼ାଏ ଦିନ ଧରି ମନେ ମନେ ଭଲ ପାଉଥିବା ଗୀତକୁ ଆଉ ଜଣକ ସାଙ୍ଗରେ ଗୋଟେ ସିନେମା ହଲରେ ଦେଖି ଆମ୍ଭହତ୍ୟା କରିଦବାକୁ ଠିକ୍ କରି ପରେ ନିବୃତ୍ତ ହୋଇଥିଲି;

ବୋଉ କୁହେ – ପିଲାବେଳେ ଗାଁ ନଈରେ ଗାଧୋଉ ଗାଧୋଉ ମୁଁ ବୁଡ଼ିଯାଉଥିଲି; ମୋର ସେହି ମୁହୂର୍ତ୍ତରେ ମନେହେଲା ନ ମରି ମୁଁ ବୋକାମୀ କରିଚି । ଆଗରୁ ମରିଯାଇଥିଲେ ଖୁବ୍ ଭଲ ହୋଇଥାନ୍ତା । ଅନ୍ତତଃ ଏମିତି ପରିସ୍ଥିତିର ସାମନା କରିବାକୁ ପଡ଼ିନଥାନ୍ତା ।

ମତେ ଆହୁରି ଆଶ୍ଚର୍ଯ୍ୟ କରିଦେଇ ମାଉସୀ ତା' ଦେହରୁ ଶାଢ଼ୀଟା ଖୋଲିଲା ଓ ଶାଢ଼ୀଟାକୁ ଭାଙ୍ଗି କାନ୍ଥ ପାଖରେ ଝୁଲୁଥିବା ଗୋଟେ ଦଉଡ଼ିରେ ଚାଙ୍ଗିଦେଲା ।

ତା'ପରେ ଖଟ ପାଖକୁ ଆସି ଶାୟା ଡୋର ଗଣ୍ଠି ଫିଟାଉ ଫିଟାଉ ଖୁବ୍ ସହଜ କଣ୍ଠରେ ମତେ ଡାକିଲା – ଜଲଦି ଆସ ପୁଅ । ଦେଖୁଚ ତ କିଏ ଗୋଟେ ରାକାଣିଆଖ୍ୟଆ ଡାକିକି ଗଲାଣି, ଆଉ ଟିକକ ପରେ ଆସିଯିବ… । ଆସ…

ଓଃ ! ଏତେ ସହଜ ! ଏତେ ସାବଲୀଲ ! ! ଏତେ ନିଥର ଥିଲା ତା' ସ୍ୱର ଯେ ଯେମିତି ଭାତ ବାଢ଼ିସାରି ବୋଉ ଡାକେ ମତେ – ପୁଅ ଭାତ ବାଢ଼ିଲିଣି ପରା ! ଆ… ।

କଳାହରଣ

- ଚିରଶ୍ରୀ ଇନ୍ଦ୍ରସିଂ

ପ୍ରଥମ ଦିନ ମୁଁ ଠିକ୍ ଜାଣିପାରିଲିନି, ଜାଣିପାରିଲିନି ମାନେ ବ୍ୟସ୍ତତା ଭିତରେ ଜାଣିବା ପାଇଁ ଚେଷ୍ଟା କରିପାରିଲିନି ଯେ କ'ଣ ପାଇଁ ଲୋକଟା ଏମିତି ରୁହେଁ ରହିଛି ମତେ। ତା' ପରଦିନ କିନ୍ତୁ ମୁଁ ଲକ୍ଷ୍ୟ କଲି ତାକୁ ଓ ମନେପକାଇ ପାରିଲି ଯେ, ଦୁଇଦିନ ଧରି ଏଇ ଲୋକ ହିଁ ଭାରି ସନ୍ତର୍ପଣରେ ଦୂରେଇ ଦୂରେଇ ରହି ରଖୁଛି ମତେ। ଲୋକଟାକୁ ଯାଇ ଡାକି ଆଣିବାକୁ ପଠେଇଲି ଜଣକୁ। ଦଶ ମିନିଟ ପରେ ସେ ମତେ ଜଣେଇଲା ଯେ, ଆଖି ପିଛୁଲାକେ ଲୋକଟା କୁଆଡ଼େ ଉଭେଇଗଲା ଓ ଖୋଜି ଖୋଜି ମିଲିଲାନି ଆଉ।

ଆଶ୍ଚର୍ଯ୍ୟ! ଜମାରୁ ସହର ବୋଲି କହିହେବନି ଏ ଜାଗାକୁ। ଜଙ୍ଗଲ, ତୋତାପାଟ, ମଇଁଷି ଗୋଠ, ମେଣ୍ଢା ପହ୍ନ, ଠାକୁରାଣୀ ଯାତ୍ରା, ବାଗୁଡ଼ି ଖେଲ ଏଠାକାର ସାମାଜିକ ଜୀବନକୁ ଏବେବି ଆବୋରି ବସିଛି। ଅତି ବେଶୀରେ ଗୋଟିଏ ବଡ଼ ଗାଁରୁ କିଛି ବିଶେଷ ଅଧିକ ନୁହେଁ ଜାଗାଟା। ଗୋଟେ ଅତି ସାଧାରଣ ଗାଉଁଲି ମଣିଷ ଏଠି ଏତେ ସହଜରେ ହଜିଯିବ କେମିତି! ହଁ ହଜିଯିବ, ଯଦି ସେ ନିଜେ କୋଉଠି ଲୁଚିଯିବା ପାଇଁ ରୁହେଁବ ତ କେବଲ ସେତିକିବେଲେ।

ମୁଁ ଟିକିଏ ବିରକ୍ତ ହେଲି। ଦେଖ ଭଲକରି। ନାଲି ରଙ୍ଗର ଗାମୁଛା ଠେକା କରିଥିଲା ମୁଣ୍ଡରେ। ପିନ୍ଧିଥିଲା ଗୋଟେ ମଲିଚିଆ ଧଲା, ନାଇଁ ମାଟିଆ, ନାଇଁ

ନାଈଁ ବୋଧହୁଏ ହଳଦିଆ ରଙ୍ଗର ଅଧା ହାତର ସାର୍ଟ, ମୁଣ୍ଡରେ ଝାଙ୍କୁରା ବାଲ ଆଉ ଝୁହୁଁଥିଲା ମୋତେ ଲୁଚେଇ ଲୁଚେଇ। ହୁଏତ ମତେ କିଛି କହିବା ପାଇଁ ଝୁହୁଁଛି ସିଏ। ହୁଏତ ଭୟ କରୁଛି।

ଦୁଇ ଜଣ ସ୍ଥାନୀୟ କିରାଣୀ ମତେ ଆଶ୍ୱାସନା ଦେଲେ, ଆପଣ ବ୍ୟସ୍ତ ହୁଅନ୍ତୁନି ସାର, ଏବେ ଆମେ ବୁଝିଦଉଛୁ କିଏ ଠିଆ ହୋଇଥିଲା ସେଠି। ଆପଣ ସାର ରେଷ୍ଟ ନିଅନ୍ତୁ, ଯାଇ ଆମେ ଦେଖୁଛୁ, କିଏ କେମିତି ହଜିଯିବ ଏଠି। ଏଠି ମୋର ରହିବା ପାଇଁ ବ୍ୟବସ୍ଥା ଏମାନେ କରିଥିଲେ। ହେଡ୍ ଅଫିସ୍ କିନ୍ତୁ ଏକ ହୋଟେଲରେ ଝଲିଶ କି.ମି. ଦୂର ପାଖ ସହରରେ ମୋର ରହିବା ବ୍ୟବସ୍ଥା କରିଥିଲା। ଗତ କାଲିଟା ମୁଁ ଏଇଠି ଥିଲି। ଆଜି ରାତିରେ ମୋତେ କିନ୍ତୁ ସହରକୁ ଯିବାକୁ ପଡ଼ିବ। ସେଠି ମୋର ଅଲଗା କାମସବୁ ଅଛି। ରାତିରେ ଗୋଟାଏ ଗେଟ୍ ଟୁଗେଦର ଆଉ ଦିନରର ପ୍ରୋଗ୍ରାମ ବି ଅଛି।

ମୁଁ ଅଫିସରୁ ବାହାରକୁ ବାହାରି ଆସିଲି, ମୋ ଗାଡ଼ିଆଡ଼େ, ସେଲ୍‌ଫୋନରୁ ସମୟ ଓ ମେସେଜ୍ ଦେଖି। ସେପଟେ ସେମାନେ ବ୍ୟସ୍ତ ହେଲେଣି।

କାଲି ଠିକ୍ ସାଢ଼େ ନଅଟା ବେଳକୁ ମୁଁ ଆସି ପହଞ୍ଚିବି ଏଠି। ଆଉ ହଁ, ତୁମେ ମହାପାତ୍ର ଦେଖ, ସେ ଲୋକଟା କିଏ।

ଆଜ୍ଞା ସାର! ମୁଁ କାଲି ତାକୁ ଡାକିଆଣି ବସେଇ ରଖିଥିବି ଆପଣ ଆସିବା ବେଳକୁ। ସାର, ଆପଣ କାଲି ଆସିଲେ ରହିବେ ତ ଏଠି!

ଆର କିରାଣୀ ବଲିପଡ଼ିଲା ଆଗକୁ – ଓହୋ, ସାର ଆଗେ କାଲି ଆସି ପହଞ୍ଚନ୍ତୁ। ସାରଙ୍କୁ ଭଲଲାଗିଲେ ସିନା ସାର ରହିବେ।

ତା' ଅଜାଣତରେ ନରେଶ ଠିକ୍ କଥା କହିଲା। ସତରେ ଭଲଲାଗିଲେ ସିନା ଏଠି କିଏ ରହିବ। ଏଠି ଗତ ରାତିରେ ଦି' ଘଣ୍ଟା କରେଣ୍ଡ ନଥିଲା। ମଶା ଯେ ମଶା। ରାତିଯାକ ବିଲୁଆ ବୋବଉଛନ୍ତି। ଅଫିସରେ ରହିବା ବ୍ୟବସ୍ଥା। ଆଜବେଷ୍ଟସ ଛାତ, ଗୋଟେ ସାପ ମରାହୋଇଛି ଆଜି ସକାଳୁ ଝରକା କଡ଼ରୁ। ରୋଷେଇ ଯିଏ କରିଥିଲା ସିଏ ବୋଧେ ଭାବିଛି ଯେତେ ଅଧିକ ତେଲ ଓ ମସଲା ଢାଲା ହେବ, ତରକାରିଟା ସେତେ ସୁଆଦିଆ ହେବ। ଝୁ'ରେ ସେମିତି କ୍ଷାର ଓ ଚିନିର ପ୍ରାବଲ୍ୟ। ଅବଶ୍ୟ ସେମାନେ ଯେଉଁ ଲୋକଟାକୁ ଆଗରୁ ଠିକ୍ କରିଥିଲେ, ସେ ଲୋକଟାର ଜମିଜମା ମାମଲାରେ କୋର୍ଟ ତାରିଖ ପଡ଼ିଗଲା। ଆଜି ସନ୍ଧ୍ୟାତେ ସେ ଆସି ପହଞ୍ଚିବ।

ମୁଁ ହୋଟେଲକୁ ଫେରିବାକୁ ଆସି ଗାଡ଼ିରେ ବସିଲି । ଛୟାଳିଶ କି.ମି. ଦୂରତା ଆରପଟେ କେବଳ ଚକଚକିଆ ଆଲୁଅ ବା ଭଲ ଖାଇବା, ରହିବାର ନିର୍ଭର ପ୍ରତିଶ୍ରୁତି ନାହିଁ, ସେଠି ଆହୁରି ବହୁତ କିଛି ରହିଛି ମୋ ପ୍ରତୀକ୍ଷାରେ । ସେତିକିର ଲୋଭରେ ଏଠିକାର ବ୍ୟବସ୍ଥାକୁ ଟାଳିଦେବା କଥା । ନଚେତ୍ ମଫସଲିଆ ରହଣି, ବିଲୁଆ ଡାକ, ମଇଁଷି ଟିପା, ସକାଳର କୁଋାଟୁଆ, ଏମିତି ତେଲମସଲା ବାଲୁବାଲୁ ରାନ୍ଧଣା ଓ କାକରଭିଜା ଧୂଳିଆ ରାସ୍ତା ମୋ ପରି ଆକାଶରେ ଉଡ଼ି ଉଡ଼ି ଜୀବନକୁ ଦେଖୁଥିବା, ଲେଖୁଥିବା, ପରଖୁଥିବା ମଣିଷ ପାଇଁ ଗୋଟେ ବିରଳ ଅଭିଜ୍ଞତା ଦିଅନ୍ତା ।

ପଚିଶି ତିରିଶ ବର୍ଷ ତଳେ ସେ ସହର ଥିଲା ଗାଁ ପରି । ଏତେ ଛୋଟ ଯେ, ସେଠି ସମସ୍ତେ ସମସ୍ତଙ୍କୁ ଚିହ୍ନଥିଲେ । ସେଠାକୁ ରାତିରେ ହାତୀ ଗଡୁଥିଲେ ପାହାଡ଼ ଉପରୁ ପାଚିଲା ଧାନ ଖାଇବେ ବୋଲି, ଭାଲୁ ଆସି ରାସ୍ତାକଡ଼ରେ ମହୁଲ ଗଛ ତଳେ ପହଞ୍ଚି ଯାଉଥିଲେ ମହୁଲ ଫୁଲର ବାସ୍ନାରେ ବିଭୋର ହୋଇ । ଅଧା ନିଦରୁ ଉଠି ବୋଉ ସାଙ୍ଗରେ ଛାତ ଉପରକୁ ଯାଇ ଆମେ ଦେଖୁଥିଲୁ ନିଆଁ ହୁଲାସବୁ କେମିତି ଧାଁଦଉଡ଼ କରୁଛନ୍ତି ଦୂରରେ । ଆମେ ରହୁଥିବା କୋଠାଘରର କାନ୍ଥରେ ଆସି ପିଟି ହେଉଥିଲା ଛର୍ରା ବନ୍ଦୁକ, ଗଡ଼ମା । ବଡ଼ ବଡ଼ ଘଣ୍ଟ ଆଉ ଦଳ ଦଳ ମଣିଷଙ୍କର ଭୟାବହ ଉନ୍ମାଦନା ।

ରାତିର ଦିନର ବେଳେ ମୋର ଦୁଇଜଣ ସହପାଠୀ ଦେଖାହେଲେ । ପଚିଶି ବର୍ଷ ଗୋଟେ ଲମ୍ବା ସମୟ । ଏତିକି ସମୟ ସେମାନଙ୍କୁ କେତେବେଳେ ଆଉଁଷିପାଉଁଷି, ପୁଣି କେତେବେଳେ ଛେଟିକୁଟି କେତେ ନା କେତେ ପ୍ରକାର ରଙ୍ଗ ଓ ଢଙ୍ଗରେ ସଜେଇ ମଜେଇ ବଦଲେଇ ଦେଇଛି । ମୁଁ ଯାହା ଯାହା ଖୋଜୁଥିଲି, ଯାହା ଯାହା ଫେରି ପାଇବାର ଆଶା ରଖୁଥିଲି ସେମାନଙ୍କର ସାନ୍ନିଧ୍ୟରୁ, ପ୍ରାୟତଃ ବିଫଳ ହେଲି । ହୁଏତ ସେମାନେ ବି ମୋତେ ଦେଖି ନିରାଶ ହୋଇଥିବେ । ହୁଏତ ସମ୍ଭ୍ରାନ୍ତବୋଧ ବା ଈର୍ଷା ବା ମୁଁ ସେମାନଙ୍କୁ ନେଇ ଅନାଗ୍ରହୀ ହେବାର ଆଶଙ୍କା ସେମାନଙ୍କୁ ସମ୍ଭ୍ରମବୋଧର ଶୀତଳ ଶିଳାଖଣ୍ଡରେ ପାଲଟେଇ ଦେଇଥିବ ।

ସତ କହିଲେ, ମୁଁ ଏତେଟା ଆଶ୍ଚର୍ଯ୍ୟଚକିତ କିମ୍ବା ନିରାଶ ହେଲି ନାହିଁ । ମୋର ପିଲାଦିନର ସ୍ମୃତି ସେଇ ସହରର ଆଲୁଅ, କୋଳାହଳ, ଧୂଳିଧୁଆଁ, ମିଛ, ଔଦ୍ଧତ୍ୟ, ବିଷଣ୍ଣତା ଆଉ ପରିବେଶର କ୍ଲାନ୍ତି ଓ ପରିଚୟହୀନତା ଭିତରେ ଗୋଟେ ଅଧ

ମଣିଷଙ୍କର ପରିବର୍ତ୍ତନ ପ୍ରସଙ୍ଗ ଗୁରୁତ୍ୱ ହରେଇଥିଲା। ତା'ଛଡ଼ା ଏ ଯେଉଁ ଦୁଇଜଣ ଦେଖାହେଲେ, ସେମାନଙ୍କ ସହିତ ତ ମୋର ଅନ୍ତରଙ୍ଗତା ହିଁ ନ ଥିଲା।

ରାତିରେ ଫେରିବା ବେଳକୁ ରାସ୍ତାରେ କୁହୁଡ଼ି। ଡ୍ରାଇଭରକୁ କହିଥିଲି ଗାଡ଼ି ସ୍କୁଲରାସ୍ତାରେ ନେବାକୁ। ସେ ମତେ ନେଇ ହାଇୱେ କଡ଼ରେ ଗୋଟେ ତିନିମହଲା କୋଠା ଆଗରେ ଓହ୍ଲାଇ ଦେଲା। ମୁଁ ମନେପକେଇଲି, ଏଠି ତ ଆମର ସ୍କୁଲ ନ ଥିଲା। ଡ୍ରାଇଭର ବୟସ୍କ ଲୋକ। ସେ କହିଲା କେବେକାର କଥା ଆପଣ କହୁଛନ୍ତି ସାର୍? ଓଃ, ଏତେ ଦିନ ତଳର କଥା! ଏଡ଼େ ବଡ଼ ସହରର ପିଲା ସେଇ ସ୍କୁଲରେ ପଢ଼ିବେ ସାର୍? ଏପଟେ ନୂଆ କୋଠା ହୋଇ ଉଠିଆସିଲାଣି କେବେଠାରୁ ନା!

ମତେ କିଏ ବୋକା ବନେଇ ଦେବା ପରି ଲାଗିଲା। ନା ଏଇ କୋଠାଘର, ନା ଏଇ ଭୂମି, ନା ଏଠାକାର ଗଛବୃଚ୍ଚ କିଛି ତ ଦିନେ ମୋର ନ ଥିଲା। ମୁଁ ତା' ହେଲେ ଭୂତଟା ପରି ଏଠି ଠିଆ ହୋଇଛି କାହିଁକି ଗାଡ଼ିରୁ ଓହ୍ଲାଇ କୁହୁଡ଼ି ଆଉ ଅନ୍ଧାର ଭିତରେ!

ଏଶେ କୁହୁଡ଼ି ଜମାଟ ବାନ୍ଧୁଥିଲା ଋରିପଟୁ। ଗାଡ଼ିର ୱାଇପର୍ ଠିକ୍‌ରେ କାମ କରୁନଥିଲା। ଡ୍ରାଇଭର ବିଚରା ତା' ସିଟ୍ ଉପରୁ ଟର୍କିସ୍ ଟାୱେଲ ନେଇ ଥରକୁ ଥର ପୋଛି ଋଲିଥିଲା ସାମ୍ନା ଗ୍ଲାସ। ମନେପଡ଼ିଗଲା, ଦିନର ବେଳେ କିଏ ଜଣେ କହୁଥିଲା, ରାତିରେ ବର୍ଷା ହୋଇପାରେ। ମତେ ଛାଡ଼ିଦେଇ ଡ୍ରାଇଭର ପୁଣି ତା' ଘରକୁ ଯିବ।

ରାତିରେ ବିଛଣାରେ ପଡ଼ୁ ପଡ଼ୁ ନିଦ। ଉତ୍ତେଜନା ଅଧିକ ହେଇଗଲେ ବେଳେ ବେଳେ ଉଚାଟ ଲାଗେ, ନିଦ ହୁଏନା, ପୁଣି ବେଳେ ବେଳେ ଅଶକ୍ତ ଲାଗେ, ଶୋଇପଡ଼ିବାକୁ ଇଚ୍ଛା ହୁଏ। ଏମିତିକା ନିଦ କିନ୍ତୁ ବେଶୀ ସମୟ ରହେନା। ସକାଳ ହେବା ପୂର୍ବରୁ ନିଶ୍ଚୟ ନିଦ ଭାଙ୍ଗିଯାଏ ଓ ବିଷଣ୍ଣ ଲାଗେ।

ରାତି ସାଢ଼େ ତିନିଟାରେ ମୋର ନିଦ ଭାଙ୍ଗିଗଲା। ଏକୁଟିଆଟା ହୋଟେଲ ରୁମରେ ବସି ବସି କ'ଣ କରିଥାଆନ୍ତି। ଟିଭି ଲଗେଇଲି। ଅତିରଞ୍ଜନ ଆଉ ଅତିନାଟକୀୟ ପ୍ରକାଶଭଙ୍ଗୀ। ବିରକ୍ତିକର ବିଜ୍ଞାପନରେ – ସୁନ୍ଦରୀ ପ୍ରେମିକାର ହୃଦୟ ଜୟ କରିବାରେ ଅମୁକ ପୁରୁଷ ଫେୟାରନେସ୍ କ୍ରିମର ସାହାଯ୍ୟ ନିଅନ୍ତୁ।

ହଠାତ୍‌ ମୋର ମନେପଡ଼ିଗଲା, ଜେ.ଏନ୍‌.ୟୁ.ରେ ପଢ଼ିଲା ବେଳେ ମୋର ସହପାଠିନୀ ମୀନାକ୍ଷୀ ପଛରେ ମୋର ପାଗଳ ହେବାର ଦିନସବୁ। ସେ ମୋର ଅଳ୍ପ ପରିଚିତା ଥିଲା। ସେ ବରଂ ବେଶୀ ଅନ୍ତରଙ୍ଗ ଥିଲା ଓଡ଼ିଶାରୁ ଯାଇଥିବା ମୋର ଅନ୍ୟ ସାଙ୍ଗମାନଙ୍କ ସହିତ। କଟକରୁ ମହେଶ ମତେ ଚିଠି ଲେଖିଥିଲା, ପ୍ରେମିକାକୁ ମଣ କରିବାର ଶହେ ଆଠ ସହଜ ଉପାୟ ନାଁରେ ଗୋଟେ ବହି ବାହାରିଛି ଏବେ। ଗରମ କାକରା ପରି ବିକ୍ରି ହେଉଛି ଓଡ଼ିଶା ସାରା। ବାଲୁବଜାରରୁ ବାହାରି ଏ ବହି ଦିନେ ବିଶ୍ୱ ପ୍ରସିଦ୍ଧ ହେବା ନିଶ୍ଚିତ। ମୁଁ ରୁହିଁଲେ ସେ ମୋ ପାଇଁ ଖଣ୍ଡେ ମାଗଣାରେ ପଠାଇ ଦେବ, ଅସାଧ୍ୟ ସାଧନ ପାଇଁ।

ଆଉ ସତସତିକା ସେ ଡିମେଇ ସାଇଜର ସପ୍ତମ ଶ୍ରେଣୀ ବୃତ୍ତି ପରୀକ୍ଷାର ଟେଷ୍ଟ ପେପର କାଗଜରେ ତିଆରି ସଚିତ୍ର ପ୍ରେମିକାକୁ ମଣ କରିବାର ଶହେ ଆଠ ସହଜ ଉପାୟ ବହିଟି ଦିନେ ପଠେଇ ଦେଇଥିଲା ମୋ ପାଖକୁ।

ସେତେବେଳକୁ ମୀନାକ୍ଷୀ ମୋଠାରେ କିଛି 'ଇଣ୍ଟରେଷ୍ଟିଙ୍ଗ' ଲକ୍ଷ୍ୟ କରିସାରିଥିଲା। ଆମେ ଦୁହେଁ ଗପସପ ଓ ବୁଲାବୁଲି କରିବା ଆରମ୍ଭ କରୁଥିଲୁ। ତେଣୁ ମହେଶର ଅନାଗତ ସପ୍ତପୁରୁଷଙ୍କୁ ନର୍କରେ ପଡ଼ିବାର ଅଭିଶାପ ଦେଇ ମୁଁ ହଷ୍ଟେଲର ବନ୍ଦ କୋଠରି ଭିତରେ ସେ ବହିକୁ ଦିଆସିଲି ମାରି ଜାଲିଦେଇଥିଲି। ବଡ଼ ବିଚଳିତ ଲାଗିଥିଲା, ମୀନାକ୍ଷୀ ଆଖ୍ରେ ଏ ବହି ପଢ଼ିଗଲେ ମୋତେ ସିଏ କୋଉ ରୁଚିର ଜୀବ ବୋଲି ଭାବିବାର ଆଶଙ୍କାରେ। ପରେ କେତେଥର ଭାବିଛି ଯେ, ସେଇ ବହିଟିକୁ ଏମିତି ଭାବରେ ଜାଲିଦେବା ମୋର ଉଚିତ ନ ଥିଲା। ଥରେ ତ ଅନ୍ତତଃ ବହିଟିକୁ ଏମୁଣ୍ଡରୁ ସେମୁଣ୍ଡ ମନ ଦେଇ ପଢ଼ିପାରିଥା'ନ୍ତି। ଜାଲିଦେବା ପୂର୍ବରୁ କେବଳ ବହିଟିର ମୁଖବନ୍ଧଟିକୁ ହିଁ ପଢ଼ିଥିଲି ଯାହାର ସାରମର୍ମ ହେଲା – ତରତରରେ ନୁହେଁ, ମନର ବଣିଜ ମଠରେ ମଠରେ ହୁଏ। ତେଣୁ ଶହେ ଆଠ ଉପାୟ ଧୀରେ ଧୀରେ ପ୍ରୟୋଗ କରିବ।

କେତେଥର ଭାବିଛି ସେ ବହିରୁ ଆଉ ଖଣ୍ଡେ ମଗେଇବି। କଟକରେ ଥରେ ଅଧେ ଖୋଜିଛି ବି। କିନ୍ତୁ ମିଳିନି ମତେ। ମହେଶ ମୋ ଠାରୁ ଗାଳି ଶୁଣି ଅସାଢ଼; ତେଣୁ ତାକୁ ଆଉ ଥରେ କହିହେଲା ନାହିଁ।

ମୀନାକ୍ଷୀ ଯେ ଏତେ ଏତେ ଅତିଯୋଗ୍ୟ ଯୁବକମାନଙ୍କ ମେଳରେ ମୋଠି କିଛି 'ଇଣ୍ଟରେଷ୍ଟିଙ୍ଗ' ଲକ୍ଷ୍ୟ କରିପାରିଲା, ତା' ସମ୍ଭବ ହେଲା କେମିତି ? ତା' ସମ୍ଭବ ହେଲା, କି ଦିନ କି ରାତି ମୋ ଡେଣାରେ ଡେଣା ବାଡ଼େଇ ଅନ୍ଧାଧୁନିଆ ଖେଳରେ

ମାତିଥିବା ବାହୁଙ୍ଗି ଲାଗି ! ବାହୁଙ୍ଗି, ମାନେ ତା'ର ଡାକ ନାଁଟା ଥିଲା ବାହୁଙ୍ଗି । ନ ହେଲେ ସ୍କୁଲରେ ଓ ଶିଷ୍ଟ ମହଲରେ ସେ ପରିଚିତ ଥିଲା ବୀରସେନ ଭାବରେ । ବାପାଙ୍କ ଅଫିସରେ ଝାଡ଼ୁଦାର ଜଗନୁ ମଉସାର ପୁଅ ବାହୁଙ୍ଗି ରହୁଥିଲା ଆମ ବଙ୍ଗଲାକୁ ଲାଗିଥିବା ପିଅନ କ୍ୱାର୍ଟର୍ସରେ । ଆମେ ଦୁହେଁ ପଢୁଥିଲୁ ଏକା ସ୍କୁଲରେ ।

ହେଲେ ମୀନାକ୍ଷିକୁ ମୁଁ ବାହୁଙ୍ଗି ନୁହେଁ, ବାହୁଙ୍ଗିର ଜେଜେବାପା ଭୀମସେନଙ୍କର କାହାଣୀ ଶୁଣେଇଥିଲି । ମୋର ଶୈଶବ ଓ କୈଶୋରରେ ମୋର ରୋଲ୍ ମଡେଲ୍ ଥିଲା କାଖରେ ଜାକି ସାମାନ୍ୟ ରୂପ ପ୍ରୟୋଗରେ ନଡ଼ିଆ ପରେ ନଡ଼ିଆ ଭାଙ୍ଗି ଦେଇପାରୁଥିବା ଭୀମସେନ ଟୁଡୁ । ଏଇ କଥାଟା ଜେ.ଏନ୍.ୟୁ. କ୍ୟାମ୍ପସରେ ମୋର ଭାଉ ବଢ଼େଇ ଦେଇଥିଲା ମୀନାକ୍ଷି ପାଖରେ । ମୁଁ ତାକୁ କୁଆଡ଼େ ଲାଗିଥିଲି ଗୋଟେ 'ଇମୋସନାଲ ଇଡିଏଟ୍' କି ଗୋଟେ 'ଇନୋସେଣ୍ଟ ଫୁଲ୍' ! ମୋ ଭିତରେ ହାଇରାର୍କି – ବୋଧଟା ନାହିଁ କି ରହିପାରିବ ନାହିଁ; ଆଉ ମୁଁ କୁଆଡ଼େ ସଚେତନ ଭାବରେ ନିଷ୍ଠୁରତା ଦେଖେଇପାରିବି ନାହିଁ ବୋଲି ଇଷ୍ଟରେଷ୍ଟିଙ୍ଗ ଲାଗିଥିଲି ତାକୁ । ମୋର ଏଇ ଛୋଟମୋଟ ନିଆରାପଣ ତାକୁ ଜୀବନରେ ଅଲଗା ସ୍ୱାଦ ଚଖେଇଥିଲା ।

ଭୀମସେନ ମହାମଲ୍ଲ ! ମୁଁ, ମୋର ସାଫଲ୍ୟ, ମୋର ସମୁଦାୟ ଜୀବନ କୃତଜ୍ଞ ତମ ପାଖରେ । ମୀନାକ୍ଷି ଅବଶ୍ୟ ଅବିଶ୍ୱାସ କରିନଥିଲା, କିନ୍ତୁ ତାକୁ ବିଶ୍ୱାସ କରିବାକୁ କଷ୍ଟ ହୋଇଥିଲା ଯେ ଭୀମସେନ ଟୁଡୁଙ୍କୁ ମୁଁ କେବେ ଥରଟିଏ ହେଲେ ଦେଖିନାହିଁ ମୋର ଜୀବନ କାଲରେ । ହଁ ଦେଖିଛି ଅବଶ୍ୟ, ତେବେ ତାହା ଛବିରେ । ମେଳଣ ଯାତ୍ରାର ବଡ଼ କିରୋସିନି ଡିବିରି ଆଲୁଅରେ ଉଠିଥିବା କଳାଧଳା ଫଟୋ । ସେଠି ଭୀମସେନ ଗୋଟେ ଛାଇ ଆକୃତି – ବିଶାଳ ଓ ରହସ୍ୟମୟ, ଅସ୍ପଷ୍ଟ ଓ ଅକଳ୍ପନୀୟ । ଚେହେରା ବୋଲି କିଛି ନ ଥିଲା ସେଥିରେ, ଥିଲା ଖାଲି ଗୋଟେ ଉଲ୍ଲାସ, ଗୋଟେ ଉଚ୍ଛ୍ୱାସ, ଗୋଟେ ତେଜ, ଗୋଟେ ତଲ୍ଲୀନତା ।

ମୀନାକ୍ଷି ମୁଗ୍ଧ ନାୟିକା ପରି ଶୁଣିଥିଲା ମୋର କଥାସବୁ । ଗୋଟେ ଆଦିମ ଆରଣ୍ୟକ ଓ ଉଦ୍ଧତ ଅଜେୟପଣ ପଛରେ ମୋର ଅନ୍ଧ ଆନୁଗତ୍ୟ ଓ ନିସର୍ଗ ଭଲପାଇବାର ସ୍ମୃତିଚରଣ ମୀନାକ୍ଷିକୁ ଆକର୍ଷି ଆଣିଥିଲା ମୋର କକ୍ଷପଥକୁ ।

ଆଜି ସନ୍ଧ୍ୟାରେ ଏଇ ସହରର ସ୍କୁଲଘର ଖୋଜିବା ଆଳରେ ମୁଁ କ'ଣ ଭୀମସେନଙ୍କୁ ଖୋଜୁଥିଲି ନା ଖୋଜୁଥିଲି ଜବାହରଲାଲ ନେହେରୁ ଇଉନିଭର୍ସିଟି କ୍ୟାମ୍ପସର ଉଚ୍ଛ୍ୱ ଓ ଉନ୍ମାଦ ଦିନସବୁକୁ !

ସକାଳେ ଡ୍ରାଇଭର ଆସି ପହଞ୍ଚିଲା ବେଳକୁ ମୁଁ ପ୍ରସ୍ତୁତ ହୋଇସାରିଥିଲି। ରାତିରେ ସ୍ତର୍‌ରୁ ଆରମ୍ଭ ହୋଇ ସାମ୍ପେନ୍‌ରେ ସରିଥିବା ଦିନର ପାର୍ଟିର ପ୍ରଭାବ ଆଉ କିଛି ନ ଥିଲା। କିନ୍ତୁ ରାତି ଅନିଦ୍ରାର ପ୍ରଭାବ କଟିନଥିଲା ତଥାପି। ଗାଡ଼ିର କାଚ ଖୋଲିଦେଇ ମୁଁ ମୋର ସିଟକୁ ଫ୍ଲାଟ୍ କରିଦେଇ ସ୍ୱସ୍ତିରେ ଆଖ୍ ବୁଜିଦେଲି।

ରାସ୍ତା କେତେବେଳେ ସରିଗଲା ଜାଣିପାରିଲିନି। ଆଖ୍ ଖୋଲିଲା ବେଳକୁ ଗାଡ଼ି ପାଖରେ ଗତଦିନର ବଙ୍କାତେଢ଼ା କାକୁସ୍ତ ଲୋକଟି କରପତ୍ର ଯୋଡ଼ି ଠିଆହୋଇଛି। ମୁଁ ଉଠି ପଡ଼ିଲି। ଆଖ୍ ମଳିମଳି ମୁଁ ଭଲକରି ଦେଖିଲି ଲୋକଟାକୁ, ଗୋଡ଼ରୁ ମୁଣ୍ଡଯାଏ। ଏଇଟା କ'ଣ ସମ୍ଭବ, ଏଇଟା ସତରେ କେମିତି ଘଟିଲା ! ମୋ ଆଗରେ ଯେ ଭୟରେ ଡରିକାଙ୍କୁରି ଗୋଟାପଣେ କଳାକାଠ ବାହୁଙ୍ଗି ଠିଆହୋଇଛି !

ବାହୁଙ୍ଗି, ତୁ ଶେଷରେ ଏଇଟି ଏମିତି ଭାବରେ ମିଲିବାର ଥିଲୁ ମତେ ! ତୋତେ କେତେ ମନେପକେଇଛି ରେ ମୁଁ। ମୋର ସ୍ତ୍ରୀ ପିଲାଙ୍କୁ, ମୋର ଏସୀୟ ଅଣଏସୀୟ ବନ୍ଧୁମାନଙ୍କୁ କେତେଥର ଶୁଣେଇଛି ତୋ କଥା। ଏମିତିକି ମୋର ପ୍ରଥମ ବହିର ମୁଖବନ୍ଧରେ ଲେଖିଛି ତୋ ବିଷୟରେ ପୁରା ଗୋଟିଏ ପାରାଗ୍ରାଫ। ଅଥଚ ଦେଖ, ଏତେ ବର୍ଷ ପରେ ତୋ ସହିତ ମୋର ଏମିତି ଭାବରେ ଦେଖାହେବାର ଥିଲା।

ମୁଁ ଏଇଠି ରହିବି ଆଜିଠୁ। କେହି ଜଣେ ଯାଉ, ହୋଟେଲରୁ ମୋ ରୁମରୁ ମୋର ଲ୍ୟାପ୍ ଟପ୍‌ଟା ନେଇଆସିବ।

ଅପରାହ୍ନରେ ଠିକ୍ ମୋ ଅଫିସ କାମ ସରିଲା ବେଳକୁ ମୁଁ ଯେତିକି ବେଳେ କହିଥିଲି ଠିକ୍ ସେତିକି ବେଳେ ଆସି ପହଞ୍ଚିଲା ବାହୁଙ୍ଗି। ଅତ୍ୟନ୍ତ ବିନୀତ ଓ କୃତକୃତ୍ୟ, ଅଥଚ କେମିତିକା ଏକ ଭୀରୁ ଅପରାଧୀର ଭାବ ତା'ଠାରେ। ଯେତେ କହିଲି, ମୋ ଖଟ ଉପରେ କି ସେ ସୋଫା ଉପରେ ବସ୍, ସେ କୌଣସିମତେ ବି ବସିଲା ନାହିଁ। ଶେଷକୁ ଗାଲିଚ୍ଚର ଗୋଟିଏ କଣ ଚଉଠି ଦେଇ ତଳେ ଧୂଲିଆ ଚଟାଣ ଉପରେ ଜାକିଜୁକି ହୋଇ ବସିପଡ଼ିଲା। ମୁଁ ଦଶଧାଡ଼ି କହିଲେ ସେ 'ହଁ ଆଜ୍ଞା, ହଁ ବାବୁ, ଆଜ୍ଞା ସାର୍' ଏତିକି କହୁଥାଏ।

ମୁଁ ବହୁତ ବେଶୀ ଆଶ୍ଚର୍ଯ୍ୟ ହେଲି ନାହିଁ। ଗତକାଲି ସନ୍ଧ୍ୟାରେ ଦିନର ପାର୍ଟିରେ ମୋର ସହପାଠୀମାନେ ମୋ ସହିତ ସହଜ ହୋଇପାରିନଥିଲେ। ବାହୁଙ୍ଗି ମୋ

ସହିତ ଦୂରତା ରଖିବାରେ ଅସ୍ୱାଭାବିକତା କିଛି ନାହିଁ । ଭାବିଲି, ଏମିତି କଥାବାର୍ତ୍ତା କରୁ କରୁ ସେ ବଲେ ବଲେ ସହଜ ହୋଇଯିବ ମୋ ସାଙ୍ଗରେ ।

ମୁଁ ତାକୁ ତା'ର ବାପା, ତା'ର ଘର ପରିବାର ଓ ତା'ର ପିଲାମାନଙ୍କ କଥା ପଚାରିଲି । ଜାଣିଲି ଯେ, ମଉସା ମରିବାର ଏଗାର ବର୍ଷ ହେଲାଣି । ବାହୁଙ୍ଗିର ନିଜର ତିନୋଟି ଝିଅ ଓ ଗୋଟିଏ ପୁଅ । ସ୍ୱାମୀର ଶ୍ୱାସ ବେମାରି । ମୋଟାମୋଟି ସେ ଅଭାବରେ ଓ ଦୁଃଖରେ ଅଛି । ଏସବୁ କଥା ଅବଶ୍ୟ ବାହୁଙ୍ଗି ନୁହେଁ, ସେଇମାତ୍ର ପହଞ୍ଚି ସେଠି ରୋଷେଇବାସର ବ୍ୟବସ୍ଥା କରୁଥିବା ରୋଷେଇଆ କନୁଭାଇନା ଠାରୁ ମୁଁ ଜାଣିଲି ।

ଯେତେ କହିଲେ ବି ବାହୁଙ୍ଗି ପାଣିଗିଲାସଟାଏ ବି ପିଇଲା ନାହିଁ ମୋ ପାଖରେ । ମୋର ରାତି ଖାଇବା ସରିବା ପରେ ସେ ବିଦାୟ ନେଲା ।

ପରଦିନ ବି ମୋ କହିବା ମତେ ସେ ଆସିଲା । ସେଇମିତି ଶଙ୍କାକୁଳ, ସନ୍ତ୍ରସ୍ତ, ନୀରବ । ଭାବିଥିଲି, ରାତିକର ବ୍ୟବଧାନ ପରେ ସେ ଅନ୍ତତଃ ଟିକିଏ ବଦଳିଯିବ । କିନ୍ତୁ ନା, ସେଦିନ ଯାଇ ତା' ପରଦିନ ବି ସେ ସେମିତି ମୁହଁପୋଟି ଗୁମ୍ ମାରି ମଉନ ହୋଇ ରହିଲା । ଏଣେ ମୋ ଭିତରେ ଡେଉ ଉପରେ ଡେଉ ଭାଙ୍ଗିପଡୁଛି, ତେଣେ ବନ୍ଦ ଜଳପ୍ରପାତର ମୁହଁ ଖୋଲିଦେଇ ଖଣ୍ଡେ ମୁଗୁନି ପଥର ପରି ନୀରବ ନିଷ୍କଳ ହୋଇ ବସିଛି ବାହୁଙ୍ଗି ।

ଅଥଚ କେତେ ଗପୁଥିଲା ବାହୁଙ୍ଗି ସେତେବେଳେ । କୋଉ କୋଉ ଗାଁରେ ପଶି ହାତୀପଲ ଗତ ରାତିରେ ଫସଲ ଉଜାଡ଼ି ଦେଇଛନ୍ତି, କୋଉ ଗାଁ ଲୋକେ ଆଖୁକିଆରିରୁ ଆଖୁ ଖାଉଥିବା ଭାଲୁକୁ ବାଡ଼େଇ ବାଡ଼େଇ ମାରିଦେଇଛନ୍ତି, କେଉଁ କାଉବସା ପାଖରେ ମାଇ କୋଇଲି ଅଣ୍ଡା ଦେବ ବୋଲି ବାଁରେଇ ତାଁରେଇ ହୋଇ ଖଣ୍ଡିଉଡ଼ା ଦେଉଛି, କାହା ଘର ଶେଶିରେ ଓହଲିଛି ମହୁଫେଣା, ସବୁ ଖବର ମୁଁ ତାହାରି ଠାରୁ ପାଉଥିଲି ।

ପ୍ରକୃତରେ ମୋ ବାପା ଘର ପାଇଁ ବିଲକୁଲ ସମୟ ଦେଉନଥିଲେ । ବୋଉ ଜଗୁମଉସାଙ୍କୁ ଧରି ଘର ଚଲାଉଥିଲା । ଧୋବାଘରେ ଲୁଗାଦେବା ଓ ହାଟ ସଉଦା କିଣିଦେବା ବ୍ୟତୀତ ଜଗୁମଉସାର ସବୁଠୁ ଗୁରୁତ୍ୱପୂର୍ଣ୍ଣ କାମ ଥିଲା ବାପା ଘରକୁ ଫେରିବା ଯାଏ ଆମ ଘର ଜଗି ବସିବା । ବୋଉ ଥିଲା କଟକ ସହରର ଝିଅ । ଏଇ

ଜଙ୍ଗଲିଆ ଅଞ୍ଚଲରେ ଇଂରେଜ ଅମଲର ବିରାଟ ବିରାଟ ଭଙ୍ଗା ଦରଭଙ୍ଗା। ବଙ୍ଗଲା ଘରେ ହିଂସ୍ର ଜନ୍ତୁଜୁଣ୍ଟା ଭୟରେ ବୋଉ କାକୁସ୍ମ ହୋଇ ରହିଥାଏ। ତେଣୁ ବାହୁଙ୍ଗି ସାଙ୍ଗରେ ମୁଁ କେତେ ବୁଲିଲି, କେତେ ଗପିଲି ଏମିତିକି ତାଙ୍କର କ୍ୱାର୍ସରେ ଯାଇ କେତେ ସମୟ ରହିଲି, ସେସବୁ ବିଷୟରେ ବୋଉ ମୁଣ୍ଡ ପୂରଉନଥିଲା।

ବାହୁଙ୍ଗି ଥିଲା ବାହାର ଦୁନିଆକୁ ମୋର ଝରକା। କଳ୍ପନା, କୌତୁହଲ, କୋମଲତା, କାହାଣୀ – ପ୍ରବଣତା ମୋ ଭିତରେ ଭରି ଦେଇଥିଲା ସେ। କିନ୍ତୁ ସବୁଠାରୁ ବଡ଼ କଥା ହେଲା ବାହୁଙ୍ଗି ମତେ ଦେଇଥିଲା – ଭୀମସେନ ଟୁଟୁ।

ଭୀମସେନ ଟୁଟୁ ନ ହେଲେ ବାହୁଙ୍ଗିର ଗାଆଁରେ କୌଣସି ମେଲଣ, କୌଣସି ମଉଚ୍ଛବ, କୌଣସି ଯାତ କି କୌଣସି ଜନ୍ତାଲ ଜମୁନଥିଲା। ବରଂ ସାଧାରଣ ସାପ୍ତାହିକୀ ହାଟସବୁ ଯାତରେ ପରିଣତ ହୋଇଯାଉଥିଲା ଭୀମସେନ ଯଦି ପହଞ୍ଚି ଯାଉଥିଲେ ହାଟରେ। ଲୋକମାନେ ହାଣ୍ଡିଆ ନ ପିଇ, ମାଟିତେଲ, ଏମିତିକି ଲୁଣ ନ କିଣି ବି ନଡ଼ିଆ କିଣି ପକଉଥିଲେ ତରତରରେ। ଭୀମସେନ ନଡ଼ିଆ ଭାଙ୍ଗିବା ବେଲେ ବାହା ବାହା କରୁଥିଲେ ଲୋକମାନେ। କିଏ ତାଙ୍କର ହାତ ଛୁଇଁଲା ବେଲେ କିଏ ତାଙ୍କର ପାଦ ଛୁଇଁ ପକାଉଥିଲା। ଭଙ୍ଗା ନଡ଼ିଆର ଅଧେ ନଡ଼ିଆର ମାଲିକ ନେଉଥିଲା ତ ଆଉ ଅଧେ ପାଉଥିଲେ ଭୀମସେନ। ନଡ଼ିଆ ଭଙ୍ଗା ଚଲୁରହୁଥିଲା ସଞ୍ଜ ନଇଁଯାଇ ଅନ୍ଧାର ହେବା ଯାଏ।

ଏକଥା କହୁ କହୁ ବାହୁଙ୍ଗିର ଆଖିକୁ ବି ଅନ୍ଧାର ନଇଁ ଆସୁଥିଲା। ଆହାଃ, ତା'ର ଜମା ଇଚ୍ଛା ନ ଥିଲା ଏଠାକୁ ଆସି ପାଠ ପଢ଼ିବାକୁ। ଜେଜେବାପା ବି ଚଲୁହେଁନି ସେ ଘରଛାଡ଼ି ବାହାରେ ରହୁ ବୋଲି। କିନ୍ତୁ ତା'ର ବାପା ଜୋର କରି ତାକୁ ଏଠି ଅଟକେଇ ରଖିଛି। ଗାଁରେ କେତେ ଯାତ, କେତେ ଖାତିର, କେତେ ପୁଣି ମାତବର ଉପ୍ଲାତ! ଏଠି ଯେ କିଛି ବୋଇଲେ କିଛି ନାହିଁ।

ବାହୁଙ୍ଗି ମୋ ଠାରୁ ବୟସରେ ତିନି ଚରିବର୍ଷ ବଡ଼ ଥିଲା ବୋଧହୁଏ। ଆମେ ଦୁହେଁ ଏକା କ୍ଲାସରେ ପଢୁଥିଲୁ। କ'ଣ ବା ସିଏ ପାଠ ପଢୁଥିଲା। ଏମିତି କ୍ଲିବାଲି ଯାଇ କ୍ଲାସରେ ବସିବା କଥା ଏବଂ ସ୍କୁଲଟା ଚଲିବ ବୋଲି ଯୋଉ ଦଲେ ପିଲାଙ୍କୁ ପାସ୍ କରିଦିଆଯାଏ, ସେଇ ଦଲ ଭିତରେ ରହି ପାସ୍ କରିଯିବା କଥା। କିନ୍ତୁ ଆମ କ୍ଲାସରେ ପ୍ରଥମ ହେଉଥିବା 'ମୁଁ' ଟିର ମନରେ ସେ ସମୟରେ ମୋର ଭଲ ପାଠ ପଢ଼ିବା ଏବଂ ବାହୁଙ୍ଗିର ବିଲକୁଲ ନ ପଢ଼ିବା ନେଇ କୌଣସି ରକମର ଆଧ୍ୟମନ୍ୟତା

ନ ଥିଲା। ମୁଁ ବରଂ ଆଶ୍ଚର୍ଯ୍ୟ ଚକିତ ହୋଇ ଦେଖୁଥିଲି ତାକୁ। କ୍ଷିପ୍ର ସରୁ ହାତଗୋଡ଼, ତେଜୀୟାନ୍ କଳା ଆଖି, ଅସ୍ଥିର ଚଞ୍ଚଳ ଗତି। ବାହୁଙ୍ଗି ନିମିଷକରେ ଉଠିଯାଉଥିଲା ତାଳଗଛର ଅଧାକୁ, ଛଲାଙ୍ଗ ମାରି ଡେଇଁ ପଡ଼ୁଥିଲା ଗଛଡାଳରୁ ପାଣି ଭିତରକୁ ଆଉ ବଂଶୀ ବି ବଜେଇ ପାରୁଥିଲା ମନମତାଣିଆ ସ୍ୱରରେ।

ତାକୁ ମୁଁ ବାହାବା ଜଣେଇଲେ ସେ କହୁଥିଲା, ଇଏ ବା କି କଥା। ମୋ ଜେଜେବାପାକୁ ଦେଖନ୍ତୁ ତ ଜାଣନ୍ତୁ, ବୀର କାହାକୁ କୁହାଯାଏ। ଆରେ ବାପ୍ ରେ! ଜେଜେବାପାଙ୍କର ଏତେ ବଡ଼ ଛାତି, ଫୁଲୁକା ଫୁଲୁକା ଗାଲ। ରୁଲୁଥିଲେ ଧସିଯାଏ ହାଟପଡ଼ିଆ। ହାତର ନେଡ଼ିରେ ଲୁହ ପୋଛି ପୋଛି ସେ ପୁଣି ଆଖି ନଚେଇ କହେ, ଜେଜେବାପାର କାନ୍ଧରେ ବସି ହାଟ ବୁଲିବାରେ କି ମଜା! ପୂରା ହାଟଟାକୁ ଏକାବେଳକେ ଦେଖିହୁଏ। କୋଉଠି ଗୁଲୁଗୁଲା, ଜିଲାପି ଛଣା ହଉଛି, କୋଉଠି ଲୁଣ, ଶୁଖୁଆ ବିକ୍ରି ହେଉଛି, ପୁଣି କୋଉଠି କୁକୁଡ଼ା ଲଢ଼େଇ ହଉଛି ସବୁକିଛି। ମତେ ଭୀମସେନର ନାତି ବୋଲି କିଏ ମୁଆଁ ତ କିଏ ମିଠେଇ ଦିଏ।

ଭାରି ସନ୍ତର୍ପଣରେ, ଭାରି ସଙ୍ଗୋପନରେ ମୋର ଇଚ୍ଛା ହୁଏ – ଆହା ଏମିତିକା ସୁଯୋଗ ମତେ ଥରେ ମିଳିନଥା'ନ୍ତା! ମୁଁ ଥରଟିଏ ମହାମଲ୍ଲଙ୍କ କାନ୍ଧରେ ବସି ଜଙ୍ଗଲ ଭିତରେ ପାହାଡ଼ ତଳେ ତଳେ ହାଟକୁ ଯାଇନଥା'ନ୍ତି!

ବାହୁଙ୍ଗି ବର୍ଣ୍ଣନା କରେ – ଜାଣୁ, ଜେଜେବାପା ଯାତରୁ ଫେରିବା ବେଳକୁ ତା' ପିଠିରେ ପେଟରେ କଟାଗୁଣ୍ଡ ଆଉ ନଡ଼ିଆଗୁଣ୍ଡ ଲାଗିଥାଏ। ସେ ସବୁବେଳେ କେମିତି ଗୋଟାଏ ନାଲି ନଡ଼ିଆ ଭଳି ବାସେ।

ନାଲି ନଡ଼ିଆର ବାସ୍ନା ମୋ ନାକରେ ବି ବାଜେ। ମୁଁ ପଚରେ – ଯୋଉଦିନ ବେଶୀ ନଡ଼ିଆ ଭଙ୍ଗାହୁଏ, ତୋର ଜେଜେବାପା କାଖ ଦରଜ ହୋଇଯାଏନା ?

ମୋର ମୂର୍ଖତା ଦେଖି କିର୍ କିର୍ ହୋଇ ସବୁଯାକ ଦାନ୍ତ ଦେଖେଇ ହସିଉଠେ ବାହୁଙ୍ଗି।

ମୋ ଜେଜେବାପାକୁ କ'ଣ ବୋଲି ଭାବୁଛୁ କି ? ତା' ଦେହ ପୁଣି ଦରଜ ହେବ! ହାଃ...ହାଃ...ହାଃ... ମତେ ଦେଖ ମୋ ଜେଜେବାପା ଚେହେରା କଥା ଭାବନା। ମୋର ତ ହାଡ଼ ଦିଶୁଛି ବୋଲି ମୋ ନା ବାହୁଙ୍ଗି ବାଉଁଶ। କିନ୍ତୁ ଜେଜେବାପା ଦେହ ଲୁହାରେ ତିଆରି। ତା' ଦେହକୁ ନେଙ୍ଗାରେ ପିଟିଲା ଥରେ

ଜଣେ, ଜେଜେବାପାର ବଳ କଷିବ ବୋଲି; ହେଃ, ତା' ନିଜ ହାତ ଘୋଲିହେଲା ସିନା ଆମ ବୁଢ଼ାର କିଛି ହେଲାନି । ଶେଷରେ ପାଞ୍ଚ ଗଉଣୀ ଧାନ ଦେଲା ହାରିଯିବାରୁ ।

ମୁଁ କଳ୍ପନା କରିବାକୁ ଚେଷ୍ଟା କରେ ଜଣକୁ ଠେଙ୍ଗାରେ ପିଟିଲେ ବି କେମିତି କାଟିବନି ।

ମତେ ଚୁପ୍ ରହିଯିବାର ଦେଖି ତା' କଥାରେ ମୋର ପ୍ରତ୍ୟୟ ବଢ଼ାଇବାକୁ ସେ କହେ, ମୋ ମାଥାଟା ବି ରୋଗିଣୀଟା; ସେଇଥିପାଇଁ ମୁଁ ଏମିତି ରୋଗଣା । ଜେଜେବାପା କାନ୍ଧରେ ବସିଥିଲା ବେଳେ, ସେ କହେ – କାନ୍ଧରେ ତତେ ବସାଇବା ଯାହା, ଶାରୀ ବସେଇବା ସେଇଆ ।

– ତୁ କ'ଣ ଏବେ ବି ଜେଜେବାପା କାନ୍ଧରେ ବସୁ ନା କ'ଣ ?

– କାହିଁକି ବସିବିନି, ଏଇ ଦୋଳ ବେଳେ ଯା ବସି ବୁଲୁଥିଲି ।

ବାହୁଙ୍ଗି ସେମାନଙ୍କର ଦେଢ଼ ବଖୁରିଆ ପିଠନ କ୍ୱାର୍ଟର୍ସକୁ ଫେରିଯିବା ପରେ ମୁଁ ଲାଗିଯାଏ ମୋ କାମରେ । ସ୍ଟୋର ରୁମରୁ ଆଣି ପ୍ରଥମ ଦଫାରେ ଆଳୁ, ବାଇଗଣ, ଫୁଲକୋବି, ଛୋଟ ଲାଉ ଓ ଜହ୍ନି ଇତ୍ୟାଦି କାଖରେ ଜାକି ଫଟେଇବାକୁ ଚେଷ୍ଟା କରେ । ନଡ଼ିଆ ଯାଏ ମୋର ସାହସ ପାଏନା । କିନ୍ତୁ ଆଳୁ, ବାଇଗଣ ବି କୋଉ ବୋଲ ମାନନ୍ତି ! କାଖରେ ରଖୁ ରଖୁ ଖସିଯାଇ ଖଟତଳ, ବହିଥାକ, ଟେବୁଲ୍, ଆଲଣା କନ୍ଦି କୁଆଡ଼େ କୁଆଡ଼େ ଗଡ଼ି ଉଭାନ ହୋଇଯାଆନ୍ତି ପରିବା ସବୁ । ବୋଉ ଦେଖିଲେ ଗାଲିଦିଏ – ତୁ ପାଠପଢ଼ା ଛାଡ଼ି ପରିବା ପଛରେ କାହିଁକି ପଡ଼ିଛୁ ?

ମୁଁ କିନ୍ତୁ ଅନ୍ଧାରରେ ଅର୍ଜୁନର ଲାଖବିନ୍ଧା ପରି ଏକାନ୍ତରେ ମୋର ଏଇ ଅଭ୍ୟାସ ଐକାନ୍ତିକ ନିଷ୍ଠା ନେଇ ବହୁଦିନ ଯାଏ ଜାରି ରଖିଥିଲି ।

ଅଭ୍ୟାସରେ ଆସ୍ଥା କମିଗଲା ଯୋଉଥର ଗାଁରୁ ଫେରି ଜେଜେବାପା ବାବଦରେ କିଛି ନୂଆ କଥା ନ ଶୁଣେଇ ବାହୁଙ୍ଗି ମତେ ଲୁହ ଢୋକି ଢୋକି କହିଲା ଜେଜେବାପା ମରିଗଲା ବୋଲି ।

ମାଟିରେ ନୁହେଁ, ମନରେ ଗୋଟେ ଦୋଣଗୁରୁ ରଖ ହୁଏତ ମୁଁ ମୋର ସାଧନା ଜାରି ରଖିଥିଲି; ଏବେ ଦେଖିଲି ମଣ୍ଡପ ଖାଲି । ଅନ୍ଧାର ଭିତରେ ଡାହାଣୀ ଆଲୁଅ ପରି ବହୁଦୂରରେ ଯେଉ ଗୋଟେ ଆଲୁଅର ଆଭାସ ଥିଲା, ଧପ୍ କରି ସେଇଟା

ଲିଭିଗଲା । ଗୋଟେ ଅଖଣ୍ଡ ଶୋକରେ ବାହୁଙ୍ଗି ଆଉ ମୁଁ ଆଉଟୁପାଉଟୁ ହେଲୁ ଗୁଡ଼ାଏ ଦିନ । ଏଣେ ବାହୁଙ୍ଗି କହିଥାଏ, କାହା ଆଗରେ ବି ଜେଜେବାପାର ମରିବା କଥାଟା ଯେମିତି ମୁଁ ନ କହେ । ସେ କଥା କେମିତି କୋଉଠୁ ଶୁଣିଲେ ତା' ବାପା ଏତେ କାନ୍ଦିବ ଯେ ତାକୁ ଆଉ ସମ୍ଭାଳି ହେବନାହିଁ । ତେଣୁ ଆମେ ଦୁଇ କିଶୋର, ମୁଁ ଓ ବାହୁଙ୍ଗି, ସ୍କୁଲ ଯିବା ରାସ୍ତାରେ, ସଞ୍ଜବେଳେ ଆମ୍ବଗଛ ମୂଳେ, ରବିବାରର ଲମ୍ବା ଦ୍ୱିପ୍ରହରରେ ଏକାଠି ବସି ଶୋକ ପାଳିଲୁ ।

ବାପାର ଦେହ ଖବର ପାଇ ମଉସା ଯୋଉ ଘରକୁ ଯାଇଥିଲେ, ସେଠୁ ଫେରିବା ପରଠାରୁ ସେ ସବୁବେଳେ କାନ୍ଦ କାନ୍ଦ ଦିଶୁଥିଲେ ଆଉ ଚୁପ୍ ଚୁପ୍ ହୋଇଯାଇଥିଲେ । ଏମିତିକା ବାପା ମରିଗଲେ କୋଉ ପୁଅକୁ ନ ବାଧ୍ବ !

ସେତେବେଳେ ଆମର ବି ବଦଳି ହେବାର ଥାଏ । ବାପା ମୋର ପଢ଼ାପଢ଼ି ପାଇଁ ସେ ଜାଗା ଛାଡ଼ି ରାଜଧାନୀକୁ ବା କୌଣସି ଅନ୍ୟ ଜିଲ୍ଲାର ହେଡକ୍ୱାର୍ଟରକୁ ଯିବାର ଚେଷ୍ଟାରେ ଧାନ୍ଧପଡ଼ କରୁଥାଆନ୍ତି । ଦି'ମାସ ଖଣ୍ଡେ ପରେ ଦିନେ ପାହାନ୍ତା ପାହାନ୍ତା ଦୁଇଟା ଟ୍ରକ୍‌ରେ ଆମର ଘରକରଣା ଲଦି ଆମେ ଛାଡ଼ିଲୁ ସେ ଜାଗା । ବିଦାୟ ବେଳାରେ ବାହୁଙ୍ଗି ସେଦିନ ମେଳଣରେ ଉଠିଥିବା ଜେଜେବାପାର ଫଟୋଟା ଧରେଇ ଦେଇଥିଲା ମୋ ହାତରେ ।

ମୁଁ ମୋର ଅଫିସିଆଲ କାମ କରିବା ଭିତରେ ବି ବାହୁଙ୍ଗି ପାଇଁ କ'ଣ କରାଯାଇପାରେ ଭାବୁଥିଲି । ଯାହା କହିଲେ ବି ତାକୁ, ସେ ତ କେବଳ ହୁଁ ହାଁ କରି ଚୁପ୍ ରହୁଛି । ତିନିଦିନ ଭିତରେ ତିନି ଚାରିଟି ଶବ୍ଦ ଥିବା ପୂର୍ଣ୍ଣ ବାକ୍ୟଟିଏ ଏପର୍ଯ୍ୟନ୍ତ ମୁଁ ଶୁଣିପାରିଲିନି ତା' ଠାରୁ । ଆସେ, ମୁହଁ ପୋତି ବସେ, ପୁଣି ଉଠି ଚାଲିଯାଏ । ବିଲକୁଲ୍ ପିତୁଳା ସ୍ଥିତି । ଭୟଙ୍କର ହତାଶାରୁ ମ୍ରିୟମାଣ ପରିସ୍ଥିତି ନା ଅତ୍ୟଧିକ ନିଶା ସେବନର ଫଳ ଜଣା ପଡ଼ୁନି । ଆଉ କାହାକୁ ଏ ବିଷୟରେ ପରଖି ବୁଝିବି, ମୁଁ ବୁଝିପାରୁନଥିଲି । ରୋଷେୟା କହୁଥିଲା, ତା' ଘର ଏଇ ଆଗ ଗାଁରେ । ଭାବିଲି, ଅଫିସରୁ କାହାକୁ ନେଇ ଯିବି ତା' ଘରକୁ ଆଉ ତା' ସ୍ତ୍ରୀପିଲାଙ୍କୁ କିଛି ଉପହାର ଓ ଟଙ୍କା ଦେଇଆସିବି । ଆଉ ତିନିମାସ ପରେ ମୋର ଓଡ଼ିଶା ଆସିବାର ଅଛି । ସେତେବେଳେ ଅଫିସ କାମ କିଛି ନ ଥିବ । ସେଥର କିଛି ଗୋଟେ ସ୍ଥାୟୀ ବ୍ୟବସ୍ଥା କରିବାକୁ ପଡ଼ିବ ବାହୁଙ୍ଗିର । ସେ ଯଦି ରାଜି ହୁଏ ତ ତାକୁ ନେଇଯିବି ସାଙ୍ଗରେ ।

ପିଲାମାନଙ୍କ ପାଇଁ କିଛି ଲୁଗାପଟା ନେବାକୁ ରୋଷେୟା କନ୍ତୁଭାଇନାକୁ ପଚରିଲି – ବାହୁଙ୍ଗିର ପିଲାମାନେ କେତେ ବଡ଼ ବଡ଼ ହେଲେଣି ? ମହାପାତ୍ରବାବୁ ବଲିପଡ଼ି କହିଲେ – ଶୀତ ପଡ଼ିଗଲାଣି ସାର୍। ଆଉ ଯାହା ପାଇଁ ଯାହା ନିଅନ୍ତୁ, ନ ନିଅନ୍ତୁ ବୁଢ଼ାଙ୍କ ପାଇଁ କିନ୍ତୁ ଗୋଟେ କମ୍ବଲ କି ମୋଟା ଚଦର କିଣିଦିଅନ୍ତୁ। ବୁଢ଼ା ଲୋକଟା ଭାରି କଷ୍ଟ ପାଉଛନ୍ତି।

– ବାହୁଙ୍ଗିର ବାପା ପରା ମରିଗଲେଣି କହୁଥିଲ ?

– ବାପା ନୁହେଁ ଆଜ୍ଞା, ଜେଜେବାପା। ବୁଢ଼ାଙ୍କୁ ଆସି ଶହେ ବର୍ଷ ଉପରେ ହେବଣି। ବାଁ ପଟ ଅଙ୍ଗଟା ପୂରା ଅଚଳ। ଭାରି କଲବଲ ଅବସ୍ଥା।

ମୋର ସର୍ବାଙ୍ଗ ଅଚଳ ହୋଇଗଲା ସତେ କି ! ବାହୁଙ୍ଗିର ଜେଜେବାପା ବଞ୍ଚିଛନ୍ତି, ସତ କହୁଛ ?

ରୋଷେୟା କନ୍ତୁଭାଇନା କିରି କିରି ହୋଇ ହସିଉଠିଲା କଲିହୁଡ଼ୀ ଗାଉଁଲି ସ୍ତ୍ରୀଲୋକ ପରି।

– ହଁ ବା, ଜେଜେବାପା। ପୁଅ ମରି ପାଉଁଶ ହେଇ ଗଛ ଉଠି ଆମ୍ବ ଫଳିଲାଣି ସେ ମାଟିରେ, ବାପା ଖେଣ୍ଡା କିନ୍ତୁ ମରୁନାହିଁ। ସେ କ'ଣ ସହଜେ ମରିବ କି ଆଜ୍ଞା, ସେ ପରା ଭୀମସେନ ମହାମଲ୍ଲ! କାଖରେ ଜାକି ନଡ଼ିଆ ଭାଙ୍ଗି ଦଉଥିଲା ଯୁବା କାଳରେ।

ବାହୁଙ୍ଗିର ଜେଜେବାପା, ନଡ଼ିଆ ଭାଙ୍ଗିଦେଉଥିଲେ ଯିଏ ...ମୁଁ ଗୁଣ୍ଡଗୁଣ୍ଡ ହେଲି।

ମହାପାତ୍ରବାବୁ ହୁଏତ ଜାଣିପାରିଲେ ଯେ, ମୁଁ ସେଇ ନଡ଼ିଆଭଙ୍ଗା କାହାଣୀ ପାଖରେ ଅଟକି ଯାଇଛି।

– ମିଛ ନୁହେଁ ସାର୍। ସତରେ ସେ ବୁଢ଼ା ବିଚିତ୍ର କାଣ୍ଡକାରଖାନା ସବୁ କରିପାରୁଥିଲେ ସେତେବେଳେ। ଏକାବେଳକେ ପଚଶଟା ଯାଏ ଅଣ୍ଡା ଖାଇ ଜୀର୍ଣ୍ଣ କରିଦେଉଥିଲେ ସେ। ବିନା ଗିଲାସେ ପାଣିରେ, ଜିଦାଜିଦି ଯାଏ କଥା ଉଠିଲେ, ଝୁଡ଼ିଏ ରାଗଲଙ୍କା ଚୋବେଇ ଦେବେ। ବୁଢ଼ା ପହଁରା ମାରି ମାରି ପାଣିତଳୁ ହାତରେ ଜିଅନ୍ତା ମାଛ ଧରି ଉଠିଆସି ପାରିବେ ଉପରକୁ। ଆଉ ତାଙ୍କର ଏକ୍ସପର୍ଟିଜ୍ ଥିଲା ଏଇ ନଡ଼ିଆଭଙ୍ଗାରେ।

– ଆଛା, ଏଇ ପାରାଲିସିସ୍‌ଟା ତାଙ୍କୁ କେମିତି ହେଲା ଆଉ କେବେଠୁ?

– କୁହନ୍ତୁନି ସାର୍‌। ସେତେବେଳକୁ ତାଙ୍କ ପୁଅ ଯାଇ ସହରରେ। ବୁଢ଼ାଙ୍କର ସ୍ତ୍ରୀ ମରିଯାଇଥିଲେ କେବେଠାରୁ। ଏଇ ଏଠି ସେଠି ଖେଳ ଦେଖେଇ ଘର ଚଳେଇବା କଥା। ସେଥିରେ କ’ଣ କମ ଗଉଁ କି? ବୁଢ଼ା ପୁଅଠାରୁ ପଇସା ନେବେ ନାହିଁ। ପଇସା ରୋଜଗାର ପାଇଁ ଖରାତରା ବର୍ଷାଶୀତ ନ ମାନି ସେ ଦୂର ଦୂର ଗାଁଗଣ୍ଡାରେ ଯାଇ ବୁଲୁଥିଲେ। ଗୋଟାଏ ହାଟକୁ କି ଗାଁକୁ ତ ସବୁଦିନ ଯାଇ ହେବନି। ଏଣେ ସେ ପୁଣି ବୁଢ଼ା ହେଉଥିଲେ ଧୀରେ ଧୀରେ; ତାଙ୍କ ବଳ କମି କମି ଆସୁଥିଲା।

ଆଉ ଅନ୍ୟକିଛି କାମଦାମ କରୁନଥିଲେ ସିଏ।

– ହଁ, ସେଇ ନିଜ ଘରବାରିର କାମ। ବାହାରେ କେହି ତାଙ୍କୁ ନିଜ ବିଲବାଡ଼ିରେ କାମ ଦେଇନଥା’ନ୍ତେ ସାର୍‌, ଏ ଅଞ୍ଚଳରେ ତାଙ୍କୁ ଜଣେ ବିଶେଷ ମଣିଷ ବୋଲି ଭାବୁଥିଲେ ପରା!

୩୪, ତେବେ ପାରାଲିସିସ୍‌ଟା କେମିତି ହେଲା ସେ କଥା ପରା କହୁଥିଲି ସାର୍‌। ଦିନେ କ’ଣ ଗୋଟାଏ ଯାତ ହେଉଥାଏ ଆମର ଏଠି। ଏଇଠି ନିଜ ଗାଁରେ ଖେଳ ଦେଖେଇବାକୁ ଆସିଥା’ନ୍ତି ବୁଢ଼ା। ପିଲାମାନେ ନଡ଼ିଆ ଭଙ୍ଗା ଦେଖିବେ ବୋଲି କୁଣ୍ଡଳୀ କାଟି ହୋ ହୋ ହଉଛନ୍ତି। ଢୋଲିଆ ଢୋଲ ବଜଉଛି, ହରିବୋଲ ହୁଲହୁଲି ପଡୁଛି ସେପଟେ ମଝିରେ ମଝିରେ। ବାଣରୋଷଣିରେ ଗାଁ କମ୍ପୁଥାଏ। ଘରେ ଘରେ କୁଣିଆ ଦେଖଣାହାରିଙ୍କ ଗହଳି କାହିଁରେ କେତେ। ମୁଁ ନିଜେ ସେଦିନ ସେଠି ଥିଲି ସାର୍‌। ନିଜ ଆଖିରେ ଦେଖିଛି ବୁଢ଼ା କେମିତି ହାତୀ ଭଳି ପଲାସି ପଲାସି ଆସି ପହଞ୍ଚିଲେ। ନଡ଼ିଆସବୁ ଗଦା ହୋଇଥାଏ ଢୁଡ଼ିରେ। କେତେଲୋକ ହାତରେ ବି ନଡ଼ିଆ ଧରିଥାନ୍ତି ଗୌରବର ସହ ନିଜେ ତାଙ୍କ ହାତକୁ ବଢ଼େଇଦେବେ ବୋଲି।

ଗୋଟାଏ ହୁଙ୍କାର ଦେଇ ଟହ ଟହ ହସି ସେ ମଣ୍ଡପ ଉପରକୁ ଚଢ଼ିଲେ। ପ୍ରଥମ ନଡ଼ିଆରେ ସବୁଥର ପରି ଶାଲୁକନା ଗୁଡ଼ିଆ ହୋଇ ସିନ୍ଦୁର ଚନ୍ଦନ ଲଗେଇ ରଖାଯାଇଥାଏ। ସେ ତାକୁ ମୁଣ୍ଡରେ ଛୁଆଁଇ ବାମ କାଖ ତଳେ ରଖିଲେ। ହାତ ରୁଜିଲେ, ଦାନ୍ତ କାମୁଡ଼ିଲେ। ତାଙ୍କର ଦେହର ହୁଗୁଲା ମାଂସପେଶୀ ସବୁ ଟଣକି ଉଠିଲେ ତାଙ୍କର ଖୋଲା ବାହୁରେ। ନଡ଼ିଆ କିନ୍ତୁ ଭାଙ୍ଗିଲା ନାହିଁ।

– ଭାଙ୍ଗିଲା ନାହିଁ !

– ବୁଢ଼ା ଦ୍ୱିତୀୟ ଥର ନଡ଼ିଆକୁ ମୁଣ୍ଡରେ ଲଗେଇ କାଖତଲେ ରଖିଲେ, ତାଙ୍କ ଦେହମୁଣ୍ଡରୁ ବର୍ଷାପାଣି ପରି ପାଣି ନିଗିଡ଼ି ପଡ଼ୁଥାଏ । ସେଇ ଅଳ୍ପଦିନ ତଲେ ସେ ଉଠିଥା'ନ୍ତି ମେଲେରିଆ ଜ୍ୱରରୁ ।

ଢୋଲିଆ ଦୁମ୍ ଦୁମ୍ କରି ଢୋଲ ବାଡ଼େଇ ଚଲିଥାଏ । ଲୋକମାନେ ପାଟି ବନ୍ଦ କରି ଆଶ୍ଚର୍ଯ୍ୟ ହୋଇ ଅପେକ୍ଷା କରିଥା'ନ୍ତି ।

– ସେଇଠୁ କ'ଣ ହେଲା ?

– ନଡ଼ିଆ ଭାଙ୍ଗିଗଲା ଖଣ୍ଡ ଖଣ୍ଡ ହୋଇ ।

– ଭାଙ୍ଗିଲା ତା'ହେଲେ ! ମୋ ଛାତିରୁ ଗୋଟେ ବୋଝ ଓହ୍ଲେଇ ଗଲା ।

– କିନ୍ତୁ ସାର, ଗୋଟାଏ ଭାଙ୍ଗିଦେଲେ ତ ହୁଏନା । ତାଙ୍କର କେତେ ଗଣ୍ଠି ନଡ଼ିଆ ଗୁଣ୍ଠ କରିଦେବାର ଥିଲା । ଏଣେ ଦି'ତିନିଟା ନଡ଼ିଆ ପରେ ସଫା ଜଣା ପଡ଼ିଗଲା ଯେ ବୁଢ଼ାଙ୍କର ଦିନ ଶେଷ ହୋଇଯାଇଛି ।

ଲୋକମାନେ ଫୁସ୍ ଫାସ୍ ହେଲେ – ବୁଢ଼ାଙ୍କର କଳାହରଣ ହୋଇଯାଇଛି । ଆଉ ନୁହେଁ ।

୩୪., ମୋର ଦୀର୍ଘଶ୍ୱାସରେ ଆହୁରି ଗଭୀର ଦୀର୍ଘଶ୍ୱାସ ମିଶେଇ ମହାପାତ୍ରବାବୁ କହିଲେ, ବୁଢ଼ାଙ୍କ ଆଖିକୁ ସେତେବେଲେ ରକ୍ତ ଚହଟି ଯାଇଥାଏ । ସେ ଥରଥର ହୋଇ କମ୍ପୁଥା'ନ୍ତି ଖାଲି । ମଣ୍ଡପରୁ ଓହ୍ଲେଇବେ ବୋଲି ତାଙ୍କର ହାତ ଧରି ପାହାଚରୁ ଓହ୍ଲେଇ ଆସିବେ ତଲକୁ – ଏ ବୁଦ୍ଧି ବି ଢୁକୁନଥାଏ କାହାଠି । କାହାରି ତୁଣ୍ଡରେ ଭାଷାନଥାଏ । ସ୍ତ୍ରୀଲୋକ କେତେଜଣ ସୁଁ ସାଁ ହେଉଥା'ନ୍ତି ଯାହା । ପିତୁଲା ପରି ଢିମା ଢିମା ଆଖି କାଢ଼ି ସମସ୍ତେ ନୀରବରେ ଦେଖୁଥାଆନ୍ତି ବୁଢ଼ାଙ୍କୁ ।

– ଆରେ, ପାରାଲିସିସ୍ ହେଲା କେମିତି ? ମୋର ଆଉ ଧୈର୍ଯ୍ୟ ନ ଥାଏ ଏତେ ବର୍ଣ୍ଣନା ଶୁଣିବାକୁ ।

– ସେଇ ପରା । ସେଇ ମଣ୍ଡପ ଉପରୁ ଓହ୍ଲେଉ ଓହ୍ଲେଉ ପାହାଚ ଉପରୁ ବୁଢ଼ା କରଡ଼ି ପଡ଼ିଲେ ତଲେ । ଟେକିଟାକି କରି ତାଙ୍କୁ ଉଠେଇଲା ବେଳକୁ ଜଣାଗଲା ବାଁ ପଟ ଅଙ୍ଗଟା ଅଚଲ ହୋଇଯାଇଛି ଚିରକାଲକୁ ।

– ଇଏ କେବେକାର କଥା ?

ମହାପାତ୍ରବାବୁ କପାଳ କୁଞ୍ଚେଇ ଆଙ୍ଗୁଠିରେ କ'ଣ ସବୁ ହିସାବ କରି କରି ଯୋଉ ମସିହାର କଥା କହିଲେ, ସେଇ ବର୍ଷ ଆମେ ବଦଲି ହୋଇଥିଲୁ। ମୁଁ ଏବେ ବୁଝିପାରିଲି ବାହୁଙ୍ଗି ମୋତେ ଆଖି ଟେକି ଅନେଇ ପାରୁନି କାହିଁକି, କାହିଁକି ମୁଁ ତୁମ ଘରକୁ ଯିବି ବୋଲି ତାକୁ କହିବାରୁ ସିଏ ମୁହଁ ପୋତି ଏଡ଼େଇଗଲା କଥାଟା।

ମୁଁ ତା' ଘରକୁ ଯିବି ବୋଲି ଠିକ୍ କରିଥିଲି, କିନ୍ତୁ ମୁଁ ଯାଇ ପହଞ୍ଚିଗଲେ ବାହୁଙ୍ଗିର ଆଉ ମୁହଁ ରହିବଟି ମୋ ପାଖରେ ! ମୋ ପାଖରେ ଧରା ପଡ଼ିଯିବାର ଗ୍ଲାନି ଆଉ ଅପମାନରେ ତା'ର ଦୁଃଖୀ ଅଭାବୀ ଜୀବନ ଆହୁରି ଦୁର୍ବିସହ ହୋଇଯିବ।

ମୋ ନିଜର ବି କ'ଣ କମ୍ କ୍ଷତି ହେବ କି ! ସବୁଦିନକୁ ମୁଁ ଗୋଟେ ଭଲ ବନ୍ଧୁ ହରେଇ ବସିବି। ଏ ପର୍ଯ୍ୟନ୍ତ ମୋ ମନରେ ଆସ୍ଥାନ ଜମେଇ ମଣ୍ଡପ ଉପରେ ବସିଥିବା କରିତ୍‌କର୍ମା ପୁରୁଷଟିର କଦାକାର, କୁଶ୍ରୀ ଟେହେରା ଦେଖ୍ ମୋ ଭିତରେ ବି କ'ଣ କେତେ ଓଲଟପାଲଟ ହେଇଯିବନି, କେତେ ଭଙ୍ଗାରୁଜା ଘଟିଯିବନି ?

ଥାଉ, ବରଂ ଏଇ ଭଲ। ବାହୁଙ୍ଗି ଜାଣିଥାଉ ଯେ ମୁଁ କିଛି ଜାଣିନି ତା'ର ମିଛ ବିଷୟରେ। ଆଜି ରାତି ଗୋଟାକର କଥା। କାଲି ତା' ଘରକୁ କିଛି ଟଙ୍କା ପଠେଇବାର ବ୍ୟବସ୍ଥା କରି ମୁଁ ଏଠୁ ଖସିଯିବି। ଥରେ ଏଠୁ ଗଲେ ପୁଣି କେବେ ଆସିବି, କ'ଣ ଠିକ୍ ଠିକଣା ଅଛି ?

ବଜାରରୁ ଫେରିବା ବେଳକୁ ବାହୁଙ୍ଗି ଆସି ମତେ ଅପେକ୍ଷା କରିଥିଲା। ମୋ ପଛେ ପଛେ ଆସି ମୁହଁ ପୋତି ବସିଲା ଗାଲିଚ ଉପରେ।

ସେଦିନ ସେ ଘରକୁ ବାହାରିବା ବେଳକୁ ରାତି ଅଧ। ବାହାରେ ଛାପିଛାପିକା ଅନ୍ଧାରକୁ ଫାଙ୍କିଦେଇ ଦୁଧ ଫେଶର ଆଲୁଅ ଲହଡ଼ି ଭାଙ୍ଗୁଛି। ମଫସଲିଆ ସହରଟିର ସବୁଆଡ଼େ ଶାନ୍ତି, ନିସ୍ତବ୍ଧତା, ସାରଲ୍ୟ ଓ କେମିତି ଗୋଟେ ଅନନୁଭୂତ କାରୁଣ୍ୟ ଛମଛମ କରୁଛି ଏକାବେଳକେ।

– ବାହୁଙ୍ଗି, ମୁଁ କାଲି ଖସିଯିବି ଜାଣିଛୁ ?
– ଆଉ କେବେ ପୁଣି ଥରେ ଆସିବ ଆଜ୍ଞା ?

କେମିତି ଗୋଟେ ଚମକିପଡ଼ି ବାହୁଙ୍ଗି ଅନେଇ ରହିଲା ମୋତେ ପୂରା ଗୋଟାଏ ସମ୍ପୂର୍ଣ୍ଣ ବାକ୍ୟର ବକ୍ତବ୍ୟ ସହିତ ।

– ବ୍ୟସ୍ତ ହଅନା, କାଲି ବି ତୋ ସାଙ୍ଗରେ ଦେଖାହେବ ଯେ । ଏବେ ରାତି ଆସି ବାରଟା ବାଜିଲାଣି । ତୁ ଯା. ଯା.. ତୋ ଘରେ ତତେ ଅପେକ୍ଷା କରିଥିବେ ।

ବାହୁଙ୍ଗିକୁ ବଲେଇ ଦେବାକୁ ଆସି ରାସ୍ତା କଡ଼ରେ ଠିଆ ହୋଇଥିଲି ଗୋଟେ ସଲ୍ପ ଗଛ ମୂଳରେ ।

ଓଃ, ଏଇ ଆବେଗର ଜଞ୍ଜାଳ ଏଇଠି ସରୁ । ଭାରି ମୁଣ୍ଡ ବିନ୍ଧିଲାଣି ଅନେକ ବେଳୁ । ମୁଁ ଯାଏ, ଶୋଇଯାଏ ଟିକେ । ଦିନସାକର ଖଟଣି କିଛି କମ୍ ହୋଇନି ।

ବାହୁଙ୍ଗି ଧୀରେ ଧୀରେ ଦୂରେଇ ଯାଉଥାଏ ମୋ ପାଖରୁ । ମୋ ପାଖରେ ଆସି ଠିଆ ହୋଇଗଲା ମୀନାକ୍ଷି । ତା'ର ସରୁ ସରୁ ଆଙ୍ଗୁଳିରେ ମୋର ପାପୁଲିକୁ ଜଡ଼େଇ ଧରି କହିଲା – କେବଳ ହାଇରାର୍କିରେ ବିଶ୍ୱାସ ନ କରିବାଟା ଶେଷକଥା ନୁହେଁ । ସହଜ ସମ୍ପର୍କ, – ସ୍ୱାଭାବିକ ମଣିଷପଣ ପାଇଁ ନିଜ ଭିତରେ ହାଇରାର୍କିକୁ ଭାଙ୍ଗିଦେବାର ଶକ୍ତି ରଖିବା ଦରକାର ।

କୋମଳତାକୁ କେବଳ ଛାତି ଭିତରେ ବନ୍ଦ କରି ରଖିଲେ ଚଲେ ନାହିଁ । କୋମଳତା ବେଳେ ବେଳେ ସଞ୍ଚରଣଶୀଳତା, ଗୋଟେ ପ୍ରବହମାନତା; ମାନେ ବୁଝୁଛ, ବୁଝିପାରୁଛ ? କୋମଳତାର ଗୋଟେ ଗତିଶୀଳତା ନ ରହିଲେ କୋମଳତା ଟିକକ କେତେବେଳେ ଯେ କଠୋରତାରେ ପରିଣତ ହୋଇଯାଏ, ଜଣାପଡ଼େ ନାହିଁ ।

ମୀନାକ୍ଷିର ଆଙ୍ଗୁଳି ଧରି ଧରି ବାହୁଙ୍ଗି ରାସ୍ତାରେ ଚାଲୁଚାଲୁ ମୋ ଆଖିକୁ ଲୁହ ଆସିଗଲା ।

ମୋ ଆଗରେ ଆଗରେ କ୍ଲାନ୍ତ ପାଦ ଘୋଷାଡ଼ି ଘୋଷାଡ଼ି ଚାଲୁଥିବା ପରିଶ୍ରାନ୍ତ ଛାୟାଟି ତାର ଢାଉ ରଙ୍ଗର ଖପରିଲି ଘର ଭିତରେ ଅଦୃଶ୍ୟ ହୋଇଯିବା ପୂର୍ବରୁ ମୁଁ ଡାକପକେଇଲି – ବାହୁଙ୍ଗି, ବାହୁଙ୍ଗି, ତୋ ଘରକୁ ମୁଁ ଆସିଛି ବାହୁଙ୍ଗି ...

ବାହୁଙ୍ଗି ଥମ୍ ମାରି ଠିଆହୋଇଗଲା । ତା'ପରେ ଖଣ୍ଡିଆଭୂତ ପରି ଧୂଲି ଆଉ ଶୁଖିଲାପତ୍ର ଉଡ଼େଇ ଉଡ଼େଇ ଆସି କୁଣ୍ଢେଇ ଧରିଲା ମତେ । ଲୁହନାଳରେ ରୁନ୍ଧି

ହୋଇ ଯାଉ ଯାଉ ମତେ କହିଲା – ତୋ ଆଗରେ ମୋର ଯେଉଁ ଜେଜେବାପାଙ୍କୁ ନେଇ ମୁଁ ଠିଆ କରେଇଥିଲି, ସେ ସତସତିକା ମରିଯାଇଥିଲା ରେ ସେଦିନ। ଏବେ ମୋ ଘରେ ମାଟିକାମୁଢ଼ି ପଡ଼ିରହିଛି ଯିଏ, ସେ ଜେଜେବାପାଟା ମୋର। ତା' ସହିତ ତୋର କିଛି ଚିହ୍ନାପରିଚ ନାହିଁ।

ବାହୁଙ୍କୁ ସିଧା କରି ଠିଆ କରେଇଦେଲି ମୁଁ।

– ତୁ ଜମା ବ୍ୟସ୍ତ ହଅନା। ସବୁ ଠିକ୍ ଅଛି। ଏମିତି କଥା ସବୁ ଘଟେ ଜୀବନରେ। ଯାଆ, ଆଲୁଅ ଆଣିବାକୁ କହ ତୋ ସ୍ତ୍ରୀକୁ। ତୋର ଜେଜେବାପାକୁ ବି ମୁଁ ଦେଖିବି, କଥା ହେବି ତାଙ୍କ ସାଙ୍ଗରେ।

ବାହୁଙ୍କି ତା' ଗାମୁଛାରେ ମୁହଁ ପୋଛିଦେଲା ମୋର।

– ତୁ ଜାଣିଛୁ ମୁଁ ଆଜି ଖାଇନି ଠିକ୍ ରେ। ମତେ ସତରେ ଭୋକ କଲାଣି। ବାହୁଙ୍କୁ କହିଲି ମୁଁ।

ଆମମାନଙ୍କ ପାଟି ଶୁଣି ଭିତରୁ କବାଟର ଧଡ଼ା ଉଠେଇ ଘର ଭିତରୁ ବାହାରି ଆସି ଠିଆହେଲା ଡେଙ୍ଗା। ସରସର ମୁଦୁଗରିଆ ଚେହେରାର ଜଣେ ଅଜାତଶତ୍ରୁ ବାଳକ। ବାହୁଙ୍କି ମୋତେ ଚିହ୍ନେଇ ଦେଲା – ମୋ ପୁଅ।

ପରିଚୟ

- ପ୍ରଦୋଷ ମିଶ୍ର

କଲାରଙ୍ଗର ଦେଶୀ କୁକୁରଟା ସେମିତି ଗୋଟେ ଦୃଷ୍ଟିରେ ମୋ ଆଡ଼କୁ ଚାହିଁ ରହିଥାଏ। କେବେକେବେ କୁଁ କୁଁ ଶବ୍ଦକରି ଲାଙ୍ଗୁଡ଼ ହଲାଇ ଫାଟକ ପାଖକୁ ଚଲିଆସେ। ତା' ଆଡ଼କୁ ଦୃଷ୍ଟି ନ ଦେଇ ମୁଁ ଗାଡ଼ି ପାର୍କ କରିଦିଏ। ତେବେ ବି ସେ ସେମିତି ଚାହିଁରହିଥାଏ, ଗୋଟାଏ ଦୃଷ୍ଟିରେ। ଗାଡ଼ି ରଖିବାର ଶବ୍ଦଶୁଣି, ପୋଷା କୁକୁର ଟମି, ଯେଉଁଠି ଥିଲେ ବି ଧାଇଁଆସେ। ଦୁଇ ଗୋଡ଼ ଉପରକୁ ଟେକି, ମୋ ଉପରେ ଚଢ଼ିଯାଏ। ସତେ ଯେପରି ଅନେକବେଳୁ ସେ ଚାହିଁ ରହିଥାଏ ମୋ ଆସିବା ବାଟକୁ। ଟିକେ ଡେରି ହୋଇଗଲେ ବିଭିନ୍ନ ଶବ୍ଦକରି, କେତେ କ'ଣ ପଚାରିପକାଏ। ମୁଁ ମଧ୍ୟ ଅନେକ କିଛି କାରଣ କହିଦେଇ, ତାକୁ ଆଉଁଶି ଦେଲା ପରେ ସେ ତୁନିପଡ଼େ। ହାତବ୍ୟାଗରୁ କିଛି ବିସ୍କୁଟ ବାହାରକରି ମୁଁ ରାମୁ ହାତକୁ ବଢ଼ାଇ ଦେଲା ବେଳେ ଦୁଇଟା ବାହାରକରି, ଗେଟ୍ ଆରପଟେ ଚାହିଁ ରହିଥିବା କୁକୁରଟା ଆଡ଼କୁ ଫିଙ୍ଗିଦିଏ। ଟମି ଗେଟ୍ ପାଖକୁ ଧାଇଁଯାଇ କିଛି ସମୟ ଭୋ ଭୋ କରେ, ତାଚ୍ଛଲ୍ୟ ଭାବରେ। ଭିକାରୀ କୁକୁରଟାକୁ ତା' ଭାଷାରେ କ'ଣ କହେ କେଜାଣି, ହେଲେ ତା'ର ସିଆଡ଼କୁ ଆଦୌ ନଜର ନ ଥାଏ। ଦୁଇଟା ବିସ୍କୁଟରେ ସେ ନିଜକୁ ସାନ୍ତ୍ୱନା ଦିଏ। କେବେ କେବେ ଟମିର ମୁହଁକୁ ଚାହିଁଦେଇ, ଖାଇବାରେ ମନ ଦିଏ। ରାମୁ ଜୋର ଜବରଦସ୍ତ ଟମିକୁ ଟାଣିଆଣିଲା

ବେଳେ ବୁଲା କୁକୁରଟା ଉଦ୍ଦେଶ୍ୟରେ କହେ, ସେ ଭିକାରୀଟା ଆଡ଼େ ନଜର ଦେ'ନା ଟମି। ସେ ତ, ତୋ ଅଇଁଠା ଖାଇବାର ବି ଯୋଗ୍ୟ ନୁହେଁ। ତୁ ତ ସାହେବ। ଆ, ଭିତରକୁ ଆ। ତୋ' ପାଇଁ ଭଲ ଜଲଖିଆ ଅଛି।

କେଜାଣି କାହିଁକି ରାମୁ ନିଜକୁ ବି, ସେ ବୁଲା କୁକୁର ସଙ୍ଗେ ସମାନ କରି, ଦୀର୍ଘନିଃଶ୍ୱାସ ନେଉ ନେଉ କହେ, ଆରଜନ୍ମରେ ମୁଁ ବରଂ ତୋ'ପରି କୁକୁରଟାଏ ହୋଇ ଜନ୍ମହୁଏ ରେ। ଏମିତି ମଣିଷ ହେବାଠାରୁ ତୋ'ପରି କୁକୁରଟାଏ ହେବା ଶହେଗୁଣ ଭଲ।

ବୁଲା କୁକୁରଟା ସେତିକି ଖାଦ୍ୟରେ ସନ୍ତୁଷ୍ଟ ହୋଇ, ଫାଟକ ପାଖେ ଶୋଇଯାଇ ଜିଭ ହଲାଉଥାଏ। ଟମିର ବିରକ୍ତିକର ଶବ୍ଦକୁ ତା'ର ଖାତିର ନ ଥାଏ। କିଛି ସମୟପରେ ଟମିକୁ ଉପର ମହଲାରୁ ଡାକରା ଆସେ। କେବଳ ରୋଷେଇଘର ବ୍ୟତୀତ ସବୁଆଡ଼େ ତା'ର ଅବାଧ ପ୍ରବେଶ। ସେ ଜାଣେ ତା'ର ପରିସୀମାକୁ। କେବେବି ଆମ ଖାଇବା ପଦାର୍ଥ ଆଡ଼କୁ ନଜର ଦିଏନା। ଚୁପ୍ ଚୁପ୍ ଗୋଡ଼ ପାଖରେ ବସିରହେ। ତା' ପାଇଁ ଅଲଗା ମନ ପସନ୍ଦର ଖାଦ୍ୟ ଥାଏ, ସେକଥା ତାକୁ ଭଲ ଭାବରେ ଜଣା।

ସକାଳୁ ସକାଳୁ ଟମିର ଡାକରେ ନିଦ ଭାଙ୍ଗିଲେବି, ଉଠିବାକୁ ଇଚ୍ଛା ନ ଥାଏ। ହେଲେ ସୁଜାତାଙ୍କ ପାଟି ଶୁଣିଲେ, ନ ଉଠିବା ବ୍ୟତୀତ ଚରା ନ ଥାଏ। ତାଙ୍କର କଣ୍ଠସ୍ୱରଟା ଆବଶ୍ୟକତାରୁ ଅଧିକ କଠୋର ଶୁଣାଯାଏ। ସବୁଦିନେ ସେଇ ଗୋଟିଏ ପ୍ରକାରର ସ୍ୱର। ଖୁବ୍ ମଧୁର ସ୍ୱରଟିଏ ଶୁଣି ଦିନ ଆରମ୍ଭ କରିବା ଆଜିକାଲି ସ୍ୱପ୍ନ ହୋଇଗଲାଣି ! ଅନେକ ସମୟରେ, ତାଙ୍କ କଥା ଅନିଚ୍ଛା ସଉଧେ ଶୁଣିବାକୁ ପଡ଼େ। ତା' ବ୍ୟତୀତ ନିଜେ ଶାନ୍ତି ପାଇବାର ଅନ୍ୟ ଉପାୟ ନ ଥାଏ। ମୋତେ ଜଣାଥାଏ, କ'ଣ ସେ କହିବେ। କି ପ୍ରକାର ଆକ୍ଷେପ କରିବେ। ଘରର ସବୁ କିଛି ଅନିୟମିତତା ଭିତରେ, ସେ ହିଁ ଯେପରି ଠିକ୍ ବାଟରେ ଯାଉଥିବା ଲୋକଟିଏ। ଆଉ ତାଙ୍କ ମତରେ ମୁଁ ଏକ 'ନିଦାବିନ୍ଦୁ'। ଅଫିସ କାମ ବ୍ୟତୀତ ମୋର ଅନ୍ୟ କିଛି କାମରେ ଧ୍ୟାନ ନ ଥାଏ।

ମୁଁ ଜାଣେ ତାଙ୍କର ଅଭିଯୋଗ ଥାଏ, କେବଳ ମା' ଉପରେ, ସବୁ କିଛି ଆଦବ୍‌କାଇଦା ଭୁଲି ତାଙ୍କ ମନ ମୁତାବକ ସେ ଚଳିବାକୁ ଚହାନ୍ତି। ଆଉ

ସୁଜାତାଙ୍କର ତାଙ୍କ ଆଗରେ କିଛି କହିବାର ସାହସ ନ ଥାଏ । କେବଳ ମୋ ଉପରେ କିଛି ଅଶାନ୍ତିକୁ ଓଜାଡ଼ି ଦେଇ ସେ ଶାନ୍ତି ପାଆନ୍ତି ।

ଭଲକଥା । ଯିଏ ଯେମିତି ଭାବରେ ଶାନ୍ତି ପାଉ । ସେଥିପାଇଁ ମୁଁ କେଉଁପଟ ନ ହୋଇ ତାଙ୍କ ମତରେ, 'ନିଦାବିନ୍ଦୁ' ବନିଯାଏ ।

କେବେକେବେ ମତେ ଖୁବ୍ ଜୋରରେ ଟାଣିନେଇ ଯାଆନ୍ତି ବାଲକୋନି ପାଖକୁ । କୁହନ୍ତି, 'ଦେଖ ତମର ମା'ଙ୍କର କାରସାଦିକୁ । ସକାଳୁ ସକାଳୁ କିପରି ଭଗବାନଙ୍କୁ ସନ୍ତୁଷ୍ଟ କରି ରଖିଛନ୍ତି ।' ମୁଁ ତାଙ୍କ କଥା ଶୁଣି ମୁଣ୍ଡ ହଲାଏ । ବାହାରକୁ ଦେଖେ । ମା' ବାସି ରୁଟି ଦୁଇଟା ବାହାରେ ଥିବା କୁକୁରଙ୍କ ଆଡ଼କୁ ପକାଇଦେଇ, ହାତ ଯୋଡ଼ୁଥାଏ । ଅନ୍ତର ଭିତରୁ ଅନୁରୋଧ କରୁଥାଏ, ସେ ଦେଇଥିବା ଖାଦ୍ୟକୁ ଗ୍ରହଣ କରିବାପାଇଁ । କୁକୁରଟା ମନ ଖୁସିରେ ଖାଉଥିବା ବେଳେ ବେଶ୍ ଆନନ୍ଦରେ ସେ ଦେଖୁଥାଏ । ପୁଣିଥରେ ହାତଯୋଡ଼ି କ'ଣ ଗୁଣୁଗୁଣୁ ହୋଇ କହିଦେଇ ଫେରିଆସେ ।

- ସୁଜାତା ମୋ ଆଡ଼କୁ ରହିଁ କୁହନ୍ତି, 'ଦେଖିଲ ?'

- ମୁଁ ହସିଦେଇ କହେ, 'ଦେଖିଲି ଆଉ ଶୁଣିଲି ବି'।

- 'କ'ଣ ଶୁଣିଲ ?'

- 'ଯାହା ତମେ ଶୁଣିପାରିନ । ମା' ତ କିଛି ମାଗୁଥିଲା, ଠାକୁରଙ୍କୁ । ତା' ଠାକୁର ମିଛ ହୁଅନ୍ତୁ କି ସତ, ହେଲେ ମାନିବା କଥା ତ ପୁରା ଠିକ୍ । ସେ ଆମମାନଙ୍କ ପାଇଁ, ତାଙ୍କର ଆଶୀର୍ବାଦଟିକେ ତ ରଖିଁଥିଲା । ତମ କାନରେ ତ ବିତୃଷ୍ଣାର ଠିପି ଲାଗିଛି । ତମେ ଶୁଣିବ କେମିତି ?'

ସୁଜାତା ରାତିମତ ରାଗିଯାଆନ୍ତି । ତାଙ୍କର ସ୍ୱର ଆହୁରି କଠୋର ହୋଇଯାଏ । କୁହନ୍ତି, 'ଏମିତି ଯଦି ମୁଁ ଖରାପଲୋକ, ମୋ ସାଙ୍ଗରେ କଥା ହେବା ବନ୍ଦ କରିଦିଅ । ରାମୁକୁ କହୁଛି, ସେ କୁକୁରଟାକୁ ଆଣି ଘରେ ରଖୁ । ବାହାରକୁ ଯିବା ଦରକାର ପଡ଼ିବନି । ତା' କଥା ତମେ ବୁଝିବ । ଛି, କି ଯେ ପସନ୍ଦ ତମର । ତାଙ୍କରି ପାଇଁ ତ ସେ ଫାଟକ ବାହାରେ ପଡ଼ିରହିଛି । କେତେ ଅପରିଷ୍କାର

କରୁଛି, ସେ କଥା ତମକୁ ଦେଖାଯାଉନି । ମୋରି କଥା ଖାଲି ଶୁଣାଯାଉଛି । ମିସେସ୍ ଚାଟାର୍ଜୀ ବି କେତେଥର ପରୋକ୍ଷ ଭାବରେ କହିଲେଣି । ମତେ ଆକ୍ଷେପ କରି କହୁଥିଲେ, 'ଆପଣଙ୍କ ପରିବାର କ'ଣ କୁକୁରକୁ ଠାକୁର ବୋଲି ଭାବନ୍ତି ?' ଛି ! ମତେ ଭାରି ଅପମାନ ଲାଗେ ତାଙ୍କ କଥା । ଆମ ଅପେକ୍ଷା ତାଙ୍କର ଷ୍ଟାଟସ୍ ଯଥେଷ୍ଟ କମ୍ ଥିଲେ ବି ତାଙ୍କୁ ଆକ୍ଷେପ କରିବାକୁ ସୁଯୋଗ ତ ମିଳିଗଲା । ସେଦିନ ମୋ ସାନଭାଇ ଆସିଲାବେଲେ ତାକୁ ତଡ଼ିଥିଲା କାମୁଡ଼ିବ ବୋଲି । ଭାଗ୍ୟ ଭଲ ରାମୁ ଠିକ୍ ସମୟରେ ପହଞ୍ଚିଗଲା । ନ ହେଲେ କ'ଣ ହୋଇଥାଆନ୍ତା । କୁକୁରଟା ଯୋଗୁ ସମ୍ମାନ ତ ଯାଉଛି, ତା'ଛଡ଼ା, ଆମ ଘରକୁ କେହି କେହି ଆସିବା ବି ବନ୍ଦ କରିଦେଲେଣି ।'

– 'ତମ ପ୍ରିୟ ପୋଷା କୁକୁର ଟମି ତ ତାଙ୍କୁ ଦେଖ୍‌ଲେ ଭୁକୁଛି ।'

'ଓଃ କି ଲୋକ । ଟମି ସଙ୍ଗେ ଏ ବୁଲା କୁକୁରର ତୁଳନା କରୁଛ ? ଟମିର ଭୁକିବାରେ ଆନନ୍ଦ ଅଛି । ତାକୁ ଚୁପ୍ କରାଇଦେଲେ କଥା ମାନୁଛି । ଏ ଦେଶୀ କୁକୁରଟା କାହା କଥା କ'ଣ ବୁଝିପାରିବ ? କାହାକୁ କାମୁଡ଼ିଦେଲେ କ'ଣ ହେବ ? ସେଦିନ ମୋ ଭାଇ ବାଡ଼ି ଧରି ଗୋଡ଼ାଇଥିଲା । ତାକୁ ଛୋଟା କରିଦେଇଥାଆନ୍ତା । ହେଲେ ମା' ପରା ଅସୁବିଧା କରୁଛନ୍ତି । ତାକୁ ପାଟି କରିବାରୁ, ସେ ତୁନି ହୋଇଗଲା । କି ଅଶିଷ୍ଟାଚରର କଥା କହିଲ ? ସାମାନ୍ୟ ଦେଶୀ କୁକୁର ପାଇଁ ଘରର କୁଣିଆକୁ କ'ଣ ଏମିତି କୁହାଯାଏ ।'

ମୁଁ କ'ଣ ବା ଉତ୍ତର ଦିଅନ୍ତି । ପୁଣି 'ନିନ୍ଦାବିନ୍ଦୁ' ବନିଯାଏ । ଅବଶ୍ୟ ସେ ବେଶୀ ରାଗିଗଲେ, ମା' ସଙ୍ଗେ କଥାହେବି ବୋଲି କହି ଜାଣିଶୁଣି ଭୁଲିଯାଏ ।

ସୁଜାତାଙ୍କ କଥାରେ କେତେ ବା ଅବାଧ ହୋଇପାରିବି । ତାଙ୍କ ସାଙ୍ଗେ ଘର କରିଛି ଯେତେବେଳେ, ଶୁଣିବାକୁ ତ ହେବ । କଥା ବଢ଼ିଗଲେ କେବେକେବେ ଲିଟୁ ଆସି ପହଞ୍ଚିଯାଏ । କହେ, 'କାହିଁକି ପାଟି କରୁଛ ମା', ମୁଁ ଜେଜେମା ସାଙ୍ଗେ ଆଜି କଥା ହେଉଛି । ତୋ'ର କ'ଣ ଅସୁବିଧା ହେଉଛି କହିଲୁ? ତା'ର ତ ଗୋଟେ ବିଶ୍ୱାସ ଅଛି । ଆଜି ମୁଁ ସବୁ କଥା ସମାଧାନ କରିଦେବି । ତା' ପାଇଁ ଗୋଟେ ଭଲ ଦାମୀ କଳା କୁକୁରଟିଏ ଆଣି ରଖ୍‌ଦେବି ।'

ସେ ପୁଅକୁ କିଛି କହିପାରନ୍ତିନି । ଚୁପ୍ ହୋଇଯାଆନ୍ତି । ନିଜ ଭାବନାକୁ ନିଜ ଭିତରେ ଲୀନ କରିଦେବାକୁ ଚେଷ୍ଟା କରନ୍ତି । ପରିବାରର ସମସ୍ତେ ଯେପରି ତାଙ୍କ କଥାର ବାହାରେ । ସେ ଏକୁଟିଆ ଖରାପ ଲୋକ । ଆଖ୍‌ରୁ ଲୁହ ବାହାରି ଆସେ । କଣ୍ଠସ୍ୱର ଦରଦୀ ଜଣାପଡ଼େ ।

ମୁଁ ବିଚରା ସମାଧାନର ବାଟ ଖୋଜେ । ନାଁ ମା'ର ହୋଇପାରେ, ନା ପତ୍ନୀର । କହେ 'ତମେ ବ୍ୟସ୍ତ ହୁଅନା ସୁଜାତା । ମୁଁ କିଛି ବ୍ୟବସ୍ଥା କରୁଛି । ମ୍ୟୁନିସିପାଲଟି ଲୋକଙ୍କୁ କହୁଛି, ସେମାନେ ତାକୁ ଉଠାଇ ନିଅନ୍ତୁ । ମା'ର ଅଜାଣତରେ ସେମାନେ ତାକୁ ନେଇଯିବେ । ସେ କିଛି ଜାଣିପାରିବନି । କଥା ତ ଛିଣ୍ଟିଯିବ । ତମେ ଖୁସ୍‌, ଆଉ ସେ ବି ନିରୁପାୟ । ହେଲା ତ ?'

ସୁଜାତା ଅବିଶ୍ୱାସ ଭଙ୍ଗିରେ ମୋ ଆଡ଼କୁ ରୁହାନ୍ତି । କଥାଟା ବୋଧହୁଏ ତାଙ୍କ ମନକୁ ପାଏ । ମୁଁ ବି ଏକ ଅଭାବନୀୟ ପରିସ୍ଥିତିରୁ ମୁକ୍ତିପାଏ ।

କେବେକେବେ ମୁଁ ଚିନ୍ତାକରେ, ଆମ ପରିବାରର ସମସ୍ୟା କିୟା । ଘଟଣାଗୁଡ଼ିକ ଯେପରି ବାଟମଣା ହୋଇଯାଉଛନ୍ତି, କେବଳ ଗୋଟିଏ ପ୍ରସଙ୍ଗ ଉପରେ । ଘରୁ ବାହାରିବାଠାରୁ ଆରମ୍ଭ କରି ଫେରିଲାପରର ଆଲୋଚନା କେବଳ ଗୋଟିଏ ସମସ୍ୟା ଉପରେ ହିଁ ସ୍ଥିର ହୋଇଯାଉଛି । ଯଦି ମା' କୁକୁରକୁ ଖାଇବାକୁ ନ ଦିଅନ୍ତା କିୟା କୁକୁରଟା ଏଠୁ ଛାଡ଼ି ରଖିଯାଆନ୍ତା, ତେବେ ବି କିଛି ନୂଆ କଥାର ଅବତାରଣା କରି ସୁଜାତା ପହଞ୍ଚି ଯାଆନ୍ତେ । ହୁଏତ ସେ ପ୍ରସଙ୍ଗ ମୋଠାରୁ ଆରମ୍ଭ କରି, ମା', ଲିଟୁ, ରାମୁ କିୟା ଘରେ ରହି କାମ କରୁଥିବା ମନ୍ଦାକିନୀ ବାଟଦେଇ ଦିଗହରା ହୋଇପଡ଼ନ୍ତା । ନିଜର ଆଧୁନିକ ଚଳଣୀ, ପ୍ରତିଷ୍ଠାକୁ ନେଇ ବଞ୍ଚିବାକୁ ପ୍ରଚେଷ୍ଟା କରୁଥିବା ସୁଜାତାଙ୍କର ପସନ୍ଦର ରାସ୍ତାଟା ଅସହଜ ହୋଇଗଲେ ତାହା ହୁଏତ ତାଙ୍କ ପକ୍ଷରେ ଅସହ୍ୟ ହୋଇପଡ଼ୁଥାନ୍ତା । ବରଂ ସେ ସବୁ ଘଟିବା ଅପେକ୍ଷା ସମସ୍ୟାଟା ଦେଶୀ କୁକୁର ପାଖରେ ସୀମିତ ଥାଉ, ତାହା ହିଁ ଅନ୍ୟମାନଙ୍କ ପାଇଁ ଭଲ ।

ସୁଜାତା ଯେ ଜଣେ ଖରାପ ସଂସ୍କାରରେ ବଢ଼ିଥିବା ନାରୀ, ତାହା ଆଦୌ ନୁହେଁ । ହେଲେ ମୋ ପରି ଜଣେ ଖୁବ୍‌ ଉଚ୍ଚପଦସ୍ଥ ଅଫିସରର ପତ୍ନୀ ଭାବରେ ସେ ନିଜର ପ୍ରତିଷ୍ଠା ସହିତ ବୁଝାମଣା କରିବାକୁ ରୁହୁଁ ନ ଥିଲେ । ନିଜର ପାଖ

ପଡ଼ୋଶୀ ତଥା ସମସାମୟିକମାନଙ୍କ ସହିତ ତୁଳନାମୂକ ଦୃଷ୍ଟି ହିଁ ତାଙ୍କର ଅଶାନ୍ତିର କାରଣ ଥିଲା । ମା'ଙ୍କୁ କିଛି କହି ନ ପାରୁଥିବା ପାଇଁ ହେଉ କିମ୍ବା ମା' ଶୁଣିବାକୁ ପ୍ରସ୍ତୁତ ନ ଥିବା ହେତୁ ହେଉ, ସବୁ ରାଗର ପ୍ରୟୋଗ ମୋ ଉପରେ ହିଁ ସେ କରି ଚଲିଥିଲେ ।

ବାହାରେ ଥିବା ଦେଶୀ କୁକୁରଟା ସେମିତି କିଛି ମାରାମ୍ମକ ନ ଥିଲା । ବରଂ ଆମ ପରିବାରର ସମସ୍ତ ସଦସ୍ୟଙ୍କ ସହିତ ସେ ଖୁବ୍ ପରିଚିତ ଥିବାରୁ ତା' ଆଡୁ ସେପରି କିଛି ବିପଦ ନ ଥିଲା । ତେବେ ବି ଦେଶୀ ବିଦେଶୀର ମନୋଭାବ ସୁଜାତାଙ୍କୁ ଆକ୍ରାନ୍ତ କରୁଥିଲା । ତାକୁ ନିଜ ପରିଧିରୁ ହଟାଇ ପାରୁ ନ ଥିବାର ସବୁ ଦୋଷପାଇଁ, ମା'ର ରୁଟି ଆଉ ମୁଣ୍ଡ ନୁଆଁଇବା ହିଁ ଦାୟୀ ଥିଲା ।

ସୁଜାତାଙ୍କ କୋଲାହଲ ପରେ ମୁଁ ଅନେକ କଥା ଭାବିଥିଲି, କୁକୁରଟାକୁ ଫାଟକ ପାଖରୁ ବାହାର କରିଦେବାପାଇଁ । ସେଥିପାଇଁ ତାଙ୍କୁ ଅନେକ ବାର ପ୍ରତିଶ୍ରୁତି ବି ଦେଉଥିଲି । ହେଲେ ଘରୁ ତଲକୁ ଆସିଲା ପରେ ସବୁକିଛି ଭାବନାର ପରିବର୍ତ୍ତନ ହୋଇ ଯାଉଥିଲା । ଅଫିସ ଯିବା ଆଗରୁ ମା' ଯେତେବେଲେ ଠାକୁରଙ୍କ ଚନ୍ଦନ ଟୋପାଟିଏ ମୋ ମୁଣ୍ଡରେ ମାରିଦେଇ, କିଛି ପାଦୁକା ଜଲ ଛିଞ୍ଚନ କରି, ଗୁଣୁଗୁଣୁ ହୋଇ କିଛି ମନ୍ତ୍ର ଉଚ୍ଚାରଣ କରୁଥିଲା, ସେତେବେଲେ ତା'ର ପାଦ ସ୍ପର୍ଶକରି ମୁଁ ଥରେ ବି ପଛକୁ ରୁହୁଁ ନ ଥିଲି । ମୁଁ ଜାଣେ ସୁଜାତାଙ୍କର ମୁଖଭଙ୍ଗୀ କିପରି ଥିବ । ନାଁ ସେ ମୋତେ କିଛି କହିପାରୁଥିବେ, ନା ମା'କୁ । କେବେକେବେ ଗାଡ଼ି ପାଖକୁ ଆସି, ସେ ଚନ୍ଦନ ଟୋପାକୁ ଲିଭାଇଦେଇ କହୁଥିଲେ, 'ଏଥର ତମେ କୋଟ୍ ଟାଇ ନ ପିନ୍ଧି, ଧୋତି ପଞ୍ଜାବି ପିନ୍ଧି ଅଫିସ ଯାଅ । ମା' ଖୁସିହେବେ । ଚନ୍ଦନ ଟୋପାଟା ବି ବେଶ୍ ମାନିବ ।'

ମୁଁ ସୁଜାତା କଥାରେ ହସିଦିଏ । କହେ, 'ତମେ ବ୍ୟସ୍ତ ହୁଅନା, ମୁଁ ବାଟରେ ସବୁ ଭଲ ଭାବରେ ଲିଭାଇଦେବି ।'

ଡ୍ରାଇଭର କବାଟ ବନ୍ଦ କରେ । ପଛପଟରୁ ଟମି ଭୋ ଭୋ କରି ବିଦାୟଦିଏ । ଆଉ ଦେଶୀ କୁକୁରଟା ଖଣ୍ଡେ ଦୂରରେ ଥାଇ ନୀରବରେ ରୁହିଁରହେ । ଏତେ ସମ୍ଭ୍ରାନ୍ତ ଲୋକଙ୍କ ଭିତରେ ସେ ତା'ର ନିଜ ସ୍ଥାନ ବାଛିନିଏ । ବାଟରେ ସୁଜାତାଙ୍କୁ

ଦେଇଥିବା କଥା ମୁଁ ଭୁଲିଯାଏ। ଭୁଲିଯାଏ, ଚନ୍ଦନର ଅବଶିଷ୍ଟ ଦାଗକୁ ଦେଖିନେବାପାଇଁ କିମ୍ବା ମ୍ୟୁନିସିପାଲିଟି ଲୋକଙ୍କୁ କୁକୁର ଧରିନେବା କଥା, ଜଣାଇ ଦେବାପାଇଁ। ସେ ସବୁ ବିଷୟ ମୋପାଇଁ ଗୌଣ ହୋଇଯାଏ।

କେବେକେବେ ଖୁବ୍ ଝଗଡ଼ା ହେଲେ, ନିଜକୁ ପ୍ରଶ୍ନ କରେ, କାହିଁକି ଏ ବୁଲା କୁକୁରଟା ପ୍ରତି ଏତେ ଦରଦ? ତା' ପାଇଁ ନିଜ ପରିବାର ଭିତରେ ଅଶାନ୍ତି କରିବା କ'ଣ ଦରକାର? ମା' ଯଦି ବାସି ରୁଟି କିଛି ତାକୁ ନ ଦିଅନ୍ତା କିମ୍ବା ମୁଁ ଯଦି ବିସ୍କୁଟ ଦୁଇଟା ତା' ଆଡ଼କୁ ଫିଙ୍ଗି ନ ଦିଅନ୍ତି, ତେବେ ତ ସେ ନିଶ୍ଚୟ ଚାଲିଯାଇଥାନ୍ତା। ମନ ସ୍ଥିରକରି ମୁଁ ତଳକୁ ଆସେ। ମା' ଫାଟକ ପାଖରେ ଠିଆ ହୋଇଥାଏ। ମୋ ଆଡ଼େ ନଜର ଦିଏନା। ତା'ର ଛୋଟା ଗୋଡ଼ରେ ଆଉ ଟିକେ ଆଗେଇ ଯାଉଯାଉ ଅଭ୍ୟସ୍ତ କୁକୁରଟା ଧାଇଁ ଆସେ। ମା' ରୁଟି ଦୁଇଟା ଶ୍ରଦ୍ଧାରେ ରଖିଦେଇ ହାତ ଯୋଡ଼େ। ମତେ ଶୁଣାଯାଏ ତା'ର ଧୀର କଣ୍ଠସ୍ୱର। ସେ କହେ, 'ମୋ ପୁଅ, ବୋହୂ ଆଉ ନାତିକୁ ପରମାୟୁ ଦିଅ ପ୍ରଭୁ। ସେମାନେ ସୁସ୍ଥରେ ରୁହନ୍ତୁ। ଖୁସି ରୁହନ୍ତୁ।'

ବାସ୍, ଆଉ ତ କିଛି କୁହେନା। ତା' ପରିବାର ଭିତରେ କେବଳ ସୀମିତ ରହିଯାଉ ଆମେ ତିନିଜଣ। କିନ୍ତୁ ସେ ନିଜେ? ନିଜ କଥା ତ କିଛି କହେନା। ନା କହେ, ତା'ର କଷ୍ଟଦାୟକ ରୋଗ କଥା। ନା ତା'ର କିଛି ସମସ୍ୟା। କିଛି ଅଭିଯୋଗ ବି ନ ଥାଏ। କହେନା ତା' କଥା, ବୋହୂର ଅସହିଷ୍ଣୁ ଭାବନା କଥା, ନା ତା' ପ୍ରତି କାହାର ଅବହେଲା କିମ୍ବା ସେଥିନେଇ ତା'ର ଦୁଃଖ। ସେ ଯେପରି ଦୁନିଆରେ ସବୁ ପାଇଥିବା, ଖୁସି ଖୁସି ଜିଇଥିବା ମଣିଷଟିଏ। ଆଉ ଆମ ଜୀବନଗୁଡ଼ା ତା' ଆଗରେ ଖୁବ୍ କଷ୍ଟଦାୟକ। ଦୁଃଖରେ ଭରପୁର।

ମୁଁ ଜାଣେନା, କୁକୁରକୁ ସନ୍ତୁଷ୍ଟ କଲେ, ଠାକୁର ତା' କଥା ଶୁଣନ୍ତି ନା ନାହିଁ। ହେଲେ ଏସବୁ ଜଣାଇ ସାରିଲା ପରେ ସେ ଖୁବ୍ ଖୁସି ଜଣାପଡ଼େ। ସତେ ଯେପରି ମନର ସବୁ ଯନ୍ତ୍ରଣାକୁ ସେ ଖାଲି କରିଦେଇଛି, ଏକ ଜଣାଶୁଣା ଜୀବନ୍ତ ଦେବତା ପାଖରେ।

ସେ ନ ଦେଖିଲା ପରି ମୁଁ ପଛକୁ ହଟିଆସେ। ମୋ ମୁହଁକୁ ଚାହିଁ ସେ ହସିଦିଏ, ମୋର ସବୁ ସମସ୍ୟାକୁ ଦୂର କରିଦେଇଥିବା ବୈଦ୍ୟଟିଏ ପରି। ମୋ ମୁଣ୍ଡକୁ

ଆଉଁଶି ଦିଏ । କିଛି ନ ପଚାରିଲେ ବି କହେ, 'ସାଇବାବାଙ୍କର ଖୁବ୍ ପ୍ରିୟ ଏଇ କଳା କୁକୁରମାନେ । ଏମାନଙ୍କୁ ଖାଇବାକୁ ଦେଲେ ସେ ତାଙ୍କରି ବାଟଦେଇ ଆଶୀର୍ବାଦ କରନ୍ତି । ଦେଖନ୍ତୁ କୁକୁରଟା କେମିତି ଆଶୀର୍ବାଦ ଦେବା ଭଙ୍ଗିରେ ରହିଁ ରହିଛି ।'

ମୋ ପାଟିରେ କିଛି ଭାଷା ନ ଥାଏ । ସତ ହେଉ କି ମିଛ ହେଉ, ସେଇ ବିଶ୍ୱାସଟିକିଏ ନେଇ ମା' ତ ବଞ୍ଚିଛି । ତା' ବିଶ୍ୱାସର ଅନ୍ତ ଘଟାଇ ମୁଁ ତାକୁ ମାରି ଦେଇପାରିବି କିପରି ? କେବଳ ଆମରି ପାଇଁ, ତା'ର ବିଶ୍ୱାସକୁ ଆମ ଭାଗ୍ୟ ସାଙ୍ଗରେ ସେ ସାମିଲ କରିଦେଇଛି । ନିଜ ପାଇଁ ମାଗିଲେ ସେତ ସ୍ୱାର୍ଥପର ହୋଇଯାଇପାରେ । ନିଜ ଅପେକ୍ଷା ଆମେମାନେ ତା'ର କେତେ ଅଧିକ ପ୍ରିୟ । ଏକୁଟିଆ ତଳ ଘରଟାରେ ପଡ଼ିରହି ସେ ଆଦୌ ଅବହେଳିତ ମନେକରୁନି । ତା' ଠାକୁର ଭଲ ତ ସେ ଭଲ । ଥରେ ଯଦି ସୁଜାତା ତା'ର ଗୁଣୁଗୁଣୁ ଶବ୍ଦକୁ ଶୁଣିପାରନ୍ତେ ।

କୁକୁରକୁ ବାହାର କରିଦେବାର ଭାବନା, ମୋ ପାଖରୁ ଅନେକ ବେଳୁ ଦୂରେଇ ଯାଇଥାଏ । ବରଂ ଟମିର ବିସ୍କୁଟ ଦୁଇଟା ତା' ଆଡ଼କୁ ଫିଙ୍ଗି ଦେଲାବେଳେ, ମା'ର ଦୃଶ୍ୟମାନ ଭଗବାନଙ୍କୁ ମୁଁ ମନେମନେ ପ୍ରଣାମ କରେ । ଅନ୍ଧବିଶ୍ୱାସ ସହିତ ଏକାକାର ହୋଇଥିବା ଭାବନାକୁ ହେୟଜ୍ଞାନ କରିପାରେନା । ଯେଉଁ ବିଶ୍ୱାସରେ କେବଳ ଶାନ୍ତି ଥାଏ, ଅନ୍ୟ ପାଇଁ ଭଲପାଇବା ଥାଏ, ବିଦ୍ୱେଷଭାବ ନ ଥାଏ, ତାହା ଯେଉଁପରି ଭାବନା, ଯେଉଁପରି ବିଶ୍ୱାସ ହେଉପଛେ, ତାହା ରହିବା ହିଁ ଉଚିତ୍ । ଚୁପ୍‌ଚାପ୍ ମୁଁ ଉପରକୁ ଫେରିଆସେ, ମା'ର ଆଶୀର୍ବାଦ ସାଙ୍ଗରେ ଧରି ।

ପ୍ରକୃତ କଥା କହିବାକୁ ଗଲେ, କୁକୁରଟା ପ୍ରତି ମୋର ଶ୍ରଦ୍ଧା ବଢ଼ିଯାଏ । ମୋର ଅବଚେତନ ମନରେ ମା'ର ଭାବନାକୁ ବିନା କିଛି ବିଶ୍ଳେଷଣରେ ମୁଁ ଗ୍ରହଣ କରିନିଏ । ମତେ ଏକୁଟିଆ ଦେଖିଲେ କିୟ। ପାଟି ଶୁଣିଲେ ଟମି ପରି ଦେଶୀ କୁକୁରଟା ବି ଧାଇଁଆସେ । କାର ଉପରକୁ ଦୁଇ ଗୋଡ଼ ଟେକି ଅନାଇ ରହେ । ସୁଜାତା ଥିଲାବେଳେ ଦୂରେଇ ରହି ଜୁଲୁଜୁଲୁ ରହିଁରହେ, ଏକ ଅସ୍ପୃଶ୍ୟ ଜୀବଟିଏ ପରି । ସେତେବେଳେ ତା' ପାଇଁ ରଖିଥିବା ବିସ୍କୁଟଗୁଡ଼ିକ, ମୋ ପାଖରେ ରହିଯାଏ ।

କେବେକେବେ ମୋ ଆଗରେ ଏକ ଆବେଗଭରା ଦୃଶ୍ୟଟିଏ ଦେଖାଯାଏ। ବାଲ୍‌କୋନିରୁ ବାହାରକୁ ଝୁଁ ଦେଖେ, ଟମି ତା'ର ଲମ୍ବା ପାଟିରେ କିଛି ବିସ୍କୁଟ ଧରି ଫାଟକ ପାଖରେ ରଖିଦେଉଥାଏ। ନିଜ ଝୁହାଣିରେ ଦେଶୀ କୁକୁରକୁ କ'ଣ ଇସାରା କରେ କିଛି ସମୟ, ତା' ଆଡ଼କୁ ଝୁଁ ଫେରିଆସି ଅବଶିଷ୍ଟ ବିସ୍କୁଟ ଖାଏ। ଟମି ଏହା ଭିତରେ ନିଜର ବୁର୍ଜୁଆ ମାନସିକତା ଭୁଲିଯାଇ, ତା' ସହିତ ବନ୍ଧୁତା କରି ନେଲାଣି ବୋଧହୁଏ।

କେବେକେବେ ଫାଟକ ଏପଟେ ସେପଟେ ଦୁଇଟି କୁକୁର ବସି ନୀରବରେ କଥା ହୁଅନ୍ତି। ଆଖିରେ ଆଖି ମିଶାନ୍ତି। ଦୁଃଖସୁଖ ହୁଅନ୍ତି। କ'ଣ କଥା ହୁଅନ୍ତି ସେମାନେ ? ଟମି ବୋଧହୁଏ ତା'ର ନିଃସଙ୍ଗତା କଥା କୁହେ। ଏତେବଡ଼ ଦୁନିଆରେ ସେ କେତେ ଏକା। ଅନ୍ୟ ଏକ ପ୍ରଜାତିର ଜୀବ ସହିତ କେବଳ ବୁଝାମଣା କରିଝିଲିଛି। ତା' ନିଜ ଇଚ୍ଛାର କିଛି ବି ମୂଲ୍ୟ ନାହିଁ। ଅନ୍ୟର ଇଚ୍ଛାକୁ ମାନିନେବାକୁ ସେ ବାଧ୍ୟ। ସେ ପରାଧୀନ। ବୁଲା କୁକୁରଟା ସମବେଦନା ଜଣାଏ, ଆଉ ତା'ର ଦୁସ୍ଥତା କଥା ବି ଶୁଣାଏ। ଟମି ପରି ତା'ର ଭାଗ୍ୟ କାହିଁ! ସେ ତ ସାଧାରଣ ଭିକାରୀଟିଏ। ଅନ୍ୟର ଅଇଁଠା ଝୁଟେ, ଠେଙ୍ଗାମାଡ଼ ଖାଏ। ଗଛମୂଳେ, ରାସ୍ତା କଡ଼ରେ ପଡ଼ିଥାଏ। ତାକୁ କେହି ବି ଭଲପାଆନ୍ତି ନାହିଁ। ବଡ଼ ଅଭିଶପ୍ତ ଜୀବନ ତା'ର। ସେମାନେ ପରସ୍ପର ନିଜ ପରିସ୍ଥିତିରେ ଦୁଃଖୀ ଥାଇ ବି ଭଲରେ ଥିବାର ଅଭିନୟ କରନ୍ତି।

ଆଉ ଟିକେ ପାଖକୁ ଲାଗିଆସୁଆସୁ ଦେଶୀ କୁକୁରଟା ଉପରକୁ ବାରମ୍ବାର ଝୁହଁଥାଏ। ଟମି ଦେଖୁଥାଏ ତା'ର କଏଦୀଖାନାର ଜଗୁଆଲିକୁ। କାହାର ଶବ୍ଦ ଶୁଣିଲେ ସେମାନେ ଦୂରେଇ ଯାଆନ୍ତି। ମା'ର ଠାକୁରଘରର ଘଣ୍ଟି ଶୁଣାଯାଏ। ମୁଁ ଘର ଭିତରକୁ ପଶିଯାଏ।

ମୁଁ ଏପରି ସାମାନ୍ୟ ଘଟଣା ଉପରେ କାହିଁକି ବା ଗୁରୁତ୍ୱ ଦିଅନ୍ତି। ଏ ବୁଲା କୁକୁରଟା ଉପରେ କ'ଣ ବା ଭରସା। କେଉଁଠି ଭଲ ଖାଇବାକୁ ମିଲିଲେ ଅଟକିଯାଇଥିବ। କିନ୍ତୁ ତା' ପରଦିନ ବି ସେମିତି ପରିସ୍ଥିତି। ପୁଣି ତା' ପରଦିନ। ମୁଁ ତଳକୁ ଯାଇ ଝରିଆଡ଼କୁ ଝୁହିଁଲି। କିଛି ଅଘଟଣ ନିଶ୍ଚୟ ଘଟିଛି। କୁକୁରଟା ତ ଆମ ଘରଛାଡ଼ି କେବେ ବି ଯାଏନି। ସାମାନ୍ୟ ବୁଲା କୁକୁରଟା ପାଇଁ ଅନେକ

କିଛି ବଦଳିଯାଉଛି ପରିସ୍ଥିତି । କେଜାଣି କାହିଁକି, ମୁଁ ବି ବ୍ୟସ୍ତ ହୋଇ ପଡ଼ୁଛି ।
ଟମି ଆଗପରି ବେଶୀ ଖୁସି ଜଣାପଡ଼ୁନି । ଧାଇଁ ଆସୁନି ପାଖକୁ । ଫାଟକ ପାଖରେ
ଗୁମ୍ ହୋଇ ବସୁଛି । ତା'ର ଆଉ କ୍ରିମ୍ ବିସ୍କୁଟ୍ ପ୍ରତି ଲୋଭ ରହୁନି । ବରଂ
କେବେକେବେ ପାଟିରେ ବିସ୍କୁଟ ଧରି ଝୁଡ଼ିଁ ରହୁଛି ତା'ର ସବୁଦିନିଆ ବନ୍ଧୁକୁ ।
ମା' ବି ସାଇବାବାଙ୍କ ଆଗରେ ବସିରହି କହୁଛି, 'ମୋ ପରିବାରରେ କିଛି
ଅମଙ୍ଗଳ ନ ହେଉ ବାବା ।' ରାମୁ ଜବରଦସ୍ତ ଟମିକୁ ଟାଣିଆଣୁଛି ଫାଟକ
ପାଖରୁ । ଟମି ତା' ଆଡ଼କୁ ଝୁଡ଼ିଁ ଭୋ ଭୋ କରୁଛି । ବଲ୍ ଖେଳିବାରେ ତା'ର
ଆଉ ସ୍ପୃହା ନାହିଁ । ଲିଟୁ ସବୁଦିନ ପରି ଜେଜେମା ପାଖରେ ପହଞ୍ଚି କହୁଛି, 'ଶୀଘ୍ର
ଚନ୍ଦନଟୋପା ଲଗା ଜେଜୀ, ମୋର ବହୁତ କାମ ଅଛି । ସେସବୁ ଅନ୍ଧବିଶ୍ୱାସ
ଛାଡ଼ । ମୁଁ ଗୋଟାଏ କଳା କୁକୁର ତୋ ପାଇଁ ଯୋଗାଡ଼ କରି ଆଣିବି । ଡୋଣ୍ଟ
ଓରି ।' ମୁଁ କାରରେ ବସିଲା ବେଳେ ମନେମନେ କିଛି ଖୋଜିବୁଲୁଛି । ବାଟରେ
ଗଲାବେଳେ କେତେସବୁ ବୁଲାକୁକୁରଙ୍କ ଆଡ଼କୁ ନଜର ପକାଉଛି । ସୁଜାତାଙ୍କର
ଆଜି ଅନ୍ୟ ଦିନମାନଙ୍କ ପରି ସେତେଟା ଆକ୍ଷେପ ନାହିଁ ।

ଧୀରେ ଧୀରେ ସବୁକିଛି ଭୁଲି ଆସିଲା ବେଳକୁ, ପୁଣି ଏକ ଆକର୍ଷିତ କଳାପରି
ଘଟଣା ଘଟିଗଲା । ଦେଶୀ କୁକୁରଟା କେଉଁଠି ଥିଲା କେଜାଣି, ପୁଣି ଆସି ଆମ
ଘର ଆଗରେ ଆସି ପହଞ୍ଚିଗଲା । ସକାଳୁ ସକାଳୁ ମା'ର ଡାକ ଶୁଣାଗଲା । ଟମି
ବାରମ୍ବାର ଫାଟକ ପାଖରେ ଠିଆହୋଇ କୁଁ କୁଁ ଶବ୍ଦ କଲା । ରାମୁ ବୋକାଙ୍କ ପରି
ଝୁଡ଼ିଁ ରହିଥିଲା । ଲିଟୁ ଉପରେ ଥାଇ ପାଟିକରି କହୁଥିଲା, 'ତୋର ଠାକୁର
ଆସିଗଲେ ତ ଜେଜେମା । ଏଥର ଆଉ କାହାର ଅମଙ୍ଗଳ ହେବନି ।' ମୁଁ ବି
କେଜାଣି କାହିଁକି ଆଗ୍ରହରେ ତଳକୁ ଝୁଲିଗଲି ।

ସମସ୍ତେ ଦେଶୀ କୁକୁରକୁ ସ୍ୱାଗତ କରୁଥିଲେ । ହେଲେ ତା' ପାଖରେ ଆଗପରି
ଚଞ୍ଚଳତା ନ ଥିଲା । ସେ ଧୀରେ ଧୀରେ ଝୁଲୁଥିଲା । ତା' ପେଟଟା ଫୁଲିଉଠିଥିଲା ।
ମା' କହିଲା 'ତା ପେଟରେ ଛୁଆ ଅଛିଲୋ ମନ୍ଦାକିନୀ । ଏଥର ତା' ପାଇଁ କିଛି
ଅଧିକା, ଭଲ ଜିନିଷ ଖାଇବାକୁ ଆଣିବୁ । ସେ ଶାନ୍ତି ହେବ । ଠାକୁର ମୋ
ପିଲାଙ୍କର ମଙ୍ଗଳ କରିବେ ।'

ସୁଜାତା ଚୁପ୍‌ରଖ୍‌ପ ମୋ ଆଗରେ କହିଲେ, 'ଓଃ ପୁଣି ଗଳଗ୍ରହ ଫେରିଆସିଲା ।
ଗନ୍ଦ କରିବ ପରିବେଶକୁ । ଲୋକଗୁଡ଼ା କେଉଁଠି ତାକୁ ଛାଡ଼ିଥିଲେ କେଜାଣି ।

ଏଥର ଟମିକୁ ମୁଁ ଉପରକୁ ନେଇ ଆସିବି। ଆମ ଅଜାଣତରେ ଟମିଟା ତା' ସାଙ୍ଗେ ମିଶୁଛି।'

ମୁଁ ସୁଜାତାଙ୍କ କଥାରେ ହସି ଦେଲି। କହିଲି 'ଆମ ପରି ସମସ୍ତଙ୍କୁ କାହିଁକି ଭାବୁଛ ସୁଜାତା। ମୋ ପରି କ'ଣ ସେ ହୋଇଛି ଯେ, ଅଧରାତିରେ ଲୁଚିଲୁଚି ପାଚେରି ଡେଇଁ ତମ ପାଖରେ ପହଞ୍ଚିଲା ଭଳି କାମ କରିବ।'

ସୁଜାତା ବି ଭାବପ୍ରବଣ ହୋଇଗଲେ। କହିଲେ, 'ତମେ ତ ଧରାପଡ଼ୁନଥିଲ, କେବଳ ମୋ ପାଇଁ। ମୁଁ ତୁମକୁ ରକ୍ଷା କରିଦେଉଥିଲି।'

ଆମେମାନେ ଟମିର ପ୍ରସଙ୍ଗରୁ ଓହରି ଯାଇ ଅନେକ ବର୍ଷ ତଳକୁ ଫେରି ଯାଉଥିଲୁ। ଆଉ ଅତୀତର ଘଟଣାମାନଙ୍କରେ ନିଜକୁ ସାମିଲ କରିଦେଉଥିଲୁ।

– ତମର କିନ୍ତୁ ଖୁବ୍ ସାହସ ଥିଲା। ମୁଁ ଥରେ ଧରା ପଡ଼ିଯାଇଥିଲା ସମୟରେ, ବେଶ୍ ସାହସର ସହିତ ନିଜ ଉପରକୁ ଦୋଷ ନେଇଯାଇଥିଲ।

– ସେଥିପାଇଁ ତ ସମସ୍ତଙ୍କ ବିରୋଧ ସତ୍ତ୍ୱେ, ଆମେ ଏକାଠି ହୋଇପାରିଲେ। ନ ହେଲେ ଆମ ପରିବାରର ଏତେ ଆଭିଜାତ୍ୟ ଥିବାବେଳେ, ତମେ ତ ସାଧାରଣ ପରିବାରର ପିଲା ଥିଲ। ତମକୁ ପଚରିଥାଆନ୍ତା କିଏ। ମତେ କିନ୍ତୁ ଜଣାଥିଲା, ଦିନେ ନା ଦିନେ ତମେ ଖୁବ୍ ଉପରକୁ ଉଠିଯିବ। ଆମେ ତ ପରସ୍ପରକୁ ଖୁବ୍ ଭଲ ପାଉଥିଲେ।

ଅନେକ ଦିନ ପରେ ଆମେ ନିଜ ଇତିହାସ ଭିତରେ ସାମିଲ ହୋଇ ଯାଉଥିଲୁ। ଅନ୍ଧକାର ଗାଢ଼ ହୋଇଯାଉଥିଲା।

ବାହାରେ ବୁଲା କୁକୁରର କୁଁ କୁଁ ଶବ୍ଦ ଶୁଣା ଯାଉଥିଲା।

ସୁଜାତା କହିଲେ, 'ସେ ବୁଲା କୁକୁରଟାକୁ କିନ୍ତୁ ମୁଁ ଭିତରକୁ ଡାକି ଆଣିପାରିବିନି।'

ମୁଁ ତାଙ୍କର ମୁହଁକୁ ଦେଖିପାରୁ ନ ଥିଲେ ବି, ତାଙ୍କ ଭାବକୁ ଅନୁଭବ କରିପାରୁଥିଲି।

– 'ମତେ ଲାଗୁଛି, ସେ ଟମିର ଛୁଆକୁ ପେଟରେ ଧରିଛି।' ସୁଜାତା କହିଲେ।

– ବେକାର କଥା । ସେ ତ ଅନେକ ଦିନ ହେବ ଗାଏବ ହୋଇ ଯାଇଥିଲା । ତମି ଉପରେ ଦୋଷ ଦେଉଛ କାହିଁକି ?

– 'ନିଜ କଥା ସବୁ ଭୁଲିଯାଉଛ ? ତମେ ବି କଣ୍ଣା, ଟଣ୍ଣା, ନ ମାନି ମୁଁ ନିଜେ ଦେଖିଛି । ତମି କେଜାଣି କେମିତି ଫାଟକ ଡେଇଁ ତା' ସଙ୍ଗେ...ଛି..!

– ତମିର ତ ବହୁତ ସାହସ । ଖାତିର ନାହିଁ ତା'ର ଆଭିଜାତ୍ୟକୁ । ସେଥିପାଇଁ ତ ମୁଁ ମ୍ୟୁନିସିପାଲିଟିରେ କହି, ତାକୁ ଏଠୁ ବାହାର କରିଦେଇଥିଲି । ସେମାନେ ତାକୁ କେଉଁଠି ଛାଡ଼ିଲେ କେଜାଣି, ପୁଣି ଥରେ ଏତେ ଦିନ ପରେ ଫେରିଆସିଲା, ଏମିତି ଅବସ୍ଥାରେ ।'

ମୁଁ ସୁଜାତାଙ୍କ ମନର କଥାକୁ ବିଶ୍ଳେଷଣ କରୁଥିଲି । ମନେ ହେଲା ଅତୀତରେ ମୁଁ ଯେପରି ହିରୋ ନ ହୋଇ ପ୍ରକୃତରେ ଗୋଟେ ଲମ୍ପଟ ବନିଯାଇଥିଲି, ତାଙ୍କର ବର୍ତ୍ତମାନ ଦୃଷ୍ଟିରେ ।

– 'ତମିର ଛୁଆଗୁଡ଼ା ରାସ୍ତାରେ ବୁଲି ଅଇଁଠା ଖଟିବେ, ଭିକାରୀ ପରି ଇତସ୍ତତଃ ବୁଲିବେ, ସେ କଥା ମୁଁ ଖୁହେଁ ନି । ତା' ଛୁଆ ହୋଇଥିଲେ, ଆମେ ନେଇ ଆସିବା ।'

– 'ଆଉ ତା' ମା ?'

'ମୁଁ ସେକଥା ବୁଝିବି । ମା' ଛୁଆଙ୍କର ସାକ୍ଷାତ ନ ହେଲେ, କିଏ କାହାକୁ ଜାଣିବ ଯେ ! ଆଜିକାଲି ବଡ଼ ବଡ଼ ଲୋକମାନେ ବି ଅନାଥାଶ୍ରମରୁ ପିଲା ଆଣି, ତାଙ୍କର ପରିଚୟରେ ବଢ଼ାଉଛନ୍ତି । ତାଙ୍କର ମା'କୁ କ'ଣ ପିଲାମାନେ ଜାଣୁଛନ୍ତି କି ?'

ସୁଜାତାଙ୍କ କଥା ମୁଁ କିଛି ବୁଝି ପାରୁନଥିଲି । ସାମାନ୍ୟ କୁକୁର କଥାରେ ମୁଣ୍ଡ ଖେଳାଇବାକୁ ମୋର ଇଚ୍ଛା ବି ନ ଥିଲା । ଘଟଣାଗୁଡ଼ିକ କିଛି ପରିମାଣରେ ବଦଳି ଯାଉଥିଲେ । ମା' କିଛି ଅଧିକ ରୁଟି ଦେଇ ଦେଶୀ କୁକୁରକୁ ସନ୍ତୁଷ୍ଟ କରୁଥିଲା । ଏବେ ସେ ଏକା ନୁହେଁ ତା' ପେଟରେ ଥିବା ପିଲାଗୁଡ଼ାକ ବି ଖାଇବେ । ସେ ପରା ମା' ବନିବାକୁଯାଉଛି । ତା'ର ସ୍ଥାନ ଭଗବାନଙ୍କ ଉପରେ । ରାମୁ ବି ମଝିରେ ମଝିରେ ତା' ଆଡ଼କୁ କିଛି ପୁଷ୍ଟିକର ଖାଦ୍ୟ ଫିଙ୍ଗି ଦେଉଥିଲା । ସେ ସବୁ

ତା'ର ଦୟା ବୋଲି ମୁଁ ଭାବି ନେଉଥିଲି। ଟମି ବି ସବୁ କିଛି ବୁଝିଲା ପରି ବିସ୍ତୃତ ଧରି ଋଁହି ରହୁଥିଲା। ସୁଜାତା ତାକୁ ତଡ଼ି ଦେବାର ନାଁ ବି ଧରୁନଥିଲେ। ସେ ବି ଆଗପରି ମୋ ଗାଡ଼ି ଆଗକୁ ଧାଇଁ ଆସିପାରୁନଥିଲା।

ଆଉ କିଛି ଦିନ ଗଡ଼ିଗଲା। ସେଦିନ ଅଫିସରୁ ଫେରୁ ଫେରୁ ଅନେକ ଡେରି ହୋଇଯାଇଥିଲା। ଗାଡ଼ି ଭିତରେ ରଖୁରଖୁ ନଜର ପଡ଼ିଲା ସେଇ ଦେଶୀ କୁକୁର ଉପରେ। ଖଣ୍ଡେ ଦୂରରେ ରାସ୍ତା ଆରପଟ ବୁଦାମୂଳରେ ନିଶ୍ଚଳ ହୋଇ ଶୋଇ ରହିଥିଲା। ଚନ୍ଦ୍ରକିରଣରେ ବେଶ୍ ବାରି ହୋଇ ପଡୁଥିଲେ ବି ଏ ସମୟରେ ଏକ ସ୍ୱାଭାବିକ କଥା ଭାବି, ମୁଁ ତା' ଆଡ଼କୁ ଧ୍ୟାନ ଦେଇନଥିଲି। କିଛି ଦୂରରେ ଟମିର ଡାକ୍ତରଙ୍କୁ ସ୍କୁଟରେ ଋଲିଯାଉଥିବାର ଦେଖିଲି। ସୁଜାତା ଠିଆ ହୋଇଥିଲେ ବରିଋ ପାଖରେ। ରାମୁ ଏପଟ ସେପଟ ହେଉଥିଲା। ଟମି ଲାଙ୍ଗୁଡ଼ ହଲାଇ ସୁଜାତାଙ୍କୁ ଋହିଁ ରହିଥିଲା। ମୋ ଆଡ଼କୁ କାହାର ଦୃଷ୍ଟି ନ ଥିଲା।

କିଛି ଅଘଟଣ ଘଟିଲାକି ?

ମୁଁ ଚୁପ୍ ଋପ୍ ଆଗକୁ ଗଲି। ଦୁଇଟା କଳା, ଧଳା ରଙ୍ଗର କୁକୁରଛୁଆ କୁଁ କୁଁ ହୋଇ ଲସରପସର ହେଉଥିଲେ। ରାମୁ ଦୁଇଟା କ୍ଷୀର ବୋତଲ ସେମାନଙ୍କ ପାଟିରେ ପୁରାଇ ଦେଇଥିଲା।

ଦେଶୀ କୁକୁରଟା ଛୁଆ ଦେଇଛି ନିଶ୍ଚୟ। ହେଲେ ସେ ବୁଦା ପାଖରେ କାହିଁକି ଶୋଇଛି ? ଡାକ୍ତର ଏଠି କ'ଣ କରୁଥିଲେ ?

ସୁଜାତା କହିଲେ, ଦେଖତ, ମୋର ଅନୁମାନ ସତ ହେଲାନା। ଛୁଆଗୁଡ଼ା ଠିକ୍ ଟମିପରି ହୋଇଛନ୍ତି ?

ମୁଁ ଚୁପ୍ ରହିଲି। ସୁଜାତା ମୋ ଭାବନାକୁ ବୁଝିପାରି କହିଲେ, 'ଚାଲ ଉପରକୁ।'

ମୁଁ କହିଲି, କୁକୁରଟା ତା' ଛୁଆ ପାଖରେ ନ ରହି ....'

– 'ଓଃ, ଏତେ କଥାରେ କାହିଁକି ମୁଣ୍ଡ ପୁରାଉଛ। କହିଥିଲିନା, ସେ ବାରବୁଲା ଦେଶୀ କୁକୁରଟା ଆମ ଘରକୁ ଆସିଥିଲେ କ'ଣ ଆମର ସମ୍ମାନ ରହିଥାଆନ୍ତା ? ମୁଁ ତା'ର ବାଟ କରିଦେଲି। ଦେଶୀ କୁକୁରର ପେଟଚିରି ଟମିର ଛୁଆକୁ ବାହାର

କରି ଆଣିଲି । ଭାବିଥିଲି ତା' ହୋସ ଆସିବା ଆଗରୁ ରାମୁ ନେଇ ତାକୁ ଦୂରରେ ଛାଡ଼ିଦେଇ ଆସିବ । ନା ସେ ଚିହ୍ନିବ ତା'ର ଛୁଆକୁ, ନା ଛୁଆଗୁଡ଼ାକ ତାକୁ ଜାଣିପାରିବେ । ହେଲେ ଡାକ୍ତର ଯେତେ ଚେଷ୍ଟା କଲେ ବି, ତା'ର ହୋସ ଆସିବାର ସମ୍ଭାବନା ଦେଖି ପାରିଲେନି ? ଭଲ ହେଲା । ସବୁ ସମସ୍ୟାର ସମାଧାନ ହୋଇଗଲା । ବୁଲା କୁକୁରଟେ ତ.... ।'

ମୋ ପାଖରେ କିଛି ବି ଉତ୍ତର ନ ଥିଲା ।

ସକାଳୁ ସକାଳୁ ଟମିର ଶବ୍ଦରେ ନିଦ ଭାଙ୍ଗିଗଲା ।

ମୁଁ ତଳକୁ ଓହ୍ଲାଇଲି । ସୁଜାତା ଚୁପ୍ ଚୁପ୍ ଠିଆହୋଇ ରହିଥିଲେ । ତାଙ୍କର ଖୁବ୍ ସୁନ୍ଦର ମୁହଁଟା ଝାଉଁଳି ପଡ଼ିଥିଲା ।

ଏତେ ସକାଳୁ ତାଙ୍କୁ ଏପରି ଅବସ୍ଥାରେ, ଠିଆ ହୋଇଥିବା ଦେଖି ମୁଁ ତାଙ୍କୁ ପ୍ରଶ୍ନିଳ ଦୃଷ୍ଟିରେ ଚାହିଁ ରହିଲି ।

ଏକ ଦୀର୍ଘଶ୍ୱାସ ନେଇ ସୁଜାତା କହିଲେ, 'କାଲି ରାତିରେ ଲିଟୁ ପୁନେ ଚାଲିଯାଇଛି । ଚିଠି ଖଣ୍ଡେ ଲେଖିଦେଇ ଯାଇଛି ।'

– ତା'ର ତ ଯିବାର ଥିଲା । ହେଲେ କାହାକୁ ଡାକିଲାନି କାହିଁକି ?

– ତା' ସାଙ୍ଗରେ ମନ୍ଦାକିନୀ ବି ଚାଲିଯାଇଛି । ସେ କୁଆଡ଼େ ପେଟରେ..

ମୁଁ ସୁଜାତାଙ୍କ ମୁହଁକୁ ଚାହିଁ ରହିଲି ।

ସେ ଚୁପ୍ ଚୁପ୍ ଫାଟକ ଆଡ଼କୁ ଚାହିଁ ରହିଥିଲେ ।

ସୁଇପର ମହିଲା ଜଣକ ଦଉଡ଼ିରେ ବାନ୍ଧି ଦେଶୀ କୁକୁରଟାକୁ ଘୋଷାରି ଘୋଷାରି ନେଇ ଚାଲିଯାଉଥିଲା ।

ଧୂଆଁମିଶା ଜହ୍ନ ଆଲୁଅ

– ସୁପ୍ରିୟା ମଲ୍ଲିକ

ପ୍ରଚଣ୍ଡ ଗୁଲୁଗୁଲିରେ ଝାଲେଇଛି ଅପରାହ୍ନ । ତା’ ସାଙ୍ଗରେ ବାଦ କଳାଭଳି ଆମର ପିଠାଛେଣା ରୁଲିଛି । ଘର ଉହାଡ଼ ହେତୁ ଯେଉଁ ଅରାକ ଦୁଆରକୁ ଛାଇ ହୁଏ, ସେଠି ଗୋଟିଏ ଚୁଲି । ତା’ ଭିତରେ ଜଳୁଛି କାଠ, ଘଷି, ଶୁଖ୍ଲା ନଡ଼ିଆ ବାହୁଙ୍ଗା ଓ ସଢ଼େଇ । ହୁତୁ ହୁତୁ ନିଆଁ ତତଉଛି ତେଲ କଡ଼େଇ, ପୋଡ଼ିପାଡ଼ି ଫୁଲେଇ ରଙ୍ଗାଉଛି ପୁରଦିଆ ପିଠା । ଜଳଉଛି ମଣିଷ ଶରୀର ।

ଟକ୍ ମକ୍ ଫୁଟୁଥିବା ତେଲ କଡ଼େଇରୁ ଜାଲିଚଟୁରେ ଖଇରିଆ ରଙ୍ଗର ପିଠାଗୁଡ଼ାକ କାଢ଼ିଆଣିଲି କଦଳୀପତ୍ର ଉପରକୁ । ସେତେବେଳକୁ ଗରମ ତେଲର ଦାଉରେ ବିକୃତ ହୋଇସାରିଛି କଦଳୀପତ୍ରର ରଙ୍ଗ । ଶେଷ ଭାରିକ ପିଠା ଧୀରେ ଧୀରେ କଡ଼େଇ ଭିତରକୁ ଖସେଇ ଦେଇସାରି, ଚୁଲି ଭିତରକୁ ଠେଲିଦେଲି ଆଉଖଣ୍ଡେ ଘଷି । ଠିକ୍ ସେତିକି ବେଳକୁ ମଞ୍ଜରୀର ସ୍ଵର ଶୁଭିଲା, ନୂଆଉ ! ଦେଖାଯାଉଛି ତ ତୁମକୁ ଅନ୍ଧାରେ ? ପିଠା ଠିକ୍ ହେଉଛି କି ନାହିଁ ଜଣାପଡ଼ୁଛି ତ ? କହୁ କହୁ ଦୁଆରର ଆଲୋକଟି ଜଳାଇଲା ମଞ୍ଜରୀ । ବିଛୁରିତ ବିଜୁଲି ଆଲୁଅରେ ପିଠା କଡ଼େଇ ଭଲ ଦିଶିଲା ।

ଏହା ଭିତରେ କେତେବେଳେ ସନ୍ଧ୍ୟା ହୋଇଗଲାଣି, ମୋତେ ଜଣା ନାହିଁ । ଅପା ! ହେଇ ନିଅ ପାହାନ୍ତିଆରୁ ଭୂତ ଡାକିଲା ଭଳି ଫୁସ୍ ଫୁସ୍ ସ୍ଵରରେ କହିଲା ମୋର ସାନ ଯ଼ାଆ ସୁରମା । ମିଠା ମସଲାଦିଆ ବାସ୍ନା ପାନଖଣ୍ଡେ ମୋ ହାତକୁ

ବଢ଼ାଇ ଦେଇ, ସେ ବସିପଡ଼ିଲା ପାଖରେ । କଦଳୀପତ୍ର ଉପରୁ ଗରମ ପିଠାଗୁଡ଼ିକୁ ଉଠାଇ ବେତାରେ ରଖିଲା । ତା'ର ସରୁ ସରୁ ଆଙ୍ଗୁଳିରେ ଏପର୍ଯ୍ୟନ୍ତ ଲାଗିରହିଥିଲା, କିଛି ଘିଅ ଓ କିଛି ଜନ୍ତା ଆଶ । ପିଠାଭର୍ତ୍ତି ବଡ଼ ବେତାକୁ ରୋଷେଇଘର ଭିତରକୁ ଉଠାଇନେଲା ସେ । ତା'ର ଝରିପଟରେ ଟାଣିଦେବ ଲକ୍ଷ୍ମଣରେଖାର ଗାର । ନହେଲେ କ'ଣ ପିମ୍ପୁଡ଼ି ରଖିବେ ?

ପାଖକୁ ଆସି ମଝିଆଁ ଝାଆ ଅନି କହିଲା, ଦେଖିଲ ଅପା କେମିତି ହୋଇଛି ? ପିଠା କଡ଼େଇରୁ ଆଖି ଫେରାଇ ଅନି ଧରିଥିବା କୁଲାକୁ ଚାହିଁଲି । ପୋଡ଼ପିଠା ପାଇଁ ପ୍ରସ୍ତୁତ ହୋଇଥିବା ଜନ୍ତୁଣିକୁ ଗୋଟେ ମଣିଷ ମୁହଁର ଆକୃତି ଦେଇଛି ଅନି । କାଜୁଗୁଡ଼ିକରେ ଆଖି ନାକ କରି ସଜାଇ ଦେଇଛି ଉପରେ ।

ମୁଁ କହିଲି, ଏ ମଣିଷ ଗଢ଼ିଲୁ କାହିଁକି ? ମଣିଷଟାକୁ ପୋଡ଼ିବା କେମିତି ? ତାକୁ ଖଣ୍ଡ ଖଣ୍ଡ କରି କାଟି ଖାଇବା କେମିତି ?

ଧଡ଼୍ କରି ଉଉର ଦେଲା ଅନି, ଆମକୁ ପୋଡ଼ୁନାହାନ୍ତି ? କାଟି ଖାଉନାହାନ୍ତି କେହି ?

ଅନି କଥାରୁ ଯେପରି ବାଣ୍ଡ ବାହାରୁଥିଲା ।

ମୁଁ ସିଧା ଚାହିଁଲି ଅନିକୁ । ମାତ୍ର କେଇଟା ବର୍ଷ ଭିତରେ ସେହି କୋମଳ ମୁହଁଟା ଜାଗାରେ କେହି ଯେମିତି ଖପେଇ ଦେଇଛି କଠିନ ମୁଖା ଖଣ୍ଡେ । କ'ଣ ହୋଇଛି ତା'ର ? କାହିଁକି ସବୁ କଥାରେ ଏତେ ପ୍ରତିକ୍ରିୟା ? ତା'ର ଭିତରେ ବାହାରେ ଏତେ କ୍ରୋଧ, ଏତେ ଉଉାପ କାହିଁକି ?

ରୋଷେଇଘରୁ ଆସି ପାଖରେ ଛିଡ଼ାହୋଇ ସୁରମା କହିଲା, ଉଠ ଅପା, ଉଠିଲ ତମେ, ଚୁଲିଧାସରେ ସିଝିଲଣି ସେତେବେଳୁ । ଆଉ ଯେତିକି ପିଠା ରହିଲା ସବୁ ଛଣାଛଣି କରି ଆମେ ପୋଡ଼ପିଠା ନଦିଦେଇ ଯିବୁ, ତମେ ଉଠ ।

ପିଢ଼ାରୁ ଉଠିଆସିଲି ମୁଁ । ଚୁଲିପାଖରୁ ଦୂରେଇଯାଇ ଛିଡ଼ାହେଲି କାଞ୍ଚନଗଛ ପାଖରେ । ଏଇ ଗଛଟି ସର୍ବେଶ୍ୱର ଲଗେଇଛି – ସର୍ବେଶ୍ୱର ମୋ ଦିଅର – ଅନିର ସ୍ୱାମୀ । ନିୟମିତ ଏଇ ଗଛଟିକୁ ପୂଜାପୂଜି କରେ । କ'ଣ ଗୋଟେ ମାନସିକ ଥିବ ।

କାଞ୍ଚନ ପତ୍ରକୁ ହଲାଇ ଦେଉଥିବା ଥଣ୍ଡାପବନ, ମୋର କପାଳ, ଆଖି, ନାକ ଓ ଖୋଲାହାତମାନଙ୍କୁ ଛୁଇଁ ଛୁଇଁ ଗଲା । କଡ଼୍ କଡ଼୍ ଡାକୁଥିବା ଅଣ୍ଡାପିଠି ଓ

ଝାଳସରସର ଦେହକୁ ଟିକେ ଆରାମ ମିଳିଲା। ଆଖ୍ ପଡ଼ିଲା କୃଅ ସେପାଖର ଟଗର ଗଛ ଉପରେ। ମୁଣ୍ଡରେ ଧଳା ରିବନ୍ ର ଫୁଲ ପକାଇଥିବା ସ୍କୁଲ ପିଲାଙ୍କର ଡ୍ରିଲ୍ କ୍ଲାସ ଭଳି ଆନ୍ଦୋଳିତ ଟଗର ଗଛ। ତା' ସେପାଖକୁ କଞ୍ଚା ବାଉଁଶବାର ବାଡ଼। ମଝିରେ ଗୋଟେ ଦିଅଟା ମନ୍ଦାରଗଛ ରହିଯାଇଛି ଯେ, ଅସଜଡ଼ା କରି ବଢ଼ାଇ ଦେଇଛି ଡାଲ୍ମାନଙ୍କୁ। ସେହି ଡାଲ ଉପରେ ଦୁଆରେ ଜଳୁଥିବା ବିଦ୍ୟୁତ୍ ବଲ୍ବର ଆଲୁଅରୁ କିଛି ଛିଟିକି ପଡ଼ି ଚିକ୍ ଚିକ୍ କରୁଛି।

ସେହି ଶୀତଳ ସନ୍ଧ୍ୟା ଓ ସବୁଜ ପରିବେଶର ଆବେଶ ଭିତରେ ମଞ୍ଜରୀର ଡାକ ଶୁଭିଲା, "ନୂଆଉ ! ଗାଧୁଆ ଘରେ ପାଣି ଦେଇ ଦେଇଛି।"

ତା' ହାତକୁ ମିଠା ପାନ ଖଣ୍ଡକ ବଢ଼ାଇ ଦେଇ କହିଲି, ତମେ ଖାଇଦିଅ, ମୁଁ ଗାଧୋଇବାକୁ ଯାଉଛି। ଏବେ ଆଉ ପାନ ଖାଇବାକୁ ଇଚ୍ଛା ନାହିଁ।

ଗାଧୋଇସାରି, ତାରରେ ଓଦାଲୁଗା ଶୁଖାଇଦେଇ, ଛିଡ଼ାହେଲି ସନ୍ଧ୍ୟାର କୋମଳତା ଭିତରେ। ଯେଉଁ କଥାଟା ପିଠା ସାଙ୍ଗରେ, ଉଠାପ ସାଙ୍ଗରେ, ନିଆଁ ସାଙ୍ଗରେ, ଟଗରଫୁଲ ସାଙ୍ଗରେ ଗୋଲିହୋଇ ସରିଯାଇଥିଲା, ସେ ପୁଣି ଟକାଟକ୍ ନୂଆ ହୋଇ ମୋ ସାଙ୍ଗରେ ଛିଡ଼ାହେଲା। ଠିକ୍ ତା'ରି ଦିଗରେ ହିଁ କେନ୍ଦ୍ରିତ ହୋଇଗଲା ମୋର ମନ। ସେ ଦିଗରେ ଥିଲା ଏକ ଉଚ୍ଚା ଋକୁଣ୍ଡ ଗଛ। ଯଦି ମୁଁ ପତଙ୍ଗ ହୋଇଥାଆନ୍ତି, ଦେଖ୍ଥାଆନ୍ତି ସେହି ଗଛର ଶାଖାରେ ପତ୍ରମାନେ କେମିତି ଜାକିଜୁକି ହୋଇ ଶୋଇଯାଇଛନ୍ତି। ସେହି ଗଛର ଉଚ୍ଚା ମଥାନ ଦେଇ ଉଇଁ ଆସୁଥିଲା ଜହ୍ନ। ଗଛଟା ଚେରଭିଡ଼ି ଠିଆହୋଇଛି ଲଞ୍ଜିଦେଇର ଦୁଆରେ। ସେଥିପାଇଁ ଗଛଟା ତା'ର; କିନ୍ତୁ ଜହ୍ନଟା ତ ତା'ର ନୁହେଁ ? ଦେଇର କ'ଣ ଏତେ ଆସ୍ପର୍ଦ୍ଧା ଯେ, ସେ ଜହ୍ନକୁ ତା'ର ବୋଲି କହିବ ? ଲଞ୍ଜିଦେଇ ଭଳି କାଳୀ, ଦାନ୍ତୁଡ଼ି, ତୀଖନାକର ଝିଅଙ୍କର ସେ ଭାଗ୍ୟ କାହିଁ ?

ଦି'ଦିନ ହେଲାଣି ଗାଁରେ ପହଞ୍ଚିଲିଣି, ହେଲେ ଲଞ୍ଜିଦେଇ ପାଖକୁ ଟିକେ ଯାଇହେଉନି। କେତେ ଲୋକବାକ, କେତେ କାମଜଞ୍ଜାଳ, ରୀତିରିବାଜ, ପୁଣି ଶାଶୁଘରେ ବୋହୂପାଇଁ ଯେତେକ କାଇଦା କଟକଣା। ସବୁ ଗାରମାନଙ୍କୁ ଚଟ୍ କରି ଡେଇଁ ପଡ଼ିବା କ'ଣ ସହଜ ହୋଇଛି ? ଏଇ, ଏବେ ଯେମିତି ସୁଯୋଗଟି ଆସି ପହଞ୍ଚିଛି, ଶ୍ୱଶୁର, ଖୁଡ଼ୁତାଶ୍ୱର ଆଦି ଘରର ପୁରୁଷଲୋକ ସବୁ ଲାଇବ୍ରେରୀ ପିଣ୍ଡାକୁ ଝଲିଗଲେଣି, ସନ୍ଧ୍ୟାବେଳିଆ ମିଟିଂ ପାଇଁ। ଅନି ଆଉ ସୁରମାଙ୍କ ଦାୟିତ୍ୱରେ

ରହିଛି ରାତିର ରୋଷେଇ । ଏହି ସମୟଟାକୁ ସଦ୍‌ ବ୍ୟବହାର ନକଲେ, ହୁଏତ ଆଉ ପାଇହେବନି ସୁଯୋଗ । ସାଙ୍ଗେ ସାଙ୍ଗେ ବାହାରିଗଲି ଲଜ୍ଜିଦେଇ ଘରକୁ ।

ଲଜ୍ଜିଦେଇ ଘରେ ପହଞ୍ଚିଲା ବେଳକୁ, ତା' ଦୁଆରେ ଚୁଲି ଜଳୁଛି । କଢ଼େଇରେ ଆଲୁ ସିଝୁଛି । ଶିଳରେ ମସଲା ବାଟୁଛି ଦେଇ । ଘର ଭିତରେ ଜଳୁଥିବା ଡିବି ଆଲୁଅରୁ କେଇଧାର ଛିଟକି ଆସି ଶିଳ ଉପରେ ପଡ଼ୁଛି । ପୋଡ଼ା ଆଲୁ ବାଇଗଣ, ଶାଗପଖାଳ, ନହେଲେ ବା ରୁଟି ନାଲି ଝୁ'ରେ ତା'ର ରାତିଭୋଜନ ଶେଷ ହୁଏ ।

ଆଜି ପୁଣି ବଟା ମସଲାରେ ତରକାରୀ କରିବ ଦେଇ ?

"ମା ! ବସ ।"

ପାଦଶବ୍ଦରୁ ହିଁ ମୋ ଉପସ୍ଥିତି ବାରିପାରି ଲଜ୍ଜିଦେଇ କହିଲା, "ଆଠଦିନ ହେଲାଣି ଆଲୁଦମ୍‌ ଟିକେ କରିବାପାଇଁ ସାନପୁଅଟା ମୋର କହୁଛି ଯେ, ଆଜିକାଲି କରିକରି ହପ୍ତାଏ ଗଲାଣି । ଆଜି ଅଭି ଯାଇ ତେଲ ମସଲା କ'ଣ ଟିକେ କିଣିଆଣିଛି । ସେଇ ଆଲୁ ରାନ୍ଧିବି ବୋଲି ବାଟଣ ବାଟୁଥିଲି ।"

ନଇଁପଡ଼ି ଲିଭିଆସୁଥିବା ଚୁଲି ଭିତରକୁ ପେଲିଦେଲି ଶୁଖିଲା ବେଣାରୁ ମେଞ୍ଚେ । ବ୍ୟସ୍ତ ହୋଇପଡ଼ି ଲଜ୍ଜିଦେଇ କହିଲା, "ତମେ ବସ ବା ମା', ତମେ ବସ । ସେଇ ପିଣ୍ଡାରେ ସପ ପାରିଦେଇଛି । ଆଉ ଜାଳ ଦରକାର ନାହିଁ । ଆଲୁ ସିଝିଗଲାଣି ।"

ଇନ୍ଦିରା ଆବାସର ପକ୍କାପିଣ୍ଡାରେ ବସି ମୁଁ ଦେଖୁଛି, ଲଜ୍ଜିଦେଇ ମସଲା ଓ ମସଲାପାଣି ତାଟିଆରେ ତୋଳୁଛି । ଝୁସ୍ସା ଆଲୁଅରେ ମୁଁ ଜାଣିପାରୁନି, ବାଁପଟ ଝୁଲିରେ କ'ଣ ଅଛି, ଦେଇ କହୁଛି, "ଘଷିଗଦା ପାଇଁ, ଜାଲକୁଟା ରଖିବା ପାଇଁ ସେ ଝୁଲିଆଟା କଲି ଯେ, ଦୁଆରକୁ ପବନ ଚଲପ୍ରଚଲ କମିଗଲା । ସେଇ ଝୁଲିଆରେ ଛେଲି ଦିଟା ବାନ୍ଧୁଛି । ଗୋଟାଏ ଛେଲି ଗାବିଲି ଅଛି । ତା'ର ସମୟ ହେଇଗଲାଣି । ଏଇ ଆଠଦିନ ଭିତରେ ଛୁଆଦବ । ଗଲାସନ ଗୋଟେ ଛେଲି ମରିଗଲା । କ'ଣ ତା'ର ରୋଗ ହେଲା କେଜାଣି ? ଅଭିଟା ମୋର ଡାକତର ପାଖକୁ ଦି ଝରିଥର ଗଲା । ତା'ପରେ ଡାକତର ଆଇଲା । ହେଲେ ଛେଲିଟା ଆଉ ରହିଲା ନାହିଁ ।"

"ମା ! ତମେ ଟିକେ ବସ । ମୁଁ ଏଇ ସାଙ୍ଗେ ସାଙ୍ଗେ ଆସୁଛି । ଆଉ ଗୋଟେ କଂସାକୁ ଗରମ ସିଝାଆଲୁ ଢାଲିଦେଇ, କଢ଼େଇ ଧରି ଟ୍ୟୁବ୍‌ ଓ୍ୱେଲ୍‌ ପାଖକୁ

ଧାଇଁଯାଉଛି ଦେଇ। ରାସ୍ତା ସେପାଖରେ ଗାଁ ଟ୍ୟୁବ୍ ଓ୍ୱେଲ୍। ଦିଶୁଛି ବାଟ ମାତ୍ର କେଇପାଦ। ଟ୍ୟୁବ୍ ଓ୍ୱେଲ୍ ପାଖରୁ ମଜାଧୁଆ କରି କଡ଼େଇ ଆଣି ରନ୍ଧ ପାଣି ବସାଉଛି ଦେଇ। ଶୁଖ୍ଲା ବେଣୀଗୁଡ଼ିକ ଫୁର ଫୁର ହୋଇ ଜଳିଯାଉଛନ୍ତି ଚୁଲି ଭିତରେ। ଚୁଲି ନିଆଁରେ ଉଜ୍ଜ୍ୱଳ ହୋଇ ତା'ର ହସହସ ମୁହଁ।

ଏ କ'ଣ ସତ ହସ ? ସତ ଆନନ୍ଦ ? ନା ଜୀବନକୁ ଉପେକ୍ଷା କରିବାର ଏକମାତ୍ର ମାଧ୍ୟମ ?

ସେହି ଜୀବନ ଯିଏ ତାକୁ ଦେଖାଇଛି ନିରବଚ୍ଛିନ୍ନ ଦୁଃଖ ଓ ସଂଘର୍ଷର ପଥ, ଖରାବର୍ଷା, ଶୀତକାକରରେ ବିଲବାଡ଼ିରେ ଖଟି ଖଟି ମୁଠାଏ ଦାନା ଯୋଗାଡ଼ କରିବ ନିଜ ପାଇଁ ଆଉ ପୁଅ ଦିଇଟାଙ୍କ ପାଇଁ। କାମ ନ ମିଳିଲେ ପେଜ ତୋରାଣିରେ, ଶାଗପତରରେ ପେଟ ଭରିବ, ନହେଲେ ବା ଖାଲିପେଟରେ ଶୋଇଯିବେ ତିନୋଟି ପ୍ରାଣୀ। ଉହୁଉହୁ ତାତିରେ ଜଳି ଜଳି ସେ ବଞ୍ଚିବା ପାଇଁ ବାଧ୍ୟ। କାରଣ ସେ ମା', ଆଉ ତା'ର ଦୁଇଟା ପିଲା ଅଛନ୍ତି।

"ତମର ପିଅସାଙ୍କ କଥା ମନେପଡ଼େନି ଦେଇ ?" ପଚାରିଲି ମୁଁ। ଦେଇ କହିଲା – "ଏ କ'ଣ ମାସେ ଛ' ମାସର କଥା ହେଇଛି ? ଅଠର ଉଣେଇଶି ବର୍ଷ ହେଲାଣି, ସେ ଗଲାଣି, ସେତେବେଳକୁ ଅଭିକୁ ତିନିବର୍ଷ। ଏଇ ସାନ ଟୋକାଟା ସାତ ମାସର ହେଇ ଥାଏ। ଗୋରୀ କନିଆକୁ ସାଥୀରେ ନେଇ, ଟ୍ରେକରରେ ବସାଇ ସେ ପଳାଇଗଲା।"

"ଆଉ କେବେ ଆସିନାହାନ୍ତି ?" ପୁଣି ପଚାରିଲି ମୁଁ।

"ନା, ସେହିଦିନଠାରୁ ଏ ଗାଁ ମାଟି ଆଉ ମାଡ଼ିନି ଦିନେ। ମୋର ବୋଉ ସେଇବର୍ଷ ମରିଗଲା। ବାପାକୁ ଦେଖାଯାଉ ନଥିଲା। ତଥାପି କେଇଟା ବର୍ଷ ବଞ୍ଚିଥେଲା ବାପା। ତାରି ଆଶ୍ରାରେ ପିଲାଙ୍କୁ ଛାଡ଼ି ବିଲବାରିରେ ଦୁଃଖଧନ୍ଦା କରି ବଞ୍ଚେଇଲି ସମସ୍ତଙ୍କୁ।"

ମୋ ହାତକୁ ରନ୍ଧ ଗ୍ଲାସ ବଢ଼ାଇଦେଇ ସପ ଉପରେ ବସିପଡ଼ିଲା ଲଜିଦେଇ। କହିଲା, "ଅଭିଟା ମୋର ଗୋଟେ ପରିବା ଦୋକାନ ଖୋଲିଛି। ଦି'ଭାଇ ଯାକ ସେଇଠି।

ପାଖରେ ପଡ଼ିଥିବା ପ୍ୟାକେଟ୍ ଟିକୁ ଦେଖାଇଦେଇ କହିଲି, "ଦେଇ ! ଏଥରେ ଦି'ଖଣ୍ଡ ଶାଢ଼ୀ ଅଛି ତମ ପାଇଁ।"

ଲଜ୍ଜା ଓ ଆନନ୍ଦ ମିଶ୍ରିତ ଭାବଟିଏ ଖେଳେଇ ହୋଇଗଲା ଦେଇ ମୁହଁରେ। ପ୍ୟାକେଟ୍ ଟିକୁ ଘର ଭିତରେ ରଖିଦେବ ବୋଲି ଉଠିପଡ଼ୁଥିଲା ସେ। ଅଟକାଇ ଦେଇ କହିଲି, "ଖୋଲିକି ଦେଖ, ଦେଖିବନି?"

"ଦେଖିବି କ'ଣ? ମୋ ବୋହୂମା ଆଣିଛି ଯେତେବେଲେ କ'ଣ ଖରାପ ନୁଗା ହେଇଥିବ?"

"ନା, ନା, ଖୋଲ ଯାକୁ ତା' ଭିତରେ ଆଉ ଗୋଟେ ଜିନିଷ ଅଛି।" ମୁଁ ବାଧ୍ୟକଲି।

ଦେଇ ପ୍ୟାକେଟ୍ ଖୋଲିଲା, ଶାଢ଼ୀ ଦୁଇଖଣ୍ଡ ବାହାରକରି ଆଣିବାମାତ୍ରେ ମାଝିରୁ ଦେଖାଗଲା, ଗୋଟିଏ ମାଟିଆ ରଙ୍ଗର ବଡ଼ ଲଫାପା। କ'ଣ ଅଛି ଦେଖିବା ପାଇଁ ଘର ଭିତରୁ ଡିବିଟାକୁ ଉଠାଇ ଆଣିଲା ଲଜ୍ଜିଦେଇ। ସେଇ ଆଲୁଅରେ ମାଟିଆ ଖୋଲ ଭିତରୁ ବାହାର କଲା ଗୋଟେ ନୂଆ ଚିକ୍ ଚିକ୍ ପ୍ରଗତିଶୀଳ ପତ୍ରିକା। ପତ୍ରିକା ଉପରେ ଥିଲା ଗୋଟେ ନାରୀର ଫଟୋ। ବିସ୍ମୟ ଓ ଆନନ୍ଦ ମିଶାମିଶି ଧାରେ ହସ ଚହଟିଗଲା ସେ ମୁହଁ ଉପରେ। ଲଜ୍ଜିଦେଇ ନିଜକୁ ଦେଖିଲା। ଦେଖିଲା ତା'ର ସେହି ଛିଣ୍ଡା ନାଲି ଶାଢ଼ୀ, ଧାଙ୍ଗୁଡ଼ା ମୁଣ୍ଡ, ବଡ଼ ବଡ଼ ଦାନ୍ତ, ଶିରା ଫୁଟିଥିବା ଟାଣୁଆ ମୁହଁ, ଲଜ୍ଜିଦେଇ ଛିଡ଼ା ହୋଇଛି ଟ୍ୟୁବ୍ ଓ୍ୱେଲ୍ ପାଖରେ। ହାତରେ ଧରିଛି ବାଲଟି, ସେହି ଫଟୋଟି ସ୍ଥାନ ପାଇଛି ପତ୍ରିକାର ପ୍ରଚ୍ଛଦରେ।

ପତ୍ରିକା ଉପରେ ନିଜ ଫଟୋ ଦେଖି, ସ୍ୱେଚ୍ଛାରେ ନିଃସୃତ ଆନନ୍ଦ ଟିକକ ଭାବନାର ଗୋଲିଆ ପାଣି ଭିତରେ ନିଷ୍ଠ୍ୟୁ ହୋଇଗଲା। ମନେହେଲା ଯେପରି ତା'ର ଆଖିମୁହଁ ସବୁ କଠୋର ହୋଇଯାଇଛି। ଆଲୋକ ପୋଛି ନେଉଛି ଆନନ୍ଦ, ବିସ୍ମୟ ଓ ପୁଲକର ଢେଉମାନଙ୍କୁ।

ପତ୍ରିକା ଉପରେ ଆଖିରଖି ଲଜ୍ଜିଦେଇ ପଚରିଲା, "ଏ ବହି ତ ବଜାରକୁ ଆସିଥିବ?"

"ହଁ।"

"ନାଚଯାତ୍ରାରେ, ସିନେମାରେ କାମ କରୁଥିବା ମାଇକିନାଙ୍କ ଫଟ ଭଳି, ଏ ଫଟ ତ ଝୁଲୁଥିବ କୋଉ ଦୋକାନରେ, ହାଟ ବଜାରରେ?"

ମୁଁ ଆଶ୍ଚର୍ଯ୍ୟ ହୋଇଗଲି, "କ'ଣ କହିବାକୁ ଚୁହୁଁଛି ଦେଇ ?"

"ଶେଷକୁ ମୋତେ ବିକିଦେଲ ବୋହୂମା ? ଅଠର କୋଡ଼ିଏ ବର୍ଷ ଧରି ଖଟି ଖଟି ଦୁଃଖଧନ୍ଦା କରି ବଞ୍ଚିଥିଲି ସିନା, ମାନସମ୍ମାନ ହାରିନଥିଲି ଦିନେ । ଲଜ୍ଜିଦେଇର ସ୍ୱରରେ ଜମାହୋଇ ଯାଉଛି ଦୁଃଖ ଆଉ ରାଗ । ବିଚିତ୍ର ଦୋଷରେ ମୋତେ ଦୋଷୀ କରିଦେଇ ସେ କହିଲା, "ମାନ ସମ୍ମାନ ଗଲେ ଆଉ କ'ଣ ରହିଲା ?"

"ତମର ମାନ ସମ୍ମାନ ଏମିତି କି ଚିଜରେ ତିଆରି ଯେ, ଟିକକରେ ଝୁଲିଯିବ ?" ପଛପଟରୁ ଅନିର କଠୋର ସ୍ୱର ଶୁଣି ଚମକି ପଡ଼ିଲୁ ଉଭୟେ । ସେ କହିଚାଲିଥିଲା, "ତମେ ବଞ୍ଚିଥାଉ ଥାଉ, ପିଲା ଦିଇଟା ଥାଉ ଥାଉ, ଯେଉଁ ଲୋକଟା ଆଉ ଗୋଟେ ମାଇକିନା ନେଇ ରହିଲା, ଛୁଆପିଲା ଘରସଂସାର କଲା, ତା'ର ତ କାହିଁ ମାନସମ୍ମାନ ଗଲାନି ?"

ମୋ ଆଡ଼କୁ ବୁଲିପଡ଼ି ଅନି କହିଲା, "ନିଅ ଅପା । ସଞ୍ଜବେଳଟାରେ ଗାଧୋଇଛ । ତମକୁ ଥଣ୍ଡା ଧରିବନି ? ରଚ କରି ତିନିଘର ଖୋଜି ଆସିଲିଣି ତମକୁ ।" ଷ୍ଟିଲ ଗ୍ଲାସଟିଏ ମୋ ହାତକୁ ବଢ଼ାଇଦେଲା ଅନି । ତା'ର ସ୍ୱରଭଳି ବ୍ୟବହାର ମଧ ଖୁବ୍ କର୍କଶ । କିନ୍ତୁ ମନେହେଲା ତା' ଭିତରେ ଯେମିତି ଥରୁଛି ବିଷାଦ । ଆମେ ତିନିହେଁ ନିରବ ହୋଇଯାଇଥିଲୁ । ଲିଭି ଯାଇଥିବା ଚୁଲି, ଡିବି ଓ ଜହ୍ନ ଆଲୁଅର ମିଶ୍ରିତ ପ୍ରଭାବରେ ଅନି ଦିଶୁଥିଲା ରହସ୍ୟମୟୀ ।

ଏମିତି ପଥରମୂର୍ତ୍ତି ଭଳି ଛିଡ଼ାହୋଇଛି କାହିଁକି ସେ ? ଖୁବ୍ ଅନ୍ୟମନସ୍କ ଓ କାହାକୁ ଅପେକ୍ଷା କଲାଭଳି ? ଅବଶୋଷ ଯଦି ଦେହଧାରଣ କରେ, ବୋଧହୁଏ ଦିଶିବ ଅନି ଭଳି । ବେଦନାର ଶାଢ଼ିପିନ୍ଧି କାହା ଅପେକ୍ଷାରେ ଛିଡ଼ାହୋଇଛି ଅନି ?

ଦୂରରୁ କେଉଁଠୁ ଭାସିଆସୁଛି ଖଞ୍ଜଣୀ ଶବ୍ଦ । ବୋଧହୁଏ ଭୀମଭୋଇ ଭଜନ କି ଅଚ୍ୟୁତାନନ୍ଦ ମାଳିକାରୁ କେଇପଦ ପବନରେ ଶୁଭୁଛି । ସ୍ୱର, ତାଲ, ଲୟ, ପ୍ରତି ମୁହୂର୍ତ୍ତରେ ଭାଙ୍ଗି ଭାଙ୍ଗି ଟୁକୁରା ଟୁକୁରା ହୋଇ ବିଛାଡ଼ି ପଡ଼ୁଛି । କିଛି ବୁଝି ହେଉନି । ସ୍ୱରସବୁ ଟଳମଳ, ବିଶୃଙ୍ଖଳ, ଠିକ୍ ଚହଲା ପାଣିରେ ପଡୁଥିବା ପ୍ରତିବିମ୍ବ ଭଳି ଅସ୍ପଷ୍ଟ ।

ନିରବତା ଭାଙ୍ଗି ଲଜ୍ଜିଦେଇ କହିଲା, "ଶୁଣୁଛ ବୋହୂମା, ଏଇ ଆମ ସର୍ବେଶ୍ୱରର ଗୀତ ଶୁଭୁଛି । ନିତି ସଞ୍ଜବେଳେ ଖଞ୍ଜଣୀ ବଜାଇ ଦିପଦ ନ ବୋଲିଲେ ତା'ର ଶାନ୍ତି ନାହିଁ ।"

ବିଷାକ୍ତ ସାପଟିଏ ଭଲି ଫାଁ କରି ବୁଲିପଡ଼ିଲା ଅନି । କହିଲା, "ତମର ପୁତୁରା ସେଠି ମଠରେ ଖଣ୍ଡଣୀ ବାଡ଼ଉଛନ୍ତି । ନିତି ସଞ୍ଜବେଳେ ଭାଙ୍ଗ, ଅଫିମ, ଗଞ୍ଜେଇ ନିଶାରେ ଟୁଲୁଟୁଲୁ ହୋଇ ଗୀତ ବୋଲୁଛନ୍ତି । ରାତିଅଧରେ ଫେରିଲେ ସୁଦ୍ଧା । ମୁଁ ଅଖିଆ, ଅପିଆ, ଅନିଦ୍ରା ଜଗିବସୁଛି । ମୁଁ ଯଦି ମଠକୁ ଯାଏ ମୋତେ ଘରେ ପୂରେଇ ଦେବେ ତ ?"

"କି ଅଲକ୍ଷଣା କଥାଗୁଡ଼ା କହୁଛୁ ବା ? ତୁ କାହିଁକି ମଠକୁ ଯିବୁ ? ଘରୁଆ ଘରର ଝୁଅ ସବୁ ଏମିତି କହନ୍ତି ?"

"କାହିଁକି ? ତମ ପୁଅ କ'ଣ ଘରୁଆ ଘରର ପୁଅ ନୁହଁ କି ? ସେ ଯଦି ନିଶାପାଣି ଖାଇ ଖଣ୍ଡଣୀ ବାଡ଼େଇ ମସ୍ତି କରିପାରୁଛି, ମୁଁ କାହିଁକି କରିପାରିବିନି ?" ଗୋଟାଏ ତୀବ୍ର ଅସହିଷ୍ଣୁତାରେ ଫାଟି ପଡ଼ୁଛି ଅନି ।

ରାସ୍ତାସାରା ଖାଲି ଆବୁଡ଼ା ଖାବୁଡ଼ା ପଥର । ତାରି ଉପରେ ଚଲିବାକୁ ହିଁ ହେବ । ନଖ ଖଣ୍ଡିଆ ହେବ । ଆଙ୍ଗୁଠିରୁ ରକ୍ତ ଝରିବ । ତଳିପା ସାରା କେତେ ଯେ କ୍ଷତ ହେବ, ତା'ର କିଛି ହିସାବ ନାହିଁ । ସେହି ରାସ୍ତାର ଯନ୍ତ୍ରଣାକୁ ସହିଛି, ନିଜର କରିସାରିଛି ଲଜ୍ଜିଦେଇ । ତଥାପି ଅନିକୁ ସେ ଉସ୍ସାହ ଦେଉଛି, ସାହସ ଦେଉଛି, ସେହି ପଥରେ ଆଗେଇବା ପାଇଁ । କାହିଁକି କହିଦେଇ ପାରୁନି ରାସ୍ତା ଭାଙ୍ଗି ଚଲିଯା ?

"ଚଲ ଯିବା ଅପା ।" ଅନି କହୁଛି ଘରକୁ ଫେରିଯିବା ପାଇଁ । ଲଜ୍ଜିଦେଇର କିଛି କହିବା ପାଇଁ ନାଇଁ ।

ଆମେ ଫେରି ଆସିଲୁ ।

ଚାରିଦିନ ଗାଁରେ ବିତିଛି କି ନାହିଁ, ମୋତେ ଆହ୍ୱାନ କଲା ସହର ଏବଂ ସେ ଆହ୍ୱାନ ଥିଲା ଅଲଂଘ୍ୟ । ମୋ ସହର, ମୋ ଚାକିରୀ, ମୋ ଦାୟିତ୍ୱ, ମୋ ପତ୍ରିକା ଓ ମୋ ପିଲା । ଏମାନଙ୍କ ପାଇଁ ମୋତେ ଫେରିବାକୁ ହେବ ସହରକୁ । କିନ୍ତୁ ଏସବୁ ଖାଲି ଉପରକୁ ଦେଖାଯାଉଥିବା କାରଣ । ପ୍ରକୃତ ଅନ୍ତର୍ନିହିତ କାରଣଟି ହେଉଛି, ଏହି ପରିବେଶ ଓ ପରିସ୍ଥିତିରୁ ମୁକ୍ତି ଓ ସେଥିପାଇଁ ପଲାୟନ ।

ଗୋଟିଏ ଟାଣ ଗଣ୍ଠି । ଏ ଗଣ୍ଠିଟା କେବଳ ନାରୀ ପାଇଁ । ଜୀବନସାରା ପାଇଁ ନ ଭାଙ୍ଗୁ ବୋଲି ରହିଥିବା ଗୋଟାଏ ସାମାଜିକ ସମ୍ପର୍କ । ଏ ସମ୍ପର୍କ କେତେ ଅତିଷ୍ଠ

କରେ ନାରୀକୁ ତାହା କ'ଣ ସମାଜ ବୁଝେ ? ଯେଉଁ ସମ୍ପର୍କର ମହନୀୟତା ନେଇ ଏତେ ପ୍ରଖର ଏତେ ହୋହଲ୍ଲା, ଏତେ ସାହିତ୍ୟ ସେ ସମ୍ପର୍କଟି ପ୍ରକୃତରେ କମନୀୟ ସଂସ୍କୃତିର ରଚନା, ତାରି ଭିତରୁ ନାରୀ ପଳାଇଯିବାକୁ ଚାହେଁ । ତାରି ଭିତରେ ନାରୀ ପ୍ରତି ମୁହୂର୍ତ୍ତରେ ଛଟ୍ ପଟ୍ ହୁଏ । କାନ୍ଦେ ମିଛ ହସର ଆଢୁଆଲରେ । ଜନ୍ମଜନ୍ମର ସମ୍ପର୍କ କହି ମହନୀୟ କରାଯାଉଥିବା କଥାଟାକୁ ଭାଙ୍ଗିରୁଜି ଚୁରମାର କରିଦେବାକୁ ଇଚ୍ଛା କରେ ନାରୀ । ଶାଶୁଘର ଏକ ନିରବଚ୍ଛିନ୍ନ ବନ୍ଧନ । ମୋର ସୁବିଧା ଅଛି ବୋଲି ମୁଁ କିଛି ସମୟ ପାଇଁ ଭାଙ୍ଗିଦେଇ ପାରୁଛି ସେ ବନ୍ଧନକୁ । କିନ୍ତୁ ସେମାନେ ?

ସକାଳର ପ୍ରଥମ ବସ୍‌ରେ ସହରକୁ ଫେରିଯିବାପାଇଁ ବିଦାୟ ନେବା ବେଳକୁ ଦେଖିଲି, ଦୁଆରବନ୍ଦ ପାଖରେ ଛିଡ଼ା ହୋଇଛି ଅନି । ତାର ଆଖି ଦୁଇଟି ଦିଶୁଛି ଅସହାୟ ବନ୍ଧ ପଶୁର ଆଖିଭଲି କରୁଣ ।

ବସ୍ ଯାତ୍ରାର ସମଗ୍ର ସମୟ ଅନି ମୋତେ ଘାରି ରହିଥିଲା । ତା' ଉପରେ ସୁନ୍ଦର ଫିଚର ଟିଏ ଲେଖାଯାଇପାରେ । ତା'ର ଦୃପ୍ତ ସ୍ଵଭାବରୁ ଉଚ୍ଛୁଳି ଆସୁଥିବା ନାରୀମୁକ୍ତିର ସ୍ଵରକୁ ପତ୍ରିକା ପୃଷ୍ଠାରେ ସ୍ଥାନ ଦିଆଯାଇପାରେ; କିନ୍ତୁ ମୋର କୁସଂସ୍କାରଗ୍ରସ୍ତ ମନ ଭିତରେ ଘୁରୁଛି କୁଣ୍ଠା । ଘରକଥାଗୁଡ଼ା ପଦାରେ ପକାଇବି ? ଅନିଠାରୁ ବଡ଼ ହୋଇ ଦିଶୁଛି ଶାଶୁଘର । ବ୍ୟକ୍ତିଠାରୁ ଗୋଷ୍ଠୀଜୀବନ ମହତ୍ୱପୂର୍ଣ୍ଣ ମନେହେଉଛି କାହିଁକି ? କେଉଁ ଏକ ବୃଥା ସଂସ୍କାର ଓ ଫମ୍ପା ମର୍ଯ୍ୟାଦାବୋଧ ମୋତେ ବାରଣ କରୁଛି ?

କେଇଟା ମାସ ଯାଇଛି କି ନାହିଁ, ଗାଁରୁ ଖବରଟିଏ ଆସିଲା । ଦୁଃଖ ଓ ଲଜ୍ଜାରେ ମ୍ରିୟମାଣ କରିଦେବାଭଲି ଖବର । ଗାଁର କେଉଁ ଗୋଟେ ମୁସଲମାନ୍ ଲୋକ ସହିତ, ଅନିର ସମ୍ପର୍କ ବଢ଼ିଛି । କ୍ରୋଧରେ ଅଜ୍ଞାନ ହୋଇ ସର୍ବେଶ୍ଵର ପିଟିଛି ତାକୁ । ରକ୍ତାକ୍ତ ହୋଇ ଅଚେତନ ହୋଇପଡ଼ିବା ଯାଏ, ସର୍ବେଶ୍ଵର ତାକୁ ପିଟିଛି ।

ସାଙ୍ଗେ ସାଙ୍ଗେ ଗାଁକୁ ଯିବା ବ୍ୟତୀତ ମୋ ପାଖରେ ଆଉ କୌଣସି ଉପାୟ ନଥିଲା । ବସ୍ ଭିତରେ ମୋର ମନ ମସ୍ତିଷ୍କ ଏତେ ତୀବ୍ର ବେଗରେ ଗତି କରୁଥିଲା ଯେ, ମୋତେ ଲାଗୁଥିଲା ବସ୍ ଚାଲୁନି । ଏଥରୁ ଓହ୍ଲାଇ ପଡ଼ିଲେ ବୋଧେ ମୁଁ ଶୀଘ୍ର ପହଞ୍ଚିବି । ମୁଁ ଦେଖିପାରୁନଥିଲି, ବାଟରେ କେଉଁ କେଉଁ ଗାଁ ପାଖରେ କେତେଲୋକ ବସ୍‌ରୁ ଓହ୍ଲାଇଲେ ବା ଚଢ଼ିଲେ । କେତେବେଳେ ଖରା ମଉଳିଲା ।

କେତେବେଳେ ସୂର୍ଯ୍ୟ ବୁଡ଼ିଲା । ମୋର ଭିତର ସାରା, ବାହାର ସାରା କେବଳ ଅନିର ରାଜତ୍ୱ ।

ନାଲବନ୍ଦରେ ବସ୍ ରହିଲା, ମୁଣ୍ଡର ଓଢ଼ଣା ସଜାଡ଼ି ନେଇ ଓହ୍ଲାଇଲି । ପକ୍କା ପୋଲ ଉପରେ ଦୁମ୍ ଦୁମ୍ ହୋଇ ଯେଉଁ ଲୋକ ଜଣକ ନାଲବନ୍ଦ ଆଡ଼କୁ ଆସୁଛନ୍ତି, ତାଙ୍କ ମୁହଁରୁ ବର୍ଷିଯାଉଛି ଗାଲି .... "ଯାଃ, ଯେ ଗାଈଟା ପାଇଁ କେତେ ଘାଣ୍ଟି ହେଲିଣି । ଏଥରକ ତାକୁ କଁସେଇକି ବିକିବି । ଏଇ ଓଲେଇ ଗାଈଟା ପାଇଁ ବଡ଼ ସର୍ବନାଶ ହେଲା । ସବୁବେଳେ ପଘା ଛିଣ୍ଡାଇ ଯ୍ୟା ତା' ବାଡ଼ିରେ ପଶିଲା । ସେ ବରହ୍ମା ଚହ୍ନାର ନେଇ ତାକୁ କାଞ୍ଜିଆହୁଦାରେ ପୁରାଇଛି ...."

ସନ୍ଧ୍ୟାର ମ୍ଲାନ ଅନ୍ଧାର ରାସ୍ତାକୁ ଅସ୍ପଷ୍ଟ କରିଥିଲା; କିନ୍ତୁ ମୋତେ ସ୍ପଷ୍ଟ ଦିଶୁଥିଲା ଅନିର ନିରୀହ ଭୟାର୍ତ ଦୁଇଟି ଆଖି ।

ଶୀଘ୍ର ଶୀଘ୍ର ପାଦ ପକାଇଲି ଘର ଦିଗରେ । ଗାଁ ରାସ୍ତା, କଟେରୀ ବାରି, ସ୍କୁଲ ପାଟେରୀ ଅତିକ୍ରମ କରିସାରିଲା ମାତ୍ର ଆମ ନଡ଼ିଆଗଛ ପାଖରୁ ପିଣ୍ଡା ଦିଶିଲା । ଚଉରା ମୂଲର ସଞ୍ଜବତୀ ଏଇମାତ୍ର ଲିଭିଛି । ତଥାପି ଦିଶୁଛି ଟିକେ ମଲା ନିଆଁ । ରଇରିଆଡ଼ ଶୁନ୍ ଶାନ୍ । ପାହାଚରେ ପାଦଦେଇ ପିଣ୍ଡାକୁ ଉଠିଲି । ଭିତର ବାରଣ୍ଡାରେ ଜଳୁଥିବା ଆଲୁଅରୁ ଧାରେ ମୋ ମୁହଁରେ ପଡ଼ିଲା । ମୋ ଛାଇ ଭିତରକୁ ନ ଯାଇ ବାହାରକୁ ପଡ଼ିଲା । ତଥାପି ଜଣାପଡ଼ିଲା କେହି ଆସିଛି । ଆଲୁଅକୁ କି ଅନ୍ଧାରକୁ କୁଆଡ଼କୁ କେଜାଣି ରହଁ ବସିଥିଲା ସୁରମା । ବୁଲିପଡ଼ି ମୋତେ ଦେଖିଲା । ପାଖକୁ ଆସି, ମୁଣ୍ଡ ଲଗାଇ ପ୍ରଣତି କଲା । ଏମିତି ରହିଁଲା ସତେ ଯେମିତି ସେ ମୂକ ବଧିର ପାଲଟିଯାଇଛି ।

ସାରାଘର ନିସ୍ତବ୍ଧ । ଶାଶୁ, ଶ୍ୱଶୁର, ଖୁଡ଼ୁଟାଶୁର, ଦିଅର, କେହ ଜଣେ ହେଲେ ଦିଶୁନାହାନ୍ତି । କୁଆଡ଼େ ଗଲେ ସମସ୍ତେ ପରଖିବା ପାଇଁ ସୁଦ୍ଧା । ମୋ ଭିତରେ ସାମାନ୍ୟତମ ସ୍ନେହା ନାହିଁ । ଅନ୍ଧାର କୋଠରୀ ଭିତରେ ଯେ ଶୋଇଛି ସେ ଅନି ଛଡ଼ା ଆଉ କେହି ନୁହେଁ । ଭିତରକୁ ଯାଇ ଆଲୁଅ ଜାଲିଲି । ଅତି କଷ୍ଟରେ ବିଛଣାରେ ଉଠିବସିଲା ଅନି । ଦେଖିଲି ତା' ମୁହଁ, ବେକ ଓ ହାତସାରା ପଟା ପଟା ଚିହ୍ନ । କେତେଜାଗା ନୋଲାଫାଟି ରକ୍ତ ଝରିଛି ।

ଭୁଲ୍ କାହାର ?

କେଉଁ ଭୁଲ୍ ପାଇଁ ଏ ଦଣ୍ଡ ?

ଯେଉଁଟାକୁ ମୁଁ ଭୁଲ୍ ବୋଲି ଭାବୁଛି, ସଂସ୍କାର ମୋତେ ବାଧ କରି କହୁଛି ସେଇଟା ଠିକ୍ । ସେଇଟା ଉଚିତ୍ । ସେ କଥାଟା ଏତେ ଅସହଣୀ ଯେ ମୋ ଭିତରେ ଜଳୁଛି । ମୋତେ ଗୋଟାସୁଦ୍ଧା ଜଳାଉଛି । ଅଥଚ ନା ତାକୁ ମୁଁ ଫିଙ୍ଗି ପାରୁଛି, ନା ରଖିପାରୁଛି ?

ମୋତେ ପ୍ରଣାମ କରିବ ବୋଲି ଅତି କଷ୍ଟରେ ନିଜକୁ ଉଠାଉଥିଲା ଅନି ।

ଦୃଢ଼ ସ୍ୱରରେ କହିଲି, "ଥାଉ ବସ୍ ସେଇଠି ।"

ମୁଁ ତାକୁ ସିଧା ରୁହିଁଲି । ଦେଖିଲି ମୁହଁର କଠୋରତା ଜମାଟ୍ ବାନ୍ଧିଛି ତା' କପାଳରେ ।

"କିଏ ସେ ଲୋକ ?" ମୋର ପ୍ରଶ୍ନ ଥିଲା ସଲଖ ଓ କଠୋର ।

ହୁସେନ୍ । ନିର୍ଦ୍ୱନ୍ଦ୍ୱରେ ଉତ୍ତର ଦେଲା ଅନି । କଷ୍ଟରେ ନ ଥିଲା ତିଳେମାତ୍ର ଦ୍ୱିଧା । ଉଚ୍ଚାରଣରେ ନଥିଲା ସାମାନ୍ୟ ଧୂଲିମଳି । ଅନିର ସ୍ୱର ଏତେ ସ୍ପଷ୍ଟ ଥିଲା ଯେ, ଉତ୍ତପ୍ତ କରିଦେଲା ମୋ ସଂସ୍କାରକୁ । ଧ୍ୱଂସ କରିଦେଲା ଆବେଗ । ବାଷ୍ପୀଭୂତ କରି ଉଡ଼ାଇଦେଲା ମୋର ଭୁଲ୍ ଠିକ୍‍ର ବିଚରକୁ । କ୍ରୋଧସବୁ ବାକ୍ୟହୋଇ ମୋ ଭିତରେ ଘାଣ୍ଟିହେଲା – କେମିତି ଏକଥା ଏଡ଼େ ସ୍ୱଚ୍ଛଦରେ କହିପକାଉଛୁ ଅନି ? ତୋ ଜିଭ ଛିଡ଼ି ପଡୁନି ? ତୋ ତଣ୍ଟି ଶୁଖିଯାଉନି ? ବାପଘର, ଶାଶୁଘର ଦୁଇକୂଳର ନାଁ ପକାଇଲୁ ? ମାନ ମର୍ଯ୍ୟାଦା, କୁଳର ସମ୍ମାନ ସବୁପୋଡ଼ି ଖାଇସାରିଛୁ ? ଏଇ ତୋର ଶିକ୍ଷା, ଦୀକ୍ଷା, ସଂସ୍କୃତି ? ମୋର ତଣ୍ଟିସାରା, ପେଟସାରା, ଗଳାସାରା, ପାଟିସାରା, ସଭ୍ୟ, ଅସଭ୍ୟ ଶବ୍ଦସବୁ ଜମାହେବାକୁ ଲାଗିଲେ । ଯେତେକ ଶବ୍ଦ ଦେଇ ମଣିଷ ମଣିଷକୁ କାଟେ, ଛେଚେ, ଖଣ୍ଡିଆ କରେ, ସେ ସବୁଟକ ଶବ୍ଦ ମୋ ଭିତରେ ଛଟପଟ ହେଉଛନ୍ତି । ଯଦି ସେଥିରୁ ଗୋଟିଏ ଖସିଆସେ, ତା' ପରକୁ ତା' ପରକୁ କୁଢ଼େଇ ହୋଇ ପଡ଼ିବ ସବୁ ଅନି ଉପରେ । ତାକୁ ଚୂନା କରିଦେବ ।

"ହୁସେନ୍ ? କ'ଣ ଅଛି ତା' ପାଖରେ ଯେ, ତାକୁ ତୁ ବାଛିଲୁ ?"

ଶବ୍ଦଙ୍କର ଭିଡ଼ କାଟି ବିଚିତ୍ର ବାକ୍ୟଟିଏ ଆମ୍ପ୍ରକାଶ କଲା ଓ ମୁଁ ନିଜେ ମଧ ବିସ୍ମିତ ହୋଇଗଲି ଏଥରେ । ଏହା କ'ଣ ଜିଭର ସ୍ଖଳନ ? ଅଚେତନ ଭାବରେ

ସତକଥା ସବୁ ଏମିତି ଖସିଆସେ ତଣ୍ଡିରୁ ? ଭାଷା ତେବେ ସଚେତନ ଓ ସ୍ୱତନ୍ତ୍ର ? ତା'ର ଯିବାଆସିବା ମୋ ନିୟନ୍ତ୍ରଣରେ ନାହିଁ ସବୁବେଳେ ?

ମୁଁ ଦେଖିଲି ମୋ ବାକ୍ୟ ମୋ ଭିତରୁ ମୁକ୍ତିପାଇ ଅନିର ହୃଦୟରେ କରାଘାତ କରୁଛି ।

“ତା'ର ହୃଦୟ ଅଛି, ଅପା”, ଅନି କହିଲା ।

ହେ ଭଗବାନ୍‌ ! କ'ଣ କହୁଛି ଏ ଝିଅଟା ? ବୁଦ୍ଧିବୃଭି ସବୁ ତା'ର ଲୋପ ପାଇଗଲାଣି ?

ଖାଲି ହୃଦୟ ନେଇ କେହି ବଞ୍ଚେ ? ହୁସେନର ଯେ କିଛି ନାହିଁ । ଖାଇବା, ପିଇବା, ରହିବା ପାଇଁ ସମ୍ବଳ କାହିଁ ?

ମୁଁ କିଛି କହିବା ପୂର୍ବରୁ ମୋ ପାଦ ଉପରେ ଅଜାଡ଼ି ପଡ଼ିଲା ଅନିର ଶରୀର । ତା'ର କପାଳରେ ତାତି ଥିଲା । ଲୁହରେ ଥିଲା ଆର୍ଦ୍ର ଉଭାପ । ମୁଁ ନଇଁଲିନି । ମୋର ନଇଁବାର ନାହିଁ । ମୁଁ ଏ ଘରର ବଡ଼ ବୋହୂ । ମୁଁ ନଇଁଗଲେ ଚଳିବ କେମିତି ?

ସୁରମା ତାକୁ ଉଠାଇ ବସାଇଲା ।

ଭଙ୍ଗା ଭଙ୍ଗା ସ୍ୱରରେ ଅନି କହିଲା, “ସେଟିକି ପାଇନି ବୋଲି ଦରମଲା ହୋଇ ବଞ୍ଚିଛି ଅପା । ଏମିତି କ'ଣ ସାରା ଜୀବନଟା ...”

ଝିଟି ପଡ଼ିଥିଲା ଲୁହର ବର୍ଷା ।

ଘୋଟି ଆସିଥିଲା କୋହର ବତାସ ।

ତଥାପି ଅଚଳ ସମ୍ଭଳି ମୁଁ ନିଜକୁ ଉଦ୍ଧତ ସୁରକ୍ଷିତ କରି ରଖିଛି ।

ମୋର ଆଖି ଶୁଖିଲା ।

ଏ ଘରର ବଡ଼ ବୋହୂ ମୁଁ । ମୋ ଠାରୁ ବାରବର୍ଷ ସାନ ଏଇ ଯାଆଟା, ସ୍ୱାମୀ, ଶ୍ୱଶୁର, ଦେଢ଼ଶୁର, ଦିଅର ସମସ୍ତଙ୍କ ଆଖି ସାମ୍ନାରେ ଗୋଟାଏ ପଠାଣ ସାଙ୍ଗରେ ପଲାଇବ ? ସମାଜରେ କେଉଁଠି ଆମେ ମୁହଁ ଦେଖାଇବୁ ? ଛିଡ଼ିପଡ଼ିବନି ଆକାଶ ?

ଅନିକୁ ରହିଁବିନି ବୋଲି ମୁହଁ ବୁଲାଇନେଲି ୫କଁ ଆଡ଼କୁ । ଲାଗିଲା, କେହିଜଣେ ଅପସରି ଗଲା ୫କଁ ନିକଟରୁ । କିଏ ?

ସନ୍ଦେହ ମୋତେ ଛୁଇଁଲା; କିନ୍ତୁ ମୁଁ ଧାଇଁଗଲିନି ଦେଖିବାକୁ କିଏ ସେଠି।

କେହିତ ଜଣେ ହୋଇଥିବ। ସଂସ୍କୃତି ଗଢ଼ୁଥିବା ଓ ଭାଙ୍ଗୁଥିବା ପୁରୁଷଟିଏ। ନହେଲେ ବା ବିଶାଳକାୟ, ଓଜନିଆ ସଂସ୍କୃତି ପଥରକୁ କାନ୍ଧରେ ବହି ବହି ସମାଜର ପାହାଡ଼ ଚଢ଼ୁଥିବା ନାରୀ। ପଥରଖଣ୍ଡ କେଉଁଠି ଖସିପଡ଼ିପାରେ। ନହେଲେ ବା ସେହି ପଥରର ଓଜନ ତଳେ ଚ୍ୟୁତ ହୋଇଥିବା ନାରୀ କେଉଁଠି ତାକୁ କାନ୍ଧରୁ ଫିଙ୍ଗିଦେଇପାରେ। ତା’ ତଳେ କିଏ ଛେଚିହେବ, ତା’ର କିଛି ହିସାବ ଅଛି?

ପରଦିନ ସକାଳୁ ଅନି ନଥିଲା ଘରେ।

ହିଂସ୍ର ପଶୁଭଳି ସଁ ସଁ ହୋଇ ଘରଭିତରେ ଘୁରି ବୁଲୁଥିଲା କିଛି।

ସାରାଦିନର ବହୁ ଘଣ୍ଟାଚକଟା ପରେ, ଯାହା ଖବର ମିଳିଲା, ଅନି ଆଉ ହୁସେନ୍ ଦୁଇଜଣ ମାତ୍ର ରାତି ଅନ୍ଧାରରେ ଗାଁ ଛାଡ଼ି ନାହାନ୍ତି। ତାଙ୍କ ସାଙ୍ଗରେ ଆଉଜଣେ ଅଧବାଟ୍‌ୟାଏ ବଲେଇ ଦେବାକୁ ଯାଇଛି। ତାଙ୍କ ମନୋବଳ ବଢ଼ାଇଛି। ତାଙ୍କୁ ସାହସ ଦେଇଛି। ଏମିତିକି ନିଜ ପରିଶ୍ରମ ଉପାର୍ଜିତ ସ୍ୱଳ୍ପ ପୁଞ୍ଜି ସୁଦ୍ଧା। ଦେଇ ଆସିଛି ତାଙ୍କ ହାତରେ, ବଞ୍ଚିବା ପାଇଁ।

ମୋର ଶାଶୁ, ଶ୍ୱଶୁର, ଦିଅର କ୍ରୋଧରେ ପାଗଳ ହୋଇ ଲଜ୍ଜିଦେଇ ଘରେ ପହଞ୍ଚିଲେ। କଟୁଭାଷାରେ ଯାବତୀୟ ଶବ୍ଦ ଅଶବ୍ଦ ତା’ ଉପରକୁ ଫିଙ୍ଗି ଚାଲିଲେ। ପଥର ଭଳି ‘ତୁ ତା’ ବର୍ଷିଯାଉଥିବା ଗାଳିଗୁଡ଼ାକ ନୀରବରେ ସହିଗଲା ଦେଇ। ସେ ପଥରମୂର୍ତ୍ତି ଭଳି ଦୁଆରେ ବସିଥିଲା। ତା’ର ଦେହ, ତା’ର କାମନା, ତା’ର ଚରିତ୍ର ଉପରେ ଶବ୍ଦର ଛୁରୀ ଚଲାଇ ଯେଉଁ ବିଭତ୍ସଲୀଳା ସୃଷ୍ଟିକଲେ ସେମାନେ, ସେ କଥାଗୁଡ଼ା ମଞ୍ଜରୀ ମୋତେ କହିଲା ଓ କହୁ କହୁ କାନ୍ଦିପକାଇଲା। ସେମାନେ ତାକୁ କହିଲେ, “ତୋର ଏଇସବୁ ଗୁଣପାଇଁ ତୋ ଗେରସ୍ତ ତୋତେ ଛାଡ଼ିଗଲା। ନହେଲେ କାହିଁକି ଯାଆନ୍ତା କି? ଏ ଛୁଆ ଦିଇଟା ବି ତା’ର ହୋଇନଥିବେ। ଆଉ କାହାର ହେଇଥିବ।”

ଶ୍ଳୀଳ ଅଶ୍ଳୀଳର ସବୁ ସୀମାରେଖା ଧସିଯାଇଥିଲା। ଘଣ୍ଟାଏ କାଳ କଣ୍ଠ ଫଟାଇ ଚିତ୍କାର କରିଥିଲେ ସେମାନେ। ଅଥଚ ପଥରମୂର୍ତ୍ତି ଭଳି ସ୍ଥିର ଓ ଅବିଚଳିତ ଥିଲା ଲଜ୍ଜିଦେଇ।

ସନ୍ଧ୍ୟା ଆସିସାରିଥିଲା।

ଘର ଭିତର ସାରା କ୍ରୋଧ ଓ ହିଂସାର ଗୁଲ୍‌ଗୁଲ୍‌ ।

ମଞ୍ଜରୀ ଆଜି କୂଅରୁ ପାଣି କାଢ଼ି ଗାଧୁଆଘରେ ଦେଇନି ।

ଦୁଆରେ ତଳକୁ ମୁହଁ ପୋତି ବସିଛନ୍ତି ଶ୍ୱଶୁର ଓ ଦିଅର । ସେମାନଙ୍କ ସାମ୍ନା ଦେଇ କୂଅ ପାଖକୁ ଯିବାକୁ ସୁଦ୍ଧା ମୋତେ ଭୟ ଲାଗୁଛି । ସେମାନେ ଯେ, ମନ୍ଦ ମନ୍ଦ ନିଆଁଭଳି ଜଳୁଛନ୍ତି, ସେହି ଧାସରେ ସିଝିଯିବି ମୁଁ ।

ମୁଁ ବାଡ଼ିଆଡ଼କୁ ଗଲି । ନଡ଼ିଆ ଗଛର ଧାଡ଼ି ମଝିରେ ଠିଆହୋଇ ଦୂରକୁ ରହିଁଲି । ଲଜିଦେଇର ରଖୁଣ୍ଠା ଗଛର ମଥାନରେ ଜହ୍ନ ଉଠୁଥିଲା । ମନେହେଲା, ଲଜିଦେଇର ଦୁଆରେ ଲିଭିଯାଇଥିବା ଚୁଲିରୁ ଧୂଆଁ ଉଠୁଥିବ । ଚୁଲିମୁଣ୍ଡରେ ଧୂଆଁମିଶା ଜହ୍ନ କିରଣରେ ଲଜିଦେଇ ଏକା ବସିଥିବ । ହାତରେ ଧରିଥିବ ନାଲି ରଂ ଥିବା ଷ୍ଟିଲଗ୍ଲାସ । ସେଇ ରଂରେ ଝରି ଝରି ମିଶୁଥିବ ତା’ ଆଖିର ଲୁହ ।

ଛଦ୍ମବେଶ

– ଭୀମ ପୃଷ୍ଟି

ବାପର ଦୁଇଫାଳ ଚନ୍ଦା ମୁଣ୍ଡ ଭିତରେ ପଶି ଯେତେବେଳେ ଜୁଇର ନିଆଁ ମସ୍ତିଷ୍କୁ ରୁଟି ଖାଉଥିବ, ସେତିକିବେଳେ ପୁଣ ଭିତରେ ସବାର ହୋଇଯିବ ଗୋଟେ ନୂଆ କୌଶଳ । ଲୋକଟିର ରୁକିରି କହିଲେ – ମନ୍ତ୍ରୀଙ୍କ ମୁଣ୍ଡ ଉପରେ ଛତାଟିଏ ଧରି ସାଙ୍ଗରେ ଟୁରରେ ଯିବା । ମନ୍ତ୍ରୀଙ୍କ ପାଇଁ ଶିକାର ଓ ଶିକାରୀ ଯୋଗାଡ଼ କରିବା, ଅବଶିଷ୍ଟ ସମୟ ମନ୍ତ୍ରୀଙ୍କ ଘରୋଇ ଦପ୍ତରରେ ବସି ଫାଇଲ ରକ୍ଷ କରିବା । ମାସକୁ ଦରମା ବ୍ୟାଙ୍କରେ ଜମା ହେଉଥିବ । ଉପୁରି ଉପୁରିରେ ଚଳିଯାଉଥିବ ଲୋକଟିର ସଂସାର । ସଂସାର କହିଲେ ଆଉ କାହାକୁ କୁହାଯାଏ – ବିଧବା ମା । ପ୍ରେମରେ ବିଫଳ ଅଙ୍ଗନବାଡ଼ିରେ ସମାଜସେବା କରୁଥିବା ଅବିବାହିତା ବୟସ୍କା ବଡ଼ ଭଉଣୀ । ବାରମ୍ବାର ପେଟରେ ପିଲା ନଷ୍ଟ ହେଉଥିବା ଅସନ୍ତୁଷ୍ଟ ମୁଖରା ରୋଗୀଣା ସ୍ତ୍ରୀ, ସଂସାର କହିଲେ ଆଉ କାହାକୁ ବୁଝାଯାଏ ? ଯାକୁ ତ !

ଗାଁର ଘରେ ସେ ସକାଳୁ ଉଠିଲେ ତା' ଉଠିବାକୁ ଅପେକ୍ଷା କରି ରହିଥିବେ ଦଶପାଞ୍ଚ ଲୋକ । ଖୋସାମଟିଆ ମାନଙ୍କ ମୁହଁ ସକାଳୁ ଦେଖିଁବାକୁ ଲାଗୁଥିବ ବିରକ୍ତ । ତଥାପି ନଥିବ ଉପାୟ ।

ଜଣେ ଆରମ୍ଭ କରିବ – 'ଆଜ୍ଞା । ମନ୍ତ୍ରୀଙ୍କୁ ସେ ବିଷୟରେ କହିଲେ ?'

ଲୋକଟି ବିରକ୍ତ ହେବ – 'କହିବି ଗୋଟିଏ କଥା, ତୁମ ଝିଅ ରୁକିରି କରିବ ନା ତୁମେ କରିବ । ଯିଏ ରୁକିରି କରିବାକୁ ରୁହେଁ ସେ ମନ୍ତ୍ରୀକୁ ଆଗେ ଦେଖାକରୁ ।' ଅନ୍ୟ ଜଣେ ଫିସ୍ ଫିସ୍ ହୋଇ ପରୁରିବ – 'ସେ କଥା ବୁଝିଲେ ?'

ସେ ଚଲାଖି ଖେଳିବ – 'ତୁମ ପୁଅର ସେ ଫରେଷ୍ଟ ଡିପାର୍ଟମେଣ୍ଟରେ ରୁକିରି କଥା ତ! ମନ୍ତ୍ରୀଙ୍କ ସଙ୍ଗେ ଏ ବିଷୟରେ କଥା ହୋଇଥିଲି, ପାର୍ଟି ରୁଦା ଦଶ ହଜାର ଦେବାକୁ ହେବ। ତୁମେ ତ ଜାଣ ମନ୍ତ୍ରୀଙ୍କର ଏଥିରେ କୌଣସି ହାତ ନାହିଁ। ମନ୍ତ୍ରୀଙ୍କର କୋଟା ରହିଛି। ସେହି ଅନୁସାରେ ପାର୍ଟି ରୁଦା। ଟଙ୍କାଟା ତୁମ ପକେଟ୍‌ରୁ ଯାଇ ମନ୍ତ୍ରୀଙ୍କ ପକେଟକୁ ଯିବ। ସେଠୁ ଯାଇ ପାର୍ଟି ହୁଣ୍ଡିରେ ଜମା ହେବ। ବୁଝିଲ! ତା' ପରେ କେଉଁ ସାଂସ୍କୃତିକ ଅନୁଷ୍ଠାନର ମୁଖ୍ୟ ପୁରୋଧା ସମସ୍ତଙ୍କ ଯିବା ପରେ ପରଚିବେ – 'ଆଜ୍ଞା। ମୁଁ ଯେଉଁକଥା କହୁଥିଲି?'

ଲୋକଟି ସବ୍‌ ଜାନତା ପରି ଉତ୍ତରଟିଏ ଖଞ୍ଜି ରଖିଥିବ – 'ତୁମ କଥା ତ, ତୁମର ପଚିଶ ତାରିଖ ଫଙ୍କସନ୍। ସେଦିନ ମନ୍ତ୍ରୀଙ୍କର ଗୋଟେ ପଶୁ ଡାକ୍ତରଖାନା ଉଦ୍‌ଘାଟନ କରିବାକୁ ଅଛି। ମୁଁ ମନ୍ତ୍ରୀଙ୍କୁ କହିଲି, ଆଜ୍ଞା ଆପଣ ସେ ସାଂସ୍କୃତିକ ଫଙ୍କସନ୍‌କୁ ମୁଖ୍ୟ ଅତିଥି ହୋଇ ରୁଲନ୍ତୁ। ସେଠିକାର ଉଦ୍ୟୋକ୍ତାମାନେ ପରଚ ହଜାର ଟଙ୍କାର ଥଲି ପଶୁପାଳନ ବିଭାଗର ଉନ୍ନତି ପାଇଁ ଆପଣଙ୍କ ହାତରେ ଦେବାର କାର୍ଯ୍ୟକ୍ରମ ରହିଛି। ଏପରି ଗୋଟିଏ ସମାଜସେବୀ ଅନୁଷ୍ଠାନ ଶୁଣି ମନ୍ତ୍ରୀ ସବୁ ପ୍ରୋଗ୍ରାମ ବନ୍ଦ କରି ତୁମ ଫଙ୍କସନକୁ ଆସିବାକୁ ରାଜି ହେଲେ।'

ସାଂସ୍କୃତିକ ଅନୁଷ୍ଠାନର ପୁରୋଧା ଯେପରି ଆକାଶରୁ ଖସି ପଡ଼ିବେ – 'ହଜାର ଟଙ୍କାର ଥଲି। ଏ କିପରି କଥା। ଆମେ ସାହିତ୍ୟ ସଂସ୍କୃତି ଉନ୍ନତି ପାଇଁ ଥଲି ଦେଇପାରୁ କିନ୍ତୁ ପଶୁପାଳନ ଉନ୍ନତି …?'

ଲୋକଟି ବୁଝାଇବ – 'ଆହା। ତୁମେ ବୁଝୁନ କାହିଁକ …। ମନ୍ତ୍ରୀଙ୍କ ବିଭାଗ ପାଇଁ ପରଚ ହଜାର ଟଙ୍କା ଥଲି ଦେଲେ, ମନ୍ତ୍ରୀ ସାଂସ୍କୃତିକ ବିଭାଗ ମନ୍ତ୍ରୀଙ୍କୁ କହି ଲକ୍ଷେ ଟଙ୍କାର ସାହାଯ୍ୟ ତୁମ ଅନୁଷ୍ଠାନ ପାଇଁ କରିଦେବେ, ବୁଝିଲ। ଏଇଟା ହେଉଛି ପଲିଟିକ୍ସ। ଏତେଦିନ ସାହିତ୍ୟ କଳା ସାହିତ୍ୟରେ ରାଜନୀତି ବୁଝି ପାରିଲନି।'

ସାଂସ୍କୃତିକ ଅନୁଷ୍ଠାନର ମୁଖ୍ୟ ପୁରୋଧା ନିଜର ବାରୁଲତା ପାଇଁ ମନେ ମନେ ଲଜ୍ଜିତ ହେବେ ଓ ସନ୍ତୋଷରେ ସମ୍ମତି ଦେଇ ଫେରିଗଲା ପରେ ଘର ଭିତରୁ ସ୍ତ୍ରୀ ଆସି କହିବେ – 'ଶୁଣୁଛ। ଏ ସକାଳୁ ଆସି ମୋ ପାଖ ଛାଡୁନି। ତା' କଥା ଟିକେ ବୁଝ।' ସ୍ତ୍ରୀ ଭିତରକୁ ରୁଲିଗଲା ପରେ ମୁଣ୍ଡରେ ଅଛ ଓଢ଼ଣା ଦେଇ ନୂଆ ବାହା ହୋଇଥିବା ବୋହୂଟିଏ କାଚ ଝୁଣୁଝୁଣୁରେ କରିବ ନମସ୍କାର ଓ ନିଜ ବେକାର ସ୍ୱାମୀ ପାଇଁ ରୁକିରି ଯୋଗାଡ଼ କରିବାକୁ ଅନୁରୋଧ କରିବ।

ଲୋକଟି ଅଭୟ ଦେବ – 'ସ୍ୱାମୀ ସ୍ତ୍ରୀ ଦୁଇଜଣ ମନ୍ତ୍ରୀଙ୍କୁ ଯାଇ ଦେଖା କର। ମୁଁ ମଧ୍ୟ ତାଙ୍କୁ ଏ ବିଷୟରେ କହିଥିବି। ତୁମ ଦୁହିଁଙ୍କୁ ଦେଖିଲେ ମନ୍ତ୍ରୀ ଖୁସି ହେବେ। ତାଙ୍କ ନିର୍ଦ୍ଦେଶ ମତେ ତୁମେ ଦୁହେ କାର୍ଯ୍ୟ କଲେ ତୁମ ସ୍ୱାମୀଙ୍କ ରୁକିରି ହେଲା ବୋଲି ଜାଣ।'

ଏମିତି ସବୁ ବିଭିନ୍ନ ସ୍ୱାର୍ଥନେଇ ଜମା ହୋଇଥିବା ମଣିଷଙ୍କ ଚତୁର୍ପାର୍ଶ୍ୱରେ ଲୋକଟିର ଆସନ 'ମନ୍ତ୍ରୀଙ୍କ ପାଖ ଲୋକ' ହିସାବରେ ଥିବା ଗାଁରେ ସବୁଠୁ ମର୍ଯ୍ୟାଦାବନ୍ତ। ତଥାପି ବ୍ୟକ୍ତିଗତ ସ୍ୱାର୍ଥ ହାସଲ ପାଇଁ ଗୁଡ଼ାଏ ଅପରିଚିତ ଲୋକ ପରିଚିତ ହୋଇ ତା'ଠାରୁ ଲୁଟି ନେଉଥିବେ ଗାଁ ରହଣୀ କାଳର ଶାନ୍ତି। ଗାଁରୁ ଲୋକଟି ଛାତିପିଟି ହୋଇ ରାଜଧାନୀ ମନ୍ତ୍ରୀ ଉଆସର ନିର୍ଦ୍ଦିଷ୍ଟ ଜଞ୍ଜିର ପାଖକୁ ଫେରି ଆସୁଥିବ।

ମନ୍ତ୍ରୀଙ୍କ ମଥା ଉପରେ ଛତା ଟେକି ଧରିବାଠୁ ତାଙ୍କ ପୋଷା କୁକୁର ପାଖରେ କୃତଜ୍ଞ ହୋଇ ଚଳିବା ଜୀବନଟି କ୍ରମଶଃ ଲୋକଟିକୁ ଲାଗୁଥିବ ଗୋଟେ ଅଭୁତ ସୀମାବଦ୍ଧତାରେ ଶ୍ୱାସରୁଦ୍ଧ। ମନ୍ତ୍ରୀମାନଙ୍କ ଭବିଷ୍ୟତ ସାରୁପତ୍ରରେ ଟଳମଳ ହେଉଥିବା ବୁଦାଏ କାକର। କେଉଁ ମୁହୂର୍ତ୍ତରେ ଭାଙ୍ଗିଯାଇପାରେ ମନ୍ତ୍ରୀମଣ୍ଡଳ କିଏ ଜାଣେ। ତା' ସହିତ ସେ ହରାଇ ଦେଇପାରେ ଗାଁରେ ତା'ର ଲୋକପ୍ରିୟତା ଓ ରାଜଧାନୀରେ ଉପାର୍ଜନର କ୍ଷମତା। ମନ୍ତ୍ରୀପଦ ରୁଲିଗଲେ ପୂର୍ବତନ ମନ୍ତ୍ରୀ ପାଖଲୋକ ହିସାବରେ ସେତେବେଳେ ତା'ର ମୂଲ୍ୟ ହୋଇପାରେ ଗୋଟେ ଅଚଳ ମୁଦ୍ରା। ମନ୍ତ୍ରୀମଣ୍ଡଳରେ ଟିକେ ଅସ୍ଥିରତାରେ ସରକାର ବିପକ୍ଷରେ ରଣହୁଁକାର ଶୁଭିଲେ ଲୋକଟି ଚମକି ପଡ଼ୁଥିବ ଅନାଗତ ଆତଙ୍କରେ। ତା' ମୁଣ୍ଡ ଉପରେ ଗୋଟେ ଖଣ୍ଡା ଝୁଲି ରହିଥିବ ବୋଲି ସେ ଜାଣିଥିବ। କିଏ ଜାଣେ କେଉଁ ମୁହୂର୍ତ୍ତରେ ଭାଙ୍ଗିଯାଇପାରେ ମନ୍ତ୍ରୀମଣ୍ଡଳ। କିଏ ଜାଣେ, କେଉଁ ମୁହୂର୍ତ୍ତରେ ତା' ମୁଣ୍ଡରେ ଖସିପଡ଼ିବ ଖଣ୍ଡା।

ସମ୍ବାଦପତ୍ରରେ ମନ୍ତ୍ରୀଙ୍କ ଫଟୋ। ମନ୍ତ୍ରୀଙ୍କ ଭାଷଣର ବିବରଣୀ। ଗସ୍ତର କାର୍ଯ୍ୟକ୍ରମ। ଅଥଚ ମନ୍ତ୍ରୀଙ୍କ ପାଖଲୋକ ହିସାବରେ ସେ ରହିଯାଇଥିବ ପର୍ଦ୍ଦା ପଛର ମଣିଷ ହୋଇ। ପର୍ଦ୍ଦା ସାମ୍ନାକୁ ଆସିବାର ଗୋଟେ ଆପ୍ରାଣ ଉଦ୍ୟମରେ ଲୋକଟି ପ୍ରତି ମୁହୂର୍ତ୍ତରେ ହୀନମନ୍ୟତାରେ ମସ୍ ମସ୍ ଭାଙ୍ଗିଯାଉଥିବ।

ରାଜ୍ୟର ଏକ ସମ୍ଭ୍ରାନ୍ତ ସାହିତ୍ୟ ପତ୍ରିକାରେ ଯେଉଁଦିନ କବିମାନଙ୍କ ଲିଷ୍ଟର ସୂଚୀପତ୍ରରେ ଛପାଯିବ ଲୋକଟିର ନାଁ, ସେଦିନ ତା'ର କବିତା ପ୍ରବେଶର ଆକସ୍ମିକ ଘଟଣାରେ ଆଶ୍ଚର୍ଯ୍ୟ ହେବେ ବୟସ୍କ କବି। ତଟସ୍ଥ ତରୁଣ ସାହିତ୍ୟିକ।

ତା'ପରେ ତା' ପଛରେ ଲାଗିଯିବ ପତ୍ରିକା ସମ୍ପାଦକଙ୍କ ଭିଡ଼। କିଏ ମନ୍ତ୍ରୀଙ୍କୁ ତାଙ୍କ ସାହିତ୍ୟସଭାର ଉଦ୍‌ଘାଟକ ଭାବେ, କେଉଁ ସମ୍ପାଦକ ପତ୍ରିକା ପାଇଁ ପଶୁବିଭାଗରୁ ବିଜ୍ଞାପନଟେ ପାଇଁ, କେଉଁ ବେକାରୀ ସମ୍ପାଦକ ରଟିକିରିଟିଏ ପାଇଁ, ତା' ପାଖରେ ଲାଗିଥିବ ଭିଡ଼। ଲୋକଠାରୁ କବିତାଟିଏ ମାଗିଦେବା ଓ ସେମାନଙ୍କ ପତ୍ରିକାରେ ଛାପିବା ମୂଳରେ ରହିଥିବ ବିଭିନ୍ନ ସମ୍ପାଦକଙ୍କ ଭିନ୍ନ ଭିନ୍ନ ସ୍ୱାର୍ଥର ମତଲବ୍। ଏପରିକି କେଉଁ କେଉଁ ସମ୍ପାଦକ ମନ୍ତ୍ରୀଙ୍କ ପିଲାଦିନର କିଛି କବିତା ଫବିତା ଅଛି କି ବୋଲି ପଚରୁଥିବେ। ରାଜଧାନୀରେ ରାଜନୀତି ସହିତ ଫେଣ୍ଟ ହୋଇଯାଇଥିବ ଯେପରି ସାହିତ୍ୟ।

ରାଜଧାନୀର ସାହିତ୍ୟ ଜଗତଟି ଥିବ ସବୁଠୁ ରଙ୍ଗିଲ୍ୟକର। ଅରମା ବଣାରେ ବାର ଜାତି ଫୁଲପରି ଛପା ହେଉଥିବ ଅସଂଖ୍ୟ ସାହିତ୍ୟ ପତ୍ରିକା ଓ ଅଦିନରେ ଯାଉଥିବ ମଉଳି। ସାହିତ୍ୟରେ ଗୋଷ୍ଠୀ କନ୍ଦଳ ହେଉଥିବ ତୀବ୍ର। ଗଣା ଯାଉଥିବ ଭିନ୍ନ ଭିନ୍ନ ସାହିତ୍ୟ ସଂଗଠନ। କେଉଁ ସଂଗଠନ ଉପାୟନ ପ୍ରଦାନ କରୁଥିବ ତ, କିଏ ପୁରସ୍କାର ବ ନ କ୍ଷେତ୍ରରେ କରୁଥିବେ ପ୍ରତିଯୋଗିତା, କେଉଁ ସଂଗଠନ ଜୟନ୍ତୀ ସଭା ପାଇଁ ସରକାରୀ ସାହାଯ୍ୟ ଯୋଗାଡ଼ କରୁଥିବେ ତ, କେଉଁ ସଂଗଠନ ଗୋଟେ ନିର୍ଦ୍ଦିଷ୍ଟ ଗୋଷ୍ଠୀକୁ ନେଇ କରୁଥିବେ କବିତାର ମେହ୍‌ଫିଲ୍। ସାହିତ୍ୟ ବୈଠକରେ ମନ୍ତ୍ରୀମାନଙ୍କୁ ମୁଖ୍ୟବକ୍ତା କରାଯାଇ ଆଦାୟ କରାଯାଉଥିବ ସର୍କାରୀ ସାହାଯ୍ୟ। ବ୍ୟକ୍ତିଗତ ସୁବିଧା ସୁଯୋଗ। ରାଜନୀତିର ବିଶାଳ କଂକ୍ରିଟ୍ ସ୍ତମ୍ଭ ଉପରେ ରାଜଧାନୀର ସାହିତ୍ୟ ଗୋଟେ ମୁଣ୍ଡ ନ ଥିବା ସ୍ଥାପତ୍ୟ।

ଲୋକଟି ପଛରେ ପଡ଼ିଯାଇଥିବା ସାହିତ୍ୟିକ ଗୋଷ୍ଠୀକୁ ନେଇ ଆରମ୍ଭ କରିଦେବ ଗୋଟେ ସାହିତ୍ୟ ସଂଗଠନ। ସାହିତ୍ୟ ସଂଗଠନର ମୁଖ୍ୟ ଉଦ୍‌ଯୋକ୍ତା ଭାବେ ଉଦ୍‌ଘାଟନ ଉତ୍ସବର ବିବରଣୀ ସହ ସମ୍ବାଦ ପତ୍ରରେ ପ୍ରକାଶିତ ହେବ ବିବୃତି, ଫଟୋ।

ବିଭିନ୍ନ ସାହିତ୍ୟ ସଭାରେ ଆଗବେଞ୍ଚରେ ଲୋକଟିକୁ ଦେଖିବାକୁ ମିଳିବ ଅଧି ପଞ୍ଜାବୀ, ଚୁଡ଼ିଦାର ପିନ୍ଧା ଚେହେରାରେ ତ, କେଉଁ କବିତା ପାଠୋସ୍ବରେ

ସଭାପତି ଆସନରେ ତ କେଉଁ ଆଲୋଚନା ଚକ୍ରରେ ସମ୍ମାନିତ ଆଲୋଚକର ଭୂମିକାରେ ।

ଲୋକଟିର ପ୍ରଥମ କବିତା ସଙ୍କଳନ ଛାପିବା ପାଇଁ ଗୋଟେ ବିଶିଷ୍ଟ ପ୍ରକାଶନ ସଂସ୍ଥା ଦେବ ପ୍ରସ୍ତାବ । ପ୍ରକାଶକ ଜାଣିଥିବେ କବିତାବହିର କାଟତି ନଥିଲେ ହେଁ ମନ୍ତ୍ରୀଙ୍କ ପାଖଲୋକଙ୍କ କବିତା ବହି ଛପାଗଲେ ସରକାରୀ ଲାଇବ୍ରେରୀକୁ ଯାଇ ତାଙ୍କ ପକେଟକୁ ଆୟ ଆସିବାର ଅସୁବିଧା ହେବ ନାହିଁ । ଲୋକଟିର ପ୍ରଥମ କବିତା ବହିକୁ ଉଦ୍‌ଘାଟକ ଭାବେ ଆମନ୍ତ୍ରିତ ହେବେ ପଶୁ ବିଭାଗୀୟ ମନ୍ତ୍ରୀ । ଶୀତତାପ ନିୟନ୍ତ୍ରିତ ସଭାଗୃହରେ ଗାମ୍ଭୀର୍ଯ୍ୟପୂର୍ଣ୍ଣ ବାତାବରଣରେ ମାଇକ୍ ସାମ୍ନାରେ ମନ୍ତ୍ରୀ କବିତା ପୁସ୍ତକ ଉଦ୍‌ଘାଟନ ପରେ ସେ ଭାଷଣ ଦେବେ – 'କବିତା ବହିର କବି ରାଜ୍ୟର ବିଶିଷ୍ଟ କବିଙ୍କ ମଧରୁ ସେ ଜଣେ ଓ ତାଙ୍କ କବିତା ଅନୁବାଦ କରାଗଲେ ରାଜ୍ୟ ବାହାରେ ଏପରିକି ଦେଶବାହାରେ ପ୍ରଶଂସିତ ହେବାର ସୌଭାଗ୍ୟ ଲାଭ କରିପାରିବ ।'

କବିତା ପୁସ୍ତକ ଉନ୍ମୋଚନ ସମ୍ୱଦରେ ଆଞ୍ଚଳିକ ରେଡ଼ିଓରେ, ସମ୍ୱାଦପତ୍ରରେ, ପତ୍ରପତ୍ରିକା ଓ ସାହିତ୍ୟିକ ମହଲରେ ହେବ ଆଲୋଚିତ । ଲୋକେ କେଉଁ ସାହିତ୍ୟ ପରିଷଦର ଭଞ୍ଜଜୟନ୍ତୀ, ପାଣି ଜୟନ୍ତୀ, ଫକୀରମୋହନ ଜୟନ୍ତୀ ସଭାକୁ ମୁଖ୍ୟବକ୍ତା ଭାବେ ଖୋସାମତ କରୁଥିବେ । ନିଜର ସମୟ ଓ ଫାଇଦା ଦେଖି ସେ ହଁ କରୁଥିବ, ନଚେତ୍ ନାଁ । ବିଶେଷ ସଂଖ୍ୟା ପାଇଁ ତା' ପାଖରେ ଲାଗିଥିବ ପତ୍ରିକା ସମ୍ପାଦକଙ୍କ ଭିଡ଼ । ପତ୍ରିକାର ମର୍ଯ୍ୟାଦା ଓ ଓଜନ ଦେଖି ସେ କବିତା ଦେଉଥିବ ନଚେତ୍ କରୁଥିବ ନିରାଶ । ପ୍ରଥମ କବିତା ସଙ୍କଳନରୁ ପ୍ରକାଶକ ରୟାଲଟିରୁ ଚେକ୍ ପଠାଇ ଦେଉଥିବେ । ଦ୍ୱିତୀୟ କବିତା ସଙ୍କଳନ ପ୍ରେସରୁ ବାହାରୁଥିବ । ତୃତୀୟ କବିତା ସଙ୍କଳନ ଛପା ହେଉଥିବ, ଚତୁର୍ଥ କବିତା ସଙ୍କଳନର ପାଣ୍ଡୁଲିପି କପି ଘଳିଥିବ ।

ଲୋକଟି ଚତୁପାର୍ଶ୍ୱରେ ତେଢ଼େଇ ହୋଇ ଆସୁଥିବ ଗୋଟେ ସାହିତ୍ୟ ସାହିତ୍ୟ ବ୍ୟସ୍ତ ଆବହାଓ୍ୱା । ତା'ର ବ୍ୟସ୍ତତାରେ ଅତିଷ୍ଠ ହୋଇପଡ଼ିବେ ମନ୍ତ୍ରୀ – 'କି ସାହିତ୍ୟ କଲ । କି କବିତା ଲେଖିଲ ଯେ, ଦରକାର ବେଳେ ତୁମେ ମିଳୁନା । କେଉଁଠି ସଭାସମିତିରେ ଭାଷଣ ଦେଉଛ ତ କେଉଁଠି ଉଦ୍‌ଘାଟନ କରୁଛ, ମୋ ପ୍ରୋଗ୍ରାମଠାରୁ ଆଜିକାଲି ତୁମ ପ୍ରୋଗ୍ରାମ ଟାଇଟ୍ ।'

ଲୋକଟି ଗୋଟେ ପରିଚ୍ଛନ୍ନ ତୋଷାମଦି ହସ ହସିଁ ଜବାବ ଦେବ – ” ଆପଣ ମନ୍ତ୍ରୀପଦରେ ରାଜ୍ୟ ବିଖ୍ୟାତ। ମୁଁ ନଗଣ୍ୟ ସାହିତ୍ୟିକଟିଏ ହୋଇ ଯଦି ମୁଷ୍ଟିମେୟ କେଇଜଣ ସାହିତ୍ୟାନୁରାଗୀଙ୍କ ପାଖରେ ପରିଚିତ ହୁଏ ସେଇଟା କ'ଣ ଅପରାଧ ? ସାହିତ୍ୟ ହେଉ ବା ରାଜନୀତି – ଏହି ଦୁଇ ଖେଳ ଭିତରେ ତ ଆମ ପରିଚୟ ଗୋଟିଏ 'ଦେଶର ସାଧାରଣ ନାଗରିକ'।

ମନ୍ତ୍ରୀ ଲୋକଟିର ବିଜ୍ଞତାରେ ହେବେ ପ୍ରସନ୍ନ – 'ଆଚ୍ଛା ହଉ ହଉ। ସାହିତ୍ୟ କରୁଛ ଯଦି ଜଗିରଖ୍ କର। ସାହିତ୍ୟିକମାନେ ଭାରି ହୁସିଆର। କେତେବେଳେ ତୁମ ଚେର କାଟିଦେବେ ତ କେତେବେଳେ ତୁମକୁ ନେଇ ଆକାଶରେ ଥୋଇବେ। ସବୁ କଥାରେ ସାବଧାନ ହୋଇ ଚଲ।'

ବୈଠକ ପରଠୁ ତା' ମାଧ୍ୟମରେ ମନ୍ତ୍ରୀଙ୍କ ଠାରୁ ସ୍ୱାର୍ଥଟି ହାସଲ କରିବାକୁ ଆସିଥିବା ଖୋସାମତିଆ ଲୋକଙ୍କ ପାଇଁ ସେ ନିଷେଧ କରୁଥିବ। ଯଦିବା କେହି କେହି ରାଜନୀତିର ଫାଇଦା ପାଇଁ ଆସୁଥିବେ ତାଙ୍କୁ ଲୋକଟି କୌଶଳ କରି ମିଛ ଆଶ୍ୱାସନାରେ ବିଦାୟ ଦେଇ ସାହିତ୍ୟିକ, ପତ୍ରିକା ସମ୍ପାଦକ, ପ୍ରକାଶକଙ୍କୁ କରୁଥିବ ସ୍ୱାଗତ। ସୁସଜ୍ଜିତ ଡ୍ରଇଁରୁମରେ କେତେବେଳେ ସାହିତ୍ୟିକ ମେଲରେ ସେ ରଁ କପରେ ଝଡ଼ ସୃଷ୍ଟି କରୁଥିବ ତ କେତେବେଳେ କେଉଁ ଷ୍ଟାର ହୋଟେଲ ବାର୍ ରେ ସାହିତ୍ୟିକ ବନ୍ଧୁ ସହ ସାହିତ୍ୟ ଭାସି ଯାଉଛି, ଆମେ ରହିଁଲେ ତାକୁ ଉଦ୍ଧାର କରିପାରିବା ବୋଲି ବାହୋସ୍ବଟ ମାରୁଥିବ । କେଉଁ ଜନ୍ମ ଶତବାର୍ଷିକ କମିଟିର ସମ୍ପାଦକ ଭାବେ, କେଉଁ ଜୟନ୍ତୀ ସଭାର ଆୟୋଜକ ଭାବେ, ରାଜ୍ୟ ସାହିତ୍ୟ ଏକାଡେମୀର ସଭ୍ୟ ଭାବେ, ବିଶିଷ୍ଟ ସାହିତ୍ୟ ସଙ୍ଗଠନର ପୃଷ୍ଟପୋଷକ ଭାବେ ବିଭିନ୍ନ ସଭାସମିତିରେ ଯୋଗଦେଇ ଝିଅଙ୍କ ହାତରୁ ଗଜରା ପିନ୍ଧୁଥିବ, କାହା ହାତକୁ ମାନପତ୍ର ପୁରସ୍କାର ବଢ଼ାଉଥିବ। କେଉଁ ସାହିତ୍ୟ ସଙ୍ଗଠନରେ ପ୍ରଚଣ୍ଡ କରତାଳିରେ ବିଶିଷ୍ଟ କବି ଭାବେ ସମ୍ବର୍ଦ୍ଧିତ ହେଉଥିବ।

ସବୁ ସତ୍ତ୍ବେ ଲୋକଟି ବେଳବେଳେ ହେଉଥିବ ଉଦାସ୍ୟ ଗୋଟେ ପ୍ରଚଣ୍ଡ ଅଭାବବୋଧ ସେ ହେଉଥିବ ଘାଣ୍ଟି ଚକଟି। ପାରମ୍ପରିକ ମର୍ଯ୍ୟାଦାତନ୍ତ ରାଜ୍ୟ ଏକାଡେମୀ ପୁରସ୍କାର ଯଦି କୋଉ କବି ନ ପାଏ – ସେ ବିଶିଷ୍ଟ କବି କି ? ଏମିତି ଗୋଟେ ଭୂତ ସବାର ହୋଇଯିବ ତା' ମୁଣ୍ଡରେ ଓ ଆସ୍ତେ ଆସ୍ତେ ତା' ଦେହରେ ଚରି ଯାଉଥିବ ଅଭାବବୋଧର ନିଆଁ।

ଲୋକଟି ଜାଣିଥିବ ରାଜ୍ୟର ଏକାଡେମୀ ପୁରସ୍କାର ପାଇଁ ପ୍ରକୃତ ଯୋଗ୍ୟତା ନିର୍ଦ୍ଧାରଣ ଗୋଟେ ଫାର୍ସ । ଯେଉଁଠି ଏକାଡେମୀ ନିୟନ୍ତ୍ରିତ ହେଉଥିବ ପ୍ରଶାସନର ଫାଇଲ ଗାରରେ । କେତେକ ଧଲାହାତୀ ପରି ବୟସ୍କ ସାହିତ୍ୟିକମାନଙ୍କ ଘୁଣ ଖିଆ ମର୍ଜିରେ । ଯେଉଁଠି ନିଜେ ପୁରସ୍କାର ପାଇବା ପାଇଁ ଲେଖକ ଲବି କରେ । ଯେଉଁଠି ପୁରସ୍କାର ବଣ୍ଟନ କ୍ଷେତ୍ରରେ ଲେଖକର ବୃତ୍ତିକୁ ବିଚ୍ଛରେ ପୁରସ୍କାର କମିଟି ସଭ୍ୟଙ୍କ ମଧରେ ଲାଗିଯାଏ ତଉଲ ଦାଉଲର ଖେଳ । ଲୋକଟି ସେହି ସାହିତ୍ୟର ଖେଳପଡ଼ିଆ ଭିତରକୁ କୌଶଳରେ ଯୋଖତ ଖେଲୁଆଡ଼ ପୋଷାକ ପିନ୍ଧି ଧସେଇ ପଶି ଯାଉଥିବ ।

ସେହି ସୂତ୍ରରେ କମିଟି ସଭ୍ୟକୁ ବିଭିନ୍ନ ମିଟିଂରେ ସମର୍ଦ୍ଦନା କରିବା, ରାଜ୍ୟ ଏକାଡେମୀର ଗୁରୁତ୍ୱପୂର୍ଣ୍ଣ ସଫଳତାକୁ ବର୍ଣ୍ଣନା କରି ପତ୍ର ପତ୍ରିକାରେ ଛାପିବା, ଏକାଡେମୀ ଆୟୋଜିତ ବୈଠକରେ ସମସ୍ତଙ୍କ ପ୍ରିୟପାତ୍ର ଦକ୍ଷ ଅଭିନୟ କରିବା ଭିତରେ ଲୋକଟି ତିଆରି କରି ରଖିବ ଭବିଷ୍ୟତ ପାଇଁ ସଫଳତାର ପାହାଚ ପରେ ପାହାଚ ଓ ଶେଷରେ ରାଜ୍ୟର ଶ୍ରେଷ୍ଠକବି ଭାବେ ଏକାଡେମୀ ପକ୍ଷରୁ ତା' ନାଁ ହେବ ଘୋଷିତ । ସାହିତ୍ୟିକମାନେ ଜଣାଇବେ ଶୁଭେଚ୍ଛା, ଲୋକଟିର ଡ୍ର‌ଇଂରୁମରେ ଲାଗିବ ଶୁଭେଚ୍ଛୁଙ୍କ ଭିଡ଼ ।

ଜୀବନର ଆକାଂକ୍ଷିତ ସଫଳତା ସତ୍ତ୍ୱେ ବି ନିଚ୍ଛକ ହୀନମନ୍ୟତାରେ ମିଳେଇ ଯାଉଥିବ ଲୋକଟିର ପରିତୃପ୍ତି । ଗୋଟେ କୋମଳ ଆତଙ୍କ ଓ କ୍ଷୀଣ ଅନୁତପ୍ତରେ ଭେଦି ଯାଉଥିବ ତା'ର ସମଗ୍ର ବିବେକ ।

ସେଦିନ ରାତିରେ ସମସ୍ତେ ଶୋଇ ସାରିବା ପରେ ରାତି ଅଧରେ ଗୋଟେ ଦୁଃସ୍ୱପ୍ନରୁ ଅଧା ନିଦରୁ ଉଠିପଡ଼ିବ ଲୋକ । ଦେହସାରା ନିଗିଡ଼ି ପଡ଼ୁଥିବ ଝାଳ । ନିଃଶ୍ୱାସ ପ୍ରଶ୍ୱାସର ବେଗ ବଢ଼ିଯିବ । ସତର୍କତା ସହକାରେ ସେ ଲଗାଇବ ଗୋଟେ ମହମବତୀ । ଜଳନ୍ତା ମହମବତୀଟେ ନେଇ ଗୋଟେ ଚନ୍ଦା ମୁଣ୍ଡିଆ ଲୋକର ଅଧା ଅବୟବ ଫଟୋ ପାଖରେ ଜାଲିଦେବ ତ ପିଲାଙ୍କ ପରି ଭୋ ଭୋ ହୋଇ କାନ୍ଦିବ । ତୁଚ୍ଛା ଅପରାଧ ବୋଧରେ ଥରି ଉଠୁଥିବ ଫଟୋ ସାମ୍ନାରେ ତା' ସର୍ବାଙ୍ଗ । ମଞ୍ଚ ଉପରୁ ମାନପତ୍ର ଓ ପୁରସ୍କାର ସ୍ୱରୂପ ନଗଦ ଟଙ୍କା ଗ୍ରହଣ କରିବାର ସେହି ନିର୍ଦ୍ଧିଷ୍ଟ ଦିନଟି ପହଞ୍ଚିବ । ସେଦିନ ସକାଳେ ବି ଦଳେ ଶୁଭେଚ୍ଛା

ଜଣାଇବା ପାଇଁ ଗହଳି କରିବେ ଡ୍ରଇଂ ରୁମରେ । ପ୍ରତ୍ୟେକ ଆଗତ ଅତିଥିମାନଙ୍କୁ ଭିନ୍ନ ଭିନ୍ନ ଢଙ୍ଗରେ ଭିନ୍ନ ଭିନ୍ନ ସ୍ୱରରେ ଭିନ୍ନ ଭିନ୍ନ କଥାବାର୍ତ୍ତା କରି ବିଦାୟ ଦେବାପରେ ଶେଷରେ ରହିଯାଇଥିବ ଆଉ ଜଣେ । କିଛି ସମୟ ପୂର୍ବରୁ କାରୁ ଓହ୍ଲାଇ ଲୋକଟିର ଡ୍ରଇଂ ରୁମର ଗୋଟେ କୋଣ ଚେୟାରରେ ଚୁପ୍ ଚୁପ୍ ବସିଥିବ ସଫା ଧଳା ଶାଢ଼ି ପିନ୍ଧି ବୁଢ଼ୀଟିଏ ।

ସମସ୍ତେ ଗଲାପରେ ଲୋକଟିର ପାଖକୁ ଉଠିଆସିବ ବୁଢ଼ୀଟି । ବୟସ ଓ ଆଭିଜାତ୍ୟରେ ତ୍ୟାବର୍ଷ୍ଟ ଦିଶୁଥିବା ଚେହେରାର ବୟସ୍କାଟି ନଇଁପଡ଼ି ନଥିବ କି ସିଧା ହୋଇ ରହି ନଥିବ – ଏମିତି ଗୋଟେ ଅବସ୍ଥାରେ ରୁଲି ରୁଲି ପାଖକୁ ଆସିବ ।

ଶୁଭେଚ୍ଛୁଙ୍କ ଦଳ ଭିତରେ ଗୋଟେ ବୟସ୍କା ମହିଲାଙ୍କ ଉପସ୍ଥିତିରେ ଲୋକଟି ଅନୁଭବ କରିବ ପରିତୃପ୍ତି । ପୁରସ୍କାର ଗ୍ରହଣ କରିବାର ଗୌରବ ଯେପରି ଉଣା ହୋଇଯିବ ବୁଢ଼ୀ ଉପସ୍ଥିତିରେ । ସେ ଗୋଟେ ଅଭୁତ କୃତଜ୍ଞତାରେ ବୟସ୍କା ଅଚିହ୍ନା ବୁଢ଼ୀକୁ ଦୁଇ ହାତଯୋଡ଼ି କରିବ ନମସ୍କାର । ବୁଢ଼ୀ ଆଖିରେ ଚୁଲୁ ଚୁଲୁ ଦୁଇ ବୁନ୍ଦା ଲୁହ । ଆଶ୍ଚର୍ଯ୍ୟ ।

ବୁଢ଼ୀ କୋହରେ ବନ୍ଦ ହୋଇ ଯାଇଥିବା ଶବ୍ଦନଳୀକୁ ସଫା କରିବାବେଳେ ଖୁଁ ଖୁଁ କାଶିବ । ପବନକୁ କଷ୍ଟ ନ ହେଲା ଭଳି ଶାନ୍ତ ସ୍ୱରରେ ଆରମ୍ଭ କରିବ – 'ମୁଁ ଜାଣେ ତୁମେ ତୁମ ବାପ ସମ୍ପତିର ମାଲିକ । ବାପର ମୃତ୍ୟୁପରେ ତା' ଉତ୍ତରାଧିକାରୀ ଭାବେ ପୁଅ ମାଲିକ ହେବାକୁ ଆଇନ ସ୍ୱାଧୀନତା ଦେଇଛି । ସାହିତ୍ୟ ସମ୍ପତିର ମାଲିକ ସାହିତ୍ୟିକ । ସାହିତ୍ୟିକଟିର ମୃତ୍ୟୁରେ ସରିଯାଏ ମାଲିକାନା । ତୁମ ବାପର ଯୌବନର ଆବେଗମୂଳକ 'ଡାଏରୀ କବିତା'ଗୁଡ଼ିକର ମାଲିକ ହେବାକୁ ତୁମକୁ କିଏ ଦେଲା ଅଧିକାର ?'

ବୁଢ଼ୀ ଗୋଟେ ଅଦିନ ଲୁ' ପରି ପଶିଆସିଛି ଯେପରି ଓ ତା' ମୁହଁ ଉପରୁ ଓଲାରି ନେଉଥିବ ସବୁ ଛଳନା, ସବୁ ଆମ୍ଭଗର୍ବ, ସବୁ ଜଟିଳ ପରତୃପ୍ତିର ଛଦ୍ମମୁଖା ସବୁ । ତା' ଦେହରେ ଯେପରି ବନ୍ଦ ହୋଇ ଆସୁଥିବ ପୁରୁଷାନୁକ୍ରମିକ ମିଛ ଗର୍ବର ରକ୍ତ ସ୍ରୋତ ।

ବୁଢ଼ୀ ଗୋଟେ କୋହ ମିଶା ଆବେଗରେ ଥରି ଥରି କହିବ – 'ସାରା ଜୀବନ ଯିଏ ନିଜର ଅନିଚ୍ଛା ସତ୍ତ୍ୱେ ଘର ସଂସାର ପାଖରେ ତ୍ୟାଗର ସଂସାରୀ ହୋଇ

ବଞ୍ଚିଲା। ତୁମ ମାଆ, ତୁମ ଭାଇ ଭଉଣୀ ସମସ୍ତଙ୍କୁ, ଅବହେଳାରେ ବି ସେ କାହାକୁ ଦୁଃଖ ନଦେଇ ଅପ୍ରାପ୍ତି, ଅସନ୍ତୋଷରେ ଜଣେ କବି ଭାବେ ବଞ୍ଚିଲା। ବ୍ୟକ୍ତିଗତ ଜୀବନର, ହୃଦୟର କବିତାକୁ ପ୍ରକାଶ ନ କରି ଆୟୁଷ ସାରି ଝଲିଗଲା, ତୁମେ ତା'ର ପୁଅ ହୋଇ ବାପ ହୃଦୟର ଗୀତର ମାଲିକ ହୋଇ ଏକାଡେମୀର ସମ୍ମାନସ୍ଵଦ କବି ଭାବେ ପୁରସ୍କୃତ ହେଉଛ ? ଯାହାର ଜୀବନର ଅର୍ଥ ତୁମେ ବୁଝି ପାରିଲନି, ତୁମେ କିପରି ତା'ର କବିତାର ମୂଲ୍ୟ ବୁଝିବ ?'

ସମ୍ପୂର୍ଣ୍ଣ ଉଲଗ୍ନ ହୋଇ ସାରିଥିବା ଲୋକଟି ମନେ କରିବ, ଗୋଟେ ସତୁରୀ ବର୍ଷର ଜରାଜୀର୍ଣ୍ଣ ଭଙ୍ଗା ଦେଉଳପରି ବୁଢ଼ାଟି ପୁରାତନ କାରୁକାର୍ଯ୍ୟ ଢାଞ୍ଚାରେ ତିଆରି ହୋଇ ପୂଜାର ଯୋଗ୍ୟ ନିମନ୍ତେ ରଖାଯାଇଥିବା ମୂର୍ତ୍ତିକୁ ସମ୍ମାନ ଦେବା ବଦଲରେ ତା' ଉପରେ ଭୁଶୁଡ଼ି ପଡୁଛି। ଚୁରମାର୍ ହୋଇଯାଉଛି ଲୋକଟିର ମିଛ ସ୍ଵପ୍ନ, ମିଛ ସମ୍ମାନ, ମିଛ ଜୀବନ।

ଅର୍ଦ୍ଧଶତାବ୍ଦୀ ତଳର ବିଂଶ ବର୍ଷୀୟା ସ୍ରୋତଟିର ଉଦ୍ଦାମତା ନେଇ ବୁଢ଼ାଟିର ଆଖି ଭିତରେ ସେ ଦେଖିପାରୁଥିଲା ତା' ବାପାର ସେହି ପୂର୍ବତନ ପ୍ରେମିକା ଓ କାବ୍ୟନାୟିକାର ଢଳଢଳ ଅତୀତ। ସେ ଯେପରି ତାକୁ ଚ୍ୟାଲେଞ୍ଜ କରି ସାବ୍ୟସ୍ତ କରିଦେବ ତା'ର ଅଧିକାରର ତୀବ୍ରତା କେଡ଼େ ଭୟଙ୍କର ! ସେଇଠି ଲୋକଟି ଯେପରି ପାଲଟିଯିବ ଗୋଟେ ମହମର ମୂର୍ତ୍ତି। କା' ପୁରୁଣା ପ୍ରେମର ଅଭିସମ୍ପାତରେ ଯେପରି ତରଳି ନିଃଶେଷି ଯିବ ତା'ର ଧୃଷ୍ଟତା।

ଅଥଚ ଦୟାବନ୍ତୀ ହୃଦୟେଶ୍ଵରୀ ଭାବେ ବୁଢ଼ୀ ଶେଷରେ ଲୋକଟି ଆଡ଼କୁ ରୁହେଁବ ଗୋଟେ ଅଭୁତ ଲୋଭନୀୟ ଢଙ୍ଗରେ, ଲୋକଟିର ଆଖି, ନାକ, ଓଠରେ ଖୋଜୁଥିବ ଅର୍ଦ୍ଧଶତାବ୍ଦୀ ତଳୁ ହଜିଯାଇଥିବା ତା' ଭଲପାଇବା ମଣିଷର ଅସ୍ତିତ୍ଵ।

ବୁଢ଼ୀ ଆଖିରୁ ନିଗିଡ଼ି ଆସିବ ସ୍ମତିର କାକର। ଗୋଟେ ପ୍ରାଣବନ୍ତ ଆବେଗରେ ଛୁଇଁବ ସେ ଘରର ମାଟି ଓ ଘରୁ ବାହାରି ଆସି କାର୍‌ରେ ଉଡ଼ି ଝଲିଯିବ।

ଅଶ୍ରୁମୁଖୀ

– ପରେଶ ପଟ୍ଟନାୟକ

ମୋ ପାଇଁ ଲୋଡ଼ା ଥିଲା କିଛି ଦୁଃସାହସ । କାରଣ କିଏ ଜଣେ ଲେଖକ କୋଉଠି ଠାଏ ଲେଖିଥିଲେ ଯେ, ପ୍ରେମ ପାଇଁ ଦୁଃସାହସ ହେଉଛି ପ୍ରଥମ ପାହାଚ । ପ୍ରଥମ ପାହାଚରେ ପାଦ ଦେବାକୁ ବ୍ୟାକୁଳ ମୋର ମନ, ସେହି ଲେଖକଙ୍କ ମନ୍ତବ୍ୟକୁ ଜପାମାଳୀ ଭାବରେ ଗ୍ରହଣ କରିଥିଲି । ପ୍ରଥମ ପାହାଚ, ତା'ପରେ ଦ୍ବିତୀୟ ପାହାଚ, ତା'ପରେ ତୃତୀୟ ପାହାଚ । ପାହାଚ ପାହାଚ ଡେଇଁ ମୁଁ ଆଗେଇ ଯାଉଛି । ଏଇ ସବୁ ପାହାଚଗୁଡ଼ିକ କ'ଣ ତାହା ମୋତେ ସ୍ପଷ୍ଟତଃ ଜଣା ନ ଥିଲା । ମୁଁ ସ୍ବପ୍ନ ଦେଖିବାକୁ ଆରମ୍ଭ କରୁଥିଲି ।

ନୀରା ଯେ ସେଇ ଲେଖକଙ୍କର ସେହି ବହିଟି ପଢ଼ିଥିଲା ଅବା ସେଇ ଧାଡ଼ିଟିକୁ ଲକ୍ଷ୍ୟ କରିଥିଲା ଅବା ଗୁରୁତ୍ୱପୂର୍ଣ୍ଣ ମନେକରି ଅନୁସରଣ କରିବାକୁ ଆରମ୍ଭ କରିଥିଲା, ତାହା ମୋତେ ଜଣା ନାହିଁ । ସହପାଠୀ ସହପାଠିନୀ ଭାବରେ ପରିଚୟ, ସାମାନ୍ୟ ଅନ୍ତରଙ୍ଗତା ଓ ତା'ପରେ ତା'ର ସେହି ଦୁଃସାହସିକ ପ୍ରସ୍ତାବ ।

: ଆମ ଗାଁକୁ ଯିବା ?

(ମୁଁ ପଚରି ନାହିଁ, କାହିଁକି ଯିବା ?)

କହିଲି: ନିଶ୍ଚୟ ଯିବା ।

ସେ କହିଲା: କେବେ ଯିବା ?

(ମୁଁ ପଚାରିନାହିଁ, କୋଉଠି ତୁମର ଗାଁ ? କ'ଣ କ'ଣ ଅଛି ସେ ଗାଁରେ ?)

କହିଲି: ଯେବେ ତୁମେ କହିବ ।

ସେ କହିଲା: ତେବେ ପ୍ରସ୍ତୁତ ଥାଅ !

(ମୁଁ ପଚାରି ନାହିଁ, କ'ଣ କେମିତି ପ୍ରସ୍ତୁତ ହେବାକୁ ହେବ, କେତେ ଦିନର ରହଣୀ, କିମ୍ବା ସାଙ୍ଗରେ କ'ଣ କ'ଣ ନେବାକୁ ହେବ ।)

କହିଲି: ମୁଁ ଚିର ପ୍ରସ୍ତୁତ । ମାନେ ଏଭର ରେଡି । ଏଭାରେଡି ବ୍ୟାଟେରି ।

ସେ କହିଲା: ଆସନ୍ତା ଶନିବାର ?

ମୁଁ କହିଲି: ଠିକ୍ ଅଛି ।

ସେ କହିଲା: ତମେ ଉପରବେଳା ୪ଟା ସୁଦ୍ଧା ପହଞ୍ଚିଯାଅ ବସ୍‌ଷ୍ଟପରେ ।

ମୁଁ କହିଲି: ନିଶ୍ଚୟ !

ମୁଁ ମନେ କରିଥିଲି, ଆଉ କିଏ କିଏ ବୋଧେ ଯାଉଥିବେ ସାଙ୍ଗରେ । ସେ ହୁଏତ ତା'ର ସାଙ୍ଗ କେତେଜଣଙ୍କୁ ଡାକିଥିବ । ଆମେ ଦଳବଳ ହୋଇ ବାହାରିଯିବୁ ତାଙ୍କ ଗାଁକୁ । ତାଙ୍କ ଗାଁରେ ଥାଇପାରେ କୌଣସି ମେଳଣ ବା ମହୋତ୍ସବ । ଯାହାକୁ ଦେଖାଇବାକୁ ଚାହୁଁଛି ସେ ସାଙ୍ଗମାନଙ୍କୁ ।

କିନ୍ତୁ ଶନିବାର ଅପରାହ୍ନରେ ବସ୍ ଷ୍ଟପରେ ପହଞ୍ଚି ଦେଖିଲି, ଏକାକିନୀ ଠିଆ ହୋଇଛି ନୀରା । ହାତରେ ଛୋଟିଆ ବ୍ୟାଗ୍ ଗୋଟେ ।

ପଚାରିଲି: ଆଉ ଅନ୍ୟମାନେ କାହାନ୍ତି ?

ସେ କହିଲା: ଅନ୍ୟମାନେ କିଏ ?

ପଚାରିଲି: ଆମେ ତେବେ ଦୁଇଜଣ ହିଁ ଯିବା ?

ସେ କହିଲା: ହଁ, ତ !

ମୋତେ ଅଚିନକ କିଛି ଦୁଶ୍ଚିନ୍ତା ଓ ଅନାଗତ ଭୟ ଆକ୍ରମଣ କରିଥିଲା, ମାତ୍ର ଦୁଃସାହସର ମୁଖା ପିନ୍ଧି ମୁହଁରେ, ମୁଁ ସେ ଦୁର୍ବଳତାକୁ ଘୋଡ଼ାଇ ପକାଇଲି ।

ସେ ପଚାରିଲା: ସାଙ୍ଗରେ ଆଉ କ'ଣ ଆଣିଛ ?

ମୁଁ କହିଲି: କିଛି ନାଙ୍କ !

ମୋ ସାଙ୍ଗରେ ପ୍ରକୃତରେ କିଛି ହିଁ ଜିନିଷ ନ ଥିଲା। କୁଆଡ଼େ ଯିବାର ଥିଲେ, ଯେମିତି ନିଆଯାଏ ଆଉ ହଲେ ପ୍ୟାଣ୍ଟ ସାର୍ଟ, ଟୁଥ୍ ପେଷ୍ଟ, ବ୍ରସ୍ ବା କିଛି ନିତ୍ୟ ବ୍ୟବହାର୍ଯ୍ୟ ଜିନିଷ, ଅବା ରାତି ପିନ୍ଧା ହାଲ୍କା ପୋଷାକ, ସେମିତି କିଛି ହିଁ ନ ଥିଲା ମୋ ସାଙ୍ଗରେ। ଦୁଃସାହସ କେବେ ପ୍ରାକ୍ ପ୍ରସ୍ତୁତିର ସୁଯୋଗ ନିଏନା। ସେ ଆସେ ଓ ସିଧାସଳଖ ଲମ୍ପ ଦିଏ ଘଟଣା ଭିତରକୁ। ମୁଁ ସେହିପରି ହିଁ ଉସ୍ସାହିତ ଥିଲି ସେଇ ସମୟରେ।

ନୀରା କହିଲା: ସେଇମିତି ହିଁ ରଳା। କିଛି ଅସୁବିଧା ନାଙ୍କ।

ମୋ ଜାଗାରେ ଥାଇ ଦୁଃସାହସ କହିଲା: 'ସବୁ ଜାଗାରେ ଚଲେଇ ନେବାରେ ମୋର କ୍ଷମତା ଅଛି'।

ଏହାପରେ ନୀରା ତାଙ୍କ ଗାଁକୁ ଯାଉଥିବା ବସ୍ କଥା ସନ୍ଧାନ ନେଲା। ବସ୍ ଆସିଲା ସାମାନ୍ୟ ବିଲମ୍ବରେ। ଆମେ ଦୁଇଜଣ ବସ୍ରେ ଉଠିଲୁ। ଗୋଟେ ଦି'ଜଣିଆ ସିଟ୍ରେ ବସିଗଲୁ। ପାଖାପାଖି। ବସ୍ ଟିକେଟ୍ ନୀରା ହିଁ କରିଥିଲା। ମୋତେ ଜଣା ନ ଥିଲା ଗନ୍ତବ୍ୟସ୍ଥଳୀର ନାମ ବା ଠିକଣା। ଖୁବ୍ ଶୀଘ୍ର ବସ୍ ଭରପୂର ହୋଇଗଲା। ଆମ ସହର ଛାଡ଼ି ବସ୍ ରାଜପଥ ଉପରେ ଦ୍ରୁତଗତିରେ ଆଗେଇଲା।

ବସ୍ ଭିତରେ ମଳିଛିଆ ଆଲୁଅ। ବାହାରେ ହାଲକା ଅନ୍ଧକାର ଆରମ୍ଭ ମାତ୍ର। ସେଇ ଅନ୍ଧାରର ଛାତିଚିରି ତୀବ୍ର ଗତିରେ ଆଗେଇ ରଳିଲା ବସ୍। ବସ୍ର ସାମ୍ନା ଆଲୁଅ ଦି'ଟା ଶକ୍ତିଶାଳୀ ଟର୍ଚ ଭଳି ଅନ୍ଧାରକୁ ଭାଗ କରି ଦେଉଥିଲା।

ମୁଁ ଟିକେ ଅନ୍ୟମନସ୍କ ହୋଇଯାଇଥିଲି।

ଆମେମାନେ ପ୍ରକୃତରେ କୁଆଡ଼େ ଯାଉଛୁ ? କ'ଣ ଅଛି ନୀରାଙ୍କ ଗାଁରେ ? କିଏ କିଏ ଅଛନ୍ତି ନୀରାଙ୍କ ଘରେ ? ତା'ର ବାପା, ମାଆ, ସାନ ବା ବଡ଼ ଭାଇଭଉଣୀ, ଜେଜେ, ଜେଜେମା, ଦାଦା ଖୁଡ଼ୀ କାହାରି ସମ୍ପର୍କରେ ମୁଁ କେବେ କିଛି ଶୁଣିନାହିଁ। ନୀରାକୁ ପରଖିନାହିଁ। କେଉଁ ପରିଚୟକୁ ଆଧାର କରି ନୀରା ମୋତେ ଘେନିଯାଉଛି ତାଙ୍କ ଘରକୁ ? କ'ଣ ପରିଚୟ ଦେବ ସେ ଅନ୍ୟମାନଙ୍କ ଆଗରେ, ମୋ ସମ୍ପର୍କରେ ? କ'ଣ ଅଛି ତା' ମନରେ ? ପ୍ରକୃତରେ ସେ ତାଙ୍କ

ନିଜ ଘରକୁ ଯାଉଛି ନା ସେ ଯାଇ ପହଞ୍ଚିବ ଆଉ କୋଉଠି ? ଆଉ କୋଉ ବନ୍ଧୁବାନ୍ଧବଙ୍କ ଘରେ ।

ମୋ ମନରେ ଶତେକ ପ୍ରଶ୍ନ ଜାଗ୍ରତ ହୋଇ ମୋତେ ସଂଶୟାଛନ୍ନ କରି ପକାଉଥିଲା ଓ ମୁଁ ନିଜକୁ 'ଦୁଃସାହସ' 'ଦୁଃସାହସ' ବୋଲି ମନ୍ତ୍ରପାଠ ଶୁଣାଉଥିଲି । ମୋର ଏଇ ନିରବ ହୋଇଯିବା, ଭାବନାରେ ବୁଡ଼ିଯିବା, ନୀରାର ଦୃଷ୍ଟିକୁ ଏଡ଼ାଇ ପାରି ନଥିଲା । ସେ ମୋତେ ଫେରାଇ ଆଣିଲା ବର୍ତ୍ତମାନକୁ ।

ପଚାରିଲା: କ'ଣ ଭାବୁଚ ?

ମୁଁ କିହିଲି: କିଛି ନାଇଁ ।

: କିଛି କହୁନ ଯେ ? ଏତେ ଚୁପ୍ ଚୁପ୍ କିଆଁ ?

ମୁଁ କଥାଟାକୁ ଏଡ଼େଇ ନେଲି ଗୋଟେ କାଳ୍ପନିକ ଘଟଣା ଆଡ଼କୁ । ଯୋଉ କାହାଣୀଟା ମୁଁ ଗଢ଼ିଥିଲି ତତ୍‌କ୍ଷଣାତ୍‌ ଯାହାର ସତ୍ୟତା ନ ଥିଲା କିମ୍ବା କିଛି ଭିତ୍ତି ନ ଥିଲା ସେ ପର୍ଯ୍ୟନ୍ତ ।

କହିଲି: ମୁଁ ଭାବୁଥିଲି ଗୋଟେ ଚଢ଼େଇ ବିଷୟରେ ।

: କୋଉ ଚଢ଼େଇ ।

: ମୋ ଝରକା ପାଖରେ ସେ ଆସି ବସେ ସବୁଦିନ ।

: ତ' କ'ଣ ହେଲା ?

: ପଡ଼ିଯାଇ ତା'ର ଗୋଡ଼ ଭାଙ୍ଗିଯାଇଥିଲା ।

: ଚଢ଼େଇମାନେ କ'ଣ ପଡ଼ିଯାଆନ୍ତି ?

: ହଁ ! ପଡ଼ିପାରନ୍ତି ! ନ ପଡ଼ିବେ କାହିଁକି ? ଅନ୍ୟମନସ୍କ ହେଲେ, ଅସାବଧାନ ହେଲେ ସମସ୍ତେ ପଡ଼ିପାରନ୍ତି । ଗୋଡ଼ ହାତ ଭାଙ୍ଗିପକାନ୍ତି ।

: ତମେ କ'ଣ କେବେ ପଡ଼ିଚ ? ଗୋଡ଼ହାତ ଭାଙ୍ଗିଚ ?

: ହଁ ! ଅନେକ ଥର ପଡ଼ିଛି । ଗୋଡ଼ହାତ ଅବଶ୍ୟ ଭାଙ୍ଗି ନାହିଁ । ହୃଦୟ ଭାଙ୍ଗିଛି ।

: ତମେ କଥାଟାକୁ ଅନ୍ୟ ଦିଗକୁ ଟାଣିନେଉଛ । ଚଢ଼େଇ କଥା କୁହ ? ତୁମ ହୃଦୟ ଭାଙ୍ଗିବା କଥା ପରେ ଆଲୋଚନା ହେବ ।

: କେଉଁ ଚଢ଼େଇ ?

: ଏବେ ପରା କହୁଥିଲ, ଚଢ଼େଇର ଗୋଡ଼ ଭାଙ୍ଗିଯାଇଥିଲା ।

: ଓଃ ସେଇ ଚଢ଼େଇ ! ତା'ର ଗୋଡ଼ ଭାଙ୍ଗିଯାଇଥିଲା ଓ ସେ ମୋ ଚେୟାର ପାଖରେ ଆସି ପଡ଼ିଥିଲା ।

: ତା' ପରେ ?

: ମୁଁ ତାକୁ କୌଶଳ କରି ଧରିଲି ।

: ଧରି ନେଇ କ'ଣ କଲ ?

: ତା' ଗୋଡ଼ରେ ବ୍ୟାଣ୍ଡେଜ୍ କରିଦେଲି ।

: ତୁମେ କ'ଣ ଡାକ୍ତର ?

: ନା ! ଅସୁବିଧାରେ ପଡ଼ିଥିବା ଜୀବକୁ ସାହାଯ୍ୟ କରିବା ଆମର କର୍ତ୍ତବ୍ୟ ।

: ତୁମେ ସତରେ ପରୋପକାରୀ ଓ ଆଦର୍ଶବାଦୀ ନା ମୋତେ ପ୍ରଭାବିତ କରିବାକୁ ଏମିତି କଥା କହୁଛ ?

: ସେ ଚଢ଼େଇଟି ଯଦି କଥା କହୁଥାଆନ୍ତା, ତେବେ ସେ ନିଶ୍ଚୟ ମୋ ପାଇଁ ସାକ୍ଷୀ ଦେଇଥାଆନ୍ତା । ସେ ଯଦି ଥାଆନ୍ତା, ତେବେ ତୁମକୁ ଦେଖେଇ ଦେଇଥାଆନ୍ତି ଯେ କେତେ ଯତ୍ନରେ ମୁଁ ତା'ର ଗୋଡ଼ରେ ବ୍ୟାଣ୍ଡେଜ୍ ବାନ୍ଧିଥିଲି । ଏମିତିକି କୌଣସି ଡାକ୍ତରଖାନାର ଅଭିଜ୍ଞ ଡାକ୍ତର ବି ସେମିତି ବାନ୍ଧିପାରିବ ନାହିଁ ।

: ତା' ମାନେ ଚଢ଼େଇଟି ଆଉ ନାହିଁ ?

: ସେ କଥା ମୁଁ ଜାଣେ ନାହିଁ । ମୁଁ ତା'ର ଗୋଡ଼ରେ ବ୍ୟାଣ୍ଡେଜ୍ ବାନ୍ଧି ମୋ ରୁମ୍‌ରେ ଛାଡ଼ିଦେଇ ଆସିଥିଲି । ଏ ଆଜି ସକାଳର କଥା । ସନ୍ଧ୍ୟାରେ ଆସିବା ପୂର୍ବରୁ ରୁମ୍‌ରେ ଯାଇ ଦେଖିଲି, ସେ ନାହିଁ ।

: ନାହିଁ ମାନେ ?

: କୁଆଡ଼େ ଖେଳିଯାଇଛି । ହଜିଯାଇଛି ଅଥବା ଅନ୍ତର୍ଦ୍ଧାନ ହୋଇଯାଇଛି ।

: ତୁମେ ଖୋଜିଥିଲ ?

: ନା ! ଖୋଜିବାକୁ ସମୟ ନ ଥିଲା । କାରଣ ମୋର ଇଆଡ଼େ ଆସିବାର ଥିଲା । ମୁଁ ରୁମ୍ ତାଲା ପକାଇଲି ଓ ବସ୍ ଷ୍ଟାଣ୍ଡ ଆସିଗଲି ।

: କୁଆଡ଼େ ଯାଇଥାଇ ପାରେ ସେ ଚଢ଼େଇଟି ?

: ଜାଣେନା ! ହୁଏତ ଭଲ ହୋଇଯାଇଥିବ ଓ ଉଡ଼ିଯାଇଥିବ ଆପଣା ବସାକୁ । ସେଠି ମୋର ପ୍ରଶଂସା କରୁଥିବ ସାଙ୍ଗମାନଙ୍କ ମେଳରେ । କିମ୍ବା ତାକୁ ବିଲେଇ ଧରିନେଇଥିବ ଓ ସେ ମରିବା ପୂର୍ବରୁ ଅଭିସଂପାତ ବର୍ଷଣ କରିଥିବ ମୋ ଉଦ୍ଦେଶ୍ୟରେ ଯେ ବ୍ୟାଣ୍ଡେଜ୍ ବାନ୍ଧି ମୁଁ ତାକୁ ଆହୁରି ପଙ୍ଗୁ କରିଦେଲି । କିମ୍ବା.... ।

: କିମ୍ବା ଆଉ କ'ଣ ?

: ନା ! ଆଉ କିଛି ସମ୍ଭାବନା ନାହିଁ ।

ନୀରା ଚୁପ୍ ହୋଇଗଲା ଓ ଉଦାସ । ତା'ର ଆଖି ପତା ସଜଳ ଦିଶୁଥିଲା । ମୋର ପଚାରିବାର ଥିଲା, ପ୍ରକୃତରେ ମୋ କଥା ଶୁଣି ତମେ ପ୍ରଭାବିତ ହୋଇ କାନ୍ଦି ପକାଉଛ ନା ନିଜକୁ ହୃଦୟବତୀ ବୋଲି ଜଣେଇ ଦେବାକୁ ଅଭିନୟ କରୁଛ । ମାତ୍ର ମୁଁ ସେପରି କିଛି ମନ୍ତବ୍ୟ ଦେଇ ନାହିଁ ।

ପ୍ରାୟ ଦୁଇ ଘଣ୍ଟାର ସେ ରହସ୍ୟମୟ ବସ୍ ଯାତ୍ରା ପରବର୍ତୀ କିଛି ସମୟ ପାଇଁ ଚୁପ୍ ଚୁପ୍ ଥିଲା । ବସ୍‌ରେ ଲୋକ ଚଢ଼ୁଥିଲେ ଓ ଓହ୍ଲାଉଥିଲେ । କ୍ଲିନର ହ୍ୱିସିଲ୍ ମାରୁଥିଲା ଓ ପ୍ରତିଟି ଷ୍ଟପେଜର ନାମ ଘୋଷଣା କରୁଥିଲା । ଯାତ୍ରୀମାନେ କଣ୍ଡକ୍ଟର ସହିତ ବସ୍ ଭଡ଼ାକୁ କେନ୍ଦ୍ର କରି ଝଗଡ଼ା କରୁଥିଲେ । ରାଜନୀତି ଆଲୋଚନା କରୁଥିଲେ । କୋଲାହଲରେ ଭରିଥିଲା ସାରା ବସ୍ । ମନେହେଉଥିଲା ଯେମିତି ବସ୍‌ଟା ଗୋଟେ ଜଳଜାହାଜ । ଭାସି ଚୁଲିଛି ଅନ୍ଧକାରର ସମୁଦ୍ର ଭିତରେ । ଯେଉଁମାନେ ଓହ୍ଲାଉଥିଲେ ସେମାନେ ଯେମିତି ଲମ୍ଫ ଦେଉଥିଲେ ମହାସମୁଦ୍ରକୁ ଓ ଯେଉଁମାନେ ଚଢ଼ୁଥିଲେ ସେମାନେ ଯେମିତି ଆମ୍ରକ୍ଷା ପାଇଁ ପାଇ ଯାଇଛନ୍ତି ଅଭୟ ଆଶ୍ରୟ । ସେହିପରି ମନେ ହେଉଥିଲା । ରାସ୍ତା ଆସ୍ତେ ଆସ୍ତେ ଆବୁଡ଼ାଖାବୁଡ଼ା ହେବାକୁ ଆରମ୍ଭ କରିଥିଲା ଓ ବସ୍ ଦୋହଲି ଦୋହଲି ଛେଚି କୁଟି ହୋଇ ଚୁଲୁଥିଲା । ଯେମିତି ଘୂର୍ଣ୍ଣିଝଡ଼ରେ ପଡ଼ିଯାଇଛି । ଜାହାଜ ଆଉ ଚୁଲକର ନିୟନ୍ତ୍ରଣରେ ନାହିଁ । ସେ ଖୋଜୁଛି ଗୋଟାଏ ପୋତାଶ୍ରୟ ।

କିଛି ସମୟ ପରେ ଗଭୀର ନିଦ୍ରାରୁ ଉଠିଲାଭଳି ନୀରା ଚମକିପଡ଼ିଲା ଓ ମୋତେ ଚୁହିଁ ପଚାରିଲା : ସେ ଚଢ଼େଇଟିର ପ୍ରକୃତରେ କ'ଣ ହୋଇଥିବ ?

ମୁଁ କିଛି କହିବା ପୂର୍ବରୁ କ୍ଲିନର୍ ର ଚିତ୍କାର ଶୁଣାଗଲା । ବସ୍ ଅଟକିଗଲା ।

ନୀରା କହିଲା : ଆମେ ଓହ୍ଲାଇବା ।

ମୁଁ କିଛି କହିଲି ନାହିଁ । ନୀରାକୁ ଅନୁଧାବନ କଲି । ଅଳ୍ପଆଲୋକିତ ଏକ ଛୋଟିଆ ବଜାର । ବସ୍ ରୁ ଓହ୍ଲାଇଥିଲୁ ଆମେ ଜମା ଦୁଇଜଣ ଯାତ୍ରୀ । ନୀରା ଆଉ ମୁଁ । ଆମକୁ ଓହ୍ଲାଇଦେଇ ବସ୍ ପୁଣି ଗଡ଼ିଚାଲିଲା ଆଗକୁ ।

ନୀରା ତା' ବ୍ୟାଗ୍‌ରୁ ବାହାର କଲା ଟର୍ଚ୍ଚ । ସେ ପ୍ରସ୍ତୁତ ଥିଲା । କିମ୍ୱ ସେ ଜାଣେ, ସେ ଯେତେବେଳେ ଓହ୍ଲାଇବ ଗାଁରେ, ସନ୍ଧ୍ୟା ହୋଇ ସାରିଥିବ । ଅନ୍ଧାର ଘୋଟି ସାରିଥିବ । ତେଣୁ ସବୁ ସମୟରେ ତା' ବ୍ୟାଗ୍‌ରେ ମହଜୁଦ୍ ଥିବ ଟର୍ଚ୍ଚ ।

ପଚାରିଲା : ତମେ ଟର୍ଚ୍ଚ ଧରିବ କି ?

ମୁଁ କହିଲି : ମୁଁ ତ ବାଟଘାଟ ଜାଣେନା । ଟର୍ଚ୍ଚ ଧରିବି କାହିଁକି ? ତୁମେ ଆଗେ ଆଗେ ଚାଲ । ମୁଁ ତୁମକୁ ଅନୁସରଣ କରିବି ।

ସେ କହିଲା : ରାସ୍ତା ଖୁବ୍ ଖାଲଖମାରେ ଭରା । ଆମ ଗାଁ କୁ ତୋଟା ମାଲ ଦେଇ ରାସ୍ତା । ଜହ୍ନ ତାରା ଆଲୁଅ ବି ଭେଦି ପାରେନା । ଧୀରେ ଧୀରେ ଆସ ।

ମୁଁ କହିଲି : ମୁଁ କୋଉ ମେଟ୍ରୋ ସହରରୁ ଆସିଛି କି ? ଆମର ଘର ମଧ୍ୟ ଗାଁରେ । ଖାଲଖମାରେ ଚାଲିବାର ଅଭ୍ୟାସ ମୋର ଅଛି ।

ମୁଁ ନୀରାକୁ ଅନୁସରଣ କଲି ।

ଅନୁସରଣ କରିବା କଷ୍ଟସାଧ୍ୟ ଥିଲା । ନିଜ ଗାଁର ଖାଲଖମାରେ ଚାଲିବା ଆଉ ପର ଗାଁର ଖାଲଖମାରେ ଚାଲିବା ଭିତରେ ଯେଉଁ ପାର୍ଥକ୍ୟ ତାହା ସେତେବେଳେ ମୋର ଅନୁଭବକୁ ଆସିଲା । ବଜାର ଡେଇଁ ଆମେ ଗୋଟେ ମାଟି ରାସ୍ତା ଧରିଲୁ । ସେ ରାସ୍ତାରେ ଅନ୍ଧାରରେ ଧାପଲି ଚାଲିଥାଆନ୍ତି ଗ୍ରାମବାସୀଗଣ । ଗୋଟେ ଅଧେ ଗାଈ ବାଛୁରୀ ବି ଚାଲିଥାଆନ୍ତି । ସାଇକେଲ୍ ଗଡ଼େଇ ଗଡ଼େଇ ଯାଉଥାଆନ୍ତି କେହି । କୁକୁର ଠାଏ ଠାଏ ଭୁକୁଥାଆନ୍ତି । ଜହ୍ନ ଉଇଁ ଆସିଥାଆନ୍ତି ଯା ଭିତରେ । ଚାରିଦିଗ ଅସ୍ପଷ୍ଟ ଚିତ୍ରପଟ ପରି ଦିଶୁଥାଏ । ଲୋକମାନେ ଦିଶୁଥାଆନ୍ତି କଳାକଳା ଛାଇ ଭଳି । ସେତେବେଳକୁ ବିଜୁଳୀବର୍ତ୍ତୀ ଆସିନାହିଁ ସେ ଅଞ୍ଚଳକୁ । ଦୂରକୁ ଦିଶୁଥାଏ କଳାପାହାଡ଼ ଭଳି ଗାଁଟା । ଆମେ ସେଇ ଦିଗକୁ ଆଗେଇ ଯାଉଥାଉ ।

ଏବେ ମୋର କିଛି କହିବାର ବା କରିବାର ନ ଥିଲା । ଫାଶୀଖୁଣ୍ଟ ଆଡ଼କୁ ଆଗେଇ ଯାଉଥିବା ଆସାମୀ ଭଳି ମୁଁ ନୀରବ ଥିଲି । ପ୍ରତିଟି ଦୁଃସାହସର ରାସ୍ତାପଥରେ ଏଭଳି କଟୁ ସମୟ ଆସିବା ସାଧାରଣ ଥିଲା । କିନ୍ତୁ ଏବେ ମୋର ରଜ୍ଜୁ ନୀରା ହାତରେ ଥିଲା ଓ ମୁଁ ନାଚ୍ଚର ଥିଲି ।

ମାଟି ରାସ୍ତାର ଶେଷରେ ଆରମ୍ଭ ହେଲା ଗାଁ । ଗାଁର କେତୋଟି ଘର ଡେଇଁ ସାରିଲା ପରେ ନୀରା ଅଟକିଯାଏ । କହେ : ଆମ ଘର ।

ମୁଁ ମୁଣ୍ଡ ଉଠେଇ ରୁହେଁ । ଅନ୍ଧାରରେ କିଛି ସ୍ପଷ୍ଟ ବାରିପାରେନା । ତେବେ ଅନୁମାନ କରିପାରେ, ଉଚ୍ଚା ପିଣ୍ଡାଟେ ଅଛି । ପିଣ୍ଡା ଉପରକୁ ଉଠିବାକୁ ପାହାଚ ।

ପାହାଚ ଉପରେ ଉଠେ ନୀରା । ତା' ପଛେ ପଛେ ମୁଁ ।

ନୀରା କବାଟ ଠକ୍ ଠକ୍ କରେ । ଟିକିଏ ପରେ କବାଟ ଅଧା ଖୋଲେ । ଡିବି ଆଲୁଅରେ ମୁହଁ ଦିଶେ ଜଣେ ପ୍ରୌଢ଼ା ମହିଲାଙ୍କର । ଅନୁମାନ କରାଯାଇପାରେ ଯେ ସେ ନୀରାର ମା' । ସେ କବାଟ ଅଧା ଖୋଲନ୍ତି । ଟିକେ ବାହାରକୁ ନିରେଖନ୍ତି । ନୀରାକୁ ଦେଖନ୍ତି ଓ ତା' ପରେ କବାଟକୁ ଆଉ ଟିକେ ଖୋଲି ଦିଅନ୍ତି । ରାସ୍ତା କରିଦିଅନ୍ତି ଭିତରକୁ ପ୍ରବେଶ କରିଯିବାକୁ । ଉଚ୍ଚା ଏରୁଣ୍ଡି ବନ୍ଧ ଡେଇଁ ନୀରା ଭିତରେ ପ୍ରବେଶ କରେ ।

ମୋତେ ଏବେ ଦେଖିପାରନ୍ତି ତା'ର ମା' । ଆଖିରେ ଚମକିପଡ଼େ ଶଙ୍କା ।

ନୀରା କହେ : ମୋର ସାଙ୍ଗ ।

ମୁଁ ପାଦ ଛୁଇଁ ତାଙ୍କୁ ପ୍ରଣିପାତ ଜଣାଏ । ସେ ମୋ ହାତଧରି ଏକରକମ ଟାଣିନିଅନ୍ତି ଘର ଭିତରକୁ । କବାଟ ବନ୍ଦ କରିଦିଅନ୍ତି । ଯେମିତିକି ସେ ମୋତେ ଲୁଚାଇ ଦେବାକୁ ରୁହାନ୍ତି ସଂସାରର ସବୁ ଅନୁସନ୍ଧିସୁ ଆଖିଟାରୁ । ଦାଣ୍ଡଘର ଡେଇଁ ଆମେ ଭିତର ଖଞ୍ଜାରେ ପ୍ରବେଶ କରୁ । ପ୍ରଶସ୍ତ ବାରଣ୍ଡାରେ ଜଳୁଥାଏ ଏକାଟିଆ ଲଣ୍ଠଣଟିଏ । ନୀରାର ଚଲିବାର ଢଙ୍ଗ ଟିକେ ବଦଳିଯାଇଛି ଏବେ । ନିଜ ଗାଁ, ନିଜ ଘରେ ପଶିଗଲାପରେ ତା' ଚଲିତା ଏକରକମ ନାଚିଲା ଭଳି ପିଲାଳିଆ ।

ମୁଁ ନିଜକୁ ନିଜେ କହେ, ବେଟା ! ଏବେ ଅତି ଦୁଃସାହସର ସମୟ ଆରମ୍ଭହେଲା ।

ନୀରା ମୋ ସଂପର୍କରେ ତା' ମାଆଙ୍କୁ ଆଉ କିଛି ତଥ୍ୟ ଦେଲା ।

କହିଲା : ଇଏ ପ୍ରଜ୍ଞାସ ! ମୋର ସାଙ୍ଗ । ମୋ ସାଥିରେ ପଢ଼େ । ସେ ଆମ ଗାଁ ଦେଖିବାକୁ କହିଲା । ତ, ମୁଁ ତାକୁ ସାଙ୍ଗରେ ନେଇ ଆସିଲି ।

ସେ କଥାଟା ଏମିତି କହିଲା, ଯେମିତି ମୁଁ ସହରର ଲୋକ । ଜମା ଗାଁ ଦେଖି ନାହିଁ । ଏବେ ଗାଁ ସଂପର୍କରେ ଗବେଷଣା କରୁଛି । ମୋତେ ଗାଁ ଦେଖେଇବା ନୀରାର ପାଠପଢ଼ାର ଏକ ଅଂଶବିଶେଷ ।

ତା'ର ମା' କିଛି କହିଲେନି । ତାଙ୍କ ମୁହଁ କିନ୍ତୁ ଚିନ୍ତାଗ୍ରସ୍ତ ଦିଶୁଥିଲା ।

ନୀରା ପଚାରିଲା : ବାପା କାହାନ୍ତି ?

ମା' କହିଲେ : ଗାଁ ଭିତରକୁ ଯାଇଛନ୍ତି । ଏବେ ଫେରୁଥିବେ ।

ଏହାପରେ ନୀରା ମୋତେ ଗୋଟେ ଘରେ ନେଇ ବସାଇଲା । ଘର ଭିତରେ ଜଣିକିଆ ଖଟଟେ ପଡ଼ିଥିଲା । ଖଟ ପାଖରେ ଛୋଟ ଟେବୁଲ୍ ଓ ଚଉକି । ମନେ ହେଉଥିଲା ଯେମିତି ସେଠି କେହି ରହିନାହିଁ କେଇଦିନ ହେଲା । ଟେବୁଲ ଉପରେ ମଳିନ ଟେବୁଲ କ୍ଲଥ୍ । ତା ଉପରେ ନୀରା ରଖ୍ଲା ଲଣ୍ଠନ । ସେଇ ସ୍ୱଚ୍ଛ ଆଲୁଅରେ ମୁଁ ରୁରିଦିଗକୁ ରୁହିଁଲି ।

ପଚାରିଲି : ତୁମ ଘରେ ଆଉ କିଏ କିଏ ଅଛନ୍ତି ?

ଏ କଥା ମୋର ବହୁ ଆଗରୁ ପଚାରିବାର ଥିଲା । ଏମିତିକି ଗତକାଲି କିମ୍ବା କିଛିଦିନ ଆଗରୁ । କିମ୍ବା ବସ୍ ରେ ଚଢ଼ିବା ପୂର୍ବରୁ ।

ନୀରା କହିଲା : ଏବେ କେବଳ ବାପା, ମା' ଆଉ ମୁଁ । ମୋର ଜଣେ ବଡ଼ ଭାଇ ଅଛନ୍ତି । ସେ ବାହାହେଲା ପରେ ଘରଠୁ ଅଲଗା ହେଇଯାଇଛନ୍ତି । ଗୋଟେ ବଡ଼ ଭଉଣୀ ଅଛି, ସେ ମଧ ବାହାହୋଇ ଯାଇଛି । ଏବେ କେବଳ ଆମେ ତିନିଜଣ ।

ମୁଁ କହିଲି : ତୁମର ଗୋଟେ ସାନଭାଇ ଥିଲେ ଭଲ ହୋଇଥାଆନ୍ତା !

ସେ ପଚାରିଲା : କାହିଁକି ?

ମୁଁ କହିଲି : ଏବେ ତା'ର ବହୁତ ସାହାଯ୍ୟ ଦରକାର ।

ସେ ପଚାରିଲା : ମାନେ ?

ମୁଁ କହିଲି : ମୋର ଏବେ ଯାହା ଯାହା ଦରକାର, ସେ ସବୁ ବୁଝିଥାଆନ୍ତା ।

ସେ କହିଲା : ମୁଁ କାହିଁକି ବୁଝିପାରିବିନି ?

ମୁଁ କହିଲି : କାରଣ ତମେ ଗୋଟେ ଝିଅ ଆଉ ... ।

ମୋ କଥା ଅଧା ରହିଲା । ଏତିକିବେଳେ ଦାଣ୍ଡଦୁଆର ଖଟଖଟ ହେଲା । ମନେହେଲା ଗାଁ ଭିତରକୁ ଯାଇଥିବା ନୀରାର ବାପା ବୋଧେ ଫେରି ଆସିଲେ । ତାଙ୍କୁ କବାଟ ଖୋଲି ଘର ଭିତରକୁ ଆସିବା ପାଇଁ ସୁଯୋଗ ଦେବାକୁ ନୀରା ଧାଇଁଗଲା ଓ ନୀରା ସହିତ ନୀରାର ମା' । ନୀରାର ବାପା ଘର ଭିତରକୁ ଆସିଲେ । ମୁଁ କାନଡେରି ଶୁଣିବାକୁ ଚେଷ୍ଟାକଲି ସେମାନଙ୍କ କଥାବାର୍ତ୍ତା ।

ତେବେ ନୀରା କିଛି କହିବା ପୂର୍ବରୁ ନୀରାର ମା' ସବୁ ଶୁଣାଇଲେ । ମୋତେ ସ୍ପଷ୍ଟତଃ ଶୁଣାଯାଉ ନ ଥିଲେ ମଧ୍ୟ ମୁଁ ଅନୁମାନ କରିପାରୁଥିଲି ଯେ ସେ ସନ୍ତୁଷ୍ଟ ନୁହନ୍ତି ମୋ ଆଗମନରେ । ଯେ କେହି ଗୁରୁଜନ ଅସନ୍ତୁଷ୍ଟ ହେବା କଥା । ଯାହା ମୁଁ ଆଗରୁ ଅନୁମାନ କରି ପାରି ନ ଥିଲି । ମୋ ଭିତରେ ଗୋଟିଏ ସ୍ୱର ଥିଲା, ଦୁଃସାହସ, ଦୁଃସାହସ ।

ଏହାପରେ କ'ଣ ହେବ ? ଏମିତି ଟିକେ ଭୟ ଓ ଶଙ୍କା । ମୃଦୁ ଆଘାତ ଦେଲା ମନରେ । କିନ୍ତୁ ଦୁଃସାହସର ଭାବନା ତାକୁ ଫୁଙ୍କାରରେ ଉଡ଼େଇଦେଲା । ମୋତେ ଖୁବ୍ ଜୋରରେ ପରିସ୍ରା ଲାଗୁଥିଲା । ମୁଁ କୁଆଡ଼େ ଯିବି କେମିତି ଯିବି ଭାଲି ସ୍ଥିର କରିପାରୁ ନ ଥିଲି । ଛାତିର ସ୍ପନ୍ଦନ ବଢ଼ିଯାଇଥିଲା । ମୁଁ ନୀରାର ବାପାଙ୍କ ଚେହେରା କଳ୍ପନା କରିବାକୁ ଉଦ୍ୟମ କଲି । ସେ କ'ଣ ଖୁବ୍ ରାଗୀ, ନିଶବାନ୍ ଓ ବଳିଷ୍ଠ ବ୍ୟକ୍ତିତ୍ୱର ଲୋକ ଜଣେ ହୋଇଥିବେ ?

ନୀରା ଓ ତା'ର ମା'ଙ୍କୁ ନେଇ ସେ ମୋ ରୁମ୍ ପାଖକୁ ଆସିଲେ । ସେମାନଙ୍କର ମିଳିତ ପାଦଶବ୍ଦ ନିକଟତର ହୋଇ ଆସୁଥିଲା । ମୁଁ ଅପେକ୍ଷା କଲି ଗୋଟେ ସମ୍ଭାବ୍ୟ ବିସ୍ଫୋରଣର । ସେ କ'ଣ ଖୁବ୍ ରାଗିଯିବେ ଓ କହିବେ, ବାହାରିଯା' ! ବାହାରିଯା' ଏଠୁ ତତ୍କ୍ଷଣାତ୍ ?

ସେ ମୋ ରୁମ୍‌ର ଦର୍ଜା ପାଖରେ ପହଞ୍ଚିଲେ ।

ମୁଁ ସଙ୍ଗେ ସଙ୍ଗେ ପ୍ରଣାମ କରିପକେଇଲି ।

ତାଙ୍କ ମୁହଁକୁ ଚାହିଁଲି। ଖୁବ୍ ଭଦ୍ରଲୋକର ହସ ତାଙ୍କ ମୁହଁରେ। କପାଳରେ ଦୁଃଶ୍ଚିନ୍ତାର ଦାଗ। ଲକ୍ଷଣର ମଳିଛିଆ ଆଲୁଅରେ ସ୍ପଷ୍ଟ ଦେଖାଯାଉ ନ ଥିଲେ ବି ମନେହେଲା ବୟସ ଓ ଚିନ୍ତାର ବୋଝରେ ସେ ପ୍ରିୟମାଣ ସଂସାରୀ।

ସେ ଘର ଭିତରକୁ ଆସିଲେ। ମୁଁ ଠିଆ ହୋଇ ରହିଥାଏ।

ସେ ଚେୟାରରେ ବସିଲେ। ମୋତେ ଖଟରେ ବସିବାକୁ ନିର୍ଦ୍ଦେଶ ଦେଲେ। ନୀରା ଘର ଭିତରକୁ ପଶି ଆସିବାକୁ ଚେଷ୍ଟା କରୁଥାଏ। ମୋ ସଂପର୍କରେ କିଛି କହିବା ପାଇଁ ଉଦ୍ୟମ କରୁଥାଏ।

କିନ୍ତୁ ତା'ର ବାପା ତାକୁ ନୀରବ ରହିବାକୁ ଇଙ୍ଗିତ କଲେ।

କହିଲେ:ତୁ ଯା'! ମା'ଙ୍କୁ ସାହାଯ୍ୟ କର। ଶୀଘ୍ର ରୋଷେଇବାସ ସାର।

ନୀରା ଫେରିଗଲା।

ଭଦ୍ରଲୋକ ମୋ ମୁହଁକୁ ଚାହିଁଲେ। ପାଦରୁ ମଥାଯାଏଁ ନିରୀକ୍ଷଣ କଲେ। ମନେହେଲା ସେ ଯେମିତି ନରବଳି ଦେବା ପାଇଁ ଗୋଟାଏ ଲୋକ ଖୋଜୁଥିଲେ ଏବଂ ତାଙ୍କର ଝିଅ ମତେ ଫସେଇକି ନେଇ ଆସିଛି ସେହି ଉଦ୍ଦେଶ୍ୟରେ। ମୋର ଚନ୍ଦ୍ରମଣି ଦାସଙ୍କ 'ନରବଳି' ଉପନ୍ୟାସର ଅନେକଗୁଡ଼ିଏ ଭୀତିପ୍ରଦ ଦୃଶ୍ୟ ମନେପଡ଼ିବାରେ ଲାଗିଲା। ସେ ଉପନ୍ୟାସରେ ଏକଦା ଓଡ଼ିଶାରେ କିପରି ନରବଳି ଦିଆଯାଉଥିଲା ତା'ର ନିଖୁଣ ବର୍ଣ୍ଣନା ଅଛି। ସେ ସବୁ ପଢ଼ି ମୁଁ ଅନେକ ଥରଡରିଛି। ଭୟରେ ଶିହରି ଉଠିଛି। ଏବେ ମୋ ମୁହଁକୁ ଓହ୍ଲାଇ ଆସିଲା ବିଷାଦର କଳାଛାଇ।

ସେ ମୋତେ ଅନେକଗୁଡ଼ିଏ ପ୍ରଶ୍ନ ପଚାରିଲେ। ଏଇ ଯେମିତି ନାମ, ବାପାଙ୍କ ନାମ, ବାପା କ'ଣ କରନ୍ତି, କେତେ ଭାଇଭଉଣୀ ଅଛନ୍ତି, ସେମାନେ କ'ଣ କରୁଛନ୍ତି ଇତ୍ୟାଦି ଇତ୍ୟାଦି।

ଶେଷରେ କହିଲେ : ଅନ୍ୟ ସମୟ ହୋଇଥିଲେ ମୁଁ ତୁମ ଆଗମନକୁ ସ୍ୱାଗତ କରିଥାନ୍ତି। ଏବେ କିନ୍ତୁ କେତେଟା ଅସୁବିଧା ଅଛି।

ମୁଁ ଚମକିପଡ଼ିଲି। ବୁଝିପାରିଲିନି ତାଙ୍କ କଥାର ରହସ୍ୟ।

ପଚାରିଲି : ମାନେ ? କ'ଣ କିଛି ଭୁଲ୍ ହୋଇଗଲା ?

ସେ କହିଲେ : ସେ କିଛି ନୁହେଁ। ତୁମେ ଆମର ଅତିଥି। ତୁମେ ଏତେ ଦୂରରୁ ଆସିଛ। ଗାଧୁଆପାଧୁଆ କରିବ ନା ନାଇଁ!

ତାଙ୍କ କଥାରେ ମୋ ପିଣ୍ଡରେ ପ୍ରାଣ ପଶିଲା। ମୋର ହଠାତ୍ ଭୁଲି ହୋଇଯାଇଥିବା ପରିସ୍ରାର ରୂପ ମନେପଡ଼ିଲା। ମୁଁ ଅଥୟ ହୋଇପଡ଼ିଲି।

କହିଲି : ମୋର ବାଥ୍ ରୁମ୍ ନିହାତି ଦରକାର।

ସେ ମ୍ଲାନ ହସି କହିଲେ: ଏଇଟା ନିପଟ ଗାଁ! ଏଠି ବାଥ୍ ରୁମ୍ କୋଉଠୁଆସିବ ? ତୁମେ ମୋ ସହିତ ଆସ। ବାରିପଟକୁ ଯିବା!

ସେ ମୋତେ ବାରିପଟକୁ ନେଲେ। ସେଠି ଗୋଟେ କୂଅ ଥିଲା। କୂଅ ଋରିପଟେ ଋଦିନୀ। ଋଦିନୀ ଧାରରେ ମଲ୍ଲୀଗଛର ବୁଦା। ଟିକେ ଦୂରରେ ଗୋଟେ ଛୋଟ ଘର। ଅଧା ଅନ୍ଧାର ଭିତରେ କିଛି ସ୍ୱଷ୍ଟ ଦିଶୁ ନ ଥାଏ। ଜହ୍ନ ଆଲୁଅରେ ଯାହା ଯେମିତି ଦିଶୁଥାଏ। ସେ କୂଅରୁ ପାଣି କାଢ଼ି ଦେଲେ। ତାଙ୍କ କାନ୍ଧରୁ ଗାମୁଛା କାଢ଼ି ମୋ ହାତରେ ଦେଲେ।

କହିଲେ : ଭୟ କରନା! ଟର୍ଚ୍ଚ ନିଅ। ସେ ଘରକୁ ଯାଅ। ସେଇଟା ଲାଟ୍ରିନ୍ ଓ ବାଥ୍ ରୁମ୍। ଉଭୟ। ଯାଅ! ଗାଉଁଲି ବାଥ୍ ରୁମ୍। ଚଲେଇ ନିଅ!

ଏ ସବୁ କଥା ମୁଁ ନୀରାକୁ କହିବାକୁ ସଙ୍କୋଚ କରିଥାନ୍ତି କିମ୍ବା ନୀରା ମୋତେ ସହଯୋଗ କରିବାକୁ ସ୍ୱଚ୍ଛନ୍ଦ ଅନୁଭବ କରି ନ ଥାନ୍ତା। ବୟସ୍କ ଓ ଗ୍ରାମ୍ୟ ହେଲେ ମଧ ନୀରାର ବାପାଙ୍କର ବ୍ୟବହାର ଖୁବ୍ ହୃଦୟଗ୍ରାହୀ ଥିଲା।

ଆମେ ପୁଣି ଫେରିଲୁ ଘର ଭିତରକୁ। ନୀରାର ବାପା ମୋତେ ତାଙ୍କର ପୁରୁଣା ଧୋତି ଦେଲେ ପିନ୍ଧିବାକୁ। ମୁଁ ପ୍ୟାଣ୍ଟ ପାଲଟି ସୁନା ପିଲାଟି ପରି ବସିରହିଲି ସେଇ ପଢ଼ାଘରେ।

ନୀରା ସେଠାକୁ ଆସିବାକୁ ଯେ ଉଦ୍ୟମ କରିନାହିଁ, ତା' ନୁହେଁ। ତା'ର ବାପା ମୋତେ ଏକରକମ ଜଗି ରହିଥିଲେ ଓ ନୀରାକୁ ଆସିବାକୁ ସୁଯୋଗ ଦେଉ ନ ଥିଲେ। ପୁଣି ସେ ମୋତେ ଜେରା କଲେ ଓ ଶେଷରେ ଯାହା କହିଲେ, ତାହା ଥିଲା ନୀରାର ଦୁଃସାହସର କାରଣ। କଥାଟା ଥିଲା ଏହିପରି ଯେ, ପରବର୍ତୀ

ଦିନ ନୀରାର ଦେଖାଶୁଣା ହେବାର ଥିଲା । ତାକୁ ଦେଖିବାକୁ ବରଘର ଆସିବାର ଥିଲା ।

ନୀରାର ବାପା କହିଥିଲେ, 'ପୁଅ, ତୁମେ କିଛି ଖରାପ ଭାବିବ ନାହିଁ । କାଲି ସକାଳୁ ତୁମକୁ ଏଠୁ ଖସିଯିବାକୁ ହେବ । ତୁମର ଖସିଯିବା ଉଚିତ । କାରଣ ଏଇଟା ଗାଁ ଓ ଗାଁରେ କେହି ଏମିତି ପୁଅଝିଅଙ୍କ ବନ୍ଧୁତାକୁ ଭଲ ଦୃଷ୍ଟିରେ ଦେଖନ୍ତି ନାହିଁ । କାଲି ନୀରାକୁ ଦେଖିବାକୁ ବରଘର ଆସିବେ ଓ ତୁମେ ଏଠି ରହିଲେ କିଛିଟା ଭୁଲ୍ ବୁଝାମଣା ସୃଷ୍ଟି ହୋଇପାରେ । ମୋର ତୁମକୁ ଅନୁରୋଧ, ତୁମେ ଆମର ଅସୁବିଧା କଥାଟି ହୃଦୟଙ୍ଗମ କରିବ ।'

ମୋର କହିବାର ଥିଲା : 'ମଉସା ! ଆପଣ ଯେମିତି ଭାବୁଛନ୍ତି କଥା ସେମିତି ନୁହେଁ । ଆମେ କେବଳ ସହପାଠୀ । ବନ୍ଧୁ । ଆଉ କିଛି ନୁହେଁ ।'

ମାତ୍ର ଆମର ବନ୍ଧୁତାକୁ ତାଙ୍କୁ ବୁଝାଇବା ଓ ସେ ବୁଝିଯିବା ସହଜ ନ ଥିଲା । ତେଣୁ ବିନା ପ୍ରତିବାଦରେ ମୁଁ ସମ୍ମତ ହୋଇଗଲି ତାଙ୍କ ପ୍ରସ୍ତାବରେ । ମୋର କେବଳ ନୀରା ସହିତ ଦେଖାହେବା ଜରୁରୀ ଥିଲା । ତାକୁ ପଚରିବାର ଥିଲା : କାହିଁକି ଏ ସବୁ ?

ମାତ୍ର ସେ ସୁଯୋଗ ଆସୁ ନ ଥିଲା ।

ସେଦିନର ରାତ୍ରିଭୋଜନ ପରଷି ଥିଲେ ନୀରାର ମା' । ସେଇ ଘରେ ମୁଁ ଟେବୁଲ୍ ଉପରେ ଖାଇବା ରଖି ଖାଇଲି । ବାରଣ୍ଡା ପାଖରେ ଠିଆହୋଇ ହାତ ଧୋଇଲି । ଆଖି ଖୋଜୁଥିଲା ନୀରାକୁ । କିନ୍ତୁ ସେ ସାମ୍ନାକୁ ଆସି ନ ଥିଲା । ସମ୍ଭବତଃ ତାକୁ ଗାଲି ହୋଇଥିଲା ପ୍ରଚୁର । କିମ୍ବା ଏପରି କଥା କୁହାଯାଇଥିଲା ଯେ ସେ ଲୁଚି ରହିବାକୁ ବାଧ୍ୟ ହୋଇଥିଲା ।

ରାତି ସାମାନ୍ୟ ଅଧିକ ହେଲା ।

ନୀରାର ବାପା କହିଲେ : 'ତୁମେ ଶୋଇପଡ଼ ! ରାତିରେ ଦରକାର ପଡ଼ିଲେ ମୋତେ ଡାକିବ । ମୁଁ ଏଇ ପାଖ ଘରେ ଶୋଇଛି । କବାଟ ବନ୍ଦ କରି ଶୋଇପଡ଼ ।'

ସେ ଖସିଗଲେ ଓ କବାଟ ବନ୍ଦ କରି ମୁଁ ଶୋଇବାକୁ ଚେଷ୍ଟା କଲି । ନୀରାର ବାହାଘର ପାଇଁ ଦେଖାଶୁଣା ହେବାର ଅଛି, ଅଥଚ ସେ ମୋତେ ଡାକିଆଣିଛି

ସାଙ୍ଗରେ। କ'ଣ ପାଇଁ ? ଏତେ ବଡ଼ ଦୁଃସାହସର ପ୍ରୟୋଜନ କ'ଣ ? ନୀରା କି ଏ ପ୍ରସ୍ତାବରେ ଏକମତ ନୁହେଁ ? ନୀରା କି ଏବେ ବିବାହ କରିବାକୁ ରୁହେଁ ନାହିଁ ? ନୀରା କି ମୋତେ ଆଲକରି ବାହାଘର ଭାଙ୍ଗିଦେବାକୁ ରୁହେଁ ? ବାହାଘର ପାଇଁ ଇଚ୍ଛା ନ ଥିଲେ ସେ ଅନ୍ୟ କୌଣସି ଉପାୟ ଅବଲମ୍ବନ କରିପାରିଥାନ୍ତା ! ଜମା ଆସି ନ ଥାନ୍ତା ଗାଁକୁ ! ମୋତେ କାହିଁକି ସାଥୀ କଲା ? ନୀରା କି ମୋତେ ରୁହେଁ ?

ମୋତେ ନିଦ ହେଉ ନ ଥିଲା।

ମୁଁ ଅପେକ୍ଷା କରୁଥିଲି ନୀରାର। ଭାବୁଥିଲି, ରାତିଅଧରେ ହଠାତ୍ ଆସି ପହଞ୍ଚିଯିବ ନୀରା। ମୋତେ ନିଦରୁ ଉଠାଇବ ଓ କହିବ, ରୁଲ ! ଆମେ ପଳେଇବା ! ପଳେଇଯିବା କୁଆଡ଼େ ଗୋଟେ !

ରାତି ବିତିବାରେ ଲାଗିଥିଲା। ମୋତେ ନିଦ ଆସୁ ନ ଥିଲା। ନୀରା ଆସୁ ନ ଥିଲା। ସମୟ ଗଡ଼ିବାରେ ଲାଗିଥିଲା।

ଏମିତି ଭାବୁ ଭାବୁ ଟିକେ ଛାଇନିଦ ମାଡ଼ିଆସିଥିଲା, ହଠାତ୍ ଭାଙ୍ଗିଗଲା ନିଦ।

ମନେହେଲା କିଏ ଯେମିତି କୋଉଠି କାନ୍ଦୁଛି।

ମୁଁ ଉଠି ବସିଲି ଶେଯରେ। ଖୁବ୍ ବିକଳ ସେ କାନ୍ଦ। କଇଁ କଇଁ ହୋଇ କାନ୍ଦୁଛି କିଏ ଜଣେ ନାରୀ।

ମୁଁ ଅଗଣା ପଟକୁ ଖୋଲା ଝରକା ଦେଇ ବାହାରକୁ ରୁହିଁଲି।

ଅଗଣାରେ ଜହ୍ନରାତି ବିଛାଡ଼ି ହୋଇପଡ଼ିଛି। ଜହ୍ନରାତି ଦିଶୁଚି ଭୌତିକ ଭୌତିକ। ନିଶା ଗର୍ଜୁଛି ସାଇଁ ସାଇଁ। ରୁରି ଦିଗ ନିର୍ଜନ ଓ ଶୂନଶାନ୍। ମୋତେ ଭୟଗ୍ରାସ କରିବାକୁ ଆରମ୍ଭ କଲା।

ସ୍ୱର ଶଦ୍ଧ ନାହିଁ, କେବଳ ସେଇ ବିକଳ କ୍ରନ୍ଦନ ଛଡ଼ା।

କିଏ କାନ୍ଦୁଛି ? କୋଉଠି କାନ୍ଦୁଛି ? କାହିଁକି କାନ୍ଦୁଛି ? ନୀରା କି ?

ସେତେବେଳେ ମୁଁ ବହୁତ ରହସ୍ୟ ଉପନ୍ୟାସ ପଢୁଥିଲି। ମୋର ମନେପଡ଼ିଲା କଣ୍ଠୁରିଚରଣ ଦାସଙ୍କ 'ରାତ୍ରିର କ୍ରନ୍ଦସୀ' ଉପନ୍ୟାସର କଥା। ଯୋଉଠି ପ୍ରତି ରାତିରେ ଗୋଟେ ଝିଅର କାନ୍ଦୁଥିବାର ବର୍ଣ୍ଣନା ଥିଲା। ମୋତେ ଭୟ ମାଡ଼ିବସିଲା। ମୋର ଦୁଃସାହସ ପାଣିପାଣି ହୋଇଗଲା ଯେମିତି।

ତଥାପି କ୍ରନ୍ଦନର ସୂତ୍ର ଖୋଜିବାକୁ ଏକ ସାହସୀ ଡିଟେକ୍ଟିଭ୍ ଭଲି ପାଦ ଚିପି ଚିପି ଗୋଟାଏ ଦିଗକୁ ଦେଖିବାକୁ ଚେଷ୍ଟା କଲି । ଜାଣିଲି କ୍ରନ୍ଦନଟା ବାରଣ୍ଡାର ଅପରପାର୍ଶ୍ୱରୁ ଆସୁଛି । ପୁଣି ଆଖି ଫେରାଇଲି । ସେ କ୍ରନ୍ଦନର ସ୍ୱରଟା ବିପରୀତ ଦିଗକୁ ଢଳିଯାଇଛି । ମୁଁ ଚମକି ପଡ଼ିଲି । ପାଦ ଥରିବାକୁ ଆରମ୍ଭ କଲା । ମୁଁ ନୀରାର ସବୁ ଘର ଦେଖିନାହିଁ । ଦେଖିନାହିଁ କୋଉ ଘରେ ଶୋଇପଡ଼ିଛି ନୀରା । ସବୁ ଘର ବୁଲେଇ ଦେଖାଇବାର ସୁଯୋଗ ପାଇନାହିଁ ନୀରା ।

କୋଉ ଘରେ ଶୋଇପଡ଼ିଛି ନୀରା ? ଏ ସ୍ୱର କଦାଚ ନୀରାର ନୁହେଁ । ହୋଇପାରେନା । ମୁଁ ଯେତିକି ନୀରା ସହିତ ମିଶିଛି ତା'ର ସ୍ୱର ସହିତ ସାମାନ୍ୟ ପରିଚିତ ହୋଇଛି । ଏ କ୍ରନ୍ଦନ ଧ୍ୱନି ତା' ସାଙ୍ଗରେ ମିଶେନା । ମୁଁ ନିଶ୍ଚିତ ହୋଇଆସିଲି ଯେ ଇଏ କୌଣସି ଅଶରୀରୀ ଆମ୍ଭାର ସ୍ୱର । ସେତେବେଳେ ଗ୍ରାମାଞ୍ଚଳରେ ଏମିତି ଜୀବମାନଙ୍କର ବ୍ୟାପକ ଆତଯାତ ଥିଲା । ଅନେକ ଭୌତିକ କାହାଣୀ ମୁଁ ପଢ଼ିଥିଲି । ମୋର ଏବେ ସେ ସବୁ ଖୁବ୍ ମନେ ପଡ଼ିଲା । ମୋତେ ଭୟ ସମ୍ପୂର୍ଣ୍ଣ ରୂପେ ଗ୍ରାସ କଲା ।

କିଛି ସମୟରେ ୫କ୍ଷା ଆର ପଟେ ବାରଣ୍ଡାରେ ଗୋଟିଏ ଛାୟା ଦେଖାଗଲା । ଯେପରି ଜଣେ ମୃତା ଯୋଗିନୀ ଶରୀର ଧାରଣ କରିବାକୁ ଚେଷ୍ଟା କରୁଛି । ଦଳକାଏ ପବନ ପଶିଆସିଲା । ସେଥିରେ ଅକୁହା କଥା ଓ ଫୁଟି ଆସୁଥିବା ମଲ୍ଲୀ ଅର୍ଚନକ ମଉଳି ଯିବାର କରୁଣ ଗନ୍ଧ । ସେତେବେଳୁ ମୋ ଭିତରୁ ଦୁଃସାହସ, କାପୁରୁଷ ଆତତାୟୀ ପରି ନିରୁଦ୍ଧିଷ୍ଟ । ମୋ ମାନସପଟ୍ରେ ଭାସି ଉଠିଲା ମୋ ବାପାଙ୍କ ସଂସାର ବୋଝରେ କୁଞ୍ଚିତ ମୁହଁ ପ୍ରାୟ ନୀରା ବାପାଙ୍କ ଚେହେରା ପରି । ପ୍ରେମ ଅପୂର୍ବ ଆନନ୍ଦ କିନ୍ତୁ ଏକ ଦୁର୍ବାର ଦାୟିତ୍ୱ – ଏହା ସ୍ୱୀକାର କରିବାକୁ ଅନେକ ବର୍ଷ ବିତିଗଲା । ମୁଁ ତକିଆକୁ ମୁଣ୍ଡ ଉପରେ ଚୂପି ସବୁ ଅଶ୍ରୁ ସଂଗୀତ, ସବୁ ପୂର୍ଣ୍ଣିମାର ପ୍ଳାବିତ ବାସ୍ନା ଓ ଆଶୀରିରୀ ପରୀକୁ ରୁଦ୍ଧ କରି ଶୋଇପଡ଼ିବାକୁ ଚେଷ୍ଟା କଲି । ଜାଣିପାରିଲିନି, ପ୍ରଥମେ କରୁଣ ସ୍ୱର ବନ୍ଦ ହେଲା ଅବା ମତେ ନିଦ ମୁକ୍ତି ଦେଲା ।

ଭୋର ହେବ ବୋଧେ । କବାଟରେ କରାଘାତ ଶୁଣି ଉଠି ପଡ଼ିଲି । ନୀରାର ବାପା । ଆକାଶ ଫର୍ଚ୍ଚା ହୋଇ ଆସିଛି ।

ସେ ମତେ ଡାକିନେଲେ । କୂଅରୁ ପାଣି କାଢ଼ି ଦେଲେ । ମୋର ନିତ୍ୟକର୍ମ ସରିବା ପର୍ଯ୍ୟନ୍ତ ଅପେକ୍ଷା କଲେ । ମୋର ଓଦାଲୁଗା ନେଲେ ଶୁଖାଇବାକୁ । ମୁଁ ଖୁବ୍ ଶୀଘ୍ର ପ୍ରସ୍ତୁତ ହୋଇଗଲି ।

ଆଖି ଖୋଜୁଥିଲା ନୀରାକୁ । ମାତ୍ର ନୀରା କୋଉଠି ହେଲେ ନ ଥିଲା ।

ନୀରାର ବାପା କହିଲେ : ଚଲ ଯିବା ! ଡେରି ହେଲେ ବସ୍ ଛାଡ଼ିଯିବ !

ମୁଁ ବାଧ୍ୟହୋଇ ମୁହଁ ଖୋଲିଲି ।

କହିଲି : ନୀରାକୁ ଟିକେ କହିଦେଇ ଯାଇଥାଆନ୍ତି ।

ନୀରାର ବାପା କହିଲେ : ସେ ଶୋଇପଡ଼ିଛି । ଡେରିରେ ଉଠିବ । ମୁଁ ତାଙ୍କୁ କହିଦେବି । ବ୍ୟସ୍ତ ହେବାର କୌଣସି କାରଣ ନାହିଁ । ଶୀଘ୍ର ଚଲ । ପ୍ରଥମ ବସ୍ ଧରି ନ ପାରିଲେ ଅସୁବିଧା । ଦ୍ୱିତୀୟ ବସ୍ ଆସିବ ତିନିଘଣ୍ଟା ପରେ ।

ସେ ଆଗେଇଲେ ।

ମୁଁ ତାଙ୍କୁ ଅନୁସରଣ କଲି ।

ସେଇ ଖଞ୍ଜାରୁ ବାହାରି ଗଲାବେଳେ ମୁଁ ପ୍ରତ୍ୟେକ କବାଟକୁ, ପ୍ରତ୍ୟେକ କୋଣ ଅନୁକୋଣକୁ ଆଖି ବୁଲାଇ ଆଣିଥିଲି । କାଳେ କୋଉଠି ଲୁଚି ବସିଥିବ ନୀରା । କୋଉ କବାଟ ଫାଙ୍କରେ ଲୁହ ଛଳଛଳ ଆଖିରେ ଅସହାୟ ହୋଇ ରହିଁଥିବ, ହାରିଯାଇଥିବା ଚରିତ୍ର ଭଳି । ମାତ୍ର ସେପରି କିଛି ଦୃଶ୍ୟ ଆଖି ସାମ୍ନାକୁ ଆସିଲାନି । ମୁଁ ଆଗେଇ ଗଲି ।

ପାହାଚ ଦେଇ ଓହ୍ଲାଇଲି ଗାଁର ଧୂଳି ଧୂସରିତ ରାସ୍ତାକୁ । ଗତକାଲି ରାତିରେ ଯେଉଁ ଗ୍ରାମ୍ୟ ରାସ୍ତା ରହସ୍ୟମୟ ମନେ ହୋଇଥିଲା, ଏବେ ତାହା ସ୍ପଷ୍ଟ ଓ ସାଧାରଣ । ଆମ ନିଜ ଗାଁ ପରି । ଗାଁରୁ ଯେଉଁ କଚାରାସ୍ତାଟି ନିକଟତମ ବସ୍ ଷ୍ଟପ୍ ପର୍ଯ୍ୟନ୍ତ ଲମ୍ବିଯାଇଥିଲା, ତାହା ଆଉ ସେତେ ଆବୁଡ଼ା ଖାବୁଡ଼ା ଲାଗୁ ନ ଥିଲା । ଆଦ୍ୟ ସକାଳର ଫର୍ଶା ଅଲୁଅରେ ଦିଶୁଥିଲା, ଗାଁଟି ଆସ୍ତେ ଆସ୍ତେ ଚଞ୍ଚଳ ହେବାକୁ ଆରମ୍ଭ କରିଛି । କେହି କେହି ଲୋକ ନିଜ ବିଲବାଡ଼ିକୁ ବାହାରିଥିଲେ । କିଏ କିଏ ଧୋବଧାଉଳିଆ ହୋଇ ମାଡ଼ିଚାଲିଥିଲେ ସହର ଦିଗରେ । ଗତକାଲି ରାତିରେ

ମୋତେ ଲାଗୁଥିଲା ମୋର ନିୟତି ମୋତେ ଯେମିତି ଟାଣିନେଉଛି ଏକ ଅନ୍ଧକାର ଗହ୍ୱରକୁ। ମନରେ ଥିଲା ଆଶଙ୍କା ଓ ସନ୍ଦେହ। ସକାଳେ ମୋର ମନେହେଲା, କେହି ଯେମିତି ମୋତେ ଜୋର୍ କରି ଠେଲି ଦେଉଛି ଦୂରକୁ। ସେ ଦୂରତା ମୋର ବିଫଳତାର।

ନୀରାର ବାପା ମୋତେ ବସ୍ ଚଢ଼େଇ ଦେଲେ। ସେ ଥିଲେ ପ୍ରକୃତରେ ଖୁବ୍ ଉଦାର ପ୍ରକୃତିର। କାରଣ ସେ ମୋ ପ୍ରତି ଖୁବ୍ ଭଦ୍ର ଆଚରଣ କରିଥିଲେ। ବସ୍ ଟିକେଟ୍ ମଧ୍ୟ କାଟି ଦେଇଥିଲେ ତାଙ୍କ ତରଫରୁ।

ବସ୍ ଛାଡ଼ିଲା। ମୁଁ ତାଙ୍କୁ ରୁହିଁଲି। ନୀରାର ଗାଁ ଆଡ଼କୁ ରୁହିଁଲି। ତାଳଗଛ ନଡ଼ିଆଗଛମାନଙ୍କ ମେଳରେ ହଜିଯାଇଥିଲା ଗାଁଟି। ମୁଁ ସେ ଗାଁ ଆଡ଼କୁ ରୁହିଁ ହାତ ହଲେଇଲି। ଯଦିଓ ସେଠି କେହି ଠିଆ ହୋଇ ନ ଥିଲେ କିମ୍ବା ମୋ ଆଡ଼କୁ ରୁହିଁ ବିଦାୟର ହାତ ହଲଉ ନ ଥିଲେ।

ମତେ ହଠାତ୍ ବହୁତ ଅସହଜ ଲାଗିଲା। କ'ଣ ଗୋଟେ ନିଜର ଜିନିଷ ଛାଡ଼ି ଆସିଲା ପରି ଅସ୍ୱସ୍ତିକର କିନ୍ତୁ ନିରର୍ଥକ ଭାବନା। ମୁଁ ତ କିଛି ନେଇ ଗତ ସଂଧ୍ୟାରେ ଆସିନଥିଲି। କ'ଣ ଛାଡ଼ି ଆସିଲି? କିଛି ବହୁତ ଦାମୀ ଜିନିଷ ହଜାଇ ଦେଲିକି?...

...ଥରେ ଏପରି ଭ୍ରମ ଆରମ୍ଭ ହେଲା ଯେ ସାରା ଜୀବନ ମୋର ଏପରି ଦୁର୍ଦ୍ଦଶା ଲାଗି ରହିଲା! ପଢ଼ା ପରେ ବ୍ୟାଙ୍କରେ ଦାୟିତ୍ୱ ପୂର୍ଣ୍ଣ ରଖିରୀ ଜୀବନ। ପ୍ରତିଦିନ କେଉଁ ନା କେଉଁ ଗୋଟେ ଫାଇଲ ନିଶ୍ଚୟ ମୋ ହାତରେ ହଜିଯିବ। ସେତିକି ସହୃଦୟ ସହକର୍ମୀବୃନ୍ଦ ଖୋଜି ନଦେଉ ଥିଲେ ମୁଁ ପୁରା ହଜି ଯାଇଥାନ୍ତି।...

ନୀରା ଆଉ ଫେରି ନଥିଲା ତା'ର ପାଠପଢ଼ାର ପରିଧିକୁ। ମୁଁ ଅପେକ୍ଷା କରିଥିଲି। ତା'ର ଖବର ରଖୁଥିଲି। କିଛିଦିନ ପରେ ତା'ର ଜଣେ ବାନ୍ଧବୀଙ୍କ ଠାରୁ ଖବର ମିଳିଲା ଯେ, ନୀରାର ବାହାଘର ସରିଯାଇଛି। ସେ ଆଉ ପାଠପଢ଼ାରେ ଆଗ୍ରହୀ ନୁହେଁ।

ଏ କାହାଣୀ ଏଇଠି ସରିଯିବା କଥା।

କିନ୍ତୁ ଏ କାହାଣୀକୁ ଆଉ ଗୋଟିଏ ଅଧ୍ୟାୟ ପାଇଁ ଅପେକ୍ଷା କରିବାକୁ ପଡ଼ିଲା ଆଉ କିଛି ଦିନ। ଏହି ପୃଥିବୀଟି ଖୁବ୍ ଛୋଟ। ସେଥିପାଇଁ ବେଳେବେଳେ ଅତୀତ

ଭିତରୁ ବାହାରି ଆସନ୍ତି କିଛି ପୁରୁଣା ଚରିତ୍ର ଓ ଆର୍ବିଭୂତ ହୋଇ ଠିଆ ହୋଇ ଯାଆନ୍ତି ସାମ୍ନାରେ ।

ନୀରା ସହିତ ଦେଖା ହୋଇଗଲା ଗୋଟେ ବାହାଘରରେ । ପନ୍ଦର ବର୍ଷ ପରେ । ସେ ମୋତେ ଚିହ୍ନିପାରିଲା ଓ ମୋ ପାଖକୁ ଆସି ସମ୍ଭାଷଣ ଜଣାଇଲା । ତା’ ସହିତ ଥିଲେ ତା’ର ସ୍ୱାମୀ । ତାଙ୍କ ସହିତ ନୀରା ମୋର ପରିଚୟ କରେଇଦେଲା ।

ତା’ର ସ୍ୱାମୀ ଯେତେବେଳେ ଜାଣିଲେ ଯେ, ମୁଁ ଦିନେ ନୀରାର ସହପାଠୀ ଥିଲି, ବନ୍ଧୁ ଥିଲି, ସେ ଖୁବ୍ ଖୁସୀ ହୋଇଗଲେ । କହିଲେ : ଆପଣ ଯେତେବେଳେ ତା’ର ଏତେ ନିକଟତମ ବନ୍ଧୁ, ଆପଣ ତାଙ୍କର ଗୁଣଗ୍ରାମ ବିଷୟରେ ନିଶ୍ଚୟ ଜାଣିଥିବେ ?

ତା’ର ସ୍ୱାମୀ କ’ଣ ଜାଣନ୍ତି ନୀରାର ଅତୀତ ବିଷୟରେ ? ଆମ ଭିତରେ ଅବଶ୍ୟ କିଛି ଆଫେୟାର୍ସ ନ ଥିଲା । କିନ୍ତୁ ସେ କ’ଣ ଜାଣନ୍ତି ନୀରାର ଦୁଃସାହସ ? ସେ ତା’ର ଦେଖାର୍ଥୀ ପୂର୍ବଦିନ ଜଣେ ପୁରୁଷ ସହପାଠୀକୁ ଘରକୁ ଡାକି ନେଇଥିଲା । ତା’ର ସ୍ୱାମୀ କ’ଣ ସେଇ ସହପାଠୀଟିକୁ ଖୋଜି ବୁଲୁଛନ୍ତି ?

ସେ ହଠାତ୍ ନିଜକୁ ସଂଶୋଧନ କରିପକାଇଲେ ।

କହିଲେ : ଭୁଲ୍ କହିଦେଲି । ଆପଣ ତା’ର ବନ୍ଧୁ, ତା’ର ବାନ୍ଧବୀ ନୁହନ୍ତି । ତେଣୁ ଜାଣି ନ ଥିବେ !

ମୁଁ ଛେପ ଢୋକି ନିରାସକ୍ତ ଭାବେ ପଚାରିଲି : କୋଉ କଥା ?

ସେ କହିଲେ : ତାଙ୍କର ସେ ଗୁଣଟା ପୂର୍ଣ୍ଣିମୀ ରାତିରେ ବାହାରେ । ଆପଣ ଜାଣିବାର ଉପାୟ ନାହିଁ । ଛାଡ଼ନ୍ତୁ ସେ କଥା ।

ମୋତେ ସନ୍ଦେହର କୁହେଲୀ ଭିତରକୁ ଫିଙ୍ଗିଦେଇ ନୀରାର ସ୍ୱାମୀ ରହସ୍ୟମୟ ହସ ହସିଲେ । ସେ ଯେତେବେଳେ ବାହାଘରର ଗହଳୀ ଭିତରେ ଆଉ ଜଣେ ପରିଚିତ ବନ୍ଧୁଙ୍କୁ ପାଇଗଲେ ଓ ତାଙ୍କ ସହିତ ଗପିବାକୁ ଆରମ୍ଭ କଲେ, ମୁଁ ନୀରାର ନିକଟତର ହୋଇ ଠିଆହେଲି ।

ପଚାରିଲି: କ’ଣ ସେ କହୁଛନ୍ତି ?

ନୀରା କହିଲା : ତାଙ୍କ କଥା ଛାଡ଼ । ତୁମ କଥା କୁହ ।

ମୁଁ କିଛି ପ୍ରତିକ୍ରିୟା ପ୍ରକାଶ କରିବା ପୂର୍ବରୁ ନୀରା ପଚାରିଲା : ଆଉ ସେ ଚଢ଼େଇର କ'ଣ ହେଲା ?

ମୁଁ ପଚାରିଲି : କୋଉ ଚଢ଼େଇ ?

ସେ କହିଲା : ସେଇ ଯେ ଚଢ଼େଇ ଯାହାର ଗୋଡ଼ ତୁମେ ବ୍ୟାଣ୍ଡେଜ୍ କରି ଦେଇଥିଲ ଦିନେ।

ମୋର ସେ ଚଢ଼େଇ କଥା ମନେ ନ ଥିଲା। କାରଣ ତାହା ଥିଲା ଅନେକ ବର୍ଷ ତଳର ଏକ କାଳ୍ପନିକ କଥା। ମୁଁ ସମୟ କଟାଇବା ପାଇଁ ନୀରାକୁ କହିଥିଲି ସେଇ ସ୍ମରଣୀୟ ବସ୍ ଯାତ୍ରା କାଳରେ। ମନରୁ ଫାଦି ସେଦିନ ସଙ୍ଗେ ସଙ୍ଗେ ତାକୁ ଶୁଣାଇଥିଲି। କିନ୍ତୁ ନୀରା ଯେ କଥାଟିକୁ ମନେ ରଖିଛି ଆଜିଯାଏଁ।

କହିଲି : ତମର ମନେଅଛି ସେ ଚଢ଼େଇର କଥା।

ସେ କହିଲା : ଅନେକ କଥା ଭୁଲିହୁଏନା। ଭୁଲିବାକୁ ଚାହିଁଲେ ବି ଭୁଲିହୁଏନା।

ମୁଁ ଟିକେ ଅନ୍ୟମନସ୍କ ହୋଇପଡ଼ିଲି।

କହିଲି : ତମର କ'ଣ ମନେଅଛି, ଆମେ ଥରେ ତୁମ ଗାଁକୁ ଯାଇଥିଲେ।

ସେ କହିଲା : ସେ କଥା ମୁଁ ଭୁଲିଯାଇଛି।

ସେ ସତରେ ଭୁଲିଥିଲା ନା ଏମିତି କହିଦେଲା ତାହା ବୁଝାପଡ଼ିଲା ନାହିଁ।

ମୁଁ କଥାରେ ମୋଡ଼ ବଦଲାଇ କହିଲି : ସତ କୁହ ! ତୁମର ସ୍ୱାମୀ କେଉଁ ଗୁଣଗ୍ରାମ ବିଷୟରେ କହୁଛନ୍ତି।

ସେ ତଳକୁ ମୁହଁ ପୋତିଲା।

ତା'ପରେ ମୋ ଆଡ଼କୁ ଚାହିଁ କହିଲା : ମୋର ଗୋଟେ ବଦଗୁଣ ସଂପର୍କରେ।

: କ'ଣ ସେ ବଦଗୁଣ।

: ଏଟାକୁ ଗୋଟେ ରୋଗ ବୋଲି ଭାବିପାର। ରୋଗଟା ମୋର ବାହାରିଛି ଓ ସେ ଡାକ୍ତର ଦେଖାଇ ଦେଖାଇ ନିରାଶ ହେଲେଣି। ରୋଗଟା ଭଲ ହେଉନି। ଡାକ୍ତର କହୁଛନ୍ତି ରୋଗଟା ସଂପୂର୍ଣ୍ଣ ମାନସିକ।

: କ'ଣ ସେ ରୋଗଟା ଶୁଣେ।

: ପୂର୍ଣ୍ଣିମା ରାତି ଅଧରେ ମୁଁ କାନ୍ଦିଉଠେ ।

: ରାତି ଅଧରେ ?

: ହଁ ! ମୁଁ ନିଜେ ହିଁ ଜାଣେନା । ନିଦରେ ଉଠି ବସେ । କାନ୍ଦେ । ଆଖିରୁ ଧାର ଧାର ଲୁହ ବୋହିଆସେ । ନିଦ ଭାଙ୍ଗିଗଲେ ଦେଖେ ମୁଁ କାନ୍ଦି ଚାଲିଛି । ଆଉ ସବୁଠୁ ବଡ଼କଥା ହେଲା କାନ୍ଦୁଥିବା ସ୍ୱରଟା ଜମା ମୋର ହିଁ ନୁହେଁ । ରୋଗଟା ଭଲ କରିବାକୁ ସେ ବହୁତ ଡାକ୍ତରଙ୍କୁ ଦେଖାଇଲେ । କିନ୍ତୁ କିଛି ଲାଭ ହେଲାନି ।

ମୋର ମନେପଡ଼ିଲା ପନ୍ଦର ବର୍ଷ ତଳର କଥା । ଯେଉଁଦିନ ନୀରାମାନଙ୍କ ଘରେ ମୁଁ ଦୁଃସାହସୀ ଅତିଥି ହୋଇଥିଲି । ରାତିଅଧରେ ଶୁଣିଥିଲି ଗୋଟେ ନାରୀ କଣ୍ଠର କ୍ରନ୍ଦନ ଧ୍ୱନି । ରାତ୍ରିର କ୍ରନ୍ଦସୀ ରହସ୍ୟ ଉପନ୍ୟାସର ଗୋଟେ ଚରିତ୍ର ଭାବି ଡରିଯାଇଥିଲି ।

ମୁଁ କହିଲି : ନୀରା ! ସତରେ ତୁମେ ଭୁଲିଯାଇଛ ଯେ ମୁଁ ଦିନେ ତୁମ ଗାଁକୁ ଯାଇଥିଲି ?

ସେ ମ୍ଲାନ ହସିଲା ।

କହିଲା : ଅଳ୍ପ ଅଳ୍ପ ମନେ ଅଛି ।

ମୁଁ କହିଲି : ତମ ଘରେ ସେଦିନ ରାତିରେ ମୁଁ ଶୁଣିଥିଲି କ୍ରନ୍ଦନ ଧ୍ୱନି । ରାତିରେ ସେ କାନ୍ଦଣା ମୋତେ ଅଭୂତ ଶୁଣାଯାଇଥିଲା ।

: ତୁମେ ଶୁଣିଥିଲ ?

: ହଁ ! ଶୁଣିଥିଲି । ବହୁତ ଡରିଯାଇଥିଲି ।

: ଗୋଟାଏ କଥା କହିବି, ତୁମେ ଭୁଲ୍ ବୁଝିବନି ତ ?

: କୁହ ?

: ସେଦିନ ମୋର କାନ୍ଦିବାଟା ଥିଲା ପ୍ରଥମ । ସେଦିନ ସଚେତନ ଭାବରେ କାନ୍ଦିଥିଲି । ତା' ପରଠୁ ଆଜିଯାଏଁ ଅଜାଣତରେ କାନ୍ଦୁଛି । କାନ୍ଦି ଚାଲିଛି । ଜାଣେନା, ମୋତେ ଆଉ କେତେଦିନ ଏମିତି କାନ୍ଦିବାକୁ ପଡ଼ିବ । କେତେଦିନ ଏମିତି

ଡିଂଗାସ କଥା ଶୁଣିବାକୁ ପଡ଼ିବ ସ୍ୱାମୀ, ସନ୍ତାନ, ସଂପର୍କୀୟ ତଥା ଚିକିତ୍ସକ ମାନଙ୍କଠାରୁ ।

: କିନ୍ତୁ ଏମିତି ହୁଏ କାହିଁକି ?

ସେ ସଂକ୍ଷିପ୍ତରେ ଉତ୍ତର ଦେଲା : ଜାଣେନା !

ନୀରା ସହିତ ମୋର କେବେ ବି 'ଆଇ ଲଭ୍ ୟୁ'ର ସଂପର୍କ ନ ଥିଲା । ମୁଁ ତାକୁ କେବେ ବି ସେମିତି କଥା କହିନାହିଁ । ସେ ବି ମୋତେ କହିନି । ଆମେ ଦୁହେଁ ସହପାଠୀ ଥିଲୁ । ଆମର ବନ୍ଧୁତା ଥିଲା । ହୁଏତ ଭବିଷ୍ୟତରେ ସେ ସଂପର୍କ କ'ଣ ରୂପ ନେଇଥାଆନ୍ତା ଜଣାନାହିଁ । ଦୁଃସାହସ ଦେଖାଇଥିଲା ନୀରା । ମୁଁ ବି ଦୁଃସାହସ ଦେଖାଇଥିଲି । ତେବେ ତା'ର କାନ୍ଦ କାହିଁକି ? ସେଦିନ ନୀରା କାନ୍ଦୁଥିଲା । ମୁଁ ଶୁଣିପାରିଥିଲି ତା'ର କାନ୍ଦ । ଅଥଚ ତା' ପାଖରେ ପହଞ୍ଚି ପାରିଲିନି । ସେ ଲୁହକୁ ପୋଛି ଦେଇପାରିଲିନି । ତାକୁ ଖୋଜି ପାଇଥିଲେ କ'ଣ ଏ କାହାଣୀର ଅନ୍ତ ! ଅଜାଣତରେ ମୋର କଣ୍ଠ ବାଷ୍ପରୁଦ୍ଧ ହୋଇ ଆସିଲା ।

କହିଲି : ନୀରା ! ମୋର ଗୋଟେ ଉପକାର କରିପାରିବ ?

ସେ ପଚାରିଲା : କ'ଣ ?

ମୁଁ କହିଲି : ତମର ଯଦି କେବେ ବି ଏଇ ରୋଗଟି ଭଲ ହୋଇଯାଏ, ମନକୁମନ ହେଉ ଅବା କୌଣସି ଚିକିତ୍ସାରେ ହେଉ, ମୋତେ ଟିକେ ଜଣେଇବ !

ସେ ପଚାରିଲା: କାହିଁକି ?

ମୁଁ କହିଲି : ମୋତେ ସେଦିନ ଶାପମୁକ୍ତ ହେଲା ଭଲି ଲାଗିବ ।

ସେ କହିଲା: ତମେ ସେମିତି କାହିଁକି ଭାବୁଛ ! ତମେ ସେଥିପାଇଁ ଦାୟୀ ନୁହଁ ।

ତେବେ କିଏ ଦାୟୀ ? ନୀରାର ବାପା ? ନୀରାର ମା' ? ତା'ର ଅଜ୍ଞାନକ ବିବାହ ? ତା'ର ପାଠପଢ଼ା ବନ୍ଦ ହୋଇଯିବା ? ତା'ର ଦୁଃସାହସ ! କିଏ ଦାୟୀ ?

ମୁଁ ପଚାରିଲି: ସେଦିନ ତମେ କ'ଣ ଭାବି ମୋତେ ତମ ଘରକୁ ଡାକିନେଇଥିଲ ।

ସେ କହିଲା : ମନେ ନାହିଁ । ଅତୀତକୁ କୈଫିୟତ୍ ମାଗନା !

କହିଲା ଓ ମୁହଁ ବୁଲାଇଦେଲା ଆଉ ଗୋଟାଏ ଦିଗକୁ ।

ଏହାପରେ ମୁଁ ସେଠୁ ପୁଣି ଖସି ଆସିଥିବା ପରି ପଳାଇ ଆସିଥିଲି । ମୋ ରୋଗ କଥା କ'ଣ କହି ହୁଏ ?

ଆଉ ନୀରା ସହିତ ଦେଖା ହୋଇନାହିଁ । ତା'ଠାରୁ ମଧ୍ୟ କୌଣସି ଖବର ଆସିନାହିଁ ।

ତେବେ ସଂକ୍ରମିତ ହୋଇଥିଲି ମୁଁ । ମୋର ଦିନେ ଦିନେ ପୂର୍ଣ୍ଣମୀ ରାତିରେ ନିଦ ଭାଙ୍ଗିଯାଏ । ମୋତେ ଶୁଣାଯାଏ ଦୂରରୁ ଗୋଟିଏ ନାରୀକଣ୍ଠର କ୍ରନ୍ଦନ । ଜାଣେ, ଠିକ୍ ସେତିକିବେଳେ ପୃଥିବୀର କୋଉ ଗୋଟେ କୋଣରେ ଗୋଟିଏ ନାରୀ କାନ୍ଦୁଥିବ । ଅଜାଣତରେ । ଶାପଗ୍ରସ୍ତା କିନ୍ନରୀ ଭଳି । ଯେଉଁ କ୍ରନ୍ଦନରୁ ତା'ର ମୁକ୍ତି ନାହିଁ । ସେ ନୀରା ।

ମୁଁ ଅନ୍ଧାରରେ ହାତ ବଢ଼ାଏ । ଲୁହ ପୋଛି ଦେବା ପାଇଁ । ମୋ ହାତ ଅନ୍ଧାର ଭିତରେ ଘୁରିଆସେ ନିଷ୍ଫଳ ଭାବରେ । କେହି କୁଆଡ଼େ ନ ଥାନ୍ତି । କିନ୍ତୁ ଖୁବ୍ ଦୂରରୁ ଅସ୍ପଷ୍ଟ ଭାବରେ ଶୁଣାଯାଉଥାଏ କାହାର କ୍ରନ୍ଦନର ଧ୍ୱନି ।

କେଉଁ ଭୁଲ୍, ଅପରାଧ, ଅବଶୋଷ ବା ଅତୃପ୍ତିରୁ ଏ ଜୀବନ ଶାପଗ୍ରସ୍ତ ଲାଗେ ଜଣାପଡ଼େନା । ଗୋଟେ ଶୋକ ଛାତିତଳେ କଫ ଭଳି ବସିଯାଇଥାଏ ଓ ମୋତେ ବାରମ୍ବାର ଅତୀତ ଆଡ଼କୁ ମୁହାଁଇନିଏ । ଆଗତ ଦିନ ପୁଣି ବ୍ୟାଙ୍କରେ ଜରୁରୀ ଫାଇଲ ହଜାଇଦେଇ ଖୋଜି ହୁଏ !

ନୀରା ସହିତ ଦେଖା ହୁଏନା ।

ତା'ଠୁ କୌଣସି ଖବର ଆସେନା ।

ପ୍ରଥମ ପ୍ରେମ (First Love)

ମୂଳଲେଖା : ହେନେରୀ ମିଲର୍
ଓଡ଼ିଆ ଭାଷାନ୍ତର : ଦେବଦାସ ଛୋଟରାୟ

ମୋର ମାନସଚକ୍ଷୁରେ ମୁଁ ଆଜି ମଧ୍ୟ ତାକୁ ଦେଖିପାରେ, ଠିକ୍ ସେତିକି ପ୍ରାଞ୍ଜଳ ଭାବରେ, ଯେମିତି ସେ ଥିଲା ଆମ ପ୍ରଥମ ଦେଖାର ଦିନ, ଯେତେବେଳେ ସେ ବ୍ରୁକ୍ଲିନ୍ର Eastern District High School ର ଅଳିନ୍ଦସବୁ ଦେଇ ଗୋଟିଏ କ୍ଲାସରୁମ୍‌ରୁ ଅନ୍ୟଟିକୁ ଯାଉଥିଲା । ସେ ଉଚ୍ଚତାରେ ମୋ ଠାରୁ ସାମାନ୍ୟ ଛୋଟ ଥିଲା, କିନ୍ତୁ ଥିଲା ବେଶ୍ ପରିପୁଷ୍ଟ ଗୋଲଗାଲ ଚେହେରା, ଉଜ୍ଜ୍ୱଳ କାନ୍ତି, ଉଛୁଳି ପଡ଼ୁଥିବା ସ୍ୱାସ୍ଥ୍ୟ, ଉନ୍ନତ ମସ୍ତକ, ଆଉ ସେ ରୁହାଣୀ ଏକାସାଙ୍ଗରେ ରାଜକୀୟ ଓ ଦୁର୍ବିନୀତ, ଯାହା ଘୋଡ଼ାଇ ପକାଉଥାଏ ତାର ନିଜର ବିରକ୍ତିକର ସଙ୍କୋଚକୁ । ତାର ଓଠ ଥିଲା ଉଦାର ଆଉ ଉଷ୍ମ, ଆଉ ପାଟିରେ ଥିଲା ଧଳା ଝିଲମିଲ କରୁଥିବା ଏକ ଉଜ୍ଜ୍ୱଳ ଦନ୍ତପଙ୍‌କ୍ତି । କିନ୍ତୁ ମତେ ଯାହା ପ୍ରଥମେ ଆକର୍ଷଣ କରିଥିଲା, ତା ହେଲା ତାର କେଶ ଓ ଆଖି । ତାର କେଶ ଥିଲା ହାଲୁକା ସୁନେଲି ରଙ୍ଗର, ଆଉ ତାର ବିନ୍ୟାସ ଥିଲା ମସ୍ତକ ଉପରେ ଏକ ନିବିଡ଼ ଶଙ୍ଖ ପରି । ସେ ଏପରି ଏକ ସହଜାତ ସ୍ୱର୍ଣ୍ଣକେଶୀ, ଯାହାକୁ ଦେଖିବାକୁ ମିଳେନି କେବଳ ଏକ ଅପେରା ବ୍ୟତୀତ । ତାର ଦୁଇଟି ଅତ୍ୟନ୍ତ ସ୍ୱଚ୍ଛ ଆଖି ଥିଲେ ଗୋଲ ଓ ଟଳଟଳ । ସେ ସବୁଜ ନୀଳ କହରା ଆଖି, ପୁରା ମେଳ ଖାଉଥିଲା ତାର ସୁନେଲି କେଶ ଓ ଆପେଲ ଗଛର ପୁଷ୍ପଗୁଚ୍ଛ ପରି ପେଲବ ଦେହର ରଙ୍ଗ ସହିତ । ସେତେବେଳକୁ ସେ ଅବଶ୍ୟ ମାତ୍ର ଷୋହଳ ବର୍ଷର, ଏବଂ ନିଜ ସମ୍ପର୍କରେ ବେଶି ନିଶ୍ଚିତ ନୁହଁ, ଯଦିଓ

ସେ ବାହାରେ ସବୁକିଛି ନିୟନ୍ତ୍ରଣ କରିପାରିବାର ଧାରଣା ଦେଉଥିଲା ସେ ସ୍କୁଲର ଅଲଗା ଝିଅମାନଙ୍କ ଭିତରେ ସ୍ୱତନ୍ତ୍ର ବୋଲି ବାରିହୋଇପଡୁଥିଲା, ଯେମିତିକି ତାର ଧମନୀରେ ନୀଳ ରକ୍ତ ଅଛି । ସେ ରକ୍ତ ନୀଳ କିନ୍ତୁ ବରଫପରି ଶୀତଳ, ଅନ୍ତତଃ ମୋର ଇଚ୍ଛାହୁଏ ସେମିତି ଭାବିବାକୁ ।

ତାର ପ୍ରଥମ ରୁହାଣୀରେ ହିଁ ସେ ମୋର ପାଦ ଖସାଇଦେଲା । ମୁଁ କେବଳ ତାର ସୌନ୍ଦର୍ଯ୍ୟରେ ମୋହିତ ହେଲି ନୁହେଁ, ଅତ୍ୟାଚରିତ ମଧ ହେଲି । ମୁଁ ଯେଉଁ ଚେଷ୍ଟାକରିଥିଲି ତାକୁ ଆପୋଷରେ ଭେଟି କିଛି ଅର୍ଥହୀନ ଶବ୍ଦ ଅସ୍ପଷ୍ଟ ଭାବରେ କହିବାକୁ, ସେ ବିଷୟ ମୁଁ ଆଉ ମନେ ପକାଇପାରୁନାହିଁ । ଖାଲି ଏତିକି ମନେ ଅଛି ଯେ, ସେଇ ପ୍ରଥମ ଦେଖାପରେ କେତେ ସପ୍ତାହ ଲାଗିଗଲା, ଏତିକି ସାହସ ଜୁଟାଇବା ପାଇଁ । ମୋର ସ୍ପଷ୍ଟ ମନେଅଛି, ସେ କେମିତି ପ୍ରତ୍ୟେକଥର ଲଜ୍ଜାରୁଣ ହୋଇପଡ଼େ, ଯେତେବେଲେ ଆମେ ପରସ୍ପରର ସନ୍ନିକଟକୁ ଆସୁ । ଆମର କଥାବାର୍ତ୍ତା ଅବଶ୍ୟ ସେତେବେଲେ ଟେଲିଗ୍ରାଫ୍ ଭାଷାର ଆକୃତି ନେଇଥିବ । ସେ କେବେବି କୌଣସି ଶବ୍ଦ ବା ଉକ୍ତି ପ୍ରକାଶ କରିନଥିଲା, ଯାହା ମୋର ସ୍ମୃତିରେ ସ୍ଥାୟୀ ହୋଇ ପାରୁଥିଲା । ଯାହା ମୁଁ କହୁଥିଲି, ଏସବୁ ସାମୟିକ ସାକ୍ଷାତ ଘଟୁଥିଲା କେବଳ ସ୍କୁଲ୍ କରିଡୋରରେ, ଗୋଟିଏ କ୍ଲାସରୁମରୁ ଆଉ ଗୋଟେ କକ୍ଷକୁ ଗଲାବେଲେ । ସେ ମୋର ଗୋଟିଏ ବା ଦୁଇଟି କ୍ଲାସ ତଲେ ପଢୁଥିଲା, ଯଦିଓ ଆମେ ଥିଲୁ ସମବୟସ୍କ । ମୋ ଭିତରେ ଅବଶ୍ୟ ଏଇ ଛୋଟକଥା ସବୁ ରଖିଦେଉଥିଲା ସେ ତାପ୍ତର୍ଯ୍ୟର ଭୃଣ ।

ଆମେମାନେ କେବଳ ଆମର ହାଇସ୍କୁଲ୍ ଗ୍ରାଜୁଏସନ୍ ସରିଲାପରେ କିଛି ଚିଠିପତ୍ର ଦିଆନିଆ କରିଥିଲୁ । ସେ ବର୍ଷର ଗ୍ରୀଷ୍ମଛୁଟିରେ ସେ ନିଉଜର୍ସର ଆସବରି ପାର୍କରେ ରହିଲା, ଯେତେବେଲେ ମୁଁ ଆଟ୍ଲାସ୍ ପୋର୍ଟ୍ଲ୍ୟାଣ୍ଡ ସିମେଣ୍ଟ କମ୍ପାନୀ ଅଫିସରେ ଗୋଟିଏ କିରାନୀର କାମ ଧରି ଦୈନିକ ଗୋଲାମି କରୁଥିଲି । ପ୍ରତ୍ୟେକଦିନ ସଞ୍ଜରେ, ଅଫିସରୁ ଫେରିଲାପରେ, ମୁଁ ଦଉଡ଼ିଯାଏ ଆମ ଫାୟାର ପ୍ଲେସ୍ ଉପରେ ଥିବା ମ୍ୟାଣ୍ଟଲପିସ୍ ଆଡ଼କୁ, ଯେଉଁଠି ଚିଠି ସବୁ ରହେ, ଦେଖିବା ପାଇଁ ଯେ ତା ପାଖରୁ କିଛି ଆସିଛି କି ନାହିଁ । ଯଦି ମୋର ଭାଗ୍ୟ ଥାଏ, ସେ ଲମ୍ବା ଗ୍ରୀଷ୍ମ ଅବକାଶ ଭିତରେ ତା ପାଖରୁ ଗୋଟିଏ କି ଦୁଇଟି ଚିଠି ମିଲେ । ଏଭଳି ଏକ ଅଜବ ସମ୍ପର୍କ ମୋ ମନ ଭିତରେ ଭରିଦେଉଥାଏ ଗଭୀର ହତାଶା । କଦବା

କ୍ବଚିତ୍, ଯଦିଓ ବିରଳ, ମୁଁ ତାକୁ ପାଇଛି କୌଣସି ନାଚର ନିମନ୍ତ୍ରଣରେ। ଦୁଇଥର ମୁଁ ଭାବୁଛି, ମୁଁ ତାକୁ ନେଇଯାଇଥିଲି ଥ୍ୟେଟରକୁ। ମୋ'ପାଖରେ ତାର ଗୋଟିଏ ସୁଦ୍ଧା ଫଟୋଗ୍ରାଫ୍ ନଥିଲା, ଯାହାକୁ ମୁଁ ରଖିପାରିଥାନ୍ତି ମୋ ୱାଲେଟ୍‌ରେ, ଗୋପନରେ ଦେଖିବା ପାଇଁ।

କିନ୍ତୁ ଫଟୋଗ୍ରାଫର କୌଣସି ଆବଶ୍ୟକତା ନଥିଲା। ତାର ଚିତ୍ରପ୍ରତିମା ମୋର ମନ ଭିତରେ ସବୁବେଳେ ଥିଲା। ଆଉ ତାର ଲଗାତାର ଅନୁପସ୍ଥିତି ଥିଲା ଏମିତି ଏକ ଯନ୍ତ୍ରଣା, ଯାହା ତାକୁ ଭୁଲେଇ ଦେଉନଥିଲା। ମୁଁ ତାକୁ ସବୁବେଳେ ମୋ ଭିତରେ ନେଇ ରଖୁଥିଲି। ଏକୁଟିଆ ଅନେକ ସମୟରେ ତା ସାଙ୍ଗେ କଥା କହୁଥିଲି। ହୁଏତ ନୀରବରେ, ବା କେତେବେଳେ ବଡ଼ପାଟି କରି।

ବହୁ ସମୟରେ ରାତିରେ ତା ଘର ପାଖରୁ ବୁଲିଆସି ନିଜ ଘରେ ପହଞ୍ଚିଲା ପରେ, ତାକୁ ବେଶ୍ ଆକୁଳ ହୋଇ ଉଚ୍ଚକଣ୍ଠରେ ଡାକେ, ଏକ ରକମର ପ୍ରାର୍ଥନା କରି, ଯେମିତି ସେ ମତେ ତାର ଉଚ୍ଚାସନରୁ ଦର୍ଶନ ଦେଉ। ସେ ସବୁବେଳେ ଥାଏ ମୋ ପାଖରେ ଅବଶ୍ୟ, କିନ୍ତୁ ମୋ'ଠୁ ଅନେକ ଉଚ୍ଚରେ, ଯେମିତି ସେ ଏକ ଦେବୀ ପ୍ରତିମା, ଯାହା ମୋର ଅତ୍ୟନ୍ତ ନିଜସ୍ୱ ଆବିଷ୍କାର। କେବଳ ମୁଁ, ମୂର୍ଖ ମୁଁ, ସବୁବେଳେ ପ୍ରତିରୋଧ କରି ରଖିଲି, ତାର ସାଧାରଣ ମଣିଷର ସ୍ତରକୁ ଓହ୍ଲେଇ ଚଲପ୍ରଚଲ ହେବାରେ ଏହା ଯେମିତି ପୂର୍ବ ନିର୍ଦ୍ଧାରିତ ହୋଇଥିଲା ତାକୁ ଦେଖିବା ମୁହୂର୍ତ୍ତରୁ, ମୋର ଆଉ କୌଣସି ରୂରା ନଥିଲା।

ସବୁଠୁ ଆଶ୍ଚର୍ଯ୍ୟର କଥା, ସେ କେବେ ଥରେ ହେଲେ ବି ମୋ ପ୍ରତି ଉଦାସୀନ ବା ପ୍ରତିକୂଳ ଆଚରଣ ଦେଖାଇନାହିଁ। କିଏ ଜାଣେ ହୁଏତ ସେ ତା ନିଜ ଭିତରେ ନୀରବରେ ମୋ ତରଫରୁ ଏକ ପ୍ରତିକ୍ରିୟାର ଅପେକ୍ଷା କରୁଥିଲା, ଏକ ଜୀବନ୍ତ ମଣିଷର ଆକର୍ଷଣ, ତାକୁ ମଣିଷ ପରି ପ୍ରଲୁବ୍ଧ କରିବା, ଆଉ ଦରକାର ପଡ଼ିଲେ ଜୋର କରି ନିଜର କରିବା। ବୋଧହୁଏ ବର୍ଷକୁ ଦୁଇ କି ତିନିଥର ଆମେ ଏକାଠି ହେଉ, ସେଇ ଅଳ୍ପ ବୟସ୍କଙ୍କ ପାର୍ଟି ସବୁରେ, ଯେଉଁଠି ରାତି ସକାଳହେଲା ପର୍ଯ୍ୟନ୍ତ ଚାଲିଥାଏ ଗୀତ ଆଉ ନାଚ, ଏବଂ 'Kiss the Pillow' ଭଳି ନିର୍ବୋଧ ଖେଳ, କିମ୍ବା 'Post Office' ପରି ଲୁଚୁକାଳି, ଯେତେବେଳେ ଜଣେ ତାର ବିଶେଷ ବନ୍ଧୁକୁ ଗୋପନରେ ଏକ ଅନ୍ଧାରଘର ଭିତରକୁ ଡାକିନେଇ ଗଭୀର ଆଶ୍ଳେଷରେ ଭିଡ଼ିଧରେ ସେତେବେଳେ ବି ହୁଏତ ଆମେ ପରସ୍ପରକୁ ଆକସ୍ମିକ

ଭାବରେ ଚୁମ୍ବନ କରିଛୁ ବା ଆଲିଙ୍ଗନ । ତଥାପି ସଲ୍ଲଜତା ଆମ ବାଟ ଉଗାଲେ, ଆମର ସବୁଠୁ ନିରୀହ ସୁଖକୁ ନିଜ ଭିତରେ ବାନ୍ଧିବା ପାଇଁ । ତା ସାଙ୍ଗରେ ନାଚିଲାବେଳେ ମୋର ଦେହ ଆପାଦମସ୍ତକ ଥରେ ଆଉ ମୁଁ ପ୍ରାୟ ନିଜପାଦକୁ ଟୁଣ୍ଡି ହାମୁଡ଼ିପଡ଼େ, ତାକୁ ଯଥେଷ୍ଟ ଅପ୍ରସ୍ତୁତ କରି । ଯଦି ବା ମୁଁ କିଛି କରିପାରୁଥିଲି, ତାହେଲା ପିଆନୋ ବଜାଇବା, ଆଉ ଈର୍ଷାର ସହିତ ତାକୁ ଦେଖିବା ଯେତେବେଳେ ସେ ମୋର ବନ୍ଧୁମାନଙ୍କ ସହ ନାଚେ । ସେ କେବେବି ଥରେ ପଛରୁ ଆସି ମତେ ହାତର ବେଷ୍ଟନୀରେ ରଖ, ମୋ କାନରେ ଫିସ୍‌ଫିସ୍‌ କରି କିଛି ଫାଜିଲ କଥା କହିନି । ଏହିଭଳି ସନ୍ଧ୍ୟାପରେ ମୁଁ କେବଳ ଦାନ୍ତ ରଗଡ଼ି ମୋ ବିଛଣାରେ ପଡ଼ିରହେ, ଅଥବା ମୂର୍ଖ ପରି କାନ୍ଦେ, ଅଥବା ଭଗବାନଙ୍କୁ ପ୍ରାର୍ଥନା କରେ, ଯାହାଙ୍କ ଉପରେ ମୋର ଆଉ କୌଣସି ଆସ୍ଥା ନଥାଏ, ଏବଂ ତାଙ୍କୁ ମାଗେ ଯେ ଯେମିତି ତା ଆଖିରେ ମୋ ପାଇଁ ବିନ୍ଦୁଏ କରୁଣା ଦିଶୁ ।

ଆଉ ସେ ପାଞ୍ଚ ଛ ବର୍ଷ କାଳ ମୋ ପାଇଁ ସେମିତି ହେଇ ରହିଲା, ଯାହା ପ୍ରଥମରୁ ଥିଲା – ଏକ ଉଜ୍ଜ୍ୱଳ ମରୀଚିକା । ମୁଁ ତାର ମନକଥା ଟିକେ ବି ଜାଣି ପାରିଲିନି । ତାର ଆଶା ତାର ସ୍ୱପ୍ନ ତାର ଆକାଂକ୍ଷା, କିଛି ବି । ସେ ମୋ ପାଇଁ ଥିଲା ଏକ ସମ୍ପୂର୍ଣ୍ଣ ଖାଲି ପୃଷ୍ଠା, ଯାହା ଉପରେ ମୁଁ ନିର୍ବୋଧଙ୍କ ପରି ଯେମିତି ପାରେ ସେମିତି ଦାଗ ଦେଇପାରୁଥିଲି । ଏଥିରେ ସନ୍ଦେହ ନାହିଁ, ମୁଁ ତାକୁ ସବୁବେଳେ ଏକାପରି ଲାଗୁଥିଲି ।

ଶେଷକୁ ଗୋଟିଏ ଦିନ ଆସିଲା, ମୋର ତାକୁ ବିଦାୟ କହିବାର । ସେଦିନ ମୁଁ ଆମ ଦେଶର ସେଇ ନିଝଞ୍ଚ ବନ୍ୟ ପଶ୍ଚିମାଞ୍ଚଳକୁ ଯାଇଥିଲି ଗୋଟିଏ 'କାଓ ବୟ' ହେବା ପାଇଁ, ଯାହା ମୁଁ ନିଜର ଭବିଷ୍ୟତ ବୋଲି ଭାବୁଥିଲି । ସେଦିନ ମୁଁ ତା ଘରକୁ ଗଲି ଓ ଯଥେଷ୍ଟ ସଙ୍କୋଚର ସହିତ ତାର ଡୋରବେଲ୍‌ ଚିପିଲି । ଏଭଳି ସାହସ ଆମ ସମ୍ପର୍କ ଭିତରେ ମୁଁ ବୋଧହୁଏ ଦ୍ୱିତୀୟ କି ତୃତୀୟ ଥର କରୁଥିଲି । ସେ ବେଲ୍‌ ଶୁଣି ଯେତେବେଳେ ଦୁଆର ପାଖକୁ ଆସିଲା, ମତେ ଦେଖାଯାଉଥିଲା ପୂର୍ବ ଅପେକ୍ଷା ଯଥେଷ୍ଟ ଦୁର୍ବଲ ଓ ବୟସ୍କା, ଯେମିତି ନିଜସ୍ୱ ଭାବନାର ଓଜନରେ କ୍ଲାନ୍ତ । ଏମିତି ତାକୁ ଆଗରୁ କେବେ ଦେଖିନଥିଲି ।

ଆମେ ଦୁହେଁ ସେତେବେଳକୁ ୨୧ ବର୍ଷର, ଏବଂ ମୁଁ ଦୁଇତିନି ବର୍ଷ ହେଲା ସମ୍ପର୍କ ରଖିସାରିଥାଏ ଗୋଟିଏ ବିଧବା ସହିତ । ବୋଧହୁଏ ସେଇ ମାରାମ୍ବକ ଆସକ୍ତିର ପ୍ରତିକାର ପାଇଁ ସୁଦୂର ପଶ୍ଚିମକୁ ଖସିଯିବାର ସିଦ୍ଧାନ୍ତ ନେଇଥିଲି । ସେ ମତେ ତାର ଘର ଭିତରକୁ ଆମନ୍ତ୍ରିତ ନକରି, ନିଜେ ବାହାରକୁ ଆସିଲା ଓ ମତେ

ସାଙ୍ଗରେ ନେଇ ଝୁଲିଗଲା ଗେଟ୍ ପାଖକୁ, ଯାହା ଖୋଲେ ଗୋଟିଏ ପାର୍ଶ୍ୱ ରାସ୍ତାକୁ । ସେଇଠି ଆମେ ଛିଡ଼ା ହୋଇ ରହିଲୁ, ବୋଧହୁଏ ପନ୍ଦର କି କୋଡ଼ିଏ ମିନିଟ୍, କିଛି ଅର୍ଥହୀନ କଥାବାର୍ତ୍ତା କରି । ମୁଁ ଅବଶ୍ୟ ତାକୁ ଆଗରୁ ସତର୍କ କରିଦେଇଥିଲି ମୋର ଆସିବା ବିଷୟରେ ଏବଂ ସମ୍ୟକ୍ ଭାବେ ମୋର ଭବିଷ୍ୟତର ଯୋଜନା ବିଷୟରେ । ଯାହା ମୁଁ ତାକୁ କହିନଥିଲି ତା ହେଲା, ନିଶ୍ଚୟ ମୁଁ ଦିନେ ତାକୁ ମୋ ପାଖକୁ ଆଣିବାକୁ ରୁହିଁବି ଇତ୍ୟାଦି ପରି ବାଜେ କଥା । ହୁଏତ ଏହା ମୋର ଗୋପନ ଇଚ୍ଛା ଥିଲା, କିନ୍ତୁ ମୁଁ ଜାଣିପାରିଥିଲି ଯେ ପରିସ୍ଥିତି ଏକ ପ୍ରତିକାର ବିହୀନ ଅବସ୍ଥାରେ ପହଞ୍ଚି ଯାଇଛି । ସେ ଜାଣିଥିଲା ଯେ ମୁଁ ତାକୁ ଭଲପାଇଥିଲି, ଏଇଟା ସମସ୍ତେ ଜାଣିଥିଲେ, କିନ୍ତୁ ସେ ବିଧବାଟିର ସହିତ ମୋର ସମ୍ପର୍କ, ମତେ ନିଶ୍ଚିତ ଭାବରେ ତାର ପରିଧିର ବାହାରକୁ ନେଇଯାଇଥିଲା । ଏହା ଏପରି ଏକ ଘଟଣା, ଯାହାକୁ ସେ କୌଣସି ମତେ ବୁଝିପାରୁନଥିଲା, କ୍ଷମା କରିବା ତ ଦୂରର କଥା ।

ମୁଁ କି ଲଜ୍ଜାକର ସ୍ଥିତିରେ ପହଞ୍ଚିଥିଲି, ତାହା ସହଜରେ ଅନୁମେୟ । ତଥାପି ମୁଁ ଯଦି ଯଥେଷ୍ଟ ସାହସୀ ଓ ଦୃଢ଼ ନିଶ୍ଚୟ ହୋଇଥାନ୍ତି, ତାହେଲେ ମୁଁ ହୁଏତ ତାକୁ ଜିତିପାରିଥାନ୍ତି । ଅନ୍ତତଃ ମତେ ସେମିତି ଲାଗୁଥିଲା, ତାର ଆଖିର ଦୁଃଖିତ ଓ ନିଜକୁ ଖୋଜି ନପାଉଥିବା ଅଭିବ୍ୟକ୍ତି ଦେଖି । ଯଦିଓ ମୁଁ ତଥାପି ଅନ୍ଧ ଓ ମୂର୍ଖ ଭାବରେ ସେ ସ୍ୱର୍ଣ୍ଣିମ ପଶ୍ଚିମ ଦେଶର ବର୍ଣ୍ଣନା କରିଚାଲିଥିଲି । ମତେ ଭିତରେ ଲାଗୁଥିଲା ଯେମିତି ମୁଁ ତାକୁ ଶେଷଥର ପାଇଁ ଦେଖୁଛି, କିନ୍ତୁ ମୁଁ ତାକୁ ମୋ ବାହୁ ବେଷ୍ଟନୀ ଭିତରେ ଯାକି ଧରି ଏକ ଶେଷ ଉତ୍ପ୍ତ ଚୁମ୍ବନ ଦେବାର ସାହସ ଜୁଟାଇ ପାରିନଥିଲି । ଆମେ ବଡ଼ ଶିଷ୍ଟତାର ସହିତ କରମର୍ଦ୍ଦନ କଲୁ । ବିଦାୟ ମାଗିବାର କିଛି ଅପ୍ରତିଭ ଶବ୍ଦ କହି, ମୁଁ ସେଠୁ ଫେରି ଆସିଲି ।

ଯଦିଓ ମୁଁ ଥରେ ବି ପଛକୁ ଫେରି ରୁହିଁଲିନି, ମୋର ଦୃଢ଼ ବିଶ୍ୱାସ ଥିଲା ଯେ ସେ ତଥାପି ଗେଟ୍ ପାଖରେ ଠିଆ ହୋଇ ରହିଛି ଏବଂ ତାର ଆଖି ମୋର ଅନୁଧାବନ କରୁଛି । ସେ କଣ ମୁଁ ବାଙ୍କମୋଡ଼ି ଅଦୃଶ୍ୟ ହେବା ପର୍ଯ୍ୟନ୍ତ ମୋର ଅପେକ୍ଷା କଲା ଓ ତାପରେ ରୁମ୍‌କୁ ଦଉଡ଼ି ଯାଇ, ନିଜକୁ ବିଛଣା ଉପରେ କରଡ଼ି, କୋହ ଧରି କାନ୍ଦିଲା ତାର ହୃଦୟ ଖଣ୍ଡଖଣ୍ଡ ହେଇଯିବା ଯାକେ ? ମୁଁ ଏକଥା କେବେ ବି ଜାଣିପାରିବିନି, ନା ଏ ଜନ୍ମରେ ନା ଆର ଜନ୍ମରେ ।

ପ୍ରାୟ ବର୍ଷକ ପରେ ମୁଁ ଯେତେବେଳେ ଓ୍ୱାଇଲ୍ଡ ୱେଷ୍ଟରୁ ଲେଉଟିଆସିଲି, ଦୁଃଖ ଓ ବିଜ୍ଞ ହୋଇ, ଆଉ ପୁଣି ଫେରିଗଲି ସେଇ ବିଧବାଟିର ଉନ୍ମୁକ୍ତ ଆଲିଙ୍ଗନକୁ,

ଯାହା ପାଖରୁ ମୁଁ ପଳାଇଯାଇଥିଲି, ସେତିକିବେଳେ ଆକସ୍ମିକ ଭାବରେ ମୋର ତା ସହିତ ଆଉଥରେ ଦେଖା ହେଲା। ତାହାହିଁ ଶେଷ ଦେଖା। ଆମେ ଥିଲୁ ଗୋଟିଏ ସ୍ଟ୍ରିଟ୍ କାର ଭିତରେ। ଭାଗ୍ୟକୁ ମୋର ଜଣେ ପୁରୁଣା ବନ୍ଧୁ ଥିଲା ଯିଏ ତାକୁ ଭଲ ଭାବରେ ଚିହ୍ନିଥିଲା। ତା ନହେଇଥିଲେ ମୁଁ ମଧ ସେ ସ୍ଥିତିରୁ ବାହାରି ଯାଇଥାନ୍ତି। ଅଳ୍ପ କିଛି କଥା ହେଲାପରେ ମୋର ବନ୍ଧୁ ରହସ୍ୟରେ ପ୍ରସ୍ତାବ ଦେଲା ଯେ, ସେ ଆମକୁ ତାର ଫ୍ଲାଟ୍କୁ ଦେଖିବାପାଇଁ ନିମନ୍ତ୍ରଣ କରୁ। ସେ ବର୍ତ୍ତମାନ ବାହା ହୋଇସାରିଥିଲା ଏବଂ ଜାଣିଲାପରେ ବିଶ୍ୱାସ ହେଲାନି ଯେ ସେ ମୋର ବିଧବା ପ୍ରଣୟିନୀର ଆବାସସ୍ଥଳୀର ଠିକ୍ ପଛପଟ ବ୍ଲକ୍ରେ ରହୁଚି।

ଆମେ ତାର ଆପାର୍ଟମେଣ୍ଟରେ ପହଞ୍ଚିଲାପରେ, ସେ ଆମକୁ ଗୋଟିଏ ରୁମ୍ରୁ ଆର ରୁମ୍କୁ ଦେଖେଇବାକୁ ନେଇଗଲା, ଆଉ ସବାଶେଷରେ ସେମାନଙ୍କର ଶୟନ କକ୍ଷକୁ। ସେଠି ପହଞ୍ଚିଲା ପରେ, ସେ ତାର ସ୍ୱସ୍ଥ ଅପ୍ରତିଭତା ଭିତରେ, ହଠାତ୍ ଏପରି ଏକ ନିର୍ବୋଧ ଅଭିବ୍ୟକ୍ତିର ବ୍ୟବହାର କଲା, ଯାହା ଛୁରୀ ପରି ପଶିଗଲା ମୋ ଛାତିର ପଞ୍ଜରା ଭିତରେ। ସେ ଗୋଟିଏ ଦୁଇଜଣଙ୍କ ବ୍ୟବହାର ପାଇଁ ଉଦ୍ଦିଷ୍ଟ ବିଶାଳ ଡବ୍ଲ୍ ବେଡ୍ ଆଡ଼କୁ ଅଙ୍ଗୁଳି ନିର୍ଦ୍ଦେଶକରି କହିଲା, 'ଏଇଠି... ଯେଉଁଠି ଆମେ ଦୁହେଁ ଶୋଉ'। ଏତିକି ଶବ୍ଦ ହଠାତ୍ ଯେମିତି ଗୋଟେ ଲୁହାର ଅଭେଦ୍ୟ ପର୍ଦ୍ଦା ପରି ଆମ ଭିତରେ ଖସି ପଡ଼ିଲା।

ଏହାପରେ ମୋ ପାଇଁ ଆଉ କିଛି ବାକି ନଥିଲା। କିନ୍ତୁ ତଥାପି କିଛି ବାକି ରହିଗଲା। ଏ ସବୁ ବିତିଯାଇଥିବା ବର୍ଷମାନଙ୍କ ଭିତରେ ତଥାପି ସେ ରହିଲା ଏକମାତ୍ର ଝିଅ ହୋଇ, ଯାହାକୁ ମୁଁ ଭଲପାଇଥିଲି ଆଉ ହରାଇଥିଲି ମଧ, ଯିଏ ମୋ ପାଇଁ ଥିଲା ପ୍ରକୃତରେ ଦୁର୍ଲଭ। ତାର ସେଇ ରଙ୍ଗିନ – ନୀଳ ଆଖି, ସେମାନଙ୍କର ଥଣ୍ଡା ନିମନ୍ତ୍ରଣ, ଆଉ ସେଇ ଆଖିର ଗୋଲ୍ ଦର୍ପଣ କାଚରେ ମୁଁ ଯେମିତି ନିଜକୁ ଦେଖିପାରେ ଚିରନ୍ତନ, ନିଜେ ଦେଖାଯାଏ ଏକ ହାସ୍ୟାସ୍ପଦ ବ୍ୟକ୍ତି ପରି, ଏକ ନିର୍ଜନ ଆତ୍ମା, ଏକ ପରିବ୍ରାଜକ, ଏକ ଅସ୍ଥିର ହତାଶ୍ ଆର୍ଟିଷ୍ଟ, ଜଣେ ମଣିଷ ଯିଏ ସବୁବେଳେ ପଡ଼ିଥାଏ ଭଲପାଇବାର ପ୍ରେମରେ, ସବୁବେଳେ ଖୋଜିବୁଲେ ଯାହା ନିର୍ବିକଳ୍ପ ଆଉ ଅଲଭ୍ୟ। ଆମ ଭିତରେ ପଡ଼ିଥିବା ଲୁହା ପରଦାର ପଛପଟେ, ଅବଶ୍ୟ ତାର ଚିତ୍ର ପ୍ରତିମା ସବୁବେଳେ ସତେଜ ଆଉ ପ୍ରଗାଢ଼ ହୋଇଥାଏ, ଯେମିତି ଏକ ଐତିହ୍ୟ, ଯାହାକୁ କିଛି ବି କେବେ ନା ବିବର୍ଣ୍ଣ କରିବ ନା କଳଙ୍କିତ।

◆◆◆

ପାଳଭୂତ

– କବିତା ମହାନ୍ତି

ପାଳଭୂତର କାହାଣୀ ଏକ ଗପ ନୁହେଁ ବରଂ ଆମ ଗାଁର ଇତିହାସ, ଆମ ପିଲାବେଳର କଥା । ସେତେବେଳେ କୁଆଁର ପୁନେଇଁ ରାତିରେ ଆମ ସାଇ ଚଉରା ପାଖରେ ଚନ୍ଦ୍ରପୂଜା ସରିଲା ପରେ ସାଇ ସାରା ଝିଅ ଏକାଠି ହୋଇଥାନ୍ତି । ଏମିତି କି ସାଇର ବୋହୁମାନେ ବି ଯୋଗ ଦିଅନ୍ତି । ସେଦିନ ସଞ୍ଜଟା ଫାଟି ପଡ଼େ କୁଆଁରୀ ଝିଅମାନଙ୍କ ଗୀତ 'କୁଆଁର ପୁନେଇଁ ଜହ୍ନ ଗୋ ଫୁଲ ବଉଲ ବେଣୀ'ରେ । ତା ପରେ ଜହ୍ନ ଓସା ଶେଷ ହୋଇ ଭୋଗ ଦିଆନିଆ ହୁଏ । କେତେ କିଏ ସଙ୍ଗୀତ ବଉଲ ବସନ୍ତି । ତା ପରେ ଆରମ୍ଭ ହୁଏ ଜହ୍ନରାତିରେ ଲୁଚକାଲି ଖେଳ ।

ଏଇ ଜହ୍ନରାତିରେ ପାଳଭୂତ ଆସନ୍ତି ପ୍ରତି ଘର ଦୁଆରକୁ । ଗାଁର ପୁଅମାନେ ପୂରା ଦେହଟାକୁ ପାଳ ବା ଛଣରେ ଢାଙ୍କି ମୁହଁରେ ମୁଖା ପିନ୍ଧି ସତେ ଯେମିତି ଜେଜେମା କାହାଣୀର ଭୂତ ପରି ଦେଖା ଦିଅନ୍ତି । ବିଭିନ୍ନ ଢଙ୍ଗରେ ଡରାଇବାକୁ ଚେଷ୍ଟା କରନ୍ତି । ସେ ସମୟରେ ପାଳଭୂତ ଆସି ଡରାଇବା ପୁଣି ବିଭିନ୍ନ ଅଙ୍ଗଭଙ୍ଗୀ କରି ନାଚିବା ଏକ ଆମୋଦ ଥିଲା ଗାଁବାଲାଙ୍କ ପାଇଁ । ସମସ୍ତେ ପାଳଭୂତକୁ କିଛି ପଇସା, ଚାଉଳ, ଡାଲି ଇତ୍ୟାଦି ଦେଇଥାନ୍ତି । ତହିଁଆର ଦିନ ସେ ପଇସା ଓ ଡାଲି ଚାଉଳରେ ଭୋଜି ହୁଏ । ସମସ୍ତେ ଏ ପରମ୍ପରାର ମଜା ଉଠାନ୍ତି ।

ସେମାନଙ୍କୁ ମଣିଷ ପିଲା ଜାଣି ବି ଆମେ ଛୋଟବେଳେ ସତରେ ଡରିଯାଉ । ମୋର ମନେପଡୁଛି କେତେଥର ବୋଉର ଲୁଗା କାନିକୁ ଟାଣି ଧରି ପଛରୁ ବୋଉକୁ ମୁଁ ଜାବୁଡ଼ି ଧରିଥାଏ । ଟିକେ ଖାଲି ମୁହଁ ବାହାର କରି ପାଲଭୂତକୁ ଦେଖେ । ପାଲଭୂତକୁ ଦେଖିବା ମୋହ ବି ମନ ଭିତରେ ଥାଏ । ସେଥିପାଇଁ କୁଆଁର ପୁନେଇଁ ରାତିକୁ ଅପେକ୍ଷା ଥାଏ ।

ଆମ ଗାଁର ଆର ସାଇରେ ଦାରୋଗା ଘର । ସେତେବେଳର ଧନୀ ଲୋକ । ବହୁତ ପ୍ରତାପ ଦାରୋଗା ବାବୁଙ୍କର । ଦାରୋଗା ଘର ଝିଅ, ମାନି ଅପା ରାଜକୁମାରୀ ପରି ବଢ଼ୁଥାଏ । କାହା ସାଙ୍ଗରେ ମିଶିବାକୁ ତାକୁ ବାହାରକୁ ଛଡ଼ା ଯାଏନି । ଯେବେ ସେ ସ୍କୁଲ ଯାଉଥିଲା, ତା ସାଙ୍ଗରେ ତାଙ୍କ ଘରେ କାମ କରୁଥିବା ରାମୁକକା ସବୁଦିନେ ତା ସାଙ୍ଗେ ଯାଉଥିଲେ । ସ୍କୁଲ ଫେରିଲା ବେଳେ ମଧ୍ୟ ସେ ଆଗରୁ ଯାଇ କରି ରହିଥାନ୍ତି । ସେଥିପାଇଁ ମାନି ଅପାକୁ ଚନ୍ଦ୍ର ସୂର୍ଯ୍ୟ ଦେଖିବା ବି କଷ୍ଟକର ଥିଲା । ମାନି ଅପା ସ୍କୁଲରେ ଭଲ ପଢୁଥିଲା ଆଉ ସେତେବେଳେ ମାଟ୍ରିକରେ ଭଲ ନମ୍ବର ରଖ୍ଧ ପାସ୍ କରିଥିଲା । ତା'ର ବହୁତ ଇଚ୍ଛା ଥିଲା କଲେଜରେ ପଢ଼ିବାକୁ । ବହୁତ ମାନ ଅଭିମାନ ପରେ ଦାରୋଗାବାବୁ ମାନି ଅପାକୁ ସହର ପଠାଇଲେ କଲେଜରେ ପଢ଼ିବା ପାଇଁ । ତା'ର ଜଣେ ମଉସା ଲୋକାଲ ଗାର୍ଡ଼ିଆନ୍ ହୋଇ ଭଲ ମନ୍ଦ ବୁଝୁଥିଲେ । ଏମିତି କଡ଼ା ନଜର ଭିତରେ ମାନି ଅପା ଦାରୋଗା ପରିବାରରେ ବଢ଼ିଥିଲା । ସ୍କୁଲରେ ପଢୁଥିବା ଦିନରୁ ମାନି ଅପାର ଭାରି ଇଚ୍ଛା, ସେ କେମିତି ଅନ୍ୟ ଝିଅମାନଙ୍କ ପରି ରଜ ମଉଜ କରନ୍ତା । ଲୁଚକାଲି ଆଉ ବୋହୁଚୋରି ଖେଳନ୍ତା । ଅନ୍ୟ ଝିଅଙ୍କ ସାଙ୍ଗେ କଥା ହୁଅନ୍ତା କିନ୍ତୁ ଦାରୋଗା ଘରର କାଇଦା କଟକଣାରୁ କେମିତି ବାହାରିବ ସିଏ ?

ସେ ବର୍ଷ ମାନି ଅପା କୁଆଁର ପୁନେଇଁ ବେଳେ କଲେଜରୁ ଛୁଟିରେ ଘରକୁ ଆସିଥାଏ । ତା ଉପରେ ଥିବା କଟକଣା ବୋଧହୁଏ ଧୀରେ ଧୀରେ କୋହଲ ହୋଇଥାଏ । ଆମ ସାଇରେ ବେଶୀ ଝିଅ ଥିବାରୁ କୁଆଁର ପୁନେଇଁ ସବୁଠାରୁ ବେଶୀ ଜମେ । ମାନି ଅପାର କେବେଠାରୁ ଥିବା ଇଚ୍ଛା, ଆମ ସାଇ କୁଆଁର ପୁନେଇଁରେ ଯୋଗ ଦେବା ପାଇଁ, ସେ ବର୍ଷ ପୂରଣ ହେଲା । ସେ ବର୍ଷ କଲେଜରୁ ଫେରୁ ଥିବାରୁ ତା ମା ଦାରୋଗାବାବୁଙ୍କୁ ବହୁତ ନେହୁରା ହୋଇ ଝିଅର ମନ କଥା କହିଲେ । ଏ କଥା ବି କହିଲେ ଯେ ଝିଅଟା ଆଉ କେତେ ଦିନ ତାଙ୍କ ପାଖରେ ରହିବ । ଥରେ ତାକୁ ତା ଖୁସିରେ ରହିବାକୁ ଦିଅ । ବହୁତ କଷ୍ଟରେ ରାଜି କରେଇ

ଦାରୋଗାବାବୁଙ୍କ ଅନୁମତି ଆଣିଲେ ଆମ ସାଇକୁ କୁଆଁର ପୁନେଇଁ ରାତିରେ ଆସିବାକୁ। ତା ସାଙ୍ଗରେ ତା ରାମୁକକା ବି ଆସିଥାନ୍ତି। ରାମୁକକା ଯାଇ ଆମ ସାଇର କାହା ଦାଣ୍ଡ ପିଣ୍ଡାରେ ବସି ଭୋଗ ଖାଉ ପାନ ଖଣ୍ଟେ ପାଟିରେ ଜାକି ଖୁସି ଗପରେ ବ୍ୟସ୍ତ। ରୁଦ୍ଧ ପୂଜା ପରେ, ଆରମ୍ଭ ହୋଇଗଲା କୁଆଁର ପୁନେଇଁ ଗୀତ। ତା'ପରେ ଲୁଚକାଳି ଶେଷ ପର୍ଯ୍ୟାୟରେ ପାଲଭୂତର ନାଟ। ସେଦିନ ପିଲା ସବୁ କଥା ହେଉଥିଲେ ଯେ ଏ ବର୍ଷ ଅଧିକା ପାଲଭୂତ ଆସୁଛନ୍ତି।

ତେଣୁ ସମସ୍ତଙ୍କ ଉତ୍କଣ୍ଠା ଥାଏ ରାତି ପାଇଁ।

ଏ ପଟେ ଆମ ଝିଅମାନଙ୍କର ଜହ୍ନ ଆଲୁଅରେ ଲୁଚକାଳି ଖେଳ। ତା'ପରେ ପାଲଭୂତ ଆସିବା ପାଳି। ପଞ୍ଚାକୁ ପଞ୍ଚା ପାଲଭୂତ ଆସିବା ଆରମ୍ଭ କଲେ। ଜହ୍ନ ଆଲୁଅରେ ଆମେ ସବୁ ଏକାଠି ହୋଇ ଦୌଡ଼ା ଦୌଡ଼ି ଆରମ୍ଭ କଲୁ। କିଏ କୁଆଡ଼େ ଲୁଚିଲେ ପାଲଭୂତ ଡରରେ। ଜହ୍ନ ଆଲୁଅରେ ସବୁ ଖାଲି ଝାପ୍‍ସା ଝାପ୍‍ସା ଦିଶୁଥାଏ। ମୁଁ ଓ ମୋର ବଉଳ ଗୋଟେ ପାଲଗଦା ପଛରେ ଲୁଚି ଥାଉ। ସେଇଠୁ ଉଙ୍କି ମାରି ପାଲଭୂତ ଦେଖୁଥାଉ। ସେଟିକିବେଳେ ପାଖ ପାଲଗଦା ପାଖରେ ଖସ୍ ଖସ୍ ଶବ୍ଦ ହେଲା। ଆମର ସେଠିକି ନିଘା ନଥାଏ। ଆମେ ଜଗିଥାଉ ପାଲଭୂତ ଟିକିଏ ଆଗକୁ ଗଲେ ଆମେ ପୁଣି ଲୁଚକାଳି ଖେଳିବା ଆରମ୍ଭ କରିବୁ।

ଖେଳ ଭିତରେ ସମସ୍ତେ ଏତେ ମଜି ଯାଇଥାଉ ଯେ ଆମର ନିଘା ନାହିଁ ଆମ ଭିତରେ କିଏ କେଉଁଠି ଲୁଚିଛି। ହଠାତ୍ ବୋଉର ଡାକ ଶୁଭିଲା। ତାଗିଦ୍ କରି କହୁଥିଲା ଜଲଦି ଘରକୁ ଆସିବାକୁ। ମୋର ଇଚ୍ଛା ନ ଥିଲେ ବି ବୋଉର ଡରରେ ସେଦିନ ଘରକୁ ପଳାଇ ଆସିଲି। ତା ପରଦିନ ଆଉ ଆମ ସାଇରେ ପାଲଭୂତ ଆଦାୟ କରିଥିବା ଡାଲି ଚଉଳରେ ଆଉ ଭୋଜି ହେଲା ନାହିଁ। ସବୁ ଆଡ଼ ଖାଲି ଶୁନ୍ ଶାନ୍ ଲାଗୁଥିଲା। ବୋଉକୁ ପରୁରିଲି। ସେ କିଛି କହିଲାନି। ଖାଲି କହିଲା ସଞ୍ଜ ଯାଏ ବାହାରେ ରହିବୁନି।

ମାନି ଅପାକୁ ବି କିଛି ଦିନ ଯାଏ ଦେଖିବାକୁ ପାଇଲିନି।

ମାସେ ପକ୍ଷେ ଭିତରେ ମାନି ଅପାର ବାହାଘର ହୋଇଗଲା ସହରରେ। କିଏ ଜଣେ ଉଡ଼ା ଖବର ଆଣି ମୋ ବୋଉକୁ କହୁଥିଲା। ମୋ କାନରେ ବି ବାଜିଲା। ମାନି ଅପା ବର କୁଆଡ଼େ ମଇଳା ରଙ୍ଗ। ଆଉ ଜଣେ ପଢ଼ିଶା ନାନୀ କିଛି ଦିନ

ପରେ ବୋଉ ସାଙ୍ଗେ ଗପିବାକୁ ଆସିଥିଲା । କହିଲା କେଉଁଠି ମାନି ଅପା ବର କଣ ପୋଲିସ ଚକିରୀ କରେ । ମୁଣ୍ଡ ଚନ୍ଦା । ମୋ ଷଷ୍ଠ ଶ୍ରେଣୀ ମନରେ ଆଶ୍ଚର୍ଯ୍ୟ – ମାନି ଅପା ସେ କୁମାର ପୁନେଇଁ ସନ୍ଧ୍ୟାରେ ପ୍ରଥମେ ହାତ ପୁରାଇ ବେଶୀ ଭୋଗ ନେଇଥିଲା । ମୁଁ ତା ମୁହଁରେ ଚନ୍ଦନ କୁମକୁମ ଟିପାରେ ସଜାଇ ଦେଇଥିଲି । ମାନି ଅପା ଏମିତିରେ ସୁନ୍ଦର । ଟିପା ଲଗାଇ ପରୀ ଭଳି ଦେଖାଗଲା ।

ମୋର ଆଶା ଥିଲା, ଏତେ ଭୋଗ ତ ସେ ଖାଇବ ନାହିଁ ; ମତେ ଟିକେ ଭାଗ ଦେବ । କିନ୍ତୁ ମାନି ଅପା ଯେ କୁଆଡ଼େ ଉଭେଇ ଗଲା, ମୁଁ ଆଖି ବୁଲାଇଲି, ଜାଣିପାରିଲିନି । ବୋଧେ ସେ ବଡ଼ ହିସାବରେ ଜାଣିଥିବ ଯେ ଜହ୍ନ ପୁରା ଦେଖା ଯିବା ପୂର୍ବରୁ ଲୁଚିଛି କରି ଶୀଘ୍ର ଶୀଘ୍ର ଭୋଗ ଖାଇଦେଲେ କାର୍ତ୍ତିକେୟଙ୍କ ପରିସୁନ୍ଦର ବରକୁ ବାହା ହେବ । ମା ମାଉସୀଙ୍କ ଗପ ଶୁଣି ମତେ ଟିକେ ଆଶ୍ଚର୍ଯ୍ୟ ଲାଗିଥିଲା । ମାନି ଅପା କଣ ସେଦିନ ରାତିରେ ଭୋଗ ଖାଇବାକୁ ବେଶୀ ଡେରି କରିଦେଲା ?

ତା ପର ବର୍ଷ ପୁଣି କୁଆଁର ପୁନେଇଁ ଆସିଲା । ହେଲେ ପାଲଭୂତଙ୍କ ଡ଼ରାବନି ଚେହେରା ଆଉ ଆଗକୁ ଆସିଲାନି । ଆମେ ସବୁ ଛୋଟ ଛୋଟ ଝିଅମାନେ ସମସ୍ତଙ୍କୁ ବହୁତ ପଚୁରିଲୁ ପାଲଭୂତ କଥା, ହେଲେ ସଭିଙ୍କୁ କଡ଼ା ଆଦେଶ ଥିଲା, ଚନ୍ଦ ପୂଜା ସାରି ଶୀଘ୍ର ଘରକୁ ପଲାଇ ଆସିବାକୁ ।

ଏମିତି ଏମିତି ପାଲଭୂତ କଥା ଆମେ ମନରୁ ପୋଛି ଦେବାକୁ ଲାଗିଲୁ । ଗାଁରେ ଏକ ରକମ ସେ ପାଲଭୂତ ପରମ୍ପରା ବନ୍ଦ ହୋଇଗଲା । ମାନି ଅପା ତା ବାହାଘର ପରେ ମଧ ଆଉ ଗାଁକୁ ଆସି ନ ଥିଲା । ଏକାଥରକେ ଚାରି ବର୍ଷ ପରେ ଯେବେ ଆସିଲା ସାଙ୍ଗରେ ତା'ର ଛୋଟ ସୁନ୍ଦର ଗୁଲଗୁଲିଆ ପୁଅକୁ ନେଇ ଗାଁକୁ ଆସିଥିଲା । ସେତେବେଳକୁ ଦାରୋଗାବାବୁ, ରାମୁ କକା ସମସ୍ତେ ସେପୁରକୁ ଚଲି ଗଲେଣି । ଯେବେ ଦେଖା ହେଲା ମୋତେ ମାନି ଅପା ଖାଲି ପଚୁରିଲା ଯେ ଆମ ପାଖ ସାଇର ରଘୁ କଥା । ରଘୁ ଯେ କି ମାନି ଅପାଠାରୁ ବର୍ଷେ ଦୁଇ ବର୍ଷ ବଡ଼ । ପାଠ ଅଧାରୁ ଛାଡ଼ି ବେକାର ହୋଇ ବୁଲୁଥିଲା । ମୁଁ ମନେ ପକାଇବାକୁ ଚେଷ୍ଟା କଲି ରଘୁ କଥା । ଓଃ ସତେ ତ ମନେ ପଡ଼ିଲା ତା କଥା । କହିଲି ମାନି ଅପାକୁ, ସେ ତ ଗାଁ ଛାଡ଼ି କେବେଠାରୁ ଗଲାଣି । ବୋଧହୁଏ ସେଇ ଶେଷ ପାଲଭୂତ ଆଖଡ଼ା ଯେବେ ଗାଁରେ ହୋଇଥିଲା, ସେବେ ଠାରୁ । ମାନି ଅପା ତା ତିନି ବର୍ଷଆ ପୁଅକୁ ଚାଣି ନେଇ ସଅଳ ସଅଳ ତା ଘର ଆଡ଼କୁ ପାଦ ପକାଇ ଚଲିଗଲା ।

❖❖❖

ବ୍ରହ୍ମୋତ୍ରୀ ମହାନ୍ତିଙ୍କ ପ୍ରେମିକ

- ନୃସିଂହ ତ୍ରିପାଠୀ

ସରକାରୀ ଚାକିରିରେ ବଦଳି ହୋଇ ଦୁଇବର୍ଷ ହେଲା ମୁଁ ଏବେ ପୁରୀରେ ରହୁଚି । ଓଡ଼ିଆ ସାହିତ୍ୟର, ବିଶେଷକରି ସମସାମୟିକ ଓଡ଼ିଆ କବିତାର ମୁଁ ଜଣେ ଉସ୍ତାହୀ ପାଠକ । ସେଥିପାଇଁ ଏଠାରେ ରହୁଥିବା କବି, ଲେଖକମାନଙ୍କୁ ମୁଁ ଚିହ୍ନେ । ଗାନ୍ଧିକ ବିଜୟକୃଷ୍ଣ ମହାନ୍ତି ଚାକିରିରୁ ଅବସର ନେବା ପରେ, ଭୁବନେଶ୍ୱର ଛାଡ଼ି, ଏବେ ପୁରୀରେ ସ୍ଥାୟୀ ବାସିନ୍ଦା । ତାଙ୍କ ସ୍ତ୍ରୀ, କବି ବ୍ରହ୍ମୋତ୍ରୀ ମହାନ୍ତି । ଏମାନଙ୍କ ସହିତ ମୋର ପରିଚୟ ବହୁଦିନର । ଛୁଟିଦିନ ବା ଅନ୍ୟଦିନ ଖାଲିସମୟରେ, ତାଙ୍କ ଘରଆଡ଼େ ମାଡ଼ିଯାଏ । ଗପ, କବିତା ଉପରେ ଆଲୋଚନା ହୁଏ । ସେମାନଙ୍କ ସହିତ ମୋ' ସମ୍ପର୍କ ଘନିଷ୍ଠ ନ ହେଲେହେଁ ସୌହାର୍ଦ୍ୟପୂର୍ଣ୍ଣ ।

ଆଜି ମେ' ମାସର ଦ୍ୱିତୀୟ ରବିବାର । ସ୍ତ୍ରୀ ଓ ପିଲାମାନେ ଖରାଛୁଟିରେ ଗାଁରେ । ଚାକରପିଲାକୁ ଛାଡ଼ିଦେଲେ, ମୁଁ ଘରେ ଏକା । ଖରାବେଳେ ଖାଇଲାବେଳେ ଖବରକାଗଜ ଉପରେ ଆଖି ବୁଲାଇବା ମୋର ପୁରୁଣା ଅଭ୍ୟାସ । ଆଜି ଦିନ ଦୁଇଟାବେଳେ ଖାଉ ଖାଉ ଖବରକାଗଜ ଓଲଟାଉଥିଲି । ମୃତ୍ୟୁସମ୍ବାଦ ସ୍ତମ୍ଭରେ ଜଣେ ମୃତବ୍ୟକ୍ତିଙ୍କ ଫଟୋ ଓ ପରିଚୟ ଦେଖି ଚମକିପଡ଼ିଲି । ଖାଇବା ସେଇଠି ସେମିତି ରହିଲା । ଚଟାପଟ ହାତଧୋଇ ବାହାରକୁ ଆସି ସ୍କୁଟର ଚଲାଇ ବିଜୟବାବୁଙ୍କ ଘର ସାମନାରେ ପହଞ୍ଚିଲି । ଏଇ ମୃତ୍ୟୁ ସମ୍ବାଦ ଶ୍ରୀମତୀ ମହାନ୍ତି ଯେ ଜାଣିବା ଉଚିତ, ଏହା ମୋର ଉଦ୍ଦେଶ୍ୟ ।

ଅଳସୁଆ ପୁରୀ ସହରର ଦିକଦାର ଝାଲବୁହା ଦିପହର । ବସ୍ତିର ରାସ୍ତା ଶୁନ୍‌ ଶାନ୍‌ । ଗେଟ୍‌ ଖୋଲି କବାଟ ପାଖରେ ଠିଆହୋଇ ବେଲ୍‌ ମାରିଲି, ଦୁଇ ତିନିଥର । ଖରାଯୋଗୁଁ ଯେତେ ନୁହେଁ, ଏଇ ସମ୍ବାଦ ଜଣାଇବାର ଅହେତୁକ ଆଗ୍ରହମିଶା ଆତଙ୍କରେ ତୁହାକୁ ତୁହା ଝାଲ ବୋହି ମୋ ଜାମା ପୂରା ଓଦା ହୋଇଯାଇଥିଲା । ଭିତରର କବାଟ ଖୋଲିବାର ଶବ୍ଦ ହେଲା । ଠିକ୍‌ ଏତିକିବେଲେ ମୋ' ଭିତରେ ଜଣେ କିଏ ଘନଘନ ଚେତାବନୀ ଦେଲା, ଆକଟ କଲା, ଏ ଖବରଟା ବ୍ରହ୍ମୋତ୍ରୀ ଦେବୀଙ୍କୁ ଜଣାଇଦେଲେ କ'ଣ ବଡ଼ କଥାଟାଏ ହେବ ? ତାଙ୍କ ମନରେ ଯେଉଁ ପ୍ରତିକ୍ରିୟା ସୃଷ୍ଟିହେବ ବୋଲି ତୁ ଭାବିଛୁ, ତାହା ତୋ' ମାନସିକ ବିରହ ସହିତ ଖାପ୍‌ ଖାଇବ ତ ?

ମନେ ମନେ ଠିକ୍‌ କଲି ଯେ ଏ ସମ୍ବାଦ ବର୍ତ୍ତମାନ ପାଇଁ ତାଙ୍କୁ ନ ଜଣାଇବା ଉଚିତ ହେବ । ତା' ଛଡ଼ା ବିଜୟବାବୁ ଯଦି ଘରେ ଆଆନ୍ତି, ତେବେ ଏ ବିଷୟରେ କିଛି ଆଲୋଚନା କରିବାକୁ ମତେ ନିଶ୍ଚୟ ଅଡ଼ୁଆ ଲାଗିବ । ବାହାର କବାଟ ଖୋଲିବା ଆଗରୁ ମୁଁ ସ୍କୁଟର ଛୁଟେଇ ମୋ' ଘରକୁ ପଳାଇଆସିଛି । ଖବରକାଗଜରେ ସେଇ ସମ୍ବାଦକୁ ଅନେକଥର ନିଓଇ ପଢ଼ିଚି । ମୃତବ୍ୟକ୍ତିଙ୍କ ମଳିନ ଫଟୋ ଓ ତାଙ୍କ ଜୀବନ ବିବରଣୀ ।

ଷାଠିଏ – ପଞ୍ଚଷଠି ବର୍ଷର ଧଳାଦାଢ଼ି ରଖିଥିବା ଲମ୍ବା ମୁହଁ । ଆଖି ଦୁଇଟା ପ୍ରାଞ୍ଜଲ ଓ ତୀକ୍ଷ୍ଣ । ଏଇ ଭଦ୍ରବ୍ୟକ୍ତି ମୋର ପରିଚିତ ହେଲେହେଁ, ମୁଁ ଆଜି ପ୍ରଥମଥର ପାଇଁ ଜାଣିଲି, ତାଙ୍କ ନାଆଁ ବିଶ୍ୱନାଥ ବିଶ୍ୱାଲ । ଆଠଗଡ଼ଠାରୁ ଦଶ କିଲୋମିଟର ଦୂର ଗୋଟିଏ ଗାଁରେ ତାଙ୍କ ଜନ୍ମ । ସେ ଗାଁ ହାଇସ୍କୁଲର ପ୍ରଧାନ ଶିକ୍ଷକଭାବେ ଆଠବର୍ଷ ତଲେ ଅବସର ନେଇଥିଲେ । ଭଲ ଶିକ୍ଷକ ଭାବେ ରାଜ୍ୟପାଳଙ୍କଠାରୁ ତାଙ୍କୁ ଉପାୟନ ମିଲିଥିଲା । ସେ ସାହିତ୍ୟାନୁରାଗୀ ଓ ସମାଜସେବୀ ଥିଲେ । ଗତ ଶୁକ୍ରବାର ଦିନ ତାଙ୍କ ମୃତ୍ୟୁସମ୍ବାଦ ପ୍ରଚରିତ ହେବା ପରେ, ଅଞ୍ଚଲର ସବୁ ଶିକ୍ଷାନୁଷ୍ଠାନ ବନ୍ଦ କରିଦିଆଗଲା ଓ ଶୋକସଭା ଅନୁଷ୍ଠିତ ହୋଇ ଆମ୍ଭର ସଦ୍‌ଗତି ପାଇଁ ପ୍ରାର୍ଥନା କରାଗଲା ବୋଲି ଖବରକାଗଜର ପ୍ରତିନିଧୁ ଜଣାଇଛନ୍ତି । ତାଙ୍କ ଫଟୋକୁ ତନ୍ନ ତନ୍ନ କରି ଦେଖୁ ଦେଖୁ ମୁଁ ଆମ୍ଭବିସ୍ମୃତ ହୋଇ ଦଶବର୍ଷ ତଲକୁ ଫେରିଗଲି ।

ମୁଁ ସେତେବେଳେ କଟକରେ ଅବସ୍ଥାପିତ । ସାହିତ୍ୟ – ସଭାର ଆୟୋଜନ ପାଇଁ କିଛି ରଇଦା କରାଇ ଦେଇଥିବାରୁ, ସଂସଦ ତରଫରୁ ସଭାପତି ହେବାପାଇଁ ମତେ ଡାକରା ମିଳିଥିଲା । ସେଦିନ ସଭାର ବିଷୟ ଥିଲା : ନିଚ୍ଛକ ପ୍ରକାଶ – ଧର୍ମୀ କବିତାର ସ୍ଥିତି ଓ ଗତି । ପ୍ରାୟ ଶହେ ଜଣ ଶ୍ରୋତା ଓ ତିନିଜଣ ଆଲୋଚକଙ୍କୁ ନେଇ ସନ୍ଧ୍ୟା ଛ'ଟାବେଳେ ସଭା ଆରମ୍ଭ ହେଲା । ରାତି ଦଶଟାଯାଏ ଚାଲିଲା । ଆଲୋଚକମାନେ ବିଭିନ୍ନ କବିଙ୍କ ସମେତ ମାର୍କିନ୍ ନାରୀକବି ଏଡ୍ରିଆନ୍ ରିଚ୍, ସିଲ୍‍ଭିଆ ପ୍ଲାଥ୍, ପାକିସ୍ତାନର ନାରୀକବି ସରା ଶଗୁଫ୍ତା ଓ ଭାରତର ଅମୃତା ପ୍ରୀତମ୍, କମଳା ଦାସ ଇତ୍ୟାଦିଙ୍କ କବିତାର ବହୁ ଅଂଶ ଦର୍ଶାଇ, ସ୍ୱୀକାର ଧର୍ମୀ କବିତା ବା କନ୍‍ଫେସନାଲ୍ ପୋଏଟ୍ରିର କ୍ରମବିକାଶ ଓ ବର୍ତ୍ତମାନର ସ୍ଥିତି ବିଷୟରେ ଖୁବ୍ ତର୍ଜମା କଲେ । କିନ୍ତୁ ରାତି ବଢ଼ିବା ସହିତ ଶ୍ରୋତାମଣ୍ଡଳୀର ଆକାର କମି କମି ଯାଉଥିଲା । ମୋ' ପାଳି ପଡ଼ିଲା ବେଳକୁ ସମଗ୍ର ଶ୍ରୋତା ଥିଲେ ତିନିଜଣ । ଆଗଧାଡ଼ିରେ ଗୋଟିଏ କୋଣରେ ବସିଥିଲେ ଆମ ଏଇ ମୃତବ୍ୟକ୍ତି । ମୁଁ ମୋ ଦି' ପଦିଆ ଚୁମ୍ବକ ଭାଷଣରେ ଜଣାଇଦେଲି ଯେ ଏ ପ୍ରକାର ସୃଷ୍ଟିକୁ ସ୍ୱୀକାର – ଧର୍ମୀ କହିବା ଠିକ୍ ହେବ ନାହିଁ । କାରଣ ସ୍ୱୀକାର କହିଲେ କୌଣସି ପାପ ବା ଅପରାଧକୁ କବୁଲ କରିବା ବୁଝାଏ । କିନ୍ତୁ ଆଲୋଚ୍ୟ ରଚନାଗୁଡ଼ିକରେ କୌଣସି ଦୋଷ ମାନିବା ଓ ଭୁଲ ମାଗିବା ମନସ୍ତତ୍ତ୍ୱ ନଥାଏ । ତେଣୁ ଏଇ ଧରଣର ସୃଷ୍ଟିକୁ ଅଙ୍ଗୀକାରଧର୍ମୀ କହିବା ଅଧିକ ଯଥାର୍ଥ ହେବ । ଏହାର ଅନ୍ତଃକରଣରେ ଶୋଭା ଦେ' ବା ଖୁସ୍‍ବନ୍ତ ସିଂହଙ୍କ ପରିସ୍ଫୁଟ ଯୌନ ଆବେଦନ ନଥାଏ । ଏଥିରେ ଥାଏ କବି ବା ଲେଖକର ଆମ୍ – ବିଶ୍ୱାସ ଓ ଭାବିବା କଥାକୁ ପ୍ରକାଶ କରିବାର ରୋକଠୋକ୍ ନିର୍ଭୀକତା । ଆମ ଭାଷାରେ ମଧ୍ୟ ଏ ପ୍ରକାର ସୃଷ୍ଟି ଯଥେଷ୍ଟ ।

ସମସାମୟିକ କବିତା କ୍ଷେତ୍ରରେ ଏଇ ପ୍ରକାର ଅଙ୍ଗୀକାରଧର୍ମୀ ସଫଳ କବିତା ରଚନାରେ ବ୍ରହ୍ମୋତ୍ରୀ ମହାନ୍ତି ଅଗ୍ରଗଣ୍ୟା । ଉଦାହରଣ ଦେଇ ଦର୍ଶାଇଥିଲି ଯେ ରାତିରେ ପ୍ରିୟତମା ଘରକୁ ଆସିବାକୁ ପ୍ରେମିକ ଭୟ ପାଇଲାବେଳେ, କବି ତାଙ୍କୁ ସାହସ ଦେଇ ଡାକୁଛନ୍ତି: ସାହସ ସଞ୍ଚୟ କରି ଆସ ବନ୍ଧୁ! ନିଭୃତ ଏ କକ୍ଷେ ମୋର ନିଃଶଙ୍କ ହୃଦୟେ/ ସ୍ତିମିତ ପ୍ରଦୀପ ଶିଖା ପବନ ହିଲ୍ଲୋଲ! ଇଙ୍ଗିତେ ଆହ୍ୱାନ କରେ ଚନ୍ଦ୍ରର ଉଦୟେ ।

ବ୍ରହ୍ମୋତ୍ରୀ ମହାନ୍ତିଙ୍କ ପ୍ରେମିକ ◆ ନୃସିଂହ ତ୍ରିପାଠୀ ◆ ୧୩୯

ଆଗ ଧାଡ଼ିରେ ଏଇ ବାବୁଜଣକ ତଳକୁ ମୁହଁପୋତି ଗୁମ୍ ହୋଇବସିଥିଲେ । ମୋ କବିତା – ବ୍ୟାନ ତାଙ୍କ କାନରେ ବାଜିବାରୁ ଧଡ଼ପଡ଼ ହୋଇ ମୁଣ୍ଡଉଠାଇ ମତେ ଚାହିଁଲେ ଓ ମନକୁ ପାଇଥିବା ଭଙ୍ଗୀରେ ଅଳ୍ପ ହସିଲେ । ଧଳାଦାଢ଼ି ଭିତରେ ତାଙ୍କ ମୁହଁ ସତେଜ ଦିଶିଲା ସମର୍ଥନରେ । ଯଦିଓ ସେ ମୋ ଆଡ଼କୁ ଅନେଇଥିଲେ, ମତେ ଲାଗିଲା ଯେ ତାଙ୍କ ଦୃଷ୍ଟି ମତେ ଭେଦ କରି ଖୁବ୍ ଦୂରକୁ ପ୍ରସାରିତ ହୋଇସାରିଛି । ସେଠାରେ ସେ ଏମିତି ଏକ ଆନନ୍ଦ ଓ ତୃପ୍ତ ଅବସ୍ଥାରେ ଅଛନ୍ତି, ଯାହା ଆମ ସଂସାରରେ ଭେଟିବା ବିରଳ । ସଭା ସରିବା ପରେ, ସେ ମୋ ପାଖରେ ପହଞ୍ଚିଲେ ଓ ପଚାରିଲେ : "ଆପଣ ବ୍ରହ୍ମୋତ୍ରୀ ମହାନ୍ତିଙ୍କ ସବୁ କବିତା ପଢ଼ିଛନ୍ତି ? ସେଗୁଡ଼ିକୁ ଗଭୀର ଭାବରେ ପ୍ରାଣଦେଇ ପଢ଼ିଲେ, ପାଠକ ଆଉଏକ ଆନନ୍ଦମୟ ସ୍ତରରେ ପହଞ୍ଚିଯାଏନା କି ?"

: "ହେଉଥିବ । କିନ୍ତୁ ସେପରି ଅନୁଭୂତି ମୋର କେବେ ହୋଇ ନାହିଁ", ମୁଁ କହିଲି । ରାତି ବଢ଼ୁଥିଲା ଓ ସଂସଦର କର୍ମକର୍ତ୍ତାମାନେ ମତେ ଘରେ ପହଂଚାଇଦେବା ପାଇଁ ଉଦ୍‌ଗ୍ରୀବ । ଗାଡ଼ି ପର୍ଯ୍ୟନ୍ତ ମୋ ସଙ୍ଗେ ଯାଉ ଯାଉ ସେ ବାବୁ କହିଲେ : 'ଆଜ୍ଞା ସୁବିଧା ହେଲେ କେବେକେମିତି ମୁଁ ଆପଣଙ୍କ ଘରଆଡ଼େ ଆସିବି, କବିତା ଆଲୋଚନା କରିବା । ମୁଁ ଉତ୍ତର ଦେବା ଆଗରୁ ଗାଡ଼ି କବାଟ ବନ୍ଦ ହୋଇ ସାରିଥିଲା ।

ଏ ଘଟଣାର ମାସେ ପରେ, ଦିନେ ସଂଧ୍ୟାରେ, ଭଦ୍ରବ୍ୟକ୍ତି ଆର୍ବିଭୂତ ହେଲେ ଓ ପଚାରିଲେ : 'ଆପଣ ଯଦି ଘଣ୍ଟାଏ ଦି' ଘଣ୍ଟା ସମୟ ଦିଅନ୍ତେ, ତେବେ ବ୍ରହ୍ମୋତ୍ରୀ ମହାନ୍ତିଙ୍କ କିଛି କବିତା ପଢ଼ନ୍ତେ, କେମିତି ହୁଅନ୍ତା ?

ମୁଁ କହିଲି: "ବସନ୍ତୁ, ତାଙ୍କ ବହି ମୁଁ ପଢ଼ାଘରୁ ନେଇଆସୁଚି ।"

– "ନାଇଁ ନାଇଁ, ଆପଣ ଆଣିବା ଦରକାର ନାହିଁ, ତାଙ୍କ ବହି ସବୁବେଲେ ମୋ' ପାଖେପାଖେ ଥାଏ ।"

ମୋ ପଢ଼ାଘରେ ଆମେ ବସିଲୁ । କବିଙ୍କ ଦୁଇଟି ସଙ୍କଳନ ଶାନ୍ତିନିକେତନୀ ବ୍ୟାଗ୍‌ରୁ ବାହାର କରି ଟେବୁଲ୍ ଉପରେ ସେ ରଖିଲେ । କିଛି ସମୟ ଧାନସ୍ଥ ହୋଇ ବସିବା ପରେ କବିତା ସଙ୍କଳନ ଅବତରଣର ପୃଷ୍ଠା ଓଲଟାଇ କବିତାଟିଏ ପଢ଼ିଲେ ଓ ଏଇ ପଂକ୍ତିଟିକୁ ଦୋହରାଇଲେ: 'ସ୍ୱାଗତ ମୁଁ ତେଣୁ କରେ ହେ ସଖା ସୁନ୍ଦର/

ଆସିବାକୁ କଣ୍ଠେ ମୋର ଅନ୍ଧ ଅନ୍ଧକାରେ, ଗାଇବାକୁ ଅନାଗତ ଅମୃତ ସଙ୍ଗୀତ/ ତୋଳିବାକୁ ନବ ସୃଷ୍ଟି ବୀଣାର ଝଙ୍କାରେ।'

ପଢ଼ିସାରିଲା ପରେ ମୋ' ଆଡ଼କୁ ରୁହିଁ ପଚାରିଲେ: "ଅନ୍ଧାରରେ ଏକାଠି ହେଲେ ଯେଉଁ ଅମୃତ ସ୍ଫୁରଣର ଉଦ୍ରେକ ହୁଏ ଓ ସେଥିରୁ ଯେଉଁ ନବ ସୃଷ୍ଟିର ସଂଚାର ହୁଏ, ତାକୁ ପାଇ ମୁଁ ଅଧୀର ହୋଇପଡ଼ୁଛି। ଆପଣଙ୍କୁ କିଛି ଲାଗୁନାହିଁ ?"

: "କାଇଁ, ନାଇଁ ତ"!

ସେ କବିତାବହିଟିକୁ ବନ୍ଦ୍ କରି ଟେବୁଲ ଉପରେ ରଖିଲେ। ଚୌକି ଉପରକୁ ଗୋଡ଼ ଟେକି ଚକାପକେଇ ବସିଲେ; ଘର ଛାତଆଡ଼କୁ ରୁହିଁ, ମତେ ପଚାରିଲେ; "ଆଛା, ମଣିଷ ଓ ପଶୁ ଭିତରେ କ'ଣ ପାର୍ଥକ୍ୟ କହିଲେ ?"

ମୁଁ ଆଶ୍ଚର୍ଯ୍ୟ ହେଲି। କବିତାରୁ ଇଏ କ'ଣ ହଠାତ୍ ତର୍କଶାସ୍ତ୍ର ଓ ଦର୍ଶନକୁ ଡେଇଁଲେଣି ! କହିଲି: "ଆଜ୍ଞା, ଏସବୁ ପ୍ରଭେଦ ଆମେ କଲେଜରେ ପଢ଼ିଛୁ। ପଶୁର ବିବେକ ବା ବିବେଚନା ନାହିଁ, କିନ୍ତୁ ମଣିଷର ଅଛି। ତେଣୁ ତର୍କଶାସ୍ତ୍ର ଅନୁସାରେ ମଣିଷ ବି ବିବେକବନ୍ତ ପ୍ରାଣୀ, ହେଲା ?"

: "ପଶୁର ବିବେକ ନାହିଁ ବୋଲି ଆପଣ କେମିତି ଜାଣିଲେ ?" ସେ ପଚାରିଲେ।

: "ଅଛି ବୋଲି ଆପଣଙ୍କୁ କିଏ କହିଲା ?" ମୁଁ ଓଲଟା ପ୍ରଶ୍ନ କଲି।

: "ମୁନିବ ବିପଦରେ ପଡ଼ିଥିଲେ କୁକୁର ତା' ନିଜ ଜୀବନକୁ ପାଣିଛଡ଼ାଇ ତାକୁ ରକ୍ଷାକରେ। ତା'ର ବିବେକ ଅଛି ନା ନାହିଁ ? ପଶୁ ତା'ର ଜାତିଭାଇଙ୍କୁ କେବେ ମାରିଦିଏ ନାହିଁ। କେଉଁଠି ଗାଈ ଆଉ ଗୋଟିଏ ମାଈ କି ବାଘ ଆଉଗୋଟିଏ ବାଘକୁ ମାରିବା ଆପଣ ଦେଖିଛନ୍ତି କି ଶୁଣିଛନ୍ତି ? କିନ୍ତୁ ମଣିଷ ମଣିଷକୁ ମାରେ। ତେବେ କାହାର ବିବେଚନା ଅଧିକ ?" ଏତିକି କହିବା ପରେ ସେ ପକେଟ ଅଞ୍ଜଳି ପାନ ଖଣ୍ଡେ ପାଟିରେ ପୁରେଇଲେ ଓ ମତେ ସିଧା ରୁହିଁ ପଚାରିଲେ : "ଆଛା ପାଶବିକ ଅତ୍ୟାଚାର ବୋଲି ଆମେ ଯାହା କହୁ, ତା'ର ମାନେ କ'ଣ ?"

: "ଏଥିରେ ବୁଝିବାକୁ କ'ଣ ଅସୁବିଧା ଅଛି ଯେ ! ଯେଉଁଠି ମଣିଷ ପଶୁ ପରି ଅନ୍ୟଜଣେ ମଣିଷ ପ୍ରତି ଜଘନ୍ୟ ଆଚରଣ କରେ ଏବଂ ବିଶେଷକରି ଯୌନ କାମନାରେ ଅନ୍ଧ ହୋଇ ବଳାତ୍କାର ଆଦି କୁକର୍ମ କରେ, ଆମେ ତାକୁ ତ ପାଶବିକ

ଅତ୍ୟାଧିକ କହୁ । ଏକଥା କିଏ ବା ନଜାଣେ !”

: “ବିଡ଼ମ୍ବନା ତ ସେଇଠି । ପଶୁ ଯୌନ - କାମନାରେ କେବେ ବିବ୍ରତ ହୁଏ ନାହିଁ । ତା’ର ଯୌନକ୍ରିୟା କେବଳ ପ୍ରଜନନ ନିମିତ୍ତ ଓ ପ୍ରକୃତିର ଅଧୀନ । ଗୋଟିଏ ରତୁରେ ତାହା ଘଟେ ଓ ସରିଯାଏ । କିନ୍ତୁ ମଣିଷର ଯୌନଶକ୍ତି ପ୍ରକୃତିର ଅଧୀନ ନୁହେଁ । ସେ ଯେତେବେଳେ ଚ୍ୟୁହେଁ, ତାକୁ ବ୍ୟବହାର ବା ଅପବ୍ୟବହାର କରିପାରେ । ତେଣୁ ଯୌନ - ବଳାତ୍କାରକୁ ମାନବିକ ଅତ୍ୟାଚାର ନା ପାଶବିକ ଅତ୍ୟାଚାର କରିବା ? କଥାଟା ଯଦିଓ ମୋ ମନକୁ ଟିକେ ପାଉଥିଲା, ମୁଁ ଏଇ ଆଲୋଚନାର ପୂର୍ବାପର ସମ୍ପର୍କ ବା ତାତ୍ପର୍ଯ୍ୟ ଠଉରେଇ ପାରୁନଥିଲି । କବିତାରୁ ଆରମ୍ଭ ହୋଇ ଆମ ଆଲୋଚନା କୁଆଡ଼େ ଯାଉଛି ? ମୋର ଧାରଣା ହେଲା ଯେ ଇଏ ଜଣେ ପାଗଲ ବା ଅଧା - ପାଗଲ ଲୋକ । କିଛି ଗୋଟିଏ ଯୁକ୍ତି କରି ନିଜ ସର୍ବଜ୍ଞାନତା ଗୁଣ ପାଇଁ ଗର୍ବ କଲେ ଏଇପରି ଲୋକଙ୍କ ମନ ବେଶ୍ ଖୁସି ହୁଏ । ଆମ ଆଲୋଚନାକୁ ଯଥାଶୀଘ୍ର ଶେଷ କରିବା ପାଇଁ ପଚାରିଲି: ଆଚ୍ଛା, ଆପଣଙ୍କ ଅନୁସାରେ ମଣିଷ ଓ ପଶୁ ଭିତରେ କ’ଣ ପ୍ରଭେଦ ?

: ‘ପଶୁ ଭୂଇଁରେ ଚାଲୁଥିବା ରେଲଗାଡ଼ି ହେଲେ ମଣିଷ ହେଉଚି ଉଡ଼ାଜାହାଜ ।’

: ‘ମାନେ ?’

: ‘ପଶୁ ସବୁବେଳେ ତଳେ ଥାଏ ; ଖାଏ, ପିଏ, ଛୁଆ ଜନ୍ମ କରେ, ମରିଯାଏ ।’ କିନ୍ତୁ ମଣିଷ ତଳେ ଚାଲିବା ପରି ଏସବୁ ତ କରେ, କିନ୍ତୁ ଇଚ୍ଛାକଲେ ଆକାଶରେ ବି ଉଡ଼ିପାରେ । ନିଜ ଇଚ୍ଛାରେ ସେ ବିସ୍ତାରିତ କରିଦେଇପାରେ ନିଜକୁ ଅସୀମ ଭାବରେ । ଏଇ ବିସ୍ତାରଣର କ୍ଷମତା ଜୀବଜଗତରେ କେବଳ ମଣିଷର ଏକଚାଟିଆ । ମଣିଷକୁ ବିସ୍ତାରକ୍ଷମ କରିବା ପାଇଁ ପ୍ରକୃତି ମଣିଷକୁ ଅଜସ୍ର ଯୌନଶକ୍ତି ଦେଇଚି । ସେଇ ଶକ୍ତି ଉପରେ ପ୍ରକୃତି ତରଫରୁ କୌଣସି କଟକଣା ନାହିଁ । ତାକୁ କୁହାଯାଏ ଲିବିଡ଼ୋ ବା ସୁରତ୍ । ଏଇ ସୁରତକୁ ମଣିଷ ଭୀଷଣ ଅପବ୍ୟବହାର କରେ; ଯଦ୍ଵାରା ନୃଶଂସତା, ଅମଣିଷତା ବଢ଼େ ଓ ସମାଜ ଧ୍ଵଂସ ହୁଏ ।

ମଣିଷର ଉଡ଼ିବା, ପୁଣି ଯୌନଶକ୍ତି ଦ୍ଵାରା ଉଡ଼ିବା, ଏଗୁଡ଼ାକ ଯେ ନିହାତି ପାଗଲାମି ଓ ଭାଣ୍ଡ କଥା, ଏଥରେ ମୋର ଆଦୌ ସନ୍ଦେହ ନଥିଲା । ତାଙ୍କୁ ରହସ୍ୟକରି ପଚାରିଲି: ଆଚ୍ଛା, ମତେ ଥରେ ଉଡ଼େଇଦେଲେ, ଦେଖିବା !’

ମୁଁ ମନେ ମନେ ହସିଲି, ଚାପରା କଲି : ଆମ ଏଇ ବାବୁଜଣକ ମହେଶ

ଯୋଗୀଙ୍କ ଛୋଟକାଟିଆ ଗାଉଁଲି ସଂସ୍କରଣଟିଏ କି କ'ଣ ?

ଆଶ୍ଚର୍ଯ୍ୟ ରଜନୀଶଙ୍କ ସହ ମଧ କିଛି ଭାଗରେ ମିଶିଯାଉଛି । ମତେ ପରା କୁଆଡ଼େ ଉଡ଼େଇବ ! କିନ୍ତୁ ମୁହଁରେ କହିଲି: "ଏତେ କଥା ଗପିଲେଣି, କିନ୍ତୁ ଆପଣଙ୍କ ପରିଚୟ ତ ପାଇଲି ନାହିଁ ? ଆପଣ କ'ଣ କରନ୍ତି ? ଆପଣଙ୍କ ନାଁ କ'ଣ ?"

ସେ ଟିକେ ହସିଲେ ଓ କହିଲେ : "ନାଆଁରୁ ଆପଣ କ'ଣ ପାଇବେ ? ମଣିଷର ତ କେତେ ନାଆଁ ଅଛି, ଗୋଟିଏ ନାଆଁରେ ତାକୁ ଚିହ୍ନିବେ କେମିତି ?"

ପୁଣି ଗୋଟିଏ ଗୋଲକ ଧନ୍ଦା, ଏମିତି ଭାବୁଛି, ସେ ପଚାରିଲେ – "ଆଛା, ଆପଣଙ୍କ ନାଆଁ କ'ଣ କହିଲେ ?"

: "ସଦାନନ୍ଦ ସାହୁ ।"

: "କିନ୍ତୁ ଆପଣଙ୍କୁ ଦେଖିଲେ ପୀତବାସ ନାଆଁଟି ଆପଣଙ୍କୁ ଠିକ୍ ଖାପ ଖାଇବା ପରି ମୋ ମନ କହୁଚି । ତେଣୁ ମୋ' ପାଇଁ ଆପଣ ସଦାନନ୍ଦ ନୁହନ୍ତି, ପୀତଦାସ, ବୁଝିଲେ ?" ଏତକ କହି ସେ ମୋ ଆଡ଼େ ଅନେଇଲେ । ଟିକେ ରହି କହିଲେ : "ମଣିଷ କ'ଣ କରେ, କେଉଁଠି ରହେ, କ'ଣ ଖାଏ, ଏଗୁଡ଼ା ତା'ର ହାଲକା ପରିଚୟ । ତା'ର ଅସଲ ପରିଚୟ ହେଉଚି, ସେ କ'ଣ ଭାବେ ଓ କିପରି ଭାବେ । ଏତିକି ଜାଣନ୍ତୁ ଯେ ମୁଁ ଜଣେ ପ୍ରେମିକ ।"

: "କାହା ପ୍ରେମିକ ? ଯାହାଙ୍କ କବିତା ବହି ବ୍ୟାଗରେ ଧରି ବୁଲନ୍ତି ?"

ସେ ହଁ କି ନାହିଁ କିଛି କହିଲେ ନାହିଁ । ଆଉ କିଛି ପଚାରିବା ଆଗରୁ ବ୍ୟାଗ୍ କାନ୍ଧରେ ପକେଇ ମୋ'ଠୁ ବିଦାୟ ନେଇ ଚାଲିଗଲେ ।

କଥାଟା ମୋ ମନରୁ ଗଲା ନାହିଁ । ଏଣିକି ଭୁବନେଶ୍ଵର ଗସ୍ତରେ କାମ ସାରି କଟକ ଫେରିବା ରାସ୍ତାରେ ବିଜୟକୃଷ୍ଣବାବୁଙ୍କ ଘରକୁ ଯିବା ପାଇଁ ମନ ଉଚ୍ଛନ୍ନ ହୁଏ । ଖୁବ୍ ଇଛା ହୁଏ ଶ୍ରୀମତୀ ମହାନ୍ତିଙ୍କୁ ପଚାରିଦେବାକୁ ଯେ ତାଙ୍କର ଏକ କବିତା – ସ୍ଵାବକଙ୍କ ସହିତ ସମ୍ପର୍କ କେତେଦିନର, ସେ କିଏସେ ?

କିନ୍ତୁ ମୁଁ ତାଙ୍କ ଘରକୁ ଗଲାବେଳେ ବିଜୟକୃଷ୍ଣବାବୁ ଥାଆନ୍ତି । କାହିଁକି କେଜାଣି ତାଙ୍କ ସାମ୍ନାରେ ଶ୍ରୀମତୀ ମହାନ୍ତିଙ୍କୁ ଏକଥା ପଚାରିବାକୁ ସାହସ କୁଲାଏ ନାହିଁ । ଦିନେ ଲେଖାଯୋଖା ଭାଇନା ଓ ନାନୀଙ୍କ ପ୍ରେମଚିଠି ନିବାଆଣିବା କଲାବେଳେ

କେତେଥର ମଉସା ମାଉସୀଙ୍କ ହାବୁଡ଼େ ପଡ଼ି ଯେମିତି ଚମ୍ପଟ ଦେବାକୁ ହେଉଥିଲା, ସେଇ ପ୍ରକାର ଅସ୍ୱସ୍ତିବୋଧରେ ମୁଁ ତାଙ୍କ ଘରୁ ପଳାଇଆସେ ।

ଦିନେ ସଂଜବେଳେ ତାଙ୍କ ଘରେ ପହଞ୍ଚି ଦେଖେ, ଶ୍ରୀମତୀ ମହାନ୍ତି ଏକଲା ଅଛନ୍ତି । ବସୁବସୁ ପଚାରିଦେଲି : "ଆପଣଙ୍କ ସେଇ ଦାଢ଼ିବାଲା ପ୍ରେମିକ ଜଣକ ଆମ ଘରକୁ ଦି'ଥର ଆସିଲେଣି ।"

ଶ୍ରୀମତୀ ମହାନ୍ତି ଆକାଶରୁ ପଡ଼ିଲା ପରି କହିଲେ ; "ମୋ ପ୍ରେମିକ ? ସେମିତି କାହାକୁ ତ ମୁଁ ଜାଣିନାହିଁ । ଆଉ କାହା କଥା ଆପଣ ଭୁଲରେ ଭାବିଥିବେ ।"

ଏ ବିଷୟରେ ଆଉ ଆଲୋଚନା କରିବାର ଅବକାଶ ନଥିଲା । ବିଜୟ କୃଷ୍ଣବାବୁ ବାରଣ୍ଡାରେ ସାଇକେଲ୍ ରଖି ଘର ଭିତରକୁ ଆସିଲେ ଓ ମୋ ପାଖରେ ବସିପଡ଼ିଲେ ।

ଆମ ସାମ୍ନାରେ ବସିଥିଲେ ଶ୍ରୀମତୀ ମହାନ୍ତି । ମତେ ପରିଷ୍କାର ଉପଲବ୍ଧ ହେଲା ଯେ ବିଜୟକୃଷ୍ଣବାବୁ ଓ ମୁଁ ଗୋଟିଏ ଜଗତର । ତା'ଠାରୁ ଉପର ଆଉଏକ ଜଗତରେ ଶ୍ରୀମତୀ ମହାନ୍ତି । ତାଙ୍କର ଗୋଟିଏ ଗୋଡ଼ ଆମ ଜଗତରେ ଓ ଅନ୍ୟଟି ସେଇ ଉପର ଜଗତରେ । ବିଜୟକୃଷ୍ଣବାବୁ ତାଙ୍କ ପ୍ରାଣପଣେ ଏଠି ରଖିଥିବା ଗୋଡ଼କୁ ଜାବୁଡ଼ି ଧରିଛନ୍ତି । ଟିକିଏ କୋହଳ କଲେ ହୁଏତ ସେଇ ଗୋଡ଼ଟି ଉଠିଯିବ ଓ ଶ୍ରୀମତୀ ମହାନ୍ତିଙ୍କ ସମ୍ପର୍କ ଏ ଜଗତ ସହିତ ତୁଟିଯିବ । ରଂ' ପାଇଁ ଦୁଧ ଆଣିବାକୁ ଯାଉଥିବା ବିଜୟକୃଷ୍ଣବାବୁଙ୍କ ବାସନ ଠନ୍ ଠନ୍ ଶଢରେ ମୋର ତନ୍ଦ୍ରା କଟିଲା । ସେ ଗଲାପରେ ଶ୍ରୀମତୀ ମହାନ୍ତିଙ୍କୁ କହିଲି: "ସେ ବାବୁଙ୍କୁ ଦିନେ ଆପଣଙ୍କ ଘରକୁ ଆଣିବି କି ?"

: "ଆଣିବେ ତ ଆଣନ୍ତୁ, ଆପଣଙ୍କ ଇଚ୍ଛା ।" ସେ ନିର୍ବିକାର ଭାବରେ କହିଲେ । ସେ ରଂ' କରିବାକୁ ଚାଲିଗଲେ । କଥା ସେଇଠି ସରିଲା ।

ଦୁଇମାସ ପରେ ପୁଣି ସଂଜ – ଆସର ପାଇଁ ବନ୍ଧୁ ଆମ ଘରକୁ ଗଡ଼ିଲେ । ସେ ବସୁବସୁ ମୁଁ ପଚାରିଲି : "ବ୍ରହ୍ମୋତ୍ରୀ ତ ଆପଣଙ୍କୁ ଚିହ୍ନିନାହାନ୍ତି ବୋଲି କହିଲେ ।"

: "ଚିହ୍ନନ୍ତି ବୋଲି ମୁଁ କେତେବେଳେ କହିଲି ?"

: "ମୁଁ ପଚାରିବାରୁ ଆପଣ ଚୁପ୍ ରହିଲେ, ତେଣୁ ଆପଣ ମୋ' କଥା ସ୍ୱୀକାର କରୁଛନ୍ତି ବୋଲି ମୁଁ ଭାବିଲି ।"

: "ଆଚ୍ଛା, ପ୍ରେମରେ ଜଣେ ଆଉ ଜଣକ ଜାଣିବା କ'ଣ ନିହାତି ଦରକାର ?"

ପାନଖଣ୍ଡିଏ ପାଟିରେ ପୂରେଇ ସେ ପୁଣି କହିଲେ: "ଆପଣଙ୍କ ବ୍ରହ୍ମୋତ୍ରୀ ମହାନ୍ତି ଦେଖିବାକୁ କେମିତି ?"

ଏ ଲୋକଟି ଜଣେ ମାନସିକ ରୋଗୀ ବୋଲି ମୋର ଧାରଣା ଦୃଢ଼ ହୋଇଯାଇଥିଲା । ତାଙ୍କଠୁ ନିସ୍ତାର ପାଇବାକୁ ବିରକ୍ତିରେ କହିଲି: "ତାଙ୍କୁ ଏବେ ପଇଁଷଳିଶ ଉପରେ ହେବ, ତାଙ୍କ ରୂପକୁ ବଖାଣିବାର ଦୃଷ୍ଟି ନେଇ ମୁଁ କେବେ ତାଙ୍କୁ ଦେଖିନାହିଁ । ଇଚ୍ଛା ହେଉଚି ତ ଦିନେ ମୋ ସାଂଗରେ ଚଳନ୍ତୁ, ଦେଖି ଆସିବେ ।"

: "ନାଇଁ ନାଇଁ, ମୋର ତାଙ୍କୁ ଦେଖିବାର କୌଣସି ଆବଶ୍ୟକତା ନାହିଁ । ମୁଁ ଯେଉଁ ବ୍ରହ୍ମୋତ୍ରୀ ମହାନ୍ତିଙ୍କୁ ଜାଣିଚି, ସେ ଚିର – ଯୌବନା । ଅପ୍ସରା ପରି ଦେଖିବାକୁ । ଆଣ୍ଠୁଯାଏ ବାଳ ଲମ୍ବିଥାଏ । ଚଳିଗଲାବେଳେ ପବନରେ ଉଡ଼ି ଲାଗୁଥିବ ଯେ ଜହ୍ନର ପଞ୍ଚପଟରେ ମେଘମାନେ ଚଳୁଥିବା ପରି । ଦୁଇଟି ନଦୀର ମଝିରେ ମଲ୍ଲୀଫୁଲ ବଣ ପରି ତାଙ୍କର ଆଖି । ସେ ଆଖିଦୁଇଟି ଅଚ୍ଛ ଖୋଲିଥାଆନ୍ତି, କିନ୍ତୁ ଥରେ ସେଠି ପହଞ୍ଚିଗଲେ ସେ ବଣ ଟାଣିନିଏ ତା' ଭିତରକୁ । ଏମିତି ବିଭୋର କରାଇଦିଏ ଯେ ଛାଡ଼ି ଚଳିଆସିବାକୁ କେବେ ମନ ଡାକେ ନାହିଁ । ଦିନଦିନ ଧରି ମୁଁ ସେଇଠି ରହିଯାଏ ।"

ତାପରେ ଭକ୍ତଚରଣ ଦାସଙ୍କ "ମନବୋଧ ଚଉତିଶା"ରୁ ମୁଁ ଶୁଣିବାପରି ଗୋଟିଏ ପଦ ହାତତାଳି ମାରି ଗୁଣୁଗୁଣେଇ ହେଲେ – "ଡେରା ଭିତରେ ଯେହ୍ନେ ଅପୂର୍ବ ନାରୀ /ଟୋପ ଚଉଁରା ଅଛି ତୋ ଦେହେ ପୂରିରେ ।"

ଏତିକି କହିବା ପରେ ସେ ମତେ ନକହି ସିଧା ଉଠି ଚଳିଗଲେ । ମୁଁ ଆଶ୍ୱସ୍ତ ହେଲି ଯେ ଆଜିର ଏ‍ଇ ପରୋକ୍ଷ ବଚସା ପରେ ସେ ଆଉ ମୋ ଦୁଆର ମାଡ଼ିବେ ନାହିଁ । କିନ୍ତୁ ସେ ପୁଣି ଆସିଲେ । ସେତେବେଳକୁ କଟକରୁ ମୋ ବଦଲି ନିର୍ଦ୍ଦେଶ ଆସିସାରିଚି । ଦୋଳ ପୂର୍ଣ୍ଣିମୀ ଯିବାର ଦିନେ ଦୁଇଦିନ ହେବ । ଜହ୍ନ ଉଠିସାରିଥିଲା ଓ ବିଜୁଳି ଆଲୁଅ ଅଧଘଣ୍ଟାଏ ହେଲା ଚଳିଯାଇଥିବାରୁ, ଦୁଇଟି ଲଣ୍ଠନର ଆଲୁଅରେ ଆମ ଘରସାରା ହାଙ୍କା ଅନ୍ଧକାର ବ୍ୟାପି ରହିଥିଲା । ମୁଁ କିଛି କହିବା ଆଗରୁ ସେ ଅନୁନୟ ସ୍ୱରରେ କହିଲେ : "ଆଜି ଗୋଟେ କବିତା ପଢ଼ି ଆଲୋଚନା କରିବାକୁ ମୋର ଖୁବ୍ ଇଚ୍ଛା । କେବଳ ଘଣ୍ଟାଏ ସମୟ ଦେବେ ।"

ଆମ ପଢ଼ାଘରେ ବସିଲୁ । ଟେବୁଲ ଉପରେ ମହମବତି ଜଳୁଥିଲା ଓ ସାମ୍ନା ଚୌକିରେ ସେ ବସିଲେ । ଟିକେ ଛାଡ଼ିକି ଦିବାନ୍ ଉପରେ ମୁଁ ସହଜ ଭାବରେ ଚକାପକା ବସିଲି । ଝର୍କା ଖୋଲା ଥିଲା । ସେଇବାଟ ଦେଇ କିଛି ଜହ୍ନଆଲୁଅ ଖଟ ଉପରେ ପଡ଼ି ଚଟାଣକୁ ବୋହିଯାଇଥିଲା । ପାଖ ଆମ୍ବଗଛରୁ ବଉଳ ବାସ୍ନା ମଞ୍ଜିରେ ମଞ୍ଜିରେ ପଶିଆସି ଘର ଗୋଟାକୟାକ ମହକାଇଦେଉଥିଲା । ସେ ବ୍ୟାଗରୁ ବହି ବାହାର କରି ପୃଷ୍ଠା ଲେଉଟାଇଲେ ଓ ଗୋଟିଏ ଜାଗାରେ ରହିଯାଇ, ବହି ଅଧା ବନ୍ଦ୍ କରି ମୋ' ଆଡ଼େ ଅନେଇ ପଚରିଲେ: "ଆପଣ ଏଇ କବିତାଟି ମନଧ୍ୟାନ ଦେଇ କେବେ ପଢ଼ିଛନ୍ତି ? ମୋର ସବୁଠୁ ପ୍ରିୟ କବିତା ।"

    : "କେଉଁ କବିତା ?" ପଚରିଲି ।

    : "ଆଶ୍ଚର୍ଯ୍ୟ ଇଚ୍ଛା" । ଅଧିକାଂଶ ବାକ୍ୟକୁ ଦୋହରାଇ ଦୋହରାଇ ସେ ପଢ଼ୁଥିଲେ ।

ନାରୀକବି ତାଙ୍କର ପୁରୁଷପ୍ରେମିକଙ୍କୁ କହୁଛନ୍ତି ଯେ "ଏଇ ନିତିଦିନ ସେଇ ସମାନ ଗେଲବସର, କଅଁଳିଆ ଗେହ୍ଲା କଥା, ରାଗରୁଷା, ଅଭିମାନ ରୁଖ୍ୟରୁଖ୍ୟ ମନ ଚିତା ଧରିଗଲାଣି । ରତି ଆସ୍ୱାଦନ ଭିତରେ ଗତାନୁଗତିକତା ପଶି ତାକୁ ନିର୍ଜୀବ ନିରାନନ୍ଦ କରିଦେଲାଣି । ହଇହେ, ରୁଲମ ଏଇ ଗତାନୁଗତିକତାରୁ ପାର୍ ହୋଇ ପଳେଇବା; କିଛି ଗୋଟେ ନୂଆ ଉପାୟରେ ପରସ୍ପରକୁ ଲଭିବା । ମନେକର, ତମେ ଆସନ୍ତ ଓ ମତେ ଟେକିନେଇ କନ୍ଦୁକ ସମାନ ଆକାଶକୁ ଫୋପାଡ଼ିଦିଅନ୍ତ । ଭୟରେ ଜଡ଼ସଡ଼ ହୋଇ, ମରିଗଲି ବୋଲି ଭାବି ମୁଁ ତଳକୁ ଖସିଲାବେଲକୁ ତମେ ଗୋଟାଏ ଝାପ୍ଟା ମାରି, ବାହୁପ୍ରସାରି, ମତେ ତୋଲିନିଅନ୍ତ ଓ ଶୂନ୍ୟଶୂନ୍ୟ ଆମେ ଏକାଠି ହୋଇଯାଆନ୍ତେ । ନହେଲେ ଆଉ ଗୋଟେ କଥା କରିବା କି ? ଗୋଟେ ଯୋଜନା କରି, ନଈକୂଳଆଡ଼େ ବୁଲିଯିବା ଲାଗି ତମେ ମତେ ଫୁସୁଲେଇ ଡାକିନିଅନ୍ତ । ନଈଦାଢ଼ିରେ ହାତ ଧରାଧରି ହୋଇ ଆମେ ରୁଲୁଥିଲାବେଲେ, ଆଖୁପିଛୁଲାକେ ତମେ ମତେ ନଈ ଭିତରକୁ ଠେଲିଦିଅନ୍ତ । ନାକରେ କାନରେ ପାଣି ପିଇ ବୁଡ଼ିମରିବାର ଆତଙ୍କରେ ମୁଁ ଶିହରି ଉଠିଲାବେଲକୁ ତମେ ଖପ କିନା ପାଣିକି ଡେଇଁ ମତେ ହାତ ବଢ଼ାଇଦିଅନ୍ତ । ପ୍ରାଣବିକଲରେ ମୁଁ ତମ ବେକରେ ଓହଲିରହିଥାନ୍ତି, ଆମେ ସେଇଠି ପାଣିରେ ପାଣିରେ..."

ଏଇ ହେଲା କବିତାର ସାରାଂଶ । କବିତାର ଶେଷ ଧାଡ଼ିଗୁଡ଼ିକ ବନ୍ଧୁ ବାରମ୍ବାର ଦୋହରାଇଥିଲେ ଓ ବିଜୟକୃଷ୍ଣବାବୁଙ୍କ ସହିତ ମୁଁ ମନେ ମନେ ଗେଲ୍ ହେଉଥିଲି : "ମୋ ବଡ଼ଭାଇଟା ପରା । ଶ୍ରୀମତୀ ଭାଉଜଙ୍କ ଏମିତି ଉଭଟ ଇଚ୍ଛାରେ ଜମା ମାତିଯିବ ନାଇଁଟି ! ପହଁରା ଜାଣିଚ ତ ? ଜାଣିଥିଲେ ବି, ଖବରଦାର, ବୁଡ଼ିଯାଉଥିବା ଲୋକ ହାତରେ କେବେ ଧରାଦେବେ ନାହିଁ । ବେକରେ ଓହଲିବ କିଏ ମ ? ଭାଉଜ ଝରିଆଡ଼ୁ ଏମିତି ଆପଣଙ୍କୁ ଛନ୍ଦିଦେବେ ଯେ ମୁକୁଳିବା ଅସମ୍ଭବ । ପାଣି ଭିତରେ ଆଉ କିଛି ହେଉ ନ ହେଉ, କିଛି ସମୟ ପରେ ପାଣି ଉପରେ କିନ୍ତୁ ଦୁଇଟି ଶବ ନିଶ୍ଚୟ ଭାସିବେ । ହଇହେ, ବଡ଼ଭାଇ, ଆମ ଭାଉଜ କ'ଣ ଦି'ମାସିଆ ଛୁଆ ଯେ ଦି'ଗୋଡ଼ ବୁଲେଇ ଆକାଶକୁ ଫୋପାଡ଼ିଦେବେ, ଆଉ ଟିକେ ବାଟ ଦଉଡ଼ିଯାଇ କ୍ରିକେଟ୍ ବଲ୍ ଧରିଲାପରି କ୍ୟାଚ୍ ମାରିବ ? ହୁସିଆର, ହୁସିଆର, ଫାଶୀଦଣ୍ଡକୁ ନିମନ୍ତ୍ରଣ କର ନାହିଁ ।"

ଭଦ୍ରବ୍ୟକ୍ତି କବିତାର ଶେଷ ପଦ ଆବୃତ୍ତି କରୁଥିଲେ :

'ତମକୁ ମୋ ରାଣ ଅଛି ଅନୁନୟ ରକ୍ଷାକର ମମ

ନଚେତ୍ ତୁମକୁ ଦେବି ଅପବାଦ,

ଭୀରୁ ତମେ କାପୁରୁଷ ନିଷ୍ଠୁର ନିର୍ମମ ।'

ସେ ପକେଟରୁ ପାନ କାଢ଼ି ପାଟିରେ ଖଣ୍ଡେ ପୁରାଇଲେ; ମୋ ଆଡ଼କୁ ଆଉ ଖଣ୍ଡେ ବଢ଼ାଇଲେ ଅବା ତାଙ୍କ ବାସ୍ନା ପାନର ସ୍ୱାଦ ପାଇଁ ମୁଁ ତାଙ୍କ ଆଡ଼କୁ ପାନ ପାଇଁ ହାତ ବାଢ଼ିଲି, ମୋର ଠିକ୍ ମନେ ନାହିଁ ପାନ ପାଟିରେ ପୁରାଇଲି କି ଖାଲି ହାତରେ ଧରି ବସିଲି ଅବା ପକେଟରେ ପୁରାଇଲି କିଛି ବି ପରେ ସ୍ମରଣ ହେଲାନି ।

ଅଜାଣତରେ ମୋ ଆଖି ଝର୍କା ଆଡ଼କୁ ଝୁଲିଗଲା । ଦୁଇ ରେଲିଂ ମଝିରେ ଗୋଟିଏ ଉଜ୍ଜ୍ୱଳ ତାରା ଝକ୍ ମକ୍ ହେଉଥିଲା ଆକାଶରେ । ମତେ ଲାଗିଲା, ସେ ତାରାର ଆମ ପରି ଜୀବନ ଅଛି, ସେ ହସୁଚି ଓ ମତେ ଡାକୁଚି । ଓଃ, କି ସୁନ୍ଦର ସେ ହସ ! ଦେହସାରା ଅଜଣା ଆନନ୍ଦର ଅଭୁତ ଶିହରଣ ଖେଳିଗଲା । ନାଇଁ, ଆଉ ରହିହେବ ନାହିଁ । ମୁଁ ଯେମିତି ସେଇ ନାରୀ; ଗତାନୁଗତିକ ସ୍ଥବିର ଜୀବନରେ ଅତିଷ୍ଠ ହୋଇ, ଆଉ କେଉଁଠି ନିସ୍ତାର ଖୋଜୁଚି । ଯେତେ ଭୟପ୍ରଦ, ବିପଦସଂକୁଳ ହେଉ ପଛେ, ଯାଏଆସେ ନାହିଁ । ମୁଁ ଧୀରେଧୀରେ ନାରୀ ହେବାକୁ ଲାଗିଲି ।

ପରିଣତି ସମ୍ପୂର୍ଣ୍ଣ ହେଲା ପରେ ଜାଣିଲି ଯେ ମୁଁ ଉଲଗ୍ନ। ମୋ ଦେହର ରକ୍ତସାରା ଏଇ କବିତା ଦୁଇଧାଡ଼ି ଅତି ବେଗରେ ବୁଲିବାକୁ ଲାଗିଲେ : ରାଣ ଅଛି, ରାଣ ଅଛି, ରକ୍ଷା କର, ରକ୍ଷା କର, ରକ୍ଷା କର, ଅନୁନୟ ଅନୁନୟ ଅନୁନୟ ଅନୁନୟ... ନଚେତ୍ ଭୀରୁ ତମେ ଭୀରୁ ତମେ ଭୀରୁ ତମେ ଭୀରୁ ତମେ ନିର୍ମମ, ନିର୍ମମ, ନିର୍ମମ, ନିର୍ମମ ...

ହୀରାକୁଦ ବନ୍ଧ ତଳେ ବନ୍ଦ୍ ଥିବା ଫାଟକର ଆରପାଖେ ଶୁଖିଲା ଜାଗାରେ ଠିଆ ହୋଇଥିଲାବେଲେ, ହଠାତ୍ ଫାଟକ ଯଦି ଖୋଲିଯାଏ, ଶକ୍ତିଶାଳୀ ଜଲପ୍ରବାହ ମୁହୂର୍ତ୍ତକେ ଯେମିତି କାହିଁ କେତେ ଦୂରକୁ ଠେଲି ଫୋପାଡ଼ିଦେବ, ସେପରି ମୋ ଭିତରେ ହଠାତ୍ ବହମାନ ଏକ ଅଜଣା ଶକ୍ତିର ଧକ୍କାରେ, ଆକାଶରେ ମତେ ଡାକୁଥିବା ତାରା ପାଖରେ ମୁଁ ପହଞ୍ଚିଗଲି। ସେଠାରେ ଦିନ ନାହିଁ କି ରାତି ନାହିଁ, କିନ୍ତୁ ସୁନ୍ଦର ଫରଛରେ ସବୁ ଦିଶୁଚି। ସେ ତାରା ପାଖରେ ଦେଖିଲି ଜଣେ ବିରାଟ ପୁରୁଷ। ତାଙ୍କ ସହିତ କୋଟି କୋଟି ନାରୀ ଏକାସମୟରେ ମିଶି ରତି - ସମ୍ପନ୍ନା ହୋଇ ଆନନ୍ଦ ରସରେ ମାତିରହିଛନ୍ତି। ମୁଁ ତାଙ୍କ ଭିତରେ ଜଣେ ହୋଇଗଲି। ଆକାଶକୁ ନିକ୍ଷେପିତ ହେଲାବେଲର ପ୍ରଥମ ଭୟ ଓ ଆଶଙ୍କା ଆଉ ମୋର ନଥାଏ। ଏତେ ପ୍ରାଣବନ୍ତ, ଆନନ୍ଦ - ବିଧୁର ମିଲନ ଛାଡ଼ି ନିମିଷଟିଏ ବି ଆଉ କେଉଁଆଡ଼େ ହେବାକୁ ମନ ଆଦୌ ରହୁନଥାଏ। ଭାରି ଆନନ୍ଦ; ସେ ଆନନ୍ଦ, ମୁଁ ଆନନ୍ଦ, ଆମେ ସମସ୍ତେ ଆନନ୍ଦ।

ସେଇଠି କେଉଁଠି ଗୋଟିଏ ମୁହଁ ମତେ ଅନେଇଥିଲା ସବୁବେଲେ। ଚିହ୍ନାଚିହ୍ନା ଲାଗିଲା। କେଉଁଠି ଦେଖିଚି ? ଆରେ, ଇଏ ତ ଆମ ଓଡ଼ିଆ ଭାଗବତ ସ୍ରଷ୍ଟା 'ଅତିବଡ଼ି' ଜଗନ୍ନାଥ ଦାଶ। ଇତିହାସରେ ବର୍ଣ୍ଣିତ ସେଇ ଗୋରା ତକ୍ ତକ୍ ମୁହଁ, ସେଇ ବିହ୍ବଲ ଆଖି, ସେଇ ଚଡ଼ିଲା କପାଲ, ସମ୍ମୋହିତ ସର୍ବାଙ୍ଗ। ସେ ମୋ ପାଖକୁ ଆସିଲେ ଓ ମୁରୁକି ହସି ମତେ କଅଁଲେଇ ପଚରିଲେ : 'କିରେ, ତୋର ବିଶ୍ୱାସ ହେଉ ନଥିଲା ଯେ ପୁରୁଷଦେହ - ପୋଷାକ ପିନ୍ଧା ନାରୀଟିଏ ହୋଇ ମୁଁ ତମ ସଂସାରରେ ଥିଲି ରାଧା ଭାବରେ। କହୁଥିଲୁ କ'ଣନା, ଏଗୁଡ଼ା ସବୁ କପୋଲକଳ୍ପିତ। ପୁରୁଷଟା! ନାରୀ ହେବ କେମିତି ? ଏବେ କହିଲୁ, ତୁ ପୁରୁଷ ଥାଇ କେମିତି ନାରୀ ପାଲଟିଗଲୁ ? ଆରେ ବୋକା, ଏଇ ସାରା ବିଶ୍ୱରେ କେବଲ ଜଣେ ପୁରୁଷ ଓ ବାକି

ସମସ୍ତେ ତା' ସ୍ୱପ୍ନତିଆରି ନାରୀ । ତମେ ସ୍କୁଲ ଜଗତରେ ଅଙ୍ଗ ବିଭେଦରେ ଯେଉଁ ପୁରୁଷ ନାରୀର ପ୍ରଭେଦ, ତାହା ସୃଷ୍ଟି – ମାୟା । ସେ ମାୟା ସେଇଠି ଥାଏ । କେହି କେହି କୁହେଲିକାରୁ ପାରିହୋଇ ନିଜ ସ୍ୱରୂପର ଠିକ୍ ପରିଚୟ ପାଆନ୍ତି । ଏଇ ଅଥୟ ବିପୁଲ ଆନନ୍ଦ, ରଖ଼ନେ, ରଖ଼ନେ ।'

: 'ମୁଁ ଏଠିକି କେମିତି ଆସିଲି ?' ମୁଁ ପରଚରିଲି ।

: 'ମନ ମୁନ ଚଇତନ ଏକ୍ ହେଲାରୁ ।' ସେ କହିଲେ ।

: 'ମୁଁ ଏ ଜାଗା ଛାଡ଼ି ଆଉ କୁଆଡ଼େ ଯିବି ନାହିଁ ଯେମିତି !' ମୁଁ ନେହୁରା ହେଲି । ମତେ ଶୁଭିଲା –

'ଏ ଶୁଦ୍ଧ ପ୍ରେମଭକ୍ତି ସ୍ଥାନ

ଏହା ଯେ ନ ଜାଣନ୍ତି ଆନ ।

ମାଧୁର୍ଯ୍ୟ ଭାବେ ଏଥେ ଭଜ

ଅନ୍ୟାନ୍ୟ ଭାବ ଦୂରେ ତ୍ୟଜ ।'

: 'ହେଉ, ହେଉ ।' କହୁକହୁ ସେ ମିଳାଇଗଲେ ।

ଦିବାନ ଉପରେ ଚେତାଶୂନ୍ୟ ହୋଇ କେବେଠୁ ମୁଁ ପଡ଼ିଚି । ସ୍ତ୍ରୀ ଆସି ଡକା ପକାଇବାରୁ ତନ୍ଦ୍ରା ଭାଙ୍ଗିଲା । ସେ ପାଟି କରୁଥିଲେ; "ସେ ଲୋକଟା ତମକୁ ନିଶା ମୋଦକ କ'ଣ ଖୋଇଦେଇ କୁଆଡ଼େ ପଲେଇଲା ? ରାତିଅଧ ହେଲାଣି, ତମେ ବେହୋସ୍ ହେଲାପରି ପଡ଼ିଚ ?"

ମୁଁ ଆଖି ଖୋଲିଲି । ବନ୍ଧୁବର ବସିଥିବା ଚୌକି ଖାଲି ପଡ଼ିଥିଲା । ବିଜୁଲିବତି ଜଲୁଥିଲା ଓ ଝର୍କା ସେପାଖ ଆକାଶରେ ସେଇ ତାରା ଆଉ ଦିଶୁନଥିଲା । ସ୍ତ୍ରୀକୁ କିଛି ଉତ୍ତର ନ ଦେଇ ମୁଁ ଶୋଇବା ଘରକୁ ଆସି ବିଛଣା ଉପରେ ପଡ଼ିଗଲି ।

ସକାଳୁ ପାନ ପାତିରେ, ହାତରେ ବା ପକେଟରେ ନଥିଲା । କେବଲ ଏକ ନୀରବ ବାସ୍ନା ଏବଂ ମୋ ଧଲା ସାର୍ଟ ପକେଟର ତଲାଂଶରେ ଏକ ଲାଲ ଅସ୍ପଷ୍ଟ ଦାଗ ।

ତିନିଚରିଦିନ ପରେ ଆବେଶ ଧୀରେଧୀରେ ଅପସରିଗଲା । ମୁଁ ବୁଝିଲି ଯେ ସେଇ ରାତିର ଅନନ୍ୟ ଆନନ୍ଦ, ଯାହା ମୋ' ଜୀବନରେ ଏଯାବତ୍ ଥରଟିଏ

ସମ୍ଭବହେଲା, ତାହା ବନ୍ଧୁଙ୍କ ଜୀବନରେ ଘଟୁଥିଲା ଏକାଧିକବାର । ବ୍ରହ୍ମୋତ୍ରୀ ମହାନ୍ତିଙ୍କ ଏଇ ଗାଢ଼ ଆବେଦନ କବିତାର ପ୍ରବଳ ଶକ୍ତିରେ, ସେ ସର୍ବଦା ଠେଲିହୋଇ ଘୁଲିଯାଉଥିଲେ ସେଇ ଅପୂର୍ବ ମୂଳକକୁ । ନାରୀ ଭାବରେ । କିନ୍ତୁ ପ୍ରକୃତ ପକ୍ଷରେ ଆମେ ବୁଝୁଥିବା ନାରୀ ପୁରୁଷ ସେଠାରେ କେହି ନୁହନ୍ତି । ନଦୀର ଦୁଇ ଧାରକୁ ଚିହ୍ନିବା ପାଇଁ ସେମାନେ କେବଳ ଦୁଇଟି ନାଁ । ଗୋଟିଏ ସୂତ୍ରରୁ ସେମାନେ ବାହାରି ନିଜ ଇଚ୍ଛାରେ ଏକରୁ ଦୁଇ ହେଲେ, ଏକାଠି ହେଲେ, ଏକ ହେଲେ, ଅଲଗା ହେଲେ, ଦୁଇ ହେଲେ... ଏକ ନିଜେ ନିଜେ ଦୁଇ ହୋଇଯାଏ, ଦୁଇମାନେ ପୁଣି ଏକ ହୁଅନ୍ତି, ଏକ ପୁଣି ଦୁଇ ହୁଏ...'

ଏବେ ଦଶ ବର୍ଷ ପରେ ଫଟୋ ଦେଖି ଭଦ୍ରବ୍ୟକ୍ତିଙ୍କୁ ଚିହ୍ନିଲି, ତାଙ୍କ ନାଆଁ, ଗାଁ, ଠିକଣା ସବୁ ପାଇଲି । କିନ୍ତୁ ସେ ଠିକ୍ କହୁଥିଲେ ଯେ ଏସବୁ ଜାଣି ଲାଭ କ'ଣ ? ଏଠି ଆମର ଯେଉଁ ନାଁ, ଯେଉଁ ପରିଚୟ, ତାହା ତାରା ପାଖରେ ପହଞ୍ଚିଗଲେ ସବୁ ଅଦରକାରୀ ମିଛ ।

ଖବରକାଗଜ ହାତଛଡ଼ା କରିବାକୁ ଇଚ୍ଛା ହେଉନଥିଲା । ନଛୋଡ଼ବନ୍ଦା କଳାହାଣ୍ଡିଆ ଅବସାଦ ମତେ କାବୁ କରିନେଇଥିଲା । ବନ୍ଧୁଙ୍କ ଅନୁପସ୍ଥିତିରେ ବ୍ରହ୍ମୋତ୍ରୀ ମହାନ୍ତିଙ୍କ କବିତା ଭିତରେ ଥିବା ରକେଟ୍ ବଳକୁ କିଏ ସ୍ମରଣ ଦେବ ? ବୋଧହୁଏ, ମୃତ୍ୟୁସମ୍ବାଦ ଶ୍ରୀମତୀ ମହାନ୍ତିଙ୍କୁ ନଜଣାଇ ମୁଁ ଠିକ୍ କରିଚି । ତାଙ୍କୁ କେମିତି ବୁଝାଇ ଥାଆନ୍ତି ଯେ ଏଇ ଲୋକଟି ତାଙ୍କ କବିତାର ଉଡ଼ାଜାହାଜରେ ଆକାଶକୁ ଉଡ଼ିଯାଇ ଚରମ ରତିର ସ୍ୱାଦ ଚଖିବାର ପୋଖତ ଯୋଗୀଟିଏ !

କଡ଼ାପାନ ଓ କ୍ଲିଓପାଟ୍ରା

- ବିୟତ୍ ପ୍ରଜ୍ଞା ତ୍ରିପାଠୀ

ସହରରେ ନୂଆ ନୂଆ ଧନୀ ହୋଇଥିବା ଏବଂ ପ୍ରାୟ ଜୀବନରେ ପ୍ରଥମ ପ୍ରଥମ କରି ସାମାଜିକ ସମ୍ମାନ ହାସଲ କରିଥିବା ଲୋକମାନଙ୍କର ହୋଲି ମିଳନରେ ତାକୁ ମୁଁ ପ୍ରଥମ ଦେଖିଥିଲି। ମନେହେଲା, ସେ ସେମାନଙ୍କ ଭିତରୁ କାହାର ଜଣକର ପତ୍ନୀ। କିନ୍ତୁ ପତ୍ନୀ ପରି ବେଶଭୂଷା ହେଉଥିଲେ ମଧ ସେ ରାଜ୍ୟର ସବୁଠୁ ବଡ଼ ମାଛ ବ୍ୟବସାୟୀଙ୍କର ପ୍ରେମିକା।

ତା' ପାଇଁ ସହରର ଉପକଣ୍ଠରେ ଏକ ବିରାଟ ରୂଚିତଲ ପ୍ରାସାଦର ବ୍ୟବସ୍ଥା ବ୍ୟବସାୟୀ ଜଣକ କରିଥିଲେ। ଘରଟା ପୂରା ଗୋଟେ ବିଦେଶୀ ଢଙ୍ଗରେ ତିଆରି। ସମସ୍ତ ବୈଭବରେ ଭରା। ତା'ର ସେଇ ପାଶ୍ଚାତ୍ୟ ପ୍ରାସାଦରେ ସେ କେବଳ ଏକୁଟିଆ ରହୁଥିଲା। ଘର ଭିତରେ ସୁଇମିଂ ପୁଲଠୁ ନେଇ ଟେନିସ୍ କୋର୍ଟ ଯାଏ କୁଆଡ଼େ ସବୁ ଥିଲା। ବ୍ୟବସାୟୀ ଜଣକ ମାସକରେ କେବଳ ଆଠ ଦିନ ତା' ସହିତ କଟଉଥିଲେ। ପ୍ରତିଦିନ ଏତେ ବଡ଼ ଘରେ ତା' ଯତ୍ନ ନେବା ପାଇଁ ସେ ବାର ଜଣ ଲୋକଙ୍କର ବ୍ୟବସ୍ଥା କରିଥିଲେ।

ମାଓବାଦୀ, ଉଗ୍ରବାଦୀ, କିଡ୍‌ନାପରମାନଙ୍କର ଏଇ ଜମାନାରେ ବି ତା' ଘରର ଗେଟ୍ ଭିତରକୁ ବ୍ୟବସାୟୀ ଜଣକର ବିନା ଅନୁମତିରେ ଗୋଟେ ଧୂଳିକଣା ବି ପ୍ରବେଶ କରି ପାରୁନଥିଲା। ସାରା ସହରର ସବୁ ସ୍ତ୍ରୀଲୋକ ତାକୁ ମନେ ମନେ ଈର୍ଷା ଏବଂ ସବୁ ପୁରୁଷ ଲୋକ ତାକୁ ମନେ ମନେ କାମନା କରୁଥିଲେ।

ମୋ କ୍ଷେତ୍ରରେ ମଧ୍ୟ ସେଇଆ ଘଟିଥିଲା। ମୁଁ ତାକୁ ଦେଖୁ ଦେଖୁ ତା' ପ୍ରେମରେ ପଡ଼ି ଯାଇଥିଲି। ମୋର ସବୁଠୁ ଘନିଷ୍ଠ ବନ୍ଧୁ ଋରୁଦତ୍ତ, ଯିଏ ମୋତେ ସେଇ ପାର୍ଟିକୁ ଡାକି ନେଇ ଯାଇଥିଲା, ସାଙ୍ଗେ ସାଙ୍ଗେ ମୋର ଏଇ ଇନ୍‌ଷ୍ଟଣ୍ଟ ପ୍ରେମରେ ପଡ଼ିବାକୁ ବୁଝିପାରି କହିଲା – "ଏୟ, ସେ ରାଧା ମଙ୍ଗରାଜର। ସେ ଆଡ଼କୁ ଆଖି ପକାନା।" ମୁଁ କହିଲି – "ରାଧା ମଙ୍ଗରାଜର କ'ଣ?" ଋରୁ କହିଲା –

"ଆଉ କ'ଣ? ରାଧା ମଙ୍ଗରାଜର ପ୍ରେମିକା। କିୟ ବୋଲି କହିପାରୁ।" ମୁଁ ପଚରିଲି – "ରାଧା ମଙ୍ଗରାଜର ପ୍ରେମିକା ସିନା, ହେଲେ କାହା ସ୍ତ୍ରୀ?" ଋରୁ ହସି ଦେଇ କହିଲା – "କାହା ସ୍ତ୍ରୀ ଫ୍ରୀ ନୁହେଁ, ସେ ସେମିତି ବେଶ ହୁଏ।" ମୁଁ କହିଲି – "ରାଧାମୋହନ ମଙ୍ଗରାଜଙ୍କ ସ୍ତ୍ରୀ ଜୀବିତ ତ!" ଋରୁ କହିଲା – "କେବଳ ଜୀବିତ ନୁହେଁ, ହେଇ ଦେଖ, ସେ ଯାହାକୁ ଅନେଇ ଜୋରରେ ହସି ହସି କ'ଣ କହୁଚି, ସେଇ ହେଲା ରାଧା ମଙ୍ଗରାଜଙ୍କ ପତ୍ନୀ ଶାନ୍ତିଲତା ମଙ୍ଗରାଜ।"

ଜୀବନର ପ୍ରଥମଥର ଭାରତୀୟ ଆୟକର ବିଭାଗର ଅଫିସର୍ ହେଇ ଋକିରି କରିବାର କୋଡ଼ିଏ ବର୍ଷ ପରେ ନିରାକାରପୁର କଲେଜରୁ ବାରମ୍ବାର ଫେଲ ହୋଇ ବି.ଏ. ପାସ କରିଥିବା ନୂଆ ଧନୀ ମାଛ ବ୍ୟବସାୟୀ ରାଧାମୋହନ ମଙ୍ଗରାଜ ଉପରେ ଈର୍ଷା ହେଲା ମୋର। ଏତେ କମ୍ ଶିକ୍ଷାରେ ସେ ଏତେ ପଇସା ରୋଜଗାର କଲା ତ କଲା, ପୁଣି ସ୍ତ୍ରୀ ଆଉ ପ୍ରେମିକା ଉଭୟଙ୍କୁ ଏକାଠି ଏକ ଭୀଷଣ ସୌହାର୍ଦ୍ୟପୂର୍ଣ୍ଣ ପରିସ୍ଥିତିରେ ହୋଲି ମିଳନକୁ ବି ନେଇ ଆସି ପାରିଲା। ଧିକ୍ ମୋ ବୁଦ୍ଧି। ଏତେ ପାଠ ପଢ଼ି ମୋର କ'ଣ ହେଲା? ନା, ଭାଗ୍ୟରେ ଅପର୍ଯ୍ୟାପ୍ତ ଧନ ଜୁଟିଲା, ନା ଏତେ ଖୋଲାଖୋଲି ଭାବରେ ଦୁଇଟି ସୁନ୍ଦରୀ ନାରୀର ପ୍ରେମ!

ଋରୁଠୁ ଜାଣିଲି, ତା' ନାଁ ମିତା। ସେ କଲିକତାରେ ପଢ଼ିଛି, ବଢ଼ିଛି। ଯାଉ ଅଧିକା ପଚରିବାର ସୁଯୋଗ କାହାକୁ ସେ ଦିଏନି କି ରାଧା ମଙ୍ଗରାଜ ପରି ସଭ୍ୟ ଗୁଣ୍ଡା ଯାହାର କର୍ତ୍ତା, ତାକୁ ଆଉ ବେଶୀ କିଛି ପଚରିବାର ସାହସ କାହାର ହୁଏନି।

ପ୍ରଥମ ଦେଖାରେ ମନକୁ ଅସ୍ତବ୍ୟସ୍ତ କରିଦେବା ପରି ତା'ର ଆଦବକାଇଦା। ଲୁଗା ପିନ୍ଧାଠୁ ନେଇ ବ୍ଲାଉଜର ବେକ, ବସିବା, ହସିବା, କଥା କହିବାର ଶୈଲୀ ପର୍ଯ୍ୟନ୍ତ ସବୁ ଅସମ୍ଭବ ଧରଣର ମାର୍ଜିତ ଏବଂ ଏକ ଉଚକୋଟୀର ପରିପାଟୀରେ ଭରା। ଯେଉଁ ହସ ପୁରୁଷ ମନରେ ଆନନ୍ଦ ଓ ଜିଜ୍ଞାସା ଉଭୟ ଉଦ୍ରେକ କରେ, ଓଠରେ ସେଇ ରହସ୍ୟମୟ ହସ।

ସେଦିନ ସନ୍ଧ୍ୟାରେ ଝରି ପେଗ୍ ସ୍କଚ୍ ପିଇଲି, ମୋତେ ନିଶା ଧରିଲାନି। ଘରକୁ ଫେରି ଗୋଟେ ଲାର୍ଜ ପେଗ୍ ହୁଇସ୍କି ଧରି ବସି ଟିଭି ନିଉଜ୍ ଦେଖୁଥିଲା ବେଳେ ମୋ ସ୍ତ୍ରୀ ପରଚରିଲା, "କ'ଣ ହୋଲି ମିଳନରେ ଆଜି ଡ୍ରିଙ୍କସ ନ ଥିଲା କି ?" ମୁଁ କହିଲି- "ନା, ନା, ଥିଲା ଯେ, ହେଲେ ଡ୍ରିଙ୍କସ୍ କ୍ୱାଲିଟି ଭଲ ନ ଥିଲା।"

ମୋ ସ୍ତ୍ରୀ ସହରର ସବୁଠୁ ପୁରୁଣା ମହିଳା କଲେଜରେ ଝରିକିରି କରେ। ପଲିଟିକାଲ୍ ସାଇନ୍‌ସ ଲେକ୍‌ଚରର। ନିଜ ଦୁନିଆରେ ଥାଏ। ଏଚ୍.ଓ.ଡି., ପ୍ରିନ୍‌ସିପାଲ୍, ଛୁଟି ଦରଖାସ୍ତ, କଲେଜ ଫଙ୍କସନ, ସ୍ପୋର୍ଟ୍‌ସ, କୋଉ ଅପାଙ୍କ ଝିଅ ବାହାଘର ତ କୋଉ ଅପାଙ୍କ ପୁଅର ଡିଭୋର୍ସ, ଏଇଥିରେ ତା'ର ଦିନ କଟେ। ବାକି ସମୟ ମୋବାଇଲ୍ ଫୋନ୍‌ରେ। ନିହାତି ଗୋଟେ ସାମାଜିକ ରୂପ ନ ଥିଲେ ମୋ ସହିତ କୁଆଡ଼େ ଯିବାକୁ ପସନ୍ଦ କରେନି। ଆମର ଏକମାତ୍ର ପୁଅ କୋଟାରେ ପ୍ଲ‌ସ ଟୁ- ରେ ପଢ଼େ। ସେଠି ଆଇ.ଆଇ.ଟି. ପାଇଁ କୋଚିଂ ବି ନିଏ। ପିଲାଛୁଆ ଜଞ୍ଜାଳ ବି ଘରେ ଆଉ ତା'ର ନାହିଁ। ତେବେ ବି ସେ ମୋତେ ନେଇ କୌଣସି ବିଶେଷ ଆଗ୍ରହ ପ୍ରକାଶ କରେନି। ଖାଲି ତା' ଗାଡ଼ି ଖରାପ ହୋଇଗଲେ କିମ୍। ତା' ଡ୍ରାଇଭର ନ ଆସିଲେ, ମୋର ସାହାଯ୍ୟ ଲୋଡ଼େ। ନ ହେଲେ ସବୁ ଦୃଷ୍ଟିରୁ ସେ ଜଣେ ସ୍ୱୟଂସମ୍ପୂର୍ଣ୍ଣ। ସ୍ତ୍ରୀଲୋକ।

ମୁଁ ସେଦିନ ସାରାରାତି ଶୋଇ ପାରିଲିନି। ବାପରେ ବାପ! କୋଣସି ଝିଅ କିମ୍। ସ୍ତ୍ରୀଲୋକକୁ ଦେଖି ଏତେ ଛଟପଟ ହେବା ଏଇ ପ୍ରଥମ। ସେ ମିତା ଖାଲି ରାତିଯାକ ମୋତେ ମୋ ବିଛଣାସାରା ଦିଶିଲା। ଇଚ୍ଛା ହେଉଥିଲା, ରାଧା ମଙ୍ଗରାଜଟା ମରିମାରି ଯାଆନ୍ତା କି! ତା' ପରଦିନ ନିଦରୁ ଉଠିଲାବେଳକୁ ଦିନ ଦଶଟା। ସେଦିନ ହୋଲି। ଝରିଆଡ଼େ ଯେମିତି ରୂପ ରୂପ। ବେଶୀ ଗାଡ଼ି ମଟରର ଶଢ଼ ନାହିଁ। ମୋ ନିଜ ଭିତରଟା ବି ନିଜକୁ ବେଶ୍ ରୂପ ରୂପ ମନେହେଲା। ଘରେ ପରଚରି ଜାଣିଲି, ଆଜି ମୋ ସ୍ତ୍ରାର ସାଙ୍ଗ ଝରିଜଣ ଦ୍ବିପହରେ ଖାଇବାକୁ ଆସିବେ; ସେଥିପାଇଁ ସ୍ପେଶାଲ ମାଂସ ତରକାରି ଆଉ ମାଲପୁଆର ବ୍ୟବସ୍ଥା ହଉଚି। ହୋଲି ଖେଲିବାକୁ ଯାଉଚି କହି ପାଞ୍ଚ ଖଣ୍ଡ ମିଠାକଡ଼ା ପାନ ପକେଟରେ ପୁରେଇ ଯାଇ କେତେବେଳେ ପୂର୍ବରୁ କେବେ ନ ଦେଖିଥିବା ମିତା ଘର ଆଗରେ ଠିଆ ହୋଇଚି, ମୋର ହୋସ୍ ନାହିଁ। ଝରୁ ମୋତେ କେବଳ କହିଥିଲା ଘରଟା କଉଠି।

ଗେଟ୍‌କୁ ଛୁଇଁଲା କ୍ଷଣି ଦରୱାନ ଭିତରୁ ବାହାରକୁ ଆସି ପଚରିଲା – “କାହାକୁ ଖୋଜୁଛନ୍ତି ?” ମୁଁ କହିଲି – “ରାଧା ମୋହନ ମଙ୍ଗରାଜ ଅଛନ୍ତି ?” ସେ ମୋତେ ମୋ ନାଁ ପଚରି ଦରୱାନ ରୁମର ଇଣ୍ଟରକମ୍‌ ରୁ ଫୋନ୍‌ କରି ବୁଝି କହିଲା, “ଯାଆନ୍ତୁ !” ମୁଁ ଯାଇ ଡ୍ରଇଁରୁମରେ ପହଞ୍ଚି ଦେଖିଲି, ଆଗରୁ ମିତା ସେଠି ବସିଚି । ମୋତେ ଦେଖି ଉଠି ନମସ୍କାର କଲା । ତାକୁ ଦେଖୁ ଦେଖୁ ମୁଁ ଟିକେ ନର୍ଭସ୍‌ ହୋଇଗଲି । ପଚରିଲି – “ରାଧାବାବୁ ଅଛନ୍ତି ?” ସେ ଏକ ପରିଷ୍କାର ଏବଂ ସ୍ୱସ୍ଥ ଗଳାରେ କହିଲା – “ସେ ଏଠି ରହନ୍ତିନି । ତାଙ୍କ ନିଜ ଘରେ ରହନ୍ତି । ମୁଁ ଏଠି ଏକା ଥାଏ ।” ମୁଁ ପୁଣି ପଚରିଲି – “କେତେବେଳେ ଆସିବେ ?” ସେ କହିଲା – “ଆଜି ଆସିବେନି । କାଲି ରାତି ପାର୍ଟିରୁ ସିଧା ତାଙ୍କ ଗାଁକୁ ଯାଇଛନ୍ତି । ତାଙ୍କ ଗାଁରେ ଦୋଳଯାତ୍ରା ହୁଏ । ଆଜିଠୁ ସାତଦିନ ଗାଁରେ ଯାତ୍ରା । ସେ ପ୍ରାୟ ଏଇ ସାତଦିନ ଗାଁରେ ରହନ୍ତି ।” ମୁଁ ସ୍ୱାଭାବିକ ଭାବେ ପଚରିଲି – “ତାଙ୍କ ଗାଁଟା କଉଠି ?” ସେ କହିଲା – “ଟାଙ୍ଗୀ ।” ମୁଁ କହିଲି – “ଏଇ କଟକ ଟାଙ୍ଗୀ ?” ସେ କହିଲା – “ନା ନା କଟକ ନୁହେଁ, ଖୋର୍ଦ୍ଧା ପାଖ ଟାଙ୍ଗୀ ।” ତା’ପରେ ପଚରିଲା – “କ’ଣ କିଛି କାମ ଥିଲା ?” ମୁଁ କହିଲି – “ନା, କାମ କିଛି ନୁହେଁ ।” ହୋଲିରେ ଟିକେ ରଙ୍ଗ ଲଗେଇ ଉଇସ୍‌ କରିବି ବୋଲି ଆସିଥିଲି । ଏଇ କଥା କହିଦେଇ ମୁଁ ହଠାତ୍‌ କୁର୍ତ୍ତା ପକେଟ୍‌ରେ ହାତ ପୂରେଇ ଦେଇ କଡ଼ା ପାନ ଜରିଟା କାଢ଼ି ଆଣି ବୁଝି ପାରିଲି ଯେ, ମୁଁ ସାଙ୍ଗରେ ରଙ୍ଗ ନ ନେଇ ହୋଲି ଖେଳିବାକୁ ଆସିଛି । ମିତା ମୋ ପରିସ୍ଥିତି ବୁଝିପାରି ହସିଦେଇ କହିଲା – “ଆରେ ରଙ୍ଗ ନ ହେଲେ କ’ଣ ହେଲା, ଆପଣ ନିଜେ ଆସିଲେ ଏଇଟା ବଡ଼ କଥା । ମଙ୍ଗରାଜବାବୁ ତ କେବେ ହୋଲିରେ ରୁହନ୍ତିନି । ତେଣୁ ମୁଁ ବି କେବେ ରଙ୍ଗ ଖେଳେନି ।”

ମିତା ଗାଲରେ ହାତ ମାରିବାର, ଦେହକୁ ଛୁଇଁବାର ଏତେବଡ଼ ଗୋଟେ ମଉକା ମୁଁ ଆଖି ପିଛୁଲାକେ ହରେଇ ଦେଇଚି ବୁଝିପାରି ମୋ ମନଟା ଝାଉଁଳିଗଲା । ମିତା ମୋତେ ଅନେଇ କ’ଣ ବୁଝିଲା କେଜାଣି ସାଙ୍ଗେ ସାଙ୍ଗେ କହିଲା – “ଆଛା, ଖଣ୍ଡେ ପାନ ଦିଅନ୍ତୁ ।” ମୁଁ ତା’ କଥାରେ ଉତ୍ସାହିତ ହୋଇ ତା’ ହାତକୁ ପାନ ଖଣ୍ଡେ ବଢ଼େଇ ଦେଇ କହିଲି – “ଆଉ ଖଣ୍ଡେ ରଖନ୍ତୁ ।” ସେ କହିଲା – “ନା ନା ଖଣ୍ଡେ ଯଥେଷ୍ଟ ।” ତା’ପରେ କଥାବାର୍ତ୍ତାକୁ ଆଗକୁ ବଢ଼େଇବା ଉଦ୍ଦେଶ୍ୟରେ ମୁଁ ପଚରିଲି – “ଆପଣଙ୍କ ପଢ଼ାପଢ଼ି କ’ଣ ସବୁ ଏଇ ଭୁବନେଶ୍ୱରରେ ?” ସେ ମୋ କଥାର

କୌଣସି ଉତ୍ତର ନ ଦେଇ କହିଲା – "ଘରେ ମୁଁ ହାର୍ଡ ଡ୍ରିଙ୍କ୍ ରଖେନି। କ'ଣ ପିଇବେ? କୋକ୍, ଅରେଞ୍ଜ ନା ଫୁଟ୍ ଜୁସ୍?" ହୋଲିର ନା ଆତିଥ୍ୟ ପୂରାକରି ସେଦିନ ମିତା ମୋତେ ମିଠା ଖୁଏଇ ଆଉ କୋକ୍ ପିଏଇ ଛାଡ଼ିଲା। ଏସବୁ ପ୍ରାୟ ଘଟିବାକୁ ଅଧିକରୁ ଅଧିକ ପନ୍ଦର ମିନିଟ୍ ଲାଗିଥିବ।

ମୁଁ ଆସିଲା ବେଳକୁ ମୋର ଇଚ୍ଛା ହେଉଥିଲା ମିତାର ହାତ ଦୁଇଟାକୁ ଧରିପକେଇ ଅନ୍ତତଃ 'ବାଏ' କହି ଆସିବାକୁ। କିନ୍ତୁ ସେମିତି କିଛି ସମ୍ଭବ ହେଲାନି। ତା' ଗେଟ୍ ବାହାରକୁ ବାହାରି ତା' ଘର ସାମ୍ନା ରାସ୍ତାରୁ ପ୍ରାୟ ଗୋଟେ କିଲୋମିଟର ଖଣ୍ଡେ ଆସି, ଗାଡ଼ିକୁ ରୋଡ୍ ସାଇଡ୍ ରେ ପାର୍କ କରି, ଗାଡ଼ି ଭିତରେ ବସି ରେରୁକୁ ଫୋନ୍ କଲି। ମୋରି ଫୋନ୍‌ରେ ରେରୁ ନିଦରୁ ଉଠିଲା। ସବୁ ଶୁଣି କହିଲା – "ତୁ କ'ଣ ପାଗଳ ହୋଇଗଲୁଣି କି? ସେ ରାଧା ମଙ୍ଗରାଜ ଜାଣିଲେ ତୋର ମର୍ଡର କରିଦବ।" ରେରୁର ଏପରି କଥାରେ ସେଦିନ ଭୀଷଣ ଡିପ୍ରେସ୍‌ଡ ଲାଗିଲା। ସିଧା ଆଉ କୁଆଡ଼େ ନ ଯାଇ ସେଇଠୁ କ୍ଲବ୍ ରେଲିଗଲି। କ୍ଲବରେ ପହଞ୍ଚିଲା ବେଳକୁ ଦିନ ବାରଟା। ହୋଲି ଗେଟ୍ ଟୁଗେଦର୍ ଠିକ୍ ସେତିକିବେଳକୁ ଜମି ଆସୁଥାଏ। ସେଠି ସାଙ୍ଗସାଥୀ ଚିହ୍ନା ପରିଚୟଙ୍କ ଭିତରେ ପନ୍ଦର ମିନିଟରେ ସବୁ ଭୁଲିଗଲି। କେତେ ପେଗ୍ ପିଇଚି, କେମିତି ଗାଡ଼ି ଚଲେଇ ଘରକୁ ଯାଇଚି, ମୋର କିଛି ମନେ ନାହିଁ। ହୋସ୍ ଆସିଲା ବେଳକୁ ରାତି ଦୁଇଟା। ଦେଖିଲି, ମୁଁ ଆମ ଘର ଗେଷ୍ଟ ରୁମ୍‌ରେ ଶୋଇଚି। ସକାଳୁ ଯାହା ପିନ୍ଧି ଘରୁ ବାହାରିଥିଲି ସେଇ କୁର୍ତ୍ତା ପାଇଜାମା। ସାରା ଦେହରେ ଅବିର, ପାଟିରେ ଗୋଟେ ଅଧା ଚୋବେଇଥିବା କଡ଼ା ପାନ। ମୋ ସ୍ତ୍ରୀ ଆରାମରେ ବେଡ଼୍ ରୁମ୍‌ରେ ଶୋଇଚି। ମୋର ଏ ପ୍ରକାର ରେଲିଚଲଣରେ ସେ ପ୍ରଥମରୁ ଅଭ୍ୟସ୍ତ। ମୋ ରାତି ଖାଇବା, ଖାଇବା ଟେବୁଲ୍ ଉପରେ ଘୋଡ଼ାହୋଇ ଥୁଆ ହୋଇଚି।

ଗାଧୋଇପାଧୋଇ ଆସି ରାତି ତିନିଟାରେ ଏକା ଏକା ବସି ଦିନର ଖାଇବା ବେଳେ ମୋର ମନେପଡ଼ିଲା, ମୁଁ ବୋଧହୁଏ ବହୁତ ପିଇଦେଲା ପରେ କ୍ଲବରେ କାହାଠୁ ମିତାର ଘର ଫୋନ ନମ୍ବର ଯୋଗାଡ଼ କରିଥିଲି। ଦଉଡ଼ିଯାଇ ମୋବାଇଲଟା ଆଣି ଦେଖିଲି ଏମ୍ ରେ ଲେଖା ଅଛି, ମିତା ମଙ୍ଗରାଜ – ୦୬୨୪୨୪୨୦୧୯୫। ତା' ଘର ଦେଖିଦେଇଚି। ତା' ଫୋନ୍ ପାଇଯାଇଚି। ଦେଖାଯାଉ, କାଲି ଭାଗ୍ୟରେ କ'ଣ ଅଛି?

କାହା କାହା ଭାଗ୍ୟ ସେକେଣ୍ଡରେ ବଦଳିଯାଏ, ଆଉ କାହା କାହା ଭାଗ୍ୟ ବର୍ଷ ପରେ ବର୍ଷ ଗଲେ ବି ବଦଳେନି । ହୋଲି ପରଦିନଠୁ ରୁରିଦିନ ଯାଏ ମୋତେ ଅଫିସର ବିଭିନ୍ନ ପ୍ରକାର କାମରେ ଟିକେ ବି ନିଃଶ୍ୱାସ ମାରିବାକୁ ବେଳ ମିଳିଲାନି । ପଞ୍ଚମ ଦିନ ଅଫିସ ଆସିଲାବେଳକୁ ସକାଳୁ ଯୋଉ କାମ ମୋତେ ଅପେକ୍ଷା କରିଥିଲା, ତା' ହେଲା ରାଧାମୋହନ ମଙ୍ଗରାଜଙ୍କ ବିଭିନ୍ନ ଠିକଣାରେ ଆୟକର ବିଭାଗର ଚଢ଼ଉ । ମୋ ଭାଗ୍ୟରେ ପଡ଼ିଥିଲା ଜଣେ ଲେଡି ଅଫିସର, ଆଉ ଦୁଇଜଣ ଲେଡି କନଷ୍ଟେବଲ ଆଉ ଅନ୍ୟାନ୍ୟ ଲୋକମାନଙ୍କୁ ସାଙ୍ଗରେ ନେଇ ସଂଘମିତ୍ରା ମହାନ୍ତି, ସ୍ୱାମୀ ସବ୍ୟସାଚୀ ମହାନ୍ତି, ଘର ନମ୍ବର ୨୨୬, ନିଉ ଭିଲ୍ଲା, ଭୁବନେଶ୍ୱର – ୧୭ରେ ରାଧାମୋହନ ମଙ୍ଗରାଜ ଗୁପ୍ତ ଏବଂ ଆୟ ବହିର୍ଭୂତ ସଂପଭିର ଖୋଜ କରି ତା'ର ତାଲିକା କରି ଆଣି ଭାରତ ସରକାରଙ୍କ ପାଖରେ ଜମା ଦେବା ।

ଏମିତି ଅପ୍ରୀତିକର ପରିସ୍ଥିତିରେ ଏଡ଼େ ଜଲଦି ମିତା ସାଙ୍ଗରେ ଦେଖାହେବ ବୋଲି ମୋର ଧାରଣା ନ ଥିଲା । ସେଦିନ ସେ ରେଡ୍ ଟିମ୍ ସାଙ୍ଗେ ମୋତେ ଦେଖି, ମିତା ଖୁବ୍ ବେଶୀ ଆଶ୍ଚର୍ଯ୍ୟ ହେଲାନି । ସକାଳ ନଅଟାରୁ ରାତି ଦୁଇଟା ଯାଏ ରେଡ୍ ଚଲିଲା । ମିତା ସମସ୍ତଙ୍କ ସାଙ୍ଗେ ପୂରାପୂରି ଭାବେ କୋଅପରେଟ୍ କଲା । ମିତା ଇ ଥିଲା ସଂଘମିତ୍ରା ମହାନ୍ତି । ଏବଂ ନିଜ ସ୍ୱାମୀ ସବ୍ୟସାଚୀ ମହାନ୍ତିଙ୍କ ବିଷୟରେ ଏତିକି କହିଲା ଯେ, ୧୯୯୯ ମସିହା ମହାବାତ୍ୟାର ଦୁଇଦିନ ଆଗରୁ ତା' ସ୍ୱାମୀ ଓଡ଼ିଶା ଆସିଥିଲେ, କଲିକତାରୁ । ଅକ୍ଟୋବର ଅଟେଇଶ ତାରିଖ ଦିନ ସେ ପାରାଦ୍ୱୀପ ଯାଇଥିଲେ । ରୁକିରି ଉଦ୍ଦେଶ୍ୟରେ କାହା ସାଙ୍ଗେ ଦେଖା କରିବାକୁ । ସେ ରାତିଠୁ ତାଙ୍କ ବିଷୟରେ ଆଉ କିଛି ଖବର ସେ ଆଜିଯାଏ ପାଇନି । ତା'ପରେ ସେ ନିଜେ ତାଙ୍କୁ ଖୋଜିବାକୁ ଆସି ରାଧାମୋହନ ମଙ୍ଗରାଜଙ୍କ ସାଙ୍ଗେ ଓଡ଼ିଶାରେ ଦେଖା । ବର୍ତ୍ତମାନ ସେ ତାଙ୍କ କମ୍ପାନୀର ଜଣେ ବୋର୍ଡ ଅଫ ଡାଇରେକ୍ଟର ଅଛି । କଲିକତାରେ ତା' ସ୍ୱାମୀଙ୍କ ନାଁରେ ଲାଣ୍ଡସ ଡାଉନ୍ ରୋଡରେ ଥିବା ଫ୍ଲାଟ୍ ବିକ୍ରି କରେଇ ଦେଇ ଚଲିଶ ଲକ୍ଷ ଟଙ୍କା। ଆଣି ତାଙ୍କ କମ୍ପାନୀରେ ଲଗେଇଛନ୍ତି ରାଧାମୋହନ ମଙ୍ଗରାଜ । କ'ଣ କ'ଣ ସବୁ କାଗଜ ପତ୍ରରେ ଦସ୍ତଖତ କରେଇ ନେଇଛନ୍ତି ତାଠୁ, ତା'ର ଧାରଣା ବି ନାହିଁ । ସେ ବର୍ତ୍ତମାନ ସମ୍ପୂର୍ଣ୍ଣଭାବେ ତାଙ୍କର ଶରଣାଗତା ।

କୋଟି କୋଟି ଟଙ୍କାର ସମ୍ପତ୍ତି ତାଲିକା, ବସ୍ତାରେ ବନ୍ଧାହୋଇ ଗ୍ୟାରେଜରୁ ଦୁଇକୋଟି ଟଙ୍କା, ସୁନା, ରୂପା, ହୀରା, ପ୍ଲାଟିନମ୍, ରେଡିୟମର ଅନେକ ଗହଣା । ସୁନା ରୂପାଠୁ ହାତୀ ଦାନ୍ତର ଦିନର ସେଟ୍ ପର୍ଯ୍ୟନ୍ତ ଅନେକ କିଛି ମିଳିଲା । ତାଲିକା କରି କରି ଆମ ଲୋକମାନେ ଥକି ପଡ଼ିଲେ । ମିତା ବି ଯ୍ଵାଇଞ୍ଚ ସରିଥିବା ଗୋଟେ କାଠ ସୋଫା ଉପରେ ଶୋଇ ପଡ଼ିଥିଲା । ସବୁ ସରିଲା ପରେ ଲେଡି କନେଷ୍ଟବଲ ଜଣେ ମିତାକୁ ଉଠେଇଦେଲା । ତା' ଘରେ କାମ କରୁଥିବା ବାରଜଣ ଯାକ ଲୋକ ଆମ ଆସିବାବେଳେ ଗେଟ୍ ପାଖରେ ଠିଆ ହେଇଥିଲେ । ମିତା ବି ବାରଣ୍ଡାରେ ଠିଆ ହେଇଥିଲା । ତାକୁ ଦେଖି ମୋତେ ଯେତିକି ମାୟା ଲାଗୁଥିଲା, ସେତିକି ମନ କଷ୍ଟ ବି ହଉଥିଲା । ଠାକୁର ଶେଷରେ ମୋତେ ତା'ର ସେଇ କଷ୍ଟ ଦେଖିବାକୁ ପଠେଇଲେ, ଯଉଥିରେ ମୁଁ ତାକୁ କେବେବି କିଛି ସାହାଯ୍ୟ କରିପାରିବିନି ।

ପରଦିନ ସକାଳେ ସବୁ ସମ୍ବାଦପତ୍ରରେ ଏଇ ଖବର । ଦୁନିଆ ଫଟୋ । ଏକାଥରକେ ଓଡ଼ିଶାରେ ଚହଲ । ରାଧାମୋହନ ମଙ୍ଗରାଜଙ୍କ ବେହିସାବ ସମ୍ପତ୍ତିର ତାଲିକା ଇତ୍ୟାଦି ଇତ୍ୟାଦି । ସେସବୁ ଭିତରେ ସବୁଠୁ ଚଟ୍ ପଟା ଖବର ଥିଲା ଗୋଟିଏ ଲୋକାଲ ଓଡ଼ିଆ ଖବରକାଗଜରେ । ଖବରର ହେଡିଂ ୧୧୬, ନିଉ ଭିଲ୍ଲା – କ୍ଲିଓପାଟ୍ରାଙ୍କ ପ୍ରାସାଦ' । ଆଉ ସେ ସମ୍ବାଦ ଭିତରେ ଏଇଆ ଲେଖାଥିଲା ଯେ, ସଂଘମିତ୍ରା ମହାନ୍ତି କ୍ଲିଓପାଟ୍ରାଙ୍କ ମହଲର ଢଙ୍ଗରେ ଘରକୁ ସଜେଇଥିଲେ । ଅର୍ଥାତ୍ ଝିନ ପରଦା, ତକିଆର ରଙ୍ଗ ଏବଂ ଆକାର, ଆସବାବପତ୍ର ଡିଜାଇନ୍ କୁଆଡ଼େ ଏଲିଜାବେଥ୍ ଟେଲରଙ୍କର କ୍ଲିଓପାଟ୍ରା ସିନେମାର ସେଟରୁ ଅନୁପ୍ରାଣିତ ହେଇ କଲିକତାର କେଉଁ ଆର୍କିଟେକ୍ଟ ଘରର ନକ୍ସା ଆଉ ଇଣ୍ଟେରିୟର କରିଥିଲେ । ନ ହେଲେ ରାଧାମୋହନ ମଙ୍ଗରାଜଙ୍କର ଏତେସବୁ ଧ୍ୟାନ ଧାରଣା କାହିଁ ? ଖବରଟା ପଢ଼ିଲା ପରେ ମୁଁ ଭାବିଲି କଥାଟା ସତ ତ ! କାଲି ମୁଁ ରେଡ୍ ବେଳେ ଏତେ ନର୍ଭସ୍ ଥିଲି ଯେ, ଏସବୁ ଠିକ୍ ରେ ନୋଟିସ୍ କରିପାରିନି ।

ସେଦିନ ମାର୍ଚ୍ଚ ସକାଳର ବସନ୍ତ ପବନ ଯେମିତି ଦେହ ଭିତରେ କୁଟି କୁଟି ବଥାସବୁ ଭର୍ତି କରିଦେଉଥିଲା । ବିଛଣାରୁ ଦେହକୁ ଗୋଟେ ସୂତା ବି ଘୁଞ୍ଚାଇବାକୁ ଇଚ୍ଛା ହଉନଥିଲା ବେଳେ ଋରୁର ଫୋନ୍ ଆସିଲା । ଆଜିକାଲି ଋରୁ ମୋତେ ମିତାକୁ ନେଇ ଠାଟ୍ଟା କରେ । ମୋତେ ଖୁବ୍ ଭଲ ଲାଗେ । ଋରୁର ଠାଟ୍ଟାରେ ମନଟା ଟିକେ ଭଲ ଲାଗିଲା । ହେଲେ ମିତା ପାଖକୁ ଆଉ କୋଉ ମୁହଁ ନେଇ ଯିବି !

ଯେବେଠୁ ମିତାକୁ ଦେଖିଛି, ସେବେଠୁ ଏଇ ଚକିରି ଉପରେ ମୋର ଭୀଷଣ ରାଗ । ଭଲ ହୋଇଥାନ୍ତା ଯଦି ପ୍ରାଇମେରୀ ସ୍କୁଲ ମାଷ୍ଟର ହୋଇଥାନ୍ତି । ସଂସାରର ସବୁଠୁ ନିରାପଦ ଆଉ ନିର୍ବିବାଦୀୟ ଚକିରି । ସାନ କ୍ଲାସରେ ଫେଲ୍ ନାହିଁ । ପିଲେ ଯଦି ଭଲ କଲେ ଭଲ, ନ ହେଲେ ଟିକେ ବଡ଼ ହେଲେ ବୁଦ୍ଧି ହେଲେ ବଡ଼ କ୍ଲାସ ଗଲେ ମନକୁ ପଢ଼ାରେ ମନ ଦେବେ । କି ଆରାମ ! କି ସାନ୍ତ୍ୱନା ! କିଛି ଟେନ୍‌ସନ୍ ନାହିଁ ।

ତା' ପରଠୁ ତିନିମାସ ଗଡ଼ିଗଲାଣି । ଏ ଭିତରେ ମିତାର କିଛି ଖବର ନାହିଁ । ତା' କେସ୍ ବିଷୟରେ ମୁଁ ଆଉ ସାହସ କରି କିଛି ଖୋଜ ଖବର ନେଇପାରିନି । ଆଜିକାଲି ସବୁବେଳେ ଇଚ୍ଛା ହଉଚି ... ଦୁଇବର୍ଷ ଖଣ୍ଡେ ଷ୍ଟଡି ଲିଭ୍ ନେଇ କେଉଁଠି ଗୋଟେ କିଛି କୋର୍ସ କରିବାକୁ । ଚକିରିରେ ଆଉ କନ୍‌ସେଣ୍ଟ୍ରେସନ ରହୁନି । ଆଗରୁ ଆଖିକୁ ସୁନ୍ଦର ଦେଖା ଯାଉଥିବା ଝିଅଙ୍କ ମୁହଁ ସବୁ ଫିକା ଦେଖାଗଲାଣି ।

କାଲି ହଠାତ୍ ଅନୁଭବ କଲି ମୋର ବାହାରକୁ ପିନ୍ଧିକି ଯିବା ଚପଲ ଦୁଇଟାଯାକ ଖରାପ ହୋଇଗଲାଣି । ଭୀଷଣ ଗରମ ପଡ଼ିଲାଣି । ଜୋତା ପିନ୍ଧିବା ମୁସ୍କିଲ । ଭୁବନେଶ୍ୱରରେ ବିଗ୍ ବଜାରଟା ଖୋଲି ଟିକେ ରକ୍ଷା ହେଇଯାଇଚି । ଗରମ ଦିନେ ସନ୍ଧ୍ୟାବେଳେ ଟିକେ ଏସି ମାର୍କେଟ୍ କମ୍ପ୍ଲେକ୍ସରେ ବଜାର କରିହଉଚି । କାଲି ସନ୍ଧ୍ୟାରେ ମୁଁ ଚପଲ କିଣି ଟିକେ ଉଇଣ୍ଡୋ ସପିଂ ସାରି ତଳ ମହଲାକୁ ଆସିବାକୁ ଲିଫ୍ଟ ଭିତରକୁ ପଶିଯାଇ ଦେଖିଲି ମିତା ଲିଫ୍ଟ ଭିତରେ । ତା' ହାତରେ ରାସନର ଦୁଇଟା ଥଲି । ମୋତେ ଦେଖିଦେଇ ତା' ମୁହଁରେ ଯେମିତି ଅଜସ୍ର ତାରା ଝଲ୍ ମଲ୍ କରିଉଠିଲେ । ମୋର ଦୁଇ ହାତ ସ୍ୱାଭାବିକ ଭାବରେ ତା' ହାତରେ ଝୁଲିଥିବା ଦୁଇଟିଯାକ ରାସନ ଥଲି ଆଡ଼କୁ ଚଳିଯାଇ ତା' ଝୁଲି ପଡ଼ିଥିବା କାନ୍ଧକୁ ଭାରମୁକ୍ତ କଲେ । ମୁଁ ପଚାରିଲି – ଏକୁଟିଆ ! ସେ ମୁଣ୍ଡ ହଲାଇ ହଁ ମାରିଲା । ଲିଫ୍ଟରୁ ବାହାରି ତା' ସାଙ୍ଗେ ଯାଉ ଯାଉ ତା' କଥାବାର୍ତ୍ତାରୁ ଜାଣିଲି, ଆଜିକାଲି ରାଧାମୋହନ ମଙ୍ଗରାଜ ଆଉ ତା' ପାଖକୁ ଆସନ୍ତିନି । ଗୋଟେ ଦରୱାନ, ଗୋଟେ ମାଳୀ, ଘରକାମ ପାଇଁ ଜଣେ ବୁଢ଼ୀ ସ୍ତ୍ରୀଲୋକ ଆଉ ତା' ନାତୁଣୀକୁ ଛାଡ଼ିଦେଲେ ବାକି ସବୁ ଲୋକଙ୍କୁ ବାହାର କରି ଦେଇଛନ୍ତି ମଙ୍ଗରାଜ ବାବୁ । ଡ୍ରାଇଭରକୁ ସେ ନିଜେ ବାହାର କରିଦେଇଚି । ମଙ୍ଗରାଜ ବାବୁଙ୍କୁ କୁଆଡ଼େ ପୁରୀର ଜଣେ କଉ ତାନ୍ତ୍ରିକ ବାବା ନଖ ଦର୍ପଣରେ ଦେଖି କହିଛନ୍ତି ଯେ, ତାଙ୍କର ସବୁ ବିପର୍ଯ୍ୟୟର କାରଣ

ସଂଘମିତ୍ରା ମହାନ୍ତି । ତେଣୁ ସେ ଯେତେଶୀଘ୍ର ତାଙ୍କ ଛାୟାରୁ ମୁକ୍ତ ହେବ, ସେତେ ଭଲ । ରାଧା ମଙ୍ଗରାଜ ସିନା ସଂଘମିତ୍ରାଙ୍କ ଛାୟାରୁ ମୁକ୍ତ ହେଇଛନ୍ତି, କିନ୍ତୁ ସ୍ୱଭାବକ୍ରମେ ସଂଘମିତ୍ରାଙ୍କୁ ତାଙ୍କ ଛାୟାରୁ ମୁକ୍ତ କରିବାକୁ ନାରାଜ । ଯିବା ଆସିବା ସବୁଥିରେ କଟକଣା । ଏଇ ବଜାରସୌଦା କିମ୍ବ ଡାକ୍ତର ଦେଖାଇବାକୁ ଗଲେ କୌଣସି ବାଧା ନାହିଁ । ନ ହେଲେ ନା କାହା ଘରକୁ ଯାଇପାରିବେ ନା କାହାକୁ ଘରକୁ ଡାକିପାରିବେ । ଡ୍ରାଇଭରକୁ ବାହାର କରିଦେଇ ଏଇ ଅଟୋରେ ଯିବାଆସିବା ଏବଂ ବଜାରକରିବା ବେଳେ ଯେତିକି ସମୟ ପାଆନ୍ତି କେବଳ ସଂଘମିତ୍ରାଙ୍କର ନିଜର ସମୟ । ନିଜ ଇଚ୍ଛାର ସମୟ ।

ତାକୁ ସେଦିନ ନା କପେ କଫି ପିଇବାକୁ ଡାକିପାରିଲି, ନା କହିପାରିଲି – ଆସ ମୋ ଗାଡ଼ିରେ ତମକୁ ଘରେ ଛାଡ଼ିଦେବି । ତାକୁ ଗୋଟେ ଅଟୋ ରିକ୍ସାରେ ବସେଇଦେଇ ଯେତେବେଲେ ବ୍ୟାଗ ଦୁଇଟା ତା' ପାଖ ସିଟରେ ରଖିଦେଲି, ସେତିକିବେଲେ ମିତା ପଚାରିଲା – "ପାନ ଅଛି ?" ମୁଁ କୁର୍ତା ପକେଟରେ ହାତ ପୂରେଇଦେଇ କହିଲି – "ନା, ଖଣ୍ଡେ ଥିଲା, ଏଇ ଠିକ୍ ଲିଫ୍ଟରେ ପଶିବା ଆଗରୁ ପାଟିରେ ପୂରେଇ ଦେଲି ।" ସେ କହିଲା – "ସେଇଟା ଦିଅନ୍ତୁ ନା ।" ମୁଁ ଅବାକ୍ ହେଇ କହିଲି, "ଅଇଁଠା ପାନ ।" ସେ ହସିଦେଇ ଖାଲି ମୁଣ୍ଡ ହଲେଇଲା । ମୁଁ ଯେମିତି ତା' ଇନ୍ଦ୍ରଜାଲ ଭିତରେ । ସେମିତି ତା' ହସରେ ସମ୍ମୋହିତ ହେଇ ପାଟି ଭିତରୁ ଥରେ ଦୁଇଥର ଚୋବେଇଥିବା ପାନଟାକୁ କାଢ଼ି ପାପୁଲିରେ ରଖି, ରୁମାଲରେ ତା' ଉପରଟା ପୋଛି ଦେଇ ତା' ହାତକୁ ବଢ଼େଇଦେଲି । ପାନଟାକୁ ହାତମୁଠାରେ ଧରି ସେଇ ରହସ୍ୟମୟ ମୁଗ୍ଧ ହସ ହସି ମିତା 'ଆସୁଚି' କହି ଅଟୋ ରିକ୍ସାରେ ବସି ଚାଲିଗଲା ।

ଏଇସବୁ ଘଟଣା ସେଦିନ ହୋଲିର ସକାଲ ଘଟଣାଠୁ ଆହୁରି ଶୀଘ୍ର ଘଟିଗଲା । ସାକ୍ଷମ ହେବାକୁ ମୁଁ ଫେରିଯାଇ ବିଗ୍ ବଜାରର ବାହାର କ୍ୟାମ୍ପସର ଗୋଟେ ବେଞ୍ଚରେ ବସିଲି । ଗତ ପାଞ୍ଚ ସାତ ମିନିଟର ଘଟଣାକୁ ଗୋଟି ଗୋଟି କରି ମନେପକେଇଲି । ମନ ଭରିଗଲା । ଇଚ୍ଛା ହେଲା, ସଙ୍ଗେ ସଙ୍ଗେ ଋତୁକୁ ଫୋନ୍ କରି ସବୁକଥା କହିବାକୁ । ତା' ପର ମୁହୂର୍ତରେ ଭାବିଲି, ନା ଥାଉ; କିଛି ତ ଗୁପ୍ତ ରହୁ । ଅନେକ ଦିନ ପରେ ମନଟୋ ଭୀଷଣ ହାଲକା ହୋଇଗଲା । ପୁଣି ସବୁକିଛି ଭଲ ଲାଗିବାକୁ ଲାଗିଲା । ମୋ ପାଖ ଦେଇ ଯାଉଥିବା ଛୋଟ ଛୋଟ ଜିନିସ

ପିନ୍ଧା। ଝିଅସବୁ ପୁଣି ପରୀ ପରି ଦିଶିବାକୁ ଲାଗିଲେ। ହୋଲି ପରେ ପ୍ରଥମ ଥର ବିଗ୍ ବଜାରରୁ ଉଠି ମୁଁ କ୍ଲବକୁ ଗଲି। ସନ୍ଧ୍ୟା ପରେ କ୍ଲବଟା ରୁରୁର ଠିକଣା। ତାକୁ କେବଳ ଏତିକି କହିଲି ଯେ, ଅଳ୍ପ ସମୟ ଆଗରୁ ବିଗ୍ ବଜାର ଲିଫ୍ଟରେ ମିତା ସାଙ୍ଗେ ଅକସ୍ମାତ୍ ଦେଖା ହୋଇଗଲା। ଘରକୁ ଜଲଦି ଫେରି ଜଲଦି ଶୋଇଗଲି। ସକାଳୁ ଉଠି ଲାଗିଲା, ଯେମିତି ଜୁନ୍ ମାସଟା ଉଭେଇ ଯାଇ ପୁଣି ମାର୍ଚ୍ଚ ମାସ ଆସିଯାଇଛି। ଜଲଦି ଜଲଦି ଅଫିସ ଗଲି। ଭାବିଲି, ଟେବୁଲର ସବୁ ଫାଇଲ ଆଜି କ୍ଲିୟର କରିଦେବି ଯେତେ ଡେରି ହେଉଛି ହେଉ।

ଯ଼ା ଭିତରେ ଲଞ୍ଚ ଟାଇମ କେତେବେଳେ ହୋଇଗଲାଣି ଜାଣିପାରିନି। ରୁରୁ ଫୋନ୍ କଲା। କହିଲା – "ଘରେ ଅଛୁ ନା ଅଫିସରେ ?" ମୁଁ କହିଲି – "ଏଇନା ଲଞ୍ଚ ପାଇଁ ବାହାରିବି।" ସେ କହିଲା – "ଟିଭି ଦେଖ୍। ଓଡ଼ିଆ ରୁନେଲ, କନକ ଟିଭି।" ମୁଁ ମୋ ଅଫିସ ରୁମ୍‌ର ଟିଭିଟା ଅନ୍ କରିଦେଲି। ଟିଭିରେ ମିତା ଘରେ କାମ କରୁଥିବା ସେଇ ବୁଢ଼ୀ ସ୍ତ୍ରୀଲୋକଟା କହୁଥିଲା – "ମା କାଲି ରାତିରୁ କିଛି ଖାଇନାହାନ୍ତି। ସନ୍ଧ୍ୟା ଆଠଟାରେ ବିଗ୍ ବଜାରରୁ ସଉଦା ନେଇ ଘରକୁ ଫେରିଲେ। ହାତରେ ଗୋଟେ ପାନ ଧରିଥିଲେ। ଗୋଟେ ଛୋଟ ପ୍ଲେଟ୍ ମାଗି ପାନଟାକୁ ସେଥିରେ ରଖିଲେ। ତା' ପରେ ସବୁଦିନ ପରି ଗୋଟା ପାନ ଦୁଇ ତିନିଟା ମାଗିଲେ।" ସେ ରିପୋର୍ଟର ପରୁଥିଲା, "ସଂଘମିତ୍ରା ମହାନ୍ତି କ'ଣ ବେଶୀ ପାନ ଖାଉଥିଲେ ?" ସେ ସ୍ତ୍ରୀ ଲୋକଜଣକ ଉତ୍ତରରେ କହିଲା – "ନା ନା, ଜମାରୁ ଆଗରୁ ପାନ ଖାଉନଥିଲେ ଆଖା। ଗଲା ହୋଲି ଦିନ ଦ୍ୱିପହରେ ମୋତେ ଖଣ୍ଡେ କଡ଼ା ପାନ ଦେଇ କହିଲେ – ଯା, ଏ ପାନଟା ନେଇକି ପାଖ ଦୋକାନରେ ଦେଖା। ପାନ ଦୋକାନୀକୁ ପରୁ, ଏଥରେ କ'ଣ କ'ଣ ସବୁ ମସଲା ପଡ଼ିଛି। ଯାହାସବୁ ମସଲା ପଡ଼ିଛି ସବୁଥରୁ ଗୋଟେ ଗୋଟେ ଡବା କିଣି ଆଣିବୁ। ଗୁଆ, ଚୂନ ଆଉ କଡ଼େ ପାନ ବି ଆଣିବୁ। ହଁ ସାନ ଗୋଟେ ଗୁଆକାଟି ବି କିଣି ଆଣିବୁ। ଆଉ ଏଇ ପାନଟା ବି ଫେରେଇ ଆଣିବୁ।" ତା' ପରଠୁ ଆଖା ସବୁଦିନ ସକାଳେ ଗାଧୋଇ ସାରି ରୁରି, ପାଞ୍ଚଖଣ୍ଡ ପାନ ଭାଙ୍ଗନ୍ତି। ପୁଣି ରାତିରେ ଶୋଇବାକୁ ଯିବା ଆଗରୁ ଆଉ ରୁରି ପାଞ୍ଚଖଣ୍ଡ ପାନ ଭାଙ୍ଗନ୍ତି। ହେଲେ ଦିନଯାକରେ ଖଣ୍ଡେ ବି ପାନ ଖାଇଆନ୍ତିନି। ଦିନରାତି ତାଙ୍କ ବିଛଣାରେ ସେ ପାନସବୁ ଥୁଆ ହୋଇଥାଏ। ଶୋଇଲାବେଳେ ସେଥିରୁ ଖଣ୍ଡେ ପାନ ପାଟିରେ ପୂରାନ୍ତି। ବାକିତକ କ'ଣ କରନ୍ତି

କେଜାଣି । ପ୍ରଥମେ ପ୍ରଥମେ କେତେଦିନ ସେ କଡ଼ାପାନ ଖାଇ ତାଙ୍କର ମୁଣ୍ଡ ଏତେ ବୁଲଉଥିଲା ଯେ, ଯାହା ରାତିରେ ଖାଇଥାନ୍ତି ତାକୁ ବାହାର କରିଦିଅନ୍ତି । ମୁଁ କହେ – "କାହିଁକି ସେ କଡ଼ା ପାନ ଖାଉଚ ? ସମ୍ଭାଳି ପାରୁନ । ବରଂ ସାଧା ପାନ ଖଣ୍ଡେ ଲେଖାଁ ଖାଅ ।" ମୋ କଥାର ଜବାବରେ କହନ୍ତି – "ଧୀରେ ଧୀରେ ଅଭ୍ୟାସ ହୋଇଯିବ ।" ସତକୁ ସତ ମାସେ ଖଣ୍ଡେ ହେଲାଣି ଆଉ ତାଙ୍କ ମୁଣ୍ଡ ଘୁରାଉ ନ ଥିଲା । କାଲି ତ ବଜାରରୁ ଫେରି ପାନ ପତ୍ର ମାଗିଲେ । ମୁଁ ଫ୍ରିଜରୁ ତିନିଟା ପାନ କାଢ଼ି ଦେଲି । ସେ ଆଣିଥିବା ପାନଟା ଯୋଉ ପ୍ଲେଟ୍‌ରେ ଧରିଥିଲେ ତାକୁ ସାଙ୍ଗରେ ନେଇ ଶୋଇବା ଘରକୁ ଗଲେ । ଖାଇବାକୁ କହିବାରୁ କହିଲେ – 'ଖାଇବିନି, ଭାରି ଥକା, ଭାରି ନିଦ ।' ସକାଳକୁ ତ ସବୁ ସରିଗଲା ଆଜ୍ଞା, ଆଉ କ'ଣ ରହିଲା !"

ତାପରେ ଟିଭିରେ ଦେଖାଉଥିଲା, ତା ବିଛଣାରେ କେମିତି ଆରାମରେ ଶୋଇଚି ମିତା । ପାଖରେ ଗୋଟେ ନବରଙ୍ଗପୁର ତିଆରି ଜଉ ବାକ୍ସରେ ପାଁଶହ, ହଜାରେ ଖଣ୍ଡେ ଶୁଙ୍ଖଳା ଭଙ୍ଗାପାନ । ସେ ସ୍ତ୍ରୀଲୋକ କହୁଥିଲା – "କାଲି ରାତିରେ କି ପାନ କଉଠୁ ଆଣିଥିଲେ କେଜାଣି ..."

ମୋତେ ଲାଗୁଥିଲା ମୋ ଛାତି ଫାଟିଯିବ । ମୁଁ ଆଉ ବଞ୍ଚିବିନି । ମୋ ପାଟି ଭିତରେ ଥିବା ଅଧା ଚୋବେଇଥିବା ପାନଟା ଯେମିତି ମୋର ପୂରା ସବୁ ଅନ୍ତନାଡ଼ି ସାଙ୍ଗରେ ମୋ ହୃତ୍‌ପିଣ୍ଡଟାକୁ ବାହାରକୁ କାଢ଼ିଆଣିବ । ମୁଁ ଜୋରରେ ଓ – ଓ କରି ଅଫିସ ରୁମର ଚଟାଣଟା ସାରା ଓଦା କରିଦେଲା ବେଳେ ଟିଭି କହୁଥିଲା – "ଆଜି ରାତି ନଅଟାରେ ଦେଖିବେ କନକ ଟିଭିର ବିଶେଷ କାର୍ଯ୍ୟକ୍ରମ 'କଡ଼ାପାନ ଓ କ୍ଲିଓପାତ୍ରା' ।"

ଚଉଠି ପାଟ

– ପ୍ରସନ୍ନ କୁମାର ହୋତା

ଆଲାମଗଢ଼ ବଜାର ୨୦୨୧ – (ଦେବଦାସ ଛୋଟରାୟ)

ରାତିର ସ୍ୱଚ୍ଛତା ଭିତରେ ଏହାକୁ ଶାସନ କରନ୍ତି

ପ୍ରାୟ ଆଠ ନଅଟି ମାଟିଆ କୁକୁର

ସେମାନେ ପୁଲିସକୁ ଦେଖିଲା ମାତ୍ର ଭୁକନ୍ତି

ସେମାନେ ଚୋରକୁ ମୋତେ ଚିହ୍ନନ୍ତିନି ..

ଚୋର କାହାନ୍ତି ଏଠି

କିନ୍ତୁ ପାଉଡର ଘୋଲେ

ପ୍ରାପ୍ତ ବୟସ୍କ ଲୋକମାନେ ଗୁଡ଼ି ଉଡ଼ାନ୍ତି ..

ଏ ଇତର କାହାଣୀ ଏକ ଅତ୍ୟନ୍ତ ଜନପ୍ରିୟ ବ୍ୟକ୍ତିତ୍ୱଙ୍କର ‘ଚୋରକଳା’ ଉପରେ । ସୁଦୀର୍ଘ କର୍ମମୟ ଯଶସ୍ୱୀ ଜୀବନ । ସାଧାସିଧା ସ୍ନେହୀ ନିରୀହ ମଣିଷ – ତେବେ ମଣିଷ ପରି ମଣିଷ । ପ୍ରଥମ ଦେଖାରୁ ଲାଗେ ସ୍ନେହର ଅମୃତ ବର୍ଷୁଛନ୍ତି ଓ ଆବାଳବୃଦ୍ଧବନିତା ଠାରୁ ସ୍ନେହ ଗ୍ରହଣ କରୁଛନ୍ତି ଓ ପୁରୁଣା କାଳର କଥା । ଓଡ଼ିଶା କେଉଁଠି ଅନେକ ଦିଲ୍ଲୀ ବିଶ୍ୱବିଦ୍ୟାଳୟର ରାଜନୀତି ବିଜ୍ଞାନ ଛାତ୍ର ମଧ୍ୟ ଏ କଥା ଜାଣି ନ ଥିଲେ । ତେଣୁ ପ୍ରଚଣ୍ଡ ପ୍ରତିଭାର ଅଧିକାରୀ ନାଟ୍ୟକାର ପ୍ରଦେଶରେ ସୀମିତ ରହି ଯାଇଥିଲେ; କିନ୍ତୁ ପ୍ରଦେଶର ପୁରପଲ୍ଲୀରେ ଘରେ ଘରେ ସେ ପରିଚିତ ଓ ବିଦିତ । ତାଙ୍କ ସ୍ନେହ – ବିଦଗ୍ଧ ରଚନା ସମୂହ ସାଧାରଣ ଜୀବନର ରଙ୍ଗ,

ରସ ଓ ସୁଖଦୁଃଖର କାହାଣୀ ନାଟ୍ୟଜଗତର ଚହଲ ରୂପେ ସ୍ୱତଃ ସ୍ୱୀକୃତ ଥିଲା। ସରକାରୀ ପ୍ରଶଂସା, ତୋଷାମଦକାରୀ ଓ ପ୍ରଭାବଶାଳୀ ଗୋଷ୍ଠୀରୁ ମୁକ୍ତ ହୋଇ ତାଙ୍କ ପାଖେ ପହଞ୍ଚିଲା ବେଳକୁ ତାଙ୍କ ଜୀବନର ସଂଧ୍ୟା। ତେବେ ତାହା ଆମ ଇତର କାହାଣୀର ମୂଳକଥା ନୁହେଁ।

ରାତିରେ ସାହି କୁକୁର ଚୋରଙ୍କୁ ଭୁକନ୍ତି ନାହିଁ; ଏକେତ ଚୋରମାନେ ଦିନବେଳାର ଚିହ୍ନାଲୋକ; ଏବଂ କୁକୁରଦଳ ମନ ଚୋରି ଧରିବାରେ ଅସମର୍ଥ।

ଏ ଇତର କାହାଣୀ ଏକ ଛୋଟ ଚୋରିର କାହାଣୀ। ଛୋଟ କିନ୍ତୁ ଦାରୁଣ (ବଙ୍ଗୀୟ ଭାଷାରେ); ଅବା ଆମ ଓଡ଼ିଶା ଭାଷାରେ – କରୁଣ!

ଏ କାହାଣୀ ୧୯୫୫ – ୬୫ ବେଳର। ତେବେ ସେବେବି ମାଟିଆ, କଳା ଓ କଳାଧଳା କୁକୁର ସମୂହ ଦିନବେଳେ ଝିଅ ଦୋକାନୀ ବେଞ୍ଚ ତଳେ, ଅବା କେଉଁ ପୁରୁଣା ବରଗଛ ତଳେ, ଅବା କେଉଁ ସନ୍ଧିକନ୍ଦିରେ ବିଶ୍ରାମ କରୁଥିଲେ। କିନ୍ତୁ ରାତି ଗଭୀର ହେଲେ ସେମାନେ ସହରର ନିଶୂନ୍ୟ ରାସ୍ତାରେ ତାଙ୍କ ରାଜତ୍ୱ ଆରମ୍ଭ କରୁଥିଲେ। ତେବେ ଦିନ ଅବା ରାତି, ସେମାନେ ମନ ଚୋରକୁ ଚିହ୍ନନ୍ତେ କିପରି! ଭୁକିବା ତ ଦୂରର କଥା! ପୂର୍ଣ୍ଣିମା ରାତିରେ ଗୋଟେ ଅଧେ ଶ୍ୱାନ ମଧ୍ୟରାତ୍ରି ଜହ୍ନକୁ ଦେଖି ଦରଦୀ ମନରେ ଭୁକନ୍ତି – ସେ ତାଙ୍କ ସଙ୍ଗୀତ।

ଯେଉଁ ବେଳର କଥା ସେତେବେଳକୁ ସିନେମା ହଲ ସବୁ କିଛି କିଛି ଆରମ୍ଭ ହୋଇ ଯାଇଥିଲେ। କିନ୍ତୁ ରଙ୍ଗମଞ୍ଚର ମଧ୍ୟ ଭଦ୍ର ସମାଜରେ ଆଦର ଥିଲା। କାଠ ଚୌକିରେ ବସି ବାବୁଭାୟା ଲୋକ ସସ୍ତ୍ରୀକ ଓ ସପରିବାର ଆସି ଓଡ଼ିଆ ନାଟକ ଟିକେଟ କରି ଦେଖୁଥିଲେ। ଉପଭୋଗ କରୁଥିଲେ। ରଙ୍ଗମଞ୍ଚ ଦୁସ୍ସ କଳାକାର ମାନଙ୍କରେ ଭର୍ତ୍ତି ହୋଇ ରହିଥିଲା। ଭଲ ଘରର ସୁନ୍ଦର ଚେହେରାର କିଛି ଯୁବକ ସୌଖୀନ କଳାକାର ରୂପେ ମଧ୍ୟ ବିଦିତ ଥିଲେ। ତେବେ ସେମାନଙ୍କ ସଂଖ୍ୟା ହାତଗଣତା; ସେମାନଙ୍କ ସାଙ୍ଗମାନେ ଈର୍ଷାରେ ତାଙ୍କୁ 'ନାଟୁଆ' ବୋଲି ମନେ ମନେ କହୁଥିଲେ। ପରିବାର ସ୍ୱଜନ କହୁଥିଲେ 'ଘରୁ ଖାଇ ଘୋଡ଼ା ଆଗରେ ନାଚୁଛି'; କିନ୍ତୁ କିଶୋରୀ ମହଲରେ ସେମାନେ ଚର୍ଚ୍ଚାର ବିଷୟ; ଏବଂ, ଅଣଓଡ଼ିଆ ପରିବାରରେ ତାଙ୍କର ଅବାଧ ପ୍ରବେଶ। ସେମାନେ ଦାମୀ ହ୍ୟାଟ୍ ପିନ୍ଧୁଥିଲେ। ଏବଂ ସେତେବେଳର କଟକରେ ତାଙ୍କ ଯିବା ଆସିବା ରସିକ ଓ ରସିକା ତଥା ନିରୀହ ଛାତ୍ରମାନଙ୍କୁ ମଧ୍ୟ ପ୍ରଭାବିତ କରୁଥିଲା।

ସିନେମା ସହିତ ସଂପୃକ୍ତ ପ୍ରାୟ ସମସ୍ତଙ୍କ ଅବସ୍ଥା କ୍ରମଶଃ ସଚ୍ଛଳ ହୋଇ ଆସିଥିଲା । ରଙ୍ଗମଞ୍ଚ ସହ ଜଡ଼ିତ ସମସ୍ତେ ଉଣାଅଧିକେ ‘ଖଣ୍ଡେ ଖାଇ ଦଣ୍ଡେ ଜୀଅ’ ମନ୍ତ୍ରରେ ଜୀବନ ବିତାଉଥିଲେ । ରଙ୍ଗମଞ୍ଚର ମାଲିକମାନେ ଯୌଥ ଚେଷ୍ଟା ଦ୍ୱାରା ନାଟକ ପ୍ରଦର୍ଶନ ବଞ୍ଚାଇ ରଖିଥିଲେ । ଯୌଥ ଚେଷ୍ଟା ହେଲା ନାଟ୍ୟକାରକୁ ନାମମାତ୍ର ପାରଶ୍ରମିକ ଦେବା, କଳାକାରଗଣଙ୍କୁ ଅନିୟମିତ ଦରମା ଦେବା ଏବଂ ସ୍ଥଳବିଶେଷରେ ସମସ୍ତେ ମିଳିମିଶି ନିଜ ଘରୁ ଦରକାର ପଡ଼ିଲେ କୌଣସି ସୁଦୃଶ୍ୟ ଫୁଲଦାନୀ ବା ଛୋଟ ଗାଲିଚ ବା ଟେବୁଲ କ୍ଲଥ, ପେନ୍ ଷ୍ଟାଣ୍ଡ ଆଦି ସାମୟିକ ଭାବେ ଆଣି ନାଟକର ଅଂଶ ଭାବେ ବ୍ୟବହାର କରୁଥିଲେ ।

ଆଭିଜାତ୍ୟ ଓ ନିର୍ଦ୍ଧନର ସଂଘର୍ଷ ନାଟକୀୟ ବସ୍ତୁର କାହାଣୀର ଆଧାର । ଜମିଦାର ବାପା ଓ ବିଦ୍ରୋହୀ ପୁତ୍ରର ପ୍ରାୟ ଅବଶ୍ୟମ୍ଭାବୀ ସଂଘର୍ଷ ଘଟୁଥିଲା – ନାଟକୀୟ ଉକ୍ରୃଷ୍ଟା ଓ ନାଟକୀୟ ପରିସ୍ଥିତି ବାଦ୍ ଦେଇ ନାଟକ ହେବ କିପରି ? ତେଣୁ ଜମିଦାର ବାପା ନିଶ୍ଚୟ ଗୋଟିଏ ସିଲ୍କ ଡ୍ରେସିଂ ଗାଉନ୍ ପିନ୍ଧି ମଞ୍ଚରେ ତାଙ୍କ ସଂଲାପ କହିବେ ।

ତତ୍କାଳୀନ ଓଡ଼ିଶାରେ ଅସାଧାରଣ ଦାରିଦ୍ର୍ୟ ଥିଲା । କେତେ ଘରେ, କେତେ ଗୋଷ୍ଠୀ ସମୂହରେ ଦୁଇ ଓଳା ଚୁଲି ବର୍ଷଯାକ ଲାଗିବା ଧନବାନର ପରିଚୟ ଥିଲା । ବରା, ପିଆଜି ଓ ଛୋଟ ଗ୍ଲାସ, କପ୍, ଝଲୁ ରୁହା ସଙ୍ଗେ ଧୁଲିଗୁଣ୍ଠ ଅବା ବିଡ଼ିଆପାନ ମନର ସଂକୀର୍ଣ୍ଣତାକୁ ଅବଳୀଳାକ୍ରମେ ଅତିକ୍ରମ କରି ଯାଉଥିଲା । ସଂସ୍କୃତିରେ ଆଭିଜାତ୍ୟ ଥିଲା । ସୌନ୍ଦର୍ୟ୍ୟବୋଧର ଆଲୋଚନାରେ ସୌଜନ୍ୟ, ସୌହାର୍ଦ୍ୟ ଓ ସୁରେନ୍ଦ୍ର ମହାନ୍ତିଙ୍କ କାହାଣୀ ପରି ଆଭିଜାତ୍ୟ ଛତ୍ରେ ଛତ୍ରେ ଫୁଟି ଉଠିଥିଲା । କଳାକାରମାନେ କଳା ପ୍ରତି ଉତ୍ସର୍ଗୀକୃତ ଥିଲେ । ଲାଭକ୍ଷତିର ହିସାବ ଏତେ ନଥିଲା ।

ତେବେ ଆମ ସ୍ନେହୀ ନାୟକ ତାଙ୍କର ଦୈନନ୍ଦିନ ଜୀବନରେ ଲାଭକ୍ଷତିର ହିସାବ ମଧ୍ୟ ରଖୁ ନ ଥିବେ । ସେହିପରି ସରଳ ଓ ସବୁ ଦେଇ ପକାଇବା ମନୋବୃତ୍ତିର ଜୀବନ । ତଥାପି ତାଙ୍କୁ ଚୋରି କରିବାକୁ ପଡ଼ିଲା ....

ରଙ୍ଗମଞ୍ଚରେ ଏକ ଅପୂର୍ବ ନାଟକ ପ୍ରଦର୍ଶିତ ହେବ । ପ୍ରଭାବଶାଳୀ ନାରୀ ଚରିତ୍ର – କିନ୍ତୁ ଭାଗ୍ୟର କଥା, ନାରୀ ଚରିତ୍ର ଡ୍ରେସିଂ ଗାଉନ୍ ପିନ୍ଧି ଅବତୀର୍ଣ୍ଣ ହେଉ ନ ଥିଲେ । ସୁବିଧା ବି ଅସୁବିଧା ବି ! ସାଧାରଣ ଘରର ସୁନ୍ଦରୀ ଝିଅ ଧନୀଘରକୁ

ବୋହୂ ହୋଇ ଯାଇଛନ୍ତି । ନାଟକ ଆରମ୍ଭ ସୂତ୍ରଧାରଙ୍କ ନାଟକୀୟ ଠାଣିରେ ନାଟକର ପଞ୍ଚଭୂମିର ପରିଚୟ ପ୍ରଦାନ ଓ ତା'ପରେ ଉକ୍ରକ୍ଷା । ପରଦା ଉଠିବ ନାଟକର ପ୍ରଥମ ଦୃଶ୍ୟ ସୁଧୀବୃନ୍ଦଙ୍କ ସମକ୍ଷରେ । ପ୍ରଥମ ଦର୍ଶନ ଏକାନ୍ତ ପ୍ରଭାବଶାଳୀ, ମନୋଜ୍ଞ ହେବା ଦରକାର । ତେଣୁ ସବୁ ପ୍ରସ୍ତୁତି ସେ ପ୍ରଥମ ଦୃଶ୍ୟ ପାଇଁ ।

ନାଟକ କିଛି ସହଜ କଥା ନୁହେଁ । ଅନେକ ମାସର ସାଧନା ପରେ ଗୋଟିଏ ଭଲ ବହି ଉତୁରେ ବା ସାଧୁଭାଷାରେ – ନାଟକୋପଯୋଗୀ ବିବେଚିତ ହୁଏ । ତା'ପରେ କେତେ ପ୍ରକାରର ଆନୁଷଙ୍ଗିକ କାର୍ଯ୍ୟ ଋଲେ । ମୁଖ୍ୟ ଅଭିନେତା ଓ ଅଭିନେତ୍ରୀ ବଛା ହେବା, ପ୍ରଭାବଶାଳୀ ଖଳ ଚରିତ୍ର, ହାସ୍ୟରସ କରି ଋତୁର୍ଯ୍ୟପୂର୍ଣ୍ଣ କଥା ଓ ଅଙ୍ଗଭଙ୍ଗୀ କରି ପାରୁଥିବା କଳାକାର, ଏ ସମସ୍ତଙ୍କର ତାପ୍ୟର୍ଯ୍ୟ ରହିଛି । ତା'ପରେ ସିନ୍, ବ୍ୟାକ୍ ଡ୍ରପ୍, ସଙ୍ଗୀତ, ନୃତ୍ୟ ଆଦି । ଏବଂ ମଞ୍ଚ ଉପରେ ପ୍ରତ୍ୟେକ ସିନ୍‌ରେ କଣ କଣ ସାମଗ୍ରୀ କିପରି ଭାବେ ସଜା ହୋଇ ରହିବ । ତା'ପରେ ଆଲୋକ ବ୍ୟବସ୍ଥା । ନାଟକର ସଫଳତା ପାଇଁ ଠିକ୍ ଠାକ୍ ଆଲୋକ ବ୍ୟବସ୍ଥା । ପ୍ରତ୍ୟେକ ସିନ୍ ସ୍ୱତନ୍ତ୍ର ହୋଇପାରେ । ଏପରି ସେପରି ଛୋଟବଡ଼ ଅନେକ କଥା । ତା ମଧ୍ୟରେ ଅଭ୍ୟାସ ବା ରିହର୍ସାଲ । ଏସବୁରେ ନାଟ୍ୟକାର ଅନେକ ପ୍ରକାରରେ ଜଡ଼ିତ । ଖାଲି ଭଲ ନାଟକ ଲେଖି ହାତଟେକି ବସିଗଲେ ଭଲରୂପେ ନାଟକ ପରିବେଷିତ ହେବାର କୌଣସି ଗ୍ୟାରେଣ୍ଟି ନାହିଁ । ବିଶେଷତଃ, ନାଟ୍ୟଚିତ୍ର ଓ ସଂଲାପରେ ନାଟ୍ୟକାରଙ୍କ ଯୋଗଦାନ ନିର୍ଦ୍ଦେଶକଙ୍କ ଠାରୁ କିଛି କମ୍ ନୁହେଁ ।

ନାଟକ ଅଭିନୟ ଅଭ୍ୟାସ ଆରମ୍ଭ ହେଲା । ସେତେବେଳର ସମାଜରେ ନାରୀ ଅଭିନେତ୍ରୀ ହାତଗଣତା । ନାଟକରେ, ସିନେମାରେ ଭାଗ ନେବାକୁ ଅନେକ ଝିଅ ଓ ତାଙ୍କ ଅଭିଭାବକମାନେ ଆଗଭର ହେଉ ନ ଥିଲେ । ସୌଭାଗ୍ୟକୁ ନୃତ୍ୟଗୁରୁ ଯେ କି କଳାପ୍ରେମୀଙ୍କଠାରୁ ସ୍ୱୀକୃତି ପାଇବା ଆରମ୍ଭ କରି ସାରିଥିଲେ ଓ ପରେ ସାରା ଭାରତ ତଥା ଆନ୍ତର୍ଜାତିକ ଖ୍ୟାତି ମଧ୍ୟ ଅର୍ଜନ କଲେ, ତାଙ୍କ ସୌମ୍ୟଦର୍ଶନା ପତ୍ନୀଙ୍କୁ ମୁଖ୍ୟ ଅଭିନେତ୍ରୀ ଭୂମିକା କରିବାକୁ ପ୍ରବର୍ତ୍ତାଇଲେ । ସଂଲାପ ଓ ଅଭିନୟ ଶୈଳୀ ରହିଲା ଅପେକ୍ଷାକୃତ ଯୁବକ ନାଟ୍ୟକାର ଓ ବୟସ୍କ ନିର୍ଦ୍ଦେଶକଙ୍କ ଦାୟିତ୍ୱ ।

ନାଟ୍ୟକାର ନିବିଷ୍ଟ ଚିଉରେ ସଂଲାପ ଓ ଅଭିନୟ ଶିଖାଉଥିବା ହେତୁ ନିର୍ଦ୍ଦେଶକ ତାଙ୍କୁ ସୁଦର୍ଶନା ବନ୍ଧୁପତ୍ନୀଙ୍କ ଦାୟିତ୍ୱ ଦେଇ ଅନ୍ୟାନ୍ୟ ଗୁରୁତର କାର୍ଯ୍ୟରେ ଲାଗିଲେ ।

ଚଉଠି ପାଟ ◆ ପ୍ରସନ୍ନ କୁମାର ହୋତା ◆ ୧୬୫

ନାଟକରୁ ସଂଲାପ, ସଂଲାପରୁ ଆଲାପ ଏବଂ ଅଜାଣତରେ କିଛି ବ୍ୟତିକ୍ରମ ପ୍ରଲାପ ..ଏହିତ ଜୀବନର ନାଟକ !

ଏବେ ଆସନ୍ତୁ ମୋ ଆଦ୍ୟ କଲେଜ ଜୀବନର ସୌଭାଗ୍ୟପୂର୍ଣ୍ଣ ମୁହୂର୍ତ୍ତରୁ କିଞ୍ଚିର ବିବରଣୀ ଶୁଣିବା। କଲେଜରେ ପହଞ୍ଚିଲା ବେଲକୁ ବର୍ଷେ ଦି ବର୍ଷରେ ମୋର କିଞ୍ଚିଟା ଛାତ୍ର ପ୍ରତିଭା ଓ ପରିଚୟ ଅଳ୍ପ ଅଳ୍ପ ଜଣାପଡ଼ିବା ଆରମ୍ଭ ହୋଇ ସାରିଥିଲା। କିଛି ସ୍ନେହୀ ପରିବାରରେ ମତେ ଅନାବିଲ ଆତିଥ୍ୟ ମିଳେ; ଘରର ପୁଅର ଭଲ ସାଙ୍ଗ ହିସାବରେ। ଏକ ରବିବାରରେ ମୁଁ ସାଇକେଲ ଚଲାଇ ପହଞ୍ଚେ ମୋଠାରୁ ଉପରେ ପଢ଼ୁଥିବା ଏବଂ ବେଶୀ ଖ୍ୟାତ ବନ୍ଧୁଙ୍କ ଘରେ। ନାଟ୍ୟକାର ମଉସା ଖାସିମାଂସ ଆଣିଛନ୍ତି, ଓ ମାଉସୀ (ମୋ ବନ୍ଧୁଙ୍କ ମା) ବାକି ଭାତ ତରକାରୀ ଆଦି କେତେ ପ୍ରକାରର ବ୍ୟଞ୍ଜନ କରିଥାନ୍ତି। ମଉସା ବୋଧେ ଜରୁରୀ କାର୍ଯ୍ୟବଶତଃ ବାହାରକୁ ଯାଇଥାନ୍ତି। ମାଉସୀ ପୁଅକୁ ତାଗିଦ୍ କରି ଖାଇବା ପିଇବାରେ ଭୀରୁ ଓ ଅପଟୁ ମତେ ପେଟପୁରା ଖୁଆଇବାକୁ ଅନବରତ ଚେଷ୍ଟା କରୁଥାନ୍ତି। କିନ୍ତୁ ମୁଁ ତାଙ୍କ ପୁଅଠାରୁ ବୟସରେ ସାନ ହୋଇଥିଲେ ମଧ ସେ ଲମ୍ବା ଓଢ଼ଣା ଟାଣିଥାନ୍ତି। ମୁଁ ସାଙ୍ଗଙ୍କୁ ଓଢ଼ଣା ଦେବା କଥା କୌତୂହଳରେ ପରଢ଼ିଲି। ସେ ହସି କହିଲେ, 'ଏଟା ତାର ଅଭ୍ୟାସ। ସେ ଦୁର୍ଗାପୂଜାରେ ଆମେ ଭାଇଭଉଣୀଙ୍କୁ ଧରି ରିକ୍ସାରେ ସାରା କଟକ ବୁଲେ। ଗଡ଼ଗଡ଼ିଆ ମହାଦେବଙ୍କୁ ଦେଖୁ ଦେଖୁ କ୍ୟାଣ୍ଟନମେଣ୍ଟ ରୋଡ ଦେଇ ରିକ୍ସା ଗଲା। ସେ ପରଢ଼ିଥିଲା – 'ଏ ଜାଗାଟା ଏତେ ଖାଲି ଖାଲି, ଏତେ ବଡ଼ ହଟା। ଏଠାରେ କିଏ ରୁହନ୍ତି।' ମୁଁ ତାକୁ କହିଥିଲି ଯେ ବଡ଼ ଅଫିସରମାନେ ଏଠାରେ ରହନ୍ତି। ଆଜି ତୁମେ କେଉଁଠୁ ଆସୁଛ ପରଢ଼ିଥିଲା। ମୁଁ କହିଥିଲି ଯେ ତୁମେ ବଡ଼ ଅଫିସରଙ୍କ ପୁଅ। ସେ ବୋଧହୁଏ ସେଥିପାଇଁ ତୁମକୁ 'ମାଇନ' (ମାନ୍ୟ) ଦେଖାଉଥିଲା। ଦେଖୁନା, ଆଜି କେତେ ଦିନପରେ ସେ ତା' ପାଟଶାଢ଼ୀ ପିନ୍ଧିଛି।' ମୁଁ ମାଉସୀଙ୍କ ସ୍ନେହସିକ୍ତ ସରୁ ଲମ୍ବା ଗୋରା ଆଙ୍ଗୁଳି ଛଡ଼ା ଆଉ କିଛି ଦେଖି ପାରୁ ନ ଥାଏ। ବୟସରେ କନିଷ୍ଠ ହେଲେ ବି ମୋର ସୌନ୍ଦର୍ଯ୍ୟବୋଧ ଆରମ୍ଭ ହୋଇ ଯାଇଥାଏ। ଅନାବିଲ ସ୍ନେହର ଏକ ସ୍ୱୟଂସଂପୂର୍ଣ୍ଣ ଅପୂର୍ବ ମନୋଜ୍ଞ ଦେବୀମୂର୍ତ୍ତିଙ୍କୁ କଳ୍ପନା କରି ଭକ୍ତି ତଥା ଆନନ୍ଦରେ ଭୂରି ଭୋଜନ କରୁଥାଏ।

ମଉସା ଶ୍ୟାମଳ, ମାଉସୀ ଗୋରା ଓ ସୁନ୍ଦରୀ, ବୋଲନ୍ତୁ ରାଧାକୃଷ୍ଟ। ରାଧାଙ୍କୁ କୃଷ୍ଟ ତ ଘରେ ସମ୍ମାନ ଦେଇ ରଖି ପାରି ନ ଥିଲେ। ଏଠି ମଧ ଭାବନ୍ତୁ କ୍ରମଶଃ ସେହି ଅବସ୍ଥା। ତେବେ ରୁକ୍ମିଣୀ କୃଷ୍ଟ କହିବା ବୋଧେ ସାଜିବ।

ତେଣେ ରାଧା ସଂଲାପ ଶିଖୁଛନ୍ତି ମନଧ୍ୟାନ ଦେଇ। ଯାହା ମୁଁ ପରେ ଆକଳନ କରିଛି – ସବୁ ତଥ୍ୟ ସଠିକ୍ ଜାଣିବା ବା ବୁଝିବା ମୋ ପରି ଅର୍ବାଚୀନ ବାଲ୍ୟତ ପକ୍ଷେ ଅସମ୍ଭବ – ତେବେ କିଛି 'ଚୋରକଳା' ପ୍ରବେଶ କରିଥିଲା – ସଂଲାପ ଓ ଆଲାପରେ। ପ୍ରଲାପ ସ୍ତର ଆମ ଦୁଷ୍ଟ ମନରେ ଅନାବଶ୍ୟକ ଓ ଅପ୍ରମାଣିତ ଭାବନା ମାତ୍ର।

ନାଟକର ପ୍ରଥମ ଦୃଶ୍ୟକୁ ପ୍ରଭାବଶାଳୀ କରିବା ପାଇଁ ଆଲୋକସଜ୍ଜା ରୀତିମତ ଫାଷ୍ଟକ୍ଲାସ ହୋଇଥାଏ। ପରଦା ହଟିବାକ୍ଷଣି ହାଲ୍ଲୋଲମୟ ଆଲୋକ ଜଳି ଉଠି ସାରା ମଞ୍ଚକୁ ଏକ ସ୍ୱପ୍ନ ରାଇଜରେ ପରିଣତ କରିଦେବ। ପ୍ରଥମ ସିନ୍ ହେଉଛି – ଚଉଠି ରାତିରେ ସିଲ୍କ ପାଟ ପିନ୍ଧିଥିବା ସୁନ୍ଦରୀ ବୋହୂ ସୁସଜ୍ଜିତ ପଲଙ୍କ ଉପରେ ବସିଥିବେ – ସ୍ୱାମୀ ସଙ୍ଗେ ଭାବି ମିଳନର ଉତ୍କଣ୍ଠା ନେଇ। ନାଟକର ପ୍ରଥମ ପ୍ରଦର୍ଶନ ଦିନ ନିର୍ବାଚିତ ହୋଇଗଲା। ଅଧେ ଟିକେଟ ଓ ଅଧେ ନିମନ୍ତ୍ରିତ ପ୍ରଭାବଶାଳୀ ଅତିଥିବୃନ୍ଦ; ସେମାନେ ପ୍ରଥମ ଦିନ ନାଟକ ଦେଖି ଭଲ କହିଲେ, ଓ ପତ୍ରପତ୍ରିକାରେ ପ୍ରଶଂସା କରି ଲେଖିଲେ, ଆଗତ ଦିନ ମାନଙ୍କରେ ଦର୍ଶକମାନଙ୍କ ସୁଅ ଛୁଟିବ। ତେଣୁ ନାଟକର ପ୍ରଥମ ରଜନୀ ସଫଳ ହେବା ଏକାନ୍ତ ଆବଶ୍ୟକ।

ସବୁ ବ୍ୟବସ୍ଥା ସୁରୁଖୁରୁରେ ଆଗେଇ ଚଲିଲା। ନାଟ୍ୟକାର ପାଟଶାଢ଼ୀ ପିନ୍ଧି ବୋହୂ କିପରି ପଲଙ୍କ ଉପରେ ବସିବେ, ସେଥିପ୍ରତି ଧ୍ୟାନ ଦେବାକୁ ଚୁହିଁଲେ। ନିର୍ବାଚିତ ପାଟଶାଢ଼ୀ ପିନ୍ଧି ଯେତେବେଳେ ସୁନ୍ଦରୀ ବନ୍ଧୁପତ୍ନୀ ପଲଙ୍କରେ ବସି ଗୋଟେ ପଟକୁ ଆଉଜି ପଡ଼ିଲେ, ଦେଖାଗଲା ପାଟରେ ଦୁଇ ତିନି ଜାଗାରେ ରଫୁ ହୋଇଛି। ବଜ୍ରପାତ! ସବୁ ଉଦ୍ୟମରେ ପାଣି ପକାଇଦେଲା କିଏ ଯେପରି। ଉଜ୍ଜ୍ୱଳ ଝଲସି ଉଠିବା ଆଲୋକରେ ସେ ପାଟର ଦୁରାବସ୍ଥା ସମସ୍ତଙ୍କ ନଜରକୁ ଆସିଯିବ। ଏବଂ ପ୍ରଥମ ରଜନୀରେ ଏତେ ଆୟୋଜନରେ ଏ ଖୁଣ ଚନ୍ଦ୍ରରେ କଳଙ୍କ ପରି।

ସେତେବେଳକୁ ଦିନ ସାଢ଼େ ତିନିଟା। ସନ୍ଧ୍ୟା ସାତଟାରେ ପରଦା ଉଠିବ। ଛ'ଟା ସୁଦ୍ଧା ସୁନ୍ଦର ପାଟ ଦରକାର ଯାହାକୁ ଦେଖିଲେ ଦର୍ଶକ ଦଳ ଆଭିଜାତ୍ୟ ଘରର ଚଉଠି ପାଟ ରୂପେ ଗ୍ରହଣ କରିବେ। ନାଟ୍ୟକାର ଦେଖିଲେ ବନ୍ଧୁପତ୍ନୀ କାନ୍ଦ କାନ୍ଦ। ନିର୍ଦ୍ଦେଶକ, ମାଲିକ ଆଦି କାମ ଚଲାଇ ଦେବାକୁ କହୁଛନ୍ତି ପାଟକୁ ଓଲଟା କାନି କରି ଦୁରାବସ୍ଥା ଲୁଚାଇ ଚଲାଇବାକୁ ପ୍ରବର୍ତ୍ତଉଛନ୍ତି। ନାଟ୍ୟକାରଙ୍କ

ମାନସପଟର ନାୟିକା ପାଇଁ ଉପଯୁକ୍ତ ଆଉ ଏକ ଭଲ ଚଉଠି ପାଟ କେଉଁଠାରୁ ଓ କିପରି ମିଳିବ !

ନାଟ୍ୟକାର ସ୍ନେହଭରା ରୁହାଣୀରେ ଅଭିନେତ୍ରୀଙ୍କୁ ବାକି ପ୍ରସ୍ତୁତି ଭଲରେ କରିବାକୁ କହି ତୁରନ୍ତ ବାହାରକୁ ଚାଲିଗଲେ। ସମସ୍ତେ ତାଙ୍କୁ ଖୋଜୁ ଖୋଜୁ ପ୍ରାୟ ଘଣ୍ଟେ ମଧ୍ୟରେ ସେ ଏକ ଅପୂର୍ବ ପାଟଶାଢ଼ୀ ଧରି ଫେରି ଆସିଲେ। କହିବା ବାହୁଲ୍ୟ ଯେ ନାଟକର ପ୍ରଥମ ରଜନୀ ସର୍ବଜନ ଆଦୃତ ହେଲା। ପ୍ରଥମ ସିନ୍ ଆଶାତୀତ ପ୍ରଭାବଶାଳୀ ହେଲା ଏବଂ ସୁନ୍ଦରୀ ମୁଖ୍ୟ ଅଭିନେତ୍ରୀ ନାଟ୍ୟକାରଙ୍କୁ ଅନୁରୋଧ କଲେ ଯେ ସେ ସମଗ୍ର ନାଟକଯାକ ସେହି ପାଟ ସେ ପିନ୍ଧିବେ। ପ୍ରାୟ ଚଉଦ ସପ୍ତାହ ସଫଳ ନାଟକ ଭାବେ ସେ ନାଟକ ଚାଲିଲା। ଭୁବନେଶ୍ବର, ପୁରୀ ଓ ବ୍ରହ୍ମପୁର, ତଥା କେନ୍ଦ୍ରାପଡ଼ା ଆଦିରୁ ଭଲ ଘରର ଲୋକମାନେ ସେ ନାଟକ ଦେଖିଲେ। ନାଟ୍ୟକାରଙ୍କୁ ଅନେକ ସମ୍ମାନ ମିଳିଲା।

ଏ ସୃଷ୍ଟି ନିୟମ ଅନୁସାରେ ଚାଲେ ବୋଲି ଭାବିବା ଠିକ୍ ନୁହେଁ। ହୁଏତ ପ୍ରକୃତି ନିୟମ କିଛି ମାନି ଚାଲେ। କିନ୍ତୁ ପାପ ପୁଣ୍ୟ ବା କର୍ମଫଳ ସଦାବେଳେ ଫଳେ ବୋଲି ଭାବିବା ଅନେକ ସମୟରେ ଭୁଲ ପ୍ରମାଣିତ ହୁଏ। ତେଣୁ ଧାର୍ମିକ ଲୋକମାନେ ପ୍ରାରବ୍ଧ କଥା କୁହନ୍ତି ଇତ୍ୟାଦି। ଭଲ ଲୋକ ଯେ ଭଲରେ ରହିବେ ଏପରି ଅକାଟ୍ୟ ନିୟମ ନାହିଁ। ଭଗବାନ ସୃଷ୍ଟିର ମାଲିକ, କିନ୍ତୁ ଶଇତାନ ମଧ୍ୟ ତାର ଭାଗ ଭିଡ଼ି ନେଉଥାଏ।

କେତେ ବର୍ଷ ପରେ ମାଉସୀଙ୍କ ଅଚିନକ ଦେହ ଖରାପ ଆରମ୍ଭ ହେଲା ଓ ରହୁଁ ରହୁଁ ଦ୍ରୁତ ଅବନ୍ତି ଘଟିବାରେ ଲାଗିଲା। କ୍ୟାନ୍ସର ବ୍ୟାଧି ତାଙ୍କୁ କବଳିତ କରି ସାରିଥିଲା। ଏକେତ ସେତେବେଳେ ଜ୍ଞାନର ଅଭାବ, ସମୟର ମଧ୍ୟ ସ୍ବଳ୍ପତା ଓ ଭାଗ୍ୟ ପ୍ରତିକୂଳ। ମାଉସୀଙ୍କ ଶେଷ ସମୟ ଆସିଗଲା। ସବୁ କଷ୍ଟ ସତ୍ତ୍ବେ ସେ ଅନ୍ମାନ ବଦନରେ ସମସ୍ତଙ୍କ କଥା ବୁଝିବା ଚେଷ୍ଟାରୁ ବିରତ ହୋଇ ନ ଥିଲେ। କିନ୍ତୁ ଦେଖୁ ଦେଖୁ ଶେଷ ଅବସ୍ଥା ଆସିଗଲା ପରି ଜଣା ପଡ଼ିଲା। ସେଦିନ ସାବିତ୍ରୀ ଅମାବାସ୍ୟା। ସ୍ବାମୀ ପୁତ୍ର କନ୍ୟା ପରିବେଷ୍ଟିତା ସେ ଦେବୀମୂର୍ଭ ଶେଷ ପର୍ଯ୍ୟନ୍ତ ନିଜ କଷ୍ଟ ଅନ୍ୟକୁ ଜଣାଉ ନ ଥିଲେ – କାଳେ ସତ୍ୟବାନଙ୍କୁ ତଥା ସ୍ବଜନଙ୍କୁ କଷ୍ଟ ହେବ ଭାବି। ସ୍ବଭାବତଃ ସ୍ନେହୀ ଓ କିଛି ନ କରି ପାରୁ ଥିବାରୁ ଗ୍ଲାନିବୋଧରେ ମଉସା ଚରମ ମୁହୂର୍ଭ ପାଖେଇ ଆସିଲା ବୋଲି ଅନୁମାନ କରି, ଦେବୀପ୍ରତିମା ମାଉସୀଙ୍କ

ଦୁଇ ପାପୁଲିକୁ ନିଜ ହାତରେ ସାଉଁଟି ନେଇ କହି ପକାଇଲେ, "ସାରା ଜୀବନ, ତୁମେ ମୋର କେତେ କଲ! କେତେ ସେବା ଆଦର ଦେଲ। ମୁଁ ଅଧମ ତୁମ ପାଇଁ କିଛି ହେଲେ କରି ପାରିଲି ନାହିଁ। ମୁଁ ଯଦି ଜାଣତ ଅଜାଣତରେ ତୁମ ପ୍ରତି ଅନ୍ୟାୟ କରିଛି, ତୁମେ କ୍ଷମା କରିଦିଅ।"

ମାଉସୀ ସକାଳୁ ସେ ପର୍ଯ୍ୟନ୍ତ କିଛି କହିବା ଅବସ୍ଥାରେ ହିଁ ନ ଥିଲେ। ତତ୍କାଳୀନ ଓଡ଼ିଆ ଭାଷାରେ ତାଙ୍କ ପାଟି ପଡ଼ି ଯାଇଥିଲା। ତଥାପି ସେ ମୁହୂର୍ତ୍ତରେ ତାଙ୍କ ନୟନ ଯୁଗଳ ନିମୀଳିତ ହେଲା। କିଛି ଲୁହ ବାହାରିଲା – ଏବଂ କେତୋଟି ଶବ୍ଦ ମଧ୍ୟ, "ତୁମେ ପିଲାଙ୍କ ପାଇଁ ବହୁତ କଲ। ସେ ଦୁହେଁ ମୋର ଦୁଇ ରତ୍ନ; ମୋ ଗର୍ବ। ମୋ ପାଇଁ ବି ବହୁତ କରିଛ। ତେବେ ମୋର ଚଉଠି ପାଟ କେମିତି...?" ବାକ୍ୟ ଅସମାପ୍ତ ରହିଲା; ଜୀବନ ସମାପ୍ତ ହୋଇଗଲା। ସତ୍ୟବାନ ରହିଲେ, ସାବିତ୍ରୀ ଯମରାଜଙ୍କ ପାଖକୁ ଢଳିଗଲେ।

କଟକ ଗଳିର କୁକୁରମାନେ ସେ କୃଷ୍ଣପଦା ରାତିରେ ମଧ୍ୟ ପୂର୍ଣ୍ଣିମା ଜହ୍ନ ଦେଖି ଉଚ୍ଛନ୍ନ ହୋଇ ଭୁକିବା ପରି କ୍ରନ୍ଦନ କରିଥିଲେ ବୋଲି କୁହାଯାଏ...।

ଜଣେକ ପୁରୁଣା କାଳିଆ ବୁଢ଼ୀଙ୍କ ରାତି ଅଧରେ ନିଦ ଭାଙ୍ଗିଯାଏ। ସେ ସାହି ପଡ଼ିଶାରେ ବିଡ଼୍‌ବିଡ଼୍‌ ହୋଇ କଣ କହିଲେ, ସମସ୍ତେ ବୁଝି ପାରିଲେ ନାହିଁ। ତାଙ୍କ ପରି ପୁରୁଖା ପୁରୁଖା ଅଳ୍ପ କେଇଜଣ ମୁଣ୍ଡ ହଲାଇ ହଁ ଭରିବା ଦେଖା ଯାଇଥିଲା। ବୁଢ଼ୀ କହିଲେ ଯେ ଅମାବାସ୍ୟାର ଅନ୍ଧାର ଥିଲା; କିନ୍ତୁ ରାତି ଅଧରେ ହଠାତ୍ ତାରାମାନେ ଜ୍ୱଳି ଉଠିବା ପରି ଲାଗିଲା ଏବଂ ସେ ସାହିର ରାସ୍ତା ଓ ଆକାଶ ଅସ୍ପଷ୍ଟ କିନ୍ତୁ ଦୃଶ୍ୟମାନ ହେଲେ। ସାହି ଠାକୁରାଣୀଙ୍କ ମଣ୍ଡପରୁ ଏକ ଉଜ୍ଜ୍ୱଳ ଶିଖା ପାଟଲୁଗାରେ ଘୋଡ଼ାଇ ହେବା ପରି ଧଳା ମେଘଖଣ୍ଡରେ ଭାସିଗଲା।

ଶ୍ୱାନସମୂହ ଚୋର ଚିହ୍ନ ପାରନ୍ତି ନାହିଁ, ମନ ଚୋରି ଧରିବା ତ ଦୂରର କଥା!.. କିନ୍ତୁ ସ୍ନେହମୟୀ ପବିତ୍ର ଆମ୍ବାର ଆବିର୍ଭାବ ଓ ଅନ୍ତର୍ଧାନ ଦର୍ଶନ କରି ଜାଣନ୍ତି ... ଏବଂ ସେମାନେ ବିଚିତ୍ର ସ୍ୱରରେ କାନ୍ଦନ୍ତି। ସାହିରୁ ସାହି ଅନ୍ୟ କୁକୁରମାନେ ମଧ୍ୟ ପାଲି ଧରନ୍ତି। ସେ କାନ୍ଦ ବିଦ୍ୟାପୁରୀ ଟପି, ବାଲୁ ବଜାର ଦେଇ ପୁରୀଘାଟ ଗଡ଼ାରେ କାଠଯୋଡ଼ୀ ପାଣିରେ ମିଶିଯାଏ ..।

କଣ ପରିରୁଛନ୍ତି ଘଟଣା ସତ୍ୟ କି ନାହିଁ? "ଅସତ୍ୟ। କ୍ଷଣଭଙ୍ଗୁର ସଂସାରରେ ସବୁ ଅସତ୍ୟ!"

◆◆◆

ଶିଶୁ ଦିବସ

- ପାରମିତା ଶତପଥୀ

ବିନା, ଦନା, ସନା, ଚିମା, ଭୀମା, ଡୋମା, ବାବୁଲା, କାବୁଲା... ଏମିତି କେତେ କ'ଣ, କେତେ କିଏ ଏମାନେ।

– କିଏ ପଚାରେ ଏମାନଙ୍କୁ। – କାହାର ଗରଜ ପଡ଼ିଛି ଜାଣିବାକୁ କାହା ନାଁ କ'ଣ ?

ପରିଧାନ – କୋଉ ଯୁଗରେ ବୋଧହୁଏ ଧଳାରଙ୍ଗ ଥିବା ହାଫ୍‍ଶାର୍ଟ, ଯାହା କାଖ ଓ କଲାର୍ ପାଖରେ କେତେବେଳେ ବିସ୍ତୃତ ବା କେତେବେଳେ ସଂକୀର୍ଣ୍ଣ ଭାବରେ ଚିରିଥାଏ, ମାଟିଆ ରଙ୍ଗର ସେଇ ଅବସ୍ଥାର ହାଫ୍ ପ୍ୟାଣ୍ଟ । ଦିନ ଦିନ ଧରି ତେଲ ନ ଲାଗିଥିବା କହରିଆ ଜଟାଳିଆ ବାଳ – ଦୃଷ୍ଟିରେ କୌଣସି ପ୍ରକାର ଉତ୍ସୁକତା ନ ଥିବା ଓ ସମଗ୍ର ସଂସାରକୁ ଦଶ ବାର ବର୍ଷ ଭିତରେ ପୂରାପୂରି ଉପଲବ୍ଧି କରିପାରିଥିବାର ଗାମ୍ଭୀର୍ଯ୍ୟ ସହ ଆତଯାତ ହେଉଥିବା ଏଇମାନଙ୍କୁ ଆମେ କାହିଁକି ମନେ ରଖନ୍ତେ।

ଯେମିତି ରହୁଛେ କଣା ହତ୍‍ଡା ବଲଦ, ଘା'ଘାଉଡ଼ ଛୋଟାଉଥିବା କୁକୁର ଓ କଙ୍କାଳସାର ଅନବରତ ମିଆଉଁ ମିଆଉଁ କରୁଥିବା ମାଟିଆ ବିରାଡ଼ି ସହ। ସେମିତି ଏମାନଙ୍କ ସହ ମଧ୍ୟ ଏକାଠି ରହିବାକୁ ପଡ଼ିବ ଓ ଏମାନଙ୍କ ସାଙ୍ଗେ ସାଙ୍ଗେ ଆହୁରି କେତେ ଜଣଙ୍କ ସହ – ଫୁରୁଫୁରୁ ବାଳ, ବ୍ଲାଉଜ୍ ନ ଥିବା ଛିଣ୍ଡାଶାଢ଼ି ଓ ପିଠିରେ

ପ୍ଲାଷ୍ଟିକ୍ ଅଖା ପକାଇ ବୁଲୁଥିବା ସେମାନେ – ରାସ୍ତାଘାଟରେ ଯେଉଁଠି ସେଇଠି ଗାଡ଼ି ଅଟକିଗଲେ ଭରସି ଆସି ହାତ ପତାଇ ଦେଉଥିବା ସେମାନେ – ଅଧାଅଧ୍ୱ ନ ଥିବା ହାତ ଗୋଡ଼ରେ କନା ଗୁଡ଼େଇ, ବଡ଼ ବଡ଼ ମନ୍ଦିର ଆଗରେ ଧାଡ଼ି ବାନ୍ଧି, ଚେପଟା ସିଲ୍‌ଭର୍ ଗିନା ଆଗରେ ରଖି ବସିଯାଇଥିବା ସେମାନେ – ଏ ସମସ୍ତଙ୍କ ସହ ବଞ୍ଚିବାକୁ ପଡ଼ିବ। କ'ଣ କରିବା ? ଆମ ଦେଶ ତ ସେମିତି !

ତେବେ ବାବୁଲା କଥା ତ ନିଆରା। ହୁଏତ ସେ ଏମାନଙ୍କ ଭିତରୁ ଜଣେ – ହେଲେ ମା' ତାରିଣୀ ସୁଇଟ୍‌ସ ଦୋକାନ ପାଇଁ ସେ ଯେ ଅତ୍ୟନ୍ତ ଅପରିହାର୍ଯ୍ୟ, ଏଥିରେ ସନ୍ଦେହ ନାହିଁ। ଦୋକାନଟାର ଅବସ୍ଥିତି ବି ଅତି ଗୁରୁପୂର୍ଣ୍ଣ। କଟକ ବାରିପଦା ହାଇଓ୍ୱେରେ ଗାଡ଼ି ମଟ୍‌ରର ଯେଉଁ ଭିଡ଼। ଏଇ ଜଳଖିଆ ଦୋକାନପାଇଁ ନ ହେଲେ ମଧ୍ୟ ଭଦ୍ରକ ବାଟ ଭାଙ୍ଗି ଯିବା ଆଗରୁ ବସ୍ ଗୁଡ଼ାକ ଯେଉଁ ସ୍ଥାପରେ କିଛି ସମୟ ରହେ, ତା'ଠାରୁ ଜମା ଦଶ ଗଜ ଦୂରରେ ମା' ତାରିଣୀ ସୁଇଟ୍‌ସ। ତାରିଣୀ ରୁ 'ର'ର ହ୍ରସ୍ୱ ଇ – କାର ଓ ସୁଇଟ୍‌ସର ହ୍ରସ୍ୱ ଉ ଓ ହଲନ୍ତ ବହୁଦିନରୁ ଲିଭିଯାଇଛି ବାତ୍ୟା, ବର୍ଷା ପରି ପ୍ରାକୃତିକ ଦୁର୍ବିପାକରୁ। ରଙ୍ଗ ଛଡ଼ା ମଝିରେ ଦବିଯାଇ ଚେପଟା ହୋଇଯାଇଥିବା ସାଇନବୋର୍ଡ଼ଟି କାହାର ଦୟା। ଭିକ୍ଷା କଲାପରି ଝୁଲିରହିଛି ଦୁଇଟି ବାଉଁଶରୁ କେତେ ପରସ୍ତ ଲୁହା ତାରରେ ଗୁଡ଼େଇ ହୋଇ। ଗୋଟିଏ ପଟ ତଳକୁ ଅଧିକ ଅଁଶେଇ ହୋଇପଡ଼ିଛି – ଗରାଖମାନେ ସେଇପଟ ବାଟକୁ ଏଡ଼େଇ ଚଲନ୍ତି – ସାଇନ୍‌ବୋର୍ଡ଼ଟି ତାଙ୍କ ମୁଣ୍ଡ ଉପରେ ଖସିପଡ଼ିବାର ଦୁର୍ଘଟଣା ସୃଷ୍ଟି ନ କରୁ ବୋଲି। କଳଙ୍କି ଲାଗିଥିବା ଟିଣଛାତ ତଳେ ଖୁବ୍ ଛୋଟ କହିହେବ ନାହିଁ, ସିମେଣ୍ଟ ପଲସ୍ତରା ନ ଥିବା ଇଟାକାନ୍ଥର କୋଠରି। ଦୋକାନ ଆଗପଟ ପୂରା ଖୋଲା ଓ ପଛପଟେ ଟିଣକବାଟ ବାହାରକୁ ଯିବାପାଇଁ। ଦୋକାନର ଡାହାଣ କଡ଼ରେ ଚୁଲି, ଯେଉଁଠି ମାଲିକ ବଟ ସାହୁ ଦିନରାତି ବିଭିନ୍ନ ସମୟରେ ପୁରି, ସିଙ୍ଗଡ଼ା, ବରା, ଆଲୁଚପ୍, ଜଲେବି ଛାଣୁଥାଏ। ତାକୁ ବେଢ଼େଇ କରି ବଡ଼ ବଡ଼ ସିଲ୍‌ଭର ଥାଲିଆ, ଖାଦ୍ୟ ଜିନିଷକୁ ଲୋଭନୀୟ କରି ଖୋଲେଇ ରଖିବା ପାଇଁ। ବଟ ସାହୁ ପଛକୁ ପାଞ୍ଚ ଫୁଟ ଉଚ୍ଚର କାଠ ଆଲମାରି ଆଗପଟେ କାଚ ଲାଗିଛି – ଭିତରଯାକ ଥାକରେ ସଜା ହୋଇଛି ବୁନ୍ଦିଲଡ୍ଡୁ, ଗୋଲାପଜାମୁ, କ୍ଷୀରଗଜା, ଛେନାଗଜା ଇତ୍ୟାଦି। ଏତକ ଅତିକ୍ରମ କରିଗଲେ ଗରାଖମାନଙ୍କ ବସିବାପାଇଁ ଘରିକୋଣିଆ ନାଲିରଙ୍ଗ ଛାଡ଼ିଆସିଥିବା ଟେବୁଲ୍ ପାଞ୍ଚଟା ଓ ତୋ' ସହ କାଠବେଞ୍ଚ।

ଗରାଖମାନଙ୍କଠାରୁ ଅର୍ଡର୍ ନେବା ଓ ବଟ ସାହୁ ପାଖରୁ ଖାଇବା ଜିନିଷ ଆଣି ପରଷିବା କାମ ହେଉଛି ଜଗବନ୍ଧୁର । ଜଗବନ୍ଧୁ ଉଣେଇଶି କୋଡ଼ିଏ ବର୍ଷର ଭେଣ୍ଡିଆ ଟୋକା । ମାଲିକ ବଟ ସାହୁର ଖାତିର ତା' ପ୍ରତି ବହୁତ ବେଶୀ । ବଡ଼ କଅଁଳେଇ କରି ଡାକେ – ଜଗାରେ, ଜଗବନ୍ଧୁରେ, ଟିକିଏ ହାତ ସଅଳ କର ବାପା.... ।

ତେବେ ବାବୁଲାର କାମ ହେଉଛି ଅସଲ । ଛିଣ୍ଡା, ତେଲଚିକିଟା କନାଖଣ୍ଡିଏ ଧରିଥାଏ ସେ ଅନବରତ ବାଁ ହାତରେ । ଗରାଖ ଖାଇସାରିବା ମାତ୍ରେ ଚଟ୍ କରି ତାଙ୍କ ଅଇଁଠା ଥାଲିକୁ ଘୋଷାରି ଦେବା ଓ ବାଁ ହାତରେ ଥିବା କପଡ଼ାରେ ଟେବୁଲ୍ ଉପରକୁ ପୋଛିଦେବା କାମକୁ ସେ ଟାକି ରହିଥାଏ । ତେବେ ବି କେତେ ମୁହୂର୍ତ୍ତ କେଜାଣି ଡେରି ହୋଇଯାଏ, ଜଗବନ୍ଧୁର ତାଗିଦା ଋଳିଥାଏ ତୁହାକୁ ତୁହା । ବଟ ସାହୁ ବି ମଝିରେ ମଝିରେ କୁହାଟ ଛାଡ଼େ – ଆରେ ହେ ବାବୁଲା, ତୁ ଶଳା ଠିଆଟା କାହିଁକି ହେଇଛୁ ?

ଶସ୍ତା ଷ୍ଟିଲ୍‌ର ଥାଲି ଓ ଗିନାତକ ବାବୁଲା ପଛ ଦୁଆରପଟ ବାହାରକୁ ନେଇଯାଏ ଓ ତରବର ହେଇ ଧୋଇ ପକାଇବାରେ ଲାଗେ । ପ୍ରଥମେ ଅଇଁଠାତକ ହାତରେ ପୋଛିନେଇ ଅମରିଲତାର ବୁଦାଆଡ଼କୁ ଛାଟି ଦିଏ । ପ୍ରତିଥର ଛାଟିବାରେ ସେଇ ଏକା ଅନୁଭୂତି । ଦୁଇଟା ରୋଗିଣା କୁକୁର, କଳା ଓ ମାଟିଆ, ଲାଙ୍ଗୁଡ଼ ହଲାଇ ହଲାଇ ଝପଟି ଆସନ୍ତି ଓ ଦିନ ଦିନର ପର ଅଇଁଠା ସୂପରୁ ଗୋଟିଏ ଅଶାନ୍ତ ଗନ୍ଧ ହଠାତ୍ ଉଠିଆସେ । ସେଇଆଡ଼କୁ ଛେପ ଲଣ୍ଡାଏ ପକାଇଦିଏ ବାବୁଲା । କଳଙ୍କିଲଗା ଟିଣର ଗୋଲେଇ କୁଣ୍ଡରେ ପାଣି ରହିଥାଏ – ସେଇ ପାଣିରେ କେବେହେଲେ ମୁହଁ ଦିଶେ ନାହିଁ ବାବୁଲାର – ବେଳ ବି ନ ଥାଏ ଘଡ଼ିଏ ବସି ନିଘା ରଖିବାକୁ । ଗୋଟାଏ ହ୍ୟାଣ୍ଡଲ ନ ଥିବା ରସର ମଗ୍ ବୁଡ଼ିରହିଥାଏ ସେଇ ଗୋଲେଇ ଟିଣରେ । ଖପ୍ କରି ହାତ ବୁଡ଼ାଇ ବୋହିଯାଉଥିବା ମଗେ ପାଣି ନେଇଆସେ ବାବୁଲା । ଥାଲିଟିର ଆଗପଛ ଧୋଇଦିଏ ଟିକିଏ ଘୁଞ୍ଜେଇକରି । ଫୁଟିକିଆ ପିଣ୍ଡା ତଳକୁ ମଇଲାପାଣିର ଛୋଟିଆ ନର୍ଦ୍ଦମା । ସେଇଠି ଚପ୍ ଚପ୍ ହେଇ ଝରିପଡ଼େ ଆଉ ଅଧାମର୍ ପାଣି – ଛିଟିକିଆସେ କାଦୁଅ ଓ ପରଷପାଣି । ଥାଲିଟାକୁ ତା'ପରେ ଗୋଲେଇ କୁଣ୍ଡରେ ଥରେ ଚଞ୍ଚଳ କରି ବୁଡ଼େଇ ଉଠେଇଆଣେ ବାବୁଲା ଓ କିଛି ମନେପଡ଼ିଗଲା ପରି ଦଉଡ଼ିଯାଏ ଦୋକାନ ଘର ଭିତରକୁ । ଆଉ କେଉଁ ଟେବୁଲରେ ସେ ଭିତରେ ଅଇଁଠା ଥାଲିଟାଏ ରହିସାରିଥାଏ ବା କୋଉ ଗରାଖ ତା'ର ଶେଷ

ଖଣ୍ଡ ବରାକୁ ପାତିରେ ପୂରାଇଥାଏ । ଟାଉକି ବିଲେଇ ପରି ଛକି ରହିଥାଏ ସେଇ ଅଢ଼ଁଠାଲିକୁ ବାବୁଲା । ବଟ ସାହୁ ଓ ଜଗବନ୍ଧୁକୁ ଯେତେ କମ୍ ସୁଯୋଗ ଦେବ ଗାଳି ଦେବାପାଇଁ ସେତେ ଭଲ । କିନ୍ତୁ ଏଇ ଥାଗିଦା ଗାଳିଟକ ସେ ଜାଣିଥାଏ, କାମ କରିବା ନ କରିବା ନେଇ ଯେତେ ନୁହେଁ – ସେତେ ଅଭ୍ୟାସବଶତଃ ।

ସକାଳୁ ସକାଳୁ ଛଣାହୁଏ ପୁରି, ବରା, ଜଲେବି, ତିଆରି ହୁଏ ଆଲୁ ତରକାରି । ଭୋର, ଭୋର ପହଞ୍ଚୁଥିବା ବସ୍‌ରୁ ଓହ୍ଲେଇ ଆସନ୍ତି କିଛି ଯାତ୍ରୀ । ଗରାଖ ଜୁଟେଇଥିବାରୁ ଅଧା ଦାମ୍ ଦେଇ ପେଟଭରି ଖାଆନ୍ତି ବସ୍‌ର ଡ୍ରାଇଭର, କଣ୍ଡକ୍ଟର ଓ କ୍ଲିନର । ଖରାବେଳେ ଧରାବନ୍ଧା ଗରାଖ – ଟ୍ରାକ୍‌ଟର ଡ୍ରାଇଭର କେତେଜଣ, ଛୋଟ ରିପେୟାର ଦୋକାନ କରିଥିବା ମେକାନିକ୍ ଦୁଇ ତିନି ଜଣ, ଅଟୋରିକ୍‌ସା ଡ୍ରାଇଭର ପାଞ୍ଚ ଛଅ ଜଣ । ଏମାନଙ୍କ ପାଇଁ ତିଆରି ହୁଏ ଉଷ୍ଣୁନାୱୁଳ ଭାତ, ଡାଲମା ଓ ଭଜା । ସନ୍ଧ୍ୟାବେଳେ ପକୁଡ଼ି, ସିଙ୍ଗଡ଼ା, ଆଲୁଚପ୍ ଓ ରାତି ତିଆରି ମିଠା । ରାତିରେ ପ୍ରାୟ କିଛି ତିଆରି ହୁଏ ନାହିଁ ବିକ୍ରିପାଇଁ । ସକାଳର ବଳକା ଭାତ, ଡାଲମା ଓ ଯାହା କିଛି – ଖାଆନ୍ତି କ୍ରମାନ୍ୱୟରେ ବଟ ସାହୁ, ଜଗବନ୍ଧୁ ଓ ବାବୁଲା । ଗୋଲାପଜାମୁ, ରସଗୋଲା, କ୍ଷୀରଗଜା ତିଆରି ସରୁ ସରୁ ରାତି ଦୁଇ ଘଡ଼ି । ଜଗବନ୍ଧୁ କୁଆଡ଼େ କେଜାଣି ପ୍ରତି ରାତିରେ ଉଭାନ୍ ହୋଇଯାଏ । ବାବୁଲାକୁ କହେ, ନିଜ ଘରକୁ ଶୋଇବାକୁ ଯାଉଛି । ବାବୁଲାକୁ ଅନ୍ତତଃ ଏତିକି ଜଣାଯାଏ ଯେ, ଏ ଖଣ୍ଡମଣ୍ଡଳରେ ଜଗବନ୍ଧୁର ନିଜ ଘର ବୋଲି ସେମିତି କିଛି ନାହିଁ ।

ଦୋକାନ ପଛକୁ ଲାଗି ଯେଉଁ ଫୁଟିକିଆ ବାରଣ୍ଡା ଉପରେ ଠିଆ ହୋଇ ବାସନ ଧୁଏ ବାବୁଲା, ସେଇ ବାରଣ୍ଡାକୁ ଲାଗି ବାଁପଟକୁ ଆଉ ବଖରାଏ ସେଇପରି ପଲସ୍ତରା ନ ଥିବା ଇଟାକାନ୍ଥ ଓ ଟିଣଛପର ଘର – ଫାଳିକିଆ ଛୋଟିଆ ଝରକାଟିଏ । ସେଇଟା ବଟ ସାହୁର ରହିବା ଘର । ଦଉଡ଼ିଆ ଖଟ ଉପରେ ଦୁଇ ପରସ୍ତ କନ୍ଥା ପଡ଼ିଥାଏ । ଏ ମୁଣ୍ଡରୁ ସେ ମୁଣ୍ଡ ବନ୍ଧା ହୋଇଥିବା ଦଉଡ଼ିରେ ଝୁଲୁଥାଏ ଦୁଇ ତିନି ହଲ ଧୋତି, କାମିଜ, ଗଞ୍ଜି ଓ ଅଣ୍ଟରଓୟାର ବଟ ସାହୁର । ଗୋଟିଏ କୋଣକୁ ଗଦା ହୋଇଥାଏ ଅଚ୍ଛ ଛିଣ୍ଡା ମସିଣାଟିଏ – ବାବୁଲାର ଓ ଅନ୍ୟ କୋଣରେ ରାତି ତିଆରି ମିଠାସବୁ ରସ ହାଣ୍ଡିରେ ସାଇତା ହୋଇ ରହିଥାଏ । ସକାଳେ କାଚ ଆଲମାରିରେ ସଜା ହେବାପାଇଁ ।

ତିନି ଟଙ୍କାର ସିଙ୍ଗଡ଼ା ଦେବ ?

ନିଜର ଅଜସ୍ର କର୍ମବ୍ୟସ୍ତତା ଭିତରେ ବୁଲିପଡ଼ିବାକୁ ବାଧ୍ୟ ହେଲା ବାବୁଲା । ଏଇ କଣ୍ଠସ୍ୱର ଯାହାର – ଏମିତି କୋମଳ, ଲଳିତ, ତାକୁ ଦେଖିବାପାଇଁ ଯେ କେହି ତ ମୁହଁ ଫେରାଇବ ।

– ତା'ପରେ ପରେ ଦୁଇଟି ପ୍ରଶ୍ନାଳୁ, ଦୟାଳୁ ଆଖି – ତା'ରି ଆଡ଼କୁ, ଖାସ୍ ତାଆରି ଆଡ଼କୁ ରହିଁଛନ୍ତି । ମୋହିତ ହେବାକୁ ବାଧ୍ୟ ହେଲା ବାବୁଲା । ଅବାକ୍ ହେଇ ସେଇଆଡ଼େ ରହିଁରହିଲା, ବାଁହାତରେ ରହିଗଲା ତେଲଚିକଟା ପୋଛାକନା ଓ ଡାହାଣହାତରେ ଦୁଇଟା ଅଇଁଠା ଥାଲି, ଗିନା ।

'ତିନି ଟଙ୍କାର ସିଙ୍ଗଡ଼ା ଦେବ ?' ସେଇ ଅପୂର୍ବ କଣ୍ଠସ୍ୱର ପୁଣି ଦୋହରେଇଲା । ହୋସ ଆସିଲା ବାବୁଲାର – ଦୁଇପଟକୁ ଟିକିଏ ରହିଁଦେଲା – ସତରେ ଏଇ ବାକ୍ୟଟି ତା'ର ଉଦ୍ଦେଶ୍ୟରେ ଥିଲା ନା ବଟ ସାହୁ ବା ଜଗବନ୍ଧୁ ପ୍ରତି ଉଦ୍ଦିଷ୍ଟ ଥିଲା । ନା, ଆଶ୍ୱସ୍ତ ହେଲା ସେ, ଏହି ଅନୁରୋଧଟି ଏକାନ୍ତ ତା' ପାଇଁ । କୃତାର୍ଥ ହେଇଗଲା ବାବୁଲା । ଦଉଡ଼ିଯାଇ କାଗଜଠୁଙ୍ଗାରେ ସିଙ୍ଗଡ଼ା ତିନିଟା ବାନ୍ଧିଦେବାକୁ ମନ ହେଉଥିଲା ତା'ର । ପରେ ପରେ ସାମାନ୍ୟ ସଙ୍କୁଚିତ ହୋଇଗଲା ସେ । ଏଇ ଅନୁରୋଧ ବା ଅନୁଜ୍ଞା ଆସିଛି ତା'ଠାରୁ ଅନ୍ତ ଉଚତାରେ ଅଧିକ, ଉଜ୍ଜ୍ୱଲ, ଶ୍ୟାମଳ ବର୍ଣ୍ଣର ଡଉଲଡାଉଲ ପିଲା ଜଣକଠାରୁ – ଦେହରେ ଧୋବ ଫରଫର ହାଫ୍‌ଶାର୍ଟ ଓ କଳାରଙ୍ଗର ହାଫ୍ ପ୍ୟାଣ୍ଟ, ବେଲ୍ଟ ରହିଛି ଅଣ୍ଟାରେ, ଧଳା ମୋଜା ଓ କଳା ଜୋତା । ଏକଦମ୍ ଚକ୍‌ଚକ୍ ଚେହେରା । କୋଉ ବଡ଼ ବାବୁଘରର ପିଲା ହେବ । କେମିତି ତା'ର ଅଧୁଆ ମଇଳା ହାତରେ ସିଙ୍ଗଡ଼ା ଉଠେଇ ଆଣି ତାକୁ ଦେବ ? କୁଣ୍ଠିତ ଭାବରେ ସେଇଠି ଠିଆ ହୋଇ ରହିଲା ବାବୁଲା । ପିଲାଟି ଏଇ ଭିତରେ ଦୁଇ ଭାଙ୍ଗ ହୋଇଥିବା ପାଞ୍ଚଟଙ୍କିଆ ନୋଟଟିଏ ବଢ଼ାଇ ସାରିଥାଏ ।

"ଆରେ, ଖଣ୍ଡଟା ପରି ଠିଆ ହେଲୁ କ'ଣ ? ଦେ ଠୁଙ୍ଗାଟା ଦେ ।" ବଟ ସାହୁର ଚିକ୍ୟାର ଶୁଭିଲା । ସେ ଠୁଙ୍ଗାଟି ଧରି ତା' ଆସ୍ଥାନରୁ ବାବୁଲା ଆଡ଼କୁ ବଢ଼ାଇଥାଏ । ଟେବୁଲ୍ ଉପରେ କନା ଓ ଅଇଁଠା ଥାଲିତକ ରଖିଲା ବାବୁଲା । ସେଇ ଭଦ୍ର ପିଲାଟି ଆଡ଼କୁ ଠୁଙ୍ଗାଟି ବଢ଼ାଉ ବଢ଼ାଉ ଦେଖିଲା ସେ ରଜାପୁଅ ପରି ପିଲାଟା ସାମାନ୍ୟ ହସିଲା – ଠୁଙ୍ଗାଟି ଦେବା ଆଗରୁ ଡାହାଣହାତର ବିଶି ଆଙ୍ଗୁଠିରେ କିଛି

ସ୍ୱତେଇ ଦେଲା। ତା'ର ସଙ୍କେତଟି ବୁଝିପାରି ଲଜ୍ଜାରେ ମ୍ରିୟମାଣ ହୋଇପଡ଼ିଲା ବାବୁଲା – ତା' ଶାର୍ଟର ଡାହାଣ କାଖ ତଳ ତିନି, ଝରି ଇଞ୍ଚ ଚିରିଯାଇଛି ବା ସିଲେଇ ଫିଟି ଯାଇଛି।

"ତୁମ ମାଆ ସିଲେଇ କରିପାରୁ ନାହାନ୍ତି ?" ସେମିତି ହସିଲା ସ୍ୱରରେ କହିଲା ପିଲାଟି ଓ ହାତ ବଢ଼ାଇ ଠୁଙ୍ଗାଟି ନେଲା – ବାଁହାତରେ ପାଞ୍ଚଟଙ୍କିଆ ନୋଟଟି ବଢ଼ାଇଦେଲା। କୌଣସି ଉତ୍ତର ନ ଦେଇ ବାବୁଲା ବଟ ସାହୁଠାରୁ ଟଙ୍କା ଭଙ୍ଗାଇ ପିଲାଟିକୁ ଦୁଇ ଟଙ୍କା ଫେରାଇଦେଲା। ପିଲାଟିର ଆଙ୍ଗୁଠି ତା'ର ପାପୁଲିକୁ ସାମାନ୍ୟ ସ୍ପର୍ଶ କରିଥିଲା। ବାବୁଲା ଉଲ୍ଲସିତ ହୋଇ ଉଠ୍ଥିଲା – ଏମିତି ରଜାପୁଅ ଭଳି ଜଣେ 'ତୁମେ' ସମ୍ବୋଧନ କରି – ଖାସ୍ ତାଆରି ହାତରୁ ଜଳଖିଆ ନେବା, କାହିଁ କୋଉ ଦିନ ଘଟିଥିଲା – ତା'ର ମନେପଡ଼ିଲା ନାହିଁ। ନିଜ ଆଡ଼କୁ ଟିକିଏ ରୁହିଁଲା ବାବୁଲା, ନିଜକୁ ଆଉଁଶିବା ରୁହାଣିରେ। ଅଇଁଠା ଥାଲି ଓ ଗିନା ଦୁଇଟା ଧରି ରୁଲିଗଲା ପଛଆଡ଼କୁ। ସବୁଥର ପରି ଚଞ୍ଚଳ ଧୋଇ ନ ପକାଇ ଟିକିଏ ଠିଆ ହୋଇଗଲା ବାବୁଲା।

- କ'ଣ କହିଗଲା ସେ ପିଲାଟି ତା'ର କାଖଚିରା ଶାର୍ଟକୁ ଦେଖ୍ ?

- ତୁମ ମାଆ ସିଲେଇ କରିପାରୁ ନାହାନ୍ତି ନା ଏମିତି କ'ଣ !

- ପିଲାଟି କେମିତି ଜାଣନ୍ତା ଯେ ତା'ର ମାଆ ଅଛି କି ନାହିଁ !

- ଥିଲା ତ ! ଥିବ ବି ବୋଧହୁଏ କୋଉଠି।

ଜାଣିବା ଦିନଠାରୁ ଯାହାର ପଛେ ପଛେ ସେ ବୁଲିଆସିଛି – ସେମିତି ବାଳ ଘୁରୁଘୁରୁ ମଇଳା ଲୁଗା ଖଣ୍ଡେ ପିନ୍ଧିଥିବା, ଖରାଧାସରେ ନାଲି ପଡ଼ିଯାଇଥିବା, ଶୀର୍ଣ୍ଣା, ବିଷଣ୍ଣା ସ୍ତ୍ରୀଲୋକ ଜଣେ, ବୟସ ଜାଣିହେବ ନାହିଁ। ଜାଣିବାର ଉପାୟ ବି ନାହିଁ – ସେ କାହିଁକି ତା' ମାଆ, ତା'ବି ସେ ଜାଣେ ନାହିଁ। ବୋଧହୁଏ କଂସାଏ ପଖାଳ ଭାତ ଓ ଦରସିଝ। ଆଳୁର ପାଣି ତରକାରି ପାଖରେ ସେଇ ସ୍ତ୍ରୀଲୋକଟି ତାକୁ ଅପେକ୍ଷା କରିଥାଏ ବୋଲି। ଆଉ ସାରାଦିନ ଭିତରେ କେହି କାହାରି ଅସ୍ତିତ୍ୱ ପ୍ରତି ସଚେତନ ନ ଥା'ନ୍ତି। ସେମାନେ ଗୋଟିଏ ବସ୍ତିରେ ଥିଲେ। ତା' ମାଆ ପରି ଆଉ କେତେକ ସ୍ତ୍ରୀଲୋକ ଓ କେତେଜଣ ପୁରୁଷଲୋକ। ତା'ରି ପରି, ତା' ଠାରୁ ଅଡ଼ ବଡ଼ ଓ ସାନ ପିଲାମାନେ ଏକାଠି ଗୋଟିଏ କୁଡ଼ିଆରେ ଶୁଅନ୍ତି – ଯେମିତି

ଗୋଟିଏ ମାଆ ପେଟର ଏକା ରକ୍ତର ଏତକ ବାର ପନ୍ଦର ଭାଇଭଉଣୀ ! ସକାଳୁ ଉଠି ଯିଏ ଯାହା କୁଢ଼ିଆର ମାଆଙ୍କ ପାଖକୁ ଖାଇବାକୁ ଯାଆନ୍ତି। ପୁଲିସ୍ ମଝିରେ ମଝିରେ ଆସେ। ଗୁଡ଼ାଏ ବାହୁନା, କାନ୍ଦଣା ଶୁଣାଯାଏ - ଗାଳିମନ୍ଦ ବି - ସେମାନେ ସବୁତକ ପିଲା। ଦେଖାଶାହାରି ହୋଇ ଟିକିଏ ଦୂରରେ ଠିଆ ହୋଇଥାଆନ୍ତି - ଯେମିତି ଏଇ ସ୍ତ୍ରୀଲୋକମାନଙ୍କୁ ସେମାନେ ଆଗରୁ ଜାଣି ନାହାନ୍ତି। ବସ୍ତି ସେଇଠାରୁ ଉଠିଯାଏ। ଦୁଇ ତିନୋଟି ବୁଜୁଲା ଧରି ସେମାନେ ଦଳ ହୋଇ ବାହାରନ୍ତି - ଆଉ ଗୋଟିଏ ଜାଗାରେ କୁଢ଼ିଆ ତିଆରି ହୁଏ। ବାବୁଲାର ମନେ ଅଛି, ଏମିତି ତିନି ଚାରି ଥର ଘଟିବା କଥା।

ଦିନେ ଉପରବେଳା ସେ ଓ ତା'ରି ପରି ଆଉ କେତେଜଣ ବସ୍ତି ଆଗର ନଳାକଡ଼କୁ ଥିବା ଖାଲି ଜାଗାରେ ଡାବଲପୁଆ ଖେଳୁଥିଲେ। ବସ୍ତି ଭିତରୁ, ସେମାନଙ୍କ କୁଢ଼ିଆ ଆଗରୁ ଦୁଇ ଜଣ ପୁଲିସ୍, ଜଣେ ସ୍ତ୍ରୀଲୋକ ପୁଲିସ୍ - ତା' ମାଆକୁ ଠେଲି ଠେଲି ଆଣିଲେ। ମାଆ ତା'ର ପାଟି କରି କାନ୍ଦୁଥାଏ - କିଛି କିଛି କହୁଥାଏ। ବାବୁଲା ଶୁଣିବାକୁ ଚେଷ୍ଟା କରୁଥାଏ, କିନ୍ତୁ କିଛି ଶୁଭୁ ନ ଥାଏ। ବସ୍ତି ଆଗରେ ଗୋଟିଏ ଗାଡ଼ି ରହିଥାଏ। ସେଥିରେ ବସିବାକୁ ସ୍ତ୍ରୀଲୋକ ପୁଲିସ୍ ଧକ୍କା ମାରୁଥାଏ ପଛରୁ ମାଆକୁ। ବାବୁଲା ଚୁହଁଥିଲା ଜାଣିବାକୁ ଯେ ସେ ସବୁ କ'ଣ ହେଉଛି। ସେ ଭାବୁଥିଲା, ମାଆ ପଛକୁ ଚୁହିଁବ କି - କହିବ କି ବାବୁଲାକୁ ଏସବୁ କ'ଣ ? ମାଆ କିନ୍ତୁ ଗାଡ଼ି ଭିତରେ ବସିଲା ଓ ପଛକୁ ଫେରି ଚୁହିଁଲା ନାହିଁ। ବାବୁଲା ଫେରିଆସିଲା କୁଢ଼ିଆକୁ। ପ୍ରଥମଥର ପାଇଁ ସେ କୁଢ଼ିଆ ଭିତରକୁ ଦେଖିଲା ଭଲ କରି। ଏଇଠିକୁ କେବଳ ସେ ଦିନକୁ ଦୁଇ ଥର ଖାଇବାକୁ ଆସେ। ମସିଣାଟିଏ, ତା' ଉପରେ କନ୍ଥା ଓ ଚଦର ପଡ଼ିଛ। କଣପଟକୁ ଲୁହାଟ୍ରଙ୍କ ଓ ତା' ଉପରେ ଚଉତା ହେଇ ମାଆର କେତେକ ଲୁଗାପତା। ଆରପଟରେ ଛୋଟ ଗାତ ପରି ଚୁଲି - ବାସନ କେତେଖଣ୍ଡ ଓ ସିଲ୍ଭର୍ ଥାଳିଆ ଘୋଡ଼ାଇ ହୋଇଥିବା ସିଲ୍ଭର୍ ହାଣ୍ଡି। ହଠାତ୍ ପେଟ ଭିତରୁ କ'ଣ ଯେମିତି ଉଠିଆସିଲା ପରି ଲାଗିଲା ବାବୁଲାର। ଭୋକ - ଏଇଆକୁ ତ ଚିହ୍ନିଛି ସେ ଖୁବ୍ ଭଲ କରି। କିନ୍ତୁ ଏମିତି ଅବେଳରେ ! କେଜାଣି, ବେଳ ଅବେଳ ଆଉ କ'ଣ ? ଧୁଦାଲି ଚୁଲିଲା ସବୁଆଡ଼ ବାବୁଲା। ଚୁରିଆଡ଼େ ବିଛେଇ ପଡ଼ିଲା ଦରମଇଲା ଶାଢ଼ି, ବ୍ଲାଉଜ୍, ସାୟା, ଗିନା, ତାଟିଆ, ଦୁଇ ତିନୋଟି କନ୍ଥା, ଜଗନ୍ନାଥଙ୍କ ଫଟୋ, ପିତଳର ଛୋଟ ଘଣ୍ଟି ଓ ଘରର ଅନ୍ୟାନ୍ୟ ସବୁତକ ସମ୍ପଦ। ଛୋଟ

ଅଥଚ ଚିକ୍‌ଣ କରି ଲିପାପୋଛା ହୋଇଥିବା କୁଡ଼ିଆଟି ବିଧ୍ୱସ୍ତ ହୋଇଗଲା କୌଣସି ଅଦୃଶ୍ୟ ଆକ୍ରୋଶରେ । ଏ ସବୁ ବିପର୍ଯ୍ୟୟର କୌଣସି ନିର୍ଦ୍ଦିଷ୍ଟ ଫଲ ନ ଥିଲା । ସିଲଭର ଡେକ୍‌ଚିରେ ଅଧା ଡେକ୍‌ଚି ପଖାଳ ଛଡ଼ା କୌଣସି ସ୍ଥିତିସ୍ଥାପକ ସମ୍ବଳ ଖୋଜି ପାଇଲା ନାହିଁ ବାବୁଲା । ସେତକ ପୋଛିପାଛି ଖାଇ ନିଜ ଶ୍ରମରେ ହାଲିଆ ହୋଇ ସେଇଠି ଶୋଇପଡ଼ିଲା ସେ । ପରଦିନ ଉଠିଲାବେଳକୁ ବେଳ ବୋଧହୁଏ ବହୁତ ଗଡ଼ିଯାଇଥିଲା । କାରଣ, କୁଡ଼ିଆ ଭିତରୁ ବାହାରି ଝରିଆଡ଼କୁ ଝଢ଼ିଁଲାବେଳକୁ ତା'ର ନଜରରେ କେହି ପଡ଼ିଲେ ନାହିଁ । ତା'ଠାରୁ ଛୋଟ କେତେଟା ପିଲା ଖାଲି ଟ୍ୟୁବ୍‌ୱେଲ୍ ପାଖରେ ପାଣି ଚବଚବ କରୁଥିଲେ । ସ୍ତ୍ରୀଲୋକମାନେ କିଏ କିଏ ଲୁଗା ଶୁଖାଉଥିଲେ, କୋଇଲାଗୁଡ଼ିର ଘଷି ପାରୁଥିଲେ । ପୁରୁଷଲୋକ କେହି ଦେଖା ନ ଥିଲେ । ବାବୁଲା କୁଡ଼ିଆର କବାଟଟି ଆଉଜାଇ ଆଣିଲା, ଶିକୁଳିଟି ଦେଇଦେଲା ଓ ଭୁଲରେ ପହଞ୍ଚି ଯାଇଥିବା ଅଜଣା ଜାଗାରୁ ମୁହଁ ଫେରାଇ ଝଲିଆସିବା ପରି ଆଗକୁ ଝଲିଲା ।

ବେଶ୍ କେତେ ବାଟ ଆସିଲା ପରେ ମିଳିଲା ବସ୍ ଷ୍ଟାଣ୍ଡ । ବଡ଼ ଜନଗହଳି, ଗାଡ଼ିମଟରର ଶବ୍ଦ, ଚନାଚୂର, ସିଝାଅଣ୍ଡାର ଗନ୍ଧ ତାକୁ ଚମକୃତ କଲା ଓ ସାଙ୍ଗ ସାଙ୍ଗେ ସେ ଅନୁଭବ କଲା ଯେ, ତାକୁ ଭୋକ ଲାଗୁଛି । ତାକୁ ଦ୍ୱିତୀୟଥର ଭାବିବାକୁ ମଧ୍ୟ ପଡ଼ିଲା ନାହିଁ, ସେ ବର୍ତ୍ତମାନ କ'ଣ କରିବ । ଯେଉଁଠି ସେଇଠି କୌଣସି ଜଲଖିଆ ଦୋକାନ ଆଗରେ ହାତ ପତେଇ ଦେଲେ ମିଳିଗଲା ଖଣ୍ଡିଏ ରୁଟି, ଆଲୁଚପ୍‌ଟେ କି ବରାଟେ, ପାଉଁରୁଟି ଖଣ୍ଡେ ଓ କେତେବେଲେ କେମିତି ରସଗୋଲାଟେ । ଏତେ ସହଜରେ ଏମିତି ସୁସ୍ୱାଦୁ ଜିନିଷ ମିଳିପାରେ ସେ ବିଶ୍ୱାସ କରିପାରୁ ନ ଥିଲା । ଆଶ୍ଚର୍ଯ୍ୟ ହେଉଥିଲା କେମିତି ଦିନ ପରେ ଦିନ କୁନ୍ତେଇ ମୁହେଁଇ ତା' ମାଆ ବାଡ଼ିଦେଉଥିବା ପଖାଳ, ଆଲୁସିଝ। ଖାଇ ସେ ବଞ୍ଚିରହିଥିଲା । ଅଥଚ ତା'ର ଭୋକ ବଢ଼ିଝଲିଥିଲା ଓ ଏମିତି ଖଣ୍ଡେ ଅଧେ ହାତଟେକାରେ ସେ ତୃପ୍ତି ପାଇପାରୁ ନ ଥିଲା । ଏବେ ଆରମ୍ଭ କଲା ସେ ଇଆଡ଼େ ସିଆଡ଼େ ଅନେଇ ଜଲଖିଆ ଦୋକାନରୁ ଗୋଟିଏ ଅଧେ ଖାଇବା ଜିନିଷ ଉଠାଇବା । ପ୍ରାୟ ତୃତୀୟ କି ଚତୁର୍ଥ ଥରକୁ ସେ ଧରାପଡ଼ିଗଲା ଓ ତା ପରେ ଝଲିଲା ବିଧା, ଝପୁଡ଼ା, ଗୋଇଠା ତା' ଉପରେ । କେତେ କିଏ ଯେ ଗାଲି ଦେଇଗଲେ ଓ ମାରିଝଲିଲେ ସେ ମନେରଖିପାରି ନାହିଁ । ଶେଷକୁ ସେମାନେ ତାଗିଦ୍ କରିଦେଲେ ଯେ, ଆଉଥରେ

ଏମିତି କଲେ ସେମାନେ ପୁଲିସ୍‌ରେ ଦେବେ ଓ ରୁଲ୍‌ ବାଡ଼ିରେ ମାଡ଼ ଖାଇ ଖାଇ ତା'ର ହାତ ଗୋଡ଼ ଭାଙ୍ଗିଯିବ । କୌଣସିମତେ ନିଜକୁ ଘୋଷାରି ନେଇ ଯାତ୍ରୀମାନଙ୍କ ପାଇଁ ଉଦ୍ଦିଷ୍ଟ ସିମେଣ୍ଟ ବେଞ୍ଚରେ ବସିଲା ବାବୁଲା । ବର୍ତ୍ତମାନ ସେ କ'ଣ କରିବ – ଏହି କଥା ଭାବୁଥିଲା ଓ ତା' ଆଖିରୁ ଲୁହ ଗଡ଼ିଚାଲିଥିଲା ।

"କିରେ, ଦୁଇଟା ଆଲୁଚପ୍‌ ପାଇଁ ଏତେ ମାଡ଼ ଖାଇଲୁ ?" ଏଇ ପ୍ରଶ୍ନ ଥିଲା ଦରବୁଢ଼ା ବୟସର ଅଜ୍ଞ ପାଚି ଆସିଥିବା ଦାଡ଼ି ଥିବା ଆଣ୍ଟୁ ପର୍ଯ୍ୟନ୍ତ ମଇଳା ଧୋତି ପିନ୍ଧିଥିବା ଲୋକ ଜଣକଠାରୁ । ଏଇ ଲୋକକୁ ସେ ଆଗରୁ କେବେ ଦେଖି ନ ଥିଲା । ତା' ଆଡ଼କୁ ଟିକିଏ ରୁହିଁ ଦେଇ ପୁଣି ସକ ସକ ହୋଇ କାନ୍ଦିବାକୁ ଲାଗିଲା ବାବୁଲା ।

"କାନ୍ଦନା ଆଉ । କାମ କଲେ କେତେ ଖାଇବାକୁ ମିଳିବ । ଚୋରି କାହିଁକି କରିବୁ ? ଆହା ! କେତେ ମାରିଲେରେ ପିଲାଟାକୁ ।"

ସାନ୍ତ୍ୱନା, ସହାନୁଭୂତି କି ଦରଦ, କି ପ୍ରକାର କଥା ଇଏ ଜାଣିବାକୁ ବୋଧହୁଏ ମୁହଁ ଟେକି ଆଉଥରେ ଲୋକଟିକୁ ରୁହିଁଲା ବାବୁଲା ।

"ଜଳଖିଆ ଦୋକାନରେ କାମ କରିବୁ ? ମୋ ପୁତୁରାର ଦୋକାନ ଅଛି । କାମ କହିଲେ କିଛି ନୁହେଁ – ଏଇ ଟେବୁଲ୍‌ ଦୁଇଟା ପୋଛିବା ଓ ଥାଲି ଦୁଇଟା ଧୋଇବା । ତିନି ଓଳି ଖାଇବାକୁ ମିଳିବ ଭଲ ଭଲ ଜିନିଷ । ଯିବୁ ? ରୁଲ, ବସରେ ନେଇଯିବି ।"

– କିଛି ନ ଭାବି ହାତ ପଛରେ ଲୁହ ପୋଛି ଲୋକଟିର ପଛରେ ରୁଲିଲା ବାବୁଲା । ବେଳ ଦୁଇ ଘଡ଼ିକୁ ସେମାନେ ଓହ୍ଲାଇଲେ ବସରୁ ଏଇଠି, ଯାହାର କୋଡ଼ିଏ ହାତ ଦୂରରେ ଥିଲା 'ମା ତାରିଣୀ ସ୍ୱିଟ୍‌ସ' ।

ତାକୁ ପଛରେ ପକାଇ ତରତର ହୋଇ ତା' ସାଙ୍ଗରେ ଆସିଥିବା ଲୋକଟି ମାଡ଼ିଗଲା, ଜଳଖିଆ ଦୋକାନରେ ଚକାମେଲି ବସିଥିବା ତା'ରି ବୟସର ମଇଳା ଧୋତି ଓ ଖାଲି ଦେହରେ ବସିଥିବା ଲୋକଟି ପାଖକୁ । ତା' ଆଡ଼କୁ ମୁଣ୍ଡ ନୁଆଁଇ କ'ଣ କ'ଣ କହିଗଲା ଓ ଦୁଇଜଣଯାକ ବୁଲି କରି ଏକାସାଙ୍ଗରେ ତା' ଆଡ଼କୁ ରୁହିଁଲେ । ଜଳଖିଆ ଦୋକାନରେ ବସିଥିବା ଲୋକଟି ଭ୍ରୁ କୁଞ୍ଚେଇଥିଲା ଓ ମପାମପି କରିବା ରୁହାଣିରେ ରୁହିଁଲା ବାବୁଲା ଆଡ଼େ । ମିନିଟିଏ ପରେ ତା' ମୁହଁରେ ହସ ଉକୁଟି ଆସିଲା ଓ ସେ ପାଟି କରି କହିଲା – ଆରେ, ଭିତରକୁ ଆସ୍‌ । ସେଇଠିଟାରେ କାଇଁ ଠିଆ ହେଇଛୁ ? କ'ଣ ତୋ ନାଁ କହିଲୁ ବାବୁ ?

ବାବୁଲାର ଉତ୍ତରକୁ ଅପେକ୍ଷା ନ କରି ଲୋକଟି ପଛକୁ ମୁହଁ କରି ଆହୁରି ଜୋରରେ ପାଟି କଲା – ଜଗା, ଜଗବନ୍ଧୁ କିରେ, ଏଇ ପିଲାଟିକୁ ଭାତ ଡାଲମା ବାଢ଼ିଦେଲୁ ଥାଲିଟାଏରେ.....

ଏଇ ଯେଉଁ ପଲସ୍ତରା ନ ଥିବା କୋଠରିଟି ଲାଗିଛି ଜଲଖିଆ ଦୋକାନକୁ, ସେଇଠି ଗୋଟିଏ ଛିଣ୍ଡା ମସିଣା ପାରିଦେଲା ବଟ୍ ସାହୁ ଓ ମଇଳା ଚଦରଟିଏ ଦେଲା ଘୋଡ଼େଇ ହୋଇ ଶୋଇବାପାଇଁ । ନିଜେ ଦଉଡ଼ିଆ ଖଟରେ ଶୋଇପଡ଼ି ଘୁଙ୍ଗୁଡ଼ି ମାରିବାକୁ ଲାଗିଲା । ଜଗା ଓରଫ ଜଗବନ୍ଧୁ ତ ରହିଲା ନାହିଁ, ଦୋକାନଘରେ ରାତିରେ । କିଛି ସମୟ ପର୍ଯ୍ୟନ୍ତ ରହିଁରହି ମୂଷାମାନଙ୍କର ଖୁଡ଼୍ ଖାଡ଼୍ ଶବ୍ଦକୁ କାନ୍ ଡେରି ଶୁଣିଲା ବାବୁଲା, ସମୟାନ୍ତରାଳରେ ବଟ ସାହୁର ଘୁଙ୍ଗୁଡ଼ି ଶବ୍ଦ ବି । ଖୁବ୍ ଶୀଘ୍ର ନିଦ ଆସିଗଲା ତାକୁ – ଅନେକ ଦିନ ପରେ ପେଟ୍ ଭର୍ତ୍ତି ସୁସ୍ୱାଦୁ ଖାଦ୍ୟ ଖାଇଥିବା ଓ ଶୋଇବାପାଇଁ ଚଦର ଖଣ୍ଡେ ପାଇଥିବା ଯୋଗୁଁ ।

ପରଦିନ ମଧ୍ୟ ସେମିତି ସ୍ୱାଦଯୁକ୍ତ ଖାଦ୍ୟ ଅପେକ୍ଷା କରିଥିଲା ତା' ପାଇଁ । କାମ ସେ ତୁଳନାରେ କିଛି ନ ଥିଲା । ଯଦିଓ ସେ ସମୟାନୁଯାୟୀ ସେତକ ସୁରୁଖୁରୁରେ ତୁଲେଇ ପାରୁ ନ ଥିଲା । ବଟ୍ ସାହୁ ତା'ର ଅନଭିଜ୍ଞତାକୁ କ୍ଷମା କରି ଦେଉଥିଲା ଓ ଠିକ୍ ଅଛି, ଆଉ ଟିକିଏ ଚଞ୍ଚଳ ହାତ କର ବୋଲି ମଝିରେ ମଝିରେ କହିଦେଉଥିଲା । ଅଜାଡ଼ିଁ ଗିନାଟିଏ ଉଠେଇ ଆଣୁ ଆଣୁ ଟେବୁଲରେ କିଛି ଢାଳିଗଲେ ଚଟ୍ କରି ଦୋଷକାରୀ ପରି ବାବୁଲା ଜଗବନ୍ଧୁକୁ ରହିଁ ଦେଉଥିଲା ଓ ଜଗବନ୍ଧୁ ବେଲେବେଲେ ଆଖିମାରି ବା ଶୁଙ୍ଗୁରି ବଜାଇ ତାକୁ ଉସ୍ସାହିତ କରୁଥିଲା । ବାବୁଲା ଆସିଯିବାରୁ ଜଗବନ୍ଧୁର କାମ କମ୍ ହୋଇଗଲା ଓ ସେଥିପାଇଁ ସେ ଖୁବ୍ ଖୁସି ଥିଲା । କିନ୍ତୁ ଖାଇଲାବେଲେ ବାବୁଲା ଲକ୍ଷ୍ୟ କରୁଥିଲା ଯେ, ଜଗବନ୍ଧୁ ତା' ନିଜ ଖାଇବାର ଦୁଇ ଗୁଣା ଖାଉଛି ଓ ଭାରି ମନଖୁସିରେ ଖାଉଛି । ଦୋକାନ ବନ୍ଦ ହେଉ ନ ହେଉଣୁ ସେ ଦୋକାନ ଛାଡ଼ି ଚୁଲିଯାଉଛି । ଜଗବନ୍ଧୁ ଥରଟିଏ ଫେରିଆସି ତାକୁ ପାଟିଲା ଗାମୁଛାଟିଏ ଦେଇଯାଇଥିଲା ଯାହା ।

ସନ୍ଧ୍ୟାବେଲେ ଅସରାଏ ବର୍ଷା ହୋଇଯାଇଥିବାରୁ ଘର ଭିତରେ ପ୍ରବଳ ମଶା ହେଉଥାଏ । ଏ ଭିତରେ ଚୁରି ପାଞ୍ଚ ଦିନ ବିତିଯାଇଥାଏ ଓ ବାବୁଲା ମୁହଁରୁ ଅନାହାରଜନିତ କଳାଛାପ ଉଠୁରି ଯାଇଥାଏ । ମଶାକାମୁଡ଼ା ଭିତରେ ଛାଇନିଦ ହୋଇଯାଇଥିଲା ବାବୁଲାକୁ ।

'କିଏ, କିଏରେ ?' ଧଡ଼ପଡ଼ ହୋଇ ଉଠିବସିଲା ବାବୁଲା । ପେଟ ଉପରେ ସଲ ସଲ ହୋଇ କ'ଣ ଗୋଟାଏ ଝୁଲିଯାଉଛି ଯେମିତି ! ସାପ କି ମୂଷା କ'ଣ ହେବ । 'ଚୁପ୍, ଚୁପ୍ ପାଟି କରନା' ସଁ ସଁ ଶବ୍ଦ ସହିତ ଚିପା ଦାନ୍ତ ଭିତରୁ ଫିସ୍ ଫିସ୍ ଆବାଜ ଶୁଣିଲା ବାବୁଲା । ଇଏ କାହାର ସେ ଜାଣିପାରୁ ନ ଥିଲା ।

'ଚୁପ୍‌ଚାପ୍ ଶୋ'....

କିନ୍ତୁ ଇଏତ ବଟ ସାହୁ – ଇଏ କ'ଣ କରୁଛି ? ବାବୁଲା ଆଶ୍ଚର୍ଯ୍ୟ ହେଉଥିଲା । ଗୋଟିଏ ହାତରେ ଜବରଦସ୍ତି ବାବୁଲାକୁ ଶୁଆଇଦେଲା ଓ ଅନ୍ୟ ହାତରେ ଅସମ୍ଭବ ବ୍ୟଗ୍ରତା ସହ ତା'ର ଢିଲା ପ୍ୟାଣ୍ଟକୁ ଖୋଲିଦେଲା ବଟ ସାହୁ । ବାବୁଲା କିଛି ବି ଭାବିବା ଆଗରୁ ଏକ ଅଭୁତ ତୀକ୍ଷ୍ଣ ଯନ୍ତ୍ରଣା ଅନୁଭବ କଲା ତା'ର ଜଙ୍ଘ ସନ୍ଧିରେ ଓ ଆର୍ତ୍ତନାଦ ସହ ଥରିଉଠିଲା ସେ ।

'ମାଆଲୋ ମଲିଗଲି, ଛାଡ଼ିଦିଅ ମୋତେ' ...

ଥରି ମଧ ଉଠିଲା ପଲସ୍ତରା ନ ଥିବା ଇଟା କାନ୍ଥଟି ଓ ଟିଣ ଛାତର ସେଇ ଛୋଟିଆ ଘରଟା । ଶବ୍ଦମିଶା ପବନକୁ ବାଟ ଛାଡ଼ିଦେଲା ଘରଟି ଓ ସେ ସବୁ ଖେଳେଇ ହୋଇଗଲା ଅଧରାତିରେ । ଗାଡ଼ି ମଟର ଝୁଲୁ ନ ଥିବା ହାଇଓ୍ୱେ ଉପରେ । ଊର୍ଦ୍ଧ୍ୱକୁ ବୋଧହୁଏ ଉଠିଯାଇ ମହାଶୂନ୍ୟରେ ମିଳାଇଗଲା ସେ ଚିତ୍କାର – ଯେଉଁଠି ଯୁଗ ଯୁଗ ଧରି ବାବୁଲାମାନଙ୍କର ଆର୍ତ୍ତନାଦ ଘନୀଭୂତ ହୋଇ ଝୁଲୁଥାଏ ଓ ତା' ତଳସ୍ତରର ନିପାରିଲା ବାୟୁମଣ୍ଡଳ ଭିତରକୁ ଟୋପାଟୋପା ହୋଇ ଝରି ଆସିଥାଏ ସମୟକ୍ରମେ –

"ଚୁପ୍ ବେ । ମାଆକୁ ଡାକୁଛି । ସେ ଖାନକୀ ତ ପାଞ୍ଚ ଘଇତା କରୁଥିବ । ଚୁପ୍ କରିବୁ ନା ଦେଖିବୁ ଏବେ ।"

ବଟ ସାହୁର ଫିସ୍ ଫିସ୍ ସ୍ୱରର ଧମକ ଯଥେଷ୍ଟ ନ ଥିଲା ବାବୁଲାକୁ ଚୁପ୍ କରିବାକୁ । ସେ ଛଟପଟ ହୋଇ ଯନ୍ତ୍ରଣାରେ ଏଥର ଟିକିଏ ଧୀର ସ୍ୱରରେ ବାହୁନିବାକୁ ଲାଗିଲା ଓ ତା'ର ଦୁଇ ଆଖିରୁ ଲୁହ ଗଡ଼ିବାକୁ ଲାଗିଥିଲା ।

"ହେଇଟି ଶୁଣ, ସେ ପିଆଜ କଟା ଛୁରି ଦେଖିଛୁ ତ ? ତକ୍ଷ୍ଣି କାଟିଦେବି – ଚୁପ୍ କର କହୁଛି । କେତେ ବାଲିଙ୍ଗ କାଢୁଛି ଦେଖ ! କଣଟାଏ ହେଇଗଲା ? ଢୋଲ

ଭର୍ତ୍ତି କରି ଗିଳୁଛୁ ଯେତେବେଳେ...” ବିଡ଼୍ ବିଡ଼୍ ହୋଇ ବଟ ସାହୁ ତଳୁ ଉଠିଲା – ଗାମୁଛା ପିନ୍ଧିଲା ଓ ଶିକୁଳି ଖୋଲି ବାହାରକୁ ଗଲା । ବାହାରୁ ପାଣି ପଡ଼ିବାର ଶବ୍ଦ ଶୁଭିଲା ଓ ତା’ର ଗଳାଖଙ୍କାର ଶବ୍ଦ ମଧ୍ୟ ।

ପରଦିନ ସକାଳ ବଡ଼ କଷ୍ଟକର ଥିଲା ବାବୁଲା ପାଇଁ । ସେ କୁନ୍ଥେଇ କୁନ୍ଥେଇ ଉଠିଥିଲା ଓ ଭଲକରି ଋଳିପାରୁ ନ ଥିଲା ।

ତା’ ବସିବା ଜାଗା ତଳ ଡ୍ରୟାରରୁ ବାହାର କରି ବଟ ସାହୁ ପାଞ୍ଚଟଙ୍କିଆ ନୋଟଟାଏ ଯାଚିଥିଲା ବାବୁଲାକୁ । ଫୁଲାଫୁଲା ଆଖିରେ ସେ ଆଡ଼କୁ ଋହିଁଥିଲା ବାବୁଲା ଓ ମୁହଁ ବୁଲେଇ ଦେଇଥିଲା । ଜଗବନ୍ଧୁ ଆଖିରେ ଠାରିଥିଲା ନେଇଯିବାପାଇଁ ।

“ଜଗବନ୍ଧୁରେ, ବାବୁଲା ପାଇଁ ହାଟପାଲିରୁ ହଳେ ପ୍ୟାଣ୍ଟ ଶାର୍ଟ ଆଣି ଦେବୁଟ” । ବଟ ସାହୁ ଜଗବନ୍ଧୁ ଆଡ଼କୁ ନ ଋହିଁ ଏତକ କହିଲା ଓ ପୁରି ଛାଣିବାରେ ଲାଗିଗଲା ।

ଦିନସାରା ଏକ ଅସ୍ଥିରତାରେ କଟିଗଲା ବାବୁଲାର । ସନ୍ଧ୍ୟାବେଳକୁ ସେଇ ଅସ୍ଥିରତା ଆତଙ୍କରେ ପରିଣତ ହୋଇଆସିଲା । ଏଇ ଭିତରେ ସେ ଜାଣିପାରିଥିଲା ଯେ, ଦୋକାନ ବନ୍ଦ କରିବାକୁ ଯିବାର ଅଳ୍ପ କେତେ ସମୟ ପୂର୍ବରୁ ଶେଷ ବସଟି ଯାଏ ଆଗ ରାସ୍ତାରେ ଓ ଟିକିଏ ଦୂରରେ ଥିବା ବସ ଷ୍ଟପରେ ଅଟକେ କିଛି ସମୟ । ପକେଟରୁ ବାହାର କରି ପାଞ୍ଚଟଙ୍କିଆ ନୋଟଟିକୁ ଦେଖିଲା ବାବୁଲା ଓ ଜରୁରୀ ଦରକାର ପରି ମୁହଁ କରି ବାଡ଼ିପଟକୁ ଗଲା । ସାଙ୍ଗେ ସାଙ୍ଗେ ସେ ବସଷ୍ଟପରେ ପହଞ୍ଚି ଯାଇଥିଲା ଓ ଆଶା କରୁଥିଲା ଯେ, ତା ଅନୁପସ୍ଥିତି ଜଣା ହେବା ଆଗରୁ ବସଟି କେମିତି ଆସିଯିବ । ଦୂରରୁ ଘର୍ ଘର୍ ଶବ୍ଦ ଶୁଭିଲା ଓ ସେଇଆଡ଼କୁ ଉତ୍କର୍ଷ ହୋଇରହିଲା ବାବୁଲା । ବସ୍ ପହଞ୍ଚିବା ପୂର୍ବରୁ ଶକ୍ତ ଋପୁଡ଼ାଟାଏ ବସିଗଲା ପିଠିରେ ତା’ର ଓ ବୁଲିପଡ଼ି ସେ ଦେଖିଲା ଯେ ବଟ ସାହୁ ଓ ଜଗବନ୍ଧୁ ଟର୍ଚ୍ଚ ଧରି ଠିଆ ହୋଇଛନ୍ତି ।

“କିରେ, କ’ଣ ଭାତ ପିତା ଲାଗିଲାଣି କି ?” ବଟ ସାହୁର ଗର୍ଜନ ସହ ପୁଣି ଗୋଟାଏ ଶକ୍ତ ଋପୁଡ଼ା ଅନୁଭବ କଲା ବାବୁଲା । “ଖାଇପିଇ ପଇସା ପାଇ ଚେର ମୋଟା ହୋଇଗଲା ନା ?” ପୁଣି କୁହାଟିଲା ବଟ ସାହୁ ।

“ରୁଲ, ନ ହେଲେ ପୁଲିସରେ ଦେବି – ଚୋରି କରିଛୁ ବୋଲି । ଏମିତି ମାଡ଼
ଖାଇବୁ ଯେ, ହାତ ଗୋଡ଼ ତ ଭାଙ୍ଗିଯିବ, ସୂର୍ଯ୍ୟଚନ୍ଦ୍ର ବି ଦେଖିବୁ ନାହିଁ କେବେ’....
ଟର୍ଚର ପଛ ପଟେ ବାବୁଲାକୁ ଠେଲି ଠେଲି ଦୋକାନ ଆଡ଼କୁ ଆଣିବାବେଳେ
ଏତକ କହିରୁଲିଥିଲା ବଟ ସାହୁ । ଦୋକାନରେ ପହଞ୍ଚି ବାବୁଲା ପକେଟରୁ
ପାଞ୍ଚଟଙ୍କିଆ ନୋଟଟି କାଢ଼ିନେଲା ସେ ।

ପାଞ୍ଚ ଛଅ ଦିନ ପରେ ରାତିରେ, ସେଇ ଅଭୁତ ଯନ୍ତ୍ରଣାର ପର୍ବ, ଯାହାର
ତୀବ୍ରତା କମି କମି ଆସୁଥିଲା, ସରିଗଲା ପରେ ବାବୁଲା କୁନ୍ତେଇ କୁନ୍ତେଇ କହିଥିଲା
– “ମୋ ଜାମା ପ୍ୟାଣ୍ଟ ଆଣିଦବ ପରା !”

“ହଁ, ଏଇ ପାଲି ହାତରୁ ନିଷ୍କେ ।” ତା’ ଆଡ଼କୁ ନ ରୁହିଁ ଅନ୍ୟମନସ୍କ ଭାବରେ
ଉତ୍ତର ଦେଇଥିଲା ବଟ ସାହୁ । ସତକୁ ସତ ଶାର୍ଟପ୍ୟାଣ୍ଟ ହଲେ ଆସିଥିଲା ବାବୁଲାର ।
“ତିନିଟଙ୍କାର ସିଙ୍ଗଡ଼ା ଦେବ ?’ ଚମକିପଡ଼ି ବୁଲି ରୁହିଁଲା ବାବୁଲା । ସେଇ ସୁତାମ
ପିଲାଟି ଆଜି ମଧ ! ବାବୁଲାକୁ ଲାଗିଲା ଯେମିତି ମନେ ମନେ ତାକୁ ଅପେକ୍ଷା
କରୁଥିଲା ସେ । ଏଥର ମଧ ତାହାରି ଆଡ଼କୁ ରୁହିଁ ଏତକ କହୁଛି ସେ । ଧାଇଁଗଲା
ବାବୁଲା – ହାତ ଦୁଇଟା ତା’ର ଖାଲି ଥିଲା । ଠୁଙ୍ଗାରେ ତିନୋଟି ସିଙ୍ଗଡ଼ା ବଢ଼ାଇ
ଦେବା ପରେ ପାଞ୍ଚଟଙ୍କିଆ ନୋଟ ଦେଇ ଦୁଇ ଟଙ୍କା ଫେରାଇବାକୁ ପୁଣିଥରେ
ପିଲାଟି ପାଖକୁ ଆସିଲା ବାବୁଲା ।

“ତୁମେ ଗୋଟିଏ ଖାଅ ।” ଟଙ୍କା ନେବା ଆଗରୁ କହିଲା ପିଲାଟି ।
ଆଶ୍ଚର୍ଯ୍ୟ ହୋଇଗଲା ବାବୁଲା । ମୁଣ୍ଡ ହଲାଇ ମନାକଲା ।

“ତା ହେଲେ ତୁମେ ସେ ଟଙ୍କା ରଖ । ତୁମେ ବଡ଼ ଗରିବ ନା ? ମାଆ
କହୁଥିଲେ ଗରିବଲୋକଙ୍କୁ ସାହାୟ୍ୟ କରିବା କଥା ।” ପିଲାଟି ଏଥର ତା ଆଡ଼କୁ
ରୁହିଁ ରହିଥିଲା । ଟିକିଏ କଣେଇ କରି ବଟ ସାହୁ ଆଡ଼କୁ ରୁହିଁଦେଲା ବାବୁଲା ଓ
ପିଲାଟି ଆଡ଼କୁ ବଢ଼ାଇଥିବା ହାତ ତା’ର ଫେରିଆସିଲା ।

“ତୁମେ ସ୍କୁଲ୍ ଯାଉନ ?” ଏଥର ପିଲାଟି ପୁଣି ପଚରିଲା ।

ଏଇ ପ୍ରଶ୍ନର ଉତ୍ତର ଦେଲା ନାହିଁ ବାବୁଲା । କେବଳ ସମ୍ମୋହିତ ଭାବରେ ସେ
ପିଲାଟିକୁ ରୁହିଁରହିଲା । ଉତ୍ତର କ’ଣ ଦେବ ଭାବିପାରିଲା ନାହିଁ । ସ୍କୁଲ୍ ଯିବାକଥା
ସେ କେବେ ଭାବି ମଧ ନାହିଁ ।

“ମୋ ନାଁ ମୋହନ, ତୁମ ନାଁ କ’ଣ ?”

ଚୁପ୍ ରହିଲା ବାବୁଲା । ତାକୁ ଲାଜ ମାଡ଼ିଲା ଟିକିଏ – କ’ଣ ନାଁ କହିବ ?

“କ’ଣ ତୁମ ନାଁ ?”

“ବାବୁଲା !”

“ଭଲ ନାଁ କ’ଣ ?”

ପୁଣି ଚୁପ୍ ରହିଲା ବାବୁଲା । ଏଥର ତଳକୁ ଅନାଇ ରହିଲା ।

“ଓଃ ! ଭଲ ନାଁ ନାହିଁ । ବାପା, ମାଆ ଦେଇ ନାହାନ୍ତି । ସ୍କୁଲ୍ ଯାଇ ନାହିଁ ତ, ସେଥିପାଇଁ ।”

“ମୁନାବାବୁ, ଆସ, ଡେରି ହେଉଛି ।” ଦୁଇ ହାତ ଦୂରରେ ସାଇକେଲ୍ ନେଇ ଠିଆ ହୋଇଥିଲା ସେ, ସାଇକେଲରେ ବସାଇ ମୋହନକୁ ଆଣେ ।

“ମୁଁ ଯାଉଛି । କାଲି ଆସିବି । ତୁମ ଦୋକାନ ସିଙ୍ଗଡ଼ା ଭଲ ଲାଗୁଛି । କିନ୍ତୁ ମାଆ ଜାଣନ୍ତି ନାହିଁ । କାହାକୁ କହିବ ନାହିଁ, ହେଲା ?” ମୋହନ ବୁଲିପଡ଼ି ଚାଲିଗଲା ।

“କ’ଣ କହୁଥିଲା କିରେ ସିଏ ତୋତେ ?” ଜଗବନ୍ଧୁ ଜେରା କରୁଥିଲା ।

“କିଛି ନାଇଁ, ମୋ ନାଁ ପଚାରୁଥିଲା ।”

“କାହିଁକି ?”

“କେଜାଣି ।”

“ଓଃ ! ତୋ’ ଠାରେ ଶରଧା ହୋଇଗଲା ପରା ତା’ର । ସେ କିଏ ଜାଣିଛୁ ? ବଡ଼ ସାହେବଙ୍କ ପୁଅ । ତା’ ବାପ ହେଉଛି ତହସିଲଦାର । ତୋତେ କ’ଣ ସେ କହୁଛି ?” ଜଗବନ୍ଧୁର ଅସହିଷ୍ଣୁ ପ୍ରଶ୍ନର କୌଣସି ଉତ୍ତର ଦେଲା ନାହିଁ ବାବୁଲା । ଏକ ଅନନୁଭୂତ ଖୁସି ଖୁସି ଭାବ ଘାରିଦେଲା ତାକୁ । ଅଇଁଠା ଥାଲି ଗ୍ଲାସ୍ ନେଇ ସେ ପଛପଟକୁ ଗଲା ଓ ତାକୁ ତଳେ ଥୋଇ ଦେଇ ଠିଆହେଲା । ଦୁଇଟଙ୍କାଟିକୁ ପକେଟରୁ କାଢ଼ି ଥରେ ଦେଖିନେଲା ଓ ପୁଣି ଚଉଟି ରଖିଦେଲା । ତୁମ ଭଲ ନା କ’ଣ – ସେ ଧୀରେ ଧୀରେ ଦୋହରାଇଲା ସାମନାପଟ ବାଡ଼ିଆଡ଼କୁ ମୁହଁ କରି । ମୋହନ – କେତେ ସୁନ୍ଦର ଶୁଭୁଛି – ଉଚ୍ଚାରଣ କରୁ କରୁ କୋଉ ପୁରୁଣା ବଂଶୀ ଧରିଥିବା କୃଷ୍ଣ ଠାକୁରଙ୍କ କ୍ୟାଲେଣ୍ଡର ଫଟୋ

ମନେପଡ଼ିଯାଉଛି । ଅତି ସୁନ୍ଦର ଶ୍ୟାମଳ ରଙ୍ଗର ପିଲା । ମାଆ କହିଥିଲା ଇଏ ହେଉଛନ୍ତି କୃଷ୍ଣ ଠାକୁର । ହେତୁ ପାଇବା ଦିନଠାରୁ ଘର ଭିତରେ ମାଆର ଟ୍ରଙ୍କ ଉପରକୁ ଝୁଲୁଥିବା ଏଇ କ୍ୟାଲେଣ୍ଡରକୁ ଦେଖୁଆସୁଛି ସେ । ମୋହନ – ତା’ ନିଜ ନାଁ ସେମିତି କିଛି ହୋଇଥାଆନ୍ତା କି ? ବେଶ୍ କିଛି ସମୟ ଠିଆ ହୋଇ ରହିଲା ବାବୁଲା ପଛପଟେ ଓ ମନକୁ ମନ ହସୁଥିଲା । ଗୋଟାଏ ଜୋର କିଛି ଶବ୍ଦରେ ଚଞ୍ଚଳ ହୋଇଗଲା ଓ ଜଲ୍‌ଦି ଜଲ୍‌ଦି ଥାଲି ଧୋଇ ପଶିଆସିଲା ଦୋକାନ ଘରକୁ ।

– ଛୋଟ ଝିଅଟିଏ ପାଟି କରି କାନ୍ଦୁଛି ।

ଖୁବ୍ ସଫା ନ ହେଲେ ମଧ ଗୋଲାପି ଫ୍ରକ୍‌ଟିଏ ସେ ପିନ୍ଧିଛି । ମୁଣ୍ଡବାଳ ତେଲ ଦିଆହୋଇ ଚିକ୍‌ଣ ଭାବରେ ଦୁଇଟି ବେଣୀ ଓ ନାଲି ରିବନ୍ ଦ୍ୱାରା ଗୁଡ଼ା ହୋଇଛି । କିଛି ବୁଝିପାରିଲା ନାହିଁ ବାବୁଲା । କିଏ ଇଏ ? କାହିଁକି କାନ୍ଦୁଛି ? ଟିକିଏ ଆଉ ଭିତରକୁ ଆସିଲା ବାବୁଲା । ଦୁଇଟା ପିଲା କିଏ ଠିଆ ହେଇଛନ୍ତି ବଟ ସାହୁ ପାଖରେ । ସେମାନଙ୍କୁ ଚିହ୍ନ ନାହିଁ ବା ଆଗରୁ ଦେଖି ନାହିଁ ବାବୁଲା । ଜଗବନ୍ଧୁ ଆଡ଼କୁ ଲାଗିଆସିଲା ଓ ପଚରିଲା ତାକୁ ଏମାନେ କିଏ ବୋଲି ।

“ଜାଣି ନାହୁଁ ? ବଟ ସାହୁର ପିଲା – ତିନିଟା ଆସିଛନ୍ତି, ଆହୁରି ତିନିଟା ଘରେ ଅଛନ୍ତି ।” ଚୁପ୍ ଚୁପ୍ କରି କହିଲା ଜଗବନ୍ଧୁ । ବାବୁଲା ଫେରି ରହିଁଲା ସେମାନଙ୍କ ଆଡ଼କୁ । ପୁଅ ପିଲା ଦୁଇଟି ତା’ଠାରୁ ବଡ଼ ହେବେ ଓ ଏଇ କାନ୍ଦୁଥିବା ଝିଅଟି ବୋଧହୁଏ ତା’ଠାରୁ ସାନ ।

ସେଇ ପିଲାମାନେ ଖାଇଲେ, ପିଇଲେ ଓ ପାଖଘରେ ତଳେ ବିଭିନ୍ନ ପଟରେ ବାବୁଲା ସାଥୀରେ ଶୋଇଲେ । ଶୋଇବା ପୂର୍ବରୁ ସବୁଠାରୁ ବଡ଼ ପିଲାଟି କିଛି ଯୁକ୍ତି କରି କହୁଥିବା ପରି ଲାଗିଲା ବାବୁଲାକୁ ।

“ବାପା, ତମକୁ ଖବର ଦେବାକୁ ଆସିଛି । ମାଆ ଦେହ ବଡ଼ ଖରାପ । ଉଠି ବସିପାରୁ ନାହିଁ । କୁନିର ଝରି ଦିନ ହେଲା ଝାଡ଼ାବାନ୍ତି ହେଉଛି । ମାଆ କହିଛି ବସିବା ଜାଗାରୁ ଉଠିକି ଆସିବ ।” ସେଇ ପିଲାଟି କଟାଳ କରୁଥିଲା ।

“କେମିତି ଯିବି ?” ଚିହିଁକି ଉଠିଲା ବଟ ସାହୁ ।

“ତୁ ଏଠି ଦୋକାନରେ ବସିବୁ କି ? ମୁଁ ଦୋକାନ ଛାଡ଼ିଗଲେ ଗୁଣ୍ଡା ବଲିବ କେମିତି ତୁମେ ପଲଟା ଯାକ ।” ରାଗରେ ଫାଁ ଫାଁ ହେଉଥାଏ ବଟ ସାହୁ ।

“ତୋ ମାଆର ବର୍ଷସାରା ବେମାରି । କେତେବେଳେ ସେ ଭଲଥାଏ କି ? କୁନିକୁ ଗାଁ ଡାକ୍ତର ଦେଖେଇଲୁ ନାହିଁ । ଏବେ ମୁଁ ଯାଇପାରିବି ନାହିଁ । ଏଇଟା ଅସଲ ଗରାଖ ବେଳ । ବର୍ଷା ଦିନ ଆସୁ ।” ବଟ ସାହୁ ମୁହଁ ବୁଲେଇ ଶୋଇଲା ।

ସକାଳୁ ସକାଳୁ ସେଇ ତିନି ପିଲା ପୁରି, ଆଲୁ ତରକାରି, ରସଗୋଲା ଖାଇଲେ । ବଟ ସାହୁ କେତେ ଟଙ୍କା । କେଜାଣି ସେ ପିଲାଟାକୁ ଦେଲା ଓ କହିଲା ଏମିତି ଏତେ ପଇସା ଖର୍ଚ୍ଚ କରି ଆସିବା ଦରକାର ନାହିଁ । ଦରକାର ହେଲେ ଚିଠି ଦେବ, ପଇସାପାଇଁ । ସାନଝିଅଟା ରାଧାଧରି କାନ୍ଦୁଥିଲା, ସେ ବୋଧହୁଏ ନ ଯିବା ପାଇଁ ଜିଦି କରୁଥିଲା । ଏକରକମ ତାକୁ ଘୋଷାଡ଼ି ଘୋଷାଡ଼ି ବସସ୍ଟାଣ୍ଡ ଆଡ଼କୁ ନେଲା । ବଟ ସାହୁ ଓ ଜଗବନ୍ଧୁକୁ କହିଲା ଦୋକାନ ଜଗିବାକୁ ।

“ଯାର ଛଅଟା ଛୁଆ । ଆହୁରି ଗୋଟାଏ ଜନ୍ମ କରିବ କି କ'ଣ । ଶେଯରୁ ଉଠିପାରୁ ନାହିଁ । ମାଠିଆ ପରି ଫୁଲିଛି ଯା' ସ୍ତ୍ରୀ । ଇଏ ବର୍ଷକୁ ଥରେ ଦି'ଥର ଗାଁକୁ ଯାଏ । ଛୁଆଟାଏ କରିଦେଇ ଆସେ” – ଛେପ ଲଣ୍ଡାଏ ବାହାରକୁ ପକେଇ ଦେଇ ମୁହଁ ବିକୃତ କରି କହିଲା ଜଗବନ୍ଧୁ ।

ଖରା ଗଡ଼ିଯିବା ସଙ୍ଗେ ସଙ୍ଗେ ଚଞ୍ଚଳ ହେଉଥିଲା ବାବୁଲା । ବାରମ୍ବାର ଦୋକାନ ମୁଣ୍ଡକୁ ଆସି ବାହାରକୁ ରହିଁଦେଇ ଆସୁଥିଲା । ଦୂରରୁ ସେ ଦେଖିପାରିଲା ମୋହନ ସାଇକେଲ୍ ଆଗରେ ବସିଛି ଓ ତା'ଲୋକଟି ସାଇକେଲ୍ ଚଲାଇ ଚଲାଇ ଦୋକାନ ଆଡ଼କୁ ଆସୁଛି ।

“ତିନି ଟଙ୍କାର ସିଙ୍ଗଡ଼ା ଦିଅ ।” ବାବୁଲା, ବଟ ସାହୁ ପାଖକୁ ଯାଇ ସେଇ ସାଇକେଲକୁ ରହିଁ ରହିଁ କହିଲା । ବଟ ସାହୁ ମଧ ଗଡ଼ିଆସୁଥିବା ସାଇକେଲକୁ ମୁଣ୍ଡ ଉଠେଇ ରହିଁଲା ଓ ଠୁଙ୍ଗାରେ ତିନୋଟି ସିଙ୍ଗଡ଼ା ରଖି ବାବୁଲାକୁ ବଢ଼ାଇଦେଲା ।

“ଆଜି ମୁଁ ସିଙ୍ଗଡ଼ା ଖାଇ ନ ଥାନ୍ତି, ଭାରୁଥିଲି । ତୁମକୁ ଚକୋଲେଟ୍ ଦେବାକୁ ଆସିଛି ।” ପିଲାଟି କହିଲା ଓ ହାତମୁଠାକୁ ବାବୁଲା ଆଗରେ ଖୋଲିଦେଲା ।ଝୁରୋଟି

ଧଳା ଜରିରେ ଗୁଡ଼ା ହୋଇ ନାଲି, କମଳା ଓ ସବୁଜ ରଙ୍ଗର ଚକୋଲେଟ୍‌ ରହିଥିଲା ମୋହନର ହାତ ପାପୁଲିରେ। ବାବୁଲାର ଆଖି ଉଜ୍ଜ୍ୱଳି ଉଠିଲା ଓ ସେ ବିହ୍ୱଳ ଭାବରେ ସେଇ ଆଡ଼କୁ ରୁହିଁରହିଲା।

"ହଉ, ଆଣିଛ ଯଦି ଦିଅ। ସିଙ୍ଗଡ଼ା ଠୁଙ୍ଗା ଆଡ଼କୁ ହାତ ବଢ଼ାଇଲା ମୋହନ, "ସତ୍ୟଭାଇ, ଦୋକାନରେ ତିନି ଟଙ୍କା ଦେଇଦିଅ।" ସାଇକେଲରେ ବସିଥିବା ଲୋକଟି ଆଡ଼କୁ ମୁହଁ କରି କହିଲା ମୋହନ।

"ମୁଁ ତିନିଟା ସିଙ୍ଗଡ଼ା କାହିଁକି ନିଏ କହିଲ? ଦୁଇଟା ମୋର ଓ ଗୋଟିଏ ସତ୍ୟଭାଇର। ଆରେ, ତୁମେ ଚକୋଲେଟ୍‌ ନେଇନ ଯେ – ନିଅ, ତୁମପାଇଁ ଆଣିଛି। ଆଜି ଶିଶୁଦିବସ ତ, ସ୍କୁଲରୁ ମିଳିଲା। ଆହୁରି ମିଳିଥିଲା ମୁଁ ଖାଇଦେଇଛି।" ହସିଦେଲା ମୋହନ।

"ଜାଣିଛ, ଆଜି ସାର୍‌ କ'ଣ କହିଲେ? କହିଲେ ଯେ, ଶିଶୁମାନେ ଦେଶର ଭବିଷ୍ୟତ। ସେମାନଙ୍କୁ ପୂର୍ଣ୍ଣ ଭାବରେ ବିକଶିତ ହେବାକୁ ଦେବା ଦରକାର। ବିକଶିତ ମାନେ କ'ଣ ଜାଣିଛ? ଫୁଟିବା – ଫୁଲ ପରି ଫୁଟିବା।" ଜୋରରେ ହସିଉଠିଲା ମୋହନ।

ବାବୁଲା ସେମିତି ରୁହିଁ ରହିଲା।

"ଆମେ କ'ଣ ଫୁଲ ହେଇ ଫୁଟିବା! ଜାଣିଛ, ଆମ କ୍ଲାସ୍‌ ର ଝିଅମାନେ ଫୁଲ ଭଳି ଫୁଟନ୍ତି।" ଭାରି ଖୁସିବାସିଆ ଢଙ୍ଗରେ କହିଲା ମୋହନ।

"ନିଅ, ଚକୋଲେଟ୍‌ ନିଅ।" ପୁଣି କଣେଇ କରି ଟିକିଏ ବଟ ସାହୁକୁ ରୁହିଁଲା ବାବୁଲା ଓ ହାତ ପତାଇ ଦେଲା।

"ଏଠି ମୋର ସାଙ୍ଗ କେହି ନାହାନ୍ତି। ସମସ୍ତଙ୍କ ଘର ବହୁତ ଦୂର। ଆମ ଘରକୁ ଆସିବ? ସତ୍ୟଭାଇ ମୋ ସାଙ୍ଗରେ କ୍ରିକେଟ୍‌ ଖେଳେ। କିନ୍ତୁ ଦୁଇଜଣରେ ମଜା ନାହିଁ। ଆମ ଘର ଦେଖୁଛ?" ମୋହନ କହିଚାଲିଥାଏ ଓ ଚକୋଲେଟ୍‌ ହାତରେ ମୁଠାଇ ବାବୁଲା ତାକୁ ମୁଗ୍ଧ ଦୃଷ୍ଟିରେ ରୁହିଁରହିଥାଏ।

– ଏତିକିବେଳେ ବାବୁଲାର ପାଖଦେଇ ଧପ୍‌ ଧପ୍‌ ହୋଇ ଆଗକୁ ରୁଲିଗଲା ଜଗବନ୍ଧୁ, ସାଇକେଲବାଲା ସତ୍ୟଭାଇ ପାଖକୁ।

"ତୁମ ବାବୁଘର ପୁଅ କ'ଣ କହୁଛି ଏଇଟାକୁ ?" ତାଚ୍ଛଲ୍ୟର ସ୍ୱର ଶୁଭିଲା ଜଗବନ୍ଧୁର ।

"ଜାଣିଛ ? ଇଏ ହେଉଛି ବଟ ସାହୁର ମାଇପ ।" ଲଣ୍ଠାଏ ଛେପ ତଳକୁ ପକାଇଲା ଜଗବନ୍ଧୁ ଓ ହଠାତ୍ ହିଁ ହିଁ ହୋଇ ହସିଉଠିଲା ।

ଚକୋଲେଟ୍ ସହ ହାତ ଥରିଗଲା ବାବୁଲାର, ଆଖିରେ ପାଣି ଭର୍ତ୍ତି ହୋଇଆସିଲା ଓ ମୁହଁ ନାଲି ପଡ଼ିଗଲା । ସେ ମୋହନକୁ ଚାହିଁରହିଲା ।

"କ'ଣ କହୁଛ ? ଆସିବ ତ ? କାଲି ରବିବାର, ମୋର ଛୁଟି ।" ମୋହନ ଉତ୍ତରର ଅପେକ୍ଷା କରୁଥିଲା । ଜଗବନ୍ଧୁର କଥା ହୁଏତ ସେ ଶୁଣିପାରି ନ ଥିଲା ବା ବୁଝିପାରି ନ ଥିଲା ।

ପୁଣି ଶୁଭିଲା ହିଁ ହିଁ ହସ ଜଗବନ୍ଧୁର ।

ବାବୁଲା ସେମିତି ଲୁହଭର୍ତ୍ତି ଆଖିରେ ମୋହନକୁ ଚାହିଁ ଠିଆ ହୋଇଥିଲା ।

"ମୁନାବାବୁ ଇଆଡ଼େ ଆସ । ମାଆ କହିଛନ୍ତି, ଆଜେବାଜେ ପିଲାଙ୍କ ସାଙ୍ଗେ ମିଶିବ ନାହିଁ । ଡେରି ହେଉଛି ଆସ ।" ସତ୍ୟଭାଇ ବୋଲି ଲୋକଟି ଏଥର ପାଖକୁ ଚାଲିଆସିଲା ଓ ମୋହନକୁ ଏକରକମ ଟାଣି ଟାଣି ନେଇଗଲା । ଯିବାବେଳକୁ ମୋହନ ମୁହଁ ପଛକୁ ବୁଲାଇ ବାବୁଲାକୁ ଚାହୁଁଥିଲା ଓ ସତେ ଯେମିତି ଆଶ୍ୱାସନାର ହସ ହସୁଥିଲା – 'ବ୍ୟସ୍ତ ହୁଅ ନାହିଁ, ମୁଁ ପୁଣି ଆସିବି ।'

ଜଗବନ୍ଧୁ ବା ବଟ ସାହୁକୁ ନ ଚାହିଁ ଡଗ ଡଗ ହୋଇ ଦୋକାନ ପଛଆଡ଼କୁ ଚାଲିଗଲା ବାବୁଲା ।

କେତେ ସମୟ କେଜାଣି ବିତିଗଲା – କେହି ତାକୁ ଡାକିବାକୁ ଆସିଲେ ନାହିଁ । ଦୋକାନ ବନ୍ଦ ହେବା ସମୟ ହୋଇଗଲା ଓ ଜଗବନ୍ଧୁ ବୋଧହୁଏ ଖାଇଦେଇ ଚାଲିଗଲା । "ଏଠି ବସିଛୁ କାହିଁକି ସେତେବେଳୁ ? ସିଆଡ଼େ ଅଇଁଠା ବାସନ ପଡ଼ିଛି । ଜଗା ତୋ ପାଇଁ ଭାତ ବାଢ଼ି ରଖିଦେଇଛି । ଯା, ବାସନ ଧୋଇ ଖାଇପିଇ ଆସ ।"

ବଟ ସାହୁ ତା' ଆଡ଼କୁ ନ ଚାହିଁ ଏତକ କହିଲା, ଗୋଲେଇ ଡ୍ରମରୁ ପାଣିନେଇ ହାତମୁହଁ ଧୋଇଲା, ଖଡ଼ିକା କାଠିଟାଏରେ ଦାନ୍ତ ଖୁଣ୍ଡି ଖୁଣ୍ଡି ଶୋଇବା ଘରକୁ ଗଲା ।

ଦୀର୍ଘଶ୍ୱାସଟାଏ ପକାଇ ବାବୁଲା ଉଠିଲା । ତା’ର କାମ ସାରି ଭାତଥାଲି ପାଖରେ ବସିଲା । ଡାଲ୍‌ମା ଓ ଭଜା ଭାତରେ ଗୋଳାଇଲା, ଥରେ ଦୁଇଥର ଖାଇଲା । କାହିଁକି କେଜାଣି ହଠାତ୍‌ ଥାଲିଟା ଧରି ଉଠିଗଲା ଓ ବୁଦାମୂଳରେ ବଳକା ଭାତଟକ ଫୋପାଡ଼ି ଦେଲା ।

“ତୋର କାହା କଥା ଶୁଣିବା କ’ଣ ଦରକାର ? ତୁ କ’ଣ ଭଲରେ ନାହଁ ? ଏମିତି ଖାଇବାକୁ, ପିନ୍ଧିବାକୁ ଦେଇ ରଖିବ କିଏ ତୋତେ ? ଭାତ ମୁଠାଏ ନ ପାଇ ମରିଥାଆନ୍ତୁ ବା ଚୋରି କରି ପୁଲିସଠାରୁ ବେଳ ଅବେଳରେ ମାଡ଼ ଖାଉଥାଆନ୍ତୁ । ଆଉ ଅଧିକ କ’ଣ କରିଥାନ୍ତୁ ? ଭାବିଛୁ କ’ଣ ଆଜିକାଲି ଆଉ ଭିକମାଗି ପେଟପୋଷି ହେଉଛି ? ସେ ବାବୁଘର ପିଲାଠୁଁ କ’ଣ ମିଳିବ ତୋତେ ?” ଆଗରୁ ଭାବିଚିନ୍ତି ରଖିଥିଲା । ପରି ବଟ ସାହୁ ଏକା ନିଶ୍ୱାସରେ ଏତକ କହି ଦେଇ ଧଇଁସଇଁ ହୋଇଗଲା । ସନ୍ଧ୍ୟାବେଳଠାରୁ ବୋଧହୁଏ ବାବୁଲାର ହାବଭାବରେ ପରିବର୍ତ୍ତନ ଲକ୍ଷ୍ୟ କରିଥିଲା ।

କିନ୍ତୁ ସେ ବାବୁଲାଠାରୁ କୌଣସି ଉତ୍ତର ପାଇଲା ନାହିଁ । ସେଇ ଅନ୍ଧାର ଘର ତଳେ ପଡ଼ିଥିବା ଛିଣ୍ଡା ସପ ଉପରେ ସତରେ ଯେ କିଏ ଶୋଇଛି, ତା’ ଜଣା ପଡ଼ୁ ନ ଥାଏ ।

“କିରେ, ତୁ ଶୋଇଛୁ କି ନାହିଁ ?” ବଟ ସାହୁ କଡ଼ ଲେଉଟାଇ ଉଠିଲା ଓ ତଳ ଚଟାଣରେ ବାବୁଲାକୁ ଅଣ୍ଡାଳିଲା ।

“କାନ୍ଦୁଛୁ କାହିଁକି ? ସେ ଟୋକାଟା ଡହରାଟାଏ । କେତେବେଳେ କାହାକୁ କ’ଣ କହିଦିଏ ।” ବଟ ସାହୁ ବାବୁଲାର ମୁହଁ ଉପରେ ପାପୁଲି ବୁଲାଇଲା ଓ ବୋଧହୁଏ ବାବୁଲା ଆଖିରୁ ଲୁହ ବୋହୁଥିବାର ଜାଣିପାରିଲା । ଧୀରେ ଧୀରେ ତା’ର ଅଣ୍ଡାଳିବା ହାତପାପୁଲି ବାବୁଲାର ପରିମିତ ଦେହର ପରିଧିରେ ବୁଲିବାକୁ ଲାଗିଲା ଓ ବଟ ସାହୁ ଅଧିକାଂଶ ରାତି ପରି ସଁ ସଁ ହେବାକୁ ଲାଗିଲା ।

ଅଧିକାଂଶ ରାତି ପରି ତୀକ୍ଷ୍ଣ ଯନ୍ତ୍ରଣା ଅନୁଭବ କରିଥିଲେ ମଧ୍ୟ ବାବୁଲା କୌଣସି ଶବ୍ଦ କଲା ନାହିଁ । ବୋଧହୁଏ ଦାନ୍ତଭିଡ଼ି ପାଟି ବନ୍ଦ କରି ରଖିଥିଲା – ମୁହଁ ଖୋଲିବ ନାହିଁ ବୋଲି !

– ଅଧିକାଂଶ ରାତିପରି ବଟ ସାହୁ ଉଠିଗଲା – ଗାମୁଛା ପିନ୍ଧିଲା ଓ ବାହାରୁ ତା'ର ଗଳାଖଙ୍କାର ଶଢ ଶୁଭିଲା ।

ଯା'ପରେ ଥିଲା ଅଖଣ୍ଡ ନୀରବତା । ଯାହାକୁ କିଛି ସମୟ ପରେ ଭଙ୍ଗକଲା ବଟ ସାହୁର ଘୁଙ୍ଗୁଡ଼ି ଶଢ ଓ ଙିଙ୍କାରିର ଙୁଁ ଙୁଁ ଓ ମୂଷାମାନଙ୍କର ଖୁଡ଼୍ ଖାଡ଼୍ ଶଢ । ଏତକ ନ ଶୁଣିବାର ଉପାୟ ନ ଥିଲା ବାବୁଲାର । କାରଣ ଶୂନ୍ୟ ଅନ୍ଧାରକୁ ଆଖିଫାଡ଼ି ଚୁହିଁ ରହିଥିଲା ସେ – ସତେ ଯେମିତି କିଏ ଗୋଟାଏ ଧଳା ରଙ୍ଗର ରାସ୍ତାଟିଏ ବୁଣିଦେବ ।

ହଠାତ୍ ଚମକିପଡ଼ି ଉଠିବସିଲା ସେ । କିଛି ଗୋଟାଏ ଧଳାରଙ୍ଗର – ଧୀରେ ଧୀରେ ଅବୟବ ଗ୍ରହଣ କଲା ସେ – ସଫା ଧଳା ଶାର୍ଟ ଓ ପ୍ୟାଣ୍ଟ – ନିରେଖି ଚୁହିଁଲା ବାବୁଲା । ଧଳା ଶାର୍ଟ ଓ ପ୍ୟାଣ୍ଟଠାରୁ ଆହୁରି ତୋରା ହସ ହସ ସତେଜ ମୁହଁ । ଇଏ ତ ମୋହନ । ଏତେ ରାତିରେ କେମିତି ଆସିଲା ଏଇ ଶିକୁଳିଲଗା ଘର ଭିତରକୁ – ପୁଣି ଏକୁଟିଆ ।

କଳା ମିଟିମିଟି ଅନ୍ଧାରରେ ଧଳାରଙ୍ଗର ମୋହନ ପଟାକବାଟ ଦେଇ ବାହାରି ଆସିଲା – ପଛେ ପଛେ ବାବୁଲା ମଧ୍ୟ । ସେଇଠି, ତା' ସାମନାରେ ରଖାଯାଇଥିଲା ଡାଲମା ପାଇଁ ପିଆଜ ଅଦା କଟା ଛୁରି । ଆଖି ପିଛୁଲାକେ ସେଇ ଛୁରି ଧରି ବଟ ସାହୁର ଫିତାଖଟ ପାଖରେ ପହଞ୍ଚିଗଲା ବାବୁଲା । ବଟ ସାହୁର ଘୁଙ୍ଗୁଡ଼ି, ଆତଙ୍କ ଓ ଚିତ୍କାର – ସବୁ ମିଶିଗଲା ପାତଲ ହୋଇ ଆସିଥିବା ପାହାନ୍ତା ପହର ଅନ୍ଧାରରେ । ଙିଙ୍କାରି ଓ ମୂଷାମାନେ ମଧ୍ୟ ଚୁପ୍ ହୋଇଯାଇଥିଲେ କେତେବେଳୁ ।

ପାହାନ୍ତା ପହରକୁ ଦୌଡ଼ିବା ଆରମ୍ଭ କଲା ଯେ, ଦି'ପହର ପାଖାପାଖି କୋଉ ରେଲଲାଇନ୍ ପାଖରେ ପହଞ୍ଚିପାରିବ, ସେକଥା ବାବୁଲା ଭାବି ନ ଥିଲା । ଆହୁରି ଅଭୁତ ଯେ ସେଇ ରେଲ୍ ଲାଇନ୍ କଡ଼େ କଡ଼େ ଅଧା ଦଉଡ଼ି ଅଧା ଚାଲିବାର ପ୍ରାୟ କିଛି ସମୟ ପରେ ଟ୍ରାଣକଖଟଡ଼ା ପରି ଛୋଟିଆ ଷ୍ଟେସନଟେ ଆସିଗଲା । ପ୍ଲାଟଫର୍ମର ପାଣିକଲରୁ ପେଟେ ପିଇ ଦିଗ୍‌ବଳୟ ପର୍ଯ୍ୟନ୍ତ ଲମ୍ବିଥିବା ରେଲ ଲାଇନକୁ ଚୁହିଁରହିଲା ବାବୁଲା । ତା'ର ଭବିଷ୍ୟତ ପରି ସତେଯେମିତି କିଛି ସମୟ ପରେ ହଲି ଦୋହଲି ମାଟିଆ ରଙ୍ଗର ଟ୍ରେନଟିଏ ଆସିବାକୁ ଲାଗିଲା ।

“ଟିକେଟ୍, ଏ ପିଲା, ଟିକେଟ୍ ଦେଖା ।” ଡବାର ଗୋଟିଏ କୋଣକୁ ଅତ୍ୟନ୍ତ ଶୃଙ୍ଖଳା ମୁହଁରେ ଠିଆ ହୋଇଥିବା ବାବୁଲାକୁ ଟି.ଟି. ପଚରୁଥିଲା । “କୋଉଠୁ ଏ ବଦମାସ ଟୋକା ସବୁ ଚଢ଼ି ଆସୁଛନ୍ତି କେଜାଣି ! ପଇସା ଅଛି କି ନାହିଁ । ଟ୍ରେନରେ ଚଢ଼ିବାକୁ ମନ । କିରେ, ଟିକଟ୍ କିଣିଲୁ ନାହିଁ କାହିଁକି ?” ଶୂନ୍ୟ ଦୃଷ୍ଟିରେ ବାବୁଲା ଟି.ଟି.କୁ ଚୁହିଁ ରହିଥିଲା ଯେମିତି ଏସବୁ ବାକ୍ୟ ତା’ ଉଦ୍ଦେଶ୍ୟରେ ଜମାରୁ କୁହାଯାଇ ନାହିଁ । ଟି.ଟି. ଅନ୍ୟ ଯାତ୍ରୀମାନଙ୍କଠାରୁ ଟିକେଟ୍ ମାଗି ଚାଲିଲା ।

ବାବୁଲା ତା’ ପକେଟ୍‌ରେ ଆସ୍ତେ ହାତ ମାରିଲା । ମୋହନ ଦେଇଥିବା ଦୁଇ ଟଙ୍କାର ଆଶ୍ୱାସନା ଅନୁଭବ କରିପାରିଲା ସେ । ତାକୁ ଏତେ ସହଜରେ କାଢ଼ିଦେବାକୁ ମନ ବଳାଇଲା ନାହିଁ ।

“କ’ଣ ପକେଟ୍‌ରେ ପଇସା ନାହିଁ ? ଗାଡ଼ି ଚଢ଼ିଲୁ କାହିଁକି ?” ଟି.ଟି. ଫେରିଆସି ପୁଣି ତାକୁ ଧମକାଇଲା ।

“ଆଗ ଷ୍ଟେସନରେ ଚୁପ୍‌ଚାପ୍ ଓହ୍ଲାଇଯିବୁ – ବୁଝିଲୁ ? ଆଉ ଯେମିତି ନ ଦେଖେ ତୋତେ ।”

ବାବୁଲା ମୁଣ୍ଡ ଟୁଙ୍ଗାରିଲା ।

ଦ୍ରୁତ ଗତିରେ ଧାଉଁଥିବା ଟ୍ରେନ୍ ଧୀରେ ଧୀରେ ଧୀମେଇ ଆସିଲା । ବାବୁଲାର କେବେହେଲେ ଦେଖ ନ ଥିବା, ଜାଣି ନ ଥିବା ଅଥଚ ଓହ୍ଲାଇବାକୁ ଥିବା ଷ୍ଟେସନ୍ ବୋଧହୁଏ ପାଖେଇ ଆସୁଥିଲା ।

ଲିଲେଟ୍ ଦାସ୍‌ର ଏସ୍‌ଏମ୍‌ଏସ୍‌

- ଦେବଦାସ ଛୋଟରାୟ

ତୁମେ

- **ହନି**, ତୁମେ ଯେତେବେଳେ କୋଚିନ୍‌ରୁ ଫେରିବ, ମୋ ପାଇଁ କଣ ଆଣିବ ?

- ମୋ ପରି କିଏ ଭଲପାଇବ ତୁମକୁ କହିଲ ? ତୁମେ ବୁଝ୍‌ନ, ତୁମେ କେତେ ଭାଗ୍ୟବାନ୍‌ ।

- ଆମର ଗୋଟେ ହାଲୁକା ସମ୍ପର୍କ । ଗତବର୍ଷ ମୁଁ ସିରିୟସ୍‌ ହୋଇଯାଇଥିଲି ମିଛରେ । ଏବର୍ଷ ତୁମେ ସେ ଭୁଲ୍‌ କରନା ।

- ଏ ପୃଥିବୀ ଆହୁରି ସୁନ୍ଦର ହୋଇଯିବ, ଯଦି ଆମେ ସତକଥା ଆଉ ଛଳନା ଭିତରେ ଠିକ୍‌ ରାସ୍ତା ବାଛିପାରିବା ।

- ହଁ, ମୁଁ ଜାଣେ, ଆମକୁ ଦେବଦୂତମାନେ ବି ଈର୍ଷା କରିବେ ।

ଜୋକ୍‌ସ

- ଗୋଟେ Quiz । ସେଇଟା କଣ କହିଲ, ଯେଉଁଟା ଗଲାବେଳେ ଶୃଙ୍ଖଳା ଥାଏ, କିନ୍ତୁ ଓଦା ଆଉ ଉଷ୍ମୁମ ହୋଇ ଫେରେ । ସେଟା କଣ ? ଧେତ୍‌, tea bag ! ହାଃ ହାଃ....

- ମୁଁ ତୁମ system ଭିତରେ ପଶିଯାଇଛି । ମତେ କେମିତି delete କରିବ କର ।

– ସତରେ ମୁଁ ତୁମକୁ ବୁଝିପାରିନି ଏ ଯାଏ, କିନ୍ତୁ ପ୍ରେମକୁ କିଏ ବୁଝିଚି କହ...

– ଆପୁନ୍ ଏକ ଶେର ବୋଲେଗା, ରୁ ତରଫ୍ ରୟ୍ଦ ଫେକ୍ ଡୌଲା ହେଁ ଲାଇଟ୍, ବୋଲୋ ତୋ ହୋ ଗୌଲା ହେ ନାଇଟ୍, ବନ୍ଦ କର୍ ଡାଲ୍ ନେ କା ଲାଇଟ୍, ଶୋନେ କା ଟାଇଟ୍, ବୋଲୋ ତୋ ଗୁଡ୍ ନାଇଟ୍।

– ମେରୀ ତରଫ୍ ସେ ଆପକୋ ଏକ୍ ପସ୍ତି, ଆପ୍ କେ ଫ୍ରେଣ୍ଡ କୋ ଏକ୍ ପସ୍ତି, ଆପ୍ କେ ଫ୍ରେଣ୍ଡ କେ ଫ୍ରେଣ୍ଡ କୋ ଏକ୍ ପସ୍ତି, ବତାଉଁ କ୍ୟୁଁ, କେୟାଁ କି ଆଜ୍ ମେରେ ଡଗିନେ ଦଶ୍ ପସ୍ତି କୋ ଜନମ୍ ଦିୟା ହେ...।

– Without love, days are sad days, mourn days, tears days, worse days, thirst days, fright days, and shatter days. Do fall in love ... happy valentine day.

– ଏ ଦୁନିଆରେ ତ flirt କଲାବାଲାଙ୍କ ଅଭାବ ନାହିଁ। ସୂର୍ଯ୍ୟକୁ ଦେଖୁନ, ସକାଳେ ଆସେ ଉଷା ସାଙ୍ଗରେ, ଦିନସାରା ରହେ କିରଣ ସାଙ୍ଗରେ, ଆଉ ଫେରିଯାଏ ସଂଧ୍ୟା ସାଙ୍ଗରେ।

<h2 style="text-align:center">ତୁମେ</h2>

– ମୁଁ ତୁମକୁ ଧନ୍ୟବାଦ ଦେବାକୁ ରହେଁ, ସବୁକଥା ପାଇଁ, ଏପରିକି ତୁମ ଉଦାସୀନତା ପାଇଁ, ଯାହା ମତେ ଅନ୍ୟପାଖକୁ ଠେଲିଦେଲା। ଯାହାହେଉ, ମୁଁ ତ ଦୁନିଆ ଦେଖିବା ଶିଖିନେଲି...।

– ଶେଷକଥା ହେଲା, ମୁଁ ଆଜି ତାଙ୍କୁ ସେତିକି ଭଲପାଉଚି, ଯେତେ ସିଏ ପାଉଚନ୍ତି ମତେ। ତୁମେ ମତେ କେବେ ସେତିକି ସମୟ ଦେଇନ କି ମନ ଦେଇନ। ଅବଶ୍ୟ ଆଜି ସେ ବିଷୟ ପ୍ରାସଙ୍ଗିକ ନୁହେଁ।

– ଭଲପାଇବାରେ, ଜଣକୁ ଆଚ୍ଛନ୍ନ ହୋଇ ରହିଁବାରେ, କଣ ଶେଷକଥା ଥାଏ ?

– ମୋ ଜାଣିବାରେ ତୁମେ ମତେ ଦେହ ଦେଇଚ, କିନ୍ତୁ ମନ ଦେଇନ। ମତେ କଣ ମିଲି ନଥଲା, ମୁଁ ଜାଣିପାରିଲି ଗତ ନୂଆବର୍ଷ ଦିନ ସଂଧ୍ୟାବେଳେ।

– ତୁମେ ହିଁ ମତେ ଶିଖେଇଥଲ ମିଛ କହିବା, ତୁମେ ହିଁ ମତେ ଶିଖେଇଥଲ କଫି ସାଙ୍ଗରେ ରମ୍ ପିଇବା, ତୁମେ ହିଁ ମତେ ପ୍ରଥମେ ଟେଲିଫୋନ୍ କରିଥଲ, ତୁମେହିଁ ମତେ ପ୍ରଥମେ ଆଣିଥଲ ଅବାଟକୁ।

ବିଦେଶ

– ଜାଣିଚ, ମୁଁ ଥରେ ଜେନିଭାର ଗୋଟିଏ ହୋଟେଲରେ ଥିଲି। ସାମ୍ନାର ଲେକ୍‌ରେ ଧଳାହଂସମାନେ ଭାସିଯାଉଥିଲେ, ତୁଲାର ଖେଳନା ଜାହାଜ ପରି। ପଛପଟେ Swiss Alps... Let us go there honey ...

– ଏଥର ବେଶ୍‌ ଶୀତ ପଡ଼ିଚି ସାରା ଇଉରୋପରେ । ୫୍କ଼ୀ ବାହାରେ ତୁଷାରପାତ । ମୁଁ ଏଇନା wine ପିଉପିଉ ଭାବୁଚି, ତୁମେ ଆସନ୍ତ କି, ନିବିଡ଼ ଆଶ୍ଲେଷରେ ମତେ ବାନ୍ଧିରଖନ୍ତି ଏଠି ଦିନରାତି! ଏ ଶୀତରତୁ, ଗ୍ରୀଷ୍ମରତୁ ହୋଇଯାଆନ୍ତା ।

– ଏଇ ଏକୁଟିଆ ରୁମରେ ଗୋଟେ ନିଦ ରଙ୍ଗର କମ୍ବଲ ଅଛି। ମୋ ନିଦ ଭାଙ୍ଗିଦିବା ଲାଗି ଆସିବ ତ !

– ଆମ ଦୁଇଜଣଙ୍କୁ ଭାବ, ସମୁଦ୍ର କୂଲରେ ..., ପବନରେ ଫୁଲିଉଠୁଥିବା ଧଳା ଆଉ ପିଙ୍କ୍‌ ତମ୍ବୁ ଭିତରେ ... ଅଳସ ଭାବରେ Bacardi ପିଉପିଉ ...

– ଯଦି ଧଳା ବିଲେଇଟିଏ ବୁଡ଼ିଯିବ ଲୋହିତ ସମୁଦ୍ରରେ, କଣ ହବ ତାହେଲେ ? Wow, ଓଦା ହୋଇଯିବ !

ତୁମେ ଓ ସେ

– ସେ ଯଦି ମତେ ଏତେ ଭଲପାଇନଥାନ୍ତେ, ତାହେଲେ ଅନ୍ୟକଥା ହୋଇଥାନ୍ତା। ସେ ଯଦି ତୁମପରି ନିର୍ଲିପ୍ତହୋଇ କେବଳ ଦେହ ରୁହିଁଥାନ୍ତେ, ତାହେଲେ ଅନ୍ୟକଥା ହେଇଥାନ୍ତା । ମୋର କଣ ଯୋଗ୍ୟତା ଥିଲା, ତାଙ୍କର ଏତେ ଭଲପାଇବା ଲାଗି! ଓଃ, ତୁମେ କିଛି ବୁଝିପାରିବନି।

– ତୁମେ ଦୁଇଜଣ ମତେ ସମାନ ଭାବେ ନଷ୍ଟ କରିଦେଇଚ। ମୁଁ କାହାର ହେଇ ପାରିଲିନି।

– କିଏ ମତେ ବେଶି ଭଲପାଏ ? ତୁମେ କି ସିଏ ? ଚଞ୍ଚଳ କୁହ... asap

– ସେ କିନ୍ତୁ ମୋ ଜୀବନର ପ୍ରଥମ ପୁରୁଷ ଥିଲେ। ସେଥିପାଇଁ ବୋଧହୁଏ ଆଜିଯାଏ ତାଙ୍କ ଦାୟିତ୍ୱବୋଧ ଯାଉନି।

– ସେ ସିନା ପ୍ରଥମ, କିନ୍ତୁ ତୁମେ ତ ମୋ ରକ୍ତକଣିକା ଭିତରେ ପଶିଯାଇଚ। ମୁଁ କେମିତି ଭୁଲିବି ?

– ତୁମେ ମତେ କେବେ ସେମିତି ଭଲପାଇନ, ଯେମିତି ସେ ପାଇଥିଲେ ଆଉ ଏବେ ବି ପାଉଚନ୍ତି।

– ସେ ମତେ ଭଲପାଆନ୍ତି ସିନା, କିନ୍ତୁ ମୁଁ ତୁମ ଭିତରୁ ବାହାରିପାରୁନି । I am confused ... ମୁଁ ଦୁଇଜଣଙ୍କୁ ଭଲପାଉଚି ସେ କିନ୍ତୁ ବହୁତ ବେଶୀ କମିଟେଡ୍‌।

ଅଫର

– ଅପୁନ୍‌ କେ ବାରେ ମେ କ୍ୟା ଶୋଚୁ ? ଜଲ୍‌ଦି ଶୋଚନେ କା, କ୍ୟୁଁ କି ଅପୁନ୍‌ କେ ପାଶ ଟାଇମ୍‌ ବହୁତ କମ୍‌ ହୈ।

– ଏ offer ର ଶେଷ ତାରିଖ ହେଲା ନଭେମ୍ୱର ୨୫ । ଜଣେ କେବଳ ବ୍ୟକ୍ତିଗତ ଭାବେ ନିଜେ ଆସି ଏହାକୁ ଗ୍ରହଣ କରିପାରିବ, କାହା ଜରିଆରେ ନୁହେଁ, ଆଉ ଚୁକ୍ତିପତ୍ର ମୁଦ ଦିଆହେବ ଏକ ଲମ୍ୱା ଚୁମ୍ୱନରେ।

– ମୁଁ ଅନ୍ୟ sms ପାଏ ବୋଲି ତୁମର ଈର୍ଷା କାହିଁକି ? ତୁମେ ବି ତ ଦଶହଜାର freakyଏସ୍‌ଏମ୍‌ଏସ୍‌ ପାଉଚ, ତୁମର ଭାଉ ବଢ଼େଇବା ଲାଗି। ଅବ୍‌ bindass ବୋଲ୍‌ ଦୋ କି ମଞ୍ଜୁର ହେ...

– ମୁଁ ବି ତୁମକୁ promise କରୁଚି, ଆହୁରି ଦଶବର୍ଷ ପାଇଁ, ଏକ ଉଶୃଙ୍ଖଲ, ନିର୍ଣ୍ଣୟହୀନ ମନ, ହଜାରେ ଭଙ୍ଗାଗଢ଼ାର ସମ୍ପର୍କ, ମାଙ୍ଗ୍‌ ତା ହେ ତୋ ବୋଲୋ....

– ଅନ୍ତହୀନ ସମ୍ଭାବନା ରହିଚି ଆମ ଭିତରେ ... I love you.

– ଆମେ କାହିଁକି ଚିନ୍ତା କରିବା। ଆମ ପାଖରେ ଅଛି ଅନ୍ତତଃ ଆହୁରି ଦଶବର୍ଷର ଉଷ୍ମ ଆଉ ଉଗ୍ର ସଙ୍ଗିଲିପ୍‌ସା।

ସେ ଓ ମୁଁ

– ସବୁ ଛାଡ଼ି ତାଙ୍କ ସାଙ୍ଗେ ପଲେଇଯିବାର ପାଗଲାମି ଥିଲା ଖାଲି ମୋର। ମୁଁ ତାଙ୍କୁ ପରୀକ୍ଷା କରୁଥିଲି। ସେ ଠିକ୍‌ ସେଇସବୁ କଥା କହିଲେ, ଯାହା ମୁଁ ଶୁଣିବାକୁ ରୁହୁଁଥିଲି।

– ସବୁଦିନ ସକାଳେ ମୁଁ ତାଙ୍କୁ ପାଗଲ କରି ଛାଡ଼େ। କହେ, ଚାଲ ଏକାଠି ପଲେଇବା। ସେ ବୁଝିପାରନ୍ତିନି ମୁଁ କଣ ଝଡ଼ କି ଟର୍ଣ୍ଣାଡୋ।

– ମୁଁ ତୁମକୁ ମୋ ଜୀବନର ଗୋଟାଏ ବର୍ଷ ଦେଇଚି। ବର୍ତ୍ତମାନ ତାଙ୍କୁ ଆଗ ଗୋଟିଏ ବର୍ଷ ଦିଏ।

– ଆଜିକାଲି ତାଙ୍କର ସବୁ ଦାବୀ ମୁଁ ପୁଣିଥରେ ମାନିନେଉଚି। ଯେଉଁଠି ଯେମିତି ଭାବେ ସେ ମତେ ରୁହୁଁଚନ୍ତି, ପାଉଚନ୍ତି। ଖାଲି କେତେବେଳେ, ପରୋକ୍ଷରେ ବି, ତୁମ କଥା ପଡ଼ିଲେ, we are back to square one ...

– ଗତକାଲି ଏୟାରପୋର୍ଟରେ, ସେ ମତେ ନେବାକୁ ଆସିଥିଲାବେଲେ, ଏମିତି ଗଭୀର ଭାବେ ମୋ ଆଖି ଭିତରକୁ ଚାହିଁଲେ, ଯେମିତି ସେ ଗୋଟିଏ ultrasound ମେସିନ୍, ମୋ ଭିତରର ସବୁକଥା ଜାଣିନେବେ ....

– ଏଥର ସେ ମୋ ପାଇଁ ରଖିଚନ୍ତି ଏମିତି ଏକ ସପ୍ରାଇଜ, ଯାହା ପିନ୍ଧିଲେ ମତେ ପ୍ରିନ୍ସେସ୍ ଡାଏନା ପରି ଲାଗିବ (ଜୀବନ୍ତ, ମୃତ ନୁହେଁ !)

– ମୁଁ ତାଙ୍କୁ ପରୁରିଲି, ସେ ସେତେବେଲେ ପଲେଇବା ପାଇଁ ରାଜି ହେଲେନି କାହିଁକ । ସେ କହିଲେ, ସେଇ ଭୁଲ୍ ପାଇଁ ସେ ଆଜୀବନ ଲଜ୍ଜିତ ।

ସେ, ମୁଁ ଓ ତୁମେ (୧)

– କାଲି ରାତିରେ ଗୋଟିଏ ଖରାପ ସ୍ଵପ୍ନ ଦେଖିଲି । ତୁମେ, ମୁଁ ଆଉ ସେ ତୁମ କଲାଗାଡିରେ ବସି ନଦୀକୂଲକୁ ବୁଲିଯାଇଥିଲୁ । ମେଘ ଆସିଲା । ମୁଁ ଆଉ ସେ ଗଛ ମୂଲକୁ ଚାଲିଗଲୁ ! ତୁମେ ଏକୁଟିଆ ଗଲ, ଗାଡ଼ି ବ୍ୟାକ୍ କରିବା ପାଇଁ । ଆଉ ବ୍ୟାକ୍ କରୁ କରୁ ନଦୀ ଭିତରକୁ... ଓଃ କହିପାରିବିନି । ମୁଁ ଭୟରେ ତାଙ୍କ ଛାତିରେ ମୁହଁ ଗୁଞ୍ଜିଦେଲି ।

– ତାଙ୍କ ଛାତି ଲୋମରେ ଭର୍ତି । ମତେ ତାଙ୍କ body smell ଭଲଲାଗେ । ତୁମ ଛାତିରେ ମୋତେ ଲୋମ ନାହିଁ ... you metro - sexual cheat ...

– ତୁମେ Truffaut ଙ୍କର Jules and Jim ଦେଖିଚ ? ମୁଁ ସେଇ କ୍ୟାଥେରିନ୍ ! ତୁମେ ଡରୁଚ ?

– ସେ ଆସୁଚନ୍ତି । କେବଲ ମୋରି ପାଇଁ । ତୁମ ପରି, ହଜାରେ ଲୋକଙ୍କ ସାଙ୍ଗରେ ସେ ମିଶନ୍ତିନି ।

– ତାଙ୍କର ଆଉ ମୋ ଭିତରେ ତୁମେ ହିଁ ହେଲ ବାଧା ....

ମୁଁ ଓ ତୁମେ (୧)

– ତୁମେ ଦେଇଥିବା ଶାଡ଼ିଟା ମୁଁ ମୋ ଦୁଇ ଭଉଣୀଙ୍କୁ ଗର୍ବ କରି ଦେଖାଇଲି । ବଡଭଉଣୀ କହିଲା wow .... ସାନଭଉଣୀ ମୁହଁ ମୋଡ଼ିଦେଲା ଈର୍ଷାରେ ।

– ଦେବ୍ ଦାସର ବାପା କହିଥିଲେ, 'ଘର ଛାଡ଼ିଦେ' । ମା କହିଥିଲେ 'ପାରୁକୁ ଛାଡ଼ି ଦେ' । ପାରୁ କହିଥିଲା, 'ମଦ ଛାଡ଼ିଦେ' । ମୁଁ ତ ତୁମକୁ ମତେ ଛାଡ଼ିଦେବାକୁ କହୁନି...

– ମୋର ବହୁତ ଇଚ୍ଛା ହୁଏ, ତୁମର ସାର୍ଟ ବଟନ୍ ସବୁ ମୁଁ ଖୋଲିବି ...କେବେ ?

- ମୁଁ ମାନୁଚି ମୁଁ ଭୁଲ, ମୁଁ ଭ୍ରାନ୍ତ, କୌଣସି ନିର୍ଣ୍ଣୟ ନେବାର ଶକ୍ତି ମୋର ନାହିଁ ।

- ଅଙ୍କଲ ଜୀ, ପହଞ୍ଚଗୟେ କ୍ୟା ? ଆପ୍ ତୋ ବଡ଼େ ପହୋଞ୍ଚେ ହୁୟେ ନିକଲେ...

- ଏଠି ଖାଲି ପର୍ବତମାଳା, ଆଉ ତାଭିତରେ a string of Buddhist monasteries ... ! ଏତେ କଠୋର, ନିରାନନ୍ଦ ଦିନଚର୍ଯ୍ୟା ଭିତରେ ମୁଁ ତୁମକୁ ଲୁଚେଇ ରଖିଚି ମୋ ଛାତିରେ ।

- ମୁଁ ତୁମ ପାଖରୁ ଅଛୁଟିକେ ରୁହିଁଥିଲି, ବେଶିକିଛି ନୁହେଁ ...

- Aerodynamically, the bumble bee should not be able to fly. But the bumble bee does not know it, so it goes on flying any way ! ଠିକ୍ ସେମିତି ଆମର ପ୍ରେମ ...

- ମୁଁ ଗାଧୋଇବା ପାଇଁ ଯାଉଛି ବର୍ତ୍ତମାନ । ମତେ ଭାବ ....

କେବଳ ମୁଁ

- ଆଜି ମାର୍ଚ୍ଚ ୧୮ ତାରିଖ, ଦିନ ୧୦.୪୫ ମିନିଟରେ ମୁଁ ଏଇ ପ୍ରତିଜ୍ଞା କରୁଚି ଯେ, ଆଉ ମୁଁ ମନ କେବେହେଲେ ବଦଲେଇବି ନାହିଁ ।

- ମୁଁ ପ୍ରତିଜ୍ଞା କରୁଚି, ମୁଁ ତୁମର ହୋଇ ରହିବି ଆଉ ଆମ କଞ୍ଚନାର ସେଇ କୁକୁରଟିକୁ, ଆମେ ବୁଲେଇନେବା ଏକାଠି ...

- ଜଣାଶୁଣା ଲୋକକୁ ହିଁ ବୁଝିବା କଷ୍ଟ । ମୁଁ ଗୋଟେ ଅଜଣା ଲୋକକୁ ବେଶି ବୁଝିପାରେ ।

- ଏ ସହରର ଅଧାଲୋକ ମୋ ପଛରେ, ବାକି ଅଧା ଜାଣନ୍ତିନି what they are missing..

- ଏଠିକାର ବର୍ଷାରେ ସେମିତି ମାଦକତା ଅଛି, ଯେତିକି ପ୍ୟାରିସ୍‌ର ରାତିରେ ।

- ଓଃ, ଏ ଦିନସାରା ବର୍ଷା ! ତୁମ ସାଙ୍ଗେ ଶୋଇପଡ଼ିବାକୁ ଇଚ୍ଛା ହେଉଚି ।

- ଏତେ କମ୍ ସମୟ, ଆଉ ଏତେ ବେଶି ପ୍ରଶଂସକ, ମୁଁ କଣ କରିବି ?

- ମୋ ନଣନ୍ଦ ମତେ ସନ୍ଦେହ କରେ । ମୁଁ ଭାବୁଚି ଈର୍ଷା କରେ । ଦୁଇ ଜଣ ସଂଭ୍ରାନ୍ତ ଲୋକଙ୍କୁ ଏକାସାଙ୍ଗେ ଭଲପାଇବାର ଭାଗ୍ୟ କେତେଜଣଙ୍କର ଅଛି ?

- ମୋ ଭିତରେ ଏଇନା ବସନ୍ତର ପାଗଲପଣ ...

କେବଳ ତୁମେ

– ମନେଅଛି ? ମୁଁ ଥରେ ତୁମକୁ ଚାଲେଞ୍ଜ କରିଥିଲି, ଦିନବେଲେ ଗାଡ଼ି ଭିତରେ, ଯେତେବେଲେ ଆମେ Zebra Crossing ପାଖରେ ଅଟକିଥିଲୁ, ମତେ ଯିଏ ଦେଖିଲେ ଦେଖୁ ପଛେ, ଚୁମା ଦେବାକୁ। ତୁମେ ଦେଇଥିଲ। ସେମିତି ସାହସ ଆଉ ତୁମର କାହିଁ ?

– ତୁମ ପରି ପ୍ରେମିକ ହେଲେ ନିକୃଷ୍ଟତମ କଟକୀ ଭଡ଼ାଟିଆ। ସେମାନେ ତୁମ ଛାତିରେ ଘର କରିବେ, ଭଡ଼ା ଦେବେନି, ଘର ଛାଡ଼ିବେନି, ଆଉ ଗଲାବେଲେ ସବୁ ଭାଙ୍ଗି ନେଇଯିବେ...

– କୁଛ୍ ତୋ ହୈ ବାତ୍ ଆପ୍ ମେ ...

ତୁମେ ଓ ସେ

– ତୁମେ ଯଦି କେବେ ସେ ଲୋକକୁ ଭେଟ, ଯିଏ ମତେ ଥରେ ପ୍ରେମ କରୁଥିଲା, ତାହେଲେ କହିଦେବ, ଏ ନୂଆବର୍ଷରୁ ମୁଁ ଆଉ ଏକା ରହିବିନି।

– ଓଃ, ସବାଶେଷରେ ତୁମ ଦୁଇଜଣଙ୍କର ଦେଖାହେଲା ତାହେଲେ ? କଣ କଥାହେଲା ମୋ ବିଷୟରେ ? ତୁମେ ତ କିଛି କହିବନି ! ମୁଁ ତାଙ୍କ sms ଅପେକ୍ଷାରେ ଅଛି।

– ଆରେ, କିଛି ବି fireworks ହେଲାନି ? ମୁଁ ତ ଭାବିଥିଲି ତୁମେ ଦୁଇଜଣ will come to exchange blows ...

– ଆମ ସଂପର୍କ ଭିତରେ ତୁମେ ୧୦ ରୁ ୩ ପାଇବ, ଆଉ ସେ ପାଇବେ ୭, ତଥାପି ସେ ସନ୍ତୁଷ୍ଟ ନୁହନ୍ତି। some people are too cocksure ! ଲୋଭର ସୀମା ନାହିଁ ....

– ସେ ମୋର ବହୁତ ତ୍ରୁଟି କ୍ଷମା କରିଛନ୍ତି। ଏବେ ମୋର ତୁମକୁ କ୍ଷମା କରିବାର ବେଲ।

– ନ ହେଲେ, ଯା' ପରେ ମୁଁ ଗୋଟେ ହୃଷ୍ଟପୁଷ୍ଟ ଗୁଣ୍ଠାକୁ ଭଲପାଇବି, ଯିଏ ତୁମ ଦୁଇଜଣକୁ ପିଟି ପିଟି ସାବାଡ଼ କରିଦେବ।

ଦକ୍ଷିଣ

– ମୁଁ ତୁମ ସହରକୁ କିଛିଦିନ ପାଇଁ ଆସିଛି। ଦେଖାହେଲେ ଭଲ, ନ ହେଲେ it doesn't really matter.

ଲିଲେଟ୍ ଦାସଙ୍କ ଏସ୍‌ଏମ୍‌ଏସ୍ ◆ ଦେବଦାସ ଛୋଟରାୟ ◆ ୧୯୭

– ମୋ ଦେହ ଭଲ ଅଛି । ମୁଁ ଏବେନା ବି ସବୁକିଛି ପାଇଁ ସକ୍ଷମ ।

– ତୁମେ ତୁମ boss କୁ ଯେମିତିହେଲେ ପଟାଅ । ଯଦି କହିବ, ମୁଁ ତା କୋଳରେ ବସିବି, ତା ଟେବୁଲରେ ନାଚିବି, କିନ୍ତୁ ତୁମେ ଆସ ...

– ଯଦି ଚଞ୍ଚଳ ନ ଆସ, ତେବେ ମନେରଖ, ମୋ ମନ ବଦଳି ଯାଇପାରେ ।

– ଏ ଦକ୍ଷିଣୀ ସହରରେ ଖାଲି ଖରା ଆଉ ଖରା । କିଛି ବି ପିନ୍ଧିବାକୁ ମନ ହଉନି । ଆଉ ତୁମେ ଆସିଲେ ତାର ଦର୍କାର ବି କଣ ?

– ମୁଁ ଗତ କେତେବର୍ଷ ହେଲା ସବୁ ଶାରୀରିକ ଇଚ୍ଛା ହରେଇ ବସିଥିଲି । କିନ୍ତୁ ଦକ୍ଷିଣର ଏଇ ସମୁଦ୍ରକୂଳବର୍ତ୍ତୀ ସହରରେ ମୁଁ ଗୋଟିଏ ମାରଣାସ୍ତ୍ର ପରି ହେଇଯାଇଛି । କିଏ ଦାୟୀ ? ଏଠିକାର ଜଳବାୟୁ, ମାଛ, ନା ବୁଝି ନ ପାରୁଥିବା ଭାଷା ...

– ତୁମ ଆଖିରେ ବି ମୁଁ ଦେଖିଚି ଇଚ୍ଛାର ଜ୍ୱାଳା, ତୁମ ବାହୁବନ୍ଧନରେ ପାଇଚି ନିର୍ବାଣ । ମୁଁ କିଛି ଭୁଲିନି...

– ମନେରଖ, ଏଇ ଦକ୍ଷିଣ ଭାରତରେ ଏଇନା ଗୋଟିଏ ନରଖାଦକ ବାୟୁଣୀ ଅଛି ...Come at your own risk ...

କେବଳ ସେ

– ମୁଁ ତାଙ୍କୁ ହିଁ ଭଲପାଏ ଓ ତାଙ୍କ ପାଖକୁ ହିଁ ଫେରିବି । ସେ ମୋର ପ୍ରଥମ ପ୍ରେମ ।

– ମୋ ପାଇଁ ଏଇଟା ହିଁ ଲାଷ୍ଟ ଚାନ୍ସ ଆଉ ତାଙ୍କ ପାଖରେ ପୃଥିବୀର ସବୁତକ ସମୟ ଅଛି ।

– ସେ ନଥିଲେ ଗତବର୍ଷ ମୁଁ ବିଖଣ୍ଡିତ ହୋଇଯାଇଥାନ୍ତି ।

– ସେ କହିଛନ୍ତି, ସେ ନିଶ୍ଚୟ ଆସିବେ ଏଥର । ମୋର ଭଲପାଇବା ଆଉ କେତେ ପ୍ରତାରଣା କରିବ ମୋ ସାଙ୍ଗରେ ...

–Guys, ମୁଁ ଏବେନା କଣ କରୁଚି ? ତାଙ୍କୁ ଯନ୍ତ୍ରଣା ଦେବାକୁ ଏକ ନୂଆ ପ୍ଲାନ୍ ।

– ମୁଁ ସବୁବେଳେ ତାଙ୍କୁ scrabble ରେ ହରେଇ ଦେଉଚି । କେମିତି, କହିଲ ? I cheat.

– ତୁମ ସାଙ୍ଗରେ ମୋର ହଜାରେ ଥର କଟି, ହଜାରେ ଥର ମିଟି । କିନ୍ତୁ ତାଙ୍କୁ ଥରଟେ କହିଲି ଯେ ବାରୁଦଗଦାରେ ନିଆଁ ଲାଗିଗଲା !

ସେ, ମୁଁ ଓ ତୁମେ (୨)

- ତୁମେ କଣ ଡାକିଥିଲ ମତେ, ଗୋଟେ ଅଚିହ୍ନା ନମ୍ବରରୁ ଗତକାଲି ?

- ମୁଁ ତୁମକୁ ଭଲପାଏ ସତ, କିନ୍ତୁ ମୋର ଅନ୍ୟକାମ ବି ତ ଅଛି ।

- ମୋର ସବୁ ପ୍ରେମର ଅଧିକତମ ସମୟସୀମା ଖାଲି ବର୍ଷେ, କେବଳ ତମ ଛଡା...

- ମୁଁ ତୁମକୁ ଭୁଲିଚି, ଏତିକି ପ୍ରମାଣ କରିବା ପାଇଁ ଯେ ମୋ ପ୍ରେମ କିଛି ଖେଳ ନଥିଲା ।

- ମୁଁ କେବେ ବି ରୁହିଁନଥିଲି ତୁମଠୁ, ବିଶେଷକରି ତୁମଠୁ, ନିଷ୍ପାପରତାର ସଂକଳ୍ପ ।

- ଜୁନ୍ ମାସ ଶେଷଆଡ଼କୁ, ବର୍ଷା ଆସିଯାଇଥିବ ସେତେବେଳେ, ମୁଁ ଏକା ରହିଛି ଏଠି । ହେ ମୋର ଏକମାତ୍ର non - platonic ବନ୍ଧୁ, ତୁମେ ଆସିବ କି ?

- ବୋଲେ ତୋ ମୌସମ ଏକଦମ୍ ହିଟ୍, ଅଉର ତବିୟତ୍ ଭି ଫିଟ୍, ତୋ ଚଲେ କ୍ୟା ଖଣ୍ଡାଲା ?

- I am obsessed with you...

- ଆମ ଦୁଇଜଣଙ୍କ ଭିତରେ ସମ୍ପର୍କର ସଂଖ୍ୟା କଣ, ନା ତୁମେ କହିପାରିବ ନା ମୁଁ ?

- ଜଣେ ଏ msg ପଠେଇଥିଲା ଜଣକୁ, ଯାହାକୁ ସେ ଭଲପାଏ, ବା ଘୃଣାକରେ, ବା ହତ୍ୟା କରିବାକୁ ରୁହେଁ ... ଭାବ, କଣ ଭାବି ଏ msg ତୁମକୁ forward କରୁଚି ।

- ମୋର ଦୁର୍ଭାଗ୍ୟ ଯେ ତୁମେ ଦୁଇଜଣ ଗୋଟିଏ ସହରରେ ରହୁଚ । କିଛି ମନେ କରିବନି, ପ୍ଲିଜ୍ । ମୁଁ ପହଁଚି କରି ତାଙ୍କୁ ହିଁ ଆଗେ ଡାକିବି ।

- ମୁଁ ତାଙ୍କୁ ଭେଟିବି, ତୁମକୁ ବି ଭେଟିବି । ତାପରେ ଯାହା ନିଷ୍ଠୁ ... My love is pining for me ତୁମେ କୁହ, ମୁଁ କଣ କରିବି ?

- No, I have changed my mind, ମୁଁ ତାଙ୍କୁ ମୋତେ ଦେଖାହିଁ କରିବିନି ....

ଲିଲେଟ୍ ଦାସର ଏସ୍ଏମ୍ଏସ୍ ◆ ଦେବଦାସ ଛୋଟରାୟ ◆ ୧୯୯

– ସେ କିଏ, ମୁଁ ଜାଣିନି ....

– ମୁଁ ତାଙ୍କୁ କହିଲି, ହଁ ତୁମେ ଆସିଥିଲ ଆଉ ଆମର ରଙ୍ଗାସ୍ୱାମୀ ଘରେ ଦେଖା ହୋଇଥିଲା ... socially କେବଳ। ମୁଁ ଆଜିକାଲି ଅବଲୀଳାକ୍ରମେ ମିଛ କହି ପାରୁଚି।

– ମୁଁ ତାଙ୍କୁ କହିଚି, ତୁମେ ଆସୁଚ। ସେ ଯଦି ପଚରନ୍ତି, ତୁମେ ମନା କରିବ।

– ସେ ଏତେଦିନ ମତେ ଡାକି ନଥିଲେ କାହିଁକି ? Now let him wait.... । ଏଇ ମୋର ଏକନିଷ୍ଠତା।

– ଗତବର୍ଷ, ଯେତେବେଳେ ମୁଁ ମୋ ଜୀବନର ସବୁଠୁ କଷ୍ଟକର ପର୍ଯ୍ୟାୟ ଭିତରେ ଯାଉଥିଲି, ସେତେବେଳେ ସେ ମୋ ପାଖରେ ଥିଲେ, ତୁମେ ନୁହଁ। So you shut up ...

ଜୀବନ ଦର୍ଶନ

– ପ୍ରତ୍ୟେକ ସଫଳ ପୁରୁଷ ପଛରେ ଥାଏ ଜଣେ ନାରୀ। ଆଉ ପ୍ରତ୍ୟେକ ସନ୍ତୁଷ୍ଟ ନାରୀ ପଛରେ ପଡ଼ିଥାଏ, ଜଣେ କ୍ଲାନ୍ତ ନିଃଶେଷିତ ପୁରୁଷ, ବିଛଣା ଉପରେ ... ହାଃ ହାଃ।

– ଭଲପାଇବାରେ, ଜଣକୁ ଆଚ୍ଛନ୍ନ ହୋଇ ରହିଁବାରେ, କଣ ଶେଷକଥା ଥାଏ ?

– ଆଉଜଣକର ରହିଁବାରେ, ଆଉଜଣକର ଛୁଇଁବାରେ ମୁଁ ଆଉଥରେ ପଲ୍ଲବିତ ହେଉଚି। Touch wood ...

– ତୁମେ ରହିଁଲ ଆଉ ପାଇଲ, ଏଇଟା ଭାଗ୍ୟ। ତୁମେ ରହିଁଲ ଆଉ ଅପେକ୍ଷା କରି ରହିଲ, ଏଇଟା ମୌକା। ତୁମେ ରହିଁଲ କିନ୍ତୁ ବୁଝାମଣା କରିନେଲ, ଏଇଟା ଜୀବନ। ଆଉ ତୁମେ ରହିଁଲ ଆଉ ଅପେକ୍ଷା ବି କଲ, କିନ୍ତୁ ବିନା ସାଲିସ୍‌ରେ ସେଇଟା ହିଁ ପ୍ରେମ।

– ମୁଁ ବାରୁଲଙ୍କ ପାଖରୁ ନୀରବତା ଶିଖିଚି, ସହିବା ଶିଖିଚି ଅସହିଷ୍ଣୁଙ୍କ ପାଖରୁ, ଆଉ ଅକୃତଜ୍ଞଙ୍କ ଠାରୁ କୃତଜ୍ଞତା।

- We will together find a way, or make one ...

– ପ୍ରେମ, କବିତା, ଏ ସବୁଥରେ ମୋର ଆଉ ଆଗ୍ରହ ନାହିଁ ...I am into trade - unionism these days ...

– ଗୋଟେ ନଈ ବହିଯାଇଥାଏ ମୋ ଭିତରେ ...

– ଭଲପାଇବା ବୋଧହୁଏ ସବୁଠୁ ବଡ଼ ମିଛ। ମୁଁ ମିଛ କହିକହି ଥକିଗଲିଣି।

– ତୁମେ ଦୁହେଁ ହିଁ ନିଛକ ମିଛ। ବୁଲାଇନେବାକୁ କହିଲେ ଦୁହେଁ ନନ୍ଦନକାନନ ନେଇ ଭୁଲେଇଦେଲ। ନନ୍ଦନକାନନ ନୁହେଁ; ପାରିଜାତ ବି ମଉଳି ଯାଏ।

– ଅଣନିଶ୍ୱାସୀ ହେଇଗଲିଣି। ମୁଁ ଭଗବାନଙ୍କ ନିଜ ବଗିଚାରେ କିଛି ସମୟ ବସିବାକୁ ଚାହେଁ। ଏ ଦେହକୁ ତୁମେ ଦୁହେଁ ସୁଖ ଦେଲ; ଦୁଃଖ ବି ଦେଲ। ସବୁ ଛାଡ଼ିଛୁଡ଼ି ଚାଲିଗଲା ପରେ Milkywayରେ ଦୀର୍ଘଶ୍ୱାସ ପକାଇ ଭାସିବାକୁ ଇଚ୍ଛା। ...ଧୂଆଁ ଧୂଆଁ... ନିଆଁ ନଥାଇ ଧୂଆଁ; ନିଆଁ ରେ ଶେଷ। ଧୂଆଁ ଅଶେଷ...

◆◆◆

ଗି ଦ ମୋପାସାଁ (Guy de MauPassant)

ମୂଳଲେଖା – ଆଇଜାକ୍ ବାବେଲ

ଅନୁବାଦ – ପ୍ରସନ୍ନ କୁମାର ହୋତା

୧୯୧୦ ମସିହାରେ ମତେ କୋଡ଼ିଏ ବର୍ଷ ବୟସ – ଯୌବନର ପ୍ରଥମ ଆମନ୍ତ୍ରଣର ଉଦ୍ଦାମତାରେ ଭରା ଦିନ ସବୁ । ଶୀତ ରତୁ । ମୁଁ ସେଣ୍ଟ ପିଟର୍ସବର୍ଗରେ ପହଞ୍ଚିଯାଏ । ପକେଟ୍ ପୁରା ଖାଲି, କେବଳ ଗୋଟିଏ ନକଲି ପାସପୋର୍ଟ ମୋ ପକେଟରେ ଥାଏ । କାଜାଣ୍ଟସେଭ୍ ରୁଷୀୟ ସାହିତ୍ୟର ଅଧାପକ । ସେ ମତେ ତାଙ୍କ ଘରେ ଆଶ୍ରୟ ଦେଲେ । ତାଙ୍କ ଘର ସହରର ପେସ୍କି ଅଞ୍ଚଳର ଗୋଟିଏ ଅନ୍ଧାରୁଆ, ସନ୍ତସନ୍ତିଆ ଓ କାଲୁଆ ଜାଗାରେ ଥାଏ । ତାଙ୍କର ସୀମିତ ଆୟକୁ ବଢ଼ାଇବା ପାଇଁ ସେ ମଝିରେ ମଝିରେ କିଛି ସ୍ଥାନିୟ ଭାଷାରୁ ଅନୁବାଦ କାମ ମଧ କରୁଥାନ୍ତି । ବ୍ଲାସ୍କୋ ଆଇବାନେଜଙ୍କ ସ୍ଥାନିୟ ଭାଷାରେ ଲେଖା ପାଠକ ମହଲରେ ପହଞ୍ଚିବା ଆରମ୍ଭ ହୋଇଥାଏ ।

କାଜାଣ୍ଟସେଭ୍ କେବେହେଲେ ସ୍ପେନର ଆଖପାଖ ବି ମାଡ଼ି ନ ଥିଲେ । କିନ୍ତୁ ସ୍ପେନର କଥା ତାଙ୍କ ମନରେ ଶୟନେ, ସପନେ ଅବା ଜାଗରଣେ – ତାଙ୍କ ମାନସପଟରେ ସ୍ପେନର ପ୍ରତ୍ୟେକ ସୁନ୍ଦର ବଗିଚ, ଦୁର୍ଗ ଓ ନଦୀ ! କାଜାଣ୍ଟସେଭଙ୍କୁ ମୋ ପରି ଅନେକ ସ୍ତାବକ ଘେରି ରହିଥାନ୍ତି । ପ୍ରାୟ ସମସ୍ତେ ଅର୍ଦ୍ଧଭୁକ୍ତ, ଉଦ୍ଦେଶ୍ୟହୀନ ଏବଂ କକ୍ଷଚ୍ୟୁତ । ମଝିରେ ମଝିରେ କାହାର ଗୋଟେ ଅଧେ ଲେଖା ସ୍ଥାନିୟ କାଗଜ ବା ପତ୍ରିକା ଆଦିର କେଉଁ କଣରେ ଛପା ହୋଇ ଯାଇଥାଏ । ମୁଁ ପ୍ରତି

ସକାଳରେ ଖବର ସଂଗ୍ରହ କରିବା ପାଇଁ ଶବଗୃହ ଓ ସ୍ଥାନୀୟ ପୋଲିସ ଥାନା ମାନଙ୍କରେ ଚକ୍କର କାଟେ। କାଜାଣ୍ଡସେଭ୍ ଆମମାନଙ୍କ ଠାରୁ ଖୁସି ଥିଲେ। ଅନ୍ତତଃ ତାଙ୍କ ପାଖରେ ସ୍ନେନ୍ର ସ୍ୱପ୍ନ ଥିଲା।

ମତେ ନଭେମ୍ବର ମାସରେ ଆବୁକୋଭ୍ କାରଖାନାରେ କିରାଣି ଚକିରି ମିଳିଗଲା। ଦରମା ମଧ୍ୟ ମନ୍ଦ ନ ଥିଲା। ଆଉ ଗୋଟେ ସୁବିଧା ଥିଲା ଯେ ମୁଁ ଏ ଚକିରି କଲେ ମିଲିଟାରିରେ ଭର୍ତ୍ତି ହେବାରୁ ମୁକ୍ତି ମିଳିଥାନ୍ତା। ମୁଁ କିନ୍ତୁ ସେ ଚକିରିରେ ଯୋଗ ଦେଲି ନାହିଁ। ମୋ ଆଗରେ ମୋ ସ୍ୱପ୍ନର ଜୀବନ। ମୁଁ ମନଟାଣ କଲି – ଭୋକଶୋଷରେ ରହିଲେ ରହିବି, ଜେଲ୍ ପଛେ ଯିବି; ଭାଗାଙ୍କ ପରି ବୁଲିବି – କିନ୍ତୁ ପ୍ରତିଦିନ ଦଶଘଣ୍ଟା କାଳ ନିର୍ବେଦ ହୋଇ ଅଫିସରେ ବସି ଫାଇଲ – ଚକ୍ଷ କରି ପାରିବି ନାହିଁ। ଭାବି ଦେଖିଲେ ଏପରି ଭାବନା ମୋର ଆମ୍ବବଡ଼ିମା ମାତ୍ର। ତେବେ ମୁଁ ମୋ ଇଚ୍ଛାକୁ କେବେହେଲେ ବଳି ଚଢ଼ାଇ ନାହିଁ। ମୋ ପୂର୍ବ ପୁରୁଷଙ୍କ ବୋଧେ ସେହି ବିଚର ଧାରା – ଆମେ ଆମ କାମକୁ ଉପଭୋଗ କରିବାକୁ ଜନ୍ମ ହୋଇଛୁ; ଆମ ପ୍ରେମ, ଆମ ଦ୍ୱନ୍ଦ, ଆମ ସୁଖକୁ ଅନୁଭବ କରିବାକୁ ଜନ୍ମ ହୋଇଛୁ। ଅନ୍ୟ ସବୁର ମୂଲ୍ୟ ନଗଣ୍ୟ।

କାଜାଣ୍ଡସେଭ୍ ମୋର ବାକ୍‌ଲାମୀ ଶୁଣି ଶୁଣି ବ୍ୟସ୍ତ ହୋଇ ନିଜ ମୁଣ୍ଡ ଉପର ହଳଦିଆ ଟୋପିକୁ ବାରମ୍ବାର ସଜାଡ଼ି ପକାଉଥିଲେ। ବିଷାଦ, ସ୍ନେହ ଓ କିଛି ପ୍ରଶଂସାରେ ଭରା ରୁହାଣୀରେ ସେ ମତେ ଦେଖୁଥାନ୍ତି।

ଖ୍ରୀଷ୍ଟମାସ୍ ପର୍ବବେଳକୁ ଆମ ଭାଗ୍ୟରେ କିଛି ପରିବର୍ତ୍ତନ ଆସିଲା। ଓକିଲ ବେଦେରଷ୍ଟ ଗୋଟିଏ ପ୍ରକାଶନ ସଂସ୍ଥାର ମାଲିକ ଥିଲେ। ସଂସ୍ଥାର ନାମ ହାଲସିଅନ୍। ସେ ମୋପାସଙ୍କ ରଚନାବଳିର ଏକ ନୂଆ ଅନୂଦିତ ସଂସ୍କରଣ ପ୍ରକାଶ କରିବାକୁ ସ୍ଥିର କଲେ। ତାଙ୍କ ସ୍ତ୍ରୀ ରାଇସା ଅନୁବାଦକ ହେବାକୁ ଆଗ୍ରହରେ ଆଗେଇ ଆସିଲେ। କିନ୍ତୁ ତାଙ୍କ ମହତ ଇଚ୍ଛାର ବିଶେଷ ଫଳ ହେଲା ନାହିଁ।

କାଜାଣ୍ଡସେଭଙ୍କୁ କୁହାଗଲା ଯେ ସେ ସ୍ଥାନୀୟ ଭାଷାର ଦକ୍ଷ ଅନୁବାଦକ; ସେ ଫରାସୀ ଭାଷାରେ ଜଣେ ଦକ୍ଷ ଅନୁବାଦକ ବାଛିବେ ଯେ ରାଇସାଙ୍କୁ ଅନୁବାଦ କାମରେ ସାହାଯ୍ୟ କରି ପାରିବେ। ସେ ମୋ କଥା ସେମାନଙ୍କୁ ଜଣାଇଲେ।

ଗି ଦ ମୋପାସଁ ◆ ଆଇଜାକ୍ ବାବେଲ୍ ◆ ୨୦୩

ତା’ ପରଦିନ ମୁଁ ଜଣେ ସାଙ୍ଗଠାରୁ ଭଲ କୋଟଟିଏ ମାଗି, ପିନ୍ଧି ବେଦେରସ୍କି ଦମ୍ପତିଙ୍କୁ ଭେଟିବାକୁ ଗଲି । ସେମାନେ ସହରର ଗୋଟିଏ ଭଲ ଅଞ୍ଚଳରେ ରହୁଥିଲେ । ତାଙ୍କ ଘର ଫିନ୍ ଲ୍ୟାଣ୍ଡ ଗ୍ରାନାଇଟ୍ ପଥରରେ ତିଆରି ହୋଇଥିଲା । ଗୋଲାପୀ ରଙ୍ଗର ସେ ଘର ସୁଦୃଶ୍ୟ କାରୁକାର୍ଯ୍ୟରେ ଭରା ।

ଯୁଦ୍ଧ ପୂର୍ବରୁ ମିଲିଟାରୀ କଣ୍ଟ୍ରାକ୍ଟର ହୋଇ ଅଳ୍ପ ସମୟରେ ବହୁ ଧନ ଅର୍ଜନ କରିଥିବା ଇହୁଦୀ ବ୍ୟବସାୟୀମାନେ ଏପରି ଆଡମ୍ବରିଆ କିନ୍ତୁ ଦୃଷ୍ଟିକଟୁ ପ୍ରାସାଦ ପରି ଘର ସବୁ ତିଆରି କରି ସେଣ୍ଟ ପିଟର୍ସବର୍ଗରେ ବସବାସ କରୁଥିଲେ ।

ଘରର ସିଡ଼ିରେ ଲାଲ ଗାଲିଚ ବିଛା ହୋଇଥିଲା । ସିଡ଼ିର ମୋଡ଼ ମାନଙ୍କରେ ଭାଲୁ ନକଲରେ ତିଆରି ହୋଇଥିବା ଜନ୍ତୁମାନେ ହାତ ଟେକି ଠିଆ ହୋଇଥିଲେ । ସେମାନଙ୍କ ପାଟି ଭିତରେ ସ୍ଫଟିକ ବତୀ ସବୁ ଜଳୁଥିଲେ ।

ବେଦେରସ୍କି ଦମ୍ପତି ଦ୍ୱିତୀୟ ମହଲାରେ ରହୁଥିଲେ । ପରିଚାରିକା ଦ୍ୱାର ଖୋଲିଲା । ତୁରନ୍ତ ତା’ର ଉଦ୍ଧତ ଛାତି ମୋ ନଜରକୁ ଆସିଲା । ସେ ମତେ ପାଛୋଟି ନେଇ ସ୍ଲାଭ୍ ଷ୍ଟାଇଲରେ ସଜା ହୋଇଥିବା ଡ୍ରଇଂ ରୁମରେ ବସାଇଲା । ରୋରିକଙ୍କ ଦ୍ୱାରା ଅଙ୍କିତ ପ୍ରାଗୈତିହାସିକ ରାକ୍ଷସ ପ୍ରତିକୃତି ଏବଂ ନୀଳରଙ୍ଗର ଚିତ୍ରପଟ ସବୁ ସେ ପ୍ରକୋଷ୍ଠର କାନ୍ଥମାନଙ୍କରେ ବିଛାଡ଼ି ହୋଇ ପଡ଼ିଥିଲେ । ସେ କକ୍ଷର କଣମାନଙ୍କରେ ଅତି ଦାମୀ ଆଇକନ୍ ସବୁ ବୈଠକୀମାନଙ୍କ ଉପରେ ସଜା ହୋଇଥିଲେ ।

ଉଚ୍ଚକୁଚଧାରୀ ସେ ପରିଚାରିକା ରାଜକୀୟ ଠାଣିରେ ଚଲୁଥାଏ । ତା’ର ଶରୀର ସୁଗଠିତା । କିନ୍ତୁ ତା ଆଖିକୁ ଭଲ ଦିଶୁ ନ ଥିବା ପରି ଜଣା ପଡୁଥିଲା; ଏବଂ ତା’ ଠାଣିରେ ଅହଂକାର । ସେ ଢଲି ଢଲି ଚଲୁଥିଲା । ତା’ ଆଖିରେ ଭୟାର୍ଦ୍ର କାମୁକତା ଭରିଥିଲା । ମତେ ଲାଗିଲା ଯେ ସେ ସଯୋଗ ବେଳେ ଅପ୍ରତ୍ୟାଶିତ ଆତୁରତାରେ ମଉ ହୋଇ ଯାଉଥିବ ।

ବ୍ରୋକେଡ୍ ପରଦା ଫାଙ୍କ ହେଲା, ଏବଂ ରାଇସା ପଶି ଆସିଲେ । ତାଙ୍କ କେଶ କଳା, ଆଖି ଗୋଲାପୀ ଓ ଛାତି ସ୍ଫିତ । ତାଙ୍କୁ ଦେଖୁ ଦେଖୁ ମୁଁ କିଏଭ୍ ଓ ପଲ୍ଲାଭାରର ବିସ୍ତୃତ ସହର; ଏବଂ ସେଠାରେ ଭରା ଚେଷ୍ଟନଟ୍ ଓ ଆକାସିଆ ଉଦ୍ୟାନ, ଏବଂ ସେଠାକାର ମନୋହାରିଣୀ ଇହୁଦୀ ଯୁବତୀଗଣଙ୍କୁ ଅନୁଭବ କଲି ! ସେମାନଙ୍କ ଚିଲ୍ଲାଙ୍କ ଚତୁର ସ୍ୱାମୀମାନେ ଦୁଇହାତରେ ରୋଜଗାର କରନ୍ତି – ସେ ଧନସବୁ

ଏହି ସ୍ତ୍ରୀଲୋକ ମାନଙ୍କ ଶରୀରରେ ଗୋଲାପୀ ମାଂସ ହୋଇ ତାଙ୍କ ଛାତି, ପେଟ, ବେକ, ଅଣ୍ଟାରେ ଲଦି ହୋଇ ଯାଇଥାଏ । ସେମାନଙ୍କ ନିଦୁଆ ଆଖିର ହସ ସ୍ଥାନୀୟ ମିଲିଟାରୀ ଅଫିସର ମାନଙ୍କୁ ବାୟ୍ୟା କରି ଦେଉଥାଏ ।

ରାଇସା ବିନା ଉପକ୍ରମରେ ମତେ କହିଲେ, ମୋପାସଁ ମୋ ଜୀବନର ସବୁଠୁ ତୀବ୍ର କାମନା । ତାଙ୍କ ଦୋଲାୟିତ ନିତମ୍ବକୁ ଯଥା ସମ୍ଭବ ସମ୍ଭ୍ରମରେ ରଖି ସେ କକ୍ଷରୁ ବାହାରିଗଲେ; ଏବଂ କିଛି ସମୟ ଭିତରେ 'ମିସ୍ ହାରିଏଟ୍' ର ଏକ ଅନୁଦିତ ଲେଖା ଆଣି ମତେ ଦେଲେ । କିନ୍ତୁ ତାଙ୍କର ଅନୁବାଦରେ ମୋପାସଁଙ୍କ ସାବଲୀଳ ବାକ୍ୟରାଜି ଏବଂ ତତ୍ ସୃଷ୍ଟ ସୂକ୍ଷ୍ମ ବିହ୍ବଳତାର ସାମାନ୍ୟତମ ଅବଶିଷ୍ଟାଂଶ ମଧ୍ୟ ନ ଥିଲା । ରାଇସା ତାଙ୍କ ଅନୁବାଦରେ ମୋପାସଁଙ୍କ ଲେଖାର ଶଢ଼ାବଳିର ଯଥାର୍ଥ ସଠିକତା ଆଣିବାକୁ ଯତ୍ନ କରିଥିଲେ । କିନ୍ତୁ ସାମଗ୍ରିକ ଭାବେ ଦେଖିଲେ ସେହି ଅନୁବାଦ ଥିଲା ଶୁଷ୍କ ଓ ପ୍ରାଣହୀନ । ଇହୁଦୀମାନେ ପୁରୁଣାକାଳରେ ଏହିପରି ରୁଷୀୟ ଭାଷାରେ ଲେଖୁଥିଲେ ।

ମୁଁ ପାଣ୍ଡୁଲିପିଟି ନେଇ ଆସିଲି । କାଜାଣ୍ଡସେଭଙ୍କ ଘର ବର୍ଷାତିରେ ମୋର ସାଙ୍ଗମାନେ ମୋ ଚାରିକଡ଼େ ଶୋଇ ରହିଥିଲେ – ସେମାନଙ୍କ ମଝିରେ ବସି ମୁଁ ପାଣ୍ଡୁଲିପିର ସେଇ କ୍ଲିଷ୍ଟ ନୀରସ ଶଢ଼ସବୁ ସଂଶୋଧନ କରି ଚଲିଲି । ଏତେ ବିରକ୍ତିକର କାମ ନୁହେଁ । ବାକ୍ୟାଂଶ ଏକ ସମୟରେ ଶଢ଼ର ଦୁନିଆଁକୁ ବିରକ୍ତିରେ ଭରିପାରେ; ସଙ୍ଗୀତରେ ମଧ୍ୟ ! ଏହି କଳାର ଗୋପନ ରୁଚିକାଠି ହେଲା ଲୁଚିଛପି ରହିଥିବା କୌଣସି ଶଢ଼ ବା ବାକ୍ୟାଂଶର ଚତୁର୍ଯ୍ୟଭରା ପ୍ରୟୋଗ । ଟିକେଟିକେ ଶଢ଼ ଚତୁରୀ – ବାରମ୍ବାର ନୁହେଁ ।

ମୁଁ ସଂଶୋଧିତ ପାଣ୍ଡୁଲିପିକୁ ଧରି ତା' ପରଦିନ ରାଇସାଙ୍କ ଘରକୁ ଗଲି । ମୋପାସଁଙ୍କ ପ୍ରତି ତାଙ୍କର ପ୍ରଗାଢ଼ ଆସକ୍ତି ବିଷୟରେ ରାଇସା ମତେ ମିଛ କହି ନ ଥିଲେ । ମୁଁ ତାଙ୍କୁ ନୂଆ ପାଣ୍ଡୁଲିପି ପଢ଼ି ଶୁଣାଇଲି । ସେ ହାତରେ ହାତ ଛନ୍ଦି ପ୍ରତିମାପ୍ରାୟ ସ୍ଥିର ହୋଇ ମୋର ପଢ଼ିବା ଶୁଣିବାରେ ଲାଗିଲେ । କ୍ରମଶଃ ତାଙ୍କ ନିଃଶ୍ୱାସ ଆନ୍ଦୋଲିତ ହେବା ଆରମ୍ଭ ହେଲା; ତାଙ୍କ ମସୃଣ ହାତ ଦୁଇଟି ଖୋଲିଯାଇ ଚଟାଣ ଆଡ଼କୁ ଲମ୍ବିଗଲା । ଏବଂ ତାଙ୍କ ସ୍ଥିତ ବକ୍ଷ ଚହଲିବା ପରି ବୋଧ ହେଲା ।

'କି ଚମତ୍କାର ! ଏପରି କିପରି କରି ପାରିଲ ?' – ରାଇସା କହି ପକାଇଲେ ।

ମୁଁ ରଚନା ଶୈଳୀ ଉପରେ କହିବା ଆରମ୍ଭ କଲି – ଶବ୍ଦର ସୈନ୍ୟସାମନ୍ତ ଏବଂ ସେଥିରେ ଅନେକ ପ୍ରକାରର ଅସ୍ତ୍ରଶସ୍ତ୍ରର ପ୍ରୟୋଗ ବିଧ୍ୟ ! ଗୋଟିଏ ଶବ୍ଦ ଅବା ପୂର୍ଣ୍ଣଚ୍ଛେଦର ରସପୂର୍ଣ୍ଣ ପ୍ରୟୋଗ କୌଣସି ଖଣ୍ଡାମୁନ ଠାରୁ ତଡ଼ିତ୍ ବେଗରେ ହୃଦୟର ନିଭୃତତମ କନ୍ଦରରେ ପ୍ରବେଶ କରିପାରେ । ରାଇସା ନତମସ୍ତକ ହୋଇ ମୋ କଥା ଶୁଣିବାରେ ଲାଗିଲେ । ତାଙ୍କ ରକ୍ତିମ ଅଧର ଅର୍ଦ୍ଧ ପ୍ରସାରିତ । ତାଙ୍କ ଘନ କଳା କେଶରାଶି ଚମଡ଼ାର ଏକ ଆଭୂଷଣରେ ସଜ୍ଜିତ । ସେଥିରେ ଆଲୋକର ଲୁଚକାଳି । ତାଙ୍କ ଲମ୍ବା ମୋଜା ପିନ୍ଧା ଗୋଡ଼ର ଉପର ଅଂଶ ଅନାବୃତ ଓ କୋମଳ । ତାଙ୍କର ଦୁଇ ପ୍ରସାରିତ ଗୋଡ଼ ଗାଲିଚ ଉପରେ ଲମ୍ବିଯାଇ ରଖି ହେଇଥିଲା ।

ପରିଚରିକା ତା'ର କାମାର୍ଫ ଆଡ଼ ରୁହାଣୀରେ ଆସି ଟେବୁରେ ଜଳଖିଆ ରଖିଦେଲା ।

ସେ   ପିଟର୍ସବର୍ଗର ଧୂସର ସୂର୍ଯ୍ୟକିରଣ ରାଇସାଙ୍କ ଘରର ମ୍ଲାନ ଗାଲିଚ ଉପରେ ବିଛାଡ଼ି ହୋଇ ପଡ଼ିଥିଲା । ମୋପାସଙ୍କ ରଚନାବଳୀ ଅଣତିରିଶ ଗୋଟି ସଙ୍କଳନରେ ଡେସ୍କ ଉପରେ ସଜା ହୋଇ ରହି ଶୋଭା ବଢ଼ାଉଥିଲେ – ସୂର୍ଯ୍ୟକିରଣର ଅବଶିଷ୍ଟାଂଶ ସେ ସଙ୍କଳନ ମାନଙ୍କ ସୁଦୃଶ୍ୟ ଚମଡ଼ା ବନ୍ଧେଇ ଉପରେ ସ୍ପର୍ଶ କରୁଥିଲେ – ଅପୂର୍ବ ସେ ଗୋଟିଏ ମଣିଷ ହୃଦୟର ସ୍ୱପ୍ନ, ଆଶା ଓ ଜୀବନାଗ୍ରହର କବରଖାନା !

ନୀଳରଙ୍ଗର ପିଆଲାରେ କଫି ଆସିଲା । ଏବଂ ଆମେ 'ଆଇଡିଲ' ଅନୁବାଦ ଆରମ୍ଭ କଲୁ । ପ୍ରତ୍ୟେକ ସୁପାଠକ ଏହି ଗଳ୍ପକୁ ମନେ ରଖିଥିବେ । ଗୋଟିଏ ଭୋକିଲା ଯୁବକ ବଡ଼େଇ ଜଣେ ସ୍ୱାସ୍ଥ୍ୟବତୀ ସଦ୍ୟ ସନ୍ତାନ ଜନ୍ମ କରିଥିବା ମାତାର ସ୍ତନରେ ଅଧିକ କ୍ଷୀର ହୋଇ ବୋହି ପୀଡ଼ା ଦେଉ ଥିବାରୁ ସେ ସ୍ତନକୁ ମା'ର ଅନୁମତି ସହ ଶୋଷି ରୁଲିଲା – ଗୋଟିଏ ଦୁଧଖିଆ ଛୁଆ ତା ମା'ର କ୍ଷୀର ଖାଇବା ପରି । ଏହି ଘଟଣା ନିସ୍ (NICE)ରୁ ମାର୍ସେଲିସ୍ ଯାଉଥିବା ଗୋଟିଏ ରେଲଗାଡ଼ିରେ ଘଟିଥିଲା । ଗ୍ରୀଷ୍ମରତୁର ଗରମ ଦ୍ୱିପ୍ରହର । ସେ ଅଞ୍ଚଳ ଗୋଲାପ ବଗିଚରେ ଭରା । ଏତେ ଗୋଲାପ ବଣୟେ ବଗିଚସବୁ ସମୁଦ୍ରକୂଳ ପର୍ଯ୍ୟନ୍ତ ଲମ୍ବିଥାନ୍ତି ।

ମୁଁ ବେନ୍ଦେରେସ୍କିଙ୍କ କୋଠା ଛାଡ଼ି ଫେରିଲି । ମୋତେ ୨୫ ରୁବଲ୍ ଅଗ୍ରୀମ ରୂପେ ମିଳିଥାଏ, ଏବଂ ମୋ ପକେଟ ଓ ମନ ଅନେକ ଦିନ ପରେ ଗରମ ଥାଏ । ସେହି ରାତିରେ ଆମ ଦଳ ମଦମତ୍ତ ହଂସଦଳ ଟୁଳିଟୁଳି ରୁଲିବା ପରି ମାତାଲ

ହୋଇ ଟଳମଳ ହେଲେ । କାଭିଆର୍ ଖିଆ ପିଇବା ମଝିରେ ଆରମ୍ଭ ହେଲା । ତା'ପରେ ସସେଜ୍ ଆଦି ସୁସ୍ୱାଦୁ ଖାଇବା । ମୁଁ ପିଇ ଅଧା ମାତାଲ୍ ହୋଇଗଲି । ଟଲ୍ସ୍ତୟଙ୍କୁ ସମାଲୋଚନା କରିବା ଆରମ୍ଭ କରିଦେଲି । କହିଲି, କାଉଣ୍ଟ ଶେତା ପଡ଼ି ଯାଇଥିଲେ । ମରଣ ଚିନ୍ତା ତାଙ୍କୁ ଅହରହ ଘେରି କଷ୍ଟ ଦେଉଥିଲା । ତାଙ୍କ ଧର୍ମପରାୟଣତାର ମୂଳ ଉସ୍ସ ହେଲା ଏହି ଭୟ; ଆମ ରୁଷିଆର ହେମାଳ ଥଣ୍ଡାରେ ସେ ନିଜକୁ ଧର୍ମ ଓ ବିଶ୍ୱାସରେ ତିଆରି ଏକ ମୁଲାୟମ କୋଟରେ ଘୋଡ଼ାଇ ରଖିଥିଲେ ।

କାଜାଣ୍ତ୍‌ସେଭ୍ ତାଙ୍କ ଚଢ଼େଇ ପରି ମୁଣ୍ଡକୁ ହଲାଇ ମତେ ଉସ୍ସାହିତ କଲେ, କହିଯା ! କହିଯା !

ଆମେ ସାରାରାତି ଖଟ ପାଖ ଚଟାଣରେ ଗଡ଼ି ପଡ଼ିଲୁ । ମୁଁ କାଟ୍ୟାକୁ ସ୍ୱପ୍ନରେ ଦେଖିଲି । ମୋ ସ୍ୱପ୍ନର କାଟ୍ୟାକୁ ଋଳିଶ ବର୍ଷ ବୟସ । ସେ ତଳ ମହଲାରେ ରହେ । ଆମେ ପ୍ରତି ସକାଳରେ ତା ପାଖକୁ ଗରମପାଣି ଆଣିବା ପାଇଁ ଯାଉ । ମୁଁ କିନ୍ତୁ ତା' ମୁହଁ ସ୍ପଷ୍ଟଭାବେ ଦେଖ ନ ଥାଏ, କିନ୍ତୁ ସେହି ସପନରାଣୀ କାଟ୍ୟା ସହ ମୋର କେତେ ଯେ ଧର୍ମଛଡ଼ା କାର୍ଯ୍ୟକଲାପ; ପରସ୍ପରକୁ ସପନରେ ଚୁମା ଦେଉ ଦେଉ ଆମେ ଅସମ୍ଭାଳ ! ସକାଳୁ ଉଠି ମୁଁ ସେହି ଅସମ୍ଭାଳ ଅବସ୍ଥାରେ କାଟ୍ୟା ପାଖକୁ ଋଳିଲି ।

ଦେଖିଲି – ଜଣେ ମ୍ଲାନବଦନା ସ୍ତ୍ରୀଲୋକ । ଗୋଟିଏ ପତଲା ସାଲ ଘୋଡ଼ାଇ ହୋଇଛନ୍ତି । କେଶ କିଛି କିଛି ପାଚିଗଲାଣି । ପାପୁଲି ଫଟାଫଟା ଓ କର୍କଶ ପ୍ରତିଦିନ ହାତରେ କାମ କରି କରି ପେଟ ପୋଷୁଥିବା ଏକ ଜୀବନର ନୀରବ ଚିତ୍ର ।

ତା' ପରଠାରୁ ପ୍ରତିଦିନ ବେଦେରେଫ୍ ଘରେ ମୋର ପ୍ରାତଃଭୋଜନ ଆରମ୍ଭ ହୋଇଗଲା । ଆମ ବର୍ଷାତି ରୁମରେ ଥଣ୍ଡାରୁ ରକ୍ଷା ପାଇଁ ଗୋଟିଏ ଭଲ ଷ୍ଟୋଭ୍ ଲାଗିଲା । ହେରିଙ୍ଗ ଓ ଚକୋଲେଟ୍ ଋଖିବାକୁ ମିଳିଲା । ରାଇସା ତାଙ୍କ ଘୋଡ଼ାଗାଡ଼ିରେ ସହର ପାଖ ଏକଟାୟୁକୁ ମତେ ବୁଲାଇ ନେଇଗଲେ । ମୁଁ ନିଜକୁ ସମ୍ଭାଳି ପାରିଲି ନାହିଁ – ମୋ ପିଲାଦିନର ସ୍ମୃତିସବୁ ମୋ ମୁହଁରୁ ବାହାରିବାରେ ଲାଗିଲା । ମୋ କାହାଣୀର କିଛି କଦର୍ଯ୍ୟ ସ୍ମୃତି ମତେ ବି ବିଚଳିତ କରିଦେଲେ । ରାଇସା ତାଙ୍କ

ଦାମୀ ଗରମ ଟୋପି ତଳୁ ଚକିତ ଆଖିରେ ମତେ ଦେଖିବାରେ ଲାଗିଲେ – ତାଙ୍କ ଆଖିରେ ସ୍ନେହ ଓ ଦୟାର ଝଲକ !

କିଛିଦିନରେ ମୁଁ ରାଇସାଙ୍କର ସ୍ୱାମୀଙ୍କୁ ଭେଟିଲି, ଶେତା ରଙ୍ଗ, ଚଦା ମୁଣ୍ଡ ଏବଂ ହୃଷ୍ଟପୁଷ୍ଟ ଚଉଡ଼ା ଶରୀର । ତାଙ୍କ ଠାଣିରେ କିନ୍ତୁ ସାମାନ୍ୟ ଆଗକୁ ଝୁଙ୍କି ରହିବାର ଇଙ୍ଗିତ–ଯେପରିକି ଯେ କୌଣସି ମୁହୂର୍ତ୍ତରେ ସେ ଦୌଡ଼ି ପଳାଇ ପାରିବେ ।

ରାସ ପୁଟିନଙ୍କ ସଙ୍ଗେ ତାଙ୍କ ସଦ୍ଭାବ ବିଷୟରେ କିଛି ଗୁଜବ ଥିଲା । ଯୁଦ୍ଧ ସମୟରେ ମିଲିଟେରି ପାଇଁ ଅନେକ ପ୍ରକାରର ଜିନିଷ ଯୋଗାଇ ଅଳ୍ପ ସମୟରେ ଅତ୍ୟଧିକ ଧନ ଅର୍ଜନ କରି ସେଟିକେ ବାତୁଲ ପରି ଜଣା ପଡ଼ୁଥିଲେ । ତାଙ୍କ ଚକ୍ଷୁଦ୍ୱୟ କେବେହେଲେ ସ୍ଥିର ରହୁ ନ ଥିଲା । ବାସ୍ତବତା ସଙ୍ଗେ ତାଙ୍କ ସଂପର୍କ ସରିଯିବା ପରି ଜଣା ପଡ଼ୁଥିଲା । ରାଇସା ନୂଆ ଅତିଥିମାନଙ୍କ ସହ ତାଙ୍କର ପରିଚୟ କରାଇବା ବେଳେ ସାମାନ୍ୟ କୁଣ୍ଠାବୋଧ କରିବା ପରି ଲାଗୁଥିଲା । ଅବଶ୍ୟ ଏତେ କଥା ମୋ ଯୁବା ଅନଭିଜ୍ଞ ମନ ଜାଣିବାକୁ ସପ୍ତାହରୁ ଅଧିକ ସମୟ ନେଇ ଗଲା ।

ନବବର୍ଷ ପରେ କିଏଭ୍ ସହରରୁ ରାଇସାଙ୍କ ଦୁଇ ଭଉଣୀ ତାଙ୍କ ପାଖକୁ ବୁଲି ଆସିଲେ । ଦିନେ ସକାଳୁ ମୁଁ 'ଲା ଆଭ୍ୟୁର'ର ପାଣ୍ଡୁଲିପି ନେଇଗଲି; ରାଇସା ଘରେ ନ ଥିଲେ । ମୁଁ ପୁଣି ସନ୍ଧ୍ୟାବେଳକୁ ଗଲି । ବେଦେରେଙ୍କ ପରିବାର ରାତ୍ରି ଭୋଜନରେ ମଗ୍ନ ଥିଲେ । ଖାଇବା ଘରୁ ରୂପେଲି ଝଲମଲ ହସର ତୀବ୍ରତା ସଙ୍ଗେ ପୁରୁଷମାନଙ୍କ ଉନ୍ମାଦିତ ସ୍ୱର ଭାସି ଆସୁଥିଲା । ଧନୀ କିନ୍ତୁ ସଂସ୍କୃତିସଂପନ୍ନ ଘର ମାନଙ୍କରେ ରାତି ଖାଇବା ବେଳେ ବେଶୀ ଗପସପ ହୋଇଥାଏ । ଇହୁଦୀ ଚଳଣିର କୋଲାହଲ । ଲହରୀ ପରେ ଲହରୀ; ଉଚ୍ଛଳ ଶବ୍ଦ ସମୂହ; ଏବଂ କ୍ରମଶଃ ସୁଲଳିତ ମୂର୍ଚ୍ଛନାରେ ପରିସମାପ୍ତି । ରାଇସା ସନ୍ଧ୍ୟାର ପୋଷାକରେ ମୋ ପାଖକୁ ଆସିଲେ । ତାଙ୍କ ପିଠି ମୁକୁଲା । ସୁଦୃଶ୍ୟ ଚମଡ଼ା ଚଟି ପିନ୍ଧା । ତାଙ୍କ ପାଦଯୁଗଳ ଏପଟେ ସେପଟେ ପଡ଼ୁଥାଏ ।

"ମୁଁ ଟୋପେ ଅଧିକା ପିଅ ଦେଇଛି; ମୋ ଧନମଣି !" ସେ କହିଲେ; ଏବଂ ତାଙ୍କ ମୂଲ୍ୟବାନ ରତ୍ନ ପିନ୍ଧିଥିବା ସୁଦୃଶ୍ୟ ବାହୁଯୁଗଳକୁ ମୋ ଆଡ଼େ ଆମନ୍ତ୍ରଣ ମୁଦ୍ରାରେ ବଢ଼ାଇଲେ ।

ତାଙ୍କ ଶରୀର ସଙ୍ଗୀତରେ ଆନ୍ଦୋଳିତ ହେବାପରି ଝୁଲୁଥିଲା । ଯତ୍ନରେ ପ୍ରସାଧନ କରା ଯାଇଥିବା କେଶରାଶିକୁ ଛାଟି ଦେଲେ, ଏବଂ ଅଳଙ୍କାର ରୁଣୁଝୁଣୁ ହେଉ ହେଉ ଗୋଟେ ରୁଷୀୟ କାରୁକାର୍ଯ୍ୟରେ ଖୋଦେଇ ହୋଇଥିବା ଚୌକିରେ ବସି ପଡ଼ିଲେ । ମୁଁ ତାଙ୍କ ପାଉଡର ଲଗା ପିଠିରେ କଟା କଟା ଦାଗ ସ୍ପଷ୍ଟ ଦେଖ୍ ପାରୁଥାଏ ।

ସ୍ତ୍ରୀଲୋକମାନଙ୍କ ହସ ଡାଇନିଂ ରୁମରୁ ପୁଣି ଭାସି ଆସିଲା । ରାଇସାଙ୍କ ଭଉଣୀମାନେ ଆମେ ବସିଥିବା ସାମ୍ନା ରୁମକୁ ଚାଲି ଆସିଲେ । ଉଭୟଙ୍କର ଶରୀର ରାଇସାଙ୍କ ପରି ସୁଗଠିତ ଓ କାନ୍ଧ ଗୋଲାକାର । ନାକ ତଳକୁ ଅସ୍ପଷ୍ଟ ନିଶ, ଘନ କଳା କେଶ ଓ ଉଚ୍ଚ ବକ୍ଷୋଜ । ସେ ଦୁହିଁଙ୍କ ସ୍ୱାମୀମାନେ ମଧ ବେଦେଭେଙ୍କିଙ୍କ ନକଲ । କୋଠରୀ ପ୍ରଗଲ୍ଭା ନାରୀଙ୍କ ହସ ଓ ବାର୍ତ୍ତାଲାପରେ ଭରିଗଲା । ସେ ଉନ୍ମାଦନା, ପୂର୍ଣ୍ଣ ଯୌବନା ଓ ପୁରା ପ୍ରସ୍ତୁତିତ ନାରୀମାନଙ୍କର । ତାଙ୍କ ସ୍ୱାମୀମାନେ ସ୍ୱାମାନଙ୍କୁ ସିଲ୍ କୋଟ, ଦାମୀ ସାଲ୍ ଏବଂ କଳା ଲମ୍ବ ଜୋତାରେ ସଜାଇ ଦେଲେ । ସେମାନଙ୍କ ଆଚ୍ଛାଦିତ ଶରୀରରୁ କେବଳ ରଙ୍ଗଲଗା ମସୃଣ ଚିବୁକ, ଧଳା ସ୍ଫଟିକ ନାକ ଏବଂ ମିଞ୍ଜି ମିଞ୍ଜି ଇହୁଦୀ ଆଖ୍ମାନେ ଦେଖା ଯାଉଥିଲେ । କିଛି ସମୟର ଆନନ୍ଦ କୋଲାହଲ ପରେ ସେମାନେ ଅପେରା ଦେଖ୍ବାକୁ ବାହାରିଗଲେ । ଇଟାଲିଆପିନ୍ 'ୟୁଡିଥ୍' ଅପେରା ଗାଉଥିଲେ ।

"ମତେ ଏ କାମ ଯେପରି ହେଲେ ସାରିବାକୁ ଅଛି । ଆମେ ପୁରା ସପ୍ତାହ କିଛି କରି ନାହୁଁ ।" ରାଇସା ତାଙ୍କ ଖୋଲା ହାତକୁ ମୋ ଆଡ଼େ ପ୍ରସାରିତ କରି କହିଲେ । ସେ ଡାଇନିଂ କୋଠରୀରୁ ଗୋଟିଏ ବୋତଲ ଓ ଦୁଇଟି ଗ୍ଲାସ ଆଣିଲେ । ତାଙ୍କ ଲମ୍ବ ଗାଉନ୍ ତଳୁ ତାଙ୍କ ବକ୍ଷ ହଲୁଥିଲେ; ସିଲକ ପୋଷାକରେ ତାଙ୍କ ସ୍ତନାଗ୍ର ଅସ୍ପଷ୍ଟ ଜଣା ପଡ଼ୁଥିଲେ ।

"ଏଟା ବହୁତ ଦାମୀ ଜିନିଷ – ମସ୍କାଟେଲ ୮୩ ।" ରାଇସା ପାନୀୟ ଢାଲୁ ଢାଲୁ କହିଲେ, ମୋ ସ୍ୱାମୀ ଜାଣିଲେ ମୋ ପ୍ରାଣ ଖାଇଦେବେ ।

ମୁଁ ମସ୍କାଟେଲ କେବେହେଲେ ଚଖ୍ ନ ଥିଲି । ଧଡ଼ାଧଡ଼ ଗୋଟେ ପରେଗୋଟେ ଏମିତି ତିନି ଗ୍ଲାସ ପିଇଦେଲି । ସେ ପାନୀୟ ମତେ ନେଇଗଲା ଏପରି ଏକ ସଂକୀର୍ଣ୍ଣ ଅଞ୍ଚଳକୁ ଯେଉଁଠାରେ ରଡ଼ନିଆଁ ଝଲକୁ ଥାଏ ଓ ସଙ୍ଗୀତର ଲହରୀ ଚାଲିଥାଏ ।

"ମୁଁ ପିଇ ଦେଇଛି; ମୋ ଧନ, ଆଜି କ'ଣ କରିବା ?"

ଆଜି 'ଲା ଆଭ୍ୟୁ' – 'ସ୍ୱୀକାରୋକ୍ତି'! ସୂର୍ଯ୍ୟ ହେଲେ ଏ ଗପର ନାୟକ।
ଫ୍ରାନ୍ସର ସୂର୍ଯ୍ୟାଗ୍ନି। ସେଲେସ୍ତୀ ଲାଲ କେଶରାଜିରେ ବିଚ୍ଛୁରିତ ହୋଇଯାଏ। ତାପରେ
ଆମ ନାୟିକାର ଗାଲରେ ଜାଇ ରୂପେ ଖେଳିଯାଏ। ସିଧା ସୂର୍ଯ୍ୟକିରଣ, ସୁରା ଓ
ଆପଲ୍ ସାଇଡର୍ କଟୁଆନ୍ ପଲିତେର ମୁଖମଣ୍ଡଳକୁ ଚକ୍ ଚକ୍ କରିଥାନ୍ତି। ସେଲେସ୍ତି
ସପ୍ତାହରେ ଦୁଇଥର ଅଣ୍ଡା, ଲହୁଣି ଓ କୁକୁଡ଼ା ବିକିବାକୁ ସହରକୁ ଆସେ। ସେ
ପ୍ରତିଥର ପଲିତେକୁ ନିଜ ଭଡ଼ା ବାବଦ ଦଶ ସାଉ ଓ ଜିନିଷ ପାଇଁ ଚୁରି ସାଉ
ଦିଏ। ଏବଂ ପ୍ରତିଥର ପଲିତେ ଆଖି ନଚାଇ ଛଳେଇ କରି ପଚାରେ, ଥରେ
କୁହନା! ଆମ ଭିତରେ କିଛି ହେବ, ହେ ସୁନ୍ଦରୀ!

ସେଲେସ୍ତି କଥା ଏଡ଼ାଇବାକୁ କୁହେ, "କଣ ଯେ ତୁମେ ଚୁହୁଁଛ, ପଲିତେ!"

ଗଦି ଉପରେ ଉଠାପକା ହୋଇ ପଲିତେ କୁହେ, ନିର୍ମଳ ଆନନ୍ଦ। ତା' ମାନେ
ହେଲା ଗୋଟିଏ ଟୋକା ଓ ଟୋକୀ... ଆଉ ଗୀତ ବାଜା ବି ଦରକାର ନାହିଁ।

"ଦେଖ ପଲିତେ ଜୀ; ମତେ ଏପରି ଠଟ୍ଟା ଭଲ ଲାଗେ ନାହିଁ।" ସେଲେସ୍ତି
ଏହା କହି ନିଜର ସୁଦୃଶ୍ୟ ଗୋଡ଼ପେଣ୍ଟାକୁ ଢାଙ୍କିବାକୁ ନିଜ ମୋଜା ଓ ସ୍କାର୍ଟକୁ
ସଜାଡ଼ି ସାମାନ୍ୟ ଘୁଞ୍ଚିଯାଏ।

ପଲିତେର ଶଇତାନୀ ବନ୍ଦ ହୁଏନା; ସେ ଉଚ୍ଚସ୍ୱରରେ ହସେ ଓ ଖଣ୍ଡିକାଶ
ମାରେ। କହେ, "ଦିନେ ନା ଦିନେ ମୋ ଭାଗ୍ୟ ଖୋଲିବ। ତୁମେ ମତେଟିକେ
କୁଣ୍ଠାଇ ଧରିବ, ହେ ପରୀରାଣୀ!" ଏତକ କହୁ କହୁ ତା ଇଟାରଙ୍ଗ ମୁହଁ ଦେଇ
ଆନନ୍ଦାଶ୍ରୁ ବୋହି ଆସେ।

ମୁଁ ସେ ଦୁର୍ଲଭ ମସ୍କାଟେଲରୁ ଆଉ ଗ୍ଲାସେ ପିଇଦେଲି। ରାଇସା ମୋ ଗ୍ଲାସରେ
ତାଙ୍କ ଗ୍ଲାସକୁ ଠୁକେଇ ଦେଲେ। ପଥର ଆଖିଆ ପରିଚାରିକା କୋଠରୀଟିପି
ଚୁଲିଗଲା।

ପଲିତେର ମଧୁର ଶଇତାନୀ କାହାଣୀ! ଦୁଇବର୍ଷରେ ସେଲେସ୍ତି ତାକୁ ୪୮
ଫ୍ରାଙ୍କ ଦେଇଥିଲା। ଭାବନ୍ତୁ, ପାଖାପାଖି ପଚାଶ ଫ୍ରାଙ୍କ! ଦୁଇବର୍ଷ ଶେଷରେ
ଗୋଟିଏ ଗ୍ରୀଷ୍ମ ଅପରାହ୍ନରେ ପଲିତେର ଘୋଡ଼ାଗାଡ଼ିରେ ସେଲେସ୍ତି ଏକୁଟିଆ।
ନୀରବ ଉଷ୍ମ ଅପରାହ୍ନ। ଗୋଲାପ ବଗିଚର ସୁଗନ୍ଧ। ପଲିତେ ପୁଣି ହସି ଦେଇ
ପଚାରିଲା, "ହେ ସୁନ୍ଦରୀ! କେବେ ଆଉ ଏ ଅଧମ ଉପରେ କୃପା କରିବେ?"

ଏବଂ ସେଲେଷ୍ଟ ସମ୍ମୋହିତ ସ୍ୱରରେ ଆଖ୍ନିତ କରି କହିଲେ, "ପଲିତେ ! ଆଜି ମୁଁ ତୁମ ପାଖରେ ... !"

ରାଇସା ହସ ସମ୍ଭାଳି ନ ପାରି ଟେବୁଲ ଉପରେ ଅଜାଡ଼ି ହୋଇ ପଡ଼ିଲେ। କହିଲେ, "ଆମ ପଲିତେ କେଡ଼େ ଯେ ଶଇତାନ୍ !"

ଗାଡ଼ିରେ ଗୋଟିଏ ଧଲା ଘୋଡ଼ୀ ଯକ୍ଟଗଲା। ଘୋଡ଼ୀଟିର ବୟସ ଅଧିକ ହୋଇଯାଇ ଥିବାରୁ ତା' ଜିଭ ଗୋଲାପୀ ରଙ୍ଗ ହୋଇ ଯାଇଥିଲା। ସେ ଗାଡ଼ିଟିକୁ ଧୀରେ ଧୀରେ ଟାଣି ଘୁଲିଲା। ଫ୍ରାନ୍ସର ମିଠା ସୂର୍ଯ୍ୟକିରଣ ସେ ପୁରୁଣା ଘୋଡ଼ାଗାଡ଼ି ଉପରେ ବିଛୁରିତ; କିନ୍ତୁ ଗାଡ଼ିର ଦୁଇ ପାଖର ପରଦା ଗାଡ଼ିର ଭିତରକୁ ଆଢ଼ୁଆଲ କରି ରଖିଥାଏ। ଯୁବକ ଓ ଯୁବତୀ ପରସ୍ପରରେ ମଗ୍ନ। ଗୀତବାଦ୍ୟର କି ଲୋଡ଼ା ?

ରାଇସା ମୋ ଆଡ଼କୁ ଆଉ ଏକ ଭରା ଗିଲାସ ବଢ଼ାଇ ଦେଲେ।

ପଞ୍ଚମ !

"ସଖା ! ଏ ଗ୍ଲାସ ମୋପାସାଙ୍କ ଖାତିରିରେ !" ସେ କହିଲେ।

"ହେ ସୁନ୍ଦରୀ, ଆମେ ଆଜିଟିକେ ଆନନ୍ଦ କଲେ ମନ୍ଦ ହୁଅନ୍ତାନି !" ମୁଁ କହିଲି।

ମୁଁ ରାଇସାଙ୍କ ଆଡ଼କୁ ଝୁଙ୍କି ପଡ଼ିଲି; ତାଙ୍କ ଅଧରରେ ଚୁମ୍ବନଟିଏ ଆଙ୍କି ଦେଲି। ତାଙ୍କ ଓଠ ଥରି ଉଠିଲା ଓ ଖୋଲିଗଲା।

ସେ ଧକ୍କା ଖାଇବା ପରି ଚକିତ ହେଲେ; ଦାନ୍ତ ଚିପି ଅସ୍ୱସ୍ତଭାବେ କହିଲେ, "ତୁମକୁ ନା, ପାରି ହେବନି !"

ସେ କାନ୍ଥୁରେ ଆଉଜି ରହିଲେ; ତାଙ୍କ ଖୋଲା ହାତ ଯୁଗଳ ପ୍ରସାରିତ। ତାଙ୍କ ସୁଗୋଲ ନିଟୋଲ ବାହୁରେ ଆଲୋକ ଓ ରକ୍ତର ଲୁଚକାଲି। ମହାପ୍ରଭୁ ଅନେକ ଲୋକଙ୍କୁ କୃଶବିଦ୍ଧ କରିଥିବେ। ସେହି ମୁହୂର୍ତ୍ତରେ ରାଇସା ସେଥି ମଧ୍ୟରୁ ସବୁଠାରୁ ମନୋହର ଓ ଆବେଗପୂର୍ଣ୍ଣ ବୋଧ ହେଲେ। ସ୍ଲୋଭାନିଆ ଶୈଳୀରେ ଗଢ଼ା ଏକ ନୀଲ ଲମ୍ବା ଆରାମଚୌକୀ ପ୍ରତି ସେ ଇସାରା କଲେ। କହିଲେ, "ପଲିତେ ମହାଶୟ, ଦୟାକରି ଏଥିରେ ବସନ୍ତୁ।"

ସେ ଅର୍ଦ୍ଧଶାୟିତ ଚୌକି ନାନା ମହାର୍ଘ୍ୟ କାରୁକାର୍ଯ୍ୟରେ ମଣ୍ଡିତ। ମୁଁ ଟଳିଟଳି ଯାଇ କୌଣସି ମତେ ତା ଉପରେ ବସି ପଡ଼ିଲି।

ରାତ୍ରି କିନ୍ତୁ ମୋ ଭୋକିଲା ଯୌବନର ପଥ ରୁଦ୍ଧ କରି ଦେଇଥିଲା। ପଥରେ ବିଛାଡ଼ି ହୋଇଥିଲା ଅବରୋଧ – ପାଞ୍ଚ, ଛଅ ଗ୍ଲାସ ମସ୍କାଟେଲ ପାନୀୟ; ଏବଂ ଅଣତିରିଶ ଗୋଟି ଗ୍ରନ୍ଥ – ଅଣତିରିଶଟି ବୋମା ଯେଉଁଥିରେ ଭରି ରହିଛି – କରୁଣା, ପ୍ରଜ୍ଞା ଓ ଆବେଗ! ମୁଁ ତଡ଼ିତ୍ ବେଗରେ ଉଠି ପଡ଼ିଲି। ଚୌକିଟି ଗଡ଼ି ପଡ଼ିଲା; ମୁଁ ବହି ଶେଲ୍ଫରେ ବାଡ଼େଇ ହୋଇଗଲି। ଅଣତିରିଶ ଯାକ ଗ୍ରନ୍ଥ ଖସି ପଡ଼ିଲେ, ବହିସବୁର ମଲାଟ ଓ ପୃଷ୍ଠା ଇତସ୍ତତଃ ହୋଇ ବିଛାଡ଼ି ହୋଇଗଲେ। ଏବଂ ମୋ ଭାଗ୍ୟର ଧଳାଘୋଡ଼ୀ ଗୋଟିଏ ଗୋଟିଏ କରି ସଧୀରେ ଚଲିବାକୁ ଲାଗିଲା।

'ତୁମେ ଅପୂର୍ବ ଆନନ୍ଦର ଉସ୍ତ!' ରାଇସା କମ୍ପିତ ସ୍ୱରରେ କହିଲେ।

ମୁଁ ଗ୍ରାନାଇଟରେ ତିଆରି କୋଠା ରାତି ଏଗାରଟାରୁ ବାରଟା ଭିତରେ ଛାଡ଼ିଲି। ଭଉଣୀମାନେ, ତାଙ୍କ ସ୍ୱାମୀମାନେ ସେ ପର୍ଯ୍ୟନ୍ତ ଫେରି ନ ଥିଲେ। ମୋ ନିଶା ପୁରା ଉତୁରି ଯାଇଥିଲା। ଦରକାର ପଡ଼ିଥିଲେ ମୁଁ ସିଧା ହୋଇ ଧଳାଗାରଟଣା ହୋଇଥିବା ରାସ୍ତାରେ ନଡ଼ିନଡ଼ ନ ହୋଇ ଚଲି ପାରିଥାନ୍ତି। କିନ୍ତୁ ଟଳିଟଳି ଚଲିବାକୁ ଇଚ୍ଛା ହେଲା। ମୁଁ ସଦ୍ୟ ଉଭାବନ କରିଥିବା ଦୁର୍ବୋଧ ଭାଷାରେ ଗୁଣୁଗୁଣୁ ଗୀତ ଗାଇ ଫେରି ଚଲିଲି।

ହେମାଳ କୁହୁଡ଼ି ଓ ଆଲୋକଖୁଣ୍ଡ ଭୂଷିତ ସହରଟନେଲ୍ ପରି ରାସ୍ତାମାନଙ୍କରେ ଭରି ରହିଥିଲା। ରାକ୍ଷସମାନେ ସିଝୁଥିବା କାନ୍ଥ ମାନଙ୍କ ପଛରୁ ଗର୍ଜନ କରୁଥିଲେ। ରାସ୍ତାମାନେ ପଥରୁରୋଇଙ୍କ ଗୋଡ଼ କାଟି କବନ୍ଧରେ ପରିଣତ କରି ଦେଉଥିଲେ।

ମୁଁ ଘରକୁ ଫେରିଲା ବେଳକୁ କାଜାଣ୍ଡସେଭ୍ ଶୋଇ ଯାଇଥିଲେ। ସେ ବସି ବସି ଶୋଇ ପଡ଼ିଥିଲେ। ତାଙ୍କ ଗୋଡ଼ରେ ଜୋତା ଲାଗି ରହିଥିଲା। ମୁଣ୍ଡ ଉପରେ ସେହି ହଳଦିଆ ଚୁଲ! ୧୬୭୪ ରେ ଲିଖିତ 'ଡନ୍ କିହୋତେ' ପଢ଼ୁ ପଢ଼ୁ ସେ ସ୍କୋଭ୍ ପାଖରେ ଶୋଇ ପଡ଼ିଥିଲେ।

ମୁଁ ମୋ ବିଛଣାକୁ ଚୁପ୍ ଚୁପ୍ ଚଲିଗଲି। କାଜାଣ୍ଡସେଭ୍‌କୁ ହଇରାଣ ନ କରିବାକୁ ମୁଁ ଲ୍ୟାମ୍ପକୁ ମୋ ବିଛଣା ପାଖକୁ ଧୀରେ ଟାଣିଆଣିଲି। ଏଡ୍‌ୱାର୍ଡ

ମେନିଆଲ୍ ମୋପାସଙ୍କ ଜୀବନୀ ଓ ରଚନାବଳୀ ଉପରେ ଲେଖିଥିବା ବହି ପଢ଼ିବା ଆରମ୍ଭ କଲି । କାଜାଣ୍ଟସେଭ୍ ନିଦରେ ବାଉଳି ହେଲେ; ତାଙ୍କ ମୁଣ୍ଡ ନିଦରେ ଗୋଟେ ପଟକୁ ଢଳି ପଡ଼ିଲା । ମେନିଆଲଙ୍କ ବହି ପଢ଼ି ଜାଣିଲି ଯେ ଗି ଦ ମୋପାସଁ ୧୮୫୦ ମସିହାରେ ଜନ୍ମ ଗ୍ରହଣ କରିଥିଲେ । ତାଙ୍କ ବାପା ନରମାଣ୍ଡି ଅଞ୍ଚଳର ଜଣେ ଭଦ୍ରଲୋକ । ତାଙ୍କ ମା' ଲରି ଲେପେଇଟେଭେନ୍, ଗୁଷ୍ଟାଭ ଫ୍ଲବର୍ଟଙ୍କ ନିକଟ ସଂପର୍କୀୟା ଭଉଣୀ । ମୋପାସଁଙ୍କୁ ୨୫ ବର୍ଷ ବୟସରେ ବଂଶଗତ ସିଫିଲିସ୍ (ଗର୍ମିରୋଗ, ଉପଦଂଶ) ବେମାରି ଆକ୍ରମଣ କଲା । ତାଙ୍କ ଜୀବନ ପ୍ରତି ଅଫୁରନ୍ତ ଉସ୍ସାହ ଓ ତାଙ୍କ ଲେଖାର ବହୁବିଧତା ରୋଗର ପ୍ରଥମ ଆକ୍ରମଣକୁ ପ୍ରତିହତ କଲା । ପ୍ରଥମ ଅବସ୍ଥାରେ ତାଙ୍କ ମୁଣ୍ଡବିନ୍ଧା ଲାଗି ରହିଲା; ଏବଂ ବେମାରିର ଅହେତୁକ ଭୟରେ ସେ ଜର୍ଜରିତ ହେବା ଆରମ୍ଭ କଲେ । ସେ ଆସ୍ତେ ଆସ୍ତେ ତାଙ୍କ ରୁରିପଟେ ଥିବା ଲୋକମାନଙ୍କୁ ଅଯଥା ସନ୍ଦେହ କରିବାରେ ଲାଗିଲେ । ସେ ଦୁର୍ବାର କ୍ରୋଧରେ କ୍ଷୟିଷ୍ଣୁ ସ୍ୱାସ୍ଥ୍ୟର ମୁକାବିଲା କରିବାକୁ ଚେଷ୍ଟା କଲେ । ମେଡିଟେରାନିଆନ୍ ସାଗରରେ ବୋଇତରେ ବସି ଘୁରି ବୁଲିଲେ । ଏବଂ ନିରବଚ୍ଛିନ୍ନ ଭାବେ ଲେଖି ଚଲିଲେ ! ସେ ପ୍ରଶଂସିତ ଓ ବିଦିତ ହୋଇଗଲେ । ଏବଂ ଚଳିଶ ବର୍ଷ ବୟସରେ ନିଜ ଗଳା କାଟିଦେଲେ । ଗୁଡ଼ାଏ ରକ୍ତକ୍ଷୟ ହେଲା; କିନ୍ତୁ ସେ ବଞ୍ଚିଗଲେ । ତା'ପରେ ତାଙ୍କୁ ପାଗଳ ଗାରଦରେ ଭର୍ତ୍ତି କରି ଦିଆଗଲା । ସେହି ଗାରଦରେ ସେ ଗୋଟିଏ ଆହତ ପଶୁ ପରି ଗୁରୁଣ୍ଟି ଗୁରୁଣ୍ଟି ନିଜର ବିଷ୍ଠା ଖାଇଲେ । ତାଙ୍କ ହସପିଟାଲ ରିପୋର୍ଟର ଶେଷ ବାକ୍ୟ ଥିଲା – 'ଶ୍ରୀଯୁକ୍ତ ମୋପାସଁ ଏକ ପଶୁରେ ପରିଣତ ହୋଇ ଯାଇଛନ୍ତି ।' ସେ ବୟାଳିଶ ବର୍ଷ ବୟସରେ ଇହଧାମ ତ୍ୟାଗ କଲେ । ସେତେବେଳକୁ ତାଙ୍କ ମା ବଞ୍ଚିଥିଲେ ।

ମୁଁ ବହିଟିକୁ ଆମୂଳଚୂଳ ପଢ଼ିଲି । ବିଛଣାରୁ ଉଠି ଆସିଲି । ସହରର ଆତୁରିଆ କୁହୁଡ଼ି ଲହରୀ ଆସି ଆମ ୫କଁରେ ଲେସି ହୋଇ ଯାଇଥିଲା । ମତେ ବାହାର ଦୁନିଆଁ ଦୃଶ୍ୟମାନ ହେଉ ନ ଥିଲା । କିଛି ଭୟଭରା କିନ୍ତୁ ନିଚ୍ଛକ ସତ୍ୟ ଲମ୍ଭ ଆସି ତାର ଅସ୍ପଷ୍ଟ ଆଙ୍ଗୁଳିରେ ମୋ ହୃଦୟକୁ ଛୁଇଁ ସଂକୁଚିତ କରିଦେଲା ।

ଇତର ଇତରା

ଉପସଂହାର

ଦେବଦାସ ଛୋଟରାୟ

୧

ପ୍ରସନ୍ନ ହୋତାଙ୍କର କ୍ଷୁଦ୍ରଗଳ୍ପ ପ୍ରତି ଆଗ୍ରହ ଓ ସମ୍ଭ୍ରମ, ଓ ତାର ଚୟନ ତଥା ମୂଲ୍ୟାୟନର ଆନ୍ତର୍ଜାତିକ ସ୍ତର, ତାଙ୍କ ବନ୍ଧୁ ମହଲରେ ସର୍ବଜନବିଦିତ କହିଲେ ଚଳିବ। ତାର ନିଦର୍ଶନ ସ୍ୱରୂପ ସେ ୧୯୯୯ ମସିହାରେ, କେବଳ ସ୍ୱକୀୟ ପାଠକୀୟତାର ଭିତ୍ତିରେ 'ଯୁଗଳ ବନ୍ଦୀ' ବୋଲି ଏକ ଅଭୁତ ଗଳ୍ପ ସଙ୍କଳନର ପରିକଳ୍ପନା କରିପାରିଥିଲେ। ମୁଁ ଜୀବନରେ ଆଜିପର୍ଯ୍ୟନ୍ତ ପଢ଼ିଥିବା ତିନୋଟି ବିଦେଶୀ ଶ୍ରେଷ୍ଠଗଳ୍ପ କେବଳ ତାଙ୍କରି ସାହଚର୍ଯ୍ୟରେ ପଢ଼ିଛି। ପ୍ରଥମରେ ସେତିକିର ତାଲିକା କରିଦିଏ।

ଗୋଟିଏ ହେଲା ୧୯୨୧ ମସିହାରେ ନୋବେଲ ପ୍ରାଇଜପ୍ରାପ୍ତ ଲେଖକ Anatole France ଙ୍କର ଏକ ଅଳସ କଥାବାର୍ତ୍ତାର ଘଟାଟୋପ ଭିତରେ ବିଜୁଳି ଚମକ ପରି ଋତୁର୍ଯ୍ୟର କ୍ଷୁଦ୍ର ଗଳ୍ପ 'The Procurator of Judea', ଅନ୍ୟଟି ହେଲା Isaac Bashevis Singer ଙ୍କର ଏକ ଅକଳ୍ପନୀୟ ଗଳ୍ପ 'The Secret'। ଜୀଉ ମାନଙ୍କର ଯିଦ୍ଦିସ (Yiddish) ଭାଷାରେ ନିରନ୍ତର ଲେଖି ୧୯୭୮ ମସିହାରେ ନୋବେଲ ପୁରସ୍କାର ପାଇଥିବା ଏହି ଲେଖକଙ୍କୁ ମୁଁ କର୍ଣ୍ଣେଲ୍ ବିଶ୍ୱବିଦ୍ୟାଳୟରେ

ପଢୁଥିଲାବେଳେ ସ୍ୱଚକ୍ଷୁରେ ଦେଖିଛି । ତୃତୀୟଟି ହେଲା Isaac Babelଙ୍କ ରଚିତ ଅବିସ୍ମରଣୀୟ କ୍ଷୁଦ୍ରଗଳ୍ପ 'Guy de Maupassant' । ଏହି ଅତ୍ୟନ୍ତ ଜନପ୍ରିୟ ରୁଷୀୟ ଲେଖକ Babel, ତାଙ୍କର ଉଦ୍ଦୀପ୍ତ ନୀରବତା ଯୋଗୁ ସ୍ଟାଲିନ୍ଙ୍କ ବିରାଗଭାଜନ ହୋଇ, ମାତ୍ର ୪୫ ବର୍ଷ ବୟସରେ ରାଷ୍ଟ୍ରଦ୍ୱାରା ମୃତ୍ୟୁଦଣ୍ଡରେ ଦଣ୍ଡିତ ହୋଇଥିଲେ । ଉପରୋକ୍ତ ଗଳ୍ପ ମାନଙ୍କ ଭିତରୁ ଦୁଇଟି ଗଳ୍ପ ଏଇ ସଙ୍କଳନରେ ସ୍ଥାନିତ ।

୨

କିନ୍ତୁ ଘରେ ପଶୁପଶୁ ମୁଣ୍ଡରେ ଝୁଲ ବାଜିଲାପରି, ସଙ୍କଳନର ଶୀର୍ଷକ 'ଇତର ଗଳ୍ପ' ଅନେକ ରୁଚିଶୀଳ ପାଠକଙ୍କୁ ଅସ୍ୱସ୍ତିକର ମନେହେଲା । ଏପରିକି କେତେକଙ୍କ ସନ୍ଦିଗ୍ଧ ମନୋଭାବ ବିଷୟରେ ପ୍ରସନ୍ନ ହୋତା ତାଙ୍କ ଉପୋଦ୍ଘାତରେ ଉଲ୍ଲେଖ କରିଛନ୍ତି । ନାମଟି ପ୍ରକୃତରେ ତାଙ୍କରି ବୁଦ୍ଧିମତା ପ୍ରସୂତ । ମୁଁ ଅବଶ୍ୟ ଏହାକୁ ପୂର୍ଣ୍ଣ ପ୍ରାଣରେ ସମର୍ଥନ କରିଥିଲି ଆଉ କରୁଛି । ପ୍ରସନ୍ନ କେବକ ନାମକରଣ କରି ନାହାନ୍ତି, ଏ ବହିର ଅଙ୍ଗସୌଷ୍ଠବର ପରିକଳ୍ପନା ମଧ୍ୟ ସମ୍ପୂର୍ଣ୍ଣଭାବେ ତାଙ୍କର । ତଥାପି ଯଦି ସେ ମତେ କୌଣସି ଶ୍ରେୟ ଦେବାକୁ ଚୁହାନ୍ତି, ତା ହେଲେ ତା ପ୍ରଥମଥର ନୁହେଁ ଯେତେବେଳେ ଏକଦା କଟକର କ୍ୟାଣ୍ଡନମେଣ୍ଟ ରୋଡ଼ ନିବାସୀ ହୋତା ପରିବାର ପାଖରୁ ମୁଁ ନ କରିଥିବା କାମ ପାଇଁ ଅଯୌକ୍ତିକ ଭାବରେ ଶ୍ରେୟ ପାଇଛି । ଆମେ ସ୍କୁଲରେ ପଢୁଥିଲା ବେଳେ, ତାଙ୍କ ବଡ଼ଭାଇ ବାବୁଲି ହୋତା, ସେ ମୋର ଆହୁରି ସାଙ୍ଗ, ତା ପାଖରେ ଥିବା Air gun ଧରି କାଠଯୋଡ଼ି ନଈ ପଠାକୁ ଶିକାର ପାଇଁ ବାହାରିଲା । ମତେ ନେଇଥିଲା ସାଙ୍ଗରେ । ଖରାଦିନ, କିଛି ମିଳିଲାନି, ଆମେ ନିରାଶ ହୋଇ ଫେରିଲୁ । ବାଟରେ ବାବୁଲି ଘରଚଟିଆ ଜାତୀୟ ଦୁଇଟି ଚଢ଼େଇ ମାରିଲା । ଆଉ କହିଲା, କେହି ନ ପଚାରିଲେବି ଆମେ କହିବା, ଗୋଟାଏ ତୁମେ ମାରିଚ, ଗୋଟାଏ ମୁଁ । ଶିକାରକୁ ଆସିଚେ, ଆଉ କଣ ଖାଲିହାତରେ ଫେରିବା ନା କଣ ! ସେ ଜାଣିଥିଲା, ଏ ଡାହା ମିଛ କ୍ଷୁଦ୍ରଗଳ୍ପଟିକୁ ମୁଁ ଝିଦିନୀଚୌକର କୌଣସି ପ୍ରକ୍ପିଚ୍ଛା ସ୍ୱାସ୍ଥ୍ୟବତୀ ଝିଅକୁ ପ୍ରଭାବିତ କରିବା ପାଇଁ ବ୍ୟବହାର କରିବି ।

୩

ଇତର ଭାଷାର ଅର୍ଥ ଆମେ କଟକିଆ ଭଲ ଭାବରେ ବୁଝୁ, କାରଣ ତାହାହିଁ ହେଲା । ଆମ ସାହିବସ୍ତିର ନିତିଦିନିଆ ଭାଷା । ଇତର ଭାଷାରେ ଯେଉଁ

ବ୍ୟାକରଣହୀନ, ନିରାଡ଼୍ୟର ରୂପଲ୍ୟ ଆଉ ଅନ୍ତରଙ୍ଗତା ରହିଚି, ତା King's English ର ଦୂରକୁ ଠେଲିଦେଉଥିବା ସମ୍ଭ୍ରାନ୍ତପଣରେ ନାହିଁ। ଆଉ 'ଇତର' ଭାବ ? ବିଦ୍ରୋହକୁ କ୍ଷମତାପନ୍ନ ଶକ୍ତି ଏକ ଇତର ଭାବର ସଂଜ୍ଞା ଦିଏ। ତାରି ପ୍ରତ୍ୟୁତ୍ତରରେ ବିଶାଳ Subaltern Literature ର ସୃଷ୍ଟି। ପ୍ରେମ, ବିଶେଷକରି ଦୈହିକ ପ୍ରେମ, ସ୍ଥଳ ଓ କାଳ ବିଶେଷରେ ଯେଉଁ ବାତ୍ୟା – ଆମନ୍ତ୍ରଣକାରୀ ଲଘୁରୂପ ସୃଷ୍ଟିକରେ, ତାକୁ Valentine's Day ର ସଂରକ୍ଷକ ମାନେ ଇତର ଭାବର ସଂଜ୍ଞା ଦେଇପାରନ୍ତି। କିନ୍ତୁ 'କୀଟ' ପରି ଅନନ୍ୟ ଗଳ୍ପର ଲେଖକ ପ୍ରକାଶ ମହାପାତ୍ରଙ୍କୁ ଯଦି ଆପଣ ପଚାରିବେ, ସେ ଭରାସଭାରେ ମଧ୍ୟ କହିବେ ଯେ ଦେହହୀନ ପ୍ରେମ ଏକ Oxymoron। ଏ ଉକ୍ତି ଆହୁରି ଦୃଢ଼ୀଭୂତ ହେଉଚି, ଯେତେବେଳେ ଆମେ Costa Gavrasଙ୍କର ୧୯୬୯ ମସିହାର 'Z' ଚଳଚ୍ଚିତ୍ରର ଏକ ଚରିତ୍ର ମୁହଁରୁ ଶୁଣୁ, 'ଗୋଟିଏ ନୂଆ ଦେହର କେତେ ଟୋପା Sperm, ଆଉ ଜଣଙ୍କର ଜୀବନକୁ ଏତେବେଶି ଆଦୋଳିତ କରିଦିଏ କେମିତି ?'

କୌମାର୍ଯ୍ୟର ସୁକୁମାର ଅନ୍ତଃକରଣ ଅନେକ ସମୟରେ ମଣିଷର ଦେହର ଇତରତାରେ ସ୍ତବ୍ଧ ଓ ବିତୃପ୍ତ ହୋଇ ପଡ଼େ। ତାର କୋମଳ ଅନୁରାଗ ବାଧିତ ହୁଏ। ସେଇଥିପାଇଁ, ବୋଧହୁଏ ଶେଷ କୈଶୋରରେ, ରେଭେନ୍ସା କଲେଜରେ ଇଂରାଜୀ ରୋମାନ୍ସ ପଢ଼ିଲାବେଳେ ଏହାକୁ ଏକ ପ୍ରବଚନ ପରି ମାନି ନେଇଥିଲି ଯେ Love ends when love - making begins. ଏ ନିର୍ବୋଧ ପ୍ରବଚନ ଯୋଗୁ ମୁଁ ପରିଶେଷରେ ଯେତେ ହନ୍ତସନ୍ତ ହୋଇଚି, ଯେତେ ପ୍ରଗାଢ଼ ଅଭୀପ୍ସା ମୋର ବ୍ୟର୍ଥ ହେଇଚି, ଯେତେ ଉଜ୍ଜ୍ଵଳ ନକ୍ଷତ୍ରର ମୁହୂର୍ତ୍ତ ମୋ ହାତମୁଠାରୁ ଖସି ଯାଇଚି, ତାର ତୁଳନା ନାହିଁ। କିନ୍ତୁ ଶରୀରଭେଦରେ ଅକ୍ଷ ପ୍ରଥମ ପ୍ରେମର କୋମଳ ମୁହୂର୍ତ୍ତ ମାନଙ୍କ ଭିତରେ, ଇତରତାର ସ୍ଵରୂପ ବଡ଼ ନୃଶଂସ ଲାଗିପାରେ। ଆମେ ଦେଖିଚେ କିଭଳି ନିରୀହ ଶିଶୁ ବିନା କୌଣସି ଅପରାଧ ବୋଧରେ ପ୍ରଜାପତିର ଦୁଇଟି କଅଁଳ ଡେଣାକୁ ହସ ହସ ଛିଣ୍ଡେଇ ଦିଏ । ଆଉ ତାର ଅନ୍ୟ ଦିଗନ୍ତରେ ରହିଛି ପ୍ରଥମ ପ୍ରେମର ଉନ୍ମେଷରେ ଦେହ ସମର୍ପଣର ଚରମ ବ୍ୟର୍ଥତା। ସେଇଥିପାଇଁ Henry Miller ତାଙ୍କର ଅପୂର୍ବ ସ୍ମତିରୋମନ୍ଥନରେ (First Love) ବିବାହିତା ପ୍ରେମିକାର ବିଶାଳ ଡବଲ୍ ବେଡ଼ ଦେଖି ସମ୍ପୂର୍ଣ୍ଣ ଭଗ୍ନହୃଦୟ ହୋଇ ପଡ଼ିଚନ୍ତି।

ପ୍ରଥମ ପ୍ରେମିକାର ଦେହଦାନ, ଏପରିକି ତାର ସ୍ୱାମୀକୁ ମଧ୍ୟ, ତାଙ୍କ ପାଇଁ ଅସହ୍ୟ ହୋଇ ପଡ଼ିଚି ।

୪

ଏ ଗନ୍ଧଗୁଚ୍ଛ ପ୍ରତି ଲାଳସା ବଢ଼ିଲା ଏହାର ଆକସ୍ମିକ ନାମକରଣରୁ । ଆମେ ଦେଖିଲୁ, ଆମେ ଯେଉଁସବୁ ଗପର କଥାକହି ହସିହସି ଲୋଟି ଯାଉଛୁ, ଆଉ ଘଣ୍ଟାଘଣ୍ଟା ଗପୁଚୁ, ବିଶେଷକରି ଟେଲିଫୋନରେ, ଆଉ ସେତିକିବେଳେ ଘରର କେହି ଆସିଗଲେ, ବିଶେଷ କରି ସ୍ତ୍ରୀ ବା ସ୍ୱାମୀ, ଚୁପ୍ ହୋଇ ଯାଉଚୁ, ସେ କଥା ପ୍ରକାଶ୍ୟରେ କହିବା ପାଇଁ ଆମର ଭାଷା ନାହିଁ, କି ଭାଷା ଯୋଗାଡ଼ କରିବାର ସାହସ ନାହିଁ । ଏପରି ଗୋପନ କାହାଣୀମାନଙ୍କର ଏକ ଜୀବନ୍ତ କିନ୍ତୁ କେବଳ ଇସାରାରେ କଥା କହୁଥିବା ଗୋଟିଏ ବିସ୍ତୀର୍ଣ୍ଣ ପୃଥିବୀ, ଆମପାଖରେ ସାରାଜୀବନ ଛାଇପରି ଅଛି, ଯାହାର ଉତ୍ତୀର୍ଣ୍ଣ ସାହିତ୍ୟକୃତି ଉପରେ ପ୍ରଭାବ ମଧ୍ୟ ଅନସ୍ୱୀକାର୍ଯ୍ୟ । ଏ କାହାଣୀମାନଙ୍କ ବିରୁଦ୍ଧରେ ରୁଢ଼ୀବାଦୀଙ୍କର ପାଶବିକ ପ୍ରବୃତ୍ତିର ଲାଞ୍ଛନା ସତ୍ତ୍ୱେ, ଏଥିରେ ଯେଉଁ ଅସହାୟ କୋମଳ ଆଲୋକର ମାନସିକତା ଅନୁଭୂତ ହୁଏ, ତାହାହିଁ ପଶୁପକ୍ଷୀଙ୍କ ଠାରୁ ମଣିଷକୁ ଭିନ୍ନ କରିଚି । ଏ ଭିନ୍ନତାର ଏକ ବଡ଼ ଆୟୁଧ ହେଲା ମଣିଷର ସ୍ମରଣଶକ୍ତି ବା memory, ଯାହା ଅନ୍ୟ ପ୍ରାଣୀକୁଳଙ୍କର ନାହିଁ । ଆମର ସ୍ମୃତିରେ ରହିଚି ଉଦ୍‌ଘାଟନ ଆଉ ଆମ ଧୀଶକ୍ତିରେ ରହିଚ୍ଛ କୌତୂହଲ । ଏ ଦୁଇଟି ଯାକର ଆକସ୍ମିକ ମିଶ୍ରଣରେ ତିଆରି ହୁଏ ଇତର ମୁହୂର୍ତ୍ତ ମାନଙ୍କର ଅଲଂଘ୍ୟ ରସାୟନ ।

ଇତର କାହାଣୀ ମାନଙ୍କର କୁଣ୍ଠା ଓ ଗୋପନୀୟତାର ଉଦ୍‌ଗମ ଘଟିଚି ବହୁ ଶତାବ୍ଦୀ ଧରି ସାହିତ୍ୟ ଓ ସମାଜିକତାରୁ ଯୌନତାର ବହିଷ୍କାର ଯୋଗୁଁ । Victorian ସମକାଳରେ ଚେୟାର ଟେବୁଲ ପରି, ଘରର ଆସବାବପତ୍ରଙ୍କ କାଠ ତିଆରି ଗୋଡ଼କୁ ମଧ୍ୟ ବସ୍ତ୍ରାବୃତ କରି ରଖାଯାଉଥିଲା, କାରଣ ସେମାନେ ରମଣୀଙ୍କ ଯୌନ ଉଦ୍ଦୀପକ ଅନାବୃତ ଜଘନ ଓ ପାଦଦେଶକୁ ମନେପକାଇ ଦେଇପାରନ୍ତି । ପୃଥ୍ୱୀର କୌଣସି ଧର୍ମ ଓ ରାଷ୍ଟ୍ରରେ ଯୌନତାର ସରଳ ଓ ଉନ୍ମୁକ୍ତ ସ୍ୱୀକୃତି ନାହିଁ । କେବଳ କଳା ଓ ସାହିତ୍ୟରେ ସୌନ୍ଦର୍ଯ୍ୟକୁ ଆହତ ନ କଲା ପରି ଏକ ସନ୍ତର୍ପଣ ଯୌନତାର କ୍ଷୀଣ ସ୍ରୋତ, ଧର୍ମ ଓ ରାଷ୍ଟ୍ର ଆକଟ ନିରୀକ୍ଷଣ ଭିତରେ ଅବ୍ୟାହତ

ରହିଚି । ଏ ବିଷୟରେ Michel Foucault ଙ୍କ ଅକାଟ୍ୟ ଉକ୍ତି ହେଲା ପୃଥିବୀ ସାରା ଯୌନତା ଉପରେ ଏକ ପ୍ରକାଣ୍ଡ ନୀରବତାର ଘୋଡ଼ା ହୋଇଚି, ଆଉ ଏହାର ସବୁଠୁ ତୀବ୍ର ନିୟନ୍ତ୍ରଣ ଘଟିଚି ଯୌନତାର ବିଜ୍ଞପ୍ତି ଓ ଭାଷା ଉପରେ ।

୫

ଅବଶ୍ୟ ସମୟ ଓ ସଂସ୍କୃତିର ପରିବର୍ଦ୍ଧନ ସହିତ ପ୍ରେକ୍ଷାପଟ ବଦଳିଚି । ଯେଉଁ ଶବ୍ଦର ବ୍ୟବହାର ପାଇଁ D H Lawrenceଙ୍କର Lady Chatterly's Loverର ପ୍ରକାଶକଙ୍କୁ ନ୍ୟାୟାଳୟର ସମ୍ମୁଖୀନ ହେବାପାଇଁ ପଡ଼ିଥିଲା , ତାର ବହୁଳ ବ୍ୟବହାର ଏବେ ସତ୍ୟଜିତ୍ ରାୟଙ୍କ ଗଳ୍ପ ଉପରେ ଆଧାରିତ Netflix ସିନେମା 'Roy' ରେ ଘଟିଚି । ମୋର ମନେ ଅଛି ଆମ କଲେଜ ପଢ଼ା ଦିନରେ, Bhavan's Journal ର ପ୍ରତିଷ୍ଠାତା କେ.ଏମ.ମୁନ୍ସୀ ତିନୋଟି ବହିକୁ ତରୁଣ ମାନଙ୍କ ପାଇଁ ଅପାଠ୍ୟ ବୋଲି ମତ ଦେଇଥିଲେ । ସେ ଗୁଡ଼ିକ ହେଲେ, ଆଲବୋଟୋ ମୋରାଭିଆଙ୍କର The Women of Rome, ଭ୍ଲାଡିମୀର ନୋଭୋକୋଭଙ୍କର Lolita ଏବଂ ଲରେନ୍ସଙ୍କର Lady Chatterly's Lover । ମୁଁ ଭାବୁନି ଏକବିଂଶ ଶତାଦ୍ଦୀରେ ଏମାନଙ୍କୁ କେହି ଇତରଶ୍ରେଣୀର ସାହିତ୍ୟ ବୋଲି କହିବ ।

ପ୍ରବାଦ ରହିଚି ଯେ ମଣିଷ ଦେହରେ ଥିବା ଯୌନ ଆବେଗ ସୃଷ୍ଟିକାରୀ ଅଂଶ ସବୁର ଆକର୍ଷଣ ପ୍ରତ୍ୟେକ ତିରିଶ ବର୍ଷରେ ଅଦଳବଦଳ ହୋଇଯାଏ । ଏବଂ ତାପରେ କଣ ଉନ୍ମୁକ୍ତ ଓ କଣ ଲୁକ୍କାୟିତ ହୋଇ ରହିବ, ତା ସୌନ୍ଦର୍ଯ୍ୟବିଦ୍‌ମାନେ ସ୍ଥିର କରନ୍ତି । ଅନେକ ସମୟରେ ପ୍ରଚ୍ଛନ୍ନତା ଅଧିକ ଉତ୍ତେଜନା ସୃଷ୍ଟି କରେ ବୋଲି ମାନସ୍ତାତ୍ତ୍ୱିକ ମାନଙ୍କର ମତ । ଏହା ଫଳରେ ଦର୍ଜି ଦୋକାନରେ ତିଆରି ହେଉଥିବା ବେଶପୋଷାକର ନଜର ଅନ୍ଦାଜ ମଧ୍ୟ ବଦଳି ଚାଲିଥାଏ । ଆମେ ଆଜିକାଲି ଦେଖୁ ଯେ କଟକ ସହରର ରାସ୍ତାରେ, ସଂଧାର ଝଲମଲ୍ ବଜାର ଭିତରେ, କେତେ ତରୁଣୀ ତାଙ୍କର ଅନନ୍ୟ ଗ୍ରାମ୍ୟତା ସଙ୍ଗେ, ଚିକ୍‌ଚିକ୍ ନାଲିଶାଢ଼ି ଓ ପିଠିକଟା ବ୍ଲାଉଜ୍ ନାଆଁରେ ଅଣ୍ଟାପର୍ଯ୍ୟନ୍ତ ଉନ୍ମୁକ୍ତ ପରିଧାନ ପିନ୍ଧି, ବିନା ସଙ୍କୋଚରେ ବୁଲୁଥାନ୍ତି । ଏଭଳି ପରିଧାନର ସ୍ୱୀକୃତି ଦେବାଳୟରୁ ନ୍ୟାୟାଳୟ ପର୍ଯ୍ୟନ୍ତ ହୋଇସାରିଲାଣି । ସେହିପରି ବିଗତ ଶତାଦ୍ଦୀର ତିରିଶ ଦଶକରେ ନ୍ୟାୟାଳୟରେ ଅଶ୍ଲୀଳତା ଯୋଗୁ ନିଷିଦ୍ଧ ଘୋଷିତ ହୋଇଥିବା ହେନେରୀ ମିଲରଙ୍କ 'Tropic of Cancer' ଷାଠିଏ

ଦଶକରେ, ପ୍ରାୟ ତିରିଶ ବର୍ଷର ବ୍ୟବଧାନ ପରେ, ଆମେରିକାର ସୁପ୍ରିମ୍‌ କୋର୍ଟରେ ପ୍ରକାଶନ ଉପଯୋଗୀ ଘୋଷିତ ହେଲା ।

୭

ପରିଶେଷରେ ଏ ସମ୍ପର୍କରେ ସିଙ୍ଗରଙ୍କର କିଛି ଆପ୍ତ ବାକ୍ୟ ଓ ତର୍କକୁ ଉଦ୍ଧାର କରିବା ଅନୁପଯୁକ୍ତ ହେବ ନାହିଁ । ସିଙ୍ଗରଙ୍କର The Secret ଗଳ୍ପ ଯେ ଇତର ଗଳ୍ପ ସଙ୍କଳନର prime mover ଏଥିରେ ସନ୍ଦେହ ନାହିଁ । ଏଥିରେ ଅନ୍ତରକୁ ଥରାଇଦେଲା ପରି ଯୌନ ଆବେଦନର ଅଭୂତପୂର୍ବ ପରିଣତି ରହିଚି, କିନ୍ତୁ ଉଭଟତା ନାହିଁ । ସିଙ୍ଗର ଏ ଇତରତାକୁ ମାନବିକ ଅସ୍ତିତ୍ଵର ଏକ ଅପରିହାର୍ଯ୍ୟ ଅଂଶ ଭାବରେ ଗ୍ରହଣ କରିଚନ୍ତି । ସିଙ୍ଗର ତାଙ୍କ ପରିଣତ ବୟସର ପ୍ରାଜ୍ଞତାରେ ସ୍ଵୀକାର କରିଚନ୍ତି ଯେ ତାଙ୍କର ଇତର ଗଳ୍ପସବୁ ମଧ୍ୟବୟସର ଅନ୍ୱେଷଣ ଓ ଆବିଷ୍କାର ଉପରେ ଭିଭିକରି ତିଆରି । ଅଥଚ ଏପଟେ ଆମ ସାମାଜିକ prudery ଯୋଗୁ ଓ ଯୌନତା ସମ୍ପର୍କରେ ସମ୍ପୂର୍ଣ୍ଣ ମୌନତା ହେତୁ, ଆମେ ବୟସ୍କଲୋକଙ୍କର ଯୌନଅଭିଳାଷକୁ ଇତର ପ୍ରବୃତ୍ତି ବୋଲି ଭାବୁ । ସେଇଥିପାଇଁ ହୁଏତ ସାଧାରଣ ଯୌନାଚାର ଓ ବିଚ୍ୟୁତିକୁ ନେଇ ପରୟଶ ଦଶକର କଟକରେ ଲେଖା ରଣଜିତ ସିଂହଙ୍କର ଦୁଇଟି ଭିନ୍ନସ୍ଵାଦର ଉପନ୍ୟାସ 'ଲଭ୍‌ଲି ଲେଡି' ଓ 'ଶେଷ ପାପ', କେବଳ pulp fiction ହୋଇ ରହିଗଲା । ଅଥଚ ସମ୍ପ୍ରତି ଜେନିଫର ଲୋପେଜ୍‌ଙ୍କର ପଶ୍ଚାତଦେଶର ସୌନ୍ଦର୍ଯ୍ୟକୁ ନେଇ ଆମେରିକୀୟ ପାଶ୍ଚାତ୍ୟ ସଭ୍ୟତା ଉଦ୍‌ବେଳିତ ।

ଉପସଂହାରରେ ଏକଥା ସୂଚିତ କରିବା ଅପ୍ରାସଙ୍ଗିକ ହେବନାହିଁ ଯେ ପ୍ରସନ୍ନ ହୋତା ଇତର ଗଳ୍ପ ସଙ୍କଳନ ବିଷୟରେ ଭାବିବାର ବହୁପୂର୍ବରୁ, ୨୦୦୮ ମସିହାରେ ଡକ୍ତର କୃଷ୍ଣ ଚରଣ ବେହେରାଙ୍କର ରଚିତ ଏକ ଗଳ୍ପଗୁଚ୍ଛ 'ଇତର ଇତରା'ର ପ୍ରକାଶନ ହୋଇଥିଲା । ଏ ଗଳ୍ପ ସବୁ ସମାଜର 'ଇତର', ନିଷ୍ପେଷିତବର୍ଗ ଲୋକଙ୍କର କାହାଣୀ । ସାମାନ୍ୟତଃ ଜାତି ଓ ବର୍ଷ ଆଧାରରେ ଏକ ଲୋକ ସମୁଦାୟଙ୍କ ସାମାଜିକ ଅସ୍ମିତା ନିର୍ଣ୍ଣୟ କରି, ସେମାନଙ୍କୁ 'ଇତର' ଶୀର୍ଷକରେ ବର୍ଗୀକୃତ କରାଯାଇଛି । ଏ ସଙ୍କଳନର ବର୍ଗୀକରଣ କିନ୍ତୁ ମଣିଷର ମାନସିକତାର ଆଧାରରେ, ବିଶେଷକରି ସେମାନଙ୍କର ପ୍ରେମ, ମୋହ, ଲୋଭ ଓ ଯୌନ ଆବେଗର ଭିଭିରେ । ଏ ଆବେଗ ଏକ ମାନସିକ ସ୍ଫୁରଣ । ଏହାକୁ ଜୀବନ୍ତ ମଣିଷ ଦେହର କିଛି ଅଙ୍ଗ

ପ୍ରତ୍ୟଙ୍ଗ ସହିତ ସମତୁଲ୍ୟ କରିଦେବା ମଣିଷର ମନସ୍ତତ୍ତ୍ୱ ପ୍ରତି ଅବିରୁର ହେବ। ଯଦିଓ ସିଙ୍ଗର ଅନ୍ୟତ୍ର ମତବ୍ୟକ୍ତ କରିଛନ୍ତି ଯେ ମଣିଷର ଯୌନାଙ୍ଗ, ଅନ୍ୟସବୁ ଅଙ୍ଗଠାରୁ ସୁନ୍ଦର, ଏବଂ ଯୌନତା ହିଁ ମଣିଷର ଆମ୍ଭାକୁ ସବୁଠୁ ବେଶୀ ସ୍ୱଷ୍ଟଭାବରେ ବ୍ୟକ୍ତ କରେ। ଏହାକୁ ସ୍ଥିତିବାଦୀମାନେ ମାନବିକ ସଭାର ଏକ ଅବିଭାଜିତ ଅଂଶ ବୋଲି ଗ୍ରହଣ କରନ୍ତି।

ଆମର ବର୍ତ୍ତମାନ ସଙ୍କଳନରେ ପୂର୍ବୋକ୍ତ 'ଇତର ଇତରା'ର ଏକ ପ୍ରସାରିତ ଏବଂ ସ୍ଥିତିସ୍ଥାପକ ଅନ୍ଦେଷଣ ସ୍ଥାନ ପାଇଛି।

ପ୍ରକାଶକ ଦମ୍ପତି ସୁନନ୍ଦା ଓ ତନ୍ମୟ ମୋର ଆଦ୍ୟଜୀବନର ଆଗଦୁଆରୀ ବନ୍ଧୁ ପରିବାର। ତାଙ୍କ ଧୈର୍ଯ୍ୟ ଓ ମୁକ୍ତ ମନରେ ସଙ୍କଳନ ନାମ ନିର୍ବାଚନ ପାଇଁ ମତେ ସୁଯୋଗ ଦେଇ ଥିବାରୁ ଧନ୍ୟବାଦ। ଏପରି ଅନ୍ତର୍ଜାତୀୟ, ଜାତୀୟ ତଥା ଓଡ଼ିଆ ଭାଷାର ଅପୂର୍ବ ଗପ ସମଷ୍ଟି ତିଆରି ଓ ପ୍ରସାର ବଜାୟ ରଖିବାକୁ ପାଠକଙ୍କ ସମର୍ଥନ କାମନା କରୁଛି। ଅକ୍ଷୟ ମିଶ୍ରଙ୍କ ଡିଟିପି ପରିଶ୍ରମ ମଧ୍ୟ ଉଲ୍ଲେଖନୀୟ।

www.ingramcontent.com/pod-product-compliance
Lightning Source LLC
Chambersburg PA
CBHW060519220726

48290CB00015B/2136